ullstein

Das Buch

In Berlin wird Hauptkommissar Paul Kalkbrenner zu einem Tatort gerufen, der alles bisher Dagewesene an Grauen übertrifft: Eine junge Frau wurde auf einem Industriegelände tot aufgefunden, ihr Körper ist entsetzlich verstümmelt. Als die Polizei die Kloakebecken auf dem Gelände untersucht, tauchen plötzlich noch mehr Leichen auf. Fassungslos sehen Kalkbrenner und seine Kollegin Sera Muth dabei zu, wie die Kriminaltechniker einen Körper nach dem anderen aus den Becken ziehen. Bei allen handelt es sich um Teenager. Auch sie wurden vor ihrem Tod offenbar auf das Schlimmste gefoltert. Das Werk eines Serienkillers?

Unterdessen sorgt sich Juliane Kluge um ihre spurlos verschwundene Pflegetochter Merle. Juliane glaubt nicht daran, dass das Mädchen einfach nur ausgerissen ist, doch die Polizei scheint anderer Meinung zu sein. Juliane macht sich selbst auf die Suche – oder ist es womöglich schon zu spät?

Der Autor

Martin Krist ist das Pseudonym des erfolgreichen Autors Marcel Feige. Geboren 1971, arbeitete er als leitender Redakteur bei verschiedenen Zeitschriften und lebt seit 1998 als Schriftsteller in Berlin.

Weitere Informationen unter www.martin-krist.de

Von Martin Krist sind in unserem Hause bereits erschienen:

Die Mädchenwiese
Drecksspiel
Wut (E-Book) – *Paul Kalkbrenners erster Fall*
Gier (E-Book) – *Paul Kalkbrenners zweiter Fall*
Trieb (E-Book) – *Paul Kalkbrenners dritter Fall*

Martin Krist

Engelsgleich

Thriller

Ullstein

Besuchen Sie uns im Internet:
www.ullstein-taschenbuch.de

Originalausgabe im Ullstein Taschenbuch
1. Auflage Dezember 2014

Umschlaggestaltung: Cornelia Niere
Titelabbildung: © Silvia Ganora / Arcangel Images (Blätter)
Innenillustration: © Timo Kümmel
Satz: LVD GmbH, Berlin
Gesetzt aus der Palatino
Papier: Pamo Super von Arctic Paper Mochenwangen GmbH
Druck und Bindearbeiten: CPI books GmbH, Leck
Printed in Germany
ISBN 978-3-548-28639-6

Und ich schließ die Augen,
vor all diesen Fragen,
weil es schwer ist, die Zweifel
auf den Schultern zu tragen.
Also schließ ich die Augen,
um an etwas zu glauben.

MAX HERRE, PHILIPP POISEL – WOLKE 7

DAMALS

Markus kann weder sehen und hören, noch spürt er Schmerzen. Dunkelheit. Totenstille. Nichts.

Ich bin tot!

Wahrscheinlich ist der Tod sogar das Beste, was ihm passieren konnte, nach allem, was geschehen ist. Vielleicht sogar das Beste für alle. Aber auf jeden Fall für ihn.

Tote können nicht denken!

Mit dieser Erkenntnis bricht das Leben wieder über ihn herein. Ein Chaos aus Licht, sengender Hitze, Tosen, Schreien – und einem Höllenschmerz, der sich durch seinen Unterschenkel frisst.

Seine Hose hat Feuer gefangen.

Reflexartig reißt er sich die Jacke vom Leib und erstickt die Flammen. Dabei wird ihm klar: Die nach Verzweiflung und beginnendem Wahnsinn klingenden Schreie entstammen seiner eigenen Kehle.

Sein irrlichternder Blick fällt auf das Haus. Flammen schlagen aus den zerborstenen Küchenfenstern im Erdgeschoss. Der Wind treibt den Rauch über den Garten, in den die Wucht der Explosion Markus geschleudert hat, zwischen die Trümmer, Bretter, Glassplitter, Schuhe, eine zerfetzte Jacke, nicht seine Jacke, sondern –

Nein! Nein!, brüllt eine Stimme in ihm. *Nein!*

Im Haus knackt ein Balken, bevor er nachgibt. Die Flammen lodern nicht mehr nur in der Küche, greifen über auf das

Wohnzimmer, rasen den Flur entlang und die Treppe nach oben.

Markus schmeckt Galle und noch etwas anderes, noch bitterer, noch ekelhafter. Das Entsetzen.

Aus dem Haus dringt das Heulen eines Kindes.

Zuvor

1

Ich weiß noch genau, wie an diesem Abend alles begann – mit Unterleibsschmerzen und mit Toby, dessen Stimme durch unser Haus schallte.

»Juli! Juli!«, schrie der Kleine, mit sechs Jahren das jüngste unserer Pflegekinder. »Juli, Juli, schnell!« Aufgeregt trommelte er gegen die Toilettentür. »Du musst kommen!«

»Oh … Toby«, stöhnte ich, während ich mich vor Schmerzen krümmte, »was … ist denn?«

»Schnell, Juli, der Zaun, da ist ein Loch.«

»Welcher … Zaun?«

»Der im Garten!« Toby hämmerte an die Tür. »Du musst dich beeilen, sonst ist Chuck … ist Chuck …« Seine Stimme überschlug sich vor Aufregung.

»Ich … komme«, presste ich hervor, »aber jetzt …«, ich holte Luft, während mein Unterleib noch um einige Zentimeter mehr anzuschwellen schien, »hör bitte auf, so einen Radau zu machen.«

»Aber …«

»Was habe ich gesagt?«

Toby verstummte.

»Juli!«, tönte stattdessen Elsa aus dem Garten, die nicht nur fünf Jahre älter, sondern auch stimmgewaltiger als Toby war, »Chuck will durch den Zaun abhauen!«

Ich griff in die Pappschachtel auf dem Spülkasten hinter mir. Sie war leer. *Na toll!* Ich beugte mich zum Vorratsschränkchen unter dem Waschbecken vor. Ein weiterer Krampf, der bis in meinen Rücken strahlte, ließ mich zusammenzucken.

Mit aufeinandergepressten Zähnen klaubte ich eine neue Packung aus dem Schrank und fischte einen Tampon heraus.

»Juli!«, brüllte Elsa, »ich kann Chuck nicht mehr halten!«

»Ich bin unterwegs!« Ich drückte die Klospülung, stieß mir beim Aufstehen meinen Zeh am Katzenklo und erschrak vor dem Gesicht im Spiegel. Mein Mund war schmerzverzerrt, meine Haut mit Pickeln übersät, als ginge ich nicht auf die vierzig zu, sondern steckte mitten in der Pubertät.

Wie ich das hasste, jeden Monat aufs Neue.

Ich trat in die Diele.

Toby flitzte voraus in den Garten.

Die Luft dieses Spätsommerabends war warm, obendrein durchdrungen vom süßen Petunienduft unserer Blumenbeete, ein Geruch, der an Tagen wie diesen augenblicklich einen Druck hinter meinen Schläfen heraufbeschwor.

Bitte, flehte ich stumm, *nicht auch noch das …*

»Juli! Juli!«, rief Elsa aus einem unserer Gartenstühle. Ihr iPod war ins Gras gefallen, aus den Kopfhörern wummerte Hiphop. In ihren Armen zappelte der Kater. »Schnell, ich kann Chuck nicht mehr halten!«

»Warum bringst du ihn nicht rein?«

»Oh Mann, Juli!« Das Mädchen guckte mich entgeistert an, als wäre mein Vorschlag so abwegig wie, na ja, Helene Fischer auf ihrem iPod.

»Juli! Hier!« Das war wieder Toby, der mit Aaron, einem seiner Schulfreunde, am Rande des Gartens stand und wild winkte.

Ein fußballgroßes Loch klaffte im Maschendrahtzaun.

»Der war schon kaputt«, sagte Toby.

Aaron nickte. »Wir haben nur ganz leicht geschossen.«

Ich spähte auf das Feld jenseits unseres Gartens, wo ich in

der Dunkelheit einen kreisrunden Schemen ausmachte, mindestens zwanzig oder fünfundzwanzig Meter weit entfernt.

»Sehr leicht also«, murmelte ich, während ich mich neben dem zerfetzten Zaun hinhockte. Ich ignorierte meinen rumorenden Unterleib und den wachsenden Druck im Kopf. Angesichts unserer aufgelösten Kinder und – das war fast noch schlimmer – meiner beiden linken Hände waren meine allmonatlichen Beschwerden eindeutig mein geringstes Problem.

Einen Zaun flicken? Ich? Ich würde einen Nagel sogar dann verfehlen, wenn der Kopf den Umfang eines Suppentellers besaß.

Trotzdem musste ich mir was einfallen lassen.

Unsere Straße, der Rudolf-Ditzen-Weg, mochte zwar in einem ruhigen Wohnviertel unweit des Schlossparks im Zentrum Pankows liegen, aber sie war, wie wir manchmal scherzten, *der Vorhof zur Hölle.* Nur wenige Hundert Meter weiter begann bereits Heinersdorf. Von unserem Schlafzimmerfenster aus hatten wir freien Blick auf die schäbige Plattenbausiedlung, und je nachdem, wie der Wind stand, drang an manchen Tagen auch das Verkehrsrauschen der A114 zu uns herüber.

Um die Kinder, die ganz vernarrt waren in Chuck, nicht unnötig zu beunruhigen, hatten wir einen Maschendrahtzaun um unseren Garten gezogen, so dass der Kater zwar nach draußen durfte, aber –

»Ey, Leute«, erklang eine verschlafene Stimme vom Haus her, »hab ich euch schon mal gesagt, dass ich euch so was von liebreizend finde?«

Yvonne war unbemerkt auf die Terrasse getreten. Vor einer Stunde schon hatte sie sich zu Bett begeben, weil sie am nächsten Morgen früh in die Firma musste.

»Entschuldige, Schatz«, ich stemmte mich langsam empor, »haben wir dich geweckt?«

»Nach einem Schlaflied klang euer Geheul zumindest nicht.«

»Der Zaun ist kaputt«, ließ Toby wissen.

»Ich war das nicht«, versicherte Aaron.

»Chuck darf doch nicht raus«, sagte Elsa, die immer noch mit dem Kater rang.

»Ah ja, das erklärt einiges.« Yvonne strich sich eine Strähne aus dem Gesicht. »Aber nicht, warum ihr ihn nicht einfach ins Haus schafft, bis der Zaun geflickt ist?«

»Oh Mann, Yvonne!« Elsa verdrehte die Augen, während Chuck zwischen ihren Armen zappelte.

Yvonne schaute mich verwirrt an.

»Tja«, sagte ich, »Kinderlogik ...« Ich zuckte mit den Schultern. »Warum legst du dich nicht wieder hin? Ich kümmere mich um den Zaun.« Ich bückte mich und schnappte nach Luft, als gleichzeitig ein Krampf in meinem Unterleib und die Migräne in meinem Kopf explodierten.

Yvonne trat zu mir. »Lass mal, ich mach das schon.« Ihre Hand streifte meinen Arm, wie zufällig, trotzdem vertraut und zärtlich. Und beruhigend.

*

Schon seltsam, oder?

Gewisse Dinge vergisst man nicht, obwohl es sich nur um winzige Details handelt, und Tage seitdem vergangen sind, manchmal Wochen, Monate oder sogar Jahre. Dennoch bleiben sie im Gedächtnis haften, als wären sie eben erst geschehen.

Anderes dagegen kann man sich beim besten Willen nicht merken. Ihren Namen zum Beispiel – tut mir leid – habe ich schon wieder vergessen, obwohl Sie sich erst vor wenigen Minuten vorgestellt haben. Aber ich gebe zu, ich hatte es noch nie so mit Namen.

Yvonne war da ganz anders. In vielerlei Hinsicht.

Vielleicht ist das auch der Grund, weshalb ich mich so gut an die Details dieses Spätsommerabends erinnere, eben weil alles anders war. Augenblicke inniger Vertrautheit und Nähe, die ich, das gebe ich ganz ehrlich zu, viel zu selten mit Yvonne erlebte. Aber die Kinder, die Arbeit, unser Alltag – da blieb kaum Zeit für mehr.

Nicht dass Sie mich missverstehen, ich beklage mich nicht darüber, im Gegenteil, ich war glücklich. Glücklicher, als ich es mir je hätte erträumen können, verstehen Sie?

Nein, natürlich nicht, wie auch, schließlich wissen Sie nicht, wie mein Leben *vorher* ausgesehen hat.

Keine Sorge, ich werde Ihnen davon erzählen, von meinen Jahren voller Angst und endloser Kämpfe. Mit meinen Eltern, mit Moralvorstellungen von vorgestern, mit meinen eigenen Wünschen und Begierden. Wieder und immer wieder, bis ich an allem und jedem und am allermeisten an mir selbst zu zweifeln begann. Bis Yvonne in mein Leben trat.

Lass mal, ich mach das schon.

*

Yvonne flickte den Zaun innerhalb weniger Minuten.

Ich hätte dafür die halbe Nacht gebraucht, und hinterher wäre Chuck vermutlich trotzdem durch den Maschendrahtzaun entkommen.

Nachdem sie das Werkzeug wieder im Gartenschuppen verstaut hatte, gesellte sie sich zu mir. »Wie geht es dir?«

»Schon viel besser.« Ich lag auf einem der Gartenstühle, eine Wärmflasche auf meinem Bauch, das Glas Mineralwasser in der Hand, mit dem ich eine Migränetablette hinuntergespült hatte.

Die hatte mittlerweile angeschlagen, und die warme Abendluft wurde wieder erträglicher, auch der Duft der Petunien, sogar das Hiphop-Wummern aus Elsas Kopfhörern. Auf ihrem Schoß schnurrte der Kater.

Aus dem Badezimmerfenster drang ein lautes Rülpsen. Toby lachte schallend, Aaron stimmte nicht minder laut ein. Das Zähneputzen der beiden artete zu einer Schlacht aus, nach deren Ende die Zahnpasta vermutlich auf dem Spiegel, der Kloschüssel und noch anderen, undenkbaren Orten kleben würde.

»Bleib liegen«, sagte Yvonne, als ich aufstehen wollte. Sie nahm mein Glas und schluckte runter, was vom Wasser noch übrig war. »Hey, Jungs«, rief sie dann, »Waffenruhe!«

»Och, nee!«, schallte es nach draußen.

»Och, ja!« Augenzwinkernd hauchte Yvonne mir einen Kuss auf den Mund. Als ich das Mineralwasser und die Schweißperlchen auf ihrer Oberlippe schmeckte, wurde mir mit fast schmerzhafter Intensität bewusst, wie sehr ich sie liebte.

Sie strich mir zärtlich durchs Haar, als wüsste sie um meine Gedanken, bevor sie ins Haus ging.

Yvonne war einen Kopf kleiner als ich, aber trotzdem trug sie T-Shirts, die auch einem Riesen gepasst hätten, was sie noch zierlicher wirken ließ.

Doch ihre filigrane Erscheinung täuschte. Sie war durchaus kräftig, da sie regelmäßig trainierte, beherzt, unerschrocken, nie um einen lockeren Spruch verlegen. Ach so, und natürlich konnte sie sich jeden Namen merken, jedes Buch, das sie gelesen, jeden Film, den sie geguckt hatte. Streng genommen war sie das genaue Gegenteil von mir.

Und sie war ein handwerkliches Ass. Während ich mich – abgesehen von meinem Teilzeitjob als Lektorin eines kleineren Verlags – um den Haushalt und die Kinder kümmerte, hielt sie unser kleines, zweistöckiges Häuschen in Schuss. Unserem Garten galt ihre besondere Aufmerksamkeit. Sie hatte ihn umgegraben, den Rasen gesät, die Beete angelegt, die Bäume gepflanzt und den Zaun gebaut. Sie war studierte Gartenbau-Ingenieurin, hatte sich irgendwann selbständig gemacht und führte mittlerweile eine Firma mit sechs Angestellten.

»Ich bin mir nicht sicher«, sagte ich, als sie wieder nach draußen kam und mir ein volles Glas Mineralwasser reichte, »ob es so eine gute Idee war, Aaron bei Toby übernachten zu lassen.«

»Wieso nicht?«

»Morgen ist Schule.«

»Wir haben früher auch die ganze Nacht durchgefeiert und …«

»Du vielleicht, ich nicht.«

»Da wir gerade davon reden …« Sie fiel in den Liegestuhl neben mir, streckte sich in ihrem langen T-Shirt und blinzelte zum sternenklaren Himmel empor.

Auf dem Feld hinter unserem Garten zirpten Grillen. Irgendwo lachten Nachbarn. Bierflaschen schlugen klirrend aneinander.

Ich trank einen Schluck vom Wasser. »Eine Party?«

»Oh ja!« Erfreut riss sich Elsa die Kopfhörer von den Ohren. Chuck sprang erschrocken ins Petunienbeet. »Ich möchte auch, Yvonne.«

»Du möchtest langsam ins Bett«, sagte ich.

»Oh Mann, Juli!« Schmollend versank sie wieder unter ihren Kopfhörern.

Yvonne streckte ihre Hand nach mir aus. »Also ich hätte schon mal wieder Bock darauf, du nicht?«

Zweifelnd wiegte ich meinen Kopf. Das Berliner Nachtleben fehlte mir nicht. Ich hatte ihm nie die Bedeutung beigemessen, die es für Yvonne besaß. Und wie gesagt, mit den Kindern und unserer Arbeit fehlte sowieso die Zeit.

Aber natürlich hatte Yvonne nicht ganz unrecht. Es war schon eine ganze Weile her, dass wir mal ausgegangen waren, nur wir zwei, essen, trinken, hinterher Musik und Tanz im

SchwuZ oder in der *BarbieBar*, deren Travestieshows legendär waren.

»Vielleicht sollten wir deine Mutter fragen, ob sie nächstes Wochenende …« Im Haus klingelte unser Telefon.

Yvonne löste sich von meiner Hand. »Wenn man vom Teufel spricht.«

»Ich geh schon!« Toby polterte die Treppe runter.

»Du solltest im Bett liegen!«, rief ich.

»Aber ich bin näher dran.«

Ich wollte etwas erwidern, ließ es jedoch bleiben, weil ich Yvonnes Schmunzeln bemerkte.

Ich sagte: »Vielleicht wäre es besser gewesen, du hättest Alma den alten PC nicht geschenkt.«

»Vielleicht wäre es besser gewesen, ich hätte meiner Mutter vorher einen VHS-Kurs geschenkt.«

Fast jeden Abend rief ihre Mutter bei uns an, weil ihr PC abgestürzt war, weil sie die falsche Taste gedrückt hatte – oder weil sie die richtige nicht fand.

»Habe ich dir schon erzählt, dass sie sich einen Laptop gekauft hat?«, fragte Yvonne.

»Echt?«

»Sie sagt, um endlich mal zu verstehen, womit die jungen Leute heutzutage so ihre Zeit verbringen.«

»Und das ging nicht mit dem PC?«

»Tja«, antwortete Yvonne, »Erwachsenenlogik ist auch nicht besser als Kinderlogik.« Sie zuckte mit den Schultern. »Jetzt sitzt sie jeden Abend mit dem Teil im Bett, während Papa neben ihr schnarcht, surft durchs Internet und …«

»Wo ist Merle?«, fragte Toby, der mit dem Telefon in der Hand aus dem Haus getrottet kam.

Merle war unser ältestes Pflegekind.

»Das weißt du doch«, sagte ich. »Bei ihrer Freundin.«

Toby schüttelte den Kopf. Er reichte mir das Telefon. »Sanita will wissen, wann Merle endlich kommt.«

2

Denk an etwas Schönes, ermahnte sich Anezka.

Nicht an die klaustrophobische Enge des Kofferraums, in den man sie eingepfercht hatte. Nicht an das taube Gefühl in ihren Armen und Beinen, die seit Stunden in ein und derselben unnatürlichen Haltung verdreht waren. Nicht an ihre Angst. Und nicht an den toten Jungen in der Dunkelheit neben ihr.

Bei dem Gedanken an die Leiche schossen ihr Tränen in die Augen. Ihr Schluchzen wurde verschluckt vom Dröhnen des Automotors.

Zum Glück!

»Ein Mucks von dir«, hatte Pjtor erklärt, »und du endest wie der da.«

Er hatte in den Kofferraum des Geländewagens gezeigt und Anezka einen brutalen Stoß verpasst, der sie neben den kleinen, leblosen Körper geschleudert hatte.

Entsetzt hatte sie aufgeschrien.

»Was habe ich dir gesagt?«, hatte Pjtor geschimpft und den Kofferraumdeckel zugeschlagen. »Sei still!«

Gerade noch rechtzeitig hatte Anezka den Kopf eingezogen.

Als wenn das eine Rolle spielt, dachte sie jetzt.

Ganz gleich, wie sie sich verhielt, sie würde enden wie der Junge, wenn nicht jetzt, dann später. Warum sonst hatte Pjtor sie zu ihm in den Kofferraum gesperrt?

Die Wahrheit war, und sie verkrampfte Anezka den Magen: Sie würde ihre Familie nie mehr wiedersehen. Nicht ihren Großvater, wie er in dem alten, zerschlissenen Sessel in der Stube hockte, während sein enormer Bauch sich über den Hosenbund wölbte, und seiner Pfeife ein herber, aber wunderbarer Duft entwich. Nicht ihre Eltern, ihre Mama, die sich jederzeit um ihre Kinder kümmerte, obwohl sie so kränklich war, und ihren Papa, der trotz aller Sorgen die ganze Familie mit seinem Lachen anstecken konnte. Und auch nicht ihren kleinen Bruder, nie wieder würde sie mit ihm zur Musik von Lady Gaga herumhopsen.

Just dance, gonna be okay, da da doo-doo-mmm …

Anezka begann die Melodie zu summen, doch statt ihr Hoffnung zu geben, deprimierte das Lied sie.

Sie verstummte, als sie spürte, wie der Wagen in eine Kurve bog. Eine kalte, starre Hand rutschte gegen ihre Wange.

Sie unterdrückte einen Schrei.

Das Auto wurde langsamer. Die Wagentür wurde geöffnet.

Ein beißender Gestank stieg in Anezkas Nase.

»Beeil dich«, hörte sie Pjtor rufen.

Das Auto rollte wieder an. Mit einem Ruck beschrieb es einen engen Bogen, dann fuhr es rückwärts und stoppte nach wenigen Metern.

Schritte näherten sich dem Kofferraum. Die Klappe schwang in die Höhe.

Anezka zuckte zusammen. Ängstlich kniff sie die Augen zu.

»Pass auf sie auf«, sagte Pjtor, während er die Leiche aus dem Kofferraum wuchtete.

»Was stinkt hier so?«, fragte eine andere Männerstimme.

»Leonid, hast du gehört, was ich gesagt habe?«

»Ja doch.«

Vorsichtig blinzelte Anezka zwischen den Augenlidern hervor.

Sterne glitzerten am Himmel. Die roten Rücklichter des Geländewagens spiegelten sich in einem Tümpel. Pjtor lief mit dem toten Jungen darauf zu.

Willst du so enden wie er?

Leonid stand mit dem Rücken zu ihr und war mit seinem Feuerzeug beschäftigt, mit dem er sich eine Zigarette anzuzünden versuchte.

Obwohl ihr Nacken steif war, hob Anezka den Kopf. Die Scheinwerfer des Autos erhellten Pflastersteine, auf der einen Seite eine alte Fabrik, deren Eingangstor weit offen stand, auf der anderen Seite die Ausfahrt zur Straße.

Worauf wartest du?

Anezka wälzte sich aus dem Kofferraum. Als ihre Füße den Boden berührten, gaben ihre tauben Beine unter ihr nach. Mühsam hielt sie sich aufrecht.

»Verdammt, Leonid«, schrie Pjtor, »was machst du?«

Leonid wirbelte zu ihr herum.

Anezka stieß sich vom Wagen ab. Nur langsam kehrte das Gefühl in ihre Beine zurück. Sie würde es nicht bis zur Straße schaffen.

Los, beeil dich!

Sie lief auf das Gebäude zu. In der großen Fabrikhalle musste sie Dreck und Bauschutt überwinden. Eingeworfene Glasscheiben trennten die Halle von den Büros. Leere Fensterrahmen führten nach draußen. In die Freiheit.

Du schaffst das!

Sie hatte die Hälfte des Weges zurückgelegt, als ein Widerstand sie von den Beinen riss. Der Länge nach stürzte sie zu Boden. Sie schlug sich die Stirn an einem Stein. Ein weiterer Tritt traf ihren Magen.

Die Welt verschwamm vor ihren Augen. Wie aus weiter Ferne erklang ein Scheppern.

Es dauerte einen Augenblick, bis Anezka begriff, dass es eine Eisenstange war, die über den Boden schrappte.

»Was habe ich dir gesagt?«, zischte Pjtor und holte zum Schlag aus.

Ein Kichern ließ ihn innehalten.

*

Markus Kühn roch den Ärger, noch bevor er ihn sah. Ein billiges Deo, Axe Transition oder ein ähnliches Zeug, das den anderen, widerlichen Geruch kaum zu übertünchen vermochte.

Dann hörte er Stimmen, verstohlen, beinahe heimtückisch.

Er blieb stehen, hielt den Atem an.

Ein Windstoß fegte raschelnd vertrocknetes Laub über die Straße. Ein paar Ecken weiter bellte ein Hund. In der Ferne knatterte ein Automotor.

Die Stimmen waren verstummt, der Gestank verflogen.

Da ist nichts!

Nur ein Spätsommerabend in einem Dorf wie Kremb, Vogelgezwitscher, frisch gemähtes Gras, Kinderlachen, knisterndes Grillfeuer, der Duft würziger Koteletts, angeschwipste Erwachsene in den Gärten hinter ihren Häusern.

Die Strapazen der letzten Wochen und seine fortwährende Anspannung hatten ihm einen Streich gespielt.

Entspann dich, du hast dich getäuscht.

Markus holte Luft. In seine Nase stieg der Gestank von Schweiß, Kippenqualm und billigem Fusel.

Seine Hand umkrampfte den prall gefüllten Briefumschlag in der Jackentasche. Sein Blick glitt die Hauptstraße herauf und herunter, versuchte in die Schatten zwischen den Häusern einzudringen – vergeblich, das Laternenlicht erreichte die Gassen kaum.

Das Motorengeräusch wurde lauter. Ein Wagen bog in die Straße. Der Scheinwerferstrahl streifte die Häuser. In einem der Eingänge drückten sich zwei Typen gegen die Wand, kahle Köpfe, schmale Schultern, Baggypants. Sie verständigten sich mit einem raschen Blick, dann stürmten sie los.

An einem anderen Tag, einem anderen Abend hätte sich Markus gute Chancen ausgerechnet. Heute nicht, erschöpft, wie er war. Und nicht mit dem Kuvert in seiner Tasche.

Markus setzte zu einem Sprint an, überquerte knapp vor

dem herannahenden Auto die Straße. Bremsen quietschten, die Hupe dröhnte. Er verschwand in der erstbesten Gasse, schnell, aber nicht schnell genug mit der Hand in der Jackentasche.

Die Schritte seiner Verfolger kamen näher.

Er spurtete über den Schlossplatz, der ausgestorben in der Dunkelheit lag. Die Handvoll Läden, die es hier noch gab, war längst verriegelt, auch das Schlosscafé hatte geschlossen. Der Bahnhof kam in Sicht, auf den Bahnsteigen herrschte gähnende Leere.

Das Schnaufen der beiden Typen verriet, dass sie zu ihm aufschlossen.

Markus keuchte. Seine Kräfte ließen bereits nach. Außerdem lagen ihm der Sauerbraten und die hausgemachten Semmelknödel schwer im Magen, die er sich auf der Herfahrt gegönnt hatte.

Am Haus gegenüber schimmerte ein blaues Schild. *Polizei.* Für einen Moment war er versucht, dort Schutz zu suchen. Er verwarf den Gedanken.

Keine gute Idee!

Er musste aufstoßen, schmeckte halb verdauten Sauerbraten. Während er den Würgereiz niederrang, bog er nach rechts in eine Seitenstraße ein, jeder Schritt inzwischen eine Qual.

Die Kerle waren ihm dicht auf den Fersen, fast zum Greifen nah.

Markus biss die Zähne aufeinander und erhöhte das Tempo. Nahm die Straße nach links, die nächste nach rechts, holte die letzten Reserven aus seinen protestierenden Beinen, während er auf die Hirtengasse zuhielt.

Er riskierte einen Blick zurück. Von seinen beiden Verfolgern war nichts mehr zu sehen. Noch ein oder zwei Straßen, dann hatte er sie endgültig abgehängt.

Er schaute nach vorne. Im Durchgang stand ein Mann.

*

Sandrine war sauer, und verdammt, sie hatte allen Grund dazu. »Du bist so ein Idiot, Kevin!«

»Ich weiß nicht, was du hast.« Kevin lachte. »Ist doch gar nichts passiert.«

»Nichts passiert?« Mit einem wütenden Schnaufen schaute Sandrine zurück zu den Security-Typen, aber die beiden Muskelprotze würdigten sie keines Blickes mehr.

Gerade filzten sie die Taschen eines anderen Pärchens, fanden nichts und gaben den Eingang frei zu den bunten Lichtern und der treibenden Musik.

»Schon klar«, grummelte Sandrine, »ich hab mich ja nur die ganze Woche auf die Open-Air-Party gefreut.«

»Gehen wir halt das nächste Mal.«

»Super Idee! Du weißt schon, dass das heute die letzte für dieses Jahr ist?«

»Ehrlich?« Kevin zuckte mit den Achseln. »Das ist doof.«

»Doof? Das ist alles, was du dazu zu sagen hast?«

»Meine Güte, hab dich doch …«

»Halt einfach den Mund, okay?« Sie schleuderte ihm das Plastiktütchen an den Kopf, das die Security-Typen aus ihrem Rucksack gefischt hatten.

Sorry, aber ihr kommt hier nicht rein.

Kevin hob das Tütchen auf, klopfte den Staub ab und vergrub es in seiner Jackentasche.

Weiß der Teufel, wann er das Dope in ihrem Rucksack versteckt hatte. Wahrscheinlich während der Fahrt mit dem Taxi hierher.

Noch so eine Scheißaktion!

Fast vierzig Euro für nichts und wieder nichts.

Sie ließ Kevin stehen, stapfte wutentbrannt zurück zur Straße und hielt Ausschau nach einem Taxi, das sie zurück nach Berlin brachte. Aber da war weit und breit keines zu sehen.

Wenn das keine guten Gründe sind, sich aufzuregen, was dann?

Wütend kickte sie einen Stein in die Dunkelheit.

»Sandrine!«, rief Kevin.

Sie marschierte weiter, am Straßenrand entlang.

»Jetzt warte doch!«

Sie legte noch einen Zahn zu, bis sie fast rannte.

Die Musik wurde leiser, bis sie nur noch als ein dumpfes Wummern über der nächtlichen Straße und den dunklen Feldern hing.

Was zum Teufel hatte sie sich bloß dabei gedacht, sich auf Kevin einzulassen? Sie wusste doch, wie er tickte. Er und seine Drogen. Diese ständige Kifferei.

»Sandrine«, er schloss zu ihr auf, »weiß du eigentlich, wohin du läufst?«

»Wohin schon? Zurück nach Berlin.«

»Ist ein bisschen weit zum Laufen, oder?«

»Ich nehm mir ein Taxi.«

»Hast du eins gesehen, seitdem wir losgelaufen sind?«

»Dann fahr ich halt per Anhalter.«

»Bist du überhaupt sicher, dass wir in die richtige Richtung gehen?«

Sie blieb stehen, drehte sich einmal um die eigene Achse. Die Nacht hatte die Partylichter verschluckt. Weit und breit nur Felder, Wälder, Dunkelheit.

»Siehst du«, sagte Kevin, »ich hab dir doch …«

»Ja«, unterbrach sie ihn genervt, »ist ja gut.«

»Ach komm, Baby«, versöhnlich streckte er die Hand nach ihr aus.

Sie schubste ihn weg. So leicht würde sie ihn nicht davonkommen lassen.

Er lachte wieder. »Jetzt hab dich nicht so.«

»Lass mich einfach in Ruhe, okay?«

Er wollte sie umarmen.

Sie tat einen Schritt zur Seite, um aus der Reichweite seiner Hände zu kommen, stolperte aber über die Straßenböschung. Kevin wollte sie festhalten.

Zu spät!

Er bekam nur ihre Bluse zu fassen. Mit einem *Ratsch* zerriss der Stoff. Sie stürzte und schlug mit dem Knie auf dem Asphalt auf. Der Schmerz zog hinauf bis in ihre Hüfte. Als sie sich aufrappelte, brach knirschend einer ihrer Fingernägel ab.

»Verdammt!«, heulte sie auf.

Kevin half ihr empor. »Hast du dir weh getan?«

»Blöde Frage.« Sie hielt sich das aufgeschlagene Knie. Ohne auf das Blut an ihrer Hand zu achten, humpelte sie los. »Sieh mal, dort, da sind Leute.«

Mit ihrem nagellosen, blutenden Finger zeigte sie nach vorne, wo Scheinwerferlicht die Dunkelheit erhellte. Ein Auto, das vor einem Haus hielt.

»Die können uns bestimmt mitnehmen«, sagte sie und eilte auf das Gebäude zu, das sich beim Näherkommen als eine alte Fabrik entpuppte.

Sie sah gerade noch, wie ein Mann in der Halle verschwand. Sie zupfte sich die zerrissene Bluse zurecht. Nicht dass die Leute noch was Falsches dachten.

Sie musste kichern.

Geschähe Kevin ganz recht, alleine hier in der Einöde zurückbleiben zu müssen.

»Was lachst du so?«, fragte er, als er zu ihr aufgeholt hatte.

Sie grinste noch breiter.

Strafe muss sein.

Sie trat in die Halle. Ihr Kichern erstarb.

*

Ein schöner Anblick ist was anderes, dachte Kriminalhauptkommissar Paul Kalkbrenner, als er das Schlafzimmer betrat.

An einem gusseisernen Haken, der sich in knapp drei Metern Höhe aus der stuckverzierten Altbaudecke schraubte, war ein Strick geknotet. Das andere Seilende wrang sich straff um den Hals eines Mannes.

Zweifellos hing er schon eine ganze Weile dort.

Fliegen umschwirrten ihn. Seine grünlich marmorierte Haut warf erste Blasen. Aus seinem Mund, der Nase und den Augenwinkeln tropfte eine dunkle, zähe Masse auf einen Stuhl, der umgeworfen auf dem Boden lag. Obwohl das Schlafzimmerfenster sperrangelweit offen stand, war der Verwesungsgestank kaum auszuhalten.

Am Fensterbrett lehnte mit kalkweißem Gesicht ein junger Streifenbeamter. Er atmete schwer.

»Ihre erste Leiche?«, fragte Kalkbrenner.

Der Polizist nickte. Sein Blick floh hinaus auf den Leuschnerdamm, wo Blaulicht durch die Kreuzberger Nacht zuckte.

»Man gewöhnt sich dran.«

»Also, ich … ich weiß nicht.« Der Polizist schluckte, seine Augen mieden noch immer den Leichnam.

Je öfter man hinschaut, umso leichter fällt es, hätte Kalkbrenner ihm erklären können. Eine seiner Weisheiten, die er *Meine kleinen Helferlein* nannte.

Aber er hatte noch nie jemandem von diesem unerschöpflichen Fundus an Ratschlägen erzählt, die ihn seit Jahren durch den Berufsalltag begleiteten, und er sah keinen Grund, das jetzt zu ändern. Der junge Polizist musste seine eigenen Erfahrungen machen.

Stattdessen fragte er: »Wissen wir, wer der Tote ist?«

»Patrik Cerny, er wohnt hier.«

»Sind Sie sicher, dass das Patrik Cerny ist?«

»Äh, ja, die Ehefrau …«

»Die Ehefrau?«

»Martina Cerny, sie war es, die ihn gefunden hat.«

»Erst heute?« Erstaunt schaute Kalkbrenner hinauf zu der Leiche. »Vorher hat sie ihren Mann nicht vermisst?«

»Nein.«

»Wie, nein?«

»Sie lebt mit den Kindern getrennt von ihrem Mann«, erklärte der Streifenbeamte.

»Wie lange schon?«

»Ein Dreivierteljahr.«

»Aber heute hat sie sich plötzlich um ihn gesorgt?«

»Er hat …«, der Polizist sah hinüber zur Leiche, wendete den Blick aber sofort wieder ab, »… hatte den Unterhalt für diesen Monat nicht überwiesen.«

»Jetzt weiß sie wenigstens, warum«, grummelte Kalkbrenner. »Und *sie* hat Ihnen bestätigt, dass es sich bei dem Toten um ihren Mann handelt, Patrik Cerny?«

»Ja.«

»Ist sie noch hier?«

»Im Wohnzimmer, meine Kollegin ist bei ihr.«

Kalkbrenner betrachtete das Schlafzimmer.

Nichts deutete auf ein Fremdeinwirken hin, eine handgreifliche Auseinandersetzung. Das Zimmer machte nicht den Eindruck, als habe jemand versucht, derartige Spuren zu entfernen. Das ging für gewöhnlich mit augenfällig übertriebener Sauberkeit einher, davon konnte hier keine Rede sein.

Die Decke auf dem Doppelbett war knittrig, das Kissen zerwühlt. Unter dem Eichenbett kringelten sich Staubflocken, der Bettvorleger warf Falten, einer der beiden Hausschlappen lag auf der Seite. Die Spiegeltüren am Kleiderschrank waren mit Fingerabdrücken und Fettflecken übersät. Mit einem Flat-TV und gerahmten Bildern an der weiß tapezierten Wand wirkte das Schlafzimmer wie die meisten anderen in Kreuzberg, nicht luxuriös, aber auch nicht verwahrlost.

Was eine neue Frage aufwarf. Noch bevor sich Kalkbrenner allerdings wieder zu dem jungen Polizisten umdrehen konnte, erschien im Türrahmen eine Frau mit exotischem Teint, kurzen schwarzen Haaren, Jeans, Kapuzenshirt und brauner Lederjacke.

»Entschuldige«, sagte Sera Muth, Kriminalkommissarin und seine Kollegin im Morddezernat, »mir ist was dazwischengekommen.«

Kalkbrenner sah sie an, aber sie fügte nichts hinzu. Er hakte nicht weiter nach. Inzwischen hatte er sich daran gewöhnt, dass Muth nur selten viele Worte verlor, am allerwenigsten über ihr Privatleben. Stattdessen hatte er ihre außergewöhnliche Beobachtungsgabe und ihre knappen, klaren Erklärungen zu schätzen gelernt.

Mit gerümpfter Nase fragte sie: »Keinem im Haus ist der Gestank aufgefallen?«

»Genau das habe ich mich auch gerade gefragt.«

»Eine Vermisstmeldung gab es vermutlich auch nicht?«

Kalkbrenner wandte sich dem Polizisten am Fenster zu. »Haben Sie das überprüft?«

»Äh, nein.«

»Dann sollten Sie das tun. Vielleicht gab es ja doch jemanden, der sich um ihn gesorgt hat.«

»Ja, natürlich.«

»Obwohl es nicht danach ausschaut.« Kalkbrenner trat an Muth vorbei in den Flur. »Reden wir mit der Ehefrau.«

*

Anezka hob ihren Kopf.

Schmerz, Tränen und Blut, das aus der Platzwunde an ihrer Stirn sickerte, trübten ihren Blick. Im Eingang zur Halle waren zwei schemenhafte Gestalten aufgetaucht. Standen nur da, wie eingefroren. Warum reagierten sie nicht? Sahen sie nicht, was hier geschah?

Auch Pjtor bewegte sich nicht. Mit der zum Schlag erhobenen Eisenstange wirkte er, wie inmitten eines grotesken Tanzes erstarrt.

Just dance, gonna be okay, da da doo-doo-mmm …

Es war dieses Lied – und die Erinnerung an ihren verzückt dazu herumhopsenden Bruder –, das Anezka handeln ließ. Sie rollte sich zur Seite, weg von Pjtor.

Der ließ scheppernd die Eisenstange fallen.

Hilfe!, wollte Anezka rufen, doch aus ihrer Kehle löste sich nur eine Blase aus Speichel und Blut. Sie rappelte sich auf und taumelte auf die beiden Teenager zu.

Die Augen des Mädchens weiteten sich entsetzt. Der Junge schrie. Ein Knall übertönte seine Stimme. Blut spritzte gegen die Hallenwand. Das Mädchen sackte zu Boden.

Anezka erstarrte in der Bewegung.

Nein!

»Lauf!«, drang die panische Stimme des Jungen in ihr Ohr. Er packte ihre Hand und stürmte mit ihr aus der Halle.

Ein zweiter Schuss peitschte durch die Nacht. Irgendwo bellte ein Hund.

Aus den Schatten am Wagen löste sich Leonid.

»Schnell!«, keuchte der Junge, zog Anezka zur Straße und in die Dunkelheit des Feldes gegenüber.

Hinter ihnen klatschten Schritte auf dem Asphalt.

3

Verwundert drückte ich das Telefon an mein Ohr. »Sanita?«

»Hallo, Frau Kluge«, wisperte Merles Freundin.

»Was soll das heißen: Du willst wissen, wann Merle endlich kommt?«

»Ich wollte fragen, also, wann sie endlich kommt.«

»Das habe ich begriffen, aber …« Ich schaute auf die Uhr. Vor zwei Stunden war Merle zu ihrer Freundin aufgebrochen, die nur wenige Straßen weiter wohnte, ein Fußweg von zehn, maximal fünfzehn Minuten. »Sie müsste längst bei dir sein.«

»Ist sie aber nicht.«

»Okay, auch das habe ich verstanden, aber …« Ich stellte das Wasserglas ab, legte die Wärmflasche beiseite und stemmte mich aus meinem Gartenstuhl.

Dabei bemerkte ich Toby, der in seinem Schlafanzug unbewegt im Türrahmen stand. Über seine Schulter lugte neugierig Aaron. Auch Elsa hatte ihren Kopfhörer wieder abgelegt.

Ich warf Yvonne einen bittenden Blick zu.

»Kommando an alle«, verkündete sie, »Zeit zum Schlafen.«

»Oh Mann, Yvonne!«, antwortete es mehrstimmig. Sogar der Kater miaute.

Yvonne scheuchte die Kinder ins Haus, was nicht ohne die übliche Quengelei abging.

»Ich muss noch mal aufs Klo«, verkündete Toby.

»Ich hab meine Hände noch nicht gewaschen«, schloss Aaron sich an.

»Yvonne, krieg ich ein T-Shirt von dir?«, fragte Elsa.

Ich blendete die Stimmen aus. »Sanita, Merle ist also nicht bei dir angekommen?«

Das Mädchen zögerte. »Noch nicht.«

»Noch nicht?«

»Ja.«

Sanitas eigenwillige Formulierung weckte mein Misstrauen. »Ist da etwas, was du mir verschweigst?«

»Na ja …«

»Was heißt das – *na ja?*«

»Na ja, eigentlich nichts.«

»Und uneigentlich?«

»Also, sie …«, Sanita druckste herum, »… aber Sie dürfen nicht sauer sein!«

»Warum sollte ich sauer sein?«

»Weil ich es Ihnen verraten habe.«

Ich brauchte einige Sekunden, bis ich die verquere Mädchenlogik durchschaute. Unterdessen kehrte Yvonne zurück in den Garten und blieb vor mir stehen.

»Sanita«, sagte ich, »*was* willst du mir verraten?«

»Na ja, also, Merle … sie wollte noch zu Kristi.«

»Kristi?«

»Ja.«

Ich legte auf.

»Kristi?«, fragte Yvonne.

Ausgerechnet Kristi!

»Mach dir keinen Kopf«, sagte Yvonne.

»Wer sagt, dass ich mir einen Kopf mache?«

Sie lächelte. »Ich! Und ich kenne dich.«

*

Es ist ein gutes Gefühl, zu wissen, dass jemand einen versteht. Dass dieser jemand einen besser kennt als jeder andere Mensch auf der Welt, besser sogar als die eigenen Eltern.

Falls Sie das mit meinen Eltern überrascht, nun: Ich bin in einem kleinen Örtchen in Norddeutschland aufgewachsen, so bieder und spießig, wie man es sich nur vorstellen kann.

Auch meine Eltern waren gutbürgerlich, hatten einen geregelten Alltag, lebten mit mir und meinen beiden Geschwistern eine kleine, heile Familienwelt.

Homosexualität existierte in dieser Welt nicht. Also sprachen sie das Thema nicht an, auch dann nicht, als ich ihnen gute Gründe dafür geliefert hatte. Mein Vater stellte sich blind und taub. Meine Mutter tat es als Kinderei ab: *So sind Kinder halt gelegentlich.* Ende der Diskussion.

Also musste ich mich alleine mit meinen Empfindungen auseinandersetzen. Mir selbst war nämlich längst aufgefallen, dass etwas anders an mir war. Nur wusste ich weder, was das war, noch hatte ich eine Vorstellung davon, wie ich damit umgehen sollte. Durfte ich es überhaupt? War es richtig? Oder stimmte irgendetwas nicht mit mir?

*

Ich rief auf Merles Handy an.

The person you have called is temporarily not available.

Mein Unterleib verkrampfte sich wieder, sobald ich die mechanische Frauenstimme hörte.

»Keine Panik«, sagte Yvonne und setzte sich zu mir, »es ist später Abend und …«

»… Merle ist zu Kristi gegangen«, unterbrach ich und wiederholte: »*Kristi!*« Als wäre damit alles gesagt.

Kristis richtiger Name war Christiane, sie wohnte nicht im *Vorhof,* sondern fast schon *in der* Hölle, am Rande der Heinersdorfer Plattenbausiedlung. Und es gingen Gerüchte um, Partys, Alkohol, Drogen, solche Sachen.

Ja, ich weiß, was Sie denken: *So sind Kinder halt gelegentlich …*

Nur dass Merle mit ihren fünfzehn Jahren schon eine schlimme Zeit hinter sich hatte, aufgewachsen in einer zerrütteten Familie, dann abgehauen, Straßenkind, Drogen, Gewalt und Heim. Und das war bei weitem noch nicht alles. Seit sie vor anderthalb Jahren bei uns eingezogen war, hatte sie endlich Ruhe gefunden – zum ersten Mal in ihrem Leben.

Nein, es gefiel mir nicht, dass sie sich mit Kristi abgab.

Yvonne legte ihre Hand auf mein Bein. »Noch ist ja gar nicht sicher, dass Merle tatsächlich bei ihr ist.«

»Bei Sanita ist sie jedenfalls nicht.«

»Außerdem ist der Großteil von dem, was wir über Kristi zu wissen glauben, nur ein Gerücht.«

»Wenn nur die Hälfte davon stimmt …«

»Trotzdem kein Grund, gleich das Schlimmste anzunehmen.« Yvonne fegte meine Finger vom Kinn. »Oder dass du an deinen Pickeln rumpulst.«

Ich biss mir auf die Lippen.

Wahrscheinlich hatte sie recht. Es war später Abend, ich hatte meine Tage, war empfindlich und obendrein müde.

Hatte ich nicht eben erst selbst festgestellt, dass sich Merle endlich gefangen hatte?

Aber hätte sie dann nicht ihrer besten Freundin Sanita Bescheid gegeben?

Ich wählte erneut Merles Handynummer.

The person you have called is …

Ich stand auf und ging ins Haus. Auf halbem Weg klingelte das Telefon. »Merle?«

»Yvonne?«, krächzte Yvonnes Mutter.

»Nein, Alma, ich bin's, Juliane.«

»Ach so, Juli, ja, weißt du, wegen dem Computer, der …«

»Entschuldige, ich kann gerade nicht.« Ich drückte Yvonne den Apparat in die Hand und eilte in die Küche, wo mich Chuck sehnsüchtig mauzend vor seinem leeren Napf erwartete.

Ich schnappte mir die Autoschlüssel.

»Wohin willst du?«, fragte Yvonne.

4

Markus keuchte, sein Herz pochte und ihm war übel, dennoch registrierte sein trainierter Verstand alle wichtigen Details.

Der Kerl vor ihm war nicht groß, nicht einmal kräftig, was er mit Stahlkappenstiefeln und Army-Hose zu kaschieren versuchte. Einzig sein narbenzerfurchtes Gesicht strahlte etwas Bedrohliches aus – und das Klappmesser in seiner Hand.

Markus wandte sich ab.

Zu spät!

Auf der gegenüberliegenden Straßenseite waren seine beiden Verfolger aufgetaucht und schnitten ihm die Fluchtwege ab, der eine ein paar Meter weiter links, der andere rechts. Der Gestank von Alkohol, Kippen, Schweiß und, kein Zweifel, Axe Transition umfing Markus wie ein Netz. Von hinten stapften Schritte auf ihn zu.

Er drehte sich wieder um, die Hand fest am Briefumschlag in seiner Jackentasche.

»Gib mir«, knurrte das Narbengesicht.

Markus schob die freie Hand hinter seinem Rücken unter die Jacke.

Der Typ gefror in der Bewegung.

Sekundenlang starrten sie sich an. Ihr wütendes Schweigen dämpfte alle Geräusche, das Zirpen der Grillen, das Surren der Rasensprenger in den Vorgärten, das Knattern eines Mopeds. Bis Markus nur noch sein eigenes Atmen hörte, sein Herzklopfen und – ein Kichern? Aus einem der Hauseingänge trat ein älteres Ehepaar. Das Lachen erstarb, sobald die beiden die Gestalten auf der Straße bemerkten. Der Mann zerrte seine Frau zurück ins Haus, schlug die Tür ins Schloss, verriegelte es einmal, zweimal.

Das Narbengesicht zeigte ein Grinsen oder das, was er darunter verstand. Er hob das Messer. »Und jetzt gib …«

Seine restlichen Worte gingen in einem Hupen unter.

Ein Wagen bog um die Ecke, ein betagter, mit Rostbeulen übersäter Polo, der scharf neben Markus bremste. Durchs offene Beifahrerfenster rief eine Stimme: »Yo, Mann, worauf wartest du?«

Das Grienen des Narbengesichts erlosch.

Markus wollte die Autotür öffnen. Sie klemmte. »Verdammt!«

Das Narbengesicht stürmte auf ihn zu. Auch die beiden anderen Freaks setzten sich in Bewegung.

Im Wagen stemmte sich der Fahrer über den Beifahrersitz, verpasste der Tür einen kräftigen Stoß.

Markus rüttelte am Griff. Vergeblich.

Das Narbengesicht holte mit dem Messer aus.

Markus zog das Kuvert aus seiner Tasche, schleuderte es ins Auto. Kopfüber sprang er durchs Beifahrerfenster hinterher.

Die Klinge erwischte ihn an der Schuhsohle.

»Fahr!«, schrie er.

Der Motor heulte auf. Hände umschlangen Markus' Knöchel, wollten ihn zurück ins Freie ziehen. Sein Beckenknochen knallte gegen den Fensterrahmen.

»Fahr doch, verdammt noch mal, fahr!«

Der Polo tat einen Satz. Erneut krachte seine Hüfte gegen die Innenverkleidung. Ein jäher Schmerz durchfuhr seinen Körper. Gleichzeitig zerrten die Hände an seinem Fuß. Er drohte auf die Straße zu stürzen. Hektisch ruderte er mit den Armen, bis er Halt am Beifahrersitz fand.

Das Narbengesicht, immer noch an seinen Fuß geklammert, stolperte neben dem Wagen her.

Markus winkelte sein freies Bein an. Die Schmerzen in seiner Hüfte waren kaum auszuhalten. Trotzdem trat er zu. Ein Knacken, laut genug, dass es den Lärm des Motors übertönte, verriet ihm, dass er getroffen hatte.

Endlich ließ der Mistkerl von ihm ab, und Markus konnte sich in den Polo hangeln, der an Geschwindigkeit gewann. Stöhnend wand er sich auf dem Sitz, bis er aufrecht saß. Der Fahrtwind peitschte ihm ins Gesicht. Er kurbelte die Fensterscheibe hoch.

»Hehe«, kicherte der Fahrer, »das war knapp.«

Markus schmeckte Sauerbraten und Galle. Seine Hüfte brannte. Sein Schädel kochte. »Verdammt, Mick, woher wussten die von unserem Treffen?«

*

Kalkbrenner setzte sich auf das Sofa gegenüber.

»Frau Cerny«, sagte er, nachdem er sich und seine Kollegin vorgestellt hatte, »entschuldigen Sie die Frage, aber der Mann im Schlafzimmer ist Ihr Gatte, Patrik Cerny, ist das richtig?«

Martina Cerny, eine zierliche Frau in schlichter Bluse, Jeans und abgetretenen Sneakers, hielt ein Taschentuch umkrampft. Ihr Gesicht war aschfahl, ihre Augen von Tränen gerötet. »Denken Sie etwa …?«

»Nein, aber ich muss Sie das trotzdem fragen, reine Routine.«

»Ja«, sie tupfte ihre Augenwinkel ab, »das ist mein Mann.«

»Ich verstehe, dass sein Tod Sie trifft …«

»Ach Gott, wie kommen Sie denn darauf?« Sie folgte Kalkbrenners Blick zu ihrem Taschentuch. »Weil ich weine? Das verstehen Sie falsch.«

»Inwiefern?«

»Sein Anblick, der ist mir auf den Magen geschlagen. Ich musste kotzen. Und wenn ich würge, dann treibt es mir immer Tränen in die Augen.«

»Sein Tod …«

»Der berührt mich wenig. Dass ich allerdings diese Schweinerei habe vorfinden müssen …« Wütend zerknüllte sie das Taschentuch. »Das sieht diesem Mistkerl ähnlich.«

»Sie glauben, er wollte, dass *Sie* ihn finden?«

»Auf jeden Fall hat er es nicht verhindert.«

»Nun …«

»Er hat gewusst, dass ich bei ihm aufkreuze, wenn er das Geld für die Kinder nicht zahlt, ich wohne ja nur fünf Straßen weiter … Aber so war er schon immer: Hat sich um nichts geschert. Und jetzt kann ich zusehen, wie ich die Kleinen über die Runden bringe.«

Kalkbrenner schwieg und betrachtete das Wohnzimmer, das ebenso altbacken eingerichtet war wie das benachbarte Schlafzimmer. Eine braune Eichenschrankwand mit bleiverglasten Butzenscheiben und einer Barklappe, davor ein zerschrammter Holztisch, um den sich eine Couchgarnitur gruppierte, deren Polster unübersehbar unter Kindern gelitten hatten.

Er fragte: »Wie alt sind sie?«

»Die Ältere wird demnächst zwei, die Jüngere ist ein Jahr.«

»Halten Sie …?« Er wurde durch das Klingeln seines Handys unterbrochen.

Es war Ellen, seine Exfrau. Er drückte den Anruf weg.

»Wann haben Sie Ihren Mann das letzte Mal gesprochen?«, fragte Muth.

»Am Sonntag vor zwei Wochen. Da habe ich mit ihm telefoniert.«

»Warum?«

»Na, weil er das Geld nicht überwiesen hat. Für die Kinder.«

»Seitdem haben Sie nichts mehr von ihm gehört?«

»Ich habe mehrmals versucht, ihn anzurufen, ihn aber nicht erreicht.« Sie schaute zu einem Regal in der Schrankwand, auf dem der Anrufbeantworter stand. Die digitale Anzeige zählte fünf verpasste Anrufe.

»Hat er früher schon einmal versucht, sich das Leben zu nehmen?«, fragte Kalkbrenner.

»Nein.«

»Oder angedeutet, dass er es tun möchte?«

»Auch nicht.«

»Als Sie vor zwei Wochen mit ihm telefoniert haben, wie hat er da auf Sie gewirkt?«

»Wie immer.«

»Das heißt?«

»Wie das Arschloch, das er war.«

»Halten Sie es für möglich, dass er …?«

»… die Trennung nicht verkraftet hat?« Martina Cerny lachte auf. »Die Trennung ist ihm genauso egal gewesen wie die Kinder. Wahrscheinlich stand ihm nur die Scheiße bis zum Hals, kein Wunder, hat ja genug davon verzapft.«

»Zum Beispiel?«

»Was weiß ich, das Übliche halt. Drogen und solche Sachen. Aber das können Sie alles in seiner Akte nachlesen … Okay, ich war auch kein Kind von Traurigkeit, das will ich gar nicht verleugnen, aber bei mir ist das vorbei. Ich habe Kinder. Ich habe Verantwortung! Bei Patrik wurde es dagegen immer schlimmer, eine bescheuerte Aktion nach der anderen.«

»Deshalb sind Sie ausgezogen?«

»Ja.« Sie stopfte das Taschentuch in ihre Hosentasche. »Und wenn jetzt keine weiteren Fragen mehr sind … Ich habe die Babysitterin nämlich nur für zwei Stunden bestellt.«

»Bevor Sie gehen, geben Sie bitte unserer Kollegin«, Kalkbrenner wies auf die Schutzbeamtin, »Ihre Kontaktdaten. Für den Fall, dass wir doch noch eine Frage haben.«

Martina Cerny nannte der Polizistin ihre Adresse. Als sie auf dem Weg zur Tür das Schlafzimmer passierte, hielt sie die Augen stur geradeaus gerichtet.

Kalkbrenner fischte Einweghandschuhe aus seiner Jackentasche, ging zur Schrankwand und tippte den Wiedergabeknopf des Anrufbeantworters.

Der erste Anruf war vor acht Tagen eingegangen. *»Patrik, wo steckst du?«*, schimpfte Martina Cerny. *»Ich warte mit den Kindern auf dich. Kannst du dich nicht ein Mal an unsere Absprachen halten?«*

Kalkbrenner sprang vor zum zweiten Anruf, vor sieben Tagen. *»Also gut, Patrik«*, wieder Frau Cerny, diesmal schwankte ihre Stimme zwischen Resignation und Wut. *»Das war's dann wohl. Schönen Dank auch, die Kinder waren mal wieder enttäuscht. Aber glaub ja nicht, dass du noch mal kommen brauchst. Vergiss es! Ach so, und dein Geld ist auch noch nicht da. Kümmer dich bitte wenigstens darum.«*

Der dritte Anruf war vor zwei Tagen eingegangen. *»Hey, du*

Sackgesicht«, motzte eine Männerstimme, »*was denkst du dir, so'ne Scheiße zu verzapfen? Meld dich oder ich mach dir Beine!*«

Der vierte Anruf gestern war ohne Nachricht erfolgt.

Der fünfte stammte abermals von Martina Cerny, heute Morgen: »*Das Geld ist immer noch nicht auf dem Konto! Ich komme heute vorbei. Wenn du nicht da bist … Ich sag's dir, ich geh zum Anwalt. Mir reicht's, endgültig!*«

»Und mir erst mal!«, grollte es aus der Diele.

*

Markus wartete vergeblich auf Antwort.

Mit der einen Hand steuerte Mick den klapprigen Polo in einem Höllentempo durch die engen Gassen Krembs, mit der anderen befingerte er das Briefkuvert.

Markus entriss es ihm. »Pass auf, wo du hinfährst!«

»Yo, Mann, klar.« Hupend wich Mick einem Radfahrer aus.

»Was soll der Scheiß? Soll jeder hören, wo wir langfahren?« Wütend stopfte Markus den Umschlag in die Jackentasche.

»Was is'n da drin in deinem Brief?«

»Guck nach vorne, verdammt!«

»Mach dich mal locker.«

Markus setzte zu einer Antwort an, aber der Schmerz in seiner Seite verlangte seine ganze Aufmerksamkeit. Mühsam klaubte er ein Zippo-Feuerzeug und eine zerknüllte Schachtel Gauloises aus seiner Hosentasche.

»Machste mir auch 'ne Tüte?«, fragte Mick.

»Während du fährst?«

»Dann gib mir wenigstens 'ne Kippe.«

»Hab nur noch eine.«

Mick beugte sich zum Handschuhfach vor.

»Bist du bescheuert oder was?«

»Da müss'n noch Fluppen drin sein.«

»Dann sag was, aber schau verdammt noch mal nach

vorne!« Markus öffnete die Klappe, wühlte sich durch ein Chaos aus verstaubten Plastiktütchen, Kondompackungen und Kassetten, aus denen Tonband flatterte. »Da sind keine.«

»Doch, da …«

»Nein, da ist nichts!«

»Guck noch mal …«

»Verdammt, hörst du mir nicht zu?«

Beleidigt schaltete Mick das Autoradio ein, das noch älter war als der Wagen. Ein Gerät mit zwei Drehknöpfen und einem Kassettenrecorder in der Mitte.

Vertrauen ist ein Wort, an dem du dich verbrennst …

Hiphop leierte blechern aus billigen Lautsprechern, während der Polo durch die verwinkelten Gassen Krembs raste. Alle paar Meter streifte Laternenlicht Micks schmales, blasses Gesicht.

Markus stieß Zigarettenqualm in das Halbdunkel des Wagens. Sein Herzschlag normalisierte sich. Das Brennen in seiner Hüfte ließ nach. Sogar sein Magen kam wieder zur Ruhe.

Manchmal wird es richtig eng und du musst bemerken …

Er drehte die Musik leiser. »Also, was jetzt?«

»Hä?«

»Wer waren die Typen?«

»Woher soll ich das wissen? Wahrscheinlich Junkies, die dich abzieh'n wollten. Treib'n sich eh zu viele davon in Kremb rum, weißte doch.«

»Nein, das war kein Zufall, diese Typen haben mir gezielt aufgelauert.«

»Und wenn schon, was regste dich so auf? Is' doch alles grad gegangen.«

Markus zog an der Gauloises. »Glatt.«

»Hä?«

»Das heißt: *glattgegangen*. Und das ist es nur, weil du … Verdammt, pass auf!«

Mick ging in die Eisen, Reifen quietschten, der Wagen schlingerte. Der Motor soff ab. Leiernd erstarb die Musik. Es stank nach verbranntem Gummi.

Unter einer Straßenlaterne buckelte eine Katze. Ihre Augen funkelten.

»Hehe, das war schon wieder knapp«, sagte Mick.

»Wie oft soll ich dir das noch sagen? Schau auf die Straße!«

»Klar, Mann, klar.«

Markus pickte den Zigarettenstummel auf, der seinen Fingern entfallen war. Er fegte Asche von seiner Jeans, nahm einen letzten Zug, kurbelte das Fenster runter und schnippte die Kippe nach draußen.

Die Katze hatte ihren Schreck bereits verwunden und stolzierte seelenruhig über den Asphalt auf die andere Straßenseite.

Mick startete den Wagen. Der Motor stotterte, sprang aber nicht an.

Scheinwerferlicht traf den Polo.

*

Kalkbrenner betrachtete den weißen Einwegoverall. »Halten Sie diesen Aufzug nicht für etwas übertrieben, Dr. Wittpfuhl?«

»Mag sein«, erwiderte der Gerichtsmediziner, dessen sonnengebräuntes Gesicht ein dunkler Fleck unter der hellen Kapuze war. »Allerdings komme ich geradewegs aus der Oper und verspüre nur wenig Lust, mir meinen guten Anzug zu ruinieren.«

»Verstehe.«

»Dann verstehen Sie sicherlich auch, dass ich die Sache zügig hinter mich bringen will. Meine Frau wartet unten im Auto und …«

»Warten Sie!«, unterbrach Kalkbrenner, weil sein Handy zu läuten begann.

Erneut war es seine Exfrau. Wieder drückte er den Anruf weg.

»Können wir endlich?« Der Arzt zwängte sich an ihm vorbei ins Schlafzimmer. Überrascht blieb er stehen. »*Deswegen* haben Sie mich gerufen?«

»Ich habe Sie nicht gerufen.«

»Ob Sie persönlich oder Ihr Kollege auf dem Präsidium – meinen Sie, das macht einen Unterschied?«

Kalkbrenner beließ es bei einem Kopfschütteln. »Was können Sie mir sagen?«

»Der Mann hat sich erhängt.«

»Ach, ehrlich?«

»Passen Sie mal auf, Herr Kalkbrenner, wenn Sie jetzt ...«

»Tut mir leid, ich präzisiere meine Frage: Sie haben keinerlei Zweifel, dass *er* sich das Leben genommen hat?«

»Haben Sie mir nicht zugehört? Ich sagte: *Er hat sich erhängt.*« Mit einem Seufzen inspizierte Dr. Wittpfuhl die Leiche von allen Seiten. »Schauen Sie, in 99 Prozent aller Fälle, in denen Menschen erhängt werden, reißen sie in heilloser Panik die Augen weit auf. Die Augen *dieses* Mannes sind geschlossen.«

»Es sei denn«, gab Muth zu bedenken, »es hat ihn jemand erdrosselt, ihm die Augen geschlossen und ihn erst dann erhängt.«

»Unwahrscheinlich. Jemand, der erwürgt wird, wehrt sich dagegen. Ich kann aber keinerlei Abwehrverletzungen erkennen.« Der Rechtsmediziner richtete den Stuhl auf, kletterte darauf und besah sich den Hals des Toten. »Was ich allerdings erkennen kann, sind Strangulationsmale.« Er schaute auf die beiden Beamten herab. »All das zusammen legt den Schluss nahe: Dieser Mann ist hier oben gestorben. Und zwar aus freien Stücken.«

Das Urteil des Gerichtsmediziners deckte sich mit Kalkbrenners bisherigen Beobachtungen.

Dr. Wittpfuhl stieg vom Stuhl und wandte sich dem Ausgang zu. »Endgültige Sicherheit haben wir natürlich erst nach der Obduktion, aber das wird …«

»Können Sie sagen, wie lange er dort schon hängt?«, fragte Muth.

Unwillig drehte sich der Arzt zu ihr um. »Auch das wäre nur eine Vermutung.«

»Bitte.«

»Ich gehe davon aus, dass das Fenster erst heute geöffnet worden ist?«

»Ja.«

»Dem Zustand der Leiche nach zu urteilen, anderthalb Wochen, maximal zwei. Aber wie gesagt, Genaueres nach der Obduktion.«

»Und das wird dauern, ich weiß«, murmelte Kalkbrenner.

Der Gerichtsmediziner strafte ihn mit einem grimmigen Blick, bevor er nach draußen rauschte. In das Rascheln seines Overalls mischte sich erneut das Klingeln von Kalkbrenners Handy.

Seufzend nahm Kalkbrenner das Gespräch entgegen. »Ellen, was ist denn?«

»Wieso gehst du nicht ran?«

»Weil ich arbeite.«

»Was für eine Überraschung!«

»Ist was Wichtiges?«

»Ja, Paul, deine Tochter. Sie ist im Krankenhaus.«

»Jessy?« Kalkbrenners Herz klopfte. »Was ist passiert?«

»Ich weiß nicht. Ein Schwächeanfall, glaube ich.«

»Ein Schwächeanfall? Deswegen …«

»Ich weiß es doch auch nicht, sie wird noch untersucht.«

»Wo ist sie?«

»Ich sagte doch, im Krankenhaus.«

»In *welchem* Krankenhaus?«

»Im Helios-Klinikum. Hier in Zehlendorf.«

»Warte!« Er drehte sich zu Muth um. »Sera?«

»Kein Problem«, sagte seine Kollegin, »wir sind ja fast fertig hier, den Rest erledige ich. Fahr du zu deiner Tochter!«

*

Markus' Puls schlug schneller. »Was ist los?«

»Siehste doch, die Kiste springt nicht an.«

»Versuch's noch mal.«

»Hab ich doch schon.«

Markus sah sich nach dem Auto um, das aus dem Zentrum Krembs auf sie zufuhr. »Dann noch mal!«

»Yo, Mann, bleib cool. Denkste etwa, das sind die Typen von vorhin?«

»Willst du das herausfinden?«

»Besser nicht.« Mick drehte die Zündung. Der Motor gab nur ein Stottern von sich.

Das Scheinwerferlicht hinter ihnen wurde heller. Der Wagen kam rasch näher.

Mick verpasste dem Lenkrad einen Hieb. »Die Schrottkiste will nicht mehr.«

»Das macht's auch nicht besser.«

»Weißt du was Besseres?«

Markus schob die Hand in seine Jackentasche, bekam das Briefkuvert zu fassen.

Gib mir …

Wieder war er sich nicht sicher, ob sein erschöpfter Verstand ihm nur einen Streich spielte.

Grelles Licht flutete den Polo. Der Wagen hatte sie fast erreicht.

Markus griff zum Türöffner.

Sein Kumpel packte ihn am Arm. »Warte!«

»Verdammt, was soll das?«

»Das ist doch nur ...« Mick blickte in den Rückspiegel und grinste, als ein Taxi zornig hupend an ihnen vorbeisauste.

Markus sank zurück in den Sitz, aber es wollte sich keine Erleichterung einstellen. Schweiß rann seinen Rücken runter. Er krempelte die Jackenärmel hoch. Im fahlen Laternenlicht glänzte die Tätowierung auf seinem Unterarm.

Mick versuchte sich wieder an der Zündung. Der Motor sprang an, begleitet von einem blechernen Beat aus den alten Lautsprechern.

Manchmal wird es richtig eng ...

Markus starrte seinen Kumpel an, der kichernd Gas gab. Kurz darauf ließen sie die letzten Häuser Krembs hinter sich. Minutenlang fuhren sie durch dunklen Wald eine Anhöhe hinauf. Ab und zu glitten die Lichter vereinzelter Gehöfte an ihnen vorüber. Die Gebäude waren in der Finsternis verschwunden, noch ehe man sie richtig wahrgenommen hatte.

... und du musst bemerken ...

Auf dem Hügelkamm lichtete sich der Wald, gab den Blick frei ins Tal. Ein flimmerndes Geflecht aus Straßenlaternen und bunt blinkenden Leuchtreklamen grüßte zu ihnen hinauf.

... dass du die meisten Menschen nicht kennst.

Einer Serpentine gleich wand sich die Straße den Berg hinunter, dem Lichtermeer entgegen.

Tobacco Drive funkelte es von einem haushohen Schild. Nur unwesentlich kleiner war das *Casino* daneben. Ein paar Meter weiter versprach das *La Luna* mit rotem Neon: *Neue Mädchen! Neuer Sex!*

Der Polo rumpelte über eine Brücke, die die Grenze zu Tschechien markierte.

*

Anezka stolperte in der Dunkelheit über einen Erdhügel.

»Weiter!«, keuchte der Junge, der noch immer ihre Hand fest umschlossen hielt, »schneller!«

Blut strömte über ihr Gesicht. Ihr Magen brannte von dem Tritt, den Pjtor ihr verpasst hatte. Ihre Beine fühlten sich noch immer steif an von den letzten Stunden, die sie im Kofferraum gefangen gewesen war. Ihr ganzer Körper sträubte sich gegen die Anstrengung, und doch blieb sie nicht stehen, ließ sich von dem Jungen über den Acker ziehen, so schnell es nur ging.

Mit der freien Hand wischte sie sich das Blut aus den Augen. Wieder schlug ihr Fuß gegen ein Hindernis. Sie geriet ins Straucheln.

Hinter sich hörte sie die schweren Schritte ihrer Verfolger.

»Weiter!«, ächzte der Junge und schleifte sie einem Wald entgegen, der wie eine schwarze Wand vor ihnen aufragte. Bäume, Sträucher. Ein Versteck vielleicht. Und Sicherheit. »Schneller!«

Obwohl inzwischen jede Faser ihres Körpers rebellierte, legte Anezka noch einmal an Tempo zu.

Der Junge stöhnte und zog sie in die Finsternis zwischen die Büsche und Bäume. Äste verfingen sich in ihren Kleidern. Zweige peitschten ihnen ins Gesicht.

Anezka scherte sich nicht darum.

Schneller!

Nur langsam gewöhnten sich ihre Augen an die Rabenschwärze im Wald. Immer wieder mussten sie Bäumen ausweichen, deren Stämme wie aus dem Nichts vor ihnen aufragten. Mächtige Riesen, die ihnen zu drohen schienen. Wiederholt rutschten sie auf glitschigem Moos aus oder verfingen sich in unter dichtem Unterholz verborgenen Wurzeln.

Weiter!

Unvermittelt blieb der Junge stehen. Anezka krachte in seinen Rücken. Verzweifelt ruderte er mit den Armen, drohte den Abhang hinabzustürzen, der sich vor ihnen auftat. Gerade noch rechtzeitig hielt Anezka ihn fest.

Minutenlang standen sie nur da, schweißüberströmt, um Atem ringend, während ihre Blicke verzweifelt das nächtliche Grau zu durchdringen suchten.

Über ihnen raschelten die Baumwipfel. Irgendwo klopfte ein Specht. Ansonsten herrschte Stille.

Anezka spähte den Abhang hinunter, erkannte einen Pfad, der sich zu beiden Richtungen in der Finsternis verlor. Ein schmaler Waldweg wie dieser war entweder eine Sackgasse und führte nirgendwohin – oder er mündete irgendwann in eine größere Straße, auf der Autos fuhren, an der Häuser standen, Menschen lebten. Rettung.

Anezka drehte sich zu dem Jungen um. Sie kramte die wenigen deutschen Worte zusammen, die sie beherrschte. »Wo sind wir?«

»Ich …« Der Junge schnappte nach Luft. Er sprach mit einem seltsamen Akzent. »… ich weiß nicht.«

»Weißt du, wo Menschen leben?«

»Ich …« Er schüttelte den Kopf. Seine Stimme bebte. »Er hat sie umgebracht.«

»Was?«

»Er … er hat sie getötet.« Der Junge brach in Tränen aus.

Anezka trat zu ihm. »Wir brauchen –«

Steine knirschten. Unten eilte ein Mann über den Weg. Sie erkannte ihn: Leonid.

Anezka warf sich zu Boden. Der Junge folgte ihrem Beispiel.

Leonid verharrte auf der Stelle.

Anezkas Herz pochte laut. Viel zu laut. Sie hielt den Atem an.

Sekunden vergingen, in denen der Mann in den Wald horchte. Dann lief er endlich weiter.

Erleichtert holte Anezka Luft. Sie stand auf.

»Ich …«, sagte der Junge und sackte zusammen. Mit einem Stöhnen hielt er sich die Seite. Als er die Hand wieder wegnahm, war sie voller Blut.

5

Ich wollte gerade in meinen Wagen steigen, ein alter, klappriger Subaru, da hielt mich Yvonne am Arm zurück: »Juli! Du fährst jetzt nicht wirklich zu Kristi, oder?«

Wortlos erwiderte ich ihren kritischen Blick.

»Mal abgesehen davon, dass das peinlich werden könnte …«

»Das ist mir egal!«

»Peinlich nicht für dich.« Yvonne lächelte. »Für Merle.«

»Ich will wissen, ob sie bei Kristi ist.«

Yvonnes Lächeln wich einer irritierten Miene. »Wo sollte sie sonst sein?«

Noch ehe ich antworten konnte, krächzte Yvonnes Mutter aus dem Telefon. »Hallo, ihr? Hallo, was ist denn da los?«

Yvonne hielt noch immer den Apparat in der Hand. »Gleich, Mama«, sagte sie und ließ mich dabei nicht aus den Augen.

Elsa trat zur Tür heraus, gehüllt in eines von Yvonnes ellenlangen T-Shirts. »Ist Merle wieder abgehauen?«

»Nein, ist sie nicht!« Ich erschrak über die Heftigkeit meiner Stimme. Leiser fügte ich hinzu: »Solltest du nicht im Bett sein?«

»Ich war auf dem Weg ins Bad …«

»Hast du gelauscht?«

Elsa deutete ein Kopfschütteln an, aber ihr schuldiger Blick sprach Bände.

Ich wartete, bis sie die Treppe hoch in ihr Zimmer verschwunden war.

Kein Grund, gleich das Schlimmste anzunehmen.

Yvonne streichelte meinen Nacken. »Wahrscheinlich ist sie tatsächlich mit Kristi zu einer Party und morgen früh steht sie wieder vor der Tür«, sie zwinkerte mir zu, »übernächtigt so wie wir.«

»Und was, wenn nicht?« Ich stieg in den Subaru.

*

Irgendetwas stimmte nicht mit mir.

Nicht dass mir das damals, als ich ein junges Mädchen war, jemand eingeredet hat. Und niemand hat mich darauf angesprochen oder sogar gesagt: *Du bist ja pervers.*

Es war vielmehr das Gefühl, dass ich durch meine Umwelt erfuhr. Zum Beispiel auf Familienfeiern, bei denen mit steigendem Alkoholkonsum die Witze immer flacher wurden. *Geht ein Schwuler zum Arzt …* Oder: *Kommt eine Lesbe in den Laden …*

Oder in der Schule, wo im Biologieunterricht der »normale« Mensch gelehrt wurde, Mann, Frau, Kind.

Ich meine, ich habe mir auch Kinder gewünscht, später, irgendwann. Ich konnte mir nicht Schöneres vorstellen. Aber wie sollte das gehen?

War ich wirklich normal?

Natürlich hatte ich irgendwann einen ersten Freund, den ersten Kuss, das erste Mal, einen zweiten Freund, ein weiteres Mal. Aber ich spürte, dass die klassische Rollenverteilung *Junge mit Mädchen* oder *Mädchen mit Junge* für mich nicht passte.

In dieser Zeit, in der alle damit begannen, sich sexuell auf das andere Geschlecht zu konzentrieren, war ich mir isoliert vorgekommen. Verängstigt. Verzweifelt.

Daran musste ich denken, als ich den Wagen vor dem Haus von Kristis Eltern abstellte.

*

Kristi öffnete auf mein Klingeln. »Hi.« Ihre Kiefer malträtierten einen Kaugummi.

Ihr Anblick machte mich sprachlos.

Sie trug ein knappes Spaghetti-Top, einen Minirock, halbhohe Sandaletten, hatte ihre Haare frisiert, ihr Gesicht geschminkt und schaute aus wie, na ja, lassen wir das. Sie hatte sich mit einem Parfüm eingenebelt, das mir nicht nur die Tränen in die Augen trieb, sondern auch meine Übelkeit wieder aufflammen ließ.

»Ist Merle bei dir?«, fragte ich.

Kristi kaute angestrengt. »Nö.«

»Ist sie schon wieder weg?«

»Sie war gar nicht da.«

»Aber ihr hattet euch verabredet?«

»Ja, aber …« Sie schob den Kaugummi von ihrer linken Backe in die rechte, »… dann hab ich mich verspätet.«

»Also hast du Merle heute nicht gesehen?«

»Nö.«

Aus der Wohnung drang ein Lachen.

»Sind das deine Eltern?«, fragte ich.

»Ja.«

»Vielleicht haben deine Eltern Merle gesehen.«

»Nö, die sind erst kurz vor mir rein.«

»Kann ich«, ich biss die Zähne aufeinander, weil sich der Schmerz in meinem Kopf verstärkte, »trotzdem mit ihnen reden?«

Kristi stöckelte davon.

Ich war mir nicht sicher, ob ich erleichtert darüber sein sollte, dass Merle nicht bei Kristi war.

Wo steckt sie dann?

Mein Blick glitt die Straße hoch und runter. Schmucklose graue Wohnbaracken markierten den Übergang nach Heinersdorf.

Die Hölle.

Im Türrahmen tauchte Kristis Vater auf, Mitte vierzig mit Halbglatze und Schmerbauch. »'n Abend.«

»Entschuldigen Sie die späte Störung.«

»Ach, wir sind auch gerade erst rein.«

»Ja, Kristi erwähnte es. Ich wüsste gern, ob Merle da war?«

»Merle wer?«

»Merle Schwarz, meine Tochter, also, meine Pflegetochter.«

»Ach, *die*.« Er schüttelte den Kopf. »Nee, *die* war nicht da.«

Etwas in mir ließ mich die Hände zu Fäusten ballen, und das war nicht die Migräne, die wie ein Stacheldraht durch meinen Schädel zog.

Kristi zermalmte ihren Kaugummi.

»Was hattet ihr heute vor?«, fragte ich an sie gewandt.

»Nichts.«

»Keine Party?«

»Nö.«

»Wieso wollte sie zu dir?«

»Was abholen.«

»Was?«

»Eine alte Jeans. Von meinem Bruder.« Ihr Kaugummi gefror zwischen ihren Vorderzähnen, während sie offenbar einen Geistesblitz hatte. Sie stakste in die Wohnung und kehrte mit der Hose zurück. »Hier, die können sie ihr geben.«

Ich betrachtete den verwaschenen Stoff.

»Weiß gar nicht, was sie damit will«, sagte Kristi, »ist doch für Jungs.«

Genau das war das Problem.

6

Markus schwieg, während sie die ersten Häuser Polmevas erreichten, Betonkästen mit flackernden Leuchtreklamen für Zigaretten, Glücksspiel, Alkohol und Sex, denen der winzige tschechische Grenzort zum Großteil seine Existenz verdankte.

Brüchiger Asphalt rüttelte den Polo durch. Die Musik erstarb in einem gequälten Leiern.

Fluchend hielt Mick auf dem Parkplatz vor dem *La Luna*, rechteckig, unverputzt und hässlich wie eine Lagerhalle.

Der neonrote Schriftzug bohrte sich in Markus' müden, angespannten Schädel. »Wer wusste von unserem Treffen heute?«

»Du, ich, hehe, sonst niemand.« Sein Kumpel beugte sich zum Handschuhfach vor. »Ich bin mir sicher, da war'n noch welche drin.«

»Mick, ehrlich …«

»Yo …«

»… hältst du mich für blöd?«

»Nee, Mann, aber ich hab da doch gestern … Ach, Scheiße!« Entnervt schlug Mick die Klappe wieder zu.

Vor dem Puff bremste ein Taxi, spuckte zwei Geschäftsmänner aus, gebräunte Gesichter, gegeltes Haar, teure Anzüge. Feixend klopften sie sich die Schultern. *Neue Mädchen! Neuer Sex!*

»Und du hast ganz sicher niemandem davon erzählt?«, fragte Markus.

»Wovon?«

»Von unserem Teffen heute Abend.«

»Weißte was?« Mick stieg aus dem Wagen. »Langsam nervste, mach dich endlich mal locker.«

Markus' Tür klemmte erneut. Grimmig rammte er seine Schulter dagegen. Quietschend sprang sie auf.

Aus dem Bordell scholl dumpfer Techno über den Parkplatz. Das Neonlicht spiegelte sich in zwei Dutzend PKWs, die meisten mit deutschem Kennzeichen.

Markus blickte in die Schatten zwischen den Autos.

»Das meine ich ernst«, sagte Mick.

»Ich auch.«

»Hä?«

»Schaff dir endlich einen neuen Wagen an.« Markus verpasste dem rostigen Polo einen Tritt.

Dann ging er ins *La Luna*, schenkte der Kamera über der Eingangstür ebenso wenig Beachtung wie dem Türsteher, der mit seinen langen Haaren, dem Doppelkinn und einer eindrucksvollen Plauze wie ein alkoholisierter Jahrmarktsboxer wirkte. Womit er wie geschaffen war für diesen Puff, in dem Kunstnebel süß wie Zuckerwatte waberte, getränkt von Schweiß und billigem Parfüm. Halbnackte junge Frauen hockten auf Ledersofas, alleine oder im Arm eines Freiers.

Auf der verspiegelten Bühne rekelte sich ein dürres Mädchen mit ausdrucksloser Miene an einer Stange. Über ihre gewaltigen Silikonbrüste spannte sich ein Bikinitop in Bindfadenbreite.

Markus setzte sich an die Theke und bestellte zwei doppelte Wodkas.

»Wieder Kumpels?«, fragte Mick.

»Mhm.«

Sie stießen miteinander an. Mick leerte sein Glas in einem Zug.

Markus zögerte. Eigentlich sollte er nüchtern bleiben, trotzdem verspürte er den Drang nach einem Drink, nach dem warmen Gefühl im Körper und der Leichtigkeit im Kopf.

»Na, mein Süßer«, auf den Barhocker neben ihm rutschte ein Mädchen, keine zwanzig, platinblond, in einem Catsuit, »du wollen Spaß?«

Er schüttelte den Kopf.

»Ach, lass doch Spaß haben«, ihre langen, schwarz lackierten Fingernägel surrten über seine stoppelige Wange, »du kommen.«

»Später vielleicht.« Er stürzte den Wodka runter und wartete, bis das Mädchen beleidigt davongestöckelt war.

Markus bestellte zwei weitere Wodkas.

Sein Kumpel ließ die Bühne nicht aus den Augen, wo die Stripperin inzwischen kopfüber und mit gespreizten Beinen an der Stange hing. Ihre Brüste trotzten der Schwerkraft.

Markus nippte an seinem Glas. Der Alkohol floss seine Kehle hinunter, doch die Anspannung blieb.

Er beugte sich zu Mick. »Wieso wusstest du, wo du mich findest?«

»Hä?«

»Vorhin, in Kremb, wer hat dir gesagt, dass die Freaks mich vor *dieser* Gasse erwischt haben? Steckst du mit ihnen unter einer Decke?«

»Scheiße, Mann, was hab ich dir gerade gesagt?«

»Die Wahrheit?«

»Hehe, frag dich doch selbst!«

»Wie bitte?«

»Man hört ja so einiges ...«

*

Kalkbrenner raste mit Blaulicht durch die Stadt.

Das war ihm freilich nur in dringenden Fällen gestattet – aber seine Tochter befand sich im Krankenhaus, und das war ein Notfall, oder nicht?

Bestimmt ist es nichts Schlimmes, beruhigte er sich. Und legte doch noch einmal an Tempo zu.

Jahrelang hatte er nur für die Arbeit gelebt, seine Verantwortung als Polizist hatte ihn langsam aufgefressen, seine Familie zerbrochen. Ungezählte Stunden erbitterter Streitigkeiten mit Ellen, die erst mit der Scheidung ein Ende gefunden hatten. Und auch Jessy hatte er wieder und wieder enttäuscht, bis sie ihm irgendwann aus dem Weg gegangen war.

Was nicht zu ändern ist, ist nicht zu ändern. Ein weiteres seiner kleinen Helferlein.

Also hatte er sich noch intensiver in seinen Job reingekniet, bis er sich vor einiger Zeit ein Herz gefasst hatte, auf seine Tochter zuzugehen. Er hatte mit ihr gesprochen, einmal, zweimal, dreimal, sich nicht unterkriegen lassen von Rückschlägen. Schließlich hatte sich ihr Verhältnis tatsächlich entspannt.

Du solltest wissen, hatte Jessy ihn eines Morgens während des Frühstücks überrascht, *dass ich mir bewusst bin, dass es* dein *Leben ist, was du lebst.*

In diesem Moment hatte er realisiert: Seine kleine Tochter, die er einst im Kinderwagen durch den Görlitzer Park geschoben hatte, war erwachsen geworden. Ihre Worte hielten ihm vor Augen, wie viel er in den letzten Jahren versäumt hatte, vor allem aber, wie viel er nachholen wollte.

Mit quietschenden Reifen fuhr er in Zehlendorf von der Autobahn ab. Um diese Uhrzeit herrschte kaum noch Betrieb auf den Straßen. Trotzdem stellte er das Blaulicht erst auf dem Parkplatz vor dem Helios-Klinikum ab. Während er auf den Eingang zueilte, schaltete er sein Handy aus.

»Paul!«, schallte es über den Vorplatz.

Auf einer Sitzbank hockte seine Exfrau und paffte an einer Zigarette.

Verwundert blieb er stehen. »Du rauchst, Ellen?«

»Jeder hat so sein Laster.«

»Das meinte ich nicht.«

»Sondern?«

»Was ist mit Jessy?«

»Das habe ich dir doch schon gesagt.«

»Aber ein Schwächeanfall ist doch kein Grund …«

»Paul, sie war zum Abendessen bei mir. Plötzlich ist sie umgekippt.«

»Plötzlich?«

»Ja. Plötzlich. Ohne irgendeine Vorwarnung.« Ellen drückte die Kippe in einem Blechascher aus, gemeinsam durchquerten sie das Krankenhausfoyer zu den Fahrstühlen.

»Wie geht es Käthe Maria?«, fragte Ellen, als sie die Kabine betraten.

»Unverändert.«

»Sage deiner Mutter …«

»Egal, was ich ihr sage, fünf Minuten später hat sie's vergessen.«

»Trotzdem kannst du …«

»Ellen!«, unterbrach Kalkbrenner sie ungehalten. »Warum sagst du mir nicht einfach, was los ist?«

Die Kabinentüren glitten auseinander. Wortlos marschierte Ellen in den Gang, der leer und verlassen lag. Es roch nach Desinfektionsmittel, Fäkalien, Kartoffelbrei und Hühnerbrühe.

»Ich merke doch, dass du mir was verschweigst«, sagte Kalkbrenner.

Ellen stieß die Tür zu einem Zimmer auf.

Schatten umgaben die alte, grauhaarige Dame im ersten Bett, die mit offenem Mund schnarchte. Am Fenster lag Jessy im schwachen Schein einer Nachttischlampe. Ihr Gesicht war weiß wie ihr Kissen, ihre Augen rot unterlaufen. Hatte sie geweint?

Kalkbrenners Magen verkrampfte sich. »Jessy, wie geht es dir?«

»Besser, Paps.«

»Was ist passiert?«

»Ach …«

»Deine Mutter erzählte was von einem Schwächeanfall.«

»Ja, ich glaube, die letzten Wochen … waren zu viel für mich. Außerdem …« Ihre Stimme erstarb mit einem angestrengten Keuchen.

Es war einige Zeit vergangen, seit sich Kalkbrenner das letzte Mal mit ihr getroffen hatte, im Treptower Park zu einer Hunderunde mit Bernie. Jessy hatte mit dem Bernhardiner herumgealbert, und auch beim anschließenden Abendessen hatte er nicht das Gefühl gehabt, dass es ihr schlecht ging. Im Gegenteil, sie hatte vor Euphorie nur so gesprüht, sich auf Paris gefreut, wo sie demnächst ein Kunststipendium antreten durfte.

»Paps?«, fragte sie mit brüchiger Stimme.

»Ja?«

»Hast du mir zugehört?«

»Entschuldige, was hast du gesagt?«

»Ich bin schwanger.«

*

Markus war schlagartig nüchtern. »Was hört man denn so?«

»Na zum Beispiel, dass du da ein paar Jungs für dich laufen hast, in Berlin und so, die das Zeug für dich verticken, hehe, und dass du fett absahnst.«

»Das ist alles?«

»Wieso? Ist da noch mehr?«

Die Musik im *La Luna* wurde lauter. Auf der Bühne legte die Stripperin ihre Bindfäden ab. Ihre gelangweilte Miene behielt sie wie eine Maske auf.

»Und wer hat dir davon erzählt?«, fragte Markus.

»So'n paar Leute halt.«

»Wussten die auch von unserem Treffen heute?«

»Scheiße, Mann, ich hab dir doch gesagt, dass ich darüber kein Wort verloren habe.«

Das Catsuit-Mädchen hatte seine Abfuhr inzwischen verwunden und stakste mit einem der beiden gebräunten, gegelten Geschäftsmänner ins Treppenhaus, hoch zu den »Suiten«, wie die kleinen, überheizten Kammern hier euphemistisch hießen. IKEA-Chic, Futonbett, Ablagetisch, Grünpflanze und ganz sicher, versteckt hinter dem Einwegspiegel über dem Bett, eine Kamera.

»Also biste deswegen so in Panik, weil du dein eigenes Ding am Start hast?«, fragte Mick.

»Hab ich nicht, aber … Willst du nicht auch endlich richtig Kohle verdienen?«

»Ich will Zorkan nicht ans Knie pissen.«

»Bein, Mick, man pisst jemandem ans *Bein.* Und nein, das hab ich nicht vor, ich denke nur … ökonomisch.«

»Hä?«

»Weniger Arbeit, mehr Geld«, erklärte Markus.

Sein Kumpel musterte ihn skeptisch.

»*Das* ist auch zu Zorkans Vorteil.«

»Sicher?«

»Sicher!«

»Yo, Mann, das ist gut«, erleichtert hob Mick sein Wodkaglas, »sehr gut, denn du weißt, wie Zorkan drauf ist, wenn man ihm krumm kommt. Ich will nicht, dass du Ärger kriegst.«

»Deine Sorge rührt mich.«

»Klar, Mann, bist doch mein Kumpel.« Mick knuffte ihm in die Seite.

Der jähe Schmerz ließ Markus zurückzucken. Er verlor das Gleichgewicht, kippte von seinem Hocker und prallte gegen eine der Huren.

Sie schubste ihn beiseite. »Pass doch auf, du Idiot!«

»Tut mir …«, er hustete, »tut mir leid.«

Sie stöckelte weiter, zurück blieb der Duft von Chloé, süß und viel zu teuer für diesen schmierigen Laden.

Ihre ganze Erscheinung, eleganter, knielanger Rock, eine taillierte, hochgeschlossene Bluse, eine Silberkette, glattes brünettes Haar, wirkte fehl am Platz im *La Luna.* Dennoch schritt sie zielstrebig in das Strobolicht auf der Bühne, wo sie mit der Stripperin schimpfte.

»Hast du gehört?«, fragte Mick.

Markus hielt sich die brennende Hüfte. »Was?«

»Zorkan ist da.«

*

»Oh«, sagte Kalkbrenner.

Seine Tochter starrte ihn an. »Ist das alles, was dir dazu einfällt?«

»Nein, nein, ich dachte, es wäre ... es wäre was Schlimmeres.«

»Was Schlimmeres?«, wiederholten Jessy und ihre Mutter wie aus einem Mund.

»Na ja, also, was ich meinte ...«

»Freust du dich denn gar nicht?«

»Freust *du* dich denn?«

»Paul!«, zischte Ellen.

Jessys Kopf sank zurück aufs Kissen. In ihrem blassen Gesicht zeichnete sich neben der Erschöpfung auch Enttäuschung ab.

»Doch, doch«, versicherte Kalkbrenner, »natürlich freue ich mich.«

»Paps, das sagst du jetzt nur so.«

»Nein, ich ...«

»Falls du es noch nicht kapiert hast: Du wirst Opa.«

»Ja, und du wirst Mutter.«

»Was du nicht sagst!« Sie wandte das Gesicht zum Fenster.

Ellen bedachte ihn mit einem Blick, den er in ihren gemeinsamen Jahren nur zu gut kennengelernt hatte. *Toll gemacht!*

Das Schnarchen der alten Frau erfüllte das Zimmer, während Kalkbrenner sein Hirn nach einer adäquaten Antwort durchforstete. Aber nicht einmal bei den ansonsten so diensteifrigen Helferlein wurde er fündig. So nützlich sie im beruflichen Alltag auch waren, sobald es um private Belange ging, versagten sie. Wie immer.

»Wo ist eigentlich Leif?«, brach er das Schweigen.

Jessy antwortete nicht, aber das Zittern ihrer Lippen zeigte, wie sehr sie gegen die Tränen ankämpfte.

Leif war ihr Freund, mit dem sie seit mehreren Monaten

zusammenlebte, und der sie auch nach Frankreich hatte begleiten wollen.

Plötzlich verstand er ihre Frage, die eigentlich gar keine Frage gewesen war.

Freust du dich denn gar nicht?

Er streckte den Arm aus, wollte ihre Hand ergreifen, sie drücken und trösten, aber Jessy entwand sich ihm.

»Soll ich mal mit Leif reden?«, schlug er vor. »So von Polizist zu …«

»Paps!«

»Nein, wirklich, ich könnte …«

»Bitte!«

»… ihm die Gefängniszelle zeigen.« Kalkbrenner zwinkerte in dem Bemühen, die Situation etwas aufzulockern. »Oder meine Dienstwaffe. Ich kann da sehr überzeugend sein.«

Jessy lächelte gequält. »Paps, mach dir keine Sorgen, ich schaffe das auch ohne ihn.«

»Das heißt, du …?«

»Natürlich«, fuhr sie ihm entrüstet ins Wort, »ich will das Baby behalten! Es ist mir scheißegal, was Leif macht. Wenn er glaubt, er … er …« Tränen lösten sich aus ihren Augenwinkeln.

Diesmal zog sie die Hand nicht zurück, als Kalkbrenner sie ergriff. Ihm kam ein weiterer Gedanke. »Was ist mit deinem Stipendium?«

»Was …«, sie schniefte, »… was soll damit sein? Das mache ich!«

»Also«, mischte Ellen sich ein, »ich bin mir nicht sicher, ob das eine so gute Idee ist.«

»Mama«, Jessy wischte sich mit dem Pyjamaärmel über die Augen, »du fandest von Anfang an, dass das keine gute Idee ist.«

»Stimmt. Und jetzt ist es eine noch weniger gute Idee.«

»Darüber haben wir schon gesprochen.«

»Aber sieh doch mal, was heute passiert ist.«

»Nichts Schlimmes, hat Paps auch gesagt.«

Ellen strafte ihren Mann mit einem weiteren vorwurfsvollen Blick. *Toll gemacht!* »Jessy, du …«

»Kannst du meine Entscheidung nicht einfach akzeptieren?«

»Lässt du mir eine andere Wahl?«

»Nein!«

»Du bist genauso ein Sturkopf wie dein Vater.«

»War das jetzt ein Kompliment?«, fragte Kalkbrenner und zuckte zurück, als ihn der zornige Blick seiner Exfrau traf.

»Ich bin müde«, flüsterte Jessy, bevor ihre Mutter sich weiter echauffieren konnte.

Kalkbrenner hauchte seiner Tochter einen Kuss auf die Stirn. »Ich schaue morgen früh wieder vorbei, okay?«

Während er seiner Exfrau aus dem Zimmer folgte, schaute er noch einmal zurück. Jessy hatte den Kopf zur Seite gelegt. Sie hielt die Augen geschlossen. Waren da wieder Tränen auf ihren Wangen?

Am liebsten hätte er kehrtgemacht und sich wieder zu ihr auf den Stuhl gesetzt.

Im Fahrstuhl fragte er: »Wie konnte das passieren?«

»Paul«, sagte Ellen gepresst, »dir muss ich das mit den Bienchen und den Blümchen doch wohl am allerwenigsten erklären.«

»Schon gut«, unterbrach er sie, weil er wusste, worauf sie anspielte.

Im Zuge einer Mordermittlung war er vor einem Jahr einer Jugendliebe wiederbegegnet, ausgerechnet zu einer Zeit, in der Ellen und er sich wieder näherzukommen schienen. Aber die Erinnerung war verlockend gewesen, der Fall hatte ihn völlig vereinnahmt und dann –

Aber das spielte hier und heute keine Rolle mehr. »Was ich meinte: Hat Jessy keine Vorsorge getroffen?«

»Sie verträgt die Pille nicht.«

»Es gibt Kondome!«

»Und manchmal gibt es Momente, in denen man glaubt, es wird schon alles gutgehen. Auch *das* solltest *du* am besten wissen.«

Zum zweiten Mal an diesem Abend schwieg Kalkbrenner ertappt, während er sich daran erinnerte, wie sie vor mehr als zwanzig Jahren jeden Monat Ellens Periode errechnet hatten, um ja den sicheren Moment abzupassen – und trotzdem Eltern geworden waren.

Während sie den Krankenhausvorplatz überquerten, fragte er: »Wie lange wisst ihr es schon?«

»Drei Wochen.«

»Und im wievielten Monat ist sie?«

»Der zweite.«

»Wann wolltet ihr es mir sagen?«

»Jetzt weißt du es doch.«

»Ich dachte nur …« Ein Räuspern ließ ihn innehalten.

Muth stieß sich von einem Wagen ab und kam auf sie zu.

»Ah, die Arbeit«, sagte Ellen. »Wenigstens etwas, das du …«

»Ellen, bitte!«

»Ist ja schon gut. Besuchst du sie morgen?«

»Habe ich doch gesagt.«

»Ja, hast du«, sagte sie, aber es klang wie *Wer's glaubt!* Sie stapfte auf ihren alten Peugeot zu. »Ach so, Paul, und übrigens …«

»Ja?«

Sie öffnete die Fahrertür. Mit einem kläglichen Fiepen sprang Bernie ins Freie. Hände schleckend tänzelte der zottelige Bernhardiner um sein Herrchen herum, bevor er Muth mit der gleichen Begeisterung begrüßte.

Ellen stieg in ihr Auto.

»Warte«, rief Kalkbrenner, »kannst du ihn nicht …?«

»Nein!«

»Aber Jessy kann ihn jetzt nicht …«

»Ich auch nicht.«

»Nur für ein, zwei Tage …«

»Nein!« Sie schlug die Tür zu, startete den Motor und lenkte den Wagen ohne einen Blick zurück vom Parkplatz auf die Straße.

Kalkbrenner sank auf eine der Sitzbänke. Hechelnd drückte Bernie sich an sein Bein.

Muth gesellte sich zu ihnen. »Wie geht es deiner Tochter?«

»Besser.«

»Was hat sie?«

»Tja.« Er streichelte dem Vierbeiner durchs Fell. »Ich werde Opa.«

»Du klingst nicht begeistert.«

Opa. Das Baby. Alleinerziehend. Stipendium.

Ihm schwirrte der Kopf. »Das alles ist kompliziert.« Bernie stupste ihn mit der Schnauze an, bettelte um weitere Streicheleinheiten. »Aber nett von dir, dass du vorbeischaust.«

»Ehrlich gesagt: Ich bin nicht wegen deiner Tochter hier.«

»Weshalb dann?«

»Ich konnte dich nicht erreichen. Wir haben ein totes Mädchen in Schulzendorf.«

*

Markus kannte die Gerüchte über Zorkan. Gebrochene Füße, zerschmetterte Kniescheiben, abgeschnittene Finger – und das waren noch die harmloseren Geschichten.

Sobald man ihm leibhaftig gegenüberstand, kamen einem unweigerlich Zweifel am Wahrheitsgehalt dieser Gerüchte: schmächtige Statur, blütenweiße, streng gebügelte Hemden, manikürte Hände und gescheiteltes Haar. Zorkan Zorkanowicz – dieser Name war kein Witz, zumindest hatte sich bis heute niemand getraut, darüber zu lachen – kam wie ein Klosterschüler daher, den es irrtümlich ins *La Luna* verschlagen hatte.

»Ihr seid pünktlich.« Er schniefte, als hätte er Schnupfen. Sein Deutsch war akzentfrei. »Das gefällt mir.«

»Hehe, klar, Zorkan.«

»Geht es euch gut?«

»Yo, Mann, absolut.«

»Und was ist mit dir, Markus?«

»Alles gut«, Markus zwang sich zu einem Lächeln.

Mehr Small Talk hielt der Kirgise offenbar nicht für notwendig, ohne ein weiteres Wort schritt er voraus ins Treppenhaus, vorbei an den Duschen und Toiletten.

Ihnen folgte ein Gorilla, Stiernacken, aufgepumpte Muskeln und ein Gesicht, das nicht einmal eine Mutter lieben konnte. Der Riesenaffe war Zorkans Mann fürs Grobe und der Grund dafür, dass Markus durchaus geneigt war, den Gerüchten über den Kirgisen Glauben zu schenken.

Dieser betrat eines der Hinterzimmer, sein Büro, ein Raum arrangiert wie für einen Möbelhauskatalog, ordentlich, ohne Staub, unbenutzt. Wie sein Äußeres war auch das Bordell nur Fassade für die Geschäfte, die Zorkan in Wahrheit betrieb.

Aus einer Schublade kramte er ein Tütchen weißes Pulver, streute zwei Lines auf den Schreibtisch und schnupfte sie mit einem zusammengerollten Geldschein weg. Während er sich die Nase wischte, richtete er seine glasigen Augen auf Mick.

Der zog zerknitterte Geldscheine aus seiner Hosentasche.

Zorkans Miene umwölkte sich. Sein Gorilla schloss die Tür.

»Hehe, Zorkan«, Micks Kichern klang angespannt, »du weißt doch, wie die Geschäfte …« Er schrie, als der Riesenaffe seine Hand packte und sie ihm mitsamt des Armes auf den Rücken riss. Die Banknoten flatterten zu Boden. »Ist ja gut,

Zorkan, ist ja gut, ich bring dir das Geld, gleich nächsten Monat!« Völlig unbeeindruckt von dieser Versicherung bog der Gorilla Micks Arm weiter nach oben.

»Lass ihn los«, rief Markus und musste sich anstrengen, die Schreie seines Kumpels zu übertönen. »Zorkan, wie viel schuldet er dir?«

»Was mischst du dich da ein?«

»Tausend, ist das genug?«

»Was bist du, sein Kindermädchen?«

»Nur ein Kumpel.« Markus holte das Briefkuvert aus seiner Tasche, entnahm ihm fünf Geldscheine.

Zorkan rieb sich die Nase. Sein Gorilla ließ los. Mick sank wimmernd zu Boden, sein Gesicht hochrot, mit Tränen überlaufen. Durch die Tür wummerte der Technobass, wie aus weiter Ferne, aus einer anderen Welt.

Markus legte den Umschlag auf den Tisch.

Der Kirgise zählte die verbliebenen Geldscheine. »Respekt, das sind dreizehntausend.«

»Mhm.«

»Abzüglich der tausend für Mick natürlich. Die schuldest *du* mir jetzt.«

»Schon klar.«

Lächelnd zog Zorkan Schleim die Nase hoch. Sein Gorilla trat ein paar Schritte zurück.

»Hast du nicht etwas anderes für mich?«, fragte Markus. »Was Größeres?«

Zorkans Lächeln erlosch. Mick schnappte nach Luft.

Markus sagte: »Sprich mit dem Boss.«

»*Ich* bin der Boss!«

»Blödsinn, Zorkan, du bist ebenso wenig Boss wie Mick oder ich.«

Der Kirgise kratzte sich die Nase. Im selben Moment explodierte Markus' Hüfte. Er sackte zusammen. Röchelnd kniete er auf dem Boden.

Zorkan funkelte ihn von oben herab wütend an. Sein Riesenaffe rieb sich die Faust.

»Yo, Zorkan«, Mick mühte sich auf die Beine, »das hat er nicht so gemeint.«

»Halt den Mund!«

Mick zuckte zurück.

Zorkan beugte sich vor. Sein Atem schlug Markus ins Gesicht. »Dein Umsatz ist gut, überdurchschnittlich gut. Und ich würde lügen, wenn ich behaupten würde, man wäre nicht auf dich aufmerksam geworden.«

Markus rang um Luft. Er hielt die Schmerzen kaum aus.

»Aber das gibt dir nicht das Recht, eine dicke Lippe zu riskieren.« Der Kirgise schlug ihm mit der flachen Hand gegen die Stirn. »Und jetzt verschwindet!«

*

Anezka hockte sich besorgt neben dem Jungen hin.

»Ist nichts!« Unwirsch fegte er ihren Arm beiseite. »Geht schon!« Er wollte sich emporstemmen, doch der Schmerz zwang ihn zurück auf den Waldboden. Stöhnend presste er sich seine Hand auf die Seite.

Diesmal ließ er Anezka gewähren, als sie seine Jacke beiseiteschob. Ihre Finger bekamen den zerfetzten, blutgetränkten Stoff seines Hemdes zu fassen. Aber es war zu dunkel, um zu erkennen, was ihn verletzt hatte, und wie sehr.

»Da …«, der Junge schnappte nach Luft, »da ist … ein Feuerzeug in … in meiner Tasche.«

Sie durchsuchte seine Jackentaschen, fand Zigaretten, einen Plastikbeutel mit Kräutern, dann das Feuerzeug. Vorsichtig schob sie ihm sein Hemd auf die Brust. Das Blut klebte ihm den Stoff an die Haut. Als sich das Hemd mit einem schmatzenden Geräusch von der Wunde löste, unterdrückte der Junge einen Schmerzenslaut.

Anezka warf einen Blick den Abhang hinunter. Erst als sie sich sicher war, dass ihr Verfolger tatsächlich verschwunden war, schnippte sie das Feuerzeug an.

»Oh verdammt«, keuchte der Junge, als er die Schussverletzung an seiner Hüfte erblickte.

Anezka verzog keine Miene. Sie war den Anblick weitaus schlimmerer Wunden gewohnt. Diese sah schmerzhaft, aber nicht lebensbedrohlich aus.

Wenn sie noch länger an dieser Stelle verweilten, würden Pjtor oder Leonid sie aufspüren. Kurzerhand zog sie sich ihr Sweatshirt über den Kopf. Dass sie keinen BH trug, kümmerte sie nicht. Scham war ein Luxus, den sie sich schon lange nicht mehr leisten konnte. Dafür hatte Pjtor gesorgt.

»Was ... was machst du da?«, fragte der Junge.

Das Shirt war alt und bestand aus keinem teuren Stoff, so dass sie ohne Probleme die beiden Ärmel abreißen konnte.

Sie faltete den einen Ärmel und presste ihn auf die blutende Wunde. Den anderen riss sie in drei schmale Streifen, verknotete sie miteinander und begann, den improvisierten Verband um die Hüfte des Jungen zu winden.

»Glaubst du, das hilft?«

»Mein Bruder ...« Sie zögerte, während sie überlegte, wie sie es am besten erklären konnte. Als ihr großer Bruder vor Jahren aus dem Krieg zurückgekehrt war, hatten ihm ein Bein und eine Hand gefehlt. Außerdem war sein Oberkörper übersät gewesen mit unzähligen Wunden, die sich immer wieder entzündeten, bluteten, eiterten.

Anezka hatte ihrer Mutter bei der Pflege geholfen, bis zu jenem Tag, an dem ihr Bruder seine alte Militärpistole hervorgekramt und sich ihren Lauf tief in den Mund gesteckt hatte.

Anezka beließ es bei einem Nicken. Sie streifte sich ihr ärmelloses Shirt wieder über den Leib und half dem Jungen auf die Beine. Er schwankte, hielt sich jedoch aufrecht.

»Du«, sagte sie, »wie heißt du?«

»Kevin.«

»Danke, Kevin.«

»Wofür?«

»Du … mich gerettet.«

Er setzte zu einer Antwort an. Seine Augen flackerten, weil er an die Halle denken musste, in der seine Freundin gestorben war. Zumindest ging Anezka davon aus, dass es seine Freundin gewesen war. Sie wollte ihn nicht danach fragen.

»Und du?«, hörte sie ihn sagen. »Wie ist dein Name?«

»Anezka.«

»Anezka«, wiederholte er und spähte den Abhang hinunter. Pjtors Kumpel war in die eine Richtung des Weges verschwunden, folglich blieb ihnen nur die andere. »Anezka, wir müssen weiter.«

7

Als ich mit meinem Wagen in unsere Auffahrt bog, brannte Licht in Merles Zimmer. Mein Herz tat einen erfreuten Satz. Für einen kurzen Moment vergaß ich sogar die Migräne und die Krämpfe.

Dann sah ich Yvonnes Gestalt, die am Fenster vorbeihuschte. Gleich darauf erlosch die Lampe.

Ich eilte ins Haus, nur eine einzige Frage auf der Zunge. *Ist sie wieder da?* Doch als mir Yvonne auf der Treppe entgegenkam, trug ihr Gesicht den gleichen fragenden Blick.

»Bei Kristi ist sie auch nicht«, sagte ich.

»Aber sie war bei ihr?«

»Nein, sie ist nicht aufgetaucht.«

Schweigend standen wir uns gegenüber. Von unseren Kindern war nichts mehr zu hören. Unser Haus lag still.

Ich ertappte mich dabei, wie ich an einem meiner Pickel kratzte. Noch bevor Yvonne mich ermahnen konnte, wählte ich die Handynummer von Merles bester Freundin. Ich erreichte nur die Mailbox. Als ich es bei Sanita zu Hause auf dem Festnetz versuchte, ging ihr Vater an den Apparat.

»Entschuldige, Edgar«, meldete ich mich, »ist Merle vielleicht inzwischen bei euch angekommen?«

»Ich dachte, sie ist bei *Kristi.*« Die Art, wie Edgar den Namen förmlich ausspuckte, ließ keinen Zweifel daran, was er von dem Mädchen hielt.

Ich teilte seine Einschätzung, aber das änderte nichts an meinem Problem. »Nein, sie ist nicht bei Kristi.«

»Wie gesagt, hier ist sie auch nicht, obwohl sie ja bei Sanita übernachten wollte.«

»Merle hat sich in der Zwischenzeit nicht bei ihr gemeldet?«

»Nein, das hätte ich sicherlich mitbekommen.«

»Kann ich mit Sanita reden?«

Edgar zögerte. »Sie liegt schon im Bett, du weißt ja«, seine Stimme nahm einen missbilligenden Tonfall an, »sie hat morgen Schule.«

Es klang, als wollte er sagen: *Und falls du es vergessen hast, eure Kinder auch!*

Aber vielleicht bildete ich mir diesen Vorwurf auch nur ein.

»Nur kurz, es ist wichtig«, bat ich.

»Also gut«, sagte Edgar, »aber nur kurz.«

Ich vernahm leise Stimmen. Worte, die er mit seiner Frau wechselte. Schritte, Stufen, eine Tür.

Eine Bettdecke raschelte. »Hallo?«, fragte Merles Freundin.

»Sanita«, sagte ich, »Merle wollte ganz sicher bei dir übernachten?«

»Ja.«

»Und sie wollte wirklich nicht woanders hin?«

»Nein.«

»Nicht zufällig zu Achim? Oder Pascal?«

»Nein, ganz sicher nicht.«

»Sie hat auch keine Party erwähnt?«

»Nein, Frau Kluge, sie wollte zu mir kommen, wirklich.«

»Gute Nacht, Sanita.« Ich legte auf.

In meinem Körper wühlten die Schmerzen. Warum war Merle nicht bei ihrer Freundin? Wo war sie stattdessen? Und weshalb hatte sie mir nichts gesagt?

Ich ging hoch in ihr Zimmer.

Hat sie sich nicht getraut?

*

Auch ich traute mich damals, als ich ein junges Mädchen war, nicht, über meine Gefühle zu reden. Ich war doch nicht normal.

Ich war der Auffassung: *Wenn ich mich anderen Menschen anvertraue, will am Ende keiner mehr etwas mit mir zu tun haben, dann verliere ich meine Freunde.*

Doch meine Empfindungen zu verheimlichen und zu unterdrücken fiel mir nicht leicht, weil sie sich immer tiefer und fester in mir manifestierten.

Es wurde schwierig für mich, Freunde zu finden, selbst als ich für mein Studium nach Berlin zog, in die Großstadt, blieb ich abgekapselt von allen, fühlte mich alleine auf der Welt.

Und ob Sie es glauben oder nicht, als ich es dann endlich einmal wagte, mein Anderssein nach außen zu tragen, indem ich das *SchwuZ* besuchte … Sie kennen das *SchwuZ?* Das Berliner Schwulenzentrum?

Da waren selbst dort, an einem Ort, an dem ich zweifellos auf Gleichgesinnte traf, Zweifel und Angst meine Begleiter.

War es richtig, was ich tat? Oder war ich krank?

Am liebsten wäre ich gegangen, abgehauen, geflohen, weit weg, ganz weit weg.

Bloß: wohin?

*

Merles Zimmer war ein einziges Chaos.

Bücher, CDs und DVDs stapelten sich unsortiert auf einem alten Billy-Regal. Ihre ausgeleierten T-Shirts und Hosen hatte sie achtlos auf die kleine Couch geworfen, ihre blauen, grünen, roten und schwarzen Chucks in einem wilden Knäuel unters Bett geschoben. Über die Lehne des Schreibtischsessels hingen zwei ihrer Boxershorts, schwer zu sagen, ob sie benutzt waren oder nicht.

Der Schreibtisch war übersät mit Schulbüchern, vollgekritzelten Zetteln und CDs, hauptsächlich Metal von Nine Inch Nails, Newlydeads oder Unearth.

Ich war mir nie sicher gewesen, ob diese Bands die richtige Musik machten für ein fünfzehnjähriges Mädchen mit Merles Vorgeschichte, aber Yvonne hatte mich beruhigt. Wie gesagt, Yvonne war in solchen Dingen wesentlich entspannter als ich und letztlich hatte sie ja recht behalten. Merle war zur Ruhe gekommen.

Bist du dir sicher?

Ich nahm die Postkarten und Flyer in die Hand, die auf dem Schreibtisch verstreut lagen. Ich überprüfte jeden einzelnen nach einer Disko oder einer Party, deren Termin heute war.

Vergeblich.

»Wir sollten schlafen gehen«, sagte Yvonne, die mich vom Türrahmen her beobachtete. Der Kater tapste zwischen ihren Beinen herum, gab ein Mauzen von sich.

»Hast du Chuck gefüttert?«, fragte ich.

Sie kam zu mir, legte mir ihre Hand auf die Schulter.

»Ich kann jetzt nicht schlafen.« Ich startete Merles PC, was eine Weile dauerte, weil der Computer einige Jahre auf dem Buckel hatte. Merle hatte sich regelmäßig darüber beschwert, aber bei drei Pflegekindern, die drei Handys und drei Computer verlangten, na ja, was soll ich sagen, Sie kennen das sicherlich.

»Das solltest du nicht tun«, sagte Yvonne.

»Was?«

»Merles Zimmer zu durchsuchen ist das eine – ihren Rechner zu durchstöbern finde ich aber schon ziemlich heftig.«

»Ich will nur wissen, wo sie ist.«

»Was glaubst du denn, wo sie sein könnte?«

»Ich weiß nicht, was ich glauben soll.« Und auch nicht, was ich glauben *wollte.*

Yvonne sprach es aus. »Dass sie wieder abgehauen ist?«

Mein Magen zog sich zusammen.

Auf dem Monitor erschien endlich der Desktop. Im Browser rief ich ihren Facebook-Account auf, scrollte mich durch ihre Postings der letzten Tage. Sie war keine regelmäßige Facebook-Nutzerin, hatte die Plattform eher als eine weitere Form der Kommunikation mit ihren Freundinnen betrachtet.

Ich fand keine Mails im Messenger, die Aufschluss über eine Party oder eine anderweitige Verabredung gaben, nur eine Nachricht an Sanita, in der sie sich noch einmal ihr Treffen für heute Abend bestätigten. Der Mail war eine Datei angehängt, Merles Geschichtsaufsatz, über den sie mit ihrer Freundin hatte reden wollen.

Die Römer haten nich nur Kürschen, Firsiche und Nüsse erfunden. Vor ein paar Jahrn waren sie Nachbars der Germanen.

Die deutsche Sprache war noch nie Merles Stärke gewesen, zu oft hatte sie in der Vergangenheit die Schule geschwänzt. Auf mein Wirken hin nahm sie zwar Nachhilfe, aber bisher hatte sie die Probleme nicht in den Griff bekommen.

Der Kaiser Augustus wil das Land der Germanen. Die wolten nur ihr Rhuhe.

Erneut griff ich zum Telefon.

8 Markus richtete sich auf. Ihm war übel. Er wankte zur Tür. Beim Hinausgehen drückte ihm Zorkans Gorilla einen Plastikbeutel in die Hand.

Gedankenlos stopfte er ihn in die Jackentasche, während er sich durch den Flur zu den WCs schleppte. Er schaffte es bis in den weiß gekachelten Vorraum, dann drohten seine Beine unter ihm wegzusacken. Es gelang ihm gerade noch, sich mit beiden Händen an einem der Waschbecken abzustützen.

Mick platzte in den Raum. »Scheiße, Mann, bist du blöd im Schädel?«

»Wie geht es deiner Hand?«

»Vergiss die Hand, ich hab andere Probleme.«

»Was für Probleme denn?«

»Du … du bist mein Problem!«

Markus hob den Kopf. Sein Blick fiel in den Spiegel. Müde Augen starrten ihm aus einem schmerzverzerrten Gesicht entgegen. Bleiche Haut, unrasierte Wangen, kurz: Er sah scheiße aus. Und genauso fühlte er sich auch.

Er stürzte in eine der Kabinen, würgte halb verdauten Sauerbraten und in Wodka getränkte Knödel hervor.

Mick stand zornig schnaufend hinter ihm.

Nachdem sein Magen sich halbwegs beruhigt hatte, spülte Markus sich am Waschbecken den Mund aus. Er schöpfte sich noch zwei Handvoll Wasser ins Gesicht, dann verließ er den Raum.

Kaum an der Theke angekommen, gab er dem Barkeeper ein Zeichen. *Wodka! Doppelt!* Und Zigaretten.

Mick hatte sich noch immer nicht beruhigt. »Hast du vergessen, wer dich mit Zorkan bekannt gemacht hat?«

»Nein.«

»Trotzdem ziehste so 'ne Nummer ab. Wie steh ich denn jetzt da?«

»Du hast keine Schulden mehr.«

»Hab dich nicht drum gebeten, sie zu bezahlen.«

»Hast mich aber auch nicht davon abgehalten.«

»Scheiße, Mann, kapierst du nicht? Ich bin im Arsch!«

»*Am* Arsch.«

»Das! Ist! Nicht! Witzig!« Mick verlor völlig die Beherrschung, die letzten Worte schrie er so laut, dass sich seine Stimme dabei überschlug.

Die Blicke der Huren und Freier wandten sich ihnen zu. Selbst die Stripperin auf der Bühne, eine dralle Blondine, aber mit ebenso ballonähnlichen Silikonbrüsten wie ihre Vorgängerin, erstarrte an der Stange.

»Jungs«, der Barkeeper schob die Schachtel Gauloises über den Tresen und stellte den Wodka daneben, »das geht auch leiser, sonst …« Er wies zum Ausgang, wo der fette Kirmesboxer die Arme überkreuzte. Daneben blähte sich der Gorilla auf.

Markus stürzte den Drink hinunter, doch der Alkohol konnte nicht fortspülen, was sich in ihm aufgestaut hatte, tagelang, wochenlang.

Alkohol ist ein Tröster, der trostlos macht, hatte jemand mal behauptet, und Markus war geneigt, dem Unbekannten zuzustimmen. Er steckte die Zigaretten ein, warf einen Geldschein auf den Tresen und flüchtete raus auf den Parkplatz, noch ehe Mick reagieren konnte.

Zwei Taxis standen vor dem *La Luna.* Einem entstiegen drei junge Männer, ausgelassen, betrunken. Ächzend fiel Markus auf die Rückbank des anderen Fahrzeugs.

On the road again, dudelte es leise aus den Autolautsprechern. *Just can't wait to get on the road again.*

Das Taxi rollte vom Parkplatz ortsauswärts. Bunte Leuchtreklamen blinkten an den Gebäuden. Dazwischen schimmerten Plastikplanen, die die Buden bedeckten, aus denen der andere Teil Polmevas bestand. Vietnamesenmärkte, auf denen die Händler tagsüber T-Shirts und Lederjacken verscherbelten. Und einige von ihnen auch anderen Stoff. Harten Stoff.

Markus zündete sich eine Zigarette an. Aus dem Rückspiegel traf ihn ein missfälliger Blick. Er kurbelte die Scheibe einen Spalt runter und stieß den Zigarettenqualm in den zischenden Fahrtwind. In seiner Hüfte loderte ein Feuer, in seinem Herzen brannte die Wut.

Um sich abzulenken, zog er sein iPhone aus der Hosentasche. Er hatte eine SMS verpasst. Die Kurznachricht war erst vor wenigen Minuten eingetroffen.

Vermisse dich! Wann kommst du heim? H.

Markus deaktivierte das Handy, friemelte aus dem schmalen Seitenschlitz des Zippo-Feuerzeugs die SIM-Karte seiner anderen Telefonnummer hervor, seiner *privaten Nummer*. Er tauschte sie gegen die Karte im iPhone aus und schaltete das Handy wieder ein.

Drei verpasste Anrufe der immer gleichen Nummer wurden ihm angezeigt: Richard Grabner, ein guter Freund.

Markus wählte zurück.

»Bist du unterwegs?«, meldete sich Richard.

»Mhm.«

»In Berlin?«

»Im Augenblick nicht.«

Das Taxi kurvte den Hügel hinauf, wo die Dunkelheit des Waldes nicht nur die Lichter Polmevas verschluckte, sondern auch seinen Zorn und seine Schmerzen dämpfte. Müdigkeit schwappte über Markus hinweg. Er warf die Kippe durch den Fensterspalt nach draußen.

Goin' places that I've never been. Seein' things that I may never see again.

»Ich brauche deine Hilfe«, sagte Richard.

Manchmal hatte er Jobs, bei denen man sich ein paar Euro verdienen konnte, Botengänge, Kurierdienste, nichts Großes oder Wichtiges.

Markus unterdrückte ein Gähnen. »Jetzt?«

»Hast du morgen früh Zeit?«

»Mhm.«

»Falls es dir besser passt, meinetwegen auch am Nachmittag.«

»Ja, das wäre mir … Moment!« Das Taxi verlangsamte. Der Fahrer bog in einen Waldweg ab. Steinchen klackerten gegen das Bodenblech. »Ich muss Schluss machen.«

»Nur ganz kurz, ich dachte …«

»Ich meld mich!«

»Hey, ist alles gut bei dir?«

Markus trennte die Verbindung.

Der Wagen stoppte, der Motor erstarb, die Musik verstummte. Die Lichter gingen aus.

Der Taxifahrer drehte sich um, seine Gestalt nur ein schwarzer Schemen.

Markus stöhnte, als er die Plastiktüte aus seiner Jacke klaubte. Er warf sie dem Fahrer zu. »Horst, ich hab die Schnauze voll davon!«

*

Zum wiederholten Male verlor Kalkbrenner den Wagen seiner Kollegin aus den Augen. Das Durcheinander in seinem Schädel lenkte ihn ab.

Opa. Das Baby. Alleinerziehend. Stipendium.

Er versuchte, sich auf den neuen Mordfall zu konzentrieren. Ein totes Mädchen in Schulzendorf. Angeblich erschossen. Diese spärlichen Informationen waren alles, was Muth ihm bislang hatte mitteilen können.

Er wollte nicht schon wieder den gleichen Fehler begehen. Diesmal würde er sich nicht in der Arbeit vergraben, nur weil er zu Hause mit Problemen konfrontiert worden war.

Aber was heißt hier Probleme?

Und was genau war eigentlich so … *kompliziert*?

Von Bernie mal abgesehen, der auf der Rückbank hechelte und jeden LKW ankläffte, den sie überholten.

Schwer zu sagen, welche Aversionen er gegen die rollenden Ungetüme hegte, aber inzwischen hatte sich Kalkbrenner daran gewöhnt, dass mit dem Bernhardiner einiges im Argen lag. Sein klägliches Kläffen zum Beispiel, das eher an einen Rehpinscher erinnerte. Vielleicht war ja der wenig geistreiche Name, den man ihm im Tierheim gegeben hatte, daran schuld: Bernie, der Bernhardiner.

Wie zur Bekräftigung ertönte ein Kläffen von der Rückbank. Kalkbrenner streckte die Hand nach hinten aus und tätschelte dem Hund die Brust.

Um ein Haar hätte er übersehen, wie Muth die Kurve zur Autobahnabfahrt Waltersdorf nahm. Als er das Steuer herumriss, hörte er, wie Bernie mit einem erschrockenen Grunzen in den Fußraum plumpste.

»Sorry, Dicker«, sagte Kalkbrenner und folgte seiner Kollegin bis zur Ampel, dort nach links auf die hell erleuchteten Einkaufshäuser zu. Möbel Höffner. Media Markt. Und Toys'r'us.

Beim Anblick des Kindershoppingcenters überkam Kalkbrenner unvermittelt Freude. War es nur die Erleichterung darüber, dass Jessy nichts Schlimmes widerfahren war? Oder freute er sich tatsächlich darauf, Großvater zu werden?

Natürlich, ich will das Baby behalten.

Es würde nicht leicht werden für seine Tochter, alleinerziehend in Frankreich, sollte ihr Freund nicht doch noch zur Besinnung kommen. Aber so war sie schon immer gewesen.

Du bist genauso ein Sturkopf wie dein Vater.

Nicht zum ersten Mal wurde Kalkbrenner bewusst, wie sehr Jessy zur Frau gereift war, und ihre Entschlossenheit erfüllte ihn mit Stolz.

Das Gewerbegebiet blieb hinter ihm zurück. Dunkelheit hing über den Wiesen und Wäldern, nur ein einzelnes Gebäude einige hundert Meter weiter war hell erleuchtet.

Bernie kraxelte wieder auf die Rückbank, kläffte, verstummte abrupt und reckte seine haarige Schnauze schnüffelnd in die Höhe.

Beim Näherkommen entpuppte sich das Gebäude als eine alte Fabrik, die von mobilen Scheinwerfern bestrahlt wurde. Ein verblasster Schriftzug über dem Hallentor verriet: *Albidus. Farben & Industrielacke.*

»Bin gleich wieder da«, sagte Kalkbrenner, parkte hinter dem Wagen seiner Kollegin und stieg aus. Jetzt roch auch er, was Bernie schon vor ihm wahrgenommen hatte, einen intensiven chemischen Geruch, obwohl die Fabrik ausschaute, als wäre sie seit Jahren nicht mehr in Betrieb.

Aus der Ferne erscholl dumpf Musik.

Das Fabrikgelände war von einer Steinmauer umgeben, das zweiflügelige Gittertor klaffte weit offen. Schutzbeamte hatten die Zufahrt abgesperrt. Hinter dem Flatterband standen drei Streifenwagen und der Transporter der Spurensicherung.

Neben dem LKW wartete ein Mann, dem ein beiger Zweiteiler verknittert am Leib schlotterte. Sein Haar war ungekämmt, dunkelbraun und von grauen Strähnen durchzogen. Am auffälligsten aber war sein gewaltiger Schnauzbart, der seinen Mund fast verschluckte. Die Bartenden waren nach alter preußischer Tradition kunstvoll gezwirbelt.

»Hallo, Sera, Paul«, Kriminalhauptkommissar Sebastian Berger eilte auf sie zu, »ich habe das mit deiner Tochter gehört. Ist alles in Ordnung?«

»Danke, alles bestens.«

»Ist das da Bernie bei dir im Auto?«

»Ja.«

»Das hier könnte länger dauern.«

Kalkbrenner zuckte mit den Schultern. *Was nicht zu ändern ist, ist nicht zu ändern.*

Sein Kollege schaute ihn an, als erwartete er eine weitere Erklärung.

»Was ist hier passiert?«, fragte Kalkbrenner stattdessen.

Berger rieb sich enttäuscht den Bart. »Nun, Herr … Herr … Moment!« Er brachte einen Notizblock zum Vorschein, der ebenso zerknittert war wie sein Sakko. Er studierte einige Einträge. »Ah, hier, Herr Kümmel.« Er deutete auf einen der Streifenwagen, auf dessen Rückbank ein rüstiger Rentner mit Dackel saß. »Herr Kümmel sagt, er habe einen Spaziergang im Wald unternommen. Das mache er jeden Abend, eine letzte Runde mit dem Hund und … Er sagt, er habe vorhin einen Knall gehört, dann einen Schrei. Sein Hund schlug an. Er sagt, er sei Jäger. Ich habe das überprüft, es stimmt, er hat einen Jagdschein und …«

Muth räusperte sich.

»Entschuldige, worauf ich hinauswill«, Berger durchblätterte seinen Notizblock, »Herr Kümmel meint, er wisse, wie ein Schuss klinge. Und der Knall, das sei eindeutig ein Schuss gewesen. Danach habe er jemanden in einem Auto davonrasen sehen.«

»Jemanden?«, fragte Kalkbrenner.

»Er sagt, es habe nur ein Mann in dem Wagen gesessen.«

»Kann er den Mann beschreiben?«

»Dazu sei er zu weit weg gewesen, sagt er.«

»Hat er den Wagen erkannt?«

»Auch das leider nicht.«

»Aber *er* hat die Polizei verständigt?«

»Ja.«

»Und was stinkt hier so?«

»Am hinteren Grundstücksende befinden sich drei Silobecken.« Berger zeigte in die Schatten jenseits des Scheinwerferlichts, und seine Bartenden zuckten empor, als er die Nase rümpfte. »Sie sind randvoll mit Jauche, Dreck und, dem Geruch nach zu urteilen, vermutlich auch alten Überbleibseln der Fabrik.«

»Wann wurde hier die Arbeit eingestellt?«, fragte Muth.

»Vor drei Jahren.«

»Und seitdem hat sich keiner darum gekümmert?«

»Himmel, ihr wisst doch, wie das ist in Berlin. Wenn sich niemand verantwortlich fühlt, kümmert sich auch keiner.«

Vor der Absperrung bremste ein Wagen, dem der Gerichtsmediziner entstieg. Er streifte sich einen weißen Einwegoverall über die festliche Abendgarderobe, die er noch immer trug. Ohne zu grüßen, marschierte er an ihnen vorbei.

Kriminaltechniker hatten auf dem Fabrikgelände einen schmalen Pfad ausgewiesen, rechts und links davon Hinweise auf den Pflastersteinen markiert, zertretene Kaugummis, eine Coladose, Reifenspuren, Fußabdrücke.

»In wessen Besitz befindet sich das Grundstück heute?«, fragte Kalkbrenner.

Berger vertiefte sich in seine Notizen. »Dem des Liegenschaftsfonds. Sagt zumindest der Objektschutz, eine Firma namens KeTec.«

»Ist jemand von KeTec vor Ort?«

»Ja, ich habe sie verständigt.«

»Mit denen rede ich später.« Kalkbrenner ging zum Transporter der Spurensicherung, schlüpfte ebenfalls in einen Einwegoverall und streifte sich Plastikstulpen über die Schuhe. »Wo ist das Mädchen?«

*

Markus steckte sich eine neue Gauloises an.

Die Feuerzeugflamme enthüllte Horsts entgeisterten Blick. »Was soll das heißen? Du hast die Schnauze voll?«

»Genau das.«

»So ein Quatsch! Ist bei Zorkan alles gutgegangen?«

Anstelle einer Antwort pustete Markus Rauch durch den Fensterspalt. Im Wald knackten Zweige. Vögel flogen erschrocken auf. Ein Wildschwein grunzte.

»Herrgott, was ist passiert?«, fragte Horst.

»Ich bin mit Zorkan aneinandergeraten.«

»Warum?«

»Ich will endlich vorankommen.«

»Hast du den Verstand verloren?«

»Danke der Nachfrage, mir geht es gut.«

»Entschuldige, aber …«

»Aber was?«, fuhr Markus auf. »Seit Monaten machen wir nichts anderes als Kleinscheiß, der uns nicht weiterbringt. Keinen einzigen verdammten Schritt!«

»Ich hab dir gesagt, du musst Geduld haben.«

»Geduld?« Markus winkte ab. Glühende Asche flatterte durch die Finsternis.

»Und das hier?« Es knisterte, während Horst die Plastiktüte schwenkte. »Das ist ein halbes Kilo, oder?«

»Mhm.«

»Ein halbes Kilo Meth. Dreizehntausend Marktwert. Und *das* nennst du Kleinscheiß?«

Markus verzichtete auf eine Antwort.

Mit einem zufriedenen Brummen startete Horst das Taxi. »Ich sag dir, du hast es fast geschafft.«

Du hast gut reden!

Es war nicht Horst, der sich die Nächte in Clubs und den miesesten Spelunken der Stadt um die Ohren schlug. Und er war es auch nicht, der ständig Gefahr lief, von irgendwelchen Typen, Junkies, Kirgisen, wem auch immer, die Füße gebrochen, die Kniescheiben zerschmettert, die Finger abgeschnitten zu bekommen.

The midnight train is whining low, klang Johnny Cash aus dem Autoradio, *I'm so lonesome I could cry.*

»Hast du jemandem von meinem Treffen erzählt?«, fragte Markus.

»Was soll die Frage?«

»Drei Typen haben mir in Kremb aufgelauert.«

»Haben sie das Geld …?«

»Nein. Hätte ich sonst das Meth besorgen können?«

»Ja, natürlich, entschuldige.« Langsam lenkte Horst den Wagen zur Straße zurück. Erst dort schaltete er wieder die Scheinwerfer ein.

Sie fuhren den Hügel hinunter dem Dorf entgegen.

»Wir kennen uns … wie lange? Fünf Jahre?«, fragte Horst.

»Vier!«

»Wenn du *mir* nicht mehr vertraust …« Den Rest ließ er ungesagt. Mehr war auch nicht nötig. Markus vertraute Horst, aber das machte die Sache auch nicht leichter.

I'm so lonesome I could cry, I'm so lonesome I could cry.

»Was ist mit Mick?«, wollte Horst wissen.

»Er sagt, er hat's niemandem erzählt.«

»Glaubst du ihm?«

Eine Frage, die sich Markus seit Stunden stellte.

Als wenn du die Antwort nicht längst wüsstest!

In Kremb wählte Horst die erste Gasse, die von der Hauptstraße abzweigte. Er parkte im Schatten zwischen zwei Laternen, entnahm dem knisternden Plastikbeutel eine geringe Menge winziger Kristalle, verteilte sie auf mehrere Tütchen und reichte sie Markus.

Der steckte sie ein und stieß die Tür auf.

Im matten Licht der Deckenbeleuchtung begegneten sich ihre Blicke. Horst wirkte angespannt, erschöpft und … *alt*.

Markus überkam ein schlechtes Gewissen. Weil er seinem Freund misstraut hatte. Weil er ihm die Sicherheit missgönnte.

Horst war sechsundfünfzig, mehr als zwanzig Jahre älter. Die Jahre hatten ihre Spuren hinterlassen, graues, schütteres Haar, die hohe Stirn mit der Narbe, tiefe Falten um Augen und um den Mund, Schultern, die schwer an der Verantwortung trugen, ein ausladender Bauch.

Horst ist *alt!*

Er hatte auf der Straße, in den Spelunken, in den Bordellen nichts mehr zu suchen.

»Versprich mir, dass du vorsichtig bist«, sagte er.

Markus schlug die Tür zu.

*

Kalkbrenner betrat die Fabrikhalle, hier war der Gestank nicht ganz so schlimm. »Wissen wir, wer das Mädchen ist?«

»Nein«, bedauerte Berger, »bei ihr wurden weder Ausweis noch andere Papiere gefunden.«

»Hast du Beamte losgeschickt, die die Umgebung danach absuchen?«

»Natürlich.«

Kalkbrenner nickte zufrieden. Berger mochte, anders als Muth, redselig und etwas zerstreut sein. In Kollegenkreisen wurde er gerne mit Inspektor Columbo aus der gleichnamigen Fernsehserie verglichen. Trotzdem war er als Ermittler erprobt und zuverlässig.

Er ging vorbei an großen, rostigen Rohren, die von der Fabrikdecke hingen. Bei anderen hatte die Verankerung nicht gehalten und sie waren zu Boden gestürzt, wo sie Gefäße, Werkzeug und andere Utensilien unter sich begraben hatten. Zwischen den Überresten lagen Bierflaschen, Colabüchsen, Zigarettenschachteln und sogar Kondompackungen, unverkennbar Abfall neueren Datums.

Inmitten der herumwuselnden Kriminaltechniker stand Dr. Franziska Bodde, die Leiterin des Tatort- und Erkennungsdienstes. Sie grüßte mit der Andeutung eines Kopfnickens. Dann beratschlagte sie sich weiter mit einem ihrer Mitarbeiter, der auf eine Blutlache zeigte, von der aus eine dunkelrote Spur zu den Fenstern führte, die die Fabrikhalle von den Büros trennte.

Hinter deren eingeworfenen Glasscheiben waren Schreibtische zu erkennen, ausgeweidete Computer, zerschlagene Aktenschränke.

In einem der Zimmer hockte Dr. Wittpfuhl.

Kalkbrenner blieb im Türrahmen stehen, wenige Schritte von dem Mädchen entfernt. Er erkannte, dass es sich eigentlich schon um eine junge Frau handelte, achtzehn oder neunzehn Jahre alt, vielleicht sogar etwas älter. Eine Hälfte ihres Gesichts ließ erkennen, dass sie einmal sehr hübsch gewesen war, die andere war nur noch ein blutiger Matsch aus Haut, Gewebe und Knochen.

»Wurde sie tatsächlich erschossen?«, zweifelte Kalkbrenner angesichts der immensen Verletzungen.

Der Gerichtsmediziner nahm die zerstörte Gesichtshälfte in Augenschein. »Höchstwahrscheinlich mit einem Hohlspitzgeschoss. Munition dieser Art verfügt über eine immense Zerstörungskraft. Sie zerreißt große Mengen an Gewebe, wie Sie unschwer erkennen können. Sie hat allerdings auch einen Vorteil.«

»Einen Vorteil?«

»Durch die starken Gewebeschäden führt sie zu einem schnellen Tod.«

»Sie wollen damit sagen, die Frau hat nicht lange leiden müssen?«

»Ja.«

»Vorausgesetzt, sie hat keine anderen Verletzungen«, bemerkte Muth.

Der Arzt schaute zu ihr auf. »Ob das Opfer missbraucht wurde, wollen Sie wissen?«

»Wenn Sie es so formulieren.«

»Es gibt einiges, was zumindest auf einen Versuch hindeutet. Schauen Sie hier, die Jeans des Opfers ist verschmutzt, die Bluse zerrissen, die Handflächen sind zerschrammt, ein Fingernagel abgerissen.«

»Die Frau hat sich gewehrt«, konstatierte Muth.

Dr. Wittpfuhl seufzte. »Wie ich schon sagte …«

»… es gibt Anzeichen dafür«, vollendete Dr. Bodde seinen

Satz, die sich zu ihnen gesellt hatte. Sie zeigte in die Haupthalle, wo ihre Mitarbeiter einige Spuren am staubigen Boden vermaßen, markierten und fotografierten. »Dort haben wir Hinweise auf eine Auseinandersetzung gefunden.« Sie drehte sich zur Seite und wies auf eine Stelle unweit des Tors. »Und dort, sehen Sie die Blutlache am Boden? Die Blutspritzer an der Wand?«

»Die Frau wurde also bei einem Fluchtversuch erschossen«, stellte Kalkbrenner fest.

»Endgültige Sicherheit haben wir natürlich erst nach den Analysen, aber ja, davon ist auszugehen.«

»Und danach hat man ihre Leiche in dieses Büro geschafft?«, fragte Berger.

»Ja«, bestätigte Dr. Wittfpuhl, »die Haltung des Opfers lässt klar erkennen, dass man es hier einfach nur, entschuldigen Sie den Ausdruck, hingeschmissen hat.«

»Irgendetwas, was Aufschluss über den Täter gibt?«, fragte Muth.

Dr. Bodde sah sie fragend an. »*Der* Täter?«

»Es gibt einen Zeugen, der erklärt, er habe einen Mann in einem Wagen davonfahren sehen – und zwar tatsächlich nur *einen.*«

»Nun, wir haben eine Vielzahl an Spuren gefunden, Schuh- und Fingerabdrücke, Faserspuren, Haare, Blut, sogar Kondome – gebraucht. Aber welche dieser Spuren letztendlich dem Täter zuzuordnen sind …«

Kalkbrenner folgte ihrem Blick zu den Graffitis an den Wänden und dem Abfall, Bierbüchsen, Chipstüten, Zigarettenschachteln, die sich über Wochen, Monate und Jahre angehäuft hatten.

»Offenbar war das Gebäude ein geheimer Jugendtreffpunkt«, sagte Berger.

Muth sah ihn an. »Du meinst …?«

»Himmel, ja, überleg doch mal! Hast du draußen nicht auch

die Musik gehört? Wahrscheinlich ein Open-Air-Festival, so nennt man das doch heutzutage, oder? Meine Tochter sagt immer …«

»Sebastian!«

»Entschuldige, natürlich, also … Teenager ziehen sich hierher zurück, eine junge Frau, ein junger Mann, sie wollen ihre Ruhe, etwas Spaß haben. Irgendwas geht schief zwischen den beiden, es kommt zum Gerangel. Die Frau flüchtet. Der Mann schießt.«

»Das ergibt keinen Sinn«, Kalkbrenner schüttelte den Kopf, »welcher Jugendliche nimmt denn zu einem Festival eine Pistole mit?«

»Eine Pistole mit Hohlspitzgeschossen«, konkretisierte Muth.

»Ihr glaubt, der Mord war geplant?«, fragte Berger.

Kalkbrenner bejahte. »Entweder hat jemand gezielt *diese* Frau ermordet. Oder sie war zur falschen Zeit am falschen Ort und hat zufällig jemanden bei einer richtig üblen Schweinerei erwischt.«

Sein Kollege zwirbelte nachdenklich seinen Bart. »Aber weshalb hat der Mörder ihre Leiche hier in das Büro gebracht? In den Jauchegruben draußen hätte sie garantiert keiner gefunden.«

»Weil er es eilig hatte«, schlussfolgerte Muth. »Immerhin wurde er durch Hundegebell gestört, einen Zeugen …«

»… der gesehen haben will, wie der Mörder in einem Auto davonraste«, fügte Kalkbrenner hinzu, »und das …«

»Entschuldigung!«, unterbrach ihn einer der Kriminaltechniker, der mit knisterndem Ganzkörperanzug in der Tür erschien. »Ich habe da draußen etwas.« Er schluckte. »Also, ich glaube, das sollten Sie sich ansehen.«

*

Anezka balancierte den Abhang entlang, bis sie eine Stelle fand, wo es nicht ganz so steil nach unten ging.

»Hier«, flüsterte sie und wollte sich hinabhangeln.

»Nein«, Kevin hustete und hielt sie zurück, »nicht.«

Irritiert schaute sie ihn an.

»Wir sollten …«, er verzog das Gesicht, als bereitete ihm das Sprechen Mühe, »… uns vom Weg fernhalten.«

»Wir müssen weiter.«

»Ich weiß, aber da unten sitzen wir …«, er hustete erneut, »… wie auf dem Präsentierteller.«

»Teller?«

»Dort unten sieht man uns sofort.«

Endlich begriff sie, was er meinte. Er hatte wirklich recht. Besser, sie blieben im schützenden Dickicht parallel zum Pfad.

Schon bald wurde ihnen allerdings klar, dass sie sich auf diese Weise zwar sicherer fühlten, das dichte Unterholz und die Büsche, durch die sie sich zwängen mussten, ihr Vorankommen aber erheblich erschwerten.

Weit waren sie noch nicht gekommen, als sich Kevin schwer atmend gegen einen Baumstamm lehnte und die verletzte Seite hielt. Anezkas provisorischer Verband war schon wieder blutgetränkt.

»Tut es sehr weh?«, fragte sie besorgt.

»Kaum«, sagte Kevin. Sein blasses, verschwitztes Gesicht strafte ihn Lügen.

»Es ist nicht mehr weit.«

»Ich dachte, du weißt nicht, wo wir sind.«

»Bald in Sicherheit«, sagte sie.

Kevin zwang sich zu einem Lächeln und stieß sich vom Baum ab. »Lass uns weitergehen.«

Auch wenn sie nur langsam vorankamen, es war ein gutes Gefühl für Anezka, nicht mehr allein zu sein. Sie wartete nicht mehr in einem Kofferraum eingesperrt hilflos auf den Tod, sondern war ihren Peinigern entkommen.

Willst du so enden wie er?

»Was«, fragte Kevin, als sie das nächste Mal eine Pause machten, »wollten die Typen eigentlich von dir?«

Anezka schwieg.

»Haben sie …?« Er hustete erneut.

Obwohl es in der Dunkelheit kaum zu erkennen war, schüttelte Anezka den Kopf. Sie wollte nicht darüber reden. Sie lief weiter, konnte allerdings nicht verhindern, dass ihre Gedanken zurückkehrten in ihr kleines russisches Dorf.

Du wirst viel Geld verdienen, hatte die freundliche Frau versprochen, *es ist eine große Chance für dich.*

Stolz hatte Anezka ihrem Großvater davon berichtet und auch ihrem Papa. Beide waren skeptisch gewesen, während der herbe, wunderbare Duft aus Opas Pfeife die Stube erfüllt hatte. Aber als sie ihnen von dem Geld erzählte, hatten sie schließlich eingewilligt. Damit würden sie das Dach ihres Hauses reparieren können, das wie die Häuser ihrer Nachbarn verfiel, weil keiner im Dorf eine Arbeit hatte.

Voller Hoffnung war Anezka zu dem Mann ins Auto gestiegen, der sie nur wenige Tage später abgeholt hatte.

Du wirst ein neues Leben beginnen, hatte er gesagt.

Aber sobald sie die Grenze erreicht hatten, hatte sie ihm ihren Ausweis geben müssen. Wie ein Stück Vieh hatte er sie zu einem LKW getrieben und sie geschlagen, als sie einen Versuch unternommen hatte, sich zu wehren.

In dem Laderaum hatten andere Mädchen und Jungen gewartet, zitternd vor Angst, ihre Blicke auf den zerschrammten Boden gerichtet. Keiner hatte ausgesehen, als glaubte er noch an die große Chance.

»Hörst du das?«, unterbrach Kevin ihre schmerzliche Erinnerung.

Anezka gefror in der Bewegung. Dann vernahm sie das entfernte Rauschen eines Autos. Gleich darauf ein zweites. Eine Straße!

Sie gingen weiter, immer schneller, Kevin schien seine Schmerzen vergessen zu haben.

Mit einem Mal war der Wald zu Ende. Vor ihnen durchschnitt eine Autobahn die Landschaft. In der Dunkelheit auf der anderen Straßenseite erstreckten sich Felder mit kleinen Baumgruppen. Am Horizont flimmerten grüne, rote und blaue Lichter. Weit weg. Zu weit weg.

Ungleich näher lag die Tankstelle, nur wenige hundert Meter. Vor den Zapfsäulen parkten zwei Autos.

Erleichtert liefen sie darauf zu.

»Nein, Anezka!« Kevin packte ihren Arm.

Aus dem Kassenraum der Tankstelle trat ein Mann.

Anezka blieb wie angewurzelt stehen.

Pjtor. Und er schaute in ihre Richtung.

*

Kalkbrenner folgte gemeinsam mit Muth, Berger und Dr. Bodde dem Kriminaltechniker nach draußen. Augenblicklich hatte er wieder den Chemiegeruch in der Nase.

Als sie den Vorplatz erreicht hatten, wies der Kriminaltechniker auf die Pflastersteine, wo Reifenabdrücke markiert worden waren. »Ich habe diese Radspuren untersucht«, sagte er, »sie sind nur wenige Stunden alt und führen einerseits über die Zufahrt zur Straße.«

»Das Auto, mit dem der Täter geflohen ist«, sagte Kalkbrenner.

»Höchstwahrscheinlich. Zumindest haben wir bislang keine weiteren, frischen Radspuren sicherstellen können.«

»Und andererseits?«, fragte Muth.

»Wie bitte?«

»Sie sagten, *einerseits* führen die Spuren zur Straße.«

»Folgen Sie mir.« Der Kriminaltechniker überquerte den Vorplatz bis zu einer Stelle, wo die Pflastersteine nahtlos übergingen in einen vertrockneten Lehmboden, aus dem Grasbüschel und Unkraut wucherten. »*Andererseits* führen die Spuren hierher. Und ich habe hier noch eine Vielzahl weiterer PKW-Spuren entdeckt. Einen Großteil kann man kaum noch erkennen, viele sind durch Unwetter, Trockenheit und Staub verworfen, aber eben nicht alle.« Er ging in die Hocke. »Sehen Sie diese Radspuren hier? Sie sind relativ frisch, ein oder zwei Wochen alt. Und die Reifenabdrücke dort? Sogar nur wenige Stunden alt. Sie lassen erkennen, dass das Auto …«

»Das Auto?«, unterbrach Muth. »Einzahl?«

Der Kriminaltechniker wackelte unsicher mit dem Kopf, während sein Blick zu seiner Chefin wanderte. Dr. Bodde forderte ihn mit einem kurzen Nicken zum Weitersprechen auf.

»Zum gegenwärtigen Zeitpunkt würde ich mich ungern festlegen lassen«, mit raschelndem Overall stemmte er sich empor, »aber ja, es deutet einiges darauf hin, dass alle Reifenabdrücke von *einem* PKW stammen.«

»Und wohin führen sie?«, fragte Kalkbrenner.

Der Kriminaltechniker hielt sich parallel zu den Autospuren. »Bis an den Rand der Kloakebecken.«

Schweigend blieben die Beamten vor den drei Gruben stehen, die mit pechschwarzem Schlamm gefüllt waren. Selbst das grelle Scheinwerferlicht vermochte den Brei nicht zu durchdringen. Der umliegende Lehmboden war giftig verfärbt. Aus der Nähe war der Gestank kaum noch auszuhalten.

Berger schnaufte. »Wahrscheinlich hat nur jemand seinen Müll hier abgeladen.«

»Und was, wenn nicht?«, zweifelte Muth.

Dr. Bodde winkte einen weiteren ihrer Mitarbeiter herbei, der in den Händen ein langes Metallrohr hielt. Es erinnerte an die Rettungsstange eines Bademeisters. Mit einem Schmatzen sank die Fangschlaufe in die Kloake, der Kriminaltechniker rührte damit wie durch eine Suppe, bis er auf einen Gegenstand traf.

Kalkbrenner hielt die Luft an.

Mühsam dirigierte der Kriminaltechniker den Gegenstand an den Beckenrand, wo sein Kollege ihn herauszog.

Es war nur ein Stock, der mit Jauche verklebt war.

Erleichtert atmete Kalkbrenner aus.

Dann hob der Kriminaltechniker den Stab ans Ufer, wo das Scheinwerferlicht ihn traf – und aus dem Stock wurde ein Arm, an dem ein kleiner Körper baumelte.

9

Ich wählte Merles Handynummer.

The person you have called is …

Ich presste die Finger gegen meine brennenden Schläfen und kniff die Augenlider zusammen, um meinen schmerzvernebelten Blick zu schärfen, bevor ich mich an Merles Computer zu ihrer Facebook-Freundesliste durchklickte. Von den meisten besaß ich die Telefonnummern, die übrigen fand ich im Adressbuch auf ihrem PC.

Du solltest das nicht tun …

Ich tippte die erste Nummer in das Telefon. Mir kam es vor, als lauschte ich endlos dem Freizeichen.

»Ja?«, murrte eine verschlafene Stimme.

»Juliane Kluge hier.« Ich entschuldigte mich für die späte Störung. »Ist Pascal noch wach?«

»Der liegt auch schon im Bett.«

»Er ist also zu Hause?«, fragte ich.

»Wo sonst sollte sein Bett stehen?«, bemerkte Pascals Vater spitz.

Ich ging nicht darauf ein. »War Merle heute bei ihm?«

»Nicht dass ich wüsste.«

»Könnte ich ihn kurz sprechen?«

»Wie gesagt, er schläft schon.«

»Es ist wichtig.«

»Worum geht es denn?«

»Ich möchte ihn fragen, ob er weiß, wo Merle ist.«

»Sie wissen nicht, wo Merle ist?«

Würde ich sonst fragen? Ich biss mir auf die Zunge.

Pascals Vater ließ einen kurzen Augenblick verstreichen, und wieder glaubte ich, mehr aus diesem Schweigen herauszuhören.

Ach so, die *Merle.*

»Moment«, sagte er und holte seinen Sohn an den Apparat.

»Hast du dich heute Abend mit Merle getroffen?«, fragte ich.

Pascal gähnte mir ins Ohr. »Nein.«

»Hat sie in der Schule gesagt, was sie heute vorhat?«

»Kann ich nicht sagen.«

»Kannst du oder darfst du nicht?«

»Nein, sie hat nichts gesagt. Glaube ich zumindest.« Er gähnte noch einmal. »Wieso?«

Ich bedankte mich und legte auf.

Yvonne hatte sich auf Merles Bett niedergelassen und kontaktierte mit ihrem Handy unsere Bekannten und ihre Verwandten. Leute, zu denen unsere Pflegekinder einen besonderen Draht hatten, weil sie sich mit ihren Kindern trafen, bei ihnen übernachteten oder anderweitig Zeit miteinander verbrachten.

Für einen Moment dachte ich daran, auch meine Eltern anzurufen, dann verwarf ich den Gedanken. Erstens war unser Verhältnis zueinander, höflich formuliert, verhalten. Zweitens lag ihr letzter Besuch viele Monate zurück. Ich konnte mich nicht daran erinnern, ob sie Merle überhaupt schon mal begegnet waren. Und drittens hatten sie bisher keinerlei Interesse daran gezeigt, irgendeines unserer Pflegekinder näher kennenzulernen.

Stattdessen rief ich Achim an, einen weiteren von Merles

Freunden, doch seine Eltern erklärten mir, ihr Sohn sei seit drei Tagen krank und nicht in der Schule gewesen.

Ich wählte die nächste Nummer.

Keine Ahnung, wie viel Zeit verging, eine Stunde oder zwei. Ich tippte eine Nummer nach der anderen, wartete, entschuldigte mich, bat um ein Gespräch mit Merles Freunden, Robin, Moni, Kathrin, Anke, Mikel.

Vergeblich, keiner wusste, wo Merle abgeblieben war.

Frustriert legte ich das Telefon beiseite und drehte mich zu Yvonne um. Ich traute meinen Ohren nicht.

»Und dann drückst du die Taste *Esc*«, plauderte sie, »dann müsste sich das Fenster schließen und …« Sie bemerkte meinen bestürzten Gesichtsausdruck. »Mama, warte kurz.« Sie hielt ihre Hand über den Hörer. »Und?«

»Was machst du da?«, fragte ich.

»Ich helfe meiner Mutter.«

»Ich dachte, du erkundigst dich nach Merle?«

»Das habe ich, aber …« Sie hob bedauernd die Schultern.

Ich blieb still.

»Mama«, sagte Yvonne, »wir reden morgen früh weiter.« Sie beendete das Gespräch. »Vielleicht …«

»Nein«, unterbrach ich.

»Du weißt doch gar nicht, was ich sagen wollte.«

»Warum hätte sie abhauen sollen?«

Diesmal war sie es, die nicht reagierte.

»Vielleicht ist ihr etwas passiert«, sagte ich.

»Meinst du nicht, dann hätte man uns verständigt?«

Ich sah sie an.

Yvonne zuckte mit den Schultern. »Na gut, rufen wir die Krankenhäuser an.«

»Kümmere du dich bitte darum«, sagte ich und rannte die Treppe hinunter. »Ich höre mich auf den Straßen um.«

*

Seit frühester Jugend beschäftigte mich eine Frage.

Bin ich krank?

Als ich Yvonne kennenlernte, bekam ich endlich die Antwort. Yvonne war, das habe ich ja schon erwähnt, in jeder Hinsicht anders.

Viele Monate nachdem sie mich angesprochen hatte, gestand sie mir, dass sie sich angezogen gefühlt hatte von meiner Schüchternheit, mit der ich da im *SchwuZ* stand. »Und von deinem Knackarsch«, hatte sie schelmisch lachend hinzugefügt.

Homosexualität war für sie das Natürlichste der Welt. Sie scherte sich keinen Deut um die Vorurteile anderer, strotzte nur so vor Selbstbewusstsein, war unerschrocken, direkt und, wenn es nötig war, pragmatisch.

Lass mal, ich mach das schon.

Als ich sie meinen Eltern vorstellte, brach für die eine Welt zusammen. »Was haben wir bloß falsch gemacht?«, hat meine Mutter mich Tage später völlig verzweifelt am Telefon gefragt.

Sah sie nicht, wie glücklich ich war? Zum ersten Mal in meinem Leben.

Nein, sie sah es nicht und sie sieht es bis heute nicht. Ich habe bestimmt ein halbes Jahr lang immer wieder geheult deswegen, aber ich lernte, mit der Enttäuschung zu leben, mit meiner Sehnsucht, meinen Begierden, auch mit meinen Ängsten.

Von Anfang an haben wir uns Kinder gewünscht, doch uns war ebenso klar, dass ein eigenes Baby nicht in Frage kam. Es gab Momente, in denen wir diese Entscheidung fast bereuten, denn die Samenbank wäre der leichtere Weg für uns gewesen.

Am Ende standen wir alle Auseinandersetzungen mit den Ämtern durch, so wie wir in all den Jahren auch die Respektlosigkeiten und Anfeindungen überstanden haben. Mein Coming-out hat mich nur stärker gemacht.

Wir nahmen Elsa in unsere Obhut, unser erstes Pflegekind. Kurze Zeit später folgte Nesthäkchen Toby. Und dann, vor anderthalb Jahren, kam Merle zu uns.

*

Ich weiß nicht, was ich zu finden erwartete, während ich unser Viertel durchstreifte.

Ein paar Wolken waren aufgezogen. Vielleicht gab es diese Nacht noch Regen. Die Straßen lagen still und verlassen. Vereinzelt drehte ein Nachbar eine letzte Hunderunde.

Ich erkundigte mich bei jedem, der mir über den Weg lief, nach Merle, aber sie war nicht gesehen worden.

Je weiter ich mich aus unserem Viertel entfernte, umso belebter wurden die Straßen. In Heinersdorf hingen Jugendliche vor den Häusern ab, rauchten, tranken, blödelten herum.

Einige kannte ich vom Sehen, weil sie sich mit Kristi abgaben.

Keiner wusste, wo Merle war, oder konnte sich daran erinnern, sie gesehen zu haben. Sagten sie mir die Wahrheit?

Was tust du hier eigentlich?

Merle war seit mehr als vier Stunden verschwunden, es war später Abend, kurz vor Mitternacht. Sie konnte überall sein.

Mein Unterleib brannte, mein Kopf fühlte sich an, als bohrten sich ein Dutzend oder mehr Nadeln durch die Schädeldecke. Doch die Schmerzen waren nichts im Vergleich mit den Befürchtungen, die sich von Minute zu Minute deutlicher in mir manifestierten.

Ich versuchte, mich mit dem Gedanken zu trösten, dass Yvonne vielleicht etwas herausgefunden hatte. Aber hätte sie mich dann nicht angerufen?

Ich schaute auf mein Handy. Nichts. Ich machte kehrt.

Als ich das Grundstück von Sanitas Eltern passierte, blieb

ich unvermittelt stehen. In dem reetgedeckten Haus brannte Licht. Welches von den Zimmern war noch mal das von Sanita?

Ich strebte auf die Haustür zu.

»Juli!« Yvonne eilte auf mich zu. »Du kannst da nicht schon wieder klingeln!«

»Aber wenn Merle …«

»Dann hätten sie sich gemeldet. Sie wissen doch, dass wir nach ihr suchen.«

Ich nickte. »Hast du die Krankenhäuser angerufen?«

»Die in der näheren Umgebung. Aber da ist niemand eingeliefert worden, auf den Merles Beschreibung passt.«

»Was ist mit den anderen Krankenhäusern?«

»Hast du eine Ahnung, wie viele Krankenhäuser es in Berlin gibt?« Sie winkte ab, griff nach meiner Hand. »Wir sollten nach Hause gehen.«

Ich riss mich los. »Nein. Wir sollten zur Polizei gehen!«

10

Markus legte die letzten Meter bis zu seinem Wagen zu Fuß zurück.

Kremb lag still in der Nacht, zirpende Grillen, raschelndes Laub, friedlich, trügerisch.

Wachsam behielt er die spärlich beleuchteten Gassen im Blick. Da war nichts, was seinen Argwohn weckte. Dennoch beeilte er sich, den Motor seines alten Mazdas zu starten.

Tag für Tag vor'm Kaufhaus auf der Bank. Die CD im Autoradio spielte Silly, während er das Dorf hinter sich ließ. *Kein Job, kein Moos, die Weile ist lang.*

Auf der Autobahn trat Markus das Gaspedal durch und raste durch die Nacht, ohne Ende, ohne Ziel. Zumindest war dies ein schöner Gedanke.

Am Horizont hellte sich der Himmel auf, ein schmierig gelber Dunst, der sich einer Glocke gleich auf Berlin hinabsenkte.

Er zückte sein Handy, tippte die Wahlwiederholung.

»Was war denn da vorhin los?«, meldete sich Richard.

»Nichts von Bedeutung.«

»Du hast lange nichts von dir hören lassen.«

»Hab viel um die Ohren«, sagte Markus.

»Du klingst … gereizt.«

»Ich sagte doch, Stress.«

»Hast du trotzdem etwas Zeit?«

»Worum geht es denn?«

Richard atmete geräuschvoll durch. »Um Lydia.«

»Deine Frau? Was ist mit ihr?«

»Kannst du morgen vorbeikommen?«

»Klar, um fünf?«

»Das wäre toll, danke.«

Markus wollte die Verbindung trennen.

Richard rief: »Markus?«

»Mhm.«

»Ist wirklich alles gut bei dir?«

»Klar«, log Markus und legte auf.

Der Mazda passierte die ersten Ausläufer der Stadt, Industriegebiete und Shopping-Center, grelle Lichter, die in den übermüdeten Augen brannten.

Auch wenn seine Freundschaft zu Richard bereits sehr lange währte, länger als die zu Horst, und Markus ihm viel zu verdanken hatte – Richard, der als Anwalt arbeitete, konnte er auf gar keinen Fall davon erzählen, was ihn gerade umtrieb.

Auf der Gegenfahrbahn raste ein Polizeifahrzeug mit Blaulicht in die Ausfahrt nach Schulzendorf.

Markus richtete seinen Blick wieder nach vorne. Um ein Haar hätte er die beiden Fußgänger auf dem Standstreifen übersehen.

Erschrocken schlug er auf die Hupe ein. Im Rückspiegel bekam er mit, wie die beiden Gestalten die Autobahn überquerten, gerade rechtzeitig, bevor auf der Gegenseite der Übertragungswagen eines Fernsehsenders heranrauschte. Dann waren sie in der Dunkelheit verschwunden.

Markus wählte den Glienicker Weg, nach einem halben Kilometer die Spindlersfelder Straße. Während die Brücke ihn über die Spree brachte, behielt er die Straße hinter sich im Auge, aber niemand folgte ihm.

Vor ihm tauchte die Mahlsdorfer Straße auf, die Straßenbahnhaltestelle, die ersten Häuser, der Bäcker.

Er parkte vor der Hausnummer 11. Ein Reihenhäuschen aus Backstein, zwei Etagen, nichts Erhabenes, aber durchaus etwas, auf das man stolz sein konnte. Hinter den Wohnzimmerfenstern brannte Licht.

Er packte die Meth-Tütchen in das Handschuhfach und nahm eine Einkaufstasche daraus hervor.

Der Angstschweiß ist verdampft, dann wird nicht gleich wieder schlappgemacht.

Er blieb im Auto sitzen. Die Lichter im Haus strahlten Ruhe aus, Sicherheit und Frieden. Nichts von alledem existierte in seiner Welt.

Er kratzte sich die Tätowierung am Arm. Die Narbe juckte immer dann, wenn ein Wetterumschwung sich ankündigte. Unwillkürlich schaute er hinauf zum Himmel, wo tatsächlich Wolken aufgezogen waren und die Sterne verschluckten.

Besser, er fuhr zurück in seine eigene Wohnung, genehmigte sich eine Mütze Schlaf, kurierte sich aus und bekam einen klaren Kopf.

Er legte die Tasche beiseite, startete den Motor.

Vor dem Wagen stand eine Frau.

*

Kalkbrenner starrte auf den Leichnam herab.

Undeutlich war die Scham zu erkennen. Der Ansatz winziger Brüste. Langes Haar. Zweifellos ein Mädchen. Ein sehr junges Mädchen. Allerdings war mit dem schwarzen Brei, der an dem kleinen Körper klebte, das genaue Alter nur schwer zu erahnen, geschweige denn der Todesumstand.

»Ich hole Dr. Wittpfuhl!«, sagte Berger und hastete in die Halle.

Unterdessen betteten die beiden Kriminaltechniker die Tote auf den Lehmboden. Unschlüssig sahen sie ihre Chefin an.

Dr. Bodde nickte. »Bitte machen Sie weiter!«

»Sollten wir nicht besser die Feuerwehrtaucher verständigen?«, schlug Kalkbrenner vor.

Die Kriminaltechniker hielten inne.

»Solange wir nicht genau wissen, aus welchen Bestandteilen sich die Flüssigkeit in der Grube zusammensetzt, werden die Kollegen ganz sicher auch nicht anders vorgehen«, sagte Dr. Bodde. »Außerdem werden sie in dieser Brühe sowieso nichts erkennen können.«

Abermals durchpflügten ihre Mitarbeiter die Grube. Die stinkende Brühe gluckste und waberte wie ein lebendiges Wesen.

Kalkbrenner ertappte sich bei einem Gebet.

Bitte nicht!

Fast hätte er vor Freude aufgeschrien, als die Kriminaltechniker den Kopf schüttelten.

»Das nächste Becken!«, verlangte Dr. Bodde.

Die beiden Männer begaben sich hinüber zum zweiten Silo. Unterdessen näherte sich der Gerichtsmediziner.

»Wurde sie auch erschossen?«, fragte Kalkbrenner mit einem Blick auf das tote Mädchen.

Der Arzt ließ sich neben der Leiche nieder. »Soweit es die Schmiere erkennen lässt – nein.«

»Ist sie heute gestorben?«

»Also beim allerbesten Willen: Die Leiche ist gerade erst aus einer Flüssigkeit, deren Zusammensetzung mir völlig unbekannt ist, gezogen worden. Ich bin Gerichtsmediziner und kein Hellseher!« Der unvermittelte Anblick der Kinderleiche schien selbst Dr. Wittpfuhl aus seiner kühlen Routine gerissen zu haben.

Kalkbrenner konnte seinen Ausbruch nur zu gut verstehen und ging nicht weiter darauf ein. »Können Sie vielleicht ihr Alter schätzen?«

»Dem Körperbau des Opfers nach zu urteilen, vielleicht elf, zwölf, aber selbst das kann …«

»Paul!«, rief Muth mit einem Tonfall, der ihm ein Frösteln bereitete.

Seine Kollegin stand bei den Kriminaltechnikern vor der zweiten Grube. Sie hievten eine weitere Leiche aus der Brühe. Noch ein Mädchen.

»Himmel!«, entfuhr es Berger.

Kalkbrenner schwieg. Sein Gebet war nicht erhört worden.

»Hier ist …«, keuchte einer der Kriminaltechniker, während er weiter in der Kloake rührte. Den Rest seines Satzes verschluckte das Schmatzen, mit dem eine dritte Leiche ins Scheinwerferlicht drängte.

Widerstrebend sah Kalkbrenner hinüber zu dem letzten Güllebecken. Muth folgte seinem Blick.

Obwohl die Overallkapuze und der Mundschutz nur wenig von ihrem Gesicht freigaben, konnte Kalkbrenner erkennen, dass seine Kollegin von den gleichen Gedanken gequält wurde.

Bitte nicht!

Die Männer zerrten einen vierten Leichnam aus der Grube.

Wut erfasste Kalkbrenner. »Sebastian, wo steckt dieser verdammte Sicherheitsdienst?«

*

Markus stieg aus. »Hallo, Alex.«

»Hi, Bruderherz.« Alexandra umarmte ihn.

Sie war einen halben Kopf kleiner als er, ihr dichtes, lockiges Haar kitzelte seine Wange. Sie roch nach Pesto und Penaten-Creme, eine eigenwillige Mischung, von der dennoch ein behagliches Gefühl ausging. Das Babyfon in ihrer Hand knisterte statisch.

»Was machst du so spät noch draußen?«, fragte er.

»Den Abfall rausbringen.« Sie wies auf die Mülltonnen hinter einer Hecke vor dem Haus. »Dabei hab ich deinen Wagen gesehen. Wie lange stehst du schon hier?«

»Nicht sehr lange.«

»Aber du wärst schon noch irgendwann mal reingekommen?«

»Na ja, es ist schon spät.«

»Also dachtest du, du stehst einfach mal ein bisschen vor unserem Haus herum.«

»Blödsinn.« Er lächelte, weil ihm nichts Besseres einfiel.

Alex ging zurück zur Haustür. »Also, was nun? Willst du dir hier draußen die Beine in den Bauch stehen, oder kommst du rein?«

Fahr nach Hause!

Markus holte die Einkaufstasche aus dem Auto, dann folgte er seiner Schwester in die Küche.

Sie stellte das Babyfon auf die Anrichte und öffnete den Kühlschrank. »Möchtest du was trinken?«

»Nein …«

»Wasser? Cola?«

»… danke.«

»Cola light, richtig?« Sie füllte zwei Gläser, stellte sie auf den Tisch. »Entschuldige das Chaos.«

Sie stapelte einige Zeitschriften aufeinander, deren Schlagzeilen von Schwangerschaft, Geburt und Erziehung handelten, räumte zwei mit Pestosauce verschmierte Teller beiseite, dazu eine halbvolle Babyflasche, eine Kaffeetasse, einen Bilderrahmen, einen Schnuller. An dem Durcheinander änderte sich nichts.

Mit einem Seufzen gab Alex auf, setzte sich ihm gegenüber und zupfte gähnend an ihren zerzausten roten Locken.

Markus sagte: »Vielleicht sollte ich besser wieder gehen.«

»Ach Quatsch! Jetzt bleib schon sitzen. Henry ist in einer schwierigen Phase, seine ersten Zähne, außerdem hat er eine Mittelohrentzündung. Das hält uns auf Trab.«

»Mhm.«

»Und Jonas, der macht es mir auch nicht leichter. Jeden Abend das gleiche Drama. Er will partout nicht ins Bett. Hat noch Hunger. Muss aufs Klo. Kann nicht schlafen, weil draußen Autos fahren. Will was trinken. Ihn stört das Licht. Seit Henry da ist, hat er … Oh Gott, entschuldige, ich möchte dich nicht langweilen.«

»Tust du nicht.«

Sie klemmte eine ihrer Strähnen hinters Ohr und schaute ihn an, skeptisch, erschöpft, und für ein, zwei Sekunden wirkte sie wie das kleine Mädchen, das Markus als Junge in den Arm genommen, getröstet und beschützt hatte. Ein schmales Gesicht, zart geschnitten, beinahe mager, verletzlich.

Ein Anblick, der ihn gleichzeitig rührte und verstörte, denn er weckte Erinnerungen, Scham, und ein schlechtes Gewissen. Dann verflog der Moment, und Alex war wieder eine erwachsene Frau, Mutter zweier Kinder, in einer Jogginghose und einem T-Shirt mit Pestospritzern.

»Erzähl mir lieber von dir. Wann ist es bei dir so weit?«

»Dazu fehlt mir die Zeit.«

»Nur die Zeit?«

»Na ja, auch die Frau.«

»Ach komm, an Interessentinnen sollte es doch nicht mangeln: Du schaust gut aus, bist noch jung.«

»Ich fühle mich eher uralt zurzeit.«

»Jetzt stöhn nicht rum, wer von uns beiden hat denn zwei Kinder?« Sie lachte. »Dein Leben ist …«

»… genauso stressig.«

»Inwiefern?«

»Viel Arbeit.«

Alex sah ihn erwartungsvoll an.

»Wie Arbeit halt so ist. Anstrengend. Kraftraubend.« Er trank einen Schluck Cola. Die Brause schäumte in seinem Mund.

»O-kay«, sagte seine Schwester, »gut, dass wir darüber …«

Schritte polterten die Treppe runter.

»Onkel Markus, Onkel Markus!« Jonas stürmte im quietschgelben Pyjama in die Küche. Er stolperte über seine Pantoffeln, große Puschen in der Form eines *Angry Bird*.

Markus fing ihn auf. »Na, mein Held, so spät darfst du noch auf sein?«

»Wäre ganz was Neues«, murmelte Alex. »Warum bist du nicht im Bett, junger Mann?«

»Bin wach geworden.«

»Und da stehst du einfach wieder auf?«

»Ich hab Onkel Markus gehört. Onkel Markus, hast du mir was mitgebracht?«

Markus reichte ihm die Einkaufstasche.

Der Kleine strahlte unter seinem roten Schopf hervor. Sogar seine Sommersprossen leuchteten, als er eine Lego-Schachtel hervorkramte. »Boah, ein Polizist mit Motorrad. Mama, Mama, guck mal, ein Polizist mit Motorrad.«

»Ja, der ist schön«, Alex bedachte ihren Bruder mit einem strafenden Seitenblick, »und was sagt man?«

»Danke, Onkel Markus, den hab ich mir so gewünscht.«

»Ich weiß.«

Jonas schaute verunsichert zu ihm auf. »Bist du auch ein Polizist?«

»Wie kommst du denn darauf?«

»Papa hat gesagt, die Polizei weiß alles, auch wenn ich mein Zimmer nicht aufräume, und dann kommt ein Polizist und …«

»Und? Hast du dein Zimmer aufgeräumt?«

»Weißt du das denn nicht?«

Markus lächelte. »Siehst du, also bin ich kein Polizist.«

»Was bist du denn dann?«

»Ach, weißt du …« Markus spürte den aufmerksamen Blick seiner Schwester. Ihr Sohn war bereits wieder mit der Schachtel beschäftigt.

Alex verzog den Mund, dann schob sie Jonas in die Diele. »Genug jetzt, ausgepackt wird morgen, junger Mann.«

»Aber …«

»Nix da aber.«

»Mama!«

»Sag Onkel Markus gute Nacht!«

»Gute Nacht«, echote der Junge und trottete widerstrebend davon.

Alex folgte ihm in sein Zimmer. Auf halber Strecke drehte sie sich zu Markus um. »Du solltest ihm nichts mitbringen.«

»Ich mache ihm gerne eine Freude.«

»Eben darum!« Sie eilte die Treppe hoch.

*

Wutentbrannt schleuderte Kalkbrenner den Plastikoverall auf den Beifahrersitz seines Passats.

Auf der Rückbank kläffte Bernie.

»Tut mir leid, Dicker«, sagte Kalkbrenner und tätschelte dem Bernhardiner das dichte Fell, »es wird noch etwas dauern.«

Der Hund beruhigte sich, Kalkbrenner nicht.

Er stapfte auf den Mann zu, der außerhalb des Grundstücks rauchend in der Tür eines Van hockte.

Er war einen halben Kopf größer als Kalkbrenner, ergraut und sehr mager, fast schon dürr. Zu einem weinroten Blouson trug er eine braune Krawatte, auf die in kleiner goldener Schrift KeTec gestickt worden war.

»Sie bewachen also dieses Grundstück«, Kalkbrenner hatte Mühe, sich zu beherrschen, »ist das richtig, Herr ...?«

»Meisner, Friedrich Meisner.« Der Mann nahm einen Zug von seiner Kippe, dann zertrat er sie auf dem Asphalt. »Und Sie sind?«

»Kriminalhauptkommissar Kalkbrenner. Mordkommission Berlin.«

»Mord?«, echote Meisner. »Tatsächlich ein Mord? Hier?«

Nein, in München.

Er warf einen Blick über das Wagendach hinweg auf die alte Steinmauer, die das Fabrikgelände umgab. Am Himmel türmten sich Wolken, die das Scheinwerferlicht zurückwarfen. Ein kühler Wind fegte über die Straße.

»Herr Meisner«, sagte Kalkbrenner, »Sie fahren ...«

»Nein, nein, nicht ich, meine Mitarbeiter.«

»Also schön«, sagte Kalkbrenner gepresst. »Ihre Mitarbeiter kümmern sich um den Objektschutz bei Albidus. Wie lange schon?«

»Seit Albidus insolvent ist.« Meisners Blick suchte Berger, der sich einige Schritte entfernt hielt. »Aber das habe ich doch alles schon Ihrem Kollegen erklärt.«

»Dann erklären Sie es mir jetzt noch einmal! Wie lange haben Sie den Auftrag schon?«

»Drei Jahre.«

»Und in diesen drei Jahren waren Sie, also, Ihre Mitarbeiter jeden Tag hier?«

»Nein.«

»Wie oft dann?«

»Normalerweise drei Mal die Woche.«

»Normalerweise?«, hakte Kalkbrenner nach.

»Na ja«, sagte Meisner, »es gibt Ärger mit dem Liegenschaftsfonds. Die Situation ist unklar, wir warten auf unser Geld.«

»Also sind Sie gar nicht mehr hierhergefahren?«

Meisner schwieg verlegen.

»Das heißt: nein?«, fragte Kalkbrenner nach.

»Ja.«

»Also ja?«

»Nein.«

»Verflucht noch mal: Was denn jetzt?«

»Na ja«, Meisner räusperte sich. »Sie müssen wissen, ich habe nur eine begrenzte Zahl an Mitarbeitern. Die Situation ist kritisch, die Zeit knapp. Ich muss mich auf Aufträge konzentrieren, die Geld bringen. Außerdem ist hier eh nicht mehr viel zu holen und …«

»Wann waren Ihre Mitarbeiter das letze Mal hier?«, unterbrach Kalkbrenner.

»Vor vier oder fünf Wochen.«

»Ist ihnen da etwas aufgefallen?«

»Sie haben nichts dergleichen erwähnt. Ich weiß nur, dass hier manchmal Obdachlose ihre Spuren hinterlassen haben. Vor allem nach Regentagen. Und auch Jugendliche. Das Übliche eben.«

»Das Übliche eben«, wiederholte Kalkbrenner.

Oder wie es sein Kollege formuliert hatte: *Wenn sich niemand verantwortlich fühlt, kümmert sich auch keiner.*

Eine Windböe brachte das Absperrband in der Zufahrt zum Flattern. Das zweiflügelige Gittertor stand nach wie vor weit offen.

»Wer ist im Besitz der Schlüssel für die Einfahrt?«, fragte Kalkbrenner.

»Wir.«

»Wer noch?«

»Nun, die Sachbearbeiter beim Liegenschaftsfonds.«

»Was ist mit den einstigen Albidus-Angestellten?«

»Das weiß ich nicht.«

»Ich brauche eine Liste aller Leute«, sagte Kalkbrenner, »die Zugang zu dem Grundstück haben. Angefangen bei Ihren Angestellten.«

»Sie wollen ...«

»Außerdem die Sachbearbeiter beim Liegenschaftsfonds. Und natürlich die ehemaligen Angestellten der Firma Albidus.«

»Aber ich ...«

»Das ist natürlich reine Routine. Wie sagten Sie so schön? Das Übliche eben.«

»Sie glauben doch nicht ...?«

»Ich glaube gar nichts, ich verlasse mich auf Fakten.« Kalkbrenner winkte seinem Kollegen. »Sebastian, kümmerst du dich ...?«

»Herr Kalkbrenner!«, unterbrach ihn eine Stimme.

*

Markus lauschte den Stimmen im ersten Stock.

Jonas' Gequengel, auf das seine Mutter anfangs geduldig, dann immer genervter reagierte.

Du solltest ihm nichts mitbringen.

Aus dem Babyfon erscholl Henrys Heulen. Alex hastete in die Küche, ihr Blick wühlte sich durch das Chaos auf dem Tisch.

»Suchst du *den?*« Markus schob den Bilderrahmen beiseite.

Seine Schwester schnappte den Schnuller, eilte nach oben. Das Babyweinen wurde leiser und verstummte schließlich.

Gedankenversunken rieb sich Markus die juckende Narbe am Unterarm. Sein Blick hing an dem Foto. Es zeigte die beiden Kinder, den vierjährigen Jonas und Henry, der noch keine acht Monate alt war, aber schon die roten Haare seiner Mutter und das breite Grinsen seines Vaters hatte.

»Sascha hat Spätschicht?«, fragte Markus, als seine Schwester zurückkehrte. Ihr Mann arbeitete als Wirtschaftsdirektor in einem Hotel am Ku'damm.

Sie fiel auf den Stuhl, rieb sich gähnend das Gesicht. Ihr Haar hatte sie zu einem Zopf gebunden. »Mhm.«

»Auch ein stressiger Job, oder?«

»So stressig wie *deiner?* Äh, was machst du noch mal?«

»Das weißt du doch, ich arbeite für einen Anwalt, Kurierjobs und solchen Kram.«

»Kurierjobs, aha.«

Er trank von seiner Cola. »Alex, ich habe die Schule abgebrochen, falls du dich erinnerst, und ja, auch danach habe ich nicht viel auf die Reihe gekriegt. Ich bin froh über jeden Job, den ich bekomme.«

Aus dem Babyfon ertönte ein Schluchzen. Alex erhob sich. Das Wimmern wurde leiser. Sie sank zurück, tippte ihren Finger auf einen der Teller und leckte gedankenverloren die Pestosauce ab. »Erinnerst du dich noch an Mama?«

»Nein.« Seine Antwort fiel schärfer aus als beabsichtigt.

»Ich habe mit Papa darüber gesprochen.«

»Alex, bitte!«

»Ich weiß, dass du wütend auf Papa bist, aber …«

»Sei mir nicht böse, ich möchte nicht darüber reden.«

»Worüber denn dann?«

Markus schwieg.

Seine Schwester schüttelte den Kopf, eine Strähne löste sich aus ihrem Pferdeschwanz. »Wie lange soll das noch so gehen?«

»Ich …«

»Ehrlich, Markus, ich freue mich, dass du da bist. Dass wir uns inzwischen wieder ab und an mal sehen. Viele Jahre gab es nichts, was ich mir sehnlicher gewünscht habe: Dass du zurückkommst, mich nicht alleine lässt mit …« Sie fegte die Locke unwirsch beiseite. »Dass du einfach da bist für mich, mich in den Arm nimmst, mich tröstest und wir gemeinsam lachen und reden, verstehst du? So wie früher.«

»Mhm.«

»Irgendwann hab ich die Hoffnung aufgegeben und auch die Wut ist verraucht. Oh ja, ich war wütend, so wütend auf dich. Aber irgendwann war da nur noch die Angst. Angst um dich! Ich weiß nicht, wie oft ich mich in den letzten Jahren gefragt habe: Wo steckt er? Was macht er? Und … lebt er überhaupt noch?«

»Es«, seine Stimme klang matt und tonlos, »tut mir leid.«

»Und nun bist du wieder da, seit ein paar Monaten, wie lange schon? Ist auch egal, denn es ändert nichts daran, dass ich mich frage: Wieso bist du da? Und … wer bist du eigentlich?«

»Dein Bruder.«

»Das meinte ich nicht.« Sie verdrehte genervt die Augen. »Was ich dir sagen möchte: Ja, du kommst vorbei, du sitzt in unserer Küche, spielst mit unseren Kindern. Aber trotzdem bist du nicht wirklich da.« Ihr Blick heftete sich an das Tattoo auf seinem Arm. »Ich weiß nichts über dich. Nicht, was du so machst, was du denkst, wo du steckst, wie du dich fühlst und …«, sie betonte jedes einzelne Wort, »mit – wem – du – zu – tun – hast. Ich weiß ja nicht einmal, wo genau in Neukölln du wohnst. Oder hast du uns mal zu dir eingeladen?«

Markus öffnete den Mund, doch er war erschöpft, nicht fähig zu einem klaren Gedanken.

Und zur Wahrheit!

»Stattdessen stehst du spätabends vor unserer Tür. Du stinkst nach Alkohol und Zigaretten. Auch das ist wie … damals.« Sie holte Luft. »Ich bin mir nicht sicher, ob es das ist, was ich für meine Kinder möchte.«

»Aber sie freuen sich, wenn ich da bin.«

»Genau *das* macht es so schwierig für mich.«

»Ich verstehe nicht.«

»Was ist, wenn du irgendwann nicht mehr wiederkommst?«

»Blödsinn, ich komme wieder!«

»Das hast du damals auch gesagt – und dann bist du trotzdem abgehauen, ohne ein Wort. Weißt du, wie ich mich gefühlt habe?« Ihre Stimme gewann an Kraft, war plötzlich von überraschender Entschlossenheit erfüllt. »*Dieses* Gefühl möchte ich meinen Kindern ersparen.«

Er setzte zu einer Antwort an.

Sie winkte ab. »Ich bin müde. Ich möchte ins Bett.«

*

Anezka rannte blindlings los.

Weg hier, nur weg hier!

»Nein!«, schrie Kevin und riss sie zurück.

Haarscharf raste ein Wagen an ihr vorbei. Die Hupe schrillte wütend in ihren Ohren.

»Jetzt!«, rief Kevin und stolperte voraus zum Mittelstreifen der Autobahn.

Anezka schaute zurück zur Tankstelle. Pjtor rannte auf sie zu.

»Schnell!«, keuchte Kevin und half Anezka über die Mittelplanke. Als er selbst hinüberklettern wollte, überwältigte ihn der Schmerz. Taumelnd griff er sich an die Seite. Ein LKW donnerte vorbei. Der Fahrtwind riss Kevin fast von den Beinen.

Pjtor kam in ihre Richtung gerannt.

»Weiter!« Diesmal war es Anezka, die Kevins Hand ergriff. Sie zog ihn über die anderen beiden Fahrspuren. Dann tauchten sie in die Dunkelheit jenseits der Autobahn.

»Ich …«, keuchte Kevin und drohte erneut zu stürzen, »… ich kann nicht mehr.«

Unnachgiebig schleifte Anezka ihn weiter, den grünen, roten und blauen Lichtern am Horizont entgegen. Am Himmel zogen Wolken auf. Ein kalter Wind wirbelte Staub vom Feld auf.

»Wir müssen …«, Kevin stöhnte und sackte auf die Knie.

»Weiter!«, schrie Anezka und hob ihn auf die Beine. Sie wagte keinen Blick zurück.

Willst du enden wie er?

Sie schob Kevin in das Dickicht eines Wäldchens, das plötzlich vor ihnen aufragte. Schweiß und Blut perlten auf ihrer Stirn, brannten in ihren Augen.

Als sich ihr Blick klärte, hatten sie den kleinen Wald bereits durchquert und standen auf einer Straße. Scheinwerfer erfassten sie. Ein Hupe erscholl. Bremsen quietschten.

Erschrocken riss Anezka die Arme hoch.

Das Auto kam dicht vor ihren Beinen zum Stehen.

»Gott sei Dank«, hustete Kevin hervor und schubste Anezka auf den Wagen zu, »sieh nur, ein Taxi.«

Der Fahrer steckte seinen Kopf zum Fenster hinaus. »Seid ihr noch … Scheiße, was ist denn mit euch passiert?«

Kevin öffnete die Hintertür. Anezka sank auf die Rückbank.

»Bringen Sie uns weg«, japste Kevin, während er sich neben sie fallen ließ.

Der Fahrer drehte sich zu ihnen um. »Was …?«

»Fahren Sie!«, schrie Kevin.

Der Mann gab Gas. Regentropfen plätscherten auf das Auto.

Anezka heulte vor Erleichterung.

Du hast es geschafft!

Fluchend trat der Taxifahrer die Bremse. Zwei Geländewagen schnitten ihm den Weg ab.

11

Ich parkte vor dem Polizeirevier in der Hadlichstraße. Bisher war ich davon ausgegangen, dass Merle nicht nach Hause gekommen war, weil sie sich mit Kristi verabredet hatte, oder mit anderen Freunden eine Party hatte feiern wollen, so was in der Art. Wenn ich jetzt eine Vermisstenanzeige aufgab, würde ich ihrem Verschwinden eine neue Bedeutung beimessen, eine, die mir keineswegs behagte.

Als wenn es nicht schon längst so weit wäre!

Der Wind trieb Wolken über den dunklen Himmel und zerrte an mir, als wollte er mich aufhalten, während ich auf das Gebäude zulief. Ich wünschte, Yvonne wäre bei mir. Sie war zu Hause geblieben, für den Fall, dass Merle wider Erwarten doch zurückkehrte. Oder sich meldete.

Der Polizist am Empfang, Polizeiobermeister Krause, wie ein Schildchen verriet, war ein kleiner, runder Mann, unter dessen Achseln sich Schweißringe in seine Uniform fraßen.

»Was kann ich für Sie tun?«, fragte er.

»Unsere Pflegetochter ist weg.«

»Weg?«

»Verschwunden.«

»Wie lange ist sie denn schon verschwunden?«

»Seit sechs Stunden.«

»Sechs Stunden?« Er stieß ein zweifelndes Brummen aus.

»Sie wollte zu ihrer Freundin, nur ein paar Straßen weiter«, sagte ich, »aber dort ist sie bisher nicht angekommen.«

»Könnte sie woanders hingegangen sein?«

»Das habe ich zunächst auch gedacht, aber ich wüsste nicht, wohin. Ich habe auch schon ihre Freunde angerufen, aber da ist sie nicht.«

»Hatten Sie Streit mit Ihrer Tochter?«

»Sie ist unsere Pflegetochter«, korrigierte ich »und nein, wir hatten keinen Streit.«

»Hatte sie Streit mit anderen?«

»Auch nicht.«

»Liebeskummer?«

»Nein.«

Polizeiobermeister Krause nickte, als wären das genau die Antworten, die besorgte Eltern in solchen Fällen immer gaben. »Es ist völlig normal, wenn ein Teenager mal für eine Nacht nicht nach Hause kommt. So sind Kinder in dem Alter halt gelegentlich.«

Nein, sind sie nicht, wollte ich erwidern.

Er hob beschwichtigend die Hände. »Lassen Sie uns eine Vermisstenmeldung aufnehmen, einverstanden?« Er bückte sich zu einer Schublade und brachte ein Formular zum Vorschein. »Wie ist der Name Ihrer Tocher?«

»Merle Schwarz«, sagte ich und verzichtete darauf, ihn erneut auf seinen Fehler hinzuweisen. Stattdessen zog ich ein Bild von Merle aus meinem Portemonnaie und gab es ihm.

Er nahm es entgegen und betrachtete es, während er seine Stirn irritiert in Falten warf.

Ich beschrieb ihm die Kleidung, die Merle getragen hatte, als sie am Abend zu Sanita aufgebrochen war: das graue Kapuzenshirt, die Jeans mit den Flicken, graue Chucks, der schwarze Rucksack, in dem sich Wechselwäsche und ihre Schulsachen für morgen befunden hatten.

Er notierte alles auf dem Formular. »Ich brauche natürlich auch noch Ihren Namen und Ihre Adresse.«

»Juliane Kluge«, sagte ich und gab ihm die gewünschten Informationen.

»Und Ihr Mann ist im Augenblick zu Hause? Nur für den Fall, dass …«

»Nein, nicht mein Mann, meine Frau, Yvonne Kluge.«

»Sie sind verheiratet?«

Was um alles in der Welt spielte das für eine Rolle?

»In Deutschland sind nur eingetragene Partnerschaften erlaubt«, sagte ich.

Ich sah dem Beamten an, wie es hinter seiner Stirn ratterte. »Und Sie beide haben also eine … Tochter?«

»Wie ich Ihnen schon sagte: eine Pflegetochter.« Eine leichte Gereiztheit schlich sich in meine Stimme.

»Ach ja, richtig.« Krauses Blick sprach Bände. *Ein Lesbenpaar mit Pflegetochter.*

Wenn ich ihm jetzt noch von Merles Vergangenheit erzählte, würde er mich überhaupt nicht mehr ernst nehmen.

»Also gut«, sagte er und es klang, als würde ihn rein gar nichts mehr wundern, vor allem Merles Verschwinden nicht. Er heftete ihr Foto an ein Clipboard. »Wir werden Ihre Beschreibung an alle Streifenwagen rausgeben. Die Kollegen werden Ausschau nach Ihrer Pflegetochter halten.«

»Das ist alles?«

»Mehr kann ich im Augenblick nicht für Sie tun. Allerdings sollten Sie selber versuchen herauszufinden, wohin sie verschwunden sein könnte.«

»Das haben wir doch schon gemacht.«

»Hat sie ein eigenes Zimmer?«

»Natürlich, sie ist fünfzehn.«

»Vielleicht hat sie irgendwo einen Hinweis auf ihren Aufenthaltsort hinterlassen? Vielleicht haben Sie eine Nachricht übersehen? Wenn sie einen Computer besitzt, finden Sie vielleicht dort einen Hinweis …«

»Auch den habe ich schon überprüft.«

»… zum Beispiel eine E-Mail von einem Freund, von dem sie Ihnen nichts erzählt hat.« Inzwischen klang der Polizeiobermeister wie ein Sprachautomat, der wie programmiert eine Checkliste ausspuckte. »Rufen Sie außerdem alle Bekannten und Verwandten an und fragen, ob sie sich inzwischen bei ihnen hat blicken lassen. Und bitte, seien Sie eindringlich. Lassen Sie sich nicht mit einer schnellen Antwort abspeisen. Möglicherweise hat sie darum gebeten, dass man Ihnen ihren Aufenthaltsort nicht verrät.«

Sprachlos ließ ich die nicht enden wollende Litanei über mich ergehen. Was glaubte der Mann, was ich die letzten sechs Stunden getan hatte?

Er war offenbar endlich am Ende seines Leitfadens für besorgte Eltern angekommen und lächelte mich aufmunternd an. »Wenn Sie bis morgen früh nichts von Ihrer Pflegetochter gehört haben«, schloss er, »dann melden Sie sich wieder.«

»Erst morgen früh? Aber ...«

»Und bis dahin sollten Sie sich beruhigen.«

Ich rieb mir die Schläfen. *Mich beruhigen?* Das fiel mir zunehmend schwerer.

Er seufzte. »Na gut, sollten wir bis morgen früh nichts von Ihnen gehört haben, wird ein Beamter zu Ihnen kommen, einverstanden?«

»Bleibt mir eine andere Wahl?«

Er lächelte. »Wissen Sie, in neunundneunzig Prozent aller Fälle tauchen verschwundene Kinder bald wieder auf, und es gibt für alles eine harmlose Erklärung.« Tatsächlich, er lächelte. »Sie sollten sich keine Sorgen machen.«

»Verdammt«, ich konnte nicht mehr an mich halten, »ich mache mir aber Sorgen!«

*

Sie fragen sich, woher meine Sorgen rührten?

Ganz einfach: Mehr noch als Elsa und Toby verlangte Merle nach meiner Aufmerksamkeit. Sie war etwas Besonderes.

Sagt Ihnen der Begriff Transgender etwas?

Nun, Merle wusste nicht, wer sie war. Geboren als Mädchen, fühlte sie sich schon von Kindesbeinen an als Junge. Sie mochte keine Kleider, keine Ballerinas, keine Puppen, keine Ponys, nichts, womit Mädchen sich in ihrem Alter üblicherweise beschäftigten.

Nur zu gut verstand ich deshalb ihre Gefühle, die Zweifel, ihre Zerrissenheit, die viele Jahre lang auch meine dunklen

Begleiter gewesen waren, bis ich mich endlich gefunden hatte.

Merles Qualen, verstärkt durch ein zerrüttetes Elternhaus, hatten viel zu ihrer traurigen Vergangenheit beigetragen, zu den Drogen und Heimaufenthalten.

Ich fühlte mich mit ihr verbunden, und ihr erging es nicht anders. Zum ersten Mal hatte sie das Gefühl, dass jemand sie verstand. Und ich war zum ersten Mal für eines der Pflegekinder mehr als nur eine Ersatzmutter.

Merle war in den anderthalb Jahren bei uns zu meiner Tochter geworden. Der Tochter, die ich mir immer gewünscht hatte.

12

Markus fand einen Parkplatz vor der stillgelegten Kindl-Brauerei.

Schräg gegenüber lag das Rollbergviertel, anonyme, kalte Hochhäuser, kaum Geschäfte oder Restaurants, dafür Gestank und Lärm im Überfluss. Gewiss keine Gegend, auf die man stolz sein konnte.

Er tauschte die SIM-Karten seines iPhones, versteckte die eine wieder im Seitenschlitz seines Zippos und entnahm dem Handschuhfach die Meth-Tütchen.

Am Himmel schoben sich immer dichtere Wolkenfelder zusammen. Der Wind fegte Hiphop-Beats über den Gehweg, Lachen, übermütiges Geschrei. Vor einem der Plattenbauten in der Morusstraße hingen junge Männer ab, Kapuzenshirts, Baggypants, die ihnen bis in die Kniekehlen hingen. Ein Joint machte die Runde.

Markus verspürte einen Anflug von Neid, wenn er an das Leben seiner Schwester dachte, behütet, geordnet und –

»Ey, Markus!« Zwei der Typen schlurften auf ihn zu.

»Alles klar, Jungs?«

»Immer doch. Sag mal, haste was für uns?«, fragte einer der beiden. Er hatte eine gelbe Beanie auf dem Schädel und grinste ihn aus einem pickeligen Jungengesicht an.

»Was braucht ihr?«

»Fünf Gramm?«

»120.«

»Ey, das …«

»Na gut, weil ihr's seid – hundert.«

»Yo, bist echt 'n Kumpel.« Der andere Typ grinste, entblößte zwei Zahnreihen fauliger Lücken. Auf die Fingerknöchel seiner rechten Hand war *H-A-T-E* tätowiert.

Markus gab ihm eines der Meth-Beutelchen, zählte die zerknitterten Scheine nach und ließ die beiden Junkies dann einfach stehen.

Zerknüllte Bierbüchsen und Zigarettenschachteln türmten sich auf den Stufen vorm Hauseingang. Die Glastür war zersplittert, der Rahmen mit Farbe beschmiert.

»Weißte, wo Mick steckt?«, rief ihm der Junge mit der Beanie hinterher.

»Wenn er nicht hier ist …«

»Wolltet ihr euch nicht treffen?«

Markus blieb stehen. »Sagt wer?«

»Na, Mick natürlich, wer sonst.«

Markus musterte die Typen vor dem Haus. Die drei Freaks aus Kremb waren nicht darunter, aber das hatte nichts zu bedeuten. Neukölln war groß.

Er drängte sich im Foyer an Kinderwagen, Pappkartons und anderem Plunder vorbei, der sich unter den verrosteten Briefkästen stapelte.

Im rumpelnden Aufzug lehnte er sich an die zerkratzte, überklebte, verschmierte Wand. *AB+MF. Chantalle is eine Fodze. Fick dich.*

Er war sauer auf Mick, noch mehr aber auf sich selbst. Er

war so verdammt froh, dass er und seine Schwester wieder Kontakt zueinander hatten, wenn auch noch zögerlich und unter Vorbehalten. Er hätte wissen müssen, dass seine Ausflüchte, seine Lügen ihre vorsichtige Annäherung gefährdete.

Wie lange soll das noch so gehen?

In der vierten Etage glitt die Fahrstuhltür auseinander. Der Flur war düster, die Mehrzahl der billigen Baumarktlampen defekt.

Markus entriegelte seine Wohnungstür. Das Schloss klickte verhalten. Gähnend betrat er die kleine Diele.

In einem Punkt lag seine Schwester allerdings falsch.

Ich weiß, dass du wütend auf Papa bist.

Wütend war er schon längst nicht mehr auf seinen Vater. Er verachtete ihn. Und selbst dieses Gefühl hatte er in die hintersten Kammern seines Hirns verdrängt.

Man sollte nie an dem festhalten, was nicht festzuhalten ist, hatte ihm einst eine gute Freundin gesagt, die einzig richtige Freundin, die er je gehabt hatte.

Jetzt wollte er nur noch ins Bett. Als er seine Jacke auf die Kommode legte, wurde ihm bewusst, dass er das Türschloss beim Verlassen der Wohnung zweimal verriegelte. Immer.

Scheiße, verdammt …

Hände packten ihn, schleuderten ihn ins Wohnzimmer, wo er unsanft auf einem Sessel landete. Die Deckenlampe flammte auf. Im blendenden Licht stand Zorkans Gorilla.

Auf der Couch gegenüber thronte der Kirgise. »Heute ist dein Glückstag.«

»Fühlt sich nicht so an.«

»Der Boss möchte dich sprechen.«

*

»Herr Kalkbrenner«, der kleine, dicke und dennoch agile Mann watschelte hinter ihm her, »jetzt warten Sie doch.«

Kalkbrenner ignorierte ihn.

»Meine Güte, hat's Ihnen die Sprache verschlagen?«

»Nein, Herr Sackowitz, ich bin nur überrascht, Sie zu sehen. Viel ist hier nämlich nicht passiert.«

»Nicht viel?« Sackowitz lächelte, was sein zerfurchtes Gesicht noch faltiger aussehen ließ.

Jahrelanger Alkoholgenuss hatte seinen Tribut gefordert, und auch ein Herzanfall war nicht spurlos an dem Journalisten vorübergegangen. Seinen Jagdinstinkt hatte er allerdings nicht eingebüßt.

Er grinste noch immer. »Für *nicht viel* betreiben Sie und Ihre Kollegen aber einen mächtigen Aufwand.«

»Wir nehmen unsere Arbeit eben ernst.«

»Netter Versuch, Herr Kalkbrenner, aber warum sagen Sie mir nicht einfach, was angeblich *nicht* passiert ist?«

»Netter Versuch, Herr Sackowitz, aber warum fahren Sie nicht einfach nach Hause und legen sich aufs Ohr?«

»Ach kommen Sie!«, schimpfte Sackowitz. »Mir können Sie's doch sagen, nach allem, was …« Er hustete.

Kalkbrenner ließ ihn stehen.

Der Reporter mochte vor gar nicht so langer Zeit nicht unwesentlich zur Aufklärung einer schlimmen Mordserie beigetragen haben, aber das bedeutete nicht, dass sie nun beste Freunde waren.

Keuchend eilte er hinter Kalkbrenner her. »Stimmt es, dass ein Mädchen erschossen wurde?«

»Sie wissen, dass ich Ihnen keine Auskunft geben darf.«

»Sie sollen mir ja auch keine Auskunft geben, sondern mir lediglich bestätigen, was ich eh schon weiß.«

»Herr Sackowitz, Sie kennen die Spielregeln.«

»Und wenn ich Sie frage, ob es stimmt, dass Sie daraufhin noch weitere Mädchenleichen gefunden haben?«

Woher wissen Sie das?

Gerade noch rechtzeitig widerstand Kalkbrenner der Versuchung, die Frage laut zu stellen, und setzte seinen Weg fort.

Aber das machte die Sache nicht besser. Er konnte die Schlagzeilen des Boulevardblattes, für das Sackowitz arbeitete, schon vor sich sehen: *Polizei findet Mädchenleichen!* Oder wahrscheinlicher: *Brutaler Serienkiller versetzt Berlin in Angst und Schrecken!*

Kalkbrenner beschleunigte seine Schritte. »Wenn Sie Fragen haben, richten Sie diese bitte an den Pressesprecher im Präsidium.«

Sackowitz japste. »Der ist … erst morgen früh … wieder … zu erreichen.«

»Wie schade für Sie.« Kalkbrenner schlüpfte unter der Absperrung hindurch zurück auf das Fabrikgelände.

»Herr Kalkbrenner!«, beschwerte Sackowitz sich hinter ihm.

Aus dem Augenwinkel sah Kalkbrenner einen Transporter, der sich dem Grundstück näherte. *RBB Rundfunk Berlin Brandenburg* klebte rot auf weißem Blech.

»Himmel!«, fluchte Berger. »Woher haben die so schnell Wind davon bekommen?«

»Wie immer: Irgendein Kollege auf der Leitstelle, der sich ein kleines Taschengeld verdient.« Kalkbrenner betrachtete die Steinmauer, die das Fabrikgelände umgab.

Hoch genug für neugierige Passanten, aber nicht für einen Fernsehtruck.

»Wir brauchen einen Sichtschutz für die Silos und die Leichen«, sagte er, »und zwar schnell.«

»Ich kümmere mich darum!« Berger erteilte zwei Streifenbeamten einige Anweisungen.

Kalkbrenner zog einen neuen Einwegoverall an und ging auf die Güllebecken zu. Mit jedem Schritt wurde er langsamer, bis er schließlich ganz stehen blieb.

Muth kam ihm entgegen, ihr Blick sprach Bände. »Alle Silos sind durchsucht.«

»Wie viele?«, fragte Kalkbrenner, obwohl er die Antwort gar nicht hören wollte.

»Elf.«

»Elf Mädchen?«

»Drei Mädchen, acht Jungen. Außerdem die junge Frau in der Halle. Insgesamt also zwölf Leichen.«

Kalkbrenners Magen verkrampfte sich. *Zwölf Leichen.* Widerwillig lief er weiter bis zu Dr. Wittpfuhl.

»Sie wollen was von mir hören?«, zischte der Gerichtsmediziner.

Kalkbrenner kannte den Arzt launisch im Umgang mit Beamten, professionell und abgeklärt in seiner Arbeit mit den Toten. Aber dieser Fall schien tatsächlich auch ihm an die Nieren zu gehen.

»Elf Opfer beiderlei Geschlechts«, sagte er gepresst, »verschiedenster Altersgruppen, die jüngsten acht oder neun, die ältesten zwölf, vielleicht auch dreizehn, aber das sind vorerst nur Schätzungen.«

»Wie lange liegen sie schon in den Becken?«

»Dazu kann ich Ihnen immer noch nicht mehr sagen als vorhin. Dazu werde ich sie obduzieren müssen. Außerdem muss ich wissen, was genau das für eine Flüssigkeit ist, in der sie lagen, und welchen Einfluss sie auf den Verwesungsprozess hatte.«

Widerstrebend betrachtete Kalkbrenner die Leichen.

Einige der kleinen Körper waren aufgedunsen. Manche wiesen deutliche Verletzungen auf. Ein widernatürlich verrenktes Bein bei einem Mädchen. Einem der Jungen fehlte eine Hand. Einem anderen der Arm.

»Was ist mit den Verletzungen?«, fragte Kalkbrenner.

»Zu viele, als dass ich hier und jetzt irgendetwas Konkretes dazu sagen kann.«

»Trotzdem müssen wir …«

»Ich erwarte Sie zur ersten Leichenschau, morgen früh um elf.« Seufzend stemmte sich Dr. Wittpfuhl empor, und während er zu seinem Wagen lief, wurden seine Schritte schneller und schneller.

Kalkbrenners Blick verharrte auf den Toten. Er begann zu begreifen, warum der Gerichtsmediziner förmlich vor diesem Ort floh.

Sie waren vieles gewohnt – doch elf Kinder, verdreckt, verstümmelt, halb verwest, seit wer weiß wie lange in dieser Kloake, abgeladen wie Müll.

Je öfter man hinschaut, umso leichter fällt es.

Plötzlich war er sich nicht mehr sicher.

*

Der ruckelnde Fahrstuhl beförderte Markus ins Erdgeschoss. Neben ihm schniefte Zorkan aus seiner Koksnase, hinter ihm stand der Gorilla.

Von den Jungs, die vor wenigen Minuten noch vor dem Haus herumgelungert hatten, war weit und breit nichts mehr zu sehen. Der Wind trieb scheppernde Bierbüchsen vor sich her.

»Worauf wartest du?«, knurrte Zorkan.

Sein Riesenaffe schubste Markus die Stufen zur Straße herunter. Ein paar Meter weiter löste sich ein schwarzer BMW X6 aus der Dunkelheit.

Wie lange hatte der dort schon gestanden? Erst seit wenigen Minuten? Oder hatte Markus dieses Schlachtschiff von einem Auto bei seiner Heimkehr übersehen?

Weil du mit anderen Dingen beschäftigt warst!

Er verfluchte seine Nachlässigkeit. Nur aus diesem Grund hatte der Kirgise ihn auch in seiner Wohnung überraschen können.

Das Schlachtschiff bremste. Die Hintertür klappte auf und gab den Blick frei auf einen kräftigen Mann mit derben Gesichtszügen und kantigem Kinn.

Abermals bekam Markus einen Stoß verpasst. Er stolperte auf die Rückbank. Die Tür wurde hinter ihm zugeschlagen.

Zorkan kletterte auf den Beifahrersitz. »Sergej, das ist er, Markus.«

»Hallo, Markus«, begrüßte Sergej ihn mit russischem Akzent.

Durch dessen Körper flutete Adrenalin. Seine Müdigkeit war wie fortgeblasen. Er registrierte jedes Detail, die marmorierten Armaturen des SUV, die edle Lederpolsterung, die unter seinem Hintern quietschte, Sergejs teuren grauen Anzug, den goldenen Ring an seinem Finger.

Leider verriet ihm keines dieser Details, was Sergej von ihm erwartete.

»Schnall dich an!«, sagte der Russe.

Markus tat wie ihm geheißen. Geräuschlos setzte sich der BMW in Bewegung.

»Weißt du«, sagte Sergej, »Sicherheit geht über alles.«

»Vernünftig.«

»Deshalb wirst du verstehen, dass ich mich umgehört habe über dich, Markus. Markus Wildt, das ist doch dein Name?«

»Ja.«

»Deine Eltern sind tot, keine Verwandten, im Heim aufgewachsen, die Schule abgebrochen, mit Zuhältern abgehangen, an einem Raubüberfall beteiligt, später Drogendelikte, vorbestraft.«

»Du bist gut informiert.«

»Ich habe Freunde.«

»Die dir hoffentlich auch gesagt haben, dass das alles lange her ist.«

»Du bist sauber.« Sergej nickte zufrieden.

Sein Fahrer bog in die Sonnenallee ab und beschleunigte den Wagen. Der Motor schnurrte leise. Regen tröpfelte auf die Windschutzscheibe.

Sergej spielte mit dem Goldring an seinem Finger. »Zorkan erzählte mir, ihr hattet Differenzen?«

»Das ist freundlich ausgedrückt.«

»Weißt du, er darf nicht dulden, dass Leute uns auf der Nase rumtanzen.«

Markus sah zu Zorkan. »Du glaubst, ich will dir auf der Nase rumtanzen?«

»*Er* glaubt, du bist ein Großmaul«, sagte Sergej. »*Ich* finde, es wäre schade, wenn wir ein Talent wie dich verlieren.«

Der SUV stoppte am Herrmannplatz. Ein Feuerwehrwagen kreuzte ihren Weg, sein Blaulicht zuckte um die Penner und Junkies, die nachts die Gegend bevölkerten.

Markus kratzte sich den Unterarm, die Narbe wollte einfach keine Ruhe geben.

Sergej brachte ein Handy zum Vorschein. »Morgen früh bekommst du einen Anruf. Man wird dir eine Adresse nennen. Dort fragst du nach Siggi.«

»Und dann?«

»Sorgst du dafür, dass alles glatt läuft. Sollte es Schwierigkeiten geben«, er drückte Markus das Telefon in die Hand, ein altes, billiges Gerät, mit großer Wahrscheinlichkeit Prepaid und unregistriert, »rufst du die Nummer zurück.«

»Das ist alles?«

»Du willst wissen, ob ich dich nur deswegen durch die Gegend kutschiere?«

»So ungefähr.«

»Weißt du«, das Leder knarzte, als Sergej sich zurücklehnte, »ich mache mir immer ein Bild von den Leuten, die für mich arbeiten wollen.«

Die letzten Meter bis zur Morusstraße hüllte er sich in Schweigen. Vor dem Plattenbau entließ er Markus und Zorkan ohne ein weiteres Wort. Der SUV rauschte im Regen davon.

»Weißt du, wie sie ihn nennen?« Zorkan gab die Antwort gleich selbst. »Stalin.«

»Ich weiß. Er lässt die Leute verschwinden.«

»Also bau keine Scheiße.« Der Kirgise ging zu seinem Wagen, einem Audi, dessen Tür von seinem Riesenaffen aufgehalten wurde.

Markus versuchte sich eine Gauloises anzuzünden, aber Wind und Regen bliesen die Feuerzeugflamme immer wieder aus. Erst im Hausflur brachte er die Zigarette zum Glühen.

Er begriff, dass Sergejs Aufwartung Kennenlernen und Warnung zugleich gewesen war: *Ich weiß, wer du bist, ich weiß, wo du lebst – also bau keine Scheiße.*

Im Fahrstuhl zückte Markus sein Handy, wählte eine Nummer.

»Was ist?«, gähnte Horst.

»Ich bin vorangekommen.«

»Erzähl!«

*

Steig aus!, schrie eine panische Stimme in Anezka, als die Männer aus dem Geländewagen sprangen. *Hau ab!*

Ein Schuss ertönte.

Die Frontscheibe des Taxis zerplatzte in tausend kleine Splitter. Der Fahrer sank hinter dem Lenkrad zusammen, sein Kopf nur noch ein Brei aus Blut und Knochensplittern.

Die Türen wurden aufgerissen.

Einer der Männer packte Kevin am Kragen, zog ihn wie eine Puppe aus dem Wagen und warf ihn auf die Straße. Hände griffen nach Anezkas Haar, der Schmerz war so heftig, dass sie kaum mitbekam, wie sie auf den Asphalt stürzte.

Durch einen Tränenschleier sah sie Pjtor, der sich zu ihr herabbeugte. Sie spuckte ihm ins Gesicht.

Für einen Moment verspürte Anezka Genugtuung, als sie einen der Männer kichern hörte, dann hämmerte Pjtor ihr seine Faust an den Kopf. Weitere Hiebe trafen ihre Brust, ihren Magen, ihren Unterleib.

Als er endlich von ihr abließ, stand ihr Körper lichterloh in Flammen. Sie konnte sich nicht mehr bewegen, nur noch weinen, und selbst das tat unerträglich weh.

Fühlt es sich so an, wenn man stirbt?

Einer von Pjtors Männern hob sie hoch und trug sie zu einem der Geländewagen. Diesmal war der Kofferraum leer.

Ein Ledergürtel wurde um ihren Oberarm geschnürt. Eine Spritze bohrte sich in ihre Vene.

Noch während die Kanüle aus ihrer Haut glitt, breitete sich ein Gefühl der Leichtigkeit in ihr aus. All ihre Schmerzen waren wie fortgeblasen. Auch ihre Wut und die Panik.

Ich sterbe.

Es war kein unangenehmer Gedanke. Sie verlor das Bewusstsein.

13

Als ich in dieser Nacht nach Hause zurückkehrte, lag Yvonne ausgestreckt auf der Wohnzimmercouch, ihr Kopf zur Seite gerutscht, ihr Arm um Chucks pelzigen Körper geschlungen. Zufrieden hatte sich der Kater auf ihrer Brust eingerollt.

Unschlüssig blieb ich in der Diele stehen.

So viele Gedanken, über die ich mit Yvonne reden wollte. Ich wusste allerdings, dass sie am nächsten Morgen früh in die Firma musste.

Und was ist mit Merle?

Yvonne schreckte von ihrem eigenen Schnarchen auf. »Merle?«

Mein Unterleib zog sich zusammen. »Nein.«

»Ach so, du bist es.« Yvonne blinzelte in meine Richtung. »Und? Was sagt die Polizei?«

Ich legte den Schlüsselbund und mein Handy auf die Kommode, setzte mich zu ihr und berichtete, was ich bei Polizeiobermeister Krause erreicht hatte, was, um ehrlich zu sein, ernüchternd wenig gewesen war. Die Vorurteile, mit denen er mir begegnet war, verschwieg ich.

»Wahrscheinlich hat er recht«, sagte Yvonne, nachdem sie sich meine Worte eine Weile durch den Kopf hatte gehen lassen. »Wir sollten bis zum Morgen warten.« Sie streckte sich in ihrem langen T-Shirt und stand auf.

Chuck miaute protestierend. Dann tapste er beleidigt in die Küche.

Yvonne griff nach meiner Hand. »Und *du* solltest jetzt eine Mütze Schlaf nehmen.«

Ich wollte mich wehren, aber mir fehlte die Kraft. Außerdem stimmte es: Ich hatte alles Menschenmögliche unternommen, um Merle zu finden, jetzt konnten wir nur noch warten.

Resigniert ließ ich mich von Yvonne die Treppe hoch ins Bad führen. Ich putzte meine Zähne, reinigte mein Gesicht und streifte mir das Nachthemd über.

Ich kam mir vor wie fremdgesteuert.

In der Dunkelheit unseres Schlafzimmers nahm Yvonne mich in den Arm und hielt mich fest.

Ich schloss die Augen und sah Merle vor mir, beim Abendessen in der Küche vor nicht einmal sieben oder acht Stunden. Ausgelassen hatte sie mit Toby einen Rülpswettbewerb ausgefochten, den am Ende Yvonne gewonnen hatte, die unangefochtene Meisterin in dieser Disziplin.

»Yvonne?«, flüsterte ich.

Ihr Atem ging gleichmäßig. Sie war wieder eingeschlafen.

Vorsichtig löste ich mich aus ihrer Umarmung und rollte mich auf meine Betthälfte.

Ich hatte nicht das Gefühl, dass ich auch nur eine Sekunde Schlaf finden würde.

*

Die Bilder meines Traums verflüchtigten sich, noch ehe ich ganz wach war. Was zurückblieb, war ein lähmendes Gefühl der Angst. Nass von Schweiß klebte das Nachthemd an meiner Haut.

Aus der Küche drangen Stimmen.

»Das ist mein Nutella«, brüllte Elsa.

Toby rülpste. »Hier ist dein Nutella!«

»Hey, Leute, geht's etwas leiser«, ermahnte Yvonne.

Jemand lachte ausgelassen.

Merle?

Ich sprang aus dem Bett. *Zu schnell!* Mir wurde schwindelig. Ich hielt mich am Bettpfosten fest, bis mein Blick sich geklärt hatte, dann rannte ich hinunter zu den anderen.

Die Küche war eingenebelt. Yvonne briet in der zischenden Pfanne Spiegelei. Am Tisch saßen Elsa, Toby und – Aaron.

Die Kinder starrten mich mit großen Augen an. Mit zerknittertem Nachthemd und übernächtigtem Gesicht musste ich einen grauenhaften Anblick bieten. Und genauso fühlte ich mich auch.

War ich tatsächlich eingeschlafen?

Mein Blick fand Yvonne.

Sie schüttelte den Kopf. *Nein, Merle ist nicht da.*

Plötzlich verspürte ich einen höllischen Druck in meinem Unterleib. Ich stürmte auf die Toilette. Immerhin, meine Migräne war nur noch ein ferner Nachhall von gestern Abend.

Es war kurz nach sieben. Draußen war der Himmel grau. Es sah nach Regen aus.

Aus dem Katzenklo zu meinen Füßen drang ein Scharren.

Chuck streckte seinen kleinen Schädel heraus und kniff angestrengt die Augen zu.

»Juli!« Toby hämmerte gegen die Tür. Der Kater zog erschrocken seinen Kopf zurück. »Ich muss mal.«

»Geh nach oben ins Bad.«

»Da hat sich Elsa eingeschlossen.«

Ich zupfte mein Nachthemd zurecht und trat in die Diele.

Toby schaute zu mir auf. »Ist Merle weg?«

»Ich dachte, du musst mal?«

»Kommt sie wieder?«

»Natürlich kommt sie wieder.« Auf dem Weg in die Küche griff ich nach meinem Handy auf der Kommode. Kein Anruf, keine SMS.

Ich wählte Merles Nummer.

The person you have called is …

»Ich habe heute Morgen auch schon ein paar Mal versucht anzurufen«, sagte Yvonne. Mit einem bedauernden Achselzucken stellte sie einen weiteren Teller auf den Tisch. »Möchtest du auch ein Spiegelei?«

Ich schüttelte den Kopf. Mir fehlte der Appetit.

Mit einem Satz sprang Chuck auf den Tisch.

»Nein!« Yvonne drohte ihm mit einem Löffel. »Runter! Sofort!« Sie drehte sich wieder zu mir um. »Aber Kaffee?«

Das klang schon besser. Ich nickte und wählte die Nummer von Sanita.

»Guten Morgen«, meldete sich ihr Vater.

»Hallo, Edgar, ist Merle bei euch aufgetaucht?«

»Nein, tut mir leid.«

»Und sie hat sich auch nicht bei Sanita gemeldet?«

»Wenn sie sich bei euch nicht gemeldet hat …«

»Keine SMS?«

»Sanita hat nichts davon erwähnt.«

»Kann ich sie bitte sprechen?«

Edgar reichte das Telefon weiter.

»Sanita, hat dir Merle wirklich nicht gesagt, wo sie gestern Abend hinwollte?«, fragte ich.

»Nein.«

»Denk bitte noch mal nach.«

»Hab ich schon. Wirklich, sie hat nichts gesagt.«

»Sanita, ich … Hallo?«

Ihr Vater war wieder am Apparat. »Sie muss gleich zur Schule.« Der Vorwurf in seiner Stimme war nicht mehr zu überhören. »Vielleicht solltest du zur Polizei gehen.«

»Da war ich gestern Abend schon.«

»Ja, das war wahrscheinlich besser so.« Er räusperte sich. »Aber jetzt sei mir bitte nicht böse, ich muss auch gleich zur Arbeit.«

»Klar«, sagte ich und verabschiedete mich.

Yvonne stand vor mir. »Was ist mit den Kindern?«

»Was soll mit ihnen sein?«

»Fährst du sie zur Schule?«

Ich zögerte. Ja, normalerweise kümmerte ich mich um die Kinder, das Frühstück und den Haushalt, aber unter diesen Umständen?

»Ich müsste eigentlich längst in der Firma sein«, fügte Yvonne hinzu und schielte auf die Uhr.

Es läutete an der Haustür.

»Ich geh schon!« Toby stürmte aus der Toilette.

Auch ich war bereits auf dem Weg zur Tür.

Der Kleine schaute zu einem älteren Mann auf.

Als er mich entdeckte, zeigte er einen Ausweis. »Kriminalhauptkommissar Veckenstedt.«

14 *Onkel Markus, Onkel Markus!*

Auf einem Motorrad flitzte sein Neffe an ihm vorbei. Ein Vierjähriger auf einer schweren Maschine, deren erhitztes Getriebe knatterte wie eine Maschinenpistole.

Bist du auch ein Polizist?

Erschrocken wachte Markus auf. Er brauchte eine Weile, bis er begriff, dass er sich in seinem Bett befand, verschlungen im Kampf mit der Bettdecke.

Sein wunderlicher Traum verblasste. Jemand klingelte Sturm.

Er rappelte sich auf. Seine Muskeln waren verkrampft. Er humpelte in die Diele, stolperte über seine Jacke, die er vergangene Nacht achtlos von sich geworfen hatte.

»Yo, Mann, ich hör doch, dass du da bist.« Schläge erschütterten die Wohnungstür.

Markus bückte sich nach seinem T-Shirt.

»Jetzt mach schon auf!«

Er entriegelte das Türschloss und öffnete.

»Na endlich.« Mick quetschte sich an ihm vorbei, bleich, übernächtigt, in seiner Hand einen qualmenden Joint. »Alles klar?«

»Wie spät ist es?«

»Kurz vor halb acht.«

Markus schlurfte in die Küche, ein beengter Raum mit schmaler Anrichte, einem kleinen Herd, einem noch kleineren Tischchen und zwei Plastikschemeln.

Alles in seiner Zweiraumwohnung war winzig, sogar die Fenster, die lediglich einen dürftigen Blick auf die benachbarten Betonbaufassaden gewährten. Ein dünner Streifen schmutzig grauen Himmels ließ das trübe Wetter draußen erahnen.

Er setzte Kaffee auf.

Mick hielt ihm den Joint hin. »Willste auch?«

»Um halb acht?«

»Yo, weißte doch, der Vogel frisst den frühen Wurm, hehe.«

Markus wollte ihn korrigieren, verwarf den Gedanken aber und ging ins Schlafzimmer, wo er ein frisches T-Shirt, eine Unterhose und Socken aus dem Kleiderschrank holte.

»Also was nun? Alles klar bei dir?«, fragte Mick.

»Klar.«

»Die Jungs haben gesagt, Zorkan war da.«

»Mhm.« Markus suchte das Badezimmer auf, das eher an eine Abstellkammer erinnerte, die nur zufällig auch über Waschbecken und Duschkabine verfügte.

»Hat er mit dem Boss gesprochen?«

Statt einer Antwort schlug Markus ihm die Tür vor der Nase zu. Unter der Brause drehte er das Wasser auf. Erneut kochte Wut in ihm, nur mit Mühe hielt er sie unter Kontrolle.

Er wartete, bis sich seine Muskelkrämpfe lösten, schlang sich das Handtuch um die Hüfte, rasierte sich vor dem Spiegel und kleidete sich an. Danach fühlte er sich halbwegs menschlich. Fehlte nur noch der Kaffee.

In der Küche plapperten Stimmen.

Mick und ein bleicher, ausgemergelter Typ hockten am Tisch und nippten an ihren Tassen.

»Für mich nicht, danke«, sagte Markus.

»Hä?«

Markus schwenkte die leere Kaffeekanne.

»Hehe, yo, ich mach dir gleich neuen.« Ein Tütchen Meth und ein paar Geldscheine wechselten die Besitzer.

Die beiden Jungs leerten ihre Tassen, klatschten sich ab. Der Zombie wankte aus der Wohnung. Mick paffte zufrieden an einem neuen Joint. »Möchtest du jetzt?«

Markus kippte das Küchenfenster an. Regentropfen sprenkelten das Glas. »Musst du hier kiffen?«

»Haste 'nen Balkon?«

»Und deine Geschäfte kannst du auch woanders ...« Ein

Telefon läutete. Markus kramte aus seiner Jacke das Prepaidhandy des Russen. »Ja?«

»Svermova in Lublinsk. Zehn Uhr.« Die Verbindung wurde getrennt.

Auf seinem iPhone startete Markus GoogleMaps. Svermova war der Name einer Straße, Lublinsk ein kleines tschechisches Kaff, von Polmeva eine halbe Stunde entfernt, vorausgesetzt, er beeilte sich.

Er spürte Micks neugierigen Blick in seinem Nacken, während er die beiden Handys in seiner Jacke verstaute, in seine Schuhe schlüpfte und in den Hausflur trat.

Mick trottete hinterher. »Also, sind wir jetzt echt im Geschäft?«

»Wir?«

»Yo, du und ich, ist doch klar.«

Markus hämmerte ihm die Faust ins Gesicht. Der Joint flatterte im hohen Bogen durch den Flur.

»Scheiße«, Mick hielt sich die blutige Nase, »bist du jetzt völlig durchgeknallt?«

»Wie war das mit: *Du, Markus, du bist mein Problem?*«

»Ey, Mann, das war doch nicht so –«

Markus schlug ihm in den Magen.

Wie ein Mehlsack klappte Mick zusammen. Würgend hielt er sich den Bauch.

»Es ist genau umgekehrt, Mick, *du* bist *mein* Problem.«

»Ich …«

»*Du* hast mit deinen Jungs über unser Treffen gequatscht.«

»Nein, Mann!« Mick schrie auf, als Markus die Faust erhob. »Ist ja gut, ist ja gut, ich weiß nicht … kann sein … wir hab'n gekifft und …«

»Ich hätte gestern dabei draufgehen können, ist dir das klar?«

»Es … es tut mir leid, ich hab das nicht gewollt.«

Markus verriegelte seine Wohnungstür, einmal, zweimal.

Er zertrat den Joint, der den PVC-Boden ankokelte. Auf dem Weg zum Fahrstuhl kickte er eine Coladose durch den Flur.

»Das kommt nicht mehr vor, ich schwör's.« Mick schnappte nach Luft. »Markus, ehrlich, du bist doch …« Er hustete. Blut tropfte von seinen Lippen.

Klar, Mann, du bist doch mein Kumpel!

Markus betrat den Aufzug.

*

Gähnend rieb sich Kalkbrenner das Gesicht.

Erst spät in der Nacht war er aus Schulzendorf heimgekehrt, hatte eine letzte Runde mit Bernie im Park gedreht, danach heiß geduscht und ein, zwei Gläser Rotwein getrunken. Normalerweise fand er dabei etwas Abstand. Diesmal allerdings hatte der Trick nicht funktioniert, er war in einen unruhigen Schlaf verfallen, aus dem ihn nach viel zu kurzer Zeit schon der Wecker gerissen hatte. Augenblicklich hatte er wieder den Gestank der Kloake in der Nase gehabt und – die elf Leichen vor Augen.

Elf Kinder, drei Mädchen, acht Jungen.

Er stieß die Tür zum Krankenzimmer auf.

Ihn empfing der Duft von heißem Kamillentee, Käse und Bierschinken. Kein Geruchserlebnis, aber allemal besser als Alter, Durchfall und Desinfektionsmittel.

Oder giftige Kloake.

Er verscheuchte den Gedanken, damit würde er sich noch früh genug befassen müssen. Er betrat den Raum.

Der alten Dame an der Tür hatte man das Kopfteil ihres Bettes hochgeklappt. Eingezwängt zwischen ihrem Kissen und einem Tablett, mümmelte sie an einer Scheibe Vollkornbrot. In ihrer anderen Hand zitterte eine Schnabeltasse.

»Guten Morgen«, grüßte Kalkbrenner, ohne dass die Oma aufschaute.

Jessys Bett war verschwunden.

Auf ihrem Nachtschränkchen dampfte eine Tasse Kamillentee. Daneben stand ein Teller mit Butter, drei Scheiben Brot und Aufschnitt, der sich an den Ecken aufwärts ringelte.

»Wo ist meine Tochter?«, fragte er.

Die alte Frau nuckelte unbeeindruckt weiter an ihrer Schnabeltasse.

Er ging auf sie zu. »Wissen Sie, wo meine Tochter ist?«

»Wie bitte?« Irritiert sah sie ihn an.

»Wissen Sie, wo meine Tochter ist?«

»Ah«, ein Lächeln erfüllte ihr faltiges Gesicht, »Sie sind ihr Vater, sie hat von Ihnen erzählt.«

»Ich hoffe nur Gutes. Wo ist sie?«

»Wie bitte?«

»Können Sie mir sagen, wo sie ist?«

»Sie ist nicht da.«

»Ja, das sehe ich. Aber wo ist sie hin?«

Das Lächeln der alten Dame erstarb. Traurig neigte sie ihr graues Haupt. »Die Schwestern mussten sie wegbringen.«

»Wegbringen? Weshalb?«

»Wie bitte?«

»Warum musste man sie wegbringen?«

»Sie ist umgefallen.«

»Umgefallen?«

»Ja, einfach so, ist das zu glauben?« Sie schüttelte ihren Kopf. Dann biss sie in ihre Körnerstulle. »Aber keine Sorge«, schmatzte sie, während Krümel auf ihr Blümchennachtkleid rieselten, »ich habe die Schwester gerufen. Und dann kam der Arzt und hat sie ...«

Den Rest bekam Kalkbrenner nicht mehr mit. Er befand sich bereits auf dem Weg in den Korridor, in dem anders als am Abend zuvor Hochbetrieb herrschte. Patienten in Bademänteln, auf Krücken, im Rollstuhl – umschwirrt von plappernden Angehörigen oder gestressten Pflegekräften.

Er sprach die erstbeste Krankenschwester an. »Wo ist Frau Kalkbrenner?«

»Und wer sind Sie?«

»Herr Kalkbrenner!«

»Sie wurde in die gynäkologische Abteilung gebracht.«

»Wo finde ich die?«

Er ließ sich den Weg beschreiben, rannte mit klopfendem Herzen ein Stockwerk höher, folgte einem langgezogenen Gang, erwischte eine falsche Abzweigung, hastete zurück.

An einem Tresen, hinter dem sich ein Flur mit einer Vielzahl Behandlungszimmer erstreckte, erwartete ihn eine kompakte Krankenschwester im straffen weißen Kittel. »Herr Kalkbrenner?«

»Ja«, bestätigte er atemlos.

»Ihre Frau …«

»Nein, meine Tochter!«

»Sie ist im Augenblick bei der Ultraschalluntersuchung.«

»Ist was mit dem Baby?«

»Der Arzt wird Ihnen sicher gleich mehr sagen können.« Sie wies in ein Wartezimmer, das mit einem Dutzend Patienten und Angehöriger bereits gut gefüllt war. »Am besten, Sie nehmen erst einmal Platz.«

Kalkbrenner wollte protestieren, aber die Krankenschwester wirkte so resolut, wie sie kompakt war. Notgedrungen begab er sich zu den anderen Wartenden, ein pickeliger Teenager, Schwangere, Ehemänner. Seine Müdigkeit war wie fortgeblasen. Unruhig rutschte er auf dem harten, unbequemen Plastikstuhl herum.

Um sich abzulenken, griff er nach einer der Zeitschriften. Regenbogenblätter, die vor Wochen oder Monaten aktuell gewesen waren.

Immer wieder suchte sein Blick die Türen zu den Behandlungszimmern.

Wieso dauert das so lange? Wo bleibt der Arzt?

Statt des Doktors trat unvermittelt seine Exfrau um die Ecke.

»Paul!«, rief sie und alle Blicke richteten sich auf sie, »man hat mich angerufen. Was ist geschehen?«

»Soweit ich weiß, ist sie wieder umgekippt.«

»Ist dem Baby was passiert?«

»Das wollte man mir nicht sagen.«

Ellen ließ sich auf den Platz neben ihm fallen. Das Haar stand ihr ungemacht vom Kopf, die Kleidung war dieselbe wie am Vorabend.

Die Blicke der anderen Leute senkten sich.

Kalkbrenner wollte etwas Tröstendes sagen, doch ihm fiel nichts ein.

Wie immer!

Stattdessen summte sein Handy. Er war froh über die Ablenkung, selbst wenn diese aus Neuigkeiten zu den Morden in Schulzendorf bestand.

Er kramte das Telefon hervor. Ellens Miene verfinsterte sich.

»Ich muss da ran«, sagte er.

Ihr Blick streifte die Umsitzenden. Sie presste die Lippen aufeinander.

Er ging ins Treppenhaus. »Sebastian?«

*

Markus folgte den Anweisungen von GoogleMaps bis nach Lublinsk.

Ein kleiner, trostloser Ort, fast vergessen zwischen regenverhangenen Wiesen und Wäldern, wären da nicht die LKWs gewesen, die im Minutentakt zur Svermova bretterten.

Am Ende der Straße erhoben sich hinter Maschendrahtzäunen ein halbes Dutzend fußballfeldgroßer Hallen, vor denen unablässig neue Lastwagen eintrafen, beladen wurden und wieder Platz für neue schufen. Über der Szenerie hing ein beißender Geruch. Ein unangenehmes Geräusch strapazierte seine Nerven, ein anhaltendes Fiepen wie von –

Králík Specialita prangte in großen Lettern auf einem Schild.

Markus spülte den letzten Bissen eines trockenen Tankstellenbagels mit erkaltetem Kaffee hinunter, dann hastete er durch den Nieselregen in das Bürogebäude, ein zweckmäßiger Wellblechbau voller Schreibtische, Computer und geschäftig schnatternder Frauen.

Eine fragte: »*Co chceš?*«

»Ich suche Siggi.«

Sie wandte sich ihren plappernden Kolleginnen zu. »*Ví někdo z vás, kdo je Siggi?*«

»Halle 5, Zugang 21.«

Dort, am hintersten Ende des riesigen Grundstücks, waren der Gestank und das schrille Fiepen kaum auszuhalten. Siggi, vollbärtig, mit dicker Nase und voluminösem Bauch, über den sich ein abgewetztes Rolling-Stones-T-Shirt spannte, schien davon völlig unbeeindruckt. Er hievte sich aus seinem Scania-Sechs-Tonner, auf dessen Seitenwänden die Aufschrift *Spedition Siegfried Schultze* klebte.

»Du bist der Neue?«, rief er mit einer Bärenstimme gegen das Kreischen an.

Markus beließ es bei einem Nicken.

»Du bist zu spät.«

Er hob entschuldigend die Hände.

»Dann komm!« Mit seinem riesigen Zinken wies der Trucker in die fensterlose Halle.

Erschüttert blieb Markus stehen.

Von Neonröhren bestrahlt, krümmten sich Tausende Kaninchen zu viert oder fünft in winzigen Drahtkäfigen. Manche bluteten aus Rückenwunden, einige hatten vereiterte Augen, andere entzündete Nasen. Und sie schrien.

»Was stehst du da noch?«, brüllte Siggi und drückte ihm zwei Käfige in die Hände. »Du bist mein Praktikant, also …«

»Praktikant?«

»Hast du ein Problem damit?«

Markus legte seine Jacke ab und begann die Käfige in den Laderaum des LKWs zu schleppen. Panisch sprangen die Nager in ihren winzigen Verliesen über- und untereinander, als ahnten sie, welche Stunde für sie geschlagen hatte.

Ihr Gefiepe ging Markus durch Mark und Bein, immer wieder musste er sich daran erinnern, weshalb er in Wahrheit nach Lublinsk gefahren war.

Ich will endlich vorankommen.

Schweißtriefend, stinkend, aber erleichtert schwang er sich schließlich ins Führerhaus. Siggi zwängte seinen massigen Leib hinters Lenkrad und manövrierte den Sechs-Tonner auf die Landstraße. Inzwischen goss es in Strömen. Der Regen trommelte auf das Kabinendach, übertönte das Geheule aus dem Laderaum.

»Ein Scheißjob, oder?«, fragte Markus.

»Gibt Schlimmere.«

»Dir geht das nicht an die Nieren?«

»Isst du kein Fleisch?«

»Doch, schon.«

»Dann beschwer dich nicht.«

Markus fischte die Zigarettenschachtel aus seiner Jackentasche. »Und zu welchem Schlachthof geht die Reise?«

Siggi antwortete nur mit einem Murren. Er nahm die Zufahrt zur Autobahn, schaute sekundenlang in den Seitenspiegel, kratzte sich den Oberarm.

Am Armaturenbrett klebte ein Foto, ein kleines Mädchen, fünf oder sechs Jahre alt, ein breites Lächeln mit zwei Zahnlücken und eine Brille auf der Nase, deren Form und Größe keinen Zweifel daran ließen, wer ihr Vater war.

Markus entzündete eine Gauloises. »Deine Tochter?«

Siggi bejahte mit einem Brummen.

»Nicht schön für sie, dass du ständig auf Achse bist, oder?«

Wieder nur ein Grunzen.

Markus' iPhone surrte. Eine SMS traf ein.

Guten Morgen, mein Schatz, ich wünsche dir einen schönen Tag. H.

Markus spürte Siggis Blick. Er hielt ihm die Zigarettenschachtel hin. »Auch eine?«

Der Trucker schüttelte den Kopf, schaute wieder nach vorn und rieb sich den Arm, bevor er zum Überholen eines Sattelschleppers ansetzte.

Markus stieß Rauch aus seinen Lungen. »Fährst du die Strecke schon lange?«

Siggi schnaufte in seinen Bart.

»Immer zu zweit?«

Ein Nuscheln.

»Und was ist mit dem anderen Praktikanten, meinem Vorgänger?«

Siggi zuckte mit den Schultern, während er den LKW in die rechte Spur einfädelte.

Markus gab auf, Siggi würde sich nicht in ein Gespräch verwickeln lassen. Stattdessen tippte er eine Antwort in sein Handy: *Danke, wünsch ich dir auch. Kiss, dein M.*

Siggi musterte ihn erneut, dann setzte er den Blinker und steuerte eine Raststätte an. Auf dem Parkplatz einer Agip-Tankstelle brachte er das Fahrzeug zum Stehen.

»Geh scheißen!«, brummte er und schaltete das Radio an.

»Aber ich …«

»Ich sagte: Geh scheißen!«

*

Kalkbrenner lauschte dem hektischen Rascheln von Papier.

»Sebastian?«, fragte er noch einmal.

»Ach«, sagte Berger, »du bist's, Paul.«

»Natürlich, wen hast du denn erwartet?«

»Es ist nur …« Ein Poltern drang aus dem Telefon. »Bist du schon unterwegs?«

»Nein, im Krankenhaus.«

»Bei deiner Tochter?«

»Ja, es geht ihr nicht gut.«

»Das tut mir leid. Was ist denn los?«

»Wenn ich das wüsste.« Kalkbrenner blickte durch die gläserne Treppenhaustür zur Gynäkologie. Im Wartezimmer grollte seine Exfrau vor sich hin. Ein Arzt war weit und breit nicht zu sehen.

»Warum rufst du an?«, fragte Kalkbrenner. »Gibt es etwas Neues?«

»Na ja«, sagte sein Kollege, »gerade eben sind die Unterlagen von KeTec eingetroffen, du weißt schon, der Objektschutz.«

»Ja, ich weiß.«

»Die Unterlagen umfassen eine Liste aller KeTec-Mitarbeiter sowie der Ansprechpartner beim Liegenschaftsfonds. Zusammen etwas mehr als ein Dutzend Leute. Ich habe Vernehmungsbeamte mit der Befragung beauftragt.«

»Was ist …?« Kalkbrenners Stimme erstarb.

Aus einem der Behandlungszimmer trat ein Arzt. Er wechselte einige Worte mit der Krankenschwester, bevor er den Warteraum ansteuerte.

Kalkbrenner verließ das Treppenhaus. »Was ist mit Albidus?«

»Das ist ein bisschen schwieriger. Der ehemalige Geschäftsführer der Firma, sein Name ist … Moment, irgendwo habe ich ihn notiert.« Berger blätterte durch seine Notizen. »Ah, ja, Jens-Harald Albidus. Nach der Insolvenz seiner Firma ist er in das Unternehmen seiner Frau eingestiegen. Nennt sich Steensen Großhandel, die vertreiben Farbpatronen, Toner und Kartuschen. Nach Angaben seiner Frau weilt er seit Anfang der Woche auf einer Fachmesse in London.«

»Sehen wir es positiv, er scheidet als möglicher Täter schon mal aus.«

»Das ist richtig, aber da er zurzeit schlecht zu erreichen ist, komme ich nicht an eine Liste seiner damaligen Angestellten heran.«

»Was ist mit seiner Frau?«

»Kann zur ehemaligen Firma ihres Mannes nichts sagen. Ich habe schon mit dem Staatsanwalt gesprochen, wir werden das Finanzamt um Amtshilfe ersuchen. Dort sollten die Personalpapiere der Firma Albidus liegen, vorausgesetzt, sie hat ordnungsgemäß Steuern abgeführt.«

»Am besten, du fährst hin, um die Sache zu beschleunigen.«

»Das ist das Problem. Darum rufe ich eigentlich an.«

Der Doktor hatte das Wartezimmer erreicht. Er war blass, wirkte übermüdet, trotzdem lächelte er.

Kalkbrenner kannte diese Art Lächeln, professionell, für besorgte Angehörige reserviert.

Einen Moment!, signalisierte er dem Arzt, während er seinen Kollegen fragte: »Wo liegt das Problem?«

»Paul!«, zischte Ellen.

»Dr. Salm war gerade da«, sagte Berger.

»Was wollte der Chef?«

»Hast du die Zeitungen noch nicht gelesen?«

»Aus gutem Grund.«

»Er hat eine Besprechung auf halb elf angesetzt.«

»Um elf werde ich zur ersten Leichenschau in der Rechtsmedizin erwartet.«

»Den Weg kannst du dir sparen. Dr. Wittpfuhl wurde ebenfalls aufs Präsidium zitiert.«

»Ich sehe zu, dass ich rechtzeitig da bin.« Kalkbrenner beendete das Telefonat.

Noch immer trug der Arzt ein routiniertes Lächeln zur Schau. Aus seinen erschöpften Augen sprach allerdings die Ungeduld. »Ihrer Tochter geht es den Umständen entsprechend gut«, kam er direkt zur Sache. »Um es kurz zu machen: Wir haben es vermutlich mit einem sogenannten Gestationsdiabetes zu tun.«

»Diabetes?«, fragte Ellen. »Jessy hatte noch nie Beschwerden in dieser Richtung.«

»Keine Sorge, der Gestationsdiabetes gehört zu den häufigsten Erkrankungen während einer Schwangerschaft.«

»Sie sagten *vermutlich*«, bemerkte Kalkbrenner. »Sicher sind Sie sich nicht?«

»Endgültige Gewissheit haben wir erst, wenn die Ergebnisse der Blutzucker-Langzeitmessung da sind. Die dauert vierundzwanzig Stunden«, der Doktor nestelte an seinem Stethoskop, das vor seiner Brust baumelte, »aber ich bin mir sehr sicher, dass sie unseren heutigen Befund bestätigt.«

»Und das bedeutet?«

»Nichts, was sich nicht in den Griff bekommen lässt. Häufig genügt eine Ernährungsumstellung. Manchmal wird sie durch die Einnahme von Tabletten ergänzt. Selten müssen die Patientinnen gespritzt werden. Und in den meisten Fällen normalisiert sich der Zuckerstoffwechsel nach der Geburt.«

»Gut«, sagte Kalkbrenner. »Aber wozu war die Ultraschalluntersuchung nötig?«

»Ihre Tochter ist infolge ihrer Bewusstlosigkeit gestürzt, keine Sorge, nicht bedrohlich.« Der Doktor lächelte wieder. »Trotzdem wollten wir sichergehen, dass dem Baby nichts passiert ist. Aber das ist es nicht.«

Die Tür zum Behandlungszimmer schwang auf. Ein Krankenbett wurde herausgerollt. Unter dem weißen Laken wirkte Jessy noch bleicher als am Vorabend.

Ellen stürzte auf ihre Tochter zu.

»Sie braucht erst einmal Ruhe«, sagte der Doktor. »Morgen wissen wir mehr.« Er gab ihnen die Hand und kehrte zurück in den Behandlungsraum.

Kalkbrenner folgte dem Krankenbett mit seiner Tochter zum Fahrstuhl und hinunter in ihr Krankenzimmer.

Ellen zupfte die Decke zurecht. »Deinem Baby geht es gut.«

»Ich weiß.« Jessys Stimme war nur ein schwaches Flüstern.

»Falls ich dir …«

»Danke, Mama, im Moment nicht.«

Schweigend standen sie um das Bett herum. Die alte Dame war noch immer mit ihrem Frühstück beschäftigt. Auf dem Krankenhausflur begann ein Kind zu heulen.

Der Wind trieb Regen gegen die Fensterscheiben.

Kalkbrenner schaute auf seine Uhr.

»Was?«, fragte Ellen. »Musst du schon wieder gehen?«

»Du hast gehört, was der Arzt gesagt hat. Sie braucht Ruhe.«

»Das heißt nicht …«

»Mama«, wisperte Jessy, »ist schon in Ordnung.«

»Aber …«

»Wirklich!«

Kalkbrenner küsste seiner Tochter die Stirn und nickte Ellen zu. Dann verließ er den Raum. Nach wenigen Metern hielt ihn eine Hand zurück.

»Du musst ihr das ausreden«, sagte seine Exfrau, »diese ganze Sache mit dem Stipendium.«

»Das hatten wir schon.«

»Bitte, Paul, sei endlich vernünftig!«

»Ich bin immer vernünftig.«

»Ach ja? Alleine deine Reaktion auf die Nachricht ihrer Schwangerschaft gestern Abend …« Ellen ruderte verzweifelt mit den Armen. »Und dass du sie noch ermutigst!«

»Ich ermutige sie nicht, Jessy ist …«

»… schwanger! Und sie ist krank, falls du das noch nicht kapiert hast. Außerdem hat Leif sie verlassen. Und jetzt will sie alleine nach Paris.«

»Sie hat doch das Baby!«

»Paul, das ist nicht der richtige Zeitpunkt für dumme Scherze.«

Er atmete durch. »Meinst du nicht auch, sie ist alt genug, um eigene Entscheidungen zu treffen?«

»Darum geht es doch gar nicht.«

»Sondern?«

Ellens Schultern sackten herab.

»Ich muss los.« Kalkbrenner ging zum Fahrstuhl. »Ich schaue heute Mittag wieder vorbei.«

*

Am Tankstellenbistro schlug Markus der Geruch von Schnitzel und Buletten entgegen, doch bei dem Gedanken an die fiependen Tiere im Laderaum wollte Appetit gar nicht erst aufkommen.

Er drängelte sich vorbei an Zeitungsständern und Kühlregalen, an Geschäftsleuten in Anzügen, Touristen und herumtollenden Kindern. Das übliche Gemenge einer Raststätte, in der keiner Notiz vom anderen nahm.

In den Toilettenräumen im Keller frischten sich vor den Waschbecken LKW-Fahrer auf, allesamt unförmige Kerle in Jogginghosen und Feinripp. Ein Vater half seinem Sohn vor dem Pissoir. Fünf der WCs waren besetzt, sieben frei.

Markus wählte die letzte Kabine am hinteren Ende. Er zog seine Jeans runter, ließ sich auf die Klobrille nieder und pinkelte. In sein Plätschern mischten sich Schritte, jemand betrat die benachbarte Toilette.

Ein Gürtel klimperte, eine Hose raschelte, ein Furz dröhnte in der Kloschlüssel. Während die Spülung rauschte, rutschte durch den Spalt zwischen Trennwand und Boden ein Rucksack vor Markus' Füße.

Er wog ihn in den Händen. Fünf Kilogramm mindestens, vielleicht sogar sechs.

Der Typ nebenan verließ die Kabine.

Markus zählte eine halbe Minute runter, raffte dann seine Jeans, warf den Rucksack über die Schultern und hastete durch den Regen zurück zum LKW.

Siggi verlor kein Wort, schaute ihn nicht einmal an. Während aus dem Radio Supertramps »It's raining again« klimperte, fuhr er vom Parkplatz auf die Autobahn und mit gleichbleibender Geschwindigkeit der Grenze entgegen. Immer wieder fiel sein Blick in den Seitenspiegel, immer wieder kratzte er sich die Arme.

Das iPhone summte. Eine SMS.

Sehen wir uns heute Abend? H.

Der Trucker schielte zu ihm rüber.

Markus tippte eine Antwort. *Natürlich! Kiss, M.* Er hob den Blick.

Siggi konzentrierte sich auf die Straße, drosselte das Tempo, als der Sechs-Tonner zu schlingern drohte.

Der Regen ließ nach, während sie die Grenze zu Deutschland passierten. Sie folgten der A17 in Richtung Dresden.

Markus öffnete den Rucksack und holte eines der Tütchen heraus, voller Schneekristalle, winzig, unschuldig.

»Pack es weg«, fuhr Siggi ihn an.

»Ich will sehen, ob …«

»Ich sagte, pack es weg.«

»Wieso?«

»Ich krieg Geld, damit ich dich fahre. Mehr will ich nicht wissen. Mehr will ich nicht sehen.« Der Trucker spähte in den Seitenspiegel. »Damit hab ich nichts zu tun, okay?«

»Bist du deswegen so nervös?«

Siggi murrte in seinen Bart.

»Oder ist es wegen mir? Vertraust du mir nicht?«

Nur ein Brummen.

»Sehr gesprächig bist du jedenfalls nicht.«

»Pass mal auf, ich bin weder dein Kumpel, noch bist du

mein Seelsorger. Ich bin der Fahrer, und *du* erledigst den Rest, okay?«

»Mhm.«

»Klingt schon besser.«

Markus überlegte, ob er dem Trucker erklären sollte, dass er sich seine Ausrede sonst wohin stecken konnte. Egal, welche Gründe er ins Feld führen mochte, eine kranke Tochter vielleicht, Unterhaltszahlungen, eine Hypothek oder Raten für den LKW – wenn's drauf ankam, hatte er natürlich *damit* zu tun.

Markus packte den Rucksack weg, rutschte tiefer in den Sitz und hob die Füße aufs Armaturenbrett.

Im Radio lösten Nachrichten die Musik ab. Der erste schwarze US-Präsident, ein Fluglotsenstreik, mehrere Leichen in einer Brandenburger Fabrikhalle, eine Messerstecherei in einer Berliner U-Bahn-Station, Sebastian Vettel hatte den Großen Preis gewonnen, Hertha BSC mal wieder verloren.

Die Minuten zerrannen wie die Regentropfen auf der Windschutzscheibe. Das monotone *Flip Flap* der Scheibenwischer, das Dröhnen des Motors und die leise Musik, die mittlerweile wieder aus den Lautsprechern drang, lullten Markus ein. Wie in einem Traum rauschten Felder an ihm vorbei, Wälder und Dörfer, Wilsdruff, Frankenberg, Neukirchen, eines wie das andere, ihm unbekannte Namen auf immer gleichen Schildern.

Sein Handy surrte. Noch eine SMS.

Soll ich Essen für dich aufsetzen? H.

Der LKW schwankte, während Siggi auf die linke Fahrspur ausscherte und einen gemächlich tuckernden Krankenwagen überholte.

Markus schrieb: *Ja, das wäre fein. Kiss, dein M.*

»Wem schreibst du die ganze Zeit?«, knurrte Siggi.

»Meiner Freundin.«

»Zeig!«

»Was soll das?!«

»Zeig her, verdammt!«

Achselzuckend händigte Markus ihm das iPhone aus.

Der Trucker studierte die Nachrichten. Murrend reichte er das Telefon zurück.

»Zufrieden?«, fragte Markus.

»Uns folgt ein Wagen.«

Markus blickte in den Seitenspiegel.

»Siehst du ihn? Ein brauner Volvo, hundert oder hundertzwanzig Meter hinter uns?«

»Du bist sicher, dass er uns folgt?«

»Gerade eben, bevor ich den Krankenwagen überholt habe, war er auf zwanzig Meter ran. So geht das schon die ganze Zeit.«

»Seit wann?«

»Seit der Grenze. Was soll ich tun?«

»Ich dachte, *du* bist der Fahrer?«

»Komm mir jetzt bloß dumm!«

»Schon gut«, beschwichtigte Markus. »Nimm die nächste Ausfahrt.«

»Und dann?«

»Werden wir sehen, ob er uns folgt oder du nur paranoid bist.«

Siggi rümpfte seine überdimensionierte Nase, steuerte den Wagen aber nach rechts, als ein Schild die nächste Ausfahrt ankündigte. *Thierfeld.* Der Sechs-Tonner neigte sich in die langgezogene Kurve.

»Mist!«, fluchte der Trucker.

Auf dem Volvo zuckte Blaulicht.

*

Kalkbrenner parkte vor dem Präsidium. Der Regen hatte nachgelassen. Vor dem Eingang drückten sich Reporter herum.

Er drehte sich zur Rückbank um. »Was meinst du, Dicker?«

Der Bernhardiner spitzte die Ohren.

»Gibst du mir Begleitschutz?«

Er kläffte.

»Ich werte das mal als ein Ja.«

Sie waren nur wenige Schritte weit gekommen, als die Journalisten auf sie aufmerksam wurden. Augenblicklich waren sie von ihnen umringt.

Bernie begrüßte die Meute mit freudigem Schwanzwedeln.

»Wurden weitere Leichen gefunden?«

»Haben Sie schon eine Spur?«

»Einen Verdächtigen?«

»Wann rechnen Sie mit einer Verhaftung?«

»Im Augenblick kann ich nichts dazu sagen«, entgegnete Kalkbrenner und scheuchte Bernie ins Gebäude.

Wie aus dem Nichts stand plötzlich Sackowitz vor ihm. »Wissen Sie schon, wer die Toten sind? Was werden Sie den Angehörigen sagen?«

»Kein Kommentar. Das gilt auch – und sogar insbesondere – für Sie!«

»*Das* wollen Sie den Angehörigen sagen?«

Kalkbrenner marschierte auf die Fahrstühle zu.

»Und was sagen Sie der Öffentlichkeit? Die Menschen werden in großer Sorge sein. Um ihre Kinder.«

Kalkbrenner sah sich nach Bernie um. Der Bernhardiner schleckte Sackowitz die Hand.

»Sehen Sie«, der Reporter grinste, »Ihr Hund mag mich.«

»Seine Menschenkenntnis lässt leider zu wünschen übrig«, murmelte Kalkbrenner und pfiff den Vierbeiner zu sich in die Aufzugkabine.

Scheppernd schlossen sich die Türen.

»Treulose Tomate«, rüffelte Kalkbrenner.

Bernie kläffte.

In der dritten Etage stürmte er voraus in das Vorzimmer zu Kalkbrenners Büro, wo er Rita Barnitzke freudig begrüßte.

»Paul!« Seine Sekretärin sprang besorgt auf und kam hinter ihrem Schreibtisch hervor. Sie dämpfte ihre Stimme. »Hältst du das für eine gute Idee?«

»Nein, aber eine bessere habe ich nicht.«

»Dr. Salm ist schon da.«

»Das hatte ich schon befürchtet.« Er scheuchte Bernie in sein Büro. »Tut mir leid, Dicker. Und still sein, okay? Kein Mucks!« Er schloss die Tür.

Rita baute sich vor ihm auf, eine runde, resolute Mittfünfzigerin, die nichts lieber trug als Sandalen, geblümte Wickelröcke sowie Blusen mit Broschen. »Ist es wahr, was …?«

»Später, Rita.«

»Du wirst Großvater?«

»Der Buschfunk scheint tadellos zu funktionieren.«

Entzückt schlug Rita die Hände zusammen. Bevor sie ihm allerdings um den Hals fallen konnte, floh Kalkbrenner zur Garderobe, hängte seine nasse Jacke auf und sah zu, dass er in den Konferenzsaal kam.

Obwohl *Saal* eine sehr großzügige Beschreibung für die Kammer war, in der sie ihre Besprechungen abhielten. Ein Tisch, vier Stühle aus Eiche rustikal, Holzfurnier an den Wänden, eine Pinnwand aus Kork und ein Videorecorder nebst Monitor. Jeglicher technische Fortschritt schien an dem Raum vorbeigegangen zu sein. Die nagelneue Kaffeemaschine, die auf dem Schrank brodelte, wirkte wie ein Fremdkörper.

Was übrigens auch für Dr. Dietmar Salm galt, der einen der Plätze eingenommen hatte. Vor dem Dezernatsleiter lagen mehrere Tageszeitungen ausgebreitet, deren reißerische Aufmacher einem Tenor folgten: *Serienmörder in Berlin!*

»Na prächtig, Herr Kalkbrenner«, sagte er, »dass Sie sich auch noch die Ehre geb…« Unvermittelt riss er den Kopf in den Nacken und nieste.

»Ihnen auch einen guten Morgen«, sagte Kalkbrenner und ließ sich neben Dr. Bodde nieder, die dem Dezernatsleiter gegenübersaß und ein großes Stück Kuchen vertilgte.

Dicht an die Wand gedrängt, hockten Muth und Berger auf ihren herbeigeschleppten Bürosesseln, auch sie aßen Kuchen.

»Paul, was ist mit dir?«, fragte Rita. »Möchtest du auch?«

Dr. Salm schnäuzte in ein Taschentuch. »Jetzt hören Sie doch endlich auf mit Ihrem Kuchen.«

»Marmorkuchen«, erklärte Rita unbeeindruckt. »Zur Feier des Tages.«

»Frau Barnitzke!« Der Dezernatsleiter wischte sich die Nase. »Ich wüsste nicht, was es hier heute zu feiern gäbe.«

Sie zwinkerte Kalkbrenner zu.

»Außerdem«, Dr. Salm schniefte, »erwarten wir jeden Augenblick Oberstaatsanwalt Heindl. Was soll er denn denken?«

Rita legte ein Stück ihres Marmorkuchens auf einen der Teller, die sie mitsamt Messer, Gabeln und Servietten auf dem Tisch drapiert hatte.

Ihre Kuchenkreationen waren seit Jahren legendär unter den Kollegen, nicht zuletzt wegen der eindrucksvollen Spuren, die sie auf den Hüften hinterließen. Aber süß und frisch, wie sie dufteten, waren sie jedes Mal aufs Neue eine Verlockung, insbesondere wenn man noch keine Zeit für ein Frühstück gefunden hatte.

Kalkbrenner folgte dem Beispiel seiner Kollegen und ließ sich ein Stück Kuchen und eine Tasse Kaffee reichen.

Rita lächelte zufrieden. Der Dezernatsleiter nieste.

Mit Kuchen lässt sich vieles leichter ertragen, hätte Kalkbrenner ihm erklären können. Ausnahmsweise keines seiner kleinen Helferlein, sondern eine Lebensweisheit von Rita, der guten Seele des Reviers. Wann immer ein Kollege an einem Mordfall verzweifelte oder unter privaten Problemen litt, war sie zur Stelle. Mit tröstenden Worten und Kuchen.

»Herr Kalkbrenner«, Dr. Salm schnäuzte sich die Nase, »haben Sie wieder Ihren Hund dabei?«

»Nein«, erwiderte Rita.

»Nein«, wiederholte Kalkbrenner und pflückte ein, zwei Hundehaare von seiner Hose.

Sein Chef kniff die Augen zusammen. »Herrje, dann sollten Sie Ihre Kleidung öfter waschen, Sie wissen doch, meine Tierhaarallergie.«

Ein junger Mann mit blondiertem, gescheiteltem Haar und piekfeinem, modisch eng geschnittenem Zwirn tauchte im Türrahmen auf.

»Meine Damen und Herren«, verkündete Schmitters und wies mit ergebener Geste in den Flur, »der Herr Staatsanwalt!«

»Guten Morgen.« Mit ernster Miene trat Jürgen Heindl an seinem Assistenten vorbei und setzte sich auf den letzten freien Stuhl neben Dr. Salm. Seine Miene hellte sich auf. »Oh, was ist das? Kuchen? Darf ich?«

Rita grinste noch breiter. »Dr. Salm sagte ...«

»Aber selbstverständlich doch.« Der Dezernatsleiter sprang aus seinem Sessel empor. »Ich sagte, der Herr Staatsanwalt wird sich ganz sicher darüber freuen.«

»Herr Dr. Salm, da haben Sie verdammt noch mal recht. Ich hatte nämlich noch kein Frühstück heute. Keine Zeit, aber wem sage ich das?« Heindl knöpfte sich sein Jackett auf, während der Dezernatsleiter ihm diensteifrig einen Teller mit Marmorkuchen reichte. »Ist Herr Dr. Wittpfuhl noch nicht im Haus?«

»Er wird wohl jeden Augenblick kommen«, sagte Dr. Salm. »Sie haben ihm doch Bescheid gegeben, Frau Barnitzke?«

»Aber ... selbstverständlich ... doch.«

»Wir wollen trotzdem keine Zeit verlieren, denn diese Sache gestern Abend …« Der Staatsanwalt grub seine Zähne in den Kuchen.

»Ein Alptraum!«, sagte Schmitters.

»Ganz genau, mein Lieber«, schmatzte Heindl.

Der richtige Name seines Assistenten war Schmitz, aber für die Beamten auf dem Präsidium hieß er nur noch *Schmitters*, in Anlehnung an eine ebenso speichelleckerische Figur im Universum der *Simpsons*.

Sein Chef verzehrte das letzte Stück Kuchen, dann zog er eine Kaffeetasse heran. »Also, meine Damen und Herren, was haben wir? Lassen Sie kein Detail aus! Darüber, was ich der Presse mitteilen werde, entscheiden wir später.«

15

Ich konnte nichts dagegen tun, die Fragen sprudelten nur so aus mir heraus. »Haben Sie Merle gefunden? Wissen Sie, wo sie ist? Haben Sie …?«

Mit einem Kopfschütteln brachte mich Kommissar Veckenstedt zum Verstummen. »Es tut mir leid, ich habe keine positive Nachricht für Sie.«

Meine Kehle schnürte sich zu.

Offenbar wurde ihm sein Fauxpas bewusst, denn er fügte rasch hinzu: »Allerdings gibt es auch keine schlechten Nachrichten.«

Ich brachte keinen Ton über die Lippen. Einerseits war ich erleichtert, weil er uns keine Hiobsbotschaft überbrachte. Aber dass er gar nichts zu berichten wusste?

»Ich bin gekommen, um einige Dinge mit Ihnen zu besprechen«, sagte er. »Ich glaube, mein Kollege hat mich angekündigt.«

Ich nickte, noch immer zu keiner Antwort fähig.

»Juli?« Yvonne trat an meine Seite. »Vielleicht solltest du, also …« Sie zupfte unauffällig an meinem Nachthemd.

Das Blut schoss mir in den Kopf. Ich stürmte an den Kindern vorbei, die sich, ohne dass ich es bemerkt hatte, im Flur versammelt hatten.

»Hey, Leute, und was ist mit euch?«, hörte ich Yvonne sagen. »Müsst ihr euch nicht fertigmachen?«

Die Kinder trampelten die Treppe hoch.

Als ich mich in meine Jeans und ein T-Shirt zwängte, kam Yvonne ins Schlafzimmer. »Ich habe ihn in die Küche gelotst. Redest du mit ihm?«

»Und du?«

»Ich bringe die Kinder zur Schule«, sie blickte auf die Uhr, »und dann muss ich in die Firma, ich bin eh schon viel zu spät dran.«

Ich setzte zu einer Antwort an.

»Ich sehe zu, dass ich schnell wieder hier bin«, versprach sie und gab mir einen Kuss. Dann blieb sie stehen, als wäre ihr noch etwas Wichtiges eingefallen. »Räumst du den Tisch ab? Nicht dass Chuck … Ach so, und denkst du bitte daran, dass wir kein Brot mehr haben? Und Nutella. Du weißt ja, wie sie sind.« Sie verdrehte die Augen.

Noch ehe ich etwas erwidern konnte, war sie auf dem Weg ins Erdgeschoss. »Los, Leute, Beeilung!« Sie raffte Schulranzen und Jacken zusammen und trieb die Kinder durch den Regen zu ihrem Wagen.

Ich ging in die Küche.

Kriminalhauptkommissar Veckenstedt beobachtete Chuck, der auf dem Tisch hockte und einen mit Spiegelei bekleckersten Teller abschleckte.

*

»Entschuldigung«, ich scheuchte Chuck vom Tisch, »normalerweise macht er das nicht.«

Veckenstedt nickte mit einem leichten Lächeln.

Er hatte graue Haare, einen Schnauzbart und Falten im Gesicht. Er saß entspannt auf einem der Stühle und wirkte wie ein älterer Mann kurz vor der Pension, den nichts mehr aus der Ruhe bringen konnte. Auch kein verschwundenes Kind.

»Haben Sie die Suche nach ihr eingeleitet?«, fragte ich besorgt.

»Nein, so weit ist es noch nicht.«

»Sie ist seit vierzehn Stunden verschwunden.«

»Darüber möchte ich mit Ihnen reden.«

Irritiert sah ich ihn an. Was gab es da noch zu reden?

»Ich würde gerne erfahren, was passiert ist«, sagte er.

»Nichts«, erwiderte ich, »das habe ich Ihrem Kollegen doch gestern Abend schon erklärt.«

»Die Erfahrung zeigt, dass in der Aufregung der ersten Stunden manches übersehen oder vergessen wird.«

»Sie wollte zu ihrer Freundin, ist dort aber nicht angekommen.«

»Das habe ich nicht gemeint.«

»Sondern?«

»Sie haben erklärt, sich bei Ihren Freunden, Bekannten, und Verwandten nach Ihrer Pflegetochter erkundigt zu haben. Sind Sie sicher, dass Sie an alle gedacht haben, bei denen sich das Mädchen unter Umständen aufhalten könnte? Wie ich schon sagte, in der Aufregung …«

»Und wie ich schon sagte: Ich habe …«

»Ich weiß«, unterbrach er mich freundlich, aber bestimmt. »Ihre Pflegetochter hat in den letzten Wochen niemanden erwähnt, den Sie nicht kennen?«

»Nein.«

»Denken Sie noch einmal nach, in ihrem Alter sind neue Bekanntschaften häufig ein Grund …«

»Wofür?«

»Dass Teenager sich verändern.«

»Sie hat sich nicht verändert.«

»Es gab keine ungewöhnlichen Vorfälle? Ein Ereignis, das Ihre Pflegetochter besonders bewegt hat, vielleicht?«

»Nein, auch das nicht.«

»Vielleicht wollte sie mit Ihnen nicht darüber reden.«

Ich holte Luft, versuchte mich nicht aufzuregen. »Sie hätte mir davon erzählt, ganz sicher.«

Veckenstedt nickte langsam, als hätte er keine andere Antwort erwartet. »Was ist mit der Schule?«

»Was soll damit sein?«

»Nur für den Fall, dass es doch jemanden geben sollte, den sie kennengelernt hat ...«

»Verdammt«, jetzt konnte ich mich wirklich nicht beherrschen, »nein!«

»... wäre es möglich, dass sie von dort aus heute wieder zum Unterricht gegangen ist.«

Ich setzte zu einer wütenden Erwiderung an. Aber was, wenn ich tatsächlich jemanden vergessen hatte? Oder es da wirklich jemanden gab, von dem sie mir nicht erzählt hatte?

Ein Hoffnungsschimmer. Ich rief Yvonne auf ihrem Handy an. Der Anschluss war besetzt. Kurzerhand wählte ich die Nummer von Merles Schule. Mit knappen Worten schilderte ich der Sekretärin mein Problem.

»Natürlich, Frau Kluge«, sagte sie, »ich werde mich in Merles Klasse vergewissern, ob sie heute anwesend ist und Sie dann zurückrufen. Habe ich Ihre Nummer?«

Ich nannte sie ihr.

»Ich melde mich.« Die Sekretärin legte auf.

Kriminalhauptkommissar Veckenstedt nickte zufrieden.

Für mich war die Stille, die in die Küche einkehrte, unerträglich.

»Einen Kaffee?«, fragte ich.

Er stand auf. »Ich würde mir lieber Merles Zimmer ansehen.«

*

Schweigend betrachtete Veckenstedt das Chaos. Merles wahllos verstreute Klamotten, das Sammelsurium aus Schuhen und Boxershorts, ihre Bücher, DVDs. Ich konnte sehen, wie sein Blick an den CDs hängen blieb. Newlydeads. Unearth.

»Sie haben das Zimmer schon durchsucht?«, fragte er.

»Ja, gestern Abend.«

»Und nichts gefunden?«

»Nichts, was mir einen Hinweis darauf gäbe, wo …«

»Nein, das meinte ich nicht«, unterbrach er mich.

Wieder kochte Wut in mir hoch. *Warum verdammt noch mal sagt er nicht einfach, was er meint?*

»Ich meine Gegenstände, die Ihnen unbekannt sind. Sachen, die zum Beispiel auf einen Freund hinweisen, von dem Sie bisher nichts wussten.«

Ich stieß Luft aus meinen Lungen, während mich das Gefühl beschlich, wir drehten uns nur im Kreis. Ich schüttelte den Kopf.

»Oder hat sie irgendetwas mitgenommen?«

»Ihre Schulsachen«, sagte ich beherrscht. »Und Wechselwäsche, die sie brauchte, weil sie bei ihrer Freundin übernachten wollte.«

»Mehr nicht?«

»Nein.«

»Sind Sie sicher?«

»Ja doch!«

Er zog eine Kopie der Vermisstenmeldung hervor, warf einen Blick auf das, was ich seinem Kollegen in der Nacht erzählt hatte: *das graue Kapuzenshirt, die Jeans mit den Flicken, graue Chucks, der schwarze Rucksack.*

»Haben Sie in ihren Rucksack gesehen, bevor sie das Haus verlassen hat?«, fragte er.

Ich war froh, dass in dieser Sekunde unser Festnetztelefon zu läuten begann. Womöglich hätte ich mich sonst zu einer Antwort hinreißen lassen, die ich später bereut hätte. »Ja?«

»Ich bin's, Oliver.«

Oliver, mein Chef, Geschäftsführer eines Berliner Kleinverlags, der ein überschaubares, aber erfolgreiches Programm internationaler Belletristik veröffentlichte, Dramen, Liebesgeschichten, Komödien. Er hatte mir einen Job als Lektorin gegeben, halbtags, so dass ich mich um die Kinder kümmern und zugleich einen Teil zu unserem Einkommen beitragen konnte.

»Jetzt ist es gerade ungünstig«, sagte ich.

»Günstig sind nur schlechte Bücher.«

»Ich erwarte einen Anruf.«

»Nun, hier bin ich.« Er lachte.

Wie er immer mit dir flirtet, grinste Yvonne jedes Mal, nachdem sie Oliver begegnet war. *Dein kleiner, süßer, unsterblich verliebter Verleger.*

Ich hatte für so etwas keine Antennen, jedenfalls nicht bei Männern. Für mich war Oliver ein sympathischer Kerl, gepflegt, kultiviert und klug. Wir konnten uns stundenlang über Literatur, Kunst und viele andere Themen unterhalten und dabei eine Menge Spaß haben.

Aber danach stand mir nun gerade wirklich nicht der Sinn. »Oliver, tut mir leid, aber ich kann jetzt nicht.«

»Ja, das habe ich mir fast gedacht, denn eigentlich hatten wir heute Morgen ein Meeting. Du weißt schon, das Manuskript zu *Das geheime Zimmer?*«

»Merle ist weg!«

»Oh, wo ist sie?«

»Weg. Verschwunden.«

»Ist sie wieder …?«

»Nein!«, fiel ich ihm genervt ins Wort. Jetzt klingelte auch noch mein Handy.

Oliver hüstelte. »Dann verstehe ich nicht …«

»Das erkläre ich dir ein anderes Mal.«

»Das heißt, du kommst heute gar nicht mehr in den Verlag?«

»Morgen!«

»Okay, gut, dann nimm dir heute frei. Alles andere besprechen wir morgen.«

Ich legte auf und schnappte nach meinem Handy.

Es war Yvonne. »Du hattest angerufen?«

»Hast du in Merles Klasse nach ihr gesehen?«

»Nein. Aber stimmt, das wäre eine gute Idee gewesen.«

Warum hast du nicht daran gedacht?, wollte ich losschimpfen, aber dann wurde mir bewusst, dass die Idee von dem Kommissar stammte.

»Ich bin schon auf dem Weg in die Firma«, sagte Yvonne, »aber soll ich …?«

»Nein, ich habe schon in der Schule angerufen. Sie wollen mir Bescheid geben.«

»Gut, und wenn du was Neues erfährst, meldest du dich bei mir, ja?«

»Klar.« Ich schaute auf die Uhr.

Mehr als eine halbe Stunde war inzwischen verstrichen. Das Schulsekretariat hatte sich immer noch nicht gemeldet.

Keine Antwort ist auch eine Antwort.

Ich verscheuchte den Gedanken und drückte die Wahlwiederholung.

»Ich wollte Sie gerade anrufen«, behauptete die Sekretärin. »Nein, Merle ist nicht in ihrer Klasse.«

Beklommen ließ ich den Hörer sinken. »Sie ist nicht in der Schule.« Ich sah den Kommissar an. »Was werden Sie tun?«

*

Veckenstedt überlegte nicht lange. »Wir machen eine Meldung an alle Beamten, die im Stadtgebiet unterwegs sind.«

»Das hat Ihr Kollege gestern Abend doch schon getan.«

»Ja, aber nur Merles Beschreibung. Heute geben wir auch ein Foto Ihrer Pflegetochter raus.«

»Aber ich dachte, Sie …« Beunruhigt hielt ich inne. »Können Sie nicht mehr unternehmen? Sind in solchen Fällen nicht Hunde und …?«

Er bremste meinen Redefluss, indem er seine Hände erhob. »Ich möchte ehrlich zu Ihnen sein. So wie sich die Sache für mich darstellt …« Er zögerte.

Schlagartig wurde mir klar, welchem Zweck sein Besuch und seine ganzen Fragen gedient hatten.

Ich bin gekommen, um einige Dinge mit Ihnen zu besprechen.

Sein Blick glitt noch einmal über das Durcheinander in Merles Zimmer. »Sie ist ein Teenager.«

»Und?«

»Und sie ist bald volljährig.«

»Erst in drei Jahren«, gab ich zu bedenken.

»In diesem Alter …«

Ich presste die Lippen aufeinander. Ich wusste, was jetzt kam.

»… und mit ihrer Vorgeschichte, nun, Sie wissen es am besten, Frau Kluge.«

Ich schwieg.

»Wir haben das Jugendamt kontaktiert«, sagte der Kommissar. »Ihre Pflegetochter ist keine Unbekannte, Diebstahl, Drogendelikte, Körperverletzung, Jugendheim.« Er ließ einige Sekunden verstreichen, bevor er das Unausweichliche aussprach. »Obendrein ist sie als mehrfache Ausreißerin aktenkundig.«

»*Diesmal* ist sie nicht ausgerissen!«, widersprach ich.

»Aber es gibt keinen Hinweis auf ein Verbrechen.«

Ich wollte protestieren.

»Es ist von keiner Gefahr für das Leben oder die körperliche Unversehrtheit Ihrer Pflegetochter auszugehen«, kam er mir zuvor.

Mein Puls raste.

Er gab mir seine Telefonnummer, nur für den Fall, wie er sagte, dass sich etwas Neues ergeben würde.

Ich brachte ihn zur Tür.

Als er das Haus verlassen hatte, sank ich gegen die Kommode.

Etwas Neues? Was zum Teufel soll sich denn Neues ergeben?

Ich kämpfte gegen die Tränen an. Mauzend strich Chuck um meine Beine. Ich hockte mich neben ihn, streichelte sein kleines, schnurrendes Köpfchen.

Um ein Haar überhörte ich das Summen meines Handys.

Eine MMS. Von Merle.

Das Bild zeigte sie, winkend vor einer alten Steinwand, bröckelnder Putz, rote Fugen. Sie trug das graue Kapuzenshirt und die Jeans mit den Flicken.

Sie schrieb: *Mir geht es gut. Hör auf zu suchen. Ich will meine Ruhe.*

16

»Die Leitstelle erhielt gestern Abend um 22.39 Uhr einen Notruf«, ergriff Berger das Wort. »Ein Spaziergänger glaubte auf dem ehemaligen Gelände der Firma Albidus. *Farben & Industrielacke* in Schulzendorf einen Schuss gehört zu haben. Danach sah er einen Wagen wegrasen und … und …«

»Ja, was und?«, drängelte Dr. Salm und schnäuzte seine Nase.

Berger wischte sich Kuchenkrümel von den Händen und klappte den Ordner auf, der auf seinem Schoß lag. Nachdenklich rieb er sich den Bart. »Ja, eine Streife ging der Sache nach und fand in der alten Fabrikhalle die Leiche einer jungen Frau.«

»Die Frau, die erschossen wurde?«

Berger bejahte.

Dr. Bodde legte das Foto einer Pistole auf den Tisch. »Laut unseren Ballistikern war die Tatwaffe eine Handfeuerwaffe der Marke Smith & Wesson, hier sehen Sie ein Foto eines vergleichbaren Modells. Die Kugel war ein Hohlspitzgeschoss des Kalibers .40 S&W.«

»Was können Sie uns über den Tathergang sagen?«, fragte Staatsanwalt Heindl, während er Zucker in seinen Kaffee löffelte.

Die Kriminaltechnikerin präsentierte einen Satz Tatortbilder. »Den bislang sichergestellten Spuren zufolge kam es gestern Abend etwa in der Mitte der Fabrikhalle zu einem Handgemenge zwischen der Frau und ihrem späteren Mörder. Wir vermuten, dass sie versucht hat zu entkommen. Sicher ist, dass sie nicht dort in der Hallenmitte erschossen wurde, sondern in der Nähe des Ausgangs, wie diese Blutspur unweit des Hallentores zeigt.« Sie hielt eines der Fotos hoch. »Danach wurde die Leiche der Frau in einen der benachbarten Büroräume gebracht, wo sie von den Beamten aufgefunden wurde. Im Zuge der Tatortsicherung haben wir in den drei Silobecken am seitlichen Grundstückrand elf weitere Leichen entdeckt.«

»Elf Leichen«, wiederholte der Staatsanwalt mit einem Kopfschütteln und kippte Milch in die Kaffeetasse.

»Furchtbar«, sagte Schmitters.

Sein Chef nippte am Kaffee. »Gibt es Hinweise auf einen Täter?«

»Wir haben vor der Fabrik und im Gebäude selbst Spuren sicherstellen können. Genauer gesagt: eine riesige Menge unterschiedlichster Spuren«, sagte Dr. Bodde. »Unter anderem Kaugummireste, Haare, Hautpartikel, Speichel, Urin, sogar

Sperma, außerdem jede Menge Schuhabdrücke und Faseranhaftungen und Hautpartikel. All das eben, was man so findet in einer verlassenen Halle, die immer wieder von Obdachlosen, Jugendlichen und Randalierern heimgesucht wird.«

»Und einem Mörder«, erinnerte Schmitters.

»Richtig, mein Lieber.« Heindl stellte die Kaffeetasse ab.

»Es sind viele alte Spuren darunter, aber es gibt auch ebenso viele relativ frische«, sagte die Kriminaltechnikerin. »Das gilt übrigens auch für die latenten Fingerabdrücke: fast zweihundert in der Fabrikhalle, weitere achtzig in den Büros, und unsere Arbeit ist immer noch nicht abgeschlossen.«

»Wie lange werden Sie benötigen, um die Spuren auszuwerten?«, fragte Dr. Salm und rieb sich die Nase.

Dr. Bodde wiegte den Kopf hin und her. »Abgesehen von der Vielzahl der Spuren wird unsere Arbeit auch durch ihren Zustand erschwert. Viele sind durch Staub, Dreck, Wind und Regen auch überlagert oder unvollständig. Es wird uns einige Zeit kosten, die relevanten von den irrelevanten zu trennen.«

»Und das heißt konkret?«, schniefte der Dezernatsleiter.

»Ich kann es Ihnen nicht genau sagen, aber auf jeden Fall einige Wochen.«

»Das …« Dr. Salm schnappte nach Luft. »Das ist völlig inakzeptabel!« Er wurde von einer neuerlichen Niesattacke erschüttert. »Das müssen Sie beschleunigen.«

Die Kriminaltechnikerin hob bedauernd die Schultern. »Ich habe nur eine begrenzte Anzahl von Mitarbeitern.«

»Und ich habe einen Anruf vom Innensenator erhalten, der wiederum vom Bürgermeister höchstpersönlich angerufen wurde. Das hier«, er pochte auf die Tageszeitungen vor sich auf dem Tisch, »sind keine schönen Schlagzeilen für die Stadt.«

Für die Stadt? Oder für Sie, Dr. Salm?

Seit einiger Zeit geisterte das Gerücht über die Präsidiumsflure, dass der Dezernatsleiter einen Wechsel in die Politik anstrebte, an die Seite des Innensenators, möglicherweise sogar als dessen designierter Nachfolger.

»Nun«, Dr. Bodde lächelte dünn, »Etatkürzungen und Entlassungen beim LKA sind auch keine schönen Schlagzeilen.«

»Also bitte«, empört richtete sich Dr. Salm auf, »wir sind uns doch wohl einig, dass diese schreckliche Sache in Schulzendorf oberste Priorität genießen sollte.«

»Und was bedeutet das für den Rest unserer Fälle?«, fragte die Kriminaltechnikerin. »Zum Beispiel für den Raubüberfall, zu dem wir heute gerufen wurden? Ein Taxifahrer wurde erschossen. Es kann doch wohl kaum Ihr Ernst sein, dass wir uns darum einfach nicht kümmern. Das wären nämlich ebenso schlechte Schlagzeilen!«

»Meine Damen und Herren«, Staatsanwalt Heindl hob beschwichtigend die Hände, »Streitigkeiten helfen uns in dieser Situation nicht weiter.«

»Ganz sicher nicht«, bekräftigte Schmitters.

Sein Chef zog die Zeitungen zu sich heran. »Vergessen wir doch bitte für einen Augenblick das unselige Geschreibsel dieser Blätter.« Er schichtete sie aufeinander und legte sie demonstrativ auf den Boden. »Unsere oberste Priorität sollte sein, diese entsetzlichen Morde aufzuklären, und zwar so schnell wie möglich. Haben wir uns verstanden?«

Ein einmütiges Nicken machte die Runde.

Dr. Salm rieb sich die Nase. »Was ist mit dem Zeugen? Gehe ich recht in der Annahme, dass er das Nummernschild des Autos nicht erkannt hat?«

Dann säßen wir wohl nicht mehr hier.

»Nein, leider nicht«, sagte Berger.

»Den Insassen konnte der Zeuge auch nicht beschreiben?«

»Nein.«

»Konnte er wenigstens etwas über das Auto sagen?«

»Es war ein Geländewagen. Oder so ähnlich.«

»Oder so ähnlich?« Dr. Salms Hand krachte verärgert auf den Tisch. »Herr Berger, wollen Sie uns auf den Arm nehmen?«

Berger zwirbelte seinen Schnauzbart. »Das war ein Zitat. Die genauen Worte des Zeugen.«

»Es war tatsächlich ein Jeep«, kam Dr. Bodde ihm zu Hilfe. »Oder das, was man landläufig einen Offroader nennt.«

»Sind Sie sich sicher?«, fragte der Dezernatsleiter.

Die Kriminaltechnikerin nickte. »Die Analysen zur genaueren Identifizierung laufen zwar noch, aber sowohl die Spurbreite als auch das Abdruckprofil der Reifen – Bridgestone Dueler 694, Laufleistung etwa 55 000 Kilometer –, die wir in der Fabrikzufahrt haben sicherstellen können, lassen keinen Zweifel.«

»Dann sollten wir uns darauf konzentrieren, diesen Offroader zu finden.«

»Das dürfte schwierig werden«, sagte Dr. Bodde. »Offroader machen in Deutschland über fünfzehn Prozent aller Autos aus. Auf Berlin hochgerechnet wären das mehrere Hunderttausend.«

»Und einige in Brandenburg«, fügte die Kriminaltechnikerin hinzu. »Meinen Touran eingeschlossen.«

»Meinen Landrover auch.« Staatsanwalt Heindl schenkte sich Kaffee nach.

»Und meinen Tiguan«, sagte Schmitters.

Mit düsterer Miene schaute der Dezernatsleiter aus dem Fenster.

»Vielleicht ist es gar nicht nötig, all diese Fahrzeughalter zu überprüfen«, meldete sich Muth zu Wort. »Sebastian, du hast inzwischen eine Übersicht der Leute, die Zugang zum Grundstück der Firma Albidus haben, oder?«

»Ja«, sagte Berger, »die Mitarbeiter des Objektschutzes Ke-Tec und die Kontaktpersonen beim Liegenschaftsfonds. Das Finanzamt hat auf unser Amtshilfeersuchen reagiert, die Personalpapiere der damaligen Albidus-Mirarbeiter werden gerade aus dem Archiv geholt.«

»Was ist mit dem Chef?«, fragte Kalkbrenner.

»Jens-Harald Albidus habe ich inzwischen auch erreicht. Er fliegt morgen Mittag aus London zurück, dann steht er uns für eine Vernehmung zur Verfügung.«

Muth sagte: »Die Vernehmungsbeamten, die die Befragungen vornehmen, sollen nicht nur die Alibis für gestern Abend überprüfen, sondern auch darauf achten, auf wen ein Jeep oder SUV zugelassen ist.«

»Ein Offroader!«, korrigierte Schmitters.

»Apropos«, sagte Kalkbrenner, »Frau Dr. Bodde, der Offroader ist wiederholt bis vor die Gruben gefahren, richtig?«

»Nicht nur das«, die Kriminaltechnikerin pickte ein Foto aus ihrem Sammelsurium heraus und schob es in die Tischmitte, »das Reifenprofil und die Rußpartikel, die wir auf dem Boden haben sicherstellen können, belegen, dass der Offroader wiederholt *rückwärts* bis vor die Silos gefahren ist.«

»Mit anderen Worten: Der Offroader, mit dem der Mörder gestern Abend geflohen ist, wurde auch benutzt, um die Leichen zu entsorgen?«

»Ich glaube, ich weiß, worauf Sie hinauswollen«, entgegnete Dr. Bodde. »Wie ich schon sagte, es wird eine Weile dauern, bis wir alle sichergestellten Spuren ausgewertet haben, aber ja, aller Wahrscheinlichkeit nach ist das Fabrikgelände nur der Fundort der Leichen. Der Tatort war ein anderer.«

»Bis auf den Mord an der jungen Frau gestern Abend«, sagte Muth.

Kalkbrenner nickte. »Und der bereitet mir Kopfzerbrechen.«

»Inwiefern?«, fragte Staatsanwalt Heindl.

*

Markus schaute in den Seitenspiegel.

Blaulicht blitzte durch die Regenschleier. Noch befand sich der Volvo auf der Autobahn, sechzig oder siebzig Meter vor der Ausfahrt, aber mit jeder Sekunde wurde die Distanz geringer.

»Schmeiß den Rucksack raus!«, schnaufte Siggi, während er den schwankenden Sechs-Tonner durch die Kurve manövrierte.

Markus streifte sich die Jacke über.

»Hast du nicht gehört? Wirf ihn raus!« Der Trucker schnappte nach dem Rucksack. Er griff ins Leere.

Markus hielt die Tasche in der Hand.

»Was soll der Mist?«, schrie Siggi. »Willst du, dass die Bullen …?«

»Vergiss die Bullen.« Markus schnallte sich den Rucksack auf den Rücken. Am Ende der Kurve kam die Kreuzung in Sicht. »Dein Problem heißt Stalin.«

»Stalin?«

»So wird er genannt. Glaub mir, du möchtest ihm nicht erklären müssen, warum sein Zeug die sächsischen Felder düngt.« Markus griff nach der Türklinke. Nur noch wenige Meter bis zur Kreuzung. »Wo sollte die Übergabe der Ware stattfinden?«

»Was zur Hölle hast du vor?«

»Wo?«

Siggi trat die Bremse durch. Aus einer Pfütze spritzte Wasser, der LKW schlingerte in die Kreuzung.

»Pass mal auf«, sagte Markus, *»du* fährst, und ich kümmere mich um den Rest, klar?«

Hinter ihnen setzte der Volvo zum Überholen an. Eine Polizeikelle schob sich zum Beifahrerfenster hinaus.

Siggi keuchte. »Die A9. Rastplatz Lipperts. Um vier.«

Markus stieß die Tür auf und sprang.

Sträucher dämpften seinen Aufprall. Der Schwung allerdings wirbelte ihn die Böschung runter. Feuchte Zweige peitschten ihm ins Gesicht.

Benommen mühte er sich auf die Beine. Seine Hüfte revoltierte. Er ignorierte den neu erwachten Schmerz und schlug sich durch die Büsche auf ein Feld. Seine Füße versanken im Lehm des Ackers.

»Bleiben Sie stehen!«, schrie eine Stimme.

Markus rannte los, einem Wald entgegen, Bäume, Schatten, Sicherheit.

»Stehenbleiben, hab ich gesagt!«

Er hetzte weiter, ein Feuer in der Seite, die schwere Tasche auf seinem Rücken. Seine Schuhe schmatzten im klebrigen Matsch.

Erst als er den Waldrand erreicht hatte, erlaubte er sich einen Blick zurück. Der LKW, Siegfried Schultze Speditionen, stand am Straßenrand, davor das Einsatzfahrzeug. Ein Polizist redete auf Siggi ein, ein anderer stapfte über das Feld auf ihn zu.

Markus lief tiefer in den Forst. Bäume streckten ihre Äste wie Finger nach ihm aus. Zweige im Unterholz griffen nach seinen Beinen. Er sprang über sie hinweg, hastete vorwärts, versank im Schlamm, strauchelte, ruderte mit den Armen, hielt sich aufrecht.

Der Rucksack schien inzwischen eine halbe Tonne zu wiegen. Seine Hüfte sandte Blitze durch den ganzen Körper. Trotzdem quälte er sich weiter, bis endlich ein Pfad in seinem Blickfeld erschien. Er führte aus dem Wald hinaus, mündete in eine Gasse zwischen kleinen Häusern.

Markus gönnte sich eine Pause. Sein Atem beruhigte sich. Regenwasser tröpfelte aus den Bäumen. Ansonsten war nichts zu hören. Keine Schritte. Kein Verfolger.

Auf seinem iPhone wählte er eine Nummer.

»Ja?«, meldete sich Horst.

»Wo bist du?«

»Noch unterwegs, ich …«

»Warte!«, zischte Markus.

Hinter ihm knackten Zweige. Dann ein Klicken.

»Polizei! Bleiben Sie stehen! Hände hoch!«

*

Kalkbrenner ging nicht auf die Frage des Staatsanwalts ein.

»Sebastian«, sagte er stattdessen, »wissen wir inzwischen, um wen es sich bei der jungen Frau handelt?«

»Leider nicht«, Berger rieb sich nachdenklich seinen Bart, »die Schutzbeamten, die ich gestern Abend mit der Suche nach Ausweis oder anderen Papieren beauftragt habe, sind nicht fündig geworden. Allerdings hat der Regen vergangene Nacht die Suche erschwert. Inzwischen haben wir sie eingestellt.«

»Die Fingerabdrücke führen auch zu keinem Ergebnis?«

»Sie stimmen mit keinerlei Abdrücken in den einschlägigen Datenbanken überein, und auch bei den Vermisstenmeldungen gibt es keine Beschreibung, die auf die junge Frau passt.«

»Anders verhält es sich mit den elf Kindern. Frau Dr. Bodde, haben Sie …?« Kalkbrenner stockte.

Auf dem Flur erklang eine nörgelnde Stimme, gleich darauf gefolgt von einem Kläffen aus seinem Büro.

Dr. Salms Kopf wirbelte herum. Mit rot unterlaufenen Augen funkelte er Kalkbrenner an.

»Haben Sie auf mich gewartet?« Das sonnengebräunte Gesicht des Gerichtsmediziners erschien in der Tür. »Na ja, Sie wissen ja, der Verkehr. Haben Sie einen Stuhl für mich?«

Muth erhob sich. Dankbar ließ sich Dr. Wittpfuhl nieder.

Kalkbrenner wich dem zornigen Blick des Dezernatsleiters aus und wandte sich der Kriminaltechnikerin zu.

»Um auf Ihre Frage zurückzukommen«, sagte Dr. Bodde, »meine Mitarbeiter haben in der vergangenen Nacht, nachdem die Leichen der elf Opfer in die Rechtsmedizin gebracht und gesäubert worden waren, Fingerabdrücke genommen und Fotos von ihnen gemacht. Die Leichen sind fast alle erstaunlich gut erhalten. Und natürlich wurden auch DNA-Proben an die Makrobiologen überstellt.«

»Und?«, presste Dr. Salm hervor.

»Der DNA-Abgleich braucht selbstverständlich seine Zeit. Was die Fingerabdrücke und Fotos betrifft, gibt es leider keine Übereinstimmung mit Kindern, die als vermisst gelten, sowohl in den nationalen als auch in den internationalen Datenbanken, die wir befragt haben, da zwei Drittel der Opfer – ihrer Physiognomie zufolge – einen Migrationshintergrund zu haben scheinen. Wenn ich raten müsste: südosteuropäisch.«

»Wollen Sie damit andeuten, wir haben es mit rassistisch motivierten …?«

»Nein«, fiel Dr. Bodde dem Dezernatsleiter ins Wort, »es spricht wenig für Rassismus als Motiv. Das andere Drittel der Opfer gehörte dem Aussehen nach zu unserem, also dem westeuropäischen Kulturkreis.«

»Deutsche?«

»Möglicherweise, aber … »

»Entschuldigen Sie«, unterbrach Staatsanwalt Heindl und er klang wenig erbaut. »Habe ich das jetzt richtig verstanden? Wir haben es mit elf Opfern zu tun.«

»Elf *junge* Opfer!«, warf Schmitters ein.

»In der Tat, mein Lieber, *elf junge Opfer*, das allein ist schon ungeheuerlich. Aber ich bitte Sie: Kein einziges dieser elf Kinder wird vermisst?«

»Von niemandem?«, fragte Schmitters.

Sein Chef schüttelte ungläubig den Kopf. »Das ist doch unmöglich, selbst wenn sie aus ganz Süd- oder meinetwegen auch Osteuropa stammen.«

»Nun, es verschwinden ständig Kinder«, wandte Berger ein.

»Richtig«, sagte der Staatsanwalt, »aber sie kehren früher

oder später wieder zurück. Oder sie werden mit großem Polizeieinsatz gesucht – und gefunden. In den meisten Fällen lebendig. Ganz selten auch tot. Aber in neunundneunzig Prozent aller Fälle *werden* sie gefunden. In diesem Fall allerdings haben wir elf Kinder, die im Verlauf von ... Im Verlauf wie vieler Monate eigentlich?«

»Das ist eine gute Frage«, sagte Schmitters.

Alle Blicke richteten sich auf Dr. Wittpfuhl.

Der biss gerade in ein Stück Marmorkuchen. »Also, nun, ja«, schmatzte er, während er hastig kaute, »dazu muss ich einige Worte zu der Flüssigkeit verlieren, in der die Opfer lagen.«

»Tun Sie das!«, schniefte Dr. Salm.

Der Gerichtsmediziner schluckte und spülte mit einem Schluck Kaffee nach. »Die Flüssigkeit besteht hauptsächlich aus Gülle, die über die Jahre auf den umliegenden Feldern verspritzt wurde und ins Grundwasser gesickert ist, Exkrementen und Industriereiniger – dazu werde ich später noch etwas sagen. Außerdem haben wir verschiedene chemische Rückstände aus der Fabrik nachweisen können, zum Beispiel Polyurethane, Epoxidharze und – das ist das Entscheidende – Calciumcarbonat.«

»Geht das ein bisschen verständlicher?« Der Dezernatsleiter putzte sich geräuschvoll die Nase.

Dr. Wittpfuhl wartete, bis er fertig damit war, dann fuhr er fort. »Calciumcarbonat ist nichts weiter als Kreide, Kalk und Kalkmilch. Bei der Lackproduktion wird es als eine Art Füllstoff verwendet. Oder um es anders zu formulieren: Es senkt die Produktionskosten.«

»Und was hat das mit den Morden zu tun?«

»Eine Menge. Calciumcarbonat eignet sich nämlich auch hervorragend zur künstlichen Konservierung von Leichen.«

»Wollen Sie damit andeuten, man hat die toten Kinder absichtlich ...?«

»Nein«, der Gerichtsmediziner fegte Krümel von seinem Sakko, »ich gehe eher von einem Zufall aus. Aber das Calciumcarbonat ist in jedem Fall der Grund dafür, dass die Leichen noch so gut erhalten sind.«

»Ja, und was heißt das nun?«

»Dass es ohne genaue Untersuchung schwer zu beurteilen ist, wie lange die Opfer schon in diesen Kloakebecken lagen.« Dr. Wittpfuhl schnalzte mit der Zunge, während er Krümel zwischen seinen Zähnen zu lösen versuchte. Er trank einen Schluck Kaffee. »Detaillierte Informationen werden uns die Obduktionen liefern. Bei elf Leichen allerdings wird das eine Weile dauern, fürchte ich.«

»Es ist letztendlich auch egal«, Staatsanwalt Heindl winkte unwirsch ab, »ob die Leichen dort seit Wochen, Monaten oder meinetwegen auch Jahren lagen. Ich will auf Folgendes hinaus: Das Verschwinden von *elf* Kindern hätte doch bemerkt werden müssen.«

»Das hätte es!«, sagte Schmitters.

»Also wer um alles in der Welt sind diese Kinder?«

»Eine andere Frage erscheint mir fast noch wichtiger«, warf Muth ein.

Schmitters riss die Augen auf, als hätte sie einen Frevel begangen.

Muth sagte: »Wer konnte diese Kinder einfach so entführen, foltern, ermorden und ihre Leichen entsorgen, ohne dass es jemand mitbekommt?«

»Das ist wohl der Moment«, Dr. Wittpfuhl stellte geräuschvoll seine Kaffeetasse ab, »in dem ich mit meinen Ausführungen beginnen sollte.«

*

Markus stand wie erstarrt.

Regentropfen plätscherten auf seinen Kopf. Irgendwo bellte ein Hund.

»Was ist los?«, tönte Horst aus dem Handy.

Die Stimme hinter Markus befahl: »Lassen Sie das Telefon fallen!«

»Ich muss auflegen«, flüsterte er.

»Herrgott, was ist los?«

»Ich sagte: Telefon fallen lassen!«

Markus ließ das iPhone los. Schmatzend landete es im Morast.

Schritte näherten sich, knisternd, langsam, vorsichtig.

»Runter auf die Knie!«

Markus überschlug die wenigen Optionen, die sich ihm boten.

Lass es bleiben!

Der Polizist hinter ihm hatte eine Waffe in der Hand, Markus eine schwere Tasche voller Meth auf dem Rücken und eine angeknackste Hüfte.

»Ich sagte, runter auf die Knie!«

Nicht dass er ernsthaft damit rechnete, eine Kugel verpasst zu bekommen, hinterrücks noch dazu. Allerdings hatten ihn die Erfahrungen der letzten Monate gelehrt, dass Polizeibeamte vor allem im Grenzgebiet zu Tschechien zunehmend nervöser reagierten.

»Hören Sie, das muss ein Irrtum sein«, sagte er.

»Halten Sie den Mund.«

»Ich weiß nicht, was Sie von mir wollen.«

»Runter auf die Knie! Sofort!«

Markus tat wie ihm befohlen.

»Und jetzt die Hände auf den Rücken!«

Er bewegte die Arme nach hinten. Kalter Stahl schloss sich um seine Handgelenke.

Der Polizist sprach in sein Funkgerät. »Habe den Flüchtigen gestellt. Er ist –« Mit einem Gurgeln erstarb seine Stimme. Der Länge nach fiel er neben Markus in den Schlamm.

»Herrgott, ein Polizist, das hat mir gerade noch gefehlt«,

fluchte Horst. »Ich hab dir gleich gesagt, dass dein Plan scheiße ist.«

Markus richtete sich auf. Er drehte sich um.

Der rote Parka mit den Reflektorstreifen, der seinem Freund und Kollegen von den Schultern hing, war ein Fremdkörper im nassgrauen Wald. »Auffälliger ging's nicht?«

»Hast du mir nicht zugehört?«

»Wer konnte ahnen, dass er mir folgt.«

»Du musst mit allem rechnen, auch damit dass man dich über den Haufen schießen will.«

»Das hast du ja verhindert.«

»Und was ist beim nächsten Mal?« Horst löste die Handschellen an Markus' Armen. Dann ging er neben dem bewusstlosen Polizisten in die Hocke und befühlte dessen Puls.

»Alles in Ordnung mit ihm?«, fragte Markus.

»Er wird mit einem dicken Schädel erwachen.«

»Damit kann ich leben.« Markus säuberte sein iPhone mit nassem Laub, während er auf die Gasse zueilte. Menschen waren bei diesem Mistwetter zum Glück keine auf der Straße.

Am Bordstein parkte ein Krankenwagen.

Markus kramte unter dem Beifahrersitz einen Parka hervor, leuchtend rot, mit Reflektoren an Armen und Beinen und der Aufschrift »Sanitäter« auf dem Rücken. Er zog ihn an. »Horst, verdammt, wo bleibst du? Lass uns fahren!«

*

Kalkbrenner nippte an seinem Kaffee.

Unterdessen wischte sich der Gerichtsmediziner mit einer Serviette die Lippen ab, säuberte seine Hände, kramte Fotos aus seiner Tasche und breitete sie fächerartig vor sich auf dem Tisch aus. »Elf Opfer, die …«

»Ich zähle zwölf Bilder«, sagte Muth.

Dr. Wittpfuhl warf seine sonnengebräunte Stirn in Falten.

»Tatsächlich, da ist mir Ihr Suizid von gestern Abend dazwischengerutscht.« Er lächelte verlegen, während er das Bild wieder in seine Tasche verschwinden ließ. »Es war wohl ein bisschen turbulent heute Morgen im Institut. Kommt schließlich nicht jeden Tag vor, dass meine Tische alle belegt sind.«

»Gott sei Dank«, schniefte Dr. Salm.

»Ich möchte vorab betonen«, sagte der Gerichtsmediziner, »dass es sich bei meinen Ausführungen um vorläufige Informationen handelt, denn in der Kürze der Zeit war nur eine erste, äußere Leichenschau möglich.« Er rückte die Kuchenplatte beiseite und schob an ihrer Stelle die Fotos in die Tischmitte.

Jede der elf Aufnahmen hatte eine kalte Metallbahre eingefangen, darauf jeweils ein Leichnam, nackt, jung, einige noch sehr klein, aber allesamt mit unzähligen Wunden übersät, tiefe, fleischige Krater. Einem der Jungen fehlte eine Hand, einem anderen der Arm.

Kalkbrenner entsann sich, dass ihm die Verstümmelungen schon am Vorabend aufgefallen waren. Doch jetzt, ohne die schwarze Brühe, dafür im grellen Blitzlicht, waren die Verletzungen deutlich zu erkennen, bleiche, hässliche Stümpfe an dünnen Kinderarmen.

Er schluckte den Kuchen hinunter, der sich seinen Hals wieder hinaufdrängte. Auch seine Kollegen schwiegen erschüttert.

Schließlich fragte Staatsanwalt Heindl gepresst, als koste ihn das Sprechen Überwindung: »Was ist mit ihnen passiert?«

»Sie wurden misshandelt«, sagte Dr. Wittpfuhl.

»Misshandelt?« Dr. Salm schnaufte. »Gefoltert trifft es wohl besser.«

»So oder so«, der Gerichtsmediziner hob die Schultern, »diese Folter, wie Sie es nennen, hatte bei nahezu allen Opfern eine sexuelle Motivation. Nur so lässt sich die Konzentration der Verletzungen an den primären Geschlechtsteilen der Opfer erklären.«

»Was genau heißt das – Verletzungen?«

»In erster Linie sowohl orale als auch anale Penetrationen, bei den weiblichen Opfern ebenso vaginal. Die Striemen, die sie auf einigen der Fotos vielleicht bemerkt haben, rühren mit großer Wahrscheinlichkeit daher, dass die Opfer währenddessen an Armen und Beinen fixiert waren. Die Hanfseile, Meterware, die Sie in jedem normalen Baumarkt erwerben können, haben sich tief in die Haut der Opfer geschnitten, während sie sich gegen die Misshandlungen gewehrt haben. Diese Misshandlungen wurden mit bestialischer Kreativität vorgenommen, angefangen bei Steinen, Kupferstangen und Holzlatten, bis hin zu Glasflaschen, wohlgemerkt zerbrochenen Glasflaschen, handelsüblichen Küchenmessern, Teppichmessern und sogar einem Stabmixer. Das war – ich möchte das betonen – nur eine Auswahl der Gegenstände, mit denen die Opfer malträtiert worden sind. Eine komplette Auflistung erspare ich Ihnen – und mir selbst.«

Er machte eine kurze Pause, blickte in die Runde, als wollte er sich überzeugen, dass alle ihm noch folgten.

»Mehreren Opfern wurden brennende Zigaretten auf den Geschlechtsteilen ausgedrückt«, sagte er. »Andere wurden mit Lötkolben traktiert. Einem der männlichen Opfer hat man den Penis abgeschlagen. Buchstäblich: Man hat so lange darauf eingeschlagen, bis er vom Unterleib abgefallen ist. Einem der drei weiblichen Opfer wurden die Schamlippen abgeschnitten, endgültige Gewissheit wird die Obduktion bringen, aber ich bin mir sicher, mit einer handelsüblichen Küchenschere. Dem zweiten weiblichen Opfer wurden die Brüste abgetrennt. Das dritte war schwanger, im zweiten oder dritten Monat, ich …«

»Ich bin mir nicht sicher, ob ich das hören möchte«, sagte Dr. Salm.

Gerne hätte Kalkbrenner ihm beigepflichtet. Unwillkürlich musste er an seine Tochter denken. Auch sie war im zweiten Monat schwanger …

Hör auf!

Daran durfte er nicht einmal denken.

Mit einem Kopfnicken forderte Staatsanwalt Heindl den Gerichtsmediziner zum Weiterreden auf.

Der sagte: »Dem Opfer wurden Gegenstände in die Vagina eingeführt, wiederholt und mit einer Wucht, die sich bis auf den Uterus ausgewirkt hat. Die Gebärmutter war nahezu vollständig zerfetzt. Zwangsläufig ist der Fötus dabei abgetrieben worden.«

»Mein Gott«, stammelte Rita.

»Himmel«, sagte Berger, »wer tut so was?«

Kalkbrenner holte Luft. »Kann es sein …?«

»Nein«, sagte Dr. Wittpfuhl, »woher soll ich das wissen?«

Staatsanwalt Heindls Blick wechselte irritiert zwischen den beiden Männern hin und her. »Worauf wollten Sie mit Ihrer Frage hinaus, Herr Kalkbrenner?«

Der Gerichtsmediziner schüttelte den Kopf. »Er wollte wissen, von wem das Opfer schwanger war.«

Heindls Augen weiteten sich. »Sie meinen, ob das Opfer bei einer der Vergewaltigungen unbeabsichtigt … Meine Güte, nein!«

»Das werden wir möglicherweise feststellen können, wenn wir des Täters habhaft geworden sind, aber bis dahin …« Dr. Wittpfuhl zuckte mit den Achseln. »Was ich Ihnen allerdings schon jetzt sagen kann: Bei einigen der Opfer ist zumindest ein Teil ihrer Verletzungen verheilt. Andere ihrer Wunden dagegen sind jüngeren Datums. Angesichts der Tatsache, dass der Heilungsprozess eine Weile braucht …«

»… heißt das, ihr Martyrium zog sich über Wochen oder vielleicht noch länger hin«, vollendete Dr. Salm den Satz mit tonloser Stimme. »Und wie sind sie gestorben?«

»Auf keine einheitliche Weise. Drei der männlichen Opfer wurden stranguliert, einem weiblichen die Kehle durchgeschnitten. Was die anderen betrifft, kann ich keine eindeutigen Tötungsmerkmale erkennen. Ich vermute, sie sind direkt an den Folgen der Misshandlungen gestorben, Schock, Blutverlust. Ich denke da an die abgeschnittenen Schamlippen. Die abgetrennten Brüste. Den abgeschlagenen Penis.« Dr. Wittpfuhl machte eine Pause. »Und falls Sie mich jetzt fragen wollen, ob den Opfern irgendwelche verfänglichen Spuren anhaften – mit großer Wahrscheinlichkeit nicht.«

»Wie wollen Sie das jetzt schon beurteilen?«, fragte Dr. Salm. »Sie sagten doch, Sie hätten noch gar keine Zeit für die Obduktionen gehabt.«

»Erinnern Sie sich an meine Bemerkung bezüglich des Industriereinigers, mit dem die Flüssigkeit in den Güllebecken durchsetzt war?« Dr. Wittpfuhl blickte fragend in die Runde. »In den Becken ist die Konzentration nur sehr gering – an den Leichen jedoch wesentlich höher. Sie sind also mit Industriereiniger in Kontakt gekommen, *bevor* man sie entsorgt hat. Sie wurden damit gewaschen, um alle verfänglichen Spuren zu beseitigen.«

Beklommene Stille erfasste den Raum. Nur die Kaffeemaschine blubberte. In den Fensterritzen zischelte der Wind, als wollte er die Beamten verspotten.

»Das bedeutet«, sagte Staatsanwalt Heindl, »wir haben nicht nur keinerlei Hinweis auf die Identität der Opfer, wir haben auch keinerlei Täterspuren.«

»Wir haben gar nichts«, sagte Schmitters.

»Doch«, widersprach Kalkbrenner.

Die Anwesenden lenkten ihre Aufmerksamkeit auf ihn.

»Drei Dinge«, sagte er, »bereiten mir Kopfschmerzen.«

»Jetzt sind es schon drei«, stöhnte Dr. Salm. »Und wann gedenken Sie, uns an Ihren Kopfschmerzen teilhaben zu lassen? Sobald das Dutzend voll ist?«

»Zum einen«, sagte Kalkbrenner, »haben wir es sowohl mit weiblichen als auch männlichen Opfern zu tun. Das ist ungewöhnlich für einen sexuell motivierten Serientäter.« Er zögerte, sah die Umsitzenden der Reihe nach an.

Muth nickte, als wüsste sie ganz genau, worauf er hinauswollte.

»Zum anderen«, fuhr er fort, »liegen Merkmale unterschiedlichster Misshandlungen vor. Es gibt keinerlei erkennbares Muster. Das ist noch untypischer für einen Serientäter.«

»Sie meinen ...?« Dr. Salm hustete.

»Mehrere Täter?«, vollendete Staatsanwalt Heindl die Frage, und auch er klang, als hätte er sich nachträglich noch an einem Kuchenstück verschluckt.

»Mehrere Täter?«, echote Schmitters.

»Zu diesem Schluss bin ich auch gekommen«, sagte Dr. Wittpfuhl und zog eines seiner Fotos hervor. »Schauen Sie sich dieses Opfer an ...«

»Also bitte«, beschwerte sich der Dezernatsleiter, »muss das sein?«

»... nennen wir es der Einfachheit halber Opfer Nummer eins«, fuhr der Gerichtsmediziner unbeeindruckt fort. »Wie erwähnt, endgültige Gewissheit haben wir erst nach den Obduktionen, aber diese Messerstiche hier sind von einem Linkshänder ausgeführt worden. Sehr wahrscheinlich von einem Mann, der kleiner ist als ... Sie, Herr Dr. Salm.«

»Was soll das beweisen?«, erwiderte der Angesprochene.

Dr. Wittpfuhl nahm ein weiteres Bild in die Hand. »Opfer Nummer zwei ist das Mädchen, dem die Brüste amputiert wurden. Die Fesselspuren an den Handgelenken und die ausgekugelten Schultern lassen vermuten, dass es während der Prozedur gehangen hat. Die Schnitte an den Brüsten legen den Verdacht nahe, dass sie von einem Rechtshänder vorgenommen wurden, der etwa Ihre Größe hat, Dr. Salm.«

»Also zwei Täter«, sagte der Dezernatsleiter und sein verkniffenes Gesicht verriet, was er von der Nachricht hielt. Die Mienen der anderen ließen erkennen, dass sie seine Gefühle teilten.

Dr. Wittpfuhl fischte das nächste Bild heraus. »Opfer Nummer drei hat ebenfalls gehangen. Es wurde mit äußerster Brutalität geschlagen. Ob der Täter Links- oder Rechtshänder war, kann ich in diesem Fall nicht sagen, allerdings dürfte er einen Kopf größer als Sie gewesen sein, Herr Dr. Salm, wahrscheinlich sogar noch größer.«

»Drei Täter?«, fragte Dr. Salm.

Dr. Wittpfuhl hob die Hände, als wollte er sagen: *Mehr kann ich im Augenblick nicht sagen.*

»Paul«, meldete sich Muth zu Wort, »und was ist die dritte Sache, die dir Kopfzerbrechen bereitet?«

Kalkbrenner beugte sich zu den Tatortfotos vor, die vor Dr. Bodde auf dem Tisch ausgebreitet lagen. Eine der Aufnahmen nahm er in die Hand. »Opfer Nummer zwölf passt nicht ins Bild.«

»Die Frau, die gestern Abend erschossen wurde«, sagte Muth.

Kalkbrenner nickte. »Sie ist deutlich älter als die anderen Opfer. Außerdem wurde sie nicht gefoltert. Sie wurde erschossen. Mit einem Hohlspitzgeschoss.« Er hielt das Foto der jungen Frau mit der zerstörten Gesichtshälfte in die Höhe.

»Ja, ja, danke, ich hab's gesehen«, ächzte Dr. Salm und kämpfte gegen eine neue Niesattacke an. »Wer benutzt diese Art Munition eigentlich?«

»Wer auf Nummer sicher gehen möchte«, erwiderte Kalkbrenner.

»Optimale Penetration für terminale Leistung«, sagte Dr. Bodde.

Alle Köpfe drehten sich in ihre Richtung.

»Nun ja«, sagte die Kriminaltechnikerin, »so werben zumindest die Hersteller in ihren Katalogen. Was natürlich nur eine euphemistische Umschreibung der Funktionsweise ist. Da sich ein Hohlspitzgeschoss beim Aufprall auf einen Körper blitzartig vergrößert, man sagt auch: *aufpilzt*, erzielt es eine bessere Wirkung als andere Munition.«

»*Besser* heißt in diesem Fall – *tödlicher!*«, sagte Kalkbrenner.

Dr. Bodde bejahte. »Hohlspitzgeschosse waren viele Jahre lang verboten. Heute kann man sie legal erwerben. Schaut man in die Prospekte von Geschossherstellern, sind Hohlspitzgeschosse inzwischen sogar stark in der Überzahl. Das hat seine Gründe: Da ein Hohlspitzgeschoss durch das Aufpilzen selten den Körper eines Getroffenen durchschlägt, besteht kaum Gefahr für Umstehende. Auch Querschläger kommen wesentlich seltener vor. Herr Kalkbrenner hat also nicht unrecht, wenn er sagt, diese Art Munition wird von Leuten benutzt, die *sichergehen* möchten. Hohlspitzgeschosse sind mittlerweile Standardmunition bei Sportschützen, Jägern und Polizeieinheiten, auch in einer Vielzahl Staaten, die bekannt dafür sind, dass Waffen und Munition immer mal wieder verschwinden …«

»… und auf irgendwelchen Russenmärkten wieder auftauchen, schon verstanden«, der Dezernatsleiter putzte sich die Nase, »es kann also jeder an diese Art Munition gelangen.«

»Herr Dr. Wittpfuhl«, wandte sich Kalkbrenner an den Gerichtsmediziner, »wurde eine der Leichen in den Silos erst gestern Abend entsorgt?«

»Nein, das kann ich ausschließen. Sie lagen allesamt länger dort.«

Kalkbrenner drehte sich zu seinem Kollegen um. »So wie ich die Sache sehe, Sebastian, hattest du gestern Abend recht mit deiner Vermutung: Die junge Frau hat es nur zufällig in die Fabrik verschlagen.«

»Und wurde«, griff Berger den Gedanken auf, »möglicherweise Zeugin, als eine weitere Leiche entsorgt werden sollte.«

»Die junge Frau wurde erwischt, *deshalb* kam es zum Gerangel, sie wollte fliehen, wurde dabei erschossen. Danach ist der Täter mit dem Offroader davongefahren, ohne wie ursprünglich geplant, eine weitere Leiche abzuladen.«

»Klingt einleuchtend«, sagte Muth. »Bleibt eine Frage: Welche Frau würde sich zu dieser späten Stunde alleine in eine verlassene Halle begeben?« Sie wartete die Antwort ihrer Kollegen nicht ab. »Keine, oder? Mit großer Wahrscheinlichkeit hat sie sich in Begleitung einer weiteren Person befunden. Möglicherweise eine Freundin. Oder ein Freund.«

»So oder so – ein weiterer Zeuge!« Dr. Salm wollte in die Hände klatschen. Auf halber Höhe hielt er inne. »Aber wo ist er abgeblieben?«

»Vielleicht konnte er entkommen«, mutmaßte Kalkbrenner.

»Dann hätte er sich doch längst bei der Polizei gemeldet!«

»Es sei denn, er hat Angst.«

»Oder er ist tot!«, sagte der Dezernatsleiter.

»Wohl kaum«, zweifelte Kalkbrenner. »Dann hätten wir seine Leiche in der Fabrikhalle finden müssen.«

»Der Täter könnte die Leiche im Wagen mitgenommen haben.«

»Warum sollte er das tun?« Kalkbrenner schüttelte den Kopf. »Die Leiche der Frau lässt er in der Halle liegen, die des Zeugen nimmt er mit? Das ergibt keinen Sinn.«

»Meine Damen und Herren, bitte«, Staatsanwalt Heindl straffte seinen Rücken, »diese ganzen Spekulationen über den Verbleib eines zweiten Zeugen führen zu nichts, solange wir nicht wissen, ob es ihn tatsächlich gab!«

»Ich denke …«, begann Kalkbrenner.

Unwirsch fuchtelte Heindl mit der Hand. »Für den Moment halten wir uns bitte an die Fakten, die als gesichert gelten können. Und unter uns, Herr Kalkbrenner, das sind die Dinge, die *mir* Kopfschmerzen bereiten. Allein der Gedanke, dass wir es nicht mit einem, sondern gleich mit mehreren Serientätern zu tun haben …«

»… die wiederholt Kinder gefoltert und getötet haben«, sagte Muth, »deren Leichen danach mit Industriereiniger von allen verfänglichen Spuren befreit und dann mit immer demselben Offroader entsorgt haben.«

Heindl runzelte die Stirn. »Worauf wollen Sie hinaus?«

»Sie möchte darauf hinaus«, sagte Kalkbrenner, in dessen Kopf sich ein weiterer Gedanke formte, »dass *die Fakten* auf ein eingespieltes Team hindeuten, das seiner Leidenschaft …«

»Eine perverse Leidenschaft!«, stöhnte Dr. Salm.

»… schon seit Monaten oder sogar Jahren nachgeht. Es wäre möglich, dass es noch weitere Orte gibt, an denen Leichen entsorgt worden sind.«

»Und da wir diese Orte nicht kennen«, fügte Muth hinzu, »könnten sie im schlimmsten Falle einfach weitermachen wie bisher, ohne dass wir auch nur etwas davon mitbekommen.«

Mit einem entschlossenen Ruck stand Staatsanwalt Heindl auf. »Umso mehr sollte es jetzt unser vordringliches Ziel sein, die Identität der Opfer zu klären. Vielleicht können wir eine Verbindung zwischen ihnen herstellen. Möglicherweise kannten sie ihre Mörder. Oder was meinen Sie, Herr Kalkbrenner? Sie schauen aus, als wollten Sie mir widersprechen.«

»Nein«, sagte Kalkbrenner, »Es ist nur …«

Heindl hob die Augenbrauen.

Kalkbrenner schwieg. Tatsächlich plagten ihn Zweifel, auch wenn er sie nicht zu präzisieren vermochte.

»Da die Presse sowieso über die Sache berichtet«, verärgert klaubte Dr. Salm die Zeitungsartikel vom Boden, »sollten wir sie für unsere Zwecke nutzen. Rufen wir die Öffentlichkeit zur Mithilfe auf: *Wer hat diese elf Kinder wann wo mit wem gesehen?*«

»Eine gute Idee«, lobte Heindl.

»Eine *sehr* gute Idee!«, pflichtete Schmitters bei.

Dem Dezernatsleiter schwoll die Brust. »Frau Dr. Bodde, reichen Sie die Opferfotos umgehend an unsere Pressestelle weiter, dort wird man alles Weitere veranlassen. Und Sie, Herr Kalkbrenner, fühlen den Leuten auf den Zahn, die Zugang zu dem alten Fabrikgelände hatten. Und vergessen Sie den Wagen nicht.«

»Den Offroader!«, verbesserte Schmitters.

»Ganz genau, mein Lieber.« Auf dem Weg zur Tür blieb Heindl stehen. »Und bitte, halten Sie mich auf dem Laufenden, haben wir uns verstanden?« Gefolgt von seinem Assistenten verließ er den Raum.

Dr. Salm starrte Kalkbrenner an. »Über Ihren Hund«, er nieste und kratzte sich die tränenden Augen, »reden wir noch, haben wir uns verstanden?« Schniefend stapfte er davon.

17

Ich starrte auf das Foto.

Mir geht es gut. Hör auf zu suchen. Ich will meine Ruhe.

Mir wurde heiß, mir wurde kalt. Mein Magen zog sich zusammen. Ich sackte neben Chuck zu Boden. Schnurrend rieb er seinen Kopf an meiner Hand. Ich spürte ihn nicht.

Sekunden verstrichen, vielleicht auch Minuten, während ich das Bild betrachtete, die Nachricht las, wieder und wieder, als würde ich sie nicht verstehen, Merles Worte, ihre unmissverständliche Aufforderung.

Was soll das?

Wie benommen überprüfte ich die Nummer des Absenders. Hatte ich mich geirrt? Erlaubte sich da jemand einen dummen Scherz?

Nein, die MMS war von Merles Handy verschickt worden.

Meint sie das ernst?

Ich tippte die Wahltaste. Das Telefon wählte wie in Zeitlupe, zumindest kam es mir so vor.

»Mach schon!«, fluchte ich.

Chuck flitzte erschrocken davon.

The person you have called is …

Merles Telefon war wieder ausgeschaltet. Weil sie nicht mit mir reden wollte? Ich schaute auf die MMS.

Das ist nicht wahr! Oder doch?

Irgendetwas an der Nachricht kam mir falsch vor. Ich las sie wieder und wieder, doch ich kam nicht darauf.

Auf der Straße schlug eine Autotür zu.

Ich sprang auf, stolperte über Chuck und stieß mir die Hand am Treppengeländer. Ich biss die Zähne aufeinander, stürmte nach draußen. Erst im letzten Moment dachte ich an den Haustürschlüssel.

*

Ich rannte auf die Straße.

»Stopp!«, schrie ich, während ich durch den Regen auf den Wagen von Polizeihauptkommissar Veckenstedt zurannte. Er startete den Motor. »Warten Sie!«

Der Polizist ließ das Fenster hinunter. »Frau Kluge, was ist denn los?«

Ich streckte ihm mein Handy entgegen. »Das habe ich gerade bekommen.«

Er fischte eine Brille aus seiner Jackentasche und klemmte sie sich auf die Nase.

Während er die MMS studierte, durchnässte mich der Regen bis auf die Haut. Das war mir egal.

Stirnrunzelnd schaute Veckenstedt zu mir auf. »*Das* haben Sie jetzt gerade bekommen?«

»Ja.«

Er schob die Brille auf seine Nasenspitze und spähte die Straße hoch und runter.

Es dauerte ein, zwei Sekunden, bis ich begriff, was er mit seiner Frage hatte andeuten wollen. »Sie meinen …?«

»Ein komischer Zufall, oder? Keine fünf Minuten nachdem ich Ihr Haus verlassen habe.«

Angst und Wut fielen von mir ab. Mit neu erwachter Zuversicht raste mein Blick über die Nachbargrundstücke, die Häuser, den Bürgersteig.

Eine ältere Dame trippelte mit ihrem Dackel unterm Regenschirm an mir vorbei. »Guten Morgen, Frau Kluge«, grüßte sie.

»Haben Sie Merle gesehen?«, fragte ich.

»Nein.«

Aus der Garage zwei Häuser weiter setzte unsere Nachbarin ihren Volvo zurück, auf der Rückbank ihre beiden Kinder. Ich winkte, rannte auf sie zu. »Ist Merle bei euch?«

»Äh, nein. Warum sollte sie?«

Ich wischte mir den Regen aus den Augen, spähte zur nächsten Kreuzung.

Veckenstedt trat zu mir.

»Können Sie feststellen, wer die Nachricht geschickt hat?«, fragte ich.

Er sah mich zweifelnd an. »Das ist doch die Nummer Ihrer Pflegetochter?«

»Ja.«

»Nun …«

»Nein, nein«, ich schüttelte aufgeregt den Kopf, »was ich meinte: Können Sie herausfinden, von wo aus sie geschickt wurde?«

»Haben Sie Ihre Pflegetochter angerufen?«

»Natürlich, aber sie hat das Handy wieder ausgeschaltet.«

»Dann haben wir ein Problem.«

»Was soll das heißen?«, ächzte ich entsetzt.

»Solange keine Straftat vorliegt, gibt es keine Möglichkeit, eine Rufrückverfolgung beziehungsweise eine Handystandortsuche durchzuführen, denn dafür ist ein Beschluss des Staatsanwalts notwendig. Die Vorgaben sind sehr streng in solchen Dingen.«

»Aber …«

»Hören Sie«, Veckenstedt hob beruhigend die Hände, »es ist noch gar nicht so viel Zeit verstrichen, seit Merle verschwunden ist, und da wir um ihre Vorgeschichte wissen, gehen wir nicht vom Schlimmsten aus. Neunundneunzig Prozent aller Vermisstenfälle stellen sich …«

»Ja, das weiß ich doch alles.«

»Geben Sie ihr einfach etwas Zeit.« Er gab mir mein Handy zurück. Mit einem letzten Blick auf die MMS zuckte er die Schultern, als läge ihm auf der Zunge: *Habe ich es Ihnen nicht gesagt?*

Regen spritzte mir ins Gesicht. Mir war kalt.

»Und das da«, Veckenstedt räusperte sich, »ist das nicht Ihre Katze?« Er zeigte zur Haustür, die ich in meiner Aufregung nicht richtig zugezogen hatte.

Chuck stahl sich in die Petunienbeete davon.

Veckenstedt lächelte. »Nicht dass sie auch noch ausreißt.«

*

Bevor er über die Straße entwischen konnte, trieb ich Chuck ins Haus zurück. Ich wollte sein klatschnasses Fell mit einem Handtuch trocken rubbeln, ließ es allerdings bleiben. Stattdessen trat ich wieder auf die Straße.

Mir geht es gut. Hör auf zu suchen. Ich will meine Ruhe.

Nein, ich würde nicht aufhören können, Merle zu suchen, nicht bevor ich herausgefunden hatte, wo sie war, ob es ihr gut ging – und warum sie ausgerissen war.

Falls sie abgehauen ist …

Noch immer löste ihre MMS Zweifel in mir aus. Was störte mich bloß daran?

Ein komischer Zufall, oder?

Diesmal achtete ich darauf, die Tür hinter mir zu verriegeln. Dann klapperte ich die Nachbarn ab.

An den meisten Türen klingelte ich vergeblich, natürlich, die Kinder waren in der Schule, die Eltern arbeiten. Wenn mir geöffnet wurde, fragte ich: »Ist Merle bei euch?«

»Nein.«

»War sie da?«

»Nein.«

»Habt ihr sie gesehen?«

»Nein.«

Das Gespräch wiederholte sich ebenso wie die verwunderten Blicke, die ich erntete, während ich vor Kälte schlotternd in den Vorgärten stand. Einige Male wurde ich zum Tee hereingebeten, aber ich wollte keine Zeit verlieren.

Irgendwann begriff ich, dass Zeit keine Rolle spielte. Wenn Merle sich versteckt hielt und nicht mit mir reden wollte, dann würde sie sich verleugnen lassen. Oder sie wäre längst wieder aus dem Viertel verschwunden.

Geben Sie ihr einfach etwas Zeit.

Durchnässt bis auf die Haut, kratzte ich zu Hause einen Rest Nutella aus dem Glas, schmierte ihn auf den letzten, schmalen Brotkanten und vertilgte zwei Müsliriegel, die ich im Schrank fand. Ich hatte weder Hunger noch Appetit, aber ich musste etwas essen, wollte ich nicht irgendwann erschöpft zusammenklappen.

Im Badezimmer warf ich meine Klamotten über den Wäscheständer und stellte mich unter die Dusche. Heißes Wasser rauschte über meinen Körper, während ich versuchte, einen klaren Kopf zu bekommen.

Ist sie wirklich abgehauen?

Ich trocknete mich ab und zog mir eine frische Hose und eine Bluse an. Der Kater saß vorwurfsvoll mauzend auf dem oberen Treppenabsatz.

»Hast du Hunger?«, fragte ich.

Als hätte er nur auf diese Frage gewartet, flitzte er hinunter in die Küche. Ich wollte ihm folgen, doch dann zog mich Merles geöffnete Zimmertür förmlich an.

Die Erfahrung zeigt, dass in der Aufregung der ersten Stunden manches übersehen oder vergessen wird.

Ich blieb eine Weile inmitten des Durcheinanders stehen, fragte mich, wie es auf den Kriminalhauptkommissar gewirkt haben musste, der regelmäßig mit vermissten Kindern zu tun hatte.

Vermutlich wie das Zimmer eines ganz normalen Teenagers.

Und genau das ist es!

Merle hatte mittlerweile ein ganz normales Leben geführt, war ausgeglichen und glücklich gewesen.

Glücklicher, als ich es mir je hätte erträumen können.

Warum hätte sie abhauen sollen?

Ich begann, die verstreuten Hosen und T-Shirts aufzusammeln. Ich faltete sie, räumte sie in den Schrank oder warf sie, je nachdem, wie verschwitzt sie waren, in den Wäschekorb. Da war nichts, was ich nicht kannte.

Ich setzte mich an den Schreibtisch. Die Stuhllehne stieß gegen die Tischplatte. Der CD-Stapel wankte und einige Hüllen krachten zu Boden. Ich hob sie auf, betrachtete die Cover, Nine Inch Nails, Newlydeads, Unearth …

Nichts, was da nicht hingehörte.

Ich schichtete die CDs wieder auf den Stapel. Mein Blick blieb an den vollgekritzelten Zetteln hängen. Ich las die Notizen noch einmal, fand aber auch diesmal nichts, was mir weitergeholfen hätte. Allerdings … sie alle hatten etwas gemeinsam!

Mit vor Aufregung zitternden Händen schaltete ich den Computer an. Es dauerte ewig, bis ich den Browser öffnen und ihren Facebook-Account aufrufen konnte. Ich klickte mich durch bis zur letzten Nachricht, die an ihre Freundin Sanita, und öffnete die Datei im Anhang. Merles Geschichtsaufsatz.

Der Kaiser Augustus wil das Land der Germanen. Die wolten nur ihr Rhuhe.

Ich las die beiden Sätze noch einmal. Ich kramte mein Handy hervor und öffnete ihre Nachricht.

Mir geht es gut. Hör auf zu suchen. Ich will meine Ruhe.

Wer auch immer das geschrieben hatte: Merle war es nicht gewesen.

18

Markus' Blick glitt über den Rastplatz Lipperts.

Zwei, drei Dutzend Parkplätze, nur ein Bruchteil davon besetzt. Auf dem Grünstreifen morsche Picknicktische, ein WC-Häuschen, in das ein junges Pärchen eilte.

Der Regen hatte nachgelassen, aber am Himmel türmten sich die Wolkenmassen. Ein kalter Wind pfiff über den Asphalt.

Fröstelnd stellte Markus den Parkakragen auf, nahm einen letzten Zug von seiner Kippe, schnippte sie dann auf den Boden und stieg zurück in den Krankenwagen.

»Weißt du noch, was du mir gestern Abend am Telefon gesagt hast?«, fragte Horst.

Es waren die ersten Worte, die er sprach, seit sie nach dem Vorfall im Wald aufgebrochen waren. Die Fahrt bis zum Rastplatz hatte er schweigend vor sich hin gebrütet, sogar während des Zwischenstopps an einer Tankstelle hatte er kein Wort verloren.

»Ich habe vieles gesagt«, antwortete Markus.

»Dass du vorangekommen bist.«

»Mhm.«

»Also wenn du mich fragst, ich kann keinen Fortschritt erkennen.«

»Ehrlich? Wir haben Kontakt zu Sergej.«

»Ja, genau, du schmuggelst für diesen Sergej Meth nach Bayern. Und bis gestern hast du für Zorkan dasselbe Zeug in Berlin vertickt. Merkst du was? Du bist für sie nur ein Laufbursche. Nach wie vor. Trotz deiner Kamikaze-Aktion gestern.«

Markus zuckte mit den Schultern. Er wechselte die SIM-Karte seines iPhones, ignorierte die eintreffende SMS, betätigte stattdessen die Wahlwiederholung.

Das Freizeichen erklang.

Horst schob missbilligend seine Augenbrauen zusammen. Die Narbe an seiner Stirn verzerrte sich.

»Hallo, Markus«, meldete sich Richard, »bist du schon unterwegs?«

»Tut mir leid, mir ist was Dringendes dazwischengekommen, ich werd's nicht schaffen.«

»Auch nicht später?«

»Sieht so aus, als würde es länger dauern.«

Enttäuschung schwang in Richards Schweigen mit.

»Können wir uns auf morgen vertagen?«, schlug Markus vor.

»Werden wir wohl müssen.«

»Gleiche Zeit?«

»Ja.«

»Okay, sag deiner Frau bitte, ich … Richard?« Er hatte aufgelegt.

Markus las die eingegangene SMS. Sie war von seiner Schwester.

Hast du morgen früh Zeit? Alex

Horst sah ihn fragend an, wartete immer noch auf eine Reaktion. »Welchen Teil deines Plans hast du mir vorenthalten?«

»Es ist kurz vor vier.« Markus löschte die Nachricht seiner

Schwester, tauschte die SIM-Karte, steckte das Telefon ein und schaute den Rastplatz hoch und runter.

Ein LKW-Fahrer schlurfte zu einem Sattelschlepper, dessen Hänger voll beladen war mit Neuwagen. In einem Mercedes hielt ein Geschäftsmann ein Nickerchen. Daneben parkten zwei PKWs sowie ein Van.

Horst seufzte gequält. »Ich habe dir gestern Abend erst gesagt, du musst …«

»Was? Geduld haben? Ich habe dir gestern Abend erst bewiesen, dass man manchmal schneller vorankommt, wenn man das Glück herausfordert.«

Noch ehe sein Freund protestieren konnte, lief Markus mit dem Rucksack zum Toilettenhäuschen. Bei den Herren roch es nach Urin und Erbrochenem, aber das war erträglicher als der beißende Gestank in dem tschechischen Tiermastbetrieb.

Markus wählte die hinterste Kabine. Er blieb stehen, weil der Klodeckel mit braunen Spritzern übersät war. Das Toilettenpapier baumelte hinab bis auf die schmutzigen Fliesen.

Jemand betrat den Raum, pinkelte in ein Pissoir und ging.

Minuten verrannen, ohne dass etwas geschah. Nur das Zischen vorbeirasender PKWs auf der Autobahn füllte die Stille.

Wer das liest, ist doof. Markus studierte die Sprüche an der Blechwand. *Willst du ficken? Ich bin schwul!*

Hatte Siggi ihm die falsche Zeit, den falschen Ort genannt?

Du musst Geduld haben!

Ein Mann kam herein, suchte eine der benachbarten Kabinen auf, in der er anderthalb geräuschvolle Minuten verbrachte, bevor er sich die Hände wusch und verschwand.

Inzwischen war eine Viertelstunde verstrichen. Draußen rumpelte ein Sattelschlepper. Markus hatte lange genug gewartet. Er öffnete die Tür – und schaute in die Mündung einer 9-Millimeter.

*

Bernie begrüßte Kalkbrenner mit freudigem Schwanzwedeln, als er sein Büro betrat. Nachdenklich streichelte er dem Hund das Fell.

»Jetzt sag schon!« Seine Sekretärin materialisierte sich im Türrahmen. Der Bernhardiner tänzelte schwanzwedelnd auf sie zu. »Wann ist es so weit?«

»Was?«

»Wann kommt dein Enkeltöchterchen?«

»Wer sagt, dass es ein Mädchen wird?«

»Ach komm«, lächelnd stemmte Rita die Hände in ihre proppere Hüfte, »was anderes kann ich mir bei dir als Opa gar nicht vorstellen.«

Kalbrenner schwieg.

Du wirst Opa!

Plötzlich musste er wieder an das kleine Mädchen denken, das schwanger gewesen war und das man gefoltert und getötet hatte.

Himmel, wer tut so was?

»Wenn ich ehrlich sein soll«, sagte er, »im Augenblick sehe ich mich noch nicht als Opa.«

»Daran gewöhnst du dich schneller, als du denkst. Und jetzt«, Rita fiel ihm um den Hals, »jetzt lass dich drücken, vorhin hast du mich ja nicht gelassen. Meinen Glückwunsch, Paul, ich freue mich für dich.«

»Glückwunsch?«, fragte Dr. Wittpfuhl, der an der Seite der Kriminaltechnikerin den Konferenzsaal verließ. »Hatten Sie nicht gerade erst Geburtstag?«

»Er wird Großvater«, verkündete Rita.

»So viel zum Thema Buschfunk«, murmelte Kalkbrenner, während er nacheinander die Hände vom Gerichtsmediziner und Dr. Bodde geschüttelt bekam.

Froh über die neugewonnene Freiheit tapste Bernie über den Flur in den Konferenzsaal, schnüffelte an einem Stuhlbein und leckte Kuchenkrümel vom Boden auf.

Nachdem Dr. Wittpfuhl und die Kriminaltechnikerin sich verabschiedet hatten, warf Ritas Stirn mehr Falten als ihr Wickelrock. »Geht es deiner Tochter inzwischen wieder besser? Sebastian meinte …«

»Alles wieder gut.« Kalkbrenner schaute auf die Uhr. »Hoffe ich zumindest.« Es war inzwischen weit nach Mittag. »Entschuldige mich kurz.«

Er wählte die Handynummer seiner Exfrau.

»Paul«, meldete sie sich, »bist du im Krankenhaus?«

»Nein, noch nicht. Wie geht es ihr?«

»Ich dachte, du wolltest vorbeikommen.«

»Ich bin noch beschäftigt.«

»Na toll«, sagte Ellen, »wie du dich mal wieder um deine Tochter sorgst.«

»Du hast gehört, was der Arzt gesagt hat. Dieser Diabetes …«

»Gestationsdiabetes!«

»… ist völlig normal. Außerdem können wir im Augenblick sowieso nichts tun.«

»Können oder wollen?«

Kalkbrenner holte Luft. »Richte Jessy bitte aus, dass ich später vorbeikomme.«

»Das kannst du ihr gefälligst selber sagen.« Ellen legte auf.

Kalkbrenner sank auf seinen Stuhl, der bedenklich unter ihm knarzte. Der Sessel hatte bereits seinem Vorgänger gehört, was auch für den restlichen Bürokrempel galt, einen alten Schreibtisch, die beiden wackeligen Aktenschränke, die Holzvertäfelung, den zerschlissenen Linoleumboden.

Sein Schreibtisch war ein heilloses Chaos aus Akten und Notizen, garniert von einem benutzten Kaffeebecher. Am Computerbildschirm klebten zwei Fotos.

Eines der Bilder zeigte Kalkbrenner mit seinen Eltern in der Kreuzberger Wohnung, in der er aufgewachsen war. Ihn beschlich ein schlechtes Gewissen, weil er sich schon seit

Tagen nicht mehr im Pflegeheim hatte blicken lassen, in dem seine kranke Mutter betreut wurde. Er tröstete sich mit dem Gedanken, dass es für sie wegen ihrer Demenz keinen Unterschied machte, ob er gestern, heute oder morgen vorbeischaute.

Egal, was ich ihr sage, nach fünf Minuten hat sie's vergessen.

Das andere Foto zeigte seine Tochter und ihn im Kanada-Urlaub vor acht Jahren. Es waren die letzten Ferien gewesen, die er gemeinsam mit seiner Familie verbracht hatte.

Schon damals hatte Ellen ihn ständig kritisiert. Inzwischen kannte er sie gar nicht mehr anders. Was immer er tat oder unterließ, was immer er sagte oder verschwieg – es war unmöglich, ihr irgendetwas recht zu machen. Er wusste nicht einmal mehr, ob sie jemals anders gewesen war, aber zum Ende ihrer Beziehung hin hatte sie ihn mit ihrer nie endenden Nörgelei zur Weißglut getrieben.

Natürlich, er hatte zu viel gearbeitet. Die Familie vernachlässigt. Manchmal sogar vergessen. Aber warum hatte Ellen nie sehen wollen, weshalb? Dass ihre Sorgen ein Witz waren im Vergleich zu denen der Leute, mit denen er tagtäglich zu tun bekam?

Was war ein Diabetes – *Gestationsdiabetes!* – im Vergleich zu den Schmerzen, die die elf Kinder erlitten haben mussten?

Deshalb kniete er sich jeden Tag aufs Neue bis zum Umfallen in die Arbeit. Weil er das Gefühl nicht ertragen konnte, dass Mörder ungestraft mit ihren Taten davonkamen.

Oder ungehindert weiter mordeten.

Beklommen blickte Kalkbrenner aus dem Fenster. Der Regen hatte aufgehört. Trotzdem waren kaum Passanten auf dem Alex unterwegs.

Er stutzte.

Was genau hatte der Reporter Hardy Sackowitz am Morgen gesagt?

Die Menschen werden in großer Sorge sein. Um ihre Kinder.

Schlagartig wurde Kalkbrenner klar, woher seine Zweifel am Vorschlag Dr. Salms rührten. »Sera!«

Bernie stürmte schwanzwedelnd in sein Büro. Hinter ihm schob Muth ihren Kopf um die Ecke. »Ja?«

»Ich befürchte, die Opferfotos in den Medien zu platzieren wird uns nicht weiterhelfen.«

»Wie bitte?« Berger, der mit einem Stück Marmorkuchen in der Hand das Vorzimmer durchquerte, blieb wie angewurzelt stehen. »Das sind Kinder, und wenn ich nur daran denke, es wären meine … Himmel, irgendjemand *muss* sie doch vermissen!«

»Es sei denn …« Kalkbrenner überlegte. »Welche Sorte Jugendliche wird *nicht* vermisst?«

Muth nickte, als habe sie mit diesem Gedanken auch schon gekämpft.

»Was?«, schimpfte Berger und sein Bart zuckte. »Klärt ihr mich netterweise mal auf?«

»Kannst du dich an unseren Fall mit den jungen Ausreißern erinnern?«, fragte Muth. »Ist noch gar nicht so lange her.«

»Ihr habt mir davon erzählt. Ich war damals mit einem anderen Mordfall beschäftigt, du weißt schon, *diesem* Mordfall.« Er schaute Kalkbrenner aufmerksam an.

Kalkbrenner schwieg.

Muths Blick wechselte irritiert zwischen den beiden Männern.

Berger seufzte resigniert. »Egal. Sera, worum ging es da genau?«

»Um Jungen vornehmlich aus mittel- und südosteuropäischen Ländern – laut Dr. Bodde zwei Drittel der Opfer, die wir aus den Kloakebecken gezogen haben. Diese Jungen hauen von zu Hause ab, weil sie hoffen, dass es ihnen hier besser ergeht. Nicht selten werden sie von ihren Angehörigen fortgeschickt, damit sie Geld für die Familie verdienen. Viele von ihnen stranden hier in Berlin, der deutschen Sprache kaum mächtig, hilflos und verzweifelt, weil sich die Verheißungen auf eine bessere Zukunft in Luft auflösen, sobald sie hier sind. Die hilflosen Kids werden gezielt von Männern aufgegabelt, die ihnen Obhut gewähren, dafür sexuelle Gefälligkeiten einfordern – und die Kinder dann herumreichen.«

»*Diese* Jungen vermisst keiner«, sagte Kalkbrenner, »sobald sie erst einmal in diesen Pädo-Kreisen stecken.«

»In denen wir uns noch mal umhören sollten«, schlug seine Kollegin vor.

»Ich verstehe«, Berger schnaufte unter seinem Bart, »aber wir haben es nicht nur mit toten Jungen zu tun, sondern auch drei Mädchen.«

Kalkbrenner schnappte sein Telefon und wählte eine Nummer.

Wie immer dauerte es, bis sich die rauchige Stimme Ludwig Harenstetts am anderen Ende meldete. »Du schon wieder.«

»Immer wieder eine Freude, dich zu hören.«

»Ich wünschte, ich könnte das auch behaupten.«

»Hast du einen Augenblick Zeit?«

»Nein«, pustete Harenstett in den Hörer.

Er war Kettenraucher, außerdem der stellvertretende Leiter der LKA-Abteilung 2, in deren Aufgabenbereich Schleusungs- und Rotlichtkriminalität in Berlin und Umland fiel. Bei etlichen Ermittlungen hatten sich ihre Wege gekreuzt.

»Ich lasse dir gleich von meiner Sekretärin einige Bilder mailen«, sagte Kalkbrenner.

»Hoffentlich von ihrem sagenhaften Kuchen.«

»Drei Mädchen, acht Jungen.«

»Kein Bedarf«, sagte Harenstett, »ich habe bereits zwei Bälger zu Hause.«

»Sehr witzig.«

»Sind das die elf von gestern Abend?«

»Wäre nett, wenn du die Fotos weiterreichst. Vielleicht

können sich deine Kollegen auf den Straßen umhören. In der Szene. Vor allem die der härteren Gangart. Möglicherweise ist dort irgendjemand einem von ihnen begegnet. Den Mädchen zum Beispiel.«

Der LKA-Beamte sog Zigarettenqualm in seine Lungen und stieß ihn zischend aus. »Ich schaue, was ich machen kann.«

*

Markus spähte am Waffenlauf vorbei. Der Typ war auffallend klein, höchstens eins fünfundsechzig. Mit blondiertem Seitenscheitel, einem Sakko über einem hellen Shirt, einer Goldkette und Sneakers im Leopardenmuster sah er aus wie Justin Bieber.

»Hinsetzen!«

Justin Bieber mit bayrischem Akzent.

»Muss das sein?«

Die Mündung bohrte sich in Markus' Stirn. Widerwillig sank er auf den verdreckten Klodeckel. Dabei entdeckte er einen zweiten Kerl, der sich vor dem Ausgang postiert hatte, ein Typ mit aggressivem, arrogant nach oben gerecktem Kinn, Pferdeschwanz und zutätowierten Armen.

»Wo ist der LKW?«, fragte Justin Bieber, ohne die 9-Millimeter von Markus' Stirn zu nehmen.

»Es gab unterwegs ein Problem.«

»Davon weiß ich nichts.«

»Ich sagte ja auch, es *gab* ein Problem.«

»Interessiert mich nicht. Der Ablauf war anders vereinbart.« Biebers Augen glitten über Markus' knallroten Parka. »Also was soll die Scheiße?«

»Vereinbart war, dass ich dir die Ware bringe. Und hier ist sie!« Markus hob den Rucksack an.

»Mir gefällt das nicht.«

Die Tür zum Toilettenhäuschen ging auf.

»Wegen Renovierung geschlossen«, bellte der Tätowierte und knallte dem eintretenden Geschäftsmann die Tür vor der Nase zu.

Bieber hielt die Waffe unverwandt auf Markus gerichtet.

Der fragte: »Was nun? Willst du die Ware oder nicht?«

»Gib sie mir.«

»Hast du das Geld?«

Der Lauf der 9-Millimeter senkte sich auf seine Nase. »Glaubst du, du bist in der Position, irgendwelche Forderungen zu stellen?«

»Nein, ich nicht. Aber ich könnte mir vorstellen, dass Sergej wenig erfreut sein wird, wenn ich …«

»Keine Ahnung, wen du meinst.«

»Vielleicht sagt dir der Name *Stalin* mehr? Weißt du, warum man ihn so nennt?«

Biebers Gesicht verzog sich angesäuert. Dann vergrub er die Waffe in seine Sakkotasche. Er hob die Hände, als wollte er sagen: *Alles geklärt, kommen wir zum Geschäft.*

Markus nickte. *Warum nicht gleich so!* Er öffnete den Reißverschluss des Rucksacks.

Rasch überprüfte Bieber den Inhalt. Der Tätowierte brachte ein sorgfältig verschnürtes Päckchen zum Vorschein.

Markus drückte Bieber die Tasche in die Hand, dann ging er zur Tür, nahm das Paket entgegen, zählte die Scheine. 200 000 Euro.

Draußen auf dem Parkplatz bemerkte er den Schweiß, der ihm die Achseln runterlief. Noch immer spürte er den Druck der 9-Millimeter in seinem Gesicht.

Im Krankenwagen richtete Horst den Blick besorgt auf seine Stirn.

»Keine Sorge«, sagte Markus, »ist alles nach Plan gelaufen.«

19

Kaum dass mir die Erkenntnis gekommen war, verfluchte ich sie auch schon. Plötzlich wünschte ich mir, die Polizei hätte recht gehabt. Dass sich Merle in den letzten Wochen eben doch verändert hatte, dass sie jemanden kennengelernt oder Streit gehabt hatte. Dass sie sauer auf uns war, aus welchem Grund auch immer. Oder verängstigt und voller Selbstzweifel. Und dass sie tatsächlich ausgerissen war.

Aber sie ist nicht abgehauen!

Ich zwang mich zur Ruhe. Panik würde mir nicht weiterhelfen, und Merle erst recht nicht.

Was willst du tun?

Unschlüssig saß ich an ihrem Schreibtisch. Ich hätte in diesem Moment alles für ein kleines Stückchen von Yvonnes unerschütterlicher Entschlossenheit gegeben.

Irgendetwas musst du unternehmen!

Kurzerhand wählte ich die Nummer, die mir Kriminalhauptkommissar Veckenstedt gegeben hatte.

Er ging sofort ran.

Ich erzählte ihm von meiner Entdeckung.

Er schwieg, während er sich meine Worte durch den Kopf gehen ließ. »Und es ist nicht denkbar«, sagte er schließlich, »dass sie sich die Nachricht von jemandem hat schreiben lassen?«

»Von wem denn?«

»Nun, von einer Person, der sie vertraut. Irgendjemand hat ja auch das Foto von ihr gemacht. Es scheint ja kein … wie sagt man heutzutage? Kein Selfie zu sein.«

»Das …«

»Hören Sie«, unterbrach er mich, »ich verstehe Ihre Sorge, bitte, das müssen Sie mir glauben, und ich werde Ihre Aussage natürlich auch zur Akte nehmen.«

»Können Sie jetzt nicht wenigstens eine Handyortung veranlassen?«

»Frau Kluge, ich sagte doch, es deutet nichts auf ein Verbrechen hin. Ihre Zweifel allein werden dem Staatsanwalt nicht genügen, mir einen Beschluss für eine Handyortung zu erteilen.«

Ich legte auf.

Chuck tapste mauzend ins Zimmer.

Was willst du jetzt unternehmen?

Ich begann, noch einmal unsere Freunde und Verwandten anzurufen. Da die meisten noch nicht zu Hause waren, versuchte ich, sie auf der Arbeit zu erreichen.

»Hast sich Merle mal bei euch gemeldet?«, fragte ich.

»Nein.«

»Ist sie euch in der Stadt begegnet?«

»Auch nicht.«

»Ihr habt in letzter Zeit nichts Ungewöhnliches bemerkt?«

»Ist sie wieder abgehauen?«

»Nein!«

Was ich mir von den Telefonaten erhoffte? Keine Ahnung, etwas Besseres ist mir einfach nicht eingefallen. Außerdem hatte der Kriminalhauptkommissar gesagt: *Ihre Pflegetochter hat auch niemanden erwähnt, den Sie noch nicht kennen? In ihrem Alter ist das häufig ein Grund …*

Meine Magenkrämpfe machten sich wieder bemerkbar und ich ging zur Toilette. Auf halber Strecke hörte ich, wie das Telefon klingelte, und rannte zurück.

»Endlich!«, stöhnte Yvonne. »Ich versuche schon die ganze Zeit, bei dir durchzukommen.«

»Ich telefoniere.«

»Das habe ich gemerkt. Immer noch nichts Neues von Merle?«

»Nein.«

»Was hat der Polizist heute Morgen gesagt? Lässt er nach ihr suchen?«

»Ja, aber …«

»Juli, entschuldige«, schnitt sie mir das Wort ab, »da kommt der Spediteur.« Sie legte die Hand über das Telefon, wechselte einige Worte. Dann sagte sie: »Ach so, du vergisst nicht, Toby gleich von der Schule abzuholen, ja?«

Überrascht schaute ich auf die Uhr. Es war Nachmittag. Hatte ich so lange mit den Telefonaten verbracht? Und ich hatte noch nicht einmal die Hälfte geschafft.

»Ich würde es übernehmen, aber ich schaffe es nicht«, bedauerte Yvonne. »Ich muss die Lieferung für das Gartenbauprojekt am Ostkreuz überwachen, dieser Auftrag ist …«

»Ich weiß.«

»Juli, es tut mir leid, ich komme so schnell wie möglich nach Hause, okay? Und bitte, mach dir keinen Kopf.« Sie gab mir einen Kuss durch das Telefon. »Hab dich lieb!«

*

Während der Fahrt zur Schule begriff ich meinen Fehler.

Statt die Zeit mit unseren Bekannten und Verwandten zu vergeuden, die wir gestern Abend schon angerufen hatten, hätte ich diejenigen fragen müssen, die Merle jeden Tag begegneten.

Ungeduldig wartete ich vor der Schule auf die Glocke, die das Ende der Unterrichtsstunde einläutete. Die Kinder strömten auf den Pausenhof.

»Juli! Juli!« Toby stolperte mit seinem knatschbunten Tornister auf mich zu. In seiner Hand schwenkte er ein Bild. *»Guck mal, das hab ich gemalt!«*

»Das ist toll.« Ich nahm ihn an die Hand.

»Das ist Chuck. Und das bist du. Und Merle.«

Ich merkte, wie sich Traurigkeit in mir ausbreitete. »Was ist da über ihrem Kopf?«

»Eine Sprechblase.« Toby lachte. »Guck mal, sie rülpst.« Wie zur Bestätigung stieß er selbst einen deftigen Rülpser aus.

»Benimm dich«, ermahnte ich ihn, während ich mit ihm den Schulhof überquerte.

Er protestierte. »Aber ich hab jetzt Schluss.«

»Wir müssen in der Schule kurz was klären.«

»Ich hab aber Hunger.«

»Gleich.« Ich bahnte uns einen Weg durch Trauben von Kindern und Jugendlichen, bis wir vor Merles Lehrerin standen.

»Frau Kluge«, begrüßte sie mich. »Ist Merle krank?«

»Nein«, erwiderte ich, »sie …« Meine Stimme erstarb.

Was ist mit Merle?

»Hallo, Frau Kluge.« Merles Freundin Sanita, ein Mädchen mit dichtem blonden Lockenkopf, hatte mich entdeckt. Auch Achim und Pascal gesellten sich zu uns. »Ist Merle wieder da?«

»Ihr seid doch mit Merle befreundet, oder?«

Die Teenager schauten mich verwundert an. Auch die Lehrerin runzelte die Stirn.

»Euch hätte sie erzählt, wenn etwas Ungewöhnliches passiert wäre, oder?«

»Ja, aber da ist nichts passiert.«

»Sie war auch nicht irgendwie … anders?«

»Nein.«

Ich zeigte ihnen Merles MMS. »Kennt ihr dieses Foto? Habt ihr eine Ahnung, wo es aufgenommen worden ist?«

»Nein, keine Ahnung.«

Ich drehte mich zur Lehrerin um. »Und Sie?« Aus dem Augenwinkel sah ich, wie Toby gelangweilt in der Nase bohrte. »Haben Sie bei Merle eine Veränderung festgestellt?«

»Nein, überhaupt nicht. Sie war wie immer.«

»Das heißt?«

»Sie machte einen entspannten und fröhlichen Eindruck. Hat sich aktiv am Unterricht beteiligt.« Sie nickte, als wollte sie damit ihre eigenen Worte unterstreichen. »Seit sie bei Ihnen ist, geht es ihr viel besser.«

Ja, genau!, wollte ich schreien.

Tränen schossen mir in die Augen. Hastig wischte ich sie weg.

»Frau Kluge?«, fragte die Lehrerin besorgt. »Was ist denn los?«

»Ich muss jetzt gehen.« Ich schnappte Toby und eilte zum Auto.

Es ging ihr besser! Viel besser!

Unterwegs fragte der Kleine: »Ist Merle abgehauen?«

»Nein!«

»Aber …«

»Und hör auf zu popeln!«

Toby saß stocksteif auf der Rückbank.

»Es tut mir leid«, flüsterte ich. »Ich wollte dich nicht anschreien, es ist nur …« Mir fehlten die Worte.

Als ich in den Rudolf-Ditzen-Weg bog, stand Yvonnes Wagen in der Zufahrt zu unserem Haus.

Sie wartete in der Diele. »Der Kater hat neben das Klo gekackt«, sagte sie statt einer Begrüßung. »Hast du vergessen, ihn zu füttern?«

*

Yvonne wartete meine Antwort nicht ab.

Sie ging in die Küche. »Das Geschirr vom Frühstück hast du auch noch nicht abgeräumt.« Sie stellte die Teller und die Tassen in die Spülmaschine.

Toby kraxelte auf einen Stuhl und grapschte nach dem Nutella-Glas. »Yvonne«, er zog einen Flunsch, »das ist alle.«

Yvonne verharrte in der Bewegung. »Hast du kein neues gekauft?«

»Nein, ich …«

»Dann haben wir vermutlich auch kein Brot, ja?«

Ihr tadelnder Blick gefiel mir nicht. »Was hast du gedacht? Dass ich die Küche mache, einkaufen gehe …«

»Ja«, unterbrach sie mich mit unverblümter Direktheit.

»Merle ist verschwunden!«, sagte ich. »Ich habe nach ihr gesucht.«

»Ich dachte, die Polizei sucht nach ihr?«

»Das ist es ja. Das tut sie eben nicht!«

»Nicht?«

Ich berichtete, was Veckenstedt mir erklärt hatte.

Yvonne nickte, stapelte das Besteck in die Spülmaschine, verließ die Küche, erklomm die Treppe nach oben und verschwand ins Schlafzimmer.

Verstört folgte ich ihr.

Sie streifte sich eines ihrer T-Shirts über. »Vielleicht hat die Polizei ja recht.«

Ich traute meinen Ohren nicht.

»Überleg doch«, ihre Stimme nahm einen versöhnlichen Klang an, »Merle war nun mal eigensinnig. Es war uns immer klar, dass sie es wieder tun könnte, oder?«

Ich schüttelte energisch den Kopf und zeigte ihr die MMS.

Mir geht es gut. Hör auf zu suchen. Ich will meine Ruhe.

Yvonne sah mich an. *Na also,* sagte ihr Blick.

»Ich weiß, was du jetzt denkst. Aber so ist es nicht. Ich muss dir was zeigen!« Ich zog sie hinter mir her in Merles Zimmer.

»Hast du hier aufgeräumt?«, fragte sie.

Ich ging nicht darauf ein und setzte mich an Merles Computer, den ich am Vormittag nicht ausgeschaltet hatte. Ich brachte den Bildschirmschoner zum Verschwinden, im Browser war immer noch der Geschichtsaufsatz zu lesen.

Ich schaute über meine Schulter zu Yvonne.

Sie strich sich eine Strähne aus dem Gesicht. »Du glaubst, jemand anderes hat die MMS geschickt?«

»Ja.«

»Wer sollte das tun?«

»Jemand, der mich davon abhalten möchte, Merle zu suchen.«

»Und wieso?«

Verzweifelt erwiderte ich ihren Blick. Das war doch offensichtlich – warum begriff sie nicht.

Ich sah wieder auf den PC-Bildschirm. Das Messengersymbol leuchtete rot. Eine neue Nachricht war eingetroffen, bereits am Mittag, anderthalb Stunden nachdem ich in Merles Zimmer aufgeräumt hatte.

Hallo Merle, bleibt es bei heute Mittag? Im Rosenholz? *Dann kümmere ich mich darum. Stephan.*

»Stephan?«, fragte Yvonne. »Ist das …?!«

»Ja.« Widerwillig klickte ich auf das Profil des Absenders. *Stephan Schwarz.* »Seit wann hat sie wieder Kontakt zu ihrem leiblichen Vater?«

20

Kalkbrenner wollte aus dem Wagen steigen, doch seine Kollegin hielt ihn zurück. »Sag mal, das zwischen Sebastian und dir … Was soll das?«

»Was meinst du?«

»Okay, ihr benehmt euch mittlerweile nicht mehr wie zwei zickige Weiber, die auf denselben Typen scharf sind …«

»Na siehst du.«

»Aber es ist immer noch völlig offensichtlich, dass zwischen euch etwas im Argen liegt. Ständig sagt Sebastian was und wartet dann auf eine Erklärung von dir, die nie kommt. Habt ihr diese Sache immer noch nicht geklärt?«

Bernie hechelte auf der Rückbank.

Kalkbrenner blickte die Straße entlang. Als es sie im Januar das erste Mal in diese Seitenstraße des Kottbusser Damms verschlagen hatte, hatte der Schnee noch gnädig einen weißen Schleier über die Szenerie gebreitet. Jetzt präsentierte sich das Viertel in seiner ganzen Schäbigkeit – verfallene Häuser,

Schlaglöcher im Asphalt, Blumenrabatten ohne Pflanzen, dafür voller Abfall.

»Und? Habt ihr?«, fragte Muth.

Der Bernhardiner gähnte und richtete sich auf.

Kalkbrenner betrachtete das abbruchreife Gebäude gegenüber.

Ein Großteil der Aufkleber an der Eisentür kam ihm bekannt vor. *Mir ist da mal was Blödes passiert!*, warnte vor sexuellen Übergriffen. *Steht jedem … Mach's mit!*, empfahl den Kondomgebrauch. *Wenn es juckt!*, informierte über Geschlechtskrankheiten.

Muth seufzte. »Wie lange ist das jetzt her? Ein Jahr?«

Bernie streckte sich und legte seinem Herrchen eine Pfote auf die Schulter.

Kalkbrenner wandte sich seiner Kollegin zu. »Diese Sache …«, begann er und brach ab.

Diese Sache war gar nicht so einfach zu klären – und noch schwerer zu *erklären*.

Diese Sache war der Mordfall vor einem Jahr, bei dem er auch seiner Jugendliebe über den Weg gelaufen war.

Sie hatte nicht nur seine Ehe endgültig zerstört. Als er herausgefunden hatte, dass seine alte Freundin auch die Drahtzieherin des Mordkomplotts gewesen war, war es bereits zu spät gewesen.

Die Frau war verschwunden, die Liaison mit ihr Vergangenheit, etliche Fragen allerdings waren offengeblieben. Vor allem für Berger, der – nicht ganz zu Unrecht – vermutete, dass Kalkbrenner mehr gewusst hatte, als er hatte zugeben wollen.

Inzwischen konnten sie als Kollegen wieder normal miteinander umgehen, aber darüber hinaus war ihr ehemals hervorragendes Verhältnis zueinander getrübt.

»Wahrscheinlich hast du recht«, sagte er, »ich sollte mal mit ihm reden.«

»Klingt nach einer guten Idee.« Muth stieg aus dem Wagen und marschierte auf das Gebäude zu.

Während Bernie an einem Blumenkübel seine Duftmarke setzte, drückte sie die Klingel der *Metrokids*, ein Berliner Sozialprojekt für Streuner, Ausreißer, Stricher.

Die Tür schwang auf.

»Sie?«, entfuhr es dem schlaksigen Mann mit schmaler Brille, rotem Vollbart und Birkenstock-Sandalen.

»Sie erinnern sich, Herr Wolfsbach?«

»Ob Sie's glauben oder nicht«, Werner Wolfsbach lächelte knapp, »aber ich habe nicht oft mit Mordermittlern zu tun. Und ich hoffe, das bleibt auch so.«

»Für heute muss ich Sie enttäuschen«, bedauerte Muth.

Der Sozialarbeiter nestelte an seiner Brille. »Sie sind wegen dieses Serienmörders da, von dem heute in den Zeitungen die Rede war?«

»Wie kommen Sie darauf?«

»Ich bitte Sie! Elf Kinder, von denen nicht ein einziges namentlich erwähnt wird. Keine verzweifelten Eltern in den Boulevardzeitungen ... Sie haben keine Ahnung, wer diese Kinder sind, oder?«

»Dürfen wir hereinkommen?«, fragte Kalkbrenner.

Wolfsbach musterte den Bernhardiner. »Hunde sind hier nicht erlaubt.«

»Auch keine Polizeihunde?«

»Bernhardiner sind Rettungshunde.«

»Dieser nicht.«

Zaudernd trat der Sozialarbeiter beiseite.

Wie schon vor knapp acht Monaten erscholl hinter einer weiteren schweren Eisentür Kindergeschrei und laute Musik.

»Das Haus ist wieder voll?«, fragte Kalkbrenner.

»Es ist immer voll.« Wolfsbach schritt voraus in sein Büro, einen Raum mit alten Schränken, einem alten Schreibtisch mit alter, sich biegender Platte und einem uralten PC.

Bernie erschnupperte die staubigen Ecken.

»Viel hat sich nicht verändert«, stellte Kalkbrenner fest. Sogar das Weihnachtsbäumchen, das ihm bei seinem ersten Besuch aufgefallen war, verkümmerte immer noch auf dem Fensterbrett.

Wolfsbach hob die Schultern. »Der Senat kürzt nach wie vor an allen Ecken, für soziale Projekte bleibt immer weniger Geld. Aber Sie wollten sicher nicht die Berliner Sozialpolitik mit mir diskutieren, oder?«

Kalkbrenner breitete die Kopien der Opferfotos auf dem Tisch aus. Der PC-Monitor schwankte bedrohlich. »Ist Ihnen eines dieser Kinder schon mal begegnet?«

»Sind *das* die von gestern Abend?«

»Kennen Sie sie?«

Wolfsbach rückte seine Brille auf die Nasenspitze. Er verzog den Mund beim Anblick der bleichen, starren, toten Gesichter. »Nein.«

»Keines dieser Kinder hat sich hier aufgehalten?«

»Die Mädchen sowieso nicht.«

»Und die Jungs?«

»Wie ich schon sagte – nein!« Wolfsbach schob seine Brille zurecht.

Die Kinder im Nebenraum brachen in lautes Gelächter aus. Bernie kläffte.

Muth sagte: »Aber es könnte sein, dass diese Kinder, sofern sie ebenfalls Ausreißer oder Trebegänger sind ...«

»Wovon Sie ausgehen, sonst wären Sie nicht zu mir gekommen.«

»Vielleicht sind sie den Kindern, die sich hier aufhalten, begegnet.«

»Möglich ist das.«

»Dann fragen wir sie doch einfach.« Kalkbrenner klaubte die Fotos zusammen und ging zur Tür. Bernie folgte ihm schwanzwedelnd, aber Wolfsbach rührte sich nicht vom Fleck.

»Worauf warten Sie?«

»Wie Sie schon sagten: Es hat sich nicht viel verändert.«

»Hören Sie, womöglich sind noch mehr Kinder in Gefahr.«

»Das glaube ich Ihnen aufs Wort, Herr Kommissar, aber trotzdem bleibt es bei dem, was ich Ihnen bei Ihrem letzten Besuch erklärt habe. Ich kann, will und werde Sie nicht mit den Kids reden lassen! Dieses Haus ist ein anonymer Treffpunkt, ein geschützter Raum, hier finden die Kinder Zuflucht.«

»Sie brauchen ihnen ja nicht zu verraten, dass wir Polizisten sind.«

»Diese Kids sind arm dran, aber sie sind nicht blöd.« Wolfsbach zeigte ein nachsichtiges Lächeln.

Bernie streckte sich und legte sich gelangweilt vor die Tür.

Kalkbrenner reichte dem Sozialarbeiter die Bilder. »Dann zeigen *Sie* die Fotos den Kids. Reden *Sie* mit ihnen. Ihnen vertrauen die Kinder.«

»Das wäre eine Möglichkeit. Aber was ist, wenn sie tatsächlich eines der Kinder auf den Bildern wiedererkennen?«

»Dann versuchen Sie bitte, den Namen in Erfahrung zu bringen«, sagte Muth.

»Und mit welchen Männern das Kind sich getroffen hat«, fügte Kalkbrenner hinzu. »Möglicherweise hatten sie's ja mit dem einen oder anderen Mann zu tun, der …«

»Tut mir leid, Herr Kommissar«, Wolfsbachs Lächeln erstarb, »aber ich glaube, Sie haben mir beim letzten Mal tatsächlich nicht zugehört. Egal, was diese Männer von ihnen verlangen oder ihnen antun, die Kids werden sie nicht verraten. Weil diese Männer ihre Freunde sind.«

»Die ihnen Schmerzen bereiten. Sie töten.«

»Machen Sie sich nicht lächerlich, Sie wissen doch …«

»Nein, *Sie* wissen es und …«

»Und *Sie* verstehen das nicht!« Der Sozialarbeiter seufzte. »Sie verstehen *mich* nicht, Herr Kommissar. Ja, ich weiß von all diesen Dingen, das heißt aber noch lange nicht, dass ich etwas daran ändern kann.«

Mit einem Klicken erweckte eine Zeitschaltuhr die kleinen Glühbirnen an dem Weihnachtsbäumchen zum Leben. Zwischen Ordnern und Papieren lugte der Kopf eines Plüschteddybären hervor, daneben angebrochene Kondomschachteln.

Obwohl Kalkbrenner sich all dieser Dinge entsann, brachte ihn ihr Anblick erneut zur Weißglut. Weil sie der Beweis dafür waren, dass sich tatsächlich nichts verändert hatte. Und niemals ändern würde.

»Also?«, fragte er. »Können Sie uns helfen oder nicht?«

»Ich kann es versuchen.«

»Das ist immerhin ein Anfang.«

»Aber erhoffen Sie bitte nicht zu viel.«

»Ich hoffe für Sie, dass es nicht noch mehr Kinder erwischt.« Kalkbrenner klatschte die Bilder auf den Tisch.

Bernie sprang erschrocken auf.

Der PC-Monitor kippte zur Seite. Wolfsbach fing ihn auf.

»Los, Dicker, wir gehen!« Kalkbrenner wandte sich zur Tür.

»Herr Kommissar!«

Er blieb stehen.

»Fahren Sie ...« Wolfsbach verstummte, spielte mit seiner Brille, rang mit sich und seinem Gewissen. Dann fügte er hinzu: »... ins *Café Weitblick*. Sprechen Sie mit Deti.«

*

Markus betätigte die Wahltaste des alten Prepaidhandy.

Inzwischen hatten sie die Landesgrenze Thüringens erreicht. Der heraufziehende Abend schwärzte den Himmel. Regen plätscherte auf die Windschutzscheibe. Horst aktivierte die Scheibenwischer.

In deren Scheuern fragte eine Stimme: »Gibt es ein Problem?«

»Nein.«

»Wo bist du?«

»Auf dem Rückweg. Kurz vor Chemnitz.«

Gemurmel im Hintergrund, Klappern auf einer Tastatur. »Bockerberg. Friedenfelder Weg. Die Bushaltestelle.« Erneut eine kurze Pause. »Du alleine!« Die Leitung wurde gekappt.

Laut GoogleMaps war Bockerberg eine winzige Ortschaft, dicht an der Grenze zu Tschechien, keine fünfzig Kilometer von ihrer gegenwärtigen Position entfernt.

Horst grummelte verstimmt. »Weißt du, Markus, *mir* ist es im Grunde egal, was du machst und wie du es machst. Wer bin ich, es dir zu verbieten? Ob allerdings Leute wie dieser Sergej dir deine Eigenmächtigkeiten durchgehen lassen, wage ich zu bezweifeln.«

»Für den zählt nur eines: Ich habe seine Ware gerettet, ans Ziel gebracht, die Kohle geholt, 200 000, kein Kleinscheiß – deine Worte.«

»Ich habe gesagt …«

»Mir ist klar, was du gesagt hast. Was *ich* sagen möchte: Du weißt ebenso gut wie ich, wie Typen wie Sergej ticken.«

»Diese Typen schrecken vor nichts zurück.«

»Diese Typen sind vor allem eines, nämlich gierig. Das Einzige, was für sie zählt, ist ihr Geld. Sie wollen es behalten. Sie wollen es vermehren. Und da setze ich an: Ich tue alles, was nötig ist, um Sergej davon zu überzeugen, dass ich ihm eine Menge einbringen kann.«

Markus traf ein finsterer Blick. Er beachtete ihn nicht. Er wechselte die SIM-Karte seines iPhones, wählte die Nummer seiner Schwester.

»Hi, schön, dass du dich meldest.« Sie klang gestresst. Im Hintergrund heulte das Baby. »Hast du meine Nachricht erhalten?«

»Deswegen rufe ich an.«

»Also, es ist wegen Henry, die Mittelohrentzündung, ich hatte dir davon erzählt, oder?«

»Mhm.«

»Es wird einfach nicht besser, und ich muss morgen früh mit ihm zum Arzt. Das Dumme ist nur, Jonas' Babysitterin …«

»Ich bin doch kein Baby mehr!«, protestierte der Junge.

»Jonas, bitte, lass Mama telefonieren. Also, Markus …«

»Onkel Markus, Onkel Markus!«, jubelte Jonas.

»… ich wollte dich fragen, ob du ein, zwei Stunden auf ihn aufpassen kannst.«

»Du willst, dass ich …?«

»Würde ich sonst fragen?«

»Ich dachte nur …«

»Markus, keine Zeit für Grundsatzdiskussionen. Ja oder nein? Eine ganz einfache Frage.«

Seine Hand berührte das Päckchen. *200 000, kein Kleinscheiß.* Er zögerte. *Ich bin mir nicht sicher, ob es das ist, was ich für meine Kinder möchte.*

»Okay«, seufzte seine Schwester, »vergiss es einfach, ich …«

»Nein, nein«, beeilte Markus sich zu sagen, »ich möchte morgen auf ihn aufpassen, sehr gerne sogar.« Und das war nicht gelogen.

Horst hüstelte. »Wir sind gleich da.«

»Bist du sicher?«, fragte Alex.

»Klar doch. Wann soll ich vorbeikommen?«

»Der Arzttermin ist um halb neun. Sagen wir um acht?«

»Um acht. Ich werde da sein, Alex.« Er legte auf.

Onkel Markus, Onkel Markus!

Er lächelte, erlaubte sich einen kurzen Augenblick der Freude.

»Wir sind am Ziel«, sagte Horst und bremste den Transporter.

Es war an der Zeit, sich auf das Hier und Jetzt zu konzentrieren. Markus tauschte die SIM-Karte, versteckte sie im Zippo-Schlitz. Er entledigte sich des Parkas, schlüpfte in seine dreckige Jacke und trat ins Freie.

Ein verwittertes Wartehäuschen am Straßenrand, ein Feldweg, der zu einem Bauernhof abzweigte, die Scheunen in der Abenddämmerung nur schwarze Schemen.

»Hey …«, rief Horst.

»Ich werde vorsichtig sein, versprochen.«

»Bin ich deine Mama?« Horst lächelte gequält. »Ich wollte dir empfehlen, mal zu duschen – du stinkst!«

Markus zeigte ihm den Mittelfinger, dann suchte er Schutz unter dem Holzverschlag.

Die Rücklichter des Krankenwagens waren kaum verglommen, da rollte aus der Ferne ein schwarzer Jeep heran. Aus dem verdunkelten Fond sprang ein Glatzkopf, groß und muskulös, aber mit einem schmalen Gesicht ohne ein Gramm fett.

Wortlos nahm er das Päckchen entgegen. »Umdrehen!«

Er tastete Markus ab, steckte das alte Prepaidhandy ein, hielt das iPhone hoch. »Ausschalten!«

Markus deaktivierte sein Telefon.

»Einsteigen!«

Der Glatzkopf setzte sich zu ihm auf die Rückbank, jetzt einen schwarzen Stoffbeutel in der Hand. Er stülpte ihn über Markus' Kopf.

Finsternis.

*

Kalkbrenner betrat, vorbei an einem rostigen Fahrrad, das neben dem Eingang lehnte, das *Café Weitblick*.

Das Innere der Eckkneipe hielt, was die trostlose Fassade versprochen hatte. Ein winziger, düsterer Raum, den auch das Inselpanorama mit Sonne, Strand und Palmen nicht aufhellen konnte, das die längsseitige Wand einnahm.

Aus Lautsprechern dudelte jamaikanischer Reggae.

Neben der Toilettentür daddelten drei Jungen an Spielautomaten. Ein anderer hockte an einem Tisch und nippte an einer Cola, bei ihm ein Mann Ende dreißig, gepflegt, nicht unvermögend. Ein paar Tische weiter saßen zwei weitere Männer, die ebenfalls einen gutsituierten Eindruck machten. Ein vierter Gast, mit dem es das Leben weniger gut gemeint zu haben schien, hielt sich mit Mühe auf dem Barhocker vor der Theke.

Der Wirt war ein fülliger Kerl mit kahlgeschorenem Schädel, sein Gesicht von rosiger Farbe. Um die Hüfte trug er eine Lederschürze. »Sieh an, die Bullen.«

Augenblicklich kam Bewegung in seine Gästeschar. Die Kinder stürmten zum Ausgang.

An der Tür empfing sie Sera Muth, neben ihr kläffte Bernie. Der Vierbeiner wedelte zwar freudig mit dem Schwanz, trotzdem blieben die Kids verunsichert stehen.

Die Männer an den Tischen winkten dem Barkeeper. »Deti, machste mir die Rechnung.«

»Mir bitte auch.«

»Ja, ich bin schon spät dran.«

Der Betrunkene am Tresen rülpste.

»Plötzlich alle so eilig?«, fragte Kalkbrenner.

»Habe einige Termine«, erwiderte der erste Gast.

»Ich bin noch verabredet.«

»Meine Bahn fährt gleich.«

»Dann möchte ich Sie nicht lange aufhalten.« Kalkbrenner hielt einen weiteren Satz Opferfotos in die Runde. »Schon mal gesehen?«

»Nein, noch nie.«

»Wer sind die?«

»Muss man die kennen?«

Der Typ an der Theke leerte glucksend sein Glas.

Kalkbrenner wandte sich den Kindern zu. Dann drehte er

sich noch einmal um. »Bevor ich es vergesse: Wo waren Sie gestern Abend?«

»Na, hier.«

»Ich auch.«

»Ja.«

»Wie praktisch«, stellte Kalkbrenner fest und ging zu den Kids. »Und was ist mit euch? Kennt ihr die hier?«

Die Jungen hatten dunkle Haut und helle, mandelförmige Augen. Sie tauschten nervöse Blicke, schielten zu Bernie, während sie die Fotos ansahen, gaben aber keinen Ton von sich.

Kalkbrenner nickte.

Seine Kollegin trat mit dem Bernhardiner beiseite.

Die Kinder stürmten nach draußen. Die Männer an den Tischen zahlten ihre Zeche und verließen ebenfalls die Kneipe. Nur der Betrunkene am Tresen machte keinerlei Anstalten aufzubrechen.

»Sie sind Deti?«, fragte Kalkbrenner den Barkeeper.

Der zapfte in aller Ruhe ein Bier und stellte es vor seinem letzten verbliebenen Gast ab. »Und Sie sind Bullen.«

»Sagen wir doch besser: Polizisten, andernfalls müsste ich Sie glatt verwarnen. Das wollen Sie doch nicht, oder?«

»Ich will ein Häuschen am Strand.«

»Schon mal über einen Jobwechsel nachgedacht?«

»Sollte ich?«

Bernie trottete durch die Kneipe, schnüffelte unter den Tischen, vor der Wand mit dem traurigen Inselpanorama, an den alten Spielautomaten neben der Toilettentür.

»So wird das wohl nichts mit Ihrem Südseetraum«, sagte Kalkbrenner.

»Man muss nur fest an seine Träume glauben. Haben Sie keine?«

»Im Augenblick eher Alpträume.«

»Schon mal über einen Jobwechsel nachgedacht?«

»Sollte ich?«

Der Barkeeper begann, Gläser zu spülen. Sein fülliger Bauch schwappte bei jeder Bewegung über den Gürtel seiner Lederschürze. Seine rosige Haut glänzte. »Möchten Sie was trinken?«

»Ich möchte, dass Sie uns einige Fragen beantworten.«

»Ja, meine Lizenz ist noch gültig, ja, das Gesundheitsamt war erst vor anderthalb Wochen da, und ja ...«

»Andere Fragen!«, bremste Muth den Redefluss. »Zum Beispiel: Welches Auto fahren Sie?«

»Kein Auto. Ein Fahrrad. Steht draußen vor der Tür.«

»Das verrostete Teil? Ist das noch verkehrstüchtig?«

»Sind Sie deswegen gekommen?«

»Wo waren Sie gestern Abend?«

»In der Südsee.«

»Hören Sie ...«

»Hier«, knurrte Deti und trocknete die Gläser mit einem Handtuch ab, »das können genug Leute bestätigen, einige haben Sie gerade kennengelernt.« Er stieß den Typen an der Theke an. »Hey, Nevin, du warst auch gestern Abend da, nun sag schon.«

»Ich muss mal pissen«, nuschelte Nevin und stieß auf. Schaler Biergestank schlug Kalkbrenner entgegen.

Er schob ein Töpfchen mit Streichholzschachteln beiseite und breitete die Opferfotos auf dem Tresen aus. »Kommen *Ihnen* diese Kinder bekannt vor?«

»Ich hab eher selten Kinder zu Gast.«

»Das sah aber gerade ein bisschen anders aus.«

»Und wenn schon! Ist ja nicht verboten, das sollten Sie wissen.«

»Ich weiß, dass ich Ihnen Ihre Kneipe dichtmachen kann.«

Deti wischte sich die Hände am Handtuch ab und hängte es an einen Haken. Er lehnte sich an ein Regal voller Schnaps-

und Whiskey-Flaschen und legte demonstrativ seine fleischigen Arme über Kreuz. »Das haben schon ganz andere versucht.«

»Auch wegen Beihilfe zum Mord?«

»Soll das ein Witz sein?«

»Sehen Sie mich lachen?«

Für einige Sekunden klang nur Reggaemusik durch den Raum. Bernies neugieriges Schnüffeln. Und das Schnaufen des Betrunkenen, der in sein Glas stierte.

Flaschen klirrten, als sich Deti vom Regal abstieß. Er beugte sein rosiges Gesicht über die Bilder.

»Sind diese Kinder schon mal hier gewesen, alleine oder in Begleitung eines Mannes?«, fragte Kalkbrenner.

»Nein, ich glaube nicht.«

»Ich kann mir vorstellen, dass Sie viele Kinder ...«

»Beim besten Willen, ich kann mich nicht erinnern.«

»Ich muss mal pissen«, murmelte Nevin.

Deti seufzte. »Dann geh doch endlich!«

Nevin rutschte von seinem Barhocker und wankte in Richtung der Toiletten.

»Passen Sie auf«, sagte Kalkbrenner, »mir ist egal, ob Sie regelmäßig Minderjährige bewirten oder erwachsene Männer hier Kontakt zu ihnen suchen.« Er hielt inne, dann schüttelte er den Kopf. »Nein, eigentlich ist es mir nicht egal, ich könnte kotzen, wenn ich nur daran denke. Aber offenbar sind beide Seiten mit diesem Arrangement einverstanden, zumindest habe ich mir das sagen lassen. Das hier«, er pochte mit dem Finger auf die Fotos, »ist etwas anderes. Das hier ist Mord!«

Die Musik aus den Lautsprechern verklang. Aus den Toiletten drang ein Rülpsen. Bernie kläffte. Ein neues Lied setzte ein, wieder Reggae.

Der Barkeeper hielt seinen Blick auf die Bilder gerichtet. »Scheiße, das sind verdammt viele.«

»Das ist alles, was Sie dazu sagen können?«

»Nein, ehrlich«, Deti schüttelte den Kopf, »ich habe die hier noch nie gesehen.«

»Haben Sie mal gehört, wie andere Kinder Männer erwähnt haben, die gewalttätig waren oder ein anderes auffälliges Verhalten an den Tag gelegt haben?«, fragte Muth.

»Diese Kids reden viel, wenn der Tag lang ist. Und die Hälfte davon ist gelogen.«

»Nichts Verdächtiges?«

»Na ja«, Deti beugte sich vor und senkte seine Stimme, »wissen Sie, was Ihr Kollege da gerade gesagt hat – es stimmt schon, beide Seiten profitieren davon.«

»Schon klar.«

»Und irgendwo müssen sie sich ja treffen, wenn schlechtes Wetter ist, so wie heute.«

»Also warum nicht bei Ihnen.«

»Ja, hier hab ich sie wenigstens im Auge.«

»Sehr ehrenhaft von Ihnen.«

»Aber wissen Sie, ich darf's mir mit meinen Gästen nicht verscherzen.«

»Und was hat das mit meiner Frage zu tun?«

Deti warf einen Blick zur Eingangstür, dann zur Toilette. »Sie haben das nicht von mir, okay?« Hastig griff er nach einem Kugelschreiber und einem Zettel und notierte einen Namen und eine Adresse. »Der hier ist anders als die anderen … Der hat nicht alle Latten am Zaun.«

*

Markus, blind unter dem Beutel, bemühte sich, das Ziel ihrer Reise zu erahnen. Angesichts immer neuer Kurven und Kreuzungen hatte er allerdings schon bald die Orientierung verloren.

Nach einer gefühlten Stunde bog der Jeep scharf links ab,

dann ging es spürbar langsamer weiter. Schlaglöcher rüttelten den Wagen durch und verrieten Markus, dass sie sich auf einem Feldweg befanden.

Unvermittelt kam der Jeep zum Stehen. Der Sack wurde Markus vom Kopf gerissen. »Aussteigen!«

Im hellen Strahl der Autoscheinwerfer war eine Lichtung zu erkennen. Sträucher und Büsche wucherten an den Rändern und verdeckten das Backsteingebäude fast komplett.

Vor der Veranda parkte Sergejs schwarzer BMW X6, daneben ein Pick-up.

Markus folgte dem Glatzkopf in einen großen Raum. Landschaftsdrucke in Goldbilderrahmen schmückten die grob verputzten Wände. Von der hohen Decke baumelte eine Lampe, deren schlichte Form an einen Kochtopf erinnerte.

Drei kräftige Kerle mit kurzgeschorenen Haaren, Lederjacken und Bikerstiefeln, hockten auf dem größeren der Sofas, mampften Burger, vor sich einen Laptop, auf dessen Monitor ein Rapvideo flimmerte.

I wanna live good, so shit I sell dope.

Sergej stemmte sich aus der kleinen Couch. Die 200 000, die ihm der Glatzkopf reichte, warf er achtlos auf den Tisch. »Pjtor, *dawei*.« Er wandte sich an Markus. »Komm mit, ich möchte dir etwas zeigen.«

Durch die Hintertür gelangten sie in einen verwilderten Garten. Eine Außentreppe schraubte sich hinab in einen Keller unter dem Gebäude. Es roch muffig, nach Fäulnis und Verwesung.

Markus wurde unbehaglich zumute.

Nackte Glühbirnen erhellten einen niedrigen Gang. Unter ihren Schuhsohlen knirschte Sand. Der Gestank wurde schlimmer, als sie eine schwere Eisentür erreichten.

Pjtor entriegelte die Pforte. Knarzend gab sie den Weg frei in ein kleines Verlies mit Fenstern wie Schießscharten, die sich knapp unter der Decke befanden.

Markus' Kehle schnürte sich zu.

Glühbirnenlicht fiel auf einen Mann, bis auf die Haut entblößt, mit Blutergüssen übersät, sein Gesicht eine blutige Masse. Er versuchte aufzustehen, doch seine Beine hatten nicht mehr die Kraft, ihn zu tragen.

»Weißt du, er war wie du«, Sergej sah Markus an. »Er wollte viel erreichen. Leider hat er seine Grenzen nicht gekannt.«

Markus' Puls beschleunigte sich.

Diese Typen schrecken vor nichts zurück.

Sergejs Scherge zückte ein Messer. Voller Panik robbte der Mann vor Pjtor weg.

Unternimm was!, schrie eine Stimme in Markus. Er rührte sich nicht vom Fleck.

Der Mann stieß mit dem Rücken gegen die brüchige Wand. »Bitte … es …«, spuckte er mit einer Blase Speichel und Blut hervor, »es tut mir …«

Pjtor riss ihm das Gesicht herum. Ein schneller Schnitt über die Kehle. Blut spritzte hervor.

Der Mann zuckte krampfartig, während sich um ihn herum eine rote Lache ausbreitete. Endlos dehnten sich die Sekunden, bis sein Körper endlich erschlafft zur Seite kippte.

»Und jetzt«, Sergej schob Markus zurück in den Gang, »wollen *wir* beide reden.«

*

Kalkbrenner stand mit Bernie vor den funkelnden Schaufensterauslagen eines Schmuckgeschäfts am Hermannplatz.

Tatsächlich aber interessierte ihn der benachbarte Altbau, auf dessen Eingangsstufen sich ein kleiner Junge auf Zehenspitzen zu den Klingeln hochreckte. Er betätigte einen der Knöpfe, hielt inne, tippte zweimal, machte eine weitere Pause, drückte noch einmal.

Die Tür sprang auf.

Muth, die einige Schritte weiter vor *Dunkin' Donuts* einen

Milchshake schlürfte, setzte sich in Bewegung. Sie blieb stehen, als Kalkbrenner den Kopf schüttelte.

Sie warteten fünf Minuten, in denen sich zwei weitere Kinder auf die gleiche Weise Zutritt zu dem Haus verschafften.

Die Straßenlaternen flammten auf. Als hätten sie nur auf dieses Signal gewartet, begannen die Markthändler auf dem Hermannplatz damit, ihre Stände abzubauen. Der Tag neigte sich dem Ende.

Kalkbrenner blickte noch einmal auf den Zettel. In krakeliger Schrift hatte Deti, der Wirt im *Weitblick*, einen Namen notiert: *Thomas Mzorski.*

Kalkbrenner drückte die Klingel, einmal, zweimal, einmal. Ein Summen gab den Weg frei in ein muffiges Treppenhaus. Bernie reckte schnüffelnd seine Schnauze empor.

In der ersten Etage lugte ein strubbeliger Kindskopf zwischen Tür und Angel hervor. »*No!*«, rief er erschrocken. »*Policia!*«

Noch bevor er die Tür schließen konnte, gelang es Muth, ihren Stiefel in den Spalt zu schieben.

In der Wohnung brach Chaos aus, hektisches Geschrei, Getrampel.

»Hiergeblieben, Dicker!«, wies Kalkbrenner seinen Vierbeiner an und folgte seiner Kollegin in ein Wohnzimmer mit rotem Stoffsofa, einem Schreibtisch mit Playstation und einem Flat-TV, auf dem ein Porno flimmerte. Zwei nackte, junge Männer, die sich leidenschaftlich küssten und berührten.

Die Balkontür stand offen.

Drei Kids rannten über den Hinterhof davon. Ein vierter Junge hangelte sich gerade an der Brüstung hinunter. Der Bernhardiner steckte schwanzwedelnd den Kopf durch die Eisenstäbe.

»Verdammt, Bernie«, fluchte Kalkbrenner, »hab ich dir nicht …«

Die Schlafzimmertür wurde aufgerissen.

»Hey, Jungs«, schimpfte ein Mann, Mitte vierzig, getöntes Haar, schlank, splitterfasernackt, sein Glied im halbsteifen Zustand, »was soll denn dieser Lärm? Habe ich nicht ... Oh!«

Bernie tänzelte auf ihn zu.

Erschrocken schützte der Mann seinen Intimbereich mit der einen Hand, während er mit der anderen die Tür zu sich heranzog. »Was machen Sie hier?«

»Die gleiche Frage möchte ich Ihnen stellen, Herr Mzorski.«

»Wer sind Sie?«

»Kriminalhauptkommissar Kalkbrenner.« Er zeigte seinen Ausweis. »Und das ist meine Kollegin, Frau Muth.«

»Können Sie mal den Hund wegnehmen?«

»Können Sie mal zur Seite treten? Ich möchte einen Blick ins Schlafzimmer werfen.«

»Sie dürfen hier nicht einfach ...«

»Ich darf«, unterbrach ihn Kalkbrenner mit wachsender Abscheu, »wenn Gefahr im Verzug ist, und das ist hier eindeutig der Fall – oder Sera?« Er verpasste der Tür einen wütenden Tritt. Sie krachte gegen Mzorskis Brust, der rückwärts auf das Bett taumelte, wo er direkt neben einem kleinen Jungen landete. Er war keine zehn Jahre alt – und er war ebenfalls nackt.

»Verflixt«, stöhnte Mzorski, während er sich die schmerzende Brust hielt, »das ist ...«

»Raus hier!«, schrie Kalkbrenner und Bernie kläffte. »Sofort!«

»Ich werde ...«

»Und ziehen Sie sich was an!«

Verängstigt schielte Mzorski zu dem Hund. »Können Sie bitte ...«

»Nein!« Kalkbrenner klaubte wahllos Klamotten von einem Stuhl und warf sie dem Mann ins Gesicht. »Beeilung!«

Ohne Bernie aus den Augen zu lassen, rappelte sich Mzorski auf. Sein Schwanz hing ihm verschrumpelt zwischen den Oberschenkeln, während er in Hose und Hemd schlüpfte.

Mit der Hand kämmte er sich sein getöntes Haar. »Hören Sie, das …«

»Ich sagte: Raus hier!«

Mzorski schlug einen großen Bogen um Bernie. »Sie erliegen da …«

»Hinsetzen!«

»… einem Irrtum, das alles ist …«

»Mein Kollege sagte: Hinsetzen!« Muth packte den Typen am Kragen und dirigierte ihn aufs Wohnzimmersofa, wo sie ihm Handschellen anlegte. Den Porno hatte sie bereits abgeschaltet.

Kalkbrenner gab dem kleinen Jungen eine Hose und ein T-Shirt. »Hat der Mann dir was getan?«

»Nein«, rief Mzorski, »ich …«

»Seien Sie ruhig!«

»… habe ihm nichts getan. Ryon, sag's ihnen, wir haben …«

»Was haben Sie da?«, unterbrach ihn Muth.

»Wo?«

»An Ihrer Jeans. Ist das Sperma?«

Mzorskis Gesicht färbte sich knallrot.

Kalkbrenners Faust zuckte. Er rief sich zur Ordnung, schloss die Tür und wartete, bis sich auch der Junge angekleidet hatte. »Ryon, hat dieser Mann dir weh getan?«

»Beißt der Hund?«

»Nein, keine Angst. Aber der Mann – was wollte er von dir?«

»Darf ich ihn mal streicheln?«

»Gleich, verrätst du mir vorher, was du hier auf dem Bett zu suchen hast?«

Ryon hob die Schultern.

»Du weißt es nicht?«

»Spielen.«

»*Was* wolltet ihr spielen?«

»Nur so.«

»Hat dir das Spiel gefallen?«

Wieder ein Achselzucken. »Darf ich ihn jetzt streicheln?«

»Meinetwegen.« Kalkbrenner ging ins Wohnzimmer.

Egal, was diese Männer von ihnen verlangen oder ihnen antun, die Kids werden sie nicht verraten.

*

Markus erklomm die Stufen hoch in den Garten. Regen nieselte auf ihn herab. Aus der Datsche schmetterte Hiphop.

Alright stop, now before you walk in the door, you better think of the consequence.

Der Clip auf dem Laptop der Nachwuchsgangster zeigte einen Rapper, Gold behangen, Bikini-Girls im Arm, eine Knarre in der Hand.

»Uvedite ego, dawei!«, befahl Sergej seinen Männern auf dem Sofa. *»Chego zhe vy zhdete?«*

Sie eilten nach draußen, in den Keller, wo sie die Sauerei bereinigen durften, die ihr Boss angerichtet hatte, die Leiche zerstückeln, verpacken und vermutlich an einer einsamen Stelle im Wald verscharren.

Er lässt die Leute verschwinden.

Markus mied den Blick auf die Plastikpackungen mit den Burgern. Er schmeckte Galle auf seiner Zunge.

Sergej bückte sich vor einem Kühlschrank. Er schenkte Gin in ein Glas und setzte sich auf die Couch.

Of this liquor store and try to get money out the drawer, I'm your mothafuckin' conscience!

Er klappte den Laptop zu. Abrupte Stille, in der Markus' Herz umso lauter pochte. Er rief sich zur Ordnung, aber das war leichter gesagt als getan mit Pjtor im Rücken, der gelangweilt ein Gähnen unterdrückte. Als wäre nichts geschehen.

Sergej nahm einen Schluck von seinem Drink, zupfte eine Falte aus seinem grauen Jackett, dann schaute er zu Markus auf. »Ich hatte dir gesagt: Ruf an, wenn es Schwierigkeiten gibt.«

»Es hat keine Probleme gegeben.« Nur mit Mühe konnte Markus ein Zittern seiner Stimme verhindern.

»Siggi hat von einem Polizeieinsatz berichtet.«

»Das war eine stinknormale Verkehrskontrolle, ein Zufall, so was kann immer passieren.«

Sergej nippte am Gin. Er musterte Markus über das Glas hinweg. »Was macht dich so sicher?«

Markus schrumpfte unter dem prüfenden Blick. Mehr denn je sehnte auch er sich nach einem Drink. »*Ein* Einsatzfahrzeug, *zwei* Zivilbullen, klingt das nach einem gezielten Einsatz?«

Sergej leerte das Glas in einem Zug und stellte es auf den Tisch.

Markus leckte sich die Lippen. »Du hast mir gesagt, ich soll zusehen, dass alles glattgeht. Dafür habe ich gesorgt – oder etwa nicht?«

»Weißt du, es gibt viele, die sind wie du, voller Tatendrang, bemüht, sich zu beweisen.«

Markus schwieg.

»Aber die meisten handeln dumm.«

Und wer dir dumm kommt, den schaffst du aus dem Weg. Markus nickte. Die Botschaft war angekommen.

Sergej beugte sich zu dem Päckchen vor, zählte Geldscheine ab und reichte Markus' Anteil über den Tisch. »In drei Tagen übernimmst du die nächste Fuhre.«

»Mit Siggi?«

»Nein, der ist verbrannt. Du kriegst einen Anruf.« Der Glatzkopf drückte Markus ein neues Prepaidhandy in die Hand. »Aber damit wir uns richtig verstehen …«

Markus hielt in der Bewegung inne.

»Von heute an hältst du dich an das, was wir vereinbart haben, hast du verstanden?«

»Ja.«

Der Russe gab Pjtor ein Zeichen. Der Glatzkopf brachte den schwarzen Stoffbeutel zum Vorschein.

21

Für einen Moment hatte es mir die Sprache verschlagen.

»Das erklärt einiges«, fand Yvonne.

Verstört drehte ich mich zu ihr um.

Sie breitete die Hände aus, als hätte ich selbst auf diesen Gedanken kommen müssen. »Wenn sie zu ihrem Vater will.«

»Warum sollte sie zu ihrem Vater wollen?«

»Ich hab Hunger!«, schimpfte Toby aus der Küche.

Mit einem Blick auf den PC-Monitor hob Yvonne ihre Schultern. »*Warum* weiß ich auch nicht, aber *dass* sie ihn heute treffen wollte, hast du doch selbst gelesen.«

Hallo Merle, bleibt es bei heute Mittag? Im Rosenholz? *Dann kümmere ich mich darum. Stephan.*

Wenn Yvonne richtiglag, dann ergaben auch die Worte von Kommissar Veckenstedt einen neuen Sinn.

Ihre Pflegetochter hat in den letzten Wochen niemanden erwähnt, den Sie nicht kennen?

Merles Vater war zwar kein Unbekannter, aber ich hatte ihn völlig vergessen bei meinen Nachforschungen. War Merle deshalb gestern Abend nicht nach Hause gekommen? Weil sie sich mit ihrem Vater hatte treffen wollen? Und weil sie sich nicht getraut hatte, es uns zu erzählen?

»Ich glaube das nicht«, sagte ich.

»Aber da steht es«, Yvonne zeigte auf die Mail, »schwarz auf weiß.«

»Nein«, ich schüttelte den Kopf, »ich meinte, ich kann nicht fassen, dass sie sich wirklich mit ihrem Vater treffen wollte.«

»Warum? Sie hat jedes Recht dazu.«

»Und was soll das überhaupt heißen? Worum will er sich kümmern?«

»Juli!«, rief Toby. »Wann gibt es denn endlich Essen?«

»Woher soll ich das wissen?«, sagte Yvonne zu mir und ging hinunter in die Küche.

Ich folgte ihr und traf dabei eine Entscheidung. Ich nahm die Autoschlüssel von der Kommode.

Yvonne trat in die Diele. »Ich glaube nicht, dass du zu ihm fahren solltest.«

»Ich denke …«

»Und *ich* denke, das ist eine Sache zwischen den beiden. Das geht uns nichts an.« Sie hielt mich am Arm fest. »Was ist mit dem Abendessen?«

»Darum kümmere ich mich, wenn ich zurück bin.« Die Haustür fiel hinter mir ins Schloss.

*

Vor vielen Jahren schon hatte Merles Mutter das Weite gesucht, Alkohol, Drogen, die übliche Geschichte. Auch ihr Vater hatte sich nur für seinen täglichen Alkoholrausch interessiert, nicht für Merle, die für ihn sowieso nur seine *schräge Tochter* war. *Ein Mädchen, das ein Junge sein will … Was ist denn das für ein Mist?*

Zieh dich ordentlich an! Lauf vernünftig!

Er hatte nicht begriffen, was er bei ihr angerichtet hatte. Die Angst, ihre Verzweiflung, die Gewalt, die Drogen. Es hatte ihn nicht interessiert.

Trotzdem war er wütend gewesen, als man sie ins Heim geschafft hatte. Als hätte man ihm sein Eigentum weggenommen.

Nachdem sie zu uns gekommen war, hatte sich sein Zorn gegen uns gerichtet. Manchmal hatte ich das Gefühl, er gab *uns* die Schuld an allem.

Absurd, oder? Aber verstehe mal einer solche Leute.

Jetzt hatte sich Merle wieder mit ihm treffen wollen. Die Mail bewies das.

Sie hat jedes Recht dazu.

Rein rational betrachtet, hatte Yvonne natürlich recht: Stephan Schwarz war ihr Vater, und wenn Merle wieder einen Kontakt zu ihm wünschte, dann war das eine Sache einzig zwischen den beiden.

Andererseits war Merle immer noch ein empfindsamer Teenager und ihr Vater ein versoffenes Arschloch.

Was hatte er ihr erzählt? Was versprochen?

Dann kümmere ich mich darum.

Dass er sich änderte? Ein besserer Vater wurde? Sie endlich akzeptierte, wie sie war?

Kein Mensch konnte sich einfach so ändern, ein Säufer blieb ein Säufer, ein Arschloch ein Arschloch.

Aus meiner Angst wurde Wut, während ich nach Neukölln fuhr, wo Stephan Schwarz in einem heruntergekommenen 60er-Jahre-Sozialbau an der Buschkrugallee lebte. Der Hauseingang befand sich zwischen einer Spielothek und einer Dönerbude, aus deren geöffneter Tür ein nach altem Fett stinkender Dunst auf die Straße zog. Nur wenige hundert Meter weiter befand sich die Autobahnauffahrt.

Und hierher soll Merle zurückgekehrt sein?

Nur mühsam zügelte ich meinen Zorn. Auf mein Klingeln knackte der Lautsprecher. Die Tür sprang auf. Ich hastete durchs Treppenhaus.

Oben stand Schwarz in der Wohnungstür. Seine Miene verfinsterte sich, als er mich erkannte.

»Ist Merle da?«, rief ich, noch ehe ich bei ihm war.

»Und wenn, das geht …«

»Ja oder nein?«

»… Sie gar nichts an.« Er schlug mir die Tür vor der Nase zu.

Ich hämmerte auf das Holz ein. »Ist Merle da?«

»Verschwinden Sie!«

Weitere Hiebe, einmal, zweimal. »Sagen Sie schon, ist sie da?«

»Ich sagte, hauen Sie ab!«

»Nicht bevor Sie mir …«

»Hey, verdammt!« Die Tür zur Nachbarwohnung flog auf. »Haben Sie noch alle Tassen im Schrank?«

Ich schlug auf die Tür ein, dreimal, viermal.

»Ich ruf die Polizei!«

»Gute Idee«, brüllte ich und hämmerte weiter, fünfmal, sechsmal. »Rufen Sie die Polizei, sofort!«

»Blöde Fotze!« Der Nachbar knallte seine Tür zu.

Ich holte zu einem weiteren Schlag aus.

»Ist ja gut«, blaffte Schwarz und öffnete die Tür. »Ist sie wieder abgehauen?«

»Ist sie bei Ihnen?«

»Machen Sie sich wieder Sorgen um Ihr Geld?«

»Ist? Sie? Bei? Ihnen?«

»Schon klar«, er grinste, »wenn die Kleine nicht bei Ihnen ist, gibt's keine Kohle vom Amt.«

»Verdammt, was sind Sie bloß für ein Arschloch?«

Er lachte. »Zumindest bin ich kein Homo …«

Ich klatschte ihm meine Hand ins Gesicht, schrie ihn an, holte aus, schlug wieder zu. Tränen vernebelten mir den Blick. Blindlings hieb ich auf ihn ein, und mit jedem Schlag entlud sich die Anspannung der letzten Stunden ein bisschen mehr, meine Wut, die Angst, die Panik.

Irgendwann war da gar nichts mehr. Ich sackte zu Boden und heulte los.

*

»Das ist ja nicht zum Aushalten«, hörte ich Merles Vater sagen. Er klang amüsiert.

Ich wischte mir die Augen, hielt mich an der Wand fest, während ich mich aufrappelte.

Schwarz wollte mir zu Hilfe kommen.

Ich schubste ihn weg.

»Ist ja gut, ist ja gut.« Er hob abwehrend die Hände.

Ich setzte mehrmals an, bis ich endlich einen vollständigen Satz über die Lippen bekam. Trotzdem war meine Stimme nur ein heiseres Flüstern. »Ist … Merle bei Ihnen?«

»Ist sie also wieder verschwunden?«

»Nein, nein, sie …«

»Wo ist sie?«, unterbrach er mich.

»Ich … ich weiß nicht.«

»Waren Sie schon bei der Polizei?«

»Ja.«

Er fixierte mich mit seinen dunklen Augen. Irgendwann nickte er, als hätte er eine Entscheidung getroffen. »Sie machen sich tatsächlich Sorgen um sie, oder?«

Ich schnappte nach Luft. Was sollte diese Frage denn jetzt?

»Kommen Sie rein.«

Auf noch immer wackeligen Beinen folgte ich ihm den kurzen Korridor entlang ins Wohnzimmer. Er zeigte auf die Couch. Ich setzte mich, während er noch einmal den Raum verließ.

Anders als ich es bei einem Kerl wie ihm erwartet hätte, war das Zimmer keineswegs vernachlässigt oder mit Bierflaschen, Korn und Wodka vollgestellt. Es stank weder nach Alkohol noch nach Zigarettenrauch, die Möbel waren ordentlich arrangiert, die Polster, der Tisch und die Regale sauber.

Möglicherweise hatte er tatsächlich den Absprung geschafft.

Aber das entschuldigt nicht sein Verhalten!

Er kam zurück, reichte mir ein Glas Wasser und ein Zewa-Tuch.

Ich starrte fragend zu ihm auf.

Er setzte sich in den Sessel gegenüber. »Merle ist nicht hier.«

»War sie …?«

»Nein.«

Mit zitternden Händen nippte ich am Wasserglas.

»Geht's wieder?«, fragte er.

Ich nickte schwach.

Er tippte in sein Gesicht. »Sie haben sich da was aufgekratzt.«

Mit dem Zewa-Tuch tupfte ich meine Wange ab.

»Die andere Seite«, sagte er.

Ich wischte über die andere Wange. Blut aus einem meiner Pickel befleckte das Tuch. Ich hielt es fest auf die Wunde gedrückt.

Schwarz fragte: »Wie kommen Sie auf die Idee, dass Merle hier sein könnte?«

»Sie hat sich mit Ihnen verabredet.«

»Das stimmt, wir wollten uns treffen. Aber sie hat sich nicht mehr gemeldet und ihr Handy ist ausgeschaltet.«

Ich trank noch einen Schluck. Das Glucksen meiner Kehle tönte laut in meinen Ohren.

»Hören Sie«, sagte Schwarz, »tut mir leid, was ich gerade zu Ihnen gesagt habe.«

Ich reagierte nicht. Was glaubte er? Dass damit alles vergessen und vergeben war? Gut möglich, dass ich mich in ihm geirrt hatte, was sein neues Leben anging. Das änderte aber nichts daran, dass er bis vor kurzer Zeit ein Arschloch gewesen war, dessen Ignoranz und Gleichgültigkeit seine Tochter fast zugrunde gerichtet hätte.

»Na ja«, sagte er, »ich dachte, Sie sind gekommen, weil Sie …«

»Nein«, unterbrach ich ihn enttäuscht, weil ich begriff, dass mehr als diese Entschuldigung wohl nicht von ihm zu erwarten war. »Hat Merle Kontakt zu Ihnen gesucht?«

»Vor einiger Zeit schon.«

»Wann?«

»Das ist jetzt drei Wochen her. Nein, schon vier.«

Ich steckte das Zewa-Tuch in meine Hosentasche. Mein Pickel hatte aufgehört zu bluten.

Plötzlich glaubte ich mich daran zu erinnern, dass Merle erwähnt hatte, gerne Kontakt zu ihrem Vater aufnehmen zu wollen. Ich hatte diesen Wunsch nicht nachvollziehen können und war nicht weiter darauf eingegangen.

Hatte Merle mir deshalb nicht erzählt, dass sie ihren Vater kontaktiert hatte?

»Es gab da nämlich einen Typen«, sagte Schwarz.

22

Kalkbrenner schwitzte. Ein rascher Seitenblick auf seine Kollegin überzeugte ihn, dass es ihr nicht besser erging.

Der Vernehmungsraum des Kriminalkommissariats Berlin-Mitte war nicht nur von klaustrophobischer Enge, sondern sommers wie winters mit einer auf voller Kraft arbeitenden Heizung gesegnet. Was ihm den Beinamen Kombüse eingebracht hatte – in der man die Verdächtigen weichkochte. Dummerweise auch die vernehmenden Beamten.

Muth schaltete den Recorder ein, nannte Datum, Uhrzeit und die Namen der Anwesenden.

»Herr Mzorski«, sagte sie und musterte den Mann, der ihnen am Tisch gegenübersaß.

Den Schock, in seiner Wohnung ertappt worden zu sein, schien Mzorski während der Fahrt aufs Präsidium überwunden zu haben. Von seinem verschwitzten Gesicht abgesehen, wirkte er entspannt, sorglos, normal. Er trug einen Ehering, vermutlich war er sogar Familienvater. Das waren die meisten dieser Typen, häufig in einer anderen Wohnung, in einem anderen Leben.

»Wer waren die Kinder?«, fragte Muth.

»Die kannte ich nicht.«

»Ach, und was war mit ... *Ryon*?«

»Außerdem waren sie freiwillig da.«

»Auch im Schlafzimmer?«

»Natürlich, glauben Sie, ich hätte ihn gezwungen?«

Muth reagierte nicht.

»Hat Ryon etwa etwas anderes behauptet?« Mzorski winkte ab und die Kette, mit der seine Handschellen am Tisch befestigt waren, klirrte. »Dann lügt er.«

»Er war nackt.«

»Es ist Sommer.«

»Heute hat's den ganzen Tag geregnet.«

»Trotzdem ist es warm.«

»Hier ist's auch warm«, Muth wischte sich die Stirn, »trotzdem sitzen wir nicht nackt herum.«

»Wir kennen uns ja auch nicht und ...«

»Aber Ryon kannten Sie so gut, dass Sie sich mit ihm, einem minderjährigen Jungen, nackt ins Bett legen? Während vier andere Kinder nebenan einen Porno schauen?«

»Von dem Porno wusste ich nichts. Keine Ahnung, wo die den herhatten.«

»Und was hatten Sie mit Ryon vor?«

»Nichts, ich sagte doch, es war warm und ...« Die Tür zur Kombüse schwang auf.

Rita watschelte herein, legte einen Hefter vor Kalkbrenner auf den Tisch und machte wieder kehrt, ohne Mzorski eines Blickes zu würdigen.

Kalkbrenner klappte die Akte auf. Sein Hemd klebte ihm am Rücken, als er sich vorbeugte und die beiden Ausdrucke überflog, die Ergebnisse der erkennungsdienstlichen Behandlung.

»Herr Mzorski«, sagte er, »Sie arbeiten als Dolmetscher.«

»Und als Übersetzer.«

»Sie verdienen gut damit, will mir scheinen. Es sind zwei Wohnungen auf Ihren Namen gemeldet. Oder beteiligen sich auch andere Männer an der Miete für die Wohnung am Hermannplatz?«

»Nein, ich …«

»Aber Sie haben sicherlich viele Freunde.«

»Ich weiß nicht, worauf Sie hinauswollen.«

»Wo waren Sie gestern Abend?«

»Zu Hause.«

»In der Wohnung am Hermannplatz?«

»Nein.« Mzorski wiegte den Kopf. Zum ersten Mal bekam seine Selbstsicherheit einen Riss. »Also …«

»Waren Sie bei Ihrer Familie?«

»Hören Sie, meine Frau …«

»… hat davon nichts gewusst«, vollendete Kalkbrenner den Satz, »ja, das dachte ich mir.«

Er hob den Blick zum Spiegel an der Wand, hinter dem er Berger, Dezernatsleiter Dr. Salm, Staatsanwalt Heindl und dessen unvermeidlichen Assistenten Schmitters wusste.

Er breitete die Opferfotos vor Mzorski aus. »Erkennen Sie eines dieser Kinder?«

»Nein, ich …«

»Schauen Sie gefälligst hin!«

Mzorski beugte sich über die Bilder.

Kalkbrenner ließ ihn nicht aus den Augen. War da ein verräterisches Zucken? Ein Wiedererkennen? Anzeichen von Angst?

Ekel erfüllte Mzorskis Gesicht. »Was ist mit denen passiert? Sind sie alle tot?«

Kalkbrenner schwieg.

»Wurden Sie … ermordet?«

»Wissen Sie das nicht?«

»Was soll die Frage, ich … Moment!« Mzorskis Miene hellte sich auf. »Jetzt verstehe ich: Deti hat Sie zu mir geschickt, richtig?«

»Wie kommen Sie darauf?«

»Hat er?« Mzorski lachte. »Hätte ich mir denken können.«

»Wieso?«

»Weil er … Nun, wie soll ich sagen? Deti ist, also, verstehen Sie das nicht falsch, aber … er ist eifersüchtig.«

»Eifersüchtig?«, wiederholte Kalkbrenner.

»Wir haben uns einige Male gestritten und …«

»Um ein Kind gestritten?«

»Nein, nein, nicht das, was Sie denken.« Mzorski schüttelte fassungslos den Kopf. »Was hat er Ihnen erzählt, was ich mit den Kindern mache?«

»Nun …«

»Ich bin doch kein perverser Spinner!«

»Natürlich nicht.«

»Verdammt!« Mzorski fuhr empor. Die Kette warf ihn mit einem Rasseln zurück auf den Stuhl. »Deti hetzt mir doch nur die Polizei auf den Hals, weil er sauer ist, verstehen Sie das denn nicht? Ich könnte den Kindern niemals etwas zuleide tun, ich helfe ihnen doch nur. Ich bin wie ein Freund für sie.«

»Schon klar«, sagte Kalkbrenner, »aber Folgendes sollte Ihnen ebenso klar sein: Im Augenblick nimmt die Spurensicherung Ihre Wohnung am Hermannplatz auseinander. Sollten wir Hinweise darauf entdecken, dass sich *diese* Kinder«, er tippte auf die Fotos, »bei Ihnen aufgehalten haben, dann …«

»Paul!«, Berger steckte den Kopf zur Tür herein. »Kommst du bitte kurz raus.«

Kalkbrenner zügelte seinen Zorn über die Unterbrechung. Andererseits war er erleichtert, der Kombüsenhitze für einige Minuten zu entkommen. Außerdem schadete es nicht, wenn

Mzorski mit den Opferfotos vor Augen eine Weile vor sich hin schmorte.

Schweiß rann seine Achseln hinunter, während er seinem Kollegen ins Vorzimmer folgte.

Bernie tänzelte schwanzwedelnd auf ihn zu.

Auf dem Stuhl vor Ritas Schreibtisch saß eine Frau, groß gewachsen, blond, nicht unattraktiv, aber sichtlich nervös. Ihre Beine wippten, mit den Händen spielte sie unentwegt an den Trageriemen ihrer Handtasche.

»Frau Mzorski«, sagte Rita, »das ist Kriminalhauptkommissar Kalkbrenner. Er leitet die Ermittlungen.«

»Was für Ermittlungen?« Die Frau sprang auf. Sie zuckte zusammen, als Bernie auf sie zukam. »Was ist mit Thomas? Wieso sagt mir keiner was? Warum wurde er verhaftet?«

»Was sagten Sie«, Berger rieb sich die spitzen Enden seines Schnauzbarts, »wo war Ihr Mann gestern Abend?«

»Zu Hause. So wie jeden Abend.«

»Aber gestern war ein besonderer Abend.«

»Ja, Mäxchen, unser Sohn, hatte Geburtstag. Wir hatten Besuch, meine Eltern, die Schwiegereltern, aber ...«

»Und Ihr Mann war den ganzen Abend zu Hause?«

»Ja, aber wozu wollen Sie das wissen? Ich verstehe das alles nicht.«

Kalkbrenner ging zurück zur Kombüse.

*

Markus wurde vor einer Bar abgeladen.

Ein Schild über der Tür versprach *Men's Finest*. Gegenüber ragte eine Kirche windschief in den Abendhimmel. Daneben lag still und dunkel ein Friedhof. Links und rechts der Bar duckten sich ein paar Häuser in die Schatten, als schämten sie sich für ihren gebrechlichen Zustand.

Eines jener tschechischen Dörfer, die zwar in der Grenzregion lagen, aber doch zu weit von der eigentlichen Grenze entfernt, als dass sie davon hätten profitieren können. Orte wie sie existierten nur noch aus einem Grund.

»Warte hier!«, sagte Pjtor, bevor er mit dem Jeep davonbrauste.

Markus blieb am Straßenrand zurück, mit einem Gefühl im Magen irgendwo zwischen Entsetzen und Erleichterung. Ein kalter Wind nagte an seinen Sachen.

Fröstelnd floh er in die Kneipe, die erwartungsgemäß ihren Namen Lügen strafte: uralte Tische und Stühle, eingezwängt zwischen vertäfelten Wänden, nur notdürftig erhellt vom fahlen Schein einiger spärlicher Funzeln.

Markus bestellte einen Wodka.

An der Theke ersoffen zwei traurige Gestalten in ihren Biergläsern. Aus ihrer Haltung sprach die Hoffnungslosigkeit, die dem ganzen Dorf anhaftete, der Kirche, den Häusern, der Bar – und dem Dutzend Frauen, die sich in einer Ecke verängstigt an ihre Koffer klammerten.

Junge Mädchen, Frischfleisch, mit vollmundigen Versprechungen von zu Hause weggelockt, in diesem jämmerlichen Kaff zwischengeparkt, bis man sie in die noch armseligeren Bordelle entlang der Grenze verfrachtete, in denen sie fortan für skrupellose Arschlöcher ihre Schleuserschulden abrackerten.

Diese Typen sind zu allem fähig.

In Markus stiegen die Bilder hoch von dem armen Kerl im Keller der Datsche, seinem zerschundenen Körper, seinem blutigen Tod. Er starrte in die kristallklare Flüssigkeit in seinem Glas.

Alkohol ist ein Tröster, der trostlos macht.

Er warf einen Geldschein auf den Tisch, bevor er wieder nach draußen ging.

Auf dem Friedhof gegenüber kämpfte eine alte Frau mit ihrem Regenschirm, der sich im Wind aufblähte.

Während er sich eine Gauloises ansteckte, aktivierte Markus sein iPhone. Eine SMS traf ein.

Vermisse dich! Wann kommst du heim? H.

Er setzte zu einer Antwort an, als eine Frau aus der Spelunke trat.

Fahrig strich sie sich ihr Haar hinters Ohr, durchwühlte ihre Handtasche und brachte eine Zigarettenschachtel zum Vorschein, die sich aber als leer erwies.

Markus glaubte die Frau zu kennen, aber ihm wollte nicht einfallen, woher. Er bot ihr eine seiner Zigaretten an.

»Danke«, sagte sie und brachte ein Feuerzeug zum Vorschein. Ihrem hektischen Bemühen zum Trotz spuckte es zwar Funken, gönnte ihr aber keine Flamme. Es entwand sich den nervösen Fingern der Frau und landete mit einem höhnischen Schnarren direkt vor Markus' Schuhen.

Er bückte sich danach, entzündete es.

Den Kopf geneigt, hielt sie die Zigarettenspitze an die Flamme. Ihre Finger zitterten, die Silberringe stießen leise klackernd aneinander.

Falls sie den Gestank wahrnahm, der seinen Sachen anhaftete, ließ sie es sich nicht anmerken. Ihre Lippen waren angespannt, ihr Blick nervös und –

»Ilanka?« Eines der Mädchen steckte den Kopf zur Kneipentür heraus. »Kannst du kurz kommen?«

»Gleich!«

»Wir …«

»Ich sagte *gleich*!«

Markus erschrak. Das Mädchen verschwand.

»Entschuldigung«, sagte die Frau, Ilanka, und setzte ein verkrampftes Lächeln auf.

Der Wind trieb den Duft von Chloé in Markus' Nase, und plötzlich wusste er, wo er ihr begegnet war, und warum er sie nicht auf Anhieb wiedererkannt hatte.

Die Eleganz und Zielstrebigkeit, die er gestern Abend im

La Luna an ihr bewundert hatte, waren verflogen. In ihrer Haltung und ihrem Gesicht spiegelten sich … Er kannte diesen Ausdruck nur zu gut.

Dann bist du trotzdem abgehauen, ohne ein Wort.

Es war die Angst vor Verlust und Trauer.

»Man sollte nie an dem festhalten, was nicht festzuhalten ist«, hörte er sich sagen.

Sie starrte ihn an, verwirrt, voller Schmerz und Kummer. Sie schüttelte den Kopf, als wollte sie die Gefühle, die sie übermannten, von sich schleudern wie die Zigarette, die in hohem Bogen auf der anderen Straßenseite landete. Dann hastete sie zurück in die Kneipe.

Markus sah ihr hinterher, irritiert von seinen eigenen Worten.

Schließlich trat er die Kippe aus, die im Rinnstein qualmte, nahm sein Handy, las noch einmal die letzte SMS.

Vermisse dich! Wann kommst du heim? H.

Markus tippte: *Bin unterwegs! Kiss, dein M.*

Er schickte die Nachricht ab, als ein Audi neben ihm stoppte, ein Gorilla am Steuer, Zorkan auf der Rückbank. »Steig ein!«

*

Kalkbrenner schloss die Tür hinter sich und setzte sich wieder neben seine Kollegin. »Ihre Frau ist da.«

Mzorski erbleichte. »Was haben Sie ihr gesagt?«

»Das hängt von Ihnen ab.« Kalkbrenner deutete auf die Fotos.

»Ich sagte doch, ich …«

Kalkbrenner stand wieder auf. »Dann werde ich jetzt mal mit Ihrer Frau sprechen.«

»Nein, warten Sie! Ich habe die Mädchen und Jungen noch nie gesehen, ehrlich.«

»Auch nicht bei Ihren Freunden?« Kalkbrenner beugte sich

über den Tisch. Schweiß tropfte von seinem Kinn auf eines der Bilder. »Sie haben doch Freunde, oder?«

Nach einem kurzen Zögern nickte Mzorski.

»Ich habe Sie nicht verstanden«, sagte Kalkbrenner.

»Ja«, flüsterte Mzorski zerknirscht.

»Freunde, mit denen Sie sich gelegentlich treffen. Und mit den Kindern.«

»Ja.«

»Und keiner hatte eines *dieser* Kinder dabei?«

»Nein.«

»Wir brauchen die Adressen Ihrer Freunde. Aller Freunde.«

»Aber …«

»Mir reicht's«, Kalkbrenner wandte sich zur Tür, »vielleicht ist Ihre Frau ja gesprächiger.«

»Nein, nein, ist ja gut, Sie kriegen die Adressen.« Mzorski schaute flehentlich zu ihm auf.

Kalkbrenner nickte seiner Kollegin zu. »Sera, lass dir die Namen von ihm geben. Dann schaffst du ihn in seine Zelle.«

Mzorski schaute ihn mit großen Augen an. »Aber ich …«

»Was? Dachten Sie etwa, Sie spazieren hier einfach wieder raus, als wäre nichts geschehen?«

»Aber … verstehen Sie denn nicht? Wir machen so was nicht.«

»So was?«

»Wir sind keine Mörder, wir helfen doch nur.«

Kalkbrenner wollte ihm sagen, was er von Männern hielt, die Kindern *halfen*, sich deshalb als ihre *Freunde* ausgaben – und in Wahrheit nur ihre Not ausnutzten.

In dem Wissen, dass sowohl der Dezernatsleiter als auch der Staatsanwalt hinter dem Spiegel standen, beließ er es bei einem Kopfschütteln.

Er verließ den Raum und ging zu Mzorskis Frau. »Es tut mir leid, vorerst bleibt Ihr Mann in Untersuchungshaft.«

»Warum? Was …?«

»Das sollte er Ihnen am besten selber erklären.«

»Darf ich mit ihm reden?«

»Heute nicht mehr.«

Rita brachte die Frau zum Fahrstuhl, während Kalkbrenner in den Konferenzsaal ging. »Sie haben es gehört, für gestern Abend hat er ein Alibi.«

»Und seine Fingerabdrücke lassen sich keinem derer zuordnen, die die Spurensicherung in der Schulzendorfer Fabrikhalle sichergestellt hat«, sagte Berger.

Dr. Salm nieste und bedachte Kalkbrenner über sein Taschentuch hinweg mit einem finsteren Blick. »Das heißt nicht, dass er nicht doch an den Morden beteiligt war.«

»Wir müssen den Abgleich der Fingerabdrücke aus Mzorskis Wohnung mit denen der Opfer abwarten«, sagte Kalkbrenner. »Bis dahin werden wir selbstverständlich Mzorski überprüfen, ebenso wie seine Freunde. Ihren Werdegang, ihr Umfeld, mit wem sie es zu tun haben und ob sie einen Geländewagen fahren.« Ihm kam ein weiterer Gedanke. »Sebastian, wie weit sind wir mit den Vernehmungen?«

Berger schlug einen Ordner auf und studierte dessen Inhalt. »Bis auf zwei Personen, die sich im Urlaub befinden, haben alle KeTec-Mitarbeiter und die Kontaktpersonen beim Liegenschaftsfonds Besuch von uns bekommen. Im Augenblick werden, also … Ja, einige Alibis für gestern Abend müssen noch überprüft werden.«

»Was ist mit den Albidus-Angestellten?«

»Das Finanzamt hat uns die Personalpapiere zur Verfügung gestellt, auch da laufen inzwischen die Gespräche. Und wie erwähnt, der ehemalige Firmenchef, Jens-Harald Albidus, kehrt morgen Mittag aus London zurück. Wir erwarten ihn zur Vernehmung.«

»Gibt es Verbindungen zwischen Mzorski und den Leuten, die bisher vernommen worden sind beziehungsweise noch befragt werden müssen?«

»Nein.«

»Keine Akteneinträge?«

»Nichts, was auf Anhieb aufgefallen wäre, also Sexualdelikte oder sexuelle Nötigung. Nur, äh …« Berger vertiefte sich erneut in den Akteninhalt, rieb sich irritiert seinen wuchtigen Bart. »Nur zwei, drei Alkoholdelikte, eine Schlägerei, einmal häusliche Gewalt.«

»Standen die Alkoholdelikte in Verbindung mit einem *Café Weitblick*?«

»Der Name taucht nicht auf.«

»Trotzdem sollten wir die Kneipe checken, insbesondere den Wirt, einen gewissen Deti. Ich muss so schnell wie möglich wissen, ob gegen ihn irgendetwas vorliegt.«

»Ich kümmere mich darum«, sagte Rita.

Staatsanwalt Heindl räusperte sich, hörbar ungehalten. »Was ist mit dem möglichen zweiten Zeugen, den Sie heute Mittag erwähnten? Ist inzwischen jemand vorstellig geworden?«

»Es hat sich niemand gemeldet«, bedauerte Berger.

Heindl betrachtete sie der Reihe nach. »Meine Damen und Herren, korrigieren Sie mich, falls ich falschliege, aber«, seine Stimme gewann an Schärfe, »wir sind keinen Schritt weiter, richtig?«

»Nun«, Dr. Salm unterdrückte ein Niesen, »wir haben einen möglichen Täter in Gewahrsam nehmen können.«

»Ach?« Heindl sah ihn zweifelnd an. »Was haben Sie denn gegen ihn in der Hand?«

»Er wurde auf frischer Tat ertappt«, sagte der Dezernatsleiter.

Heindl schüttelte den Kopf. »Aber nicht bei einem Mord.«

»Nicht mal bei einem Mordversuch«, bemerkte Schmitters.

Kalkbrenner nickte. Eines seiner kleinen Helferlein lautete zwar *Vertraue niemals dem ersten Eindruck!*, doch sein Instinkt sagte ihm, dass Mzorski kein Psychopath war, der Kinder folterte und tötete.

»Herr Mzorski ist ein Päderast«, sagte Kalkbrenner, »daran besteht kein Zweifel. Aber ein Mörder? Es gibt nichts, was darauf hindeutet.« Er hielt inne. »Und wenn wir Pech haben, können wir Mzorski nicht einmal wegen der Sache mit dem Jungen belangen. Der wird nämlich nicht gegen ihn aussagen.«

»Herrje!«, fluchte Dr. Salm. »Was ist das bloß für eine kranke Welt!«

»Alles«, sagte Kalkbrenner, »hängt von dem Sperma ab, das die Kollegen der Spurensicherung auf Mzorskis Hose sichergestellt haben. Sollte der DNA-Abgleich es dem Jungen zuordnen können, dann wäre Mzorski zumindest in diesem Punkt überführt.«

»Was allerdings nichts an meiner Aussage ändert«, warf Staatsanwalt Heindl ein, »wir haben nichts in der Hand.«

»Gar nichts«, sagte Schmitters.

»Soll ich *das* dem Innensenator sagen?« Der Dezernatsleiter putzte sich grimmig die Nase. »Der Bürgermeister wird wenig erfreut sein, vorsichtig ausgedrückt. Von der Presse ganz zu schweigen. Wenn die davon erfährt, herrje, die zerreißen uns in der Luft.«

»Warten wir erst einmal ab, was der Aufruf an die Öffentlichkeit bringt«, sagte Staatsanwalt Heindl.

»Die Opferfotos sind doch an die Presse rausgegangen, oder?«, fragte Schmitters.

»Die Berliner Tageszeitungen machen in ihren morgigen Ausgaben damit auf«, sagte Rita. »Einige Redaktionen zeigen die Bilder bereits auf ihren Websites. Auch in einigen Internetforen werden sie verbreitet.«

»Gibt es Reaktionen?«

»Bislang nur die üblichen Spinner. Und einige wenige Anrufer, die erklärt haben, die Kinder zu kennen. Wir gehen dem nach.«

»Gut«, sagte Heindl, »mit der Einbindung der Medien dürften Sie zumindest eine Schonfrist haben. Aber Herr Dr. Salm hat recht, früher oder später werden die Journalisten wissen wollen, warum wir die Öffentlichkeit um Mithilfe bitten. Bis dahin sollten wir mehr in den Händen halten.«

»Mehr als jetzt«, betonte Schmitters.

»Richtig, mein Lieber.« Die beiden erhoben sich und eilten davon.

»Sie haben den Staatsanwalt gehört«, sagte Dr. Salm. »Ergebnisse! Wir brauchen Ergebnisse!« Er ging zur Tür, nieste, blieb stehen und drehte sich noch einmal um. »Ach, und Herr Kalkbrenner, bevor ich es vergesse: Das Präsidium ist keine Tierpension, haben wir uns verstanden?« Naseputzend stapfte er von dannen.

Stille kehrte ein, erfüllt von Erschöpfung und Enttäuschung.

Kalkbrenner ging in sein Büro und holte Bernie. Auf dem Weg zum Fahrstuhl wählte er Harenstetts Nummer, doch der stellvertretende Leiter der LKA-Abteilung 2 nahm nicht ab.

Kalkbrenner hinterließ eine Nachricht.

Im Aufzug wartete Rita. »Und was ist mit dem Jungen passiert, den ihr, also, du weißt schon, aus Mzorskis Wohnung rausgeholt habt?«

»Die Kollegen haben ihn zu den *Metrokids* gebracht. Dort wird man sich um ihn kümmern.«

»Und das heißt?«

»Dass er morgen vermutlich bei einem anderen Mann im Bett liegt.«

*

Markus schwieg während der Fahrt nach Lublinsk. Erschöpfung presste ihn tiefer in die Polster. Trotzdem würde er die Nacht kein Auge zubekommen.

Ein skrupelloser Mord!

Er wollte nicht mehr daran denken.

»Wer ist Ilanka?«, fragte er.

»Was ist mit ihr?«

»Ich bin ihr begegnet.«

»Was hat sie gesagt?«

»Nichts, sie wollte eine Zigarette«, antwortete Markus.

Aus dem Zwielicht auf der Rückbank traf ihn der misstrauische Blick des Kirgisen.

»Wer ist sie?«, wiederholte Markus.

»Vergiss sie.«

»Ist sie Sergejs …?«

»Nein. Und jetzt vergiss sie.«

Zorkans Tonfall ließ Markus nicht weiter nachhaken, doch irgendetwas an der Frau irritierte ihn.

Man sollte nie an dem festhalten, was nicht festzuhalten ist.

Die Worte waren einfach so aus ihm rausgeplatzt, und je länger er darüber nachdachte, desto weniger verstand er, warum.

Der Audi brauste durch eine Pfütze. Mit einem zornigen Zischen spritzte das Wasser über die Böschung. Zorkan wechselte einige Worte mit seinem Gorilla, der daraufhin das Tempo verringerte.

Markus bettete den Hinterkopf an die Kopfstütze.

Wer war diese Ilanka? In welcher Beziehung stand sie zu den Mädchen in der Spelunke? Und warum wollte Zorkan nicht über sie reden?

Als wüsste er um Markus' Gedanken, sagte der Kirgise: »Du solltest deine Nase nicht in Dinge stecken, die dich nichts angehen.«

»Mhm.«

»Und du solltest tun, was man dir sagt.«

»Sergej erwähnte es.«

Zorkan brummte selbstgefällig. »Ich habe ihn vor dir gewarnt.«

»Ja, ich weiß, du hältst mich für …«

»… ein Großmaul! Unverschämt, anmaßend, eigensinnig, such dir was aus.«

»Wie wäre es mit: talentiert? Meinte Sergej jedenfalls.«

Der Kirgise griente abfällig.

»Hey, immerhin habe ich seine Ware gerettet.« Markus richtete sich auf, drückte die Schultern durch. Sein Nackenwirbel knackte. »Und so wie es ausschaut, werde ich das wohl bald wieder tun müssen.«

»Was soll das heißen?«

»Die Leute nehmen es heutzutage genauer mit dem Tierschutz, weshalb Viehtransporte vermehrt von der Polizei kontrolliert werden. Also werden Sergejs Fuhren immer wieder auffliegen.«

»Lass das Sergejs Sorge sein.«

»Es ist auch meine, wenn *ich* in einem der LKWs sitze.«

»Du hast es so gewollt, was beschwerst du dich?«

Regen setzte wieder ein. Markus lauschte dem Trommeln auf dem Wagendach. Und seinen eigenen Gedanken.

Welchen Teil deines Planes hast du mir vorenthalten?

Die nächsten Worte legte er sich sorgfältig zurecht. »Ich könnte mir vorstellen, dass es sicherere Methoden gibt. Mit denen man auf einen Schlag auch größere Mengen über die Grenze schmuggeln kann. Mehr als nur einen kleinen Rucksack. Viel mehr!«

»Für wen hältst du dich? Superman?«

»Nein, mir spukt da einfach eine Idee im Kopf rum, vielleicht sollte ich mit Sergej …«

»Hast du Familie?«, unterbrach ihn Zorkan.

Markus zuckte kaum merklich zusammen. »Nein.«

»Hab ich mir gedacht. Denn dann wüsstest du, was Respekt bedeutet vor Menschen, die es gut mit dir meinen.«

»Verstehe.«

»Nein, tust du nicht. Das ist nicht wie im Film.«

»Mhm.«

Zorkans Stimme glich einem zornigen Knurren. »Du sollst einfach das tun, was man dir sagt, ist das so schwer zu kapieren?«

Markus hatte begriffen. Das bedeutete allerdings nicht, dass sich sein Herzschlag beruhigte.

Ich hab dir gleich gesagt …

Er rief sich Sergejs Besuch am Vorabend in Erinnerung. *Ich habe mich umgehört,* hatte der Russe erklärt. *Deine Eltern sind tot, keine Verwandten …*

Und auch Zorkan hatte nicht so geklungen, als wüsste er über Markus' Schwester, ihren Mann und die Kinder Bescheid. Trotzdem war sich Markus nicht mehr sicher, ob es nicht ein Fehler gewesen war, Alex zu versprechen, morgen als Babysitter für ihren Sohn einzuspringen.

… dein Plan ist scheiße!

Aber er wollte seine Schwester nicht schon wieder enttäuschen.

Als wenn es dir dabei nur um Alex geht!

Er verscheuchte den Gedanken.

Er musste in Zukunft noch vorsichtiger sein. Keine Nachlässigkeiten mehr. Keine Fehler. Für den Rest der Fahrt hüllte er sich wieder in Schweigen.

*

Kalkbrenner spähte durch einen schmalen Spalt ins Zimmer.

Aus der Dunkelheit drang das Schnarchen der alten Dame. Am Fenster brannte die Nachttischlampe. In ihrem schwachen Schein hob und senkte sich Jessys Bettdecke in gleichmäßig fließenden Atembewegungen.

Seine Tochter hatte die Augen geschlossen.

Leise schloss Kalkbrenner die Tür und lief durch die abendliche Krankenhausstille zum Fahrstuhl. Als er den Aufzug betrat, summte sein Handy. »Hallo, Ludwig.«

Undeutliche Wortfetzen antworteten ihm.

Bevor sich die Kabine schließen konnte, schlüpfte Kalkbrenner wieder hinaus.

»Paul?«, rief Harenstett. »Kannst du mich hören?«

»Jetzt ist die Verbindung besser.«

»Und ich hatte schon gehofft, ich hätte ausnahmsweise Glück.«

»Was ist?«, fragte Kalkbrenner.

»Äh, *du* wolltest doch, dass ich dich zurückrufe.« Harenstett zündete sich eine Zigarette an. »Geht es um die toten Kinder? Oder brauchst du meine Hilfe nicht mehr, weil ihr selbst mal was herausgefunden habt?«

Kalkbrenner schwieg.

Der LKA-Beamte pustete Rauch in den Hörer. »Du wirst es nicht glauben, aber ich habe hier auch ohne deine Spezialaufträge genug um die Ohren.«

»Tatsächlich?«

»Wenn ich schon was herausgefunden hätte, hätte ich dich angerufen, meinst du nicht auch?« Harenstett legte auf.

»Paps?«, wisperte eine Stimme.

»Jessy!«

Seine Tochter schaute verschlafen aus ihrer Zimmertür heraus. »Du guckst, als hättest du ein Gespenst gesehen.«

Kalkbrenners Blick glitt über ihren schneeweißen Pyjama hinauf in ihr blasses Gesicht.

»Paps!«, empörte sich Jessy. »*So* schlimm seh ich nun auch wieder nicht aus.«

»Trotzdem solltest du im Bett liegen …«

»Wenn du nicht so schnell verschwunden wärst.«

»Entschuldige, ich dachte, du schläfst. Wie geht es dir?«

»Besser, aber … Paps?«

»Ja?«

»Holst du mir was vom Chinesen?«

Kalkbrenner glaubte, sich verhört zu haben. »Wie bitte?«

»Hast du schon mal im Krankenhaus gegessen?«

»Was hat das damit zu tun?«

»Hast du oder nicht?«

»Natürlich, damals, mein Blinddarm, weißt du nicht mehr?«

»Das ist fünf Jahre her.«

»Sieben«, korrigierte er.

»Glaub mir, seitdem ist das Essen nicht besser geworden.«

»Aber hat der Arzt nicht gesagt …?«

»Paps!«, seine Tochter lächelte erneut und hakte sich bei ihm unter. »Das war nur ein Witz.«

Auf dem Weg zurück ins Krankenzimmer registrierte er besorgt, wie Jessy bei jedem Schritt leicht schwankte.

»Was hast du mit Bernie gemacht?«, fragte sie, als sie wieder in ihrem Bett lag.

»Dem geht's gut.«

»Hat Mama …?«

»Nein, sie konnte nicht.«

»Tut mir leid, Paps, dass ich …«

»Hey, mach dir keinen Kopf«, Kalkbrenner winkte ab. »Ich kümmere mich vorerst selbst um ihn.«

»Du hast ihn den ganzen Tag dabei?«

»Ich glaube, ihm gefällt die Polizeiarbeit ganz gut.«

»Ich dachte, er darf nicht aufs Präsidium?«

Das Präsidium ist keine Tierpension, haben wir uns verstanden?

Kalkbrenner zuckte mit den Schultern. »Nur zwei, drei Tage noch, bis meine Hundesitterin aus dem Urlaub zurück ist.«

Die alte Frau im Nachbarbett stieß ein plötzliches Schluchzen aus, wälzte sich herum und schnarchte weiter.

Jessy lächelte. Dann wurde sie wieder ernst. »Hast du schon mit Oma gesprochen?«

»Nein«, er setzte sich, während sich bei dem Gedanken an seine Mutter erneut das schlechte Gewissen meldete, »ich hab's noch nicht zu ihr geschafft.«

»Was glaubst du, wird sie sich freuen?«

»Na ja, du weißt ...«

Jessy nickte traurig. »Aber sie hätte sich gefreut, oder?«

»Na klar!«

»Und du, Paps, was ist mit dir?«

»Das habe ich dir doch gestern schon gesagt.«

Seine Tochter neigte skeptisch ihren Kopf.

»Jessy«, er rückte mit dem Stuhl näher an sie heran, »wegen der Sache gestern Abend ...«

»Der Sache?«

»Das Baby.«

»Na toll!« Sie verdrehte die Augen. »Das Baby, die Sache – so schaut also *deine* Freude darüber aus.«

Kalkbrenner schalt sich einen Narren. Es war jedes Mal das Gleiche: Nie fand er die richtigen Worte. »Deine Mutter hat recht, manchmal bin ich wohl wie ein Elefant im Porzellanladen.«

»Ach, ich kenn dich nicht anders.«

»Na toll!«

Sie tätschelte ihm die Hand. »Trotzdem freue ich mich, dass du gekommen bist.«

»Ich befürchte, die nächsten Tage muss ich mich rarmachen.«

»Wegen der Morde letzte Nacht?«

»Du weißt davon?«

Jessy schielte zum Nachbarbett. »Die alte Dame hat die halbe Nacht geschnarcht«, sagte sie leise. »Ich konnte kaum schlafen. Habe deshalb Fernsehen geschaut. Dich habe ich auch gesehen. In den Nachrichten. Du sahst wütend aus.«

»Die Pressefuzzis nerven gerade ganz schön.«

»Der Reporter erzählte was von elf Leichen, die ihr ...«

»Jessy!«

»… entdeckt habt.« Sie schauderte. »Wirklich ein Serienmörder? Habt ihr ihn?«

Mehr als nur ein *Mörder,* dachte Kalkbrenner und unvermittelt überkam ihn Wut. *Und nein, wir haben ihn nicht!* »Ich bin mir nicht sicher, ob ich mit dir darüber reden sollte.«

»Paps, ich bin kein Kind mehr.«

»Aber du erwartest eines. Du solltest dir über ganz andere, erfreulichere Dinge Gedanken machen.«

»Jetzt klingst du wie Mama.«

»In diesem Punkt hat sie aber ausnahmsweise mal recht: Du solltest dich nicht unnötig aufregen. Dich schonen.«

»Und deswegen darf ich die nächsten sieben Monate keine Nachrichten mehr gucken?«

Kalkbrenner verzichtete auf eine Antwort. Eine Diskussion mit Jessy führte zu nichts.

Du bist genauso ein Sturkopf wie dein Vater.

Außerdem wollte er auf etwas ganz anderes hinaus. »Falls es gestern Abend falsch bei dir angekommen sein sollte …«

»Was?«

Er stockte, legte sich gewissenhaft seine nächsten Worte zurecht. »Kannst du dich noch erinnern, was ich gesagt habe, als du mir von deinem Stipendium erzählt hast?«

»Ich glaube schon.«

»Egal, was ist, ich stehe hinter dir. Zu jeder Zeit. Versprochen!«

»Auch wenn ich Nachrichten gucke?«

»Jessy!«

»Paps«, sie lächelte, »das weiß ich doch.«

Erleichtert erwiderte er ihr Lachen. »Ich wollte es nur noch mal erwähnt haben.«

Sie beugte sich vor und hauchte ihm einen Kuss auf die Wange.

Er spürte die warme Berührung auf seiner Haut, auch als

Jessy längst wieder eingeschlafen war und er auf Zehenspitzen aus dem Zimmer schlich.

Er mochte kein perfekter Vater gewesen sein. Mit etwas Mühe konnte er ein besserer Großvater werden, auch wenn …

… ich mich die nächsten Tage rarmachen muss.

Draußen trieb der Wind die Wolken voran. Kalkbrenner fröstelte.

Sie hatten gar nichts. Keine einzige richtige Spur. Sie wussten nicht einmal, wer die elf Opfer waren.

Und wer war die junge Frau, *Opfer Nummer zwölf*, die gestern Abend erschossen worden war? Wer der zweite Zeuge? Gab es ihn überhaupt? Falls ja, wo verdammt noch mal steckte er?

*

Wo bin ich?

Anezka versuchte sich zu bewegen, bereute es aber augenblicklich, als Schmerzen wie Flammen durch ihren Körper loderten. Sie wollte schreien, doch ihrem Mund entwich nur ein heiseres Krächzen. Ihre Kehle war wie ausgedörrt. Wimmernd lag sie in der Kälte, zitterte, weinte, wartete darauf, dass die Schmerzen endlich nachließen.

Sie blinzelte die Tränen aus ihren Augen. Ein schwacher Lichtstreifen fiel in den dunklen Raum. Sie lag eine Weile still, schaute zu, wie die finsteren Formen in der Kammer sich nach und nach als Tür, Stuhl und Tisch zu erkennen gaben. Sie selbst kauerte auf einem kalten Betonboden. Sie fröstelte.

Was hatte man mit ihr gemacht?

Obwohl sie keine Ahnung hatte, wo sie war, und wie lange sie sich schon hier befand, tröstete sie sich mit dem Gedanken, dass sie nicht nackt war. Sie hatte nach wie vor ihre Kleider von letzter Nacht am Leib, das Sweatshirt ohne Ärmel, befleckt mit dem Blut von …

Kevin!

Ruckartig hob sie ihren Kopf. Augenblicklich gewann der Schmerz wieder an Intensität. Ihr wurde schwindelig. Stöhnend sank sie zurück auf den Boden.

Sie versuchte sich zu erinnern, was mit Kevin passiert war, aber da war nichts. Nur die Wucht, mit der Pjtor auf sie eingeschlagen hatte. Die Schmerzen. Die Spritze.

Hatten sie Kevin am Leben gelassen? Oder war er … *Nein!* Daran wollte sie nicht denken.

Zu spät, der Gedanke hatte sich bereits in ihrem Kopf manifestiert. Kevin war tot. Sie war gefangen. Sie würde nicht entkommen, nicht noch einmal.

Du hast deine Chance gehabt …

Um ein Haar überhörte sie das Schlüsselrasseln.

23

Ich war erstaunt. »Merle hat einen … Freund?«

»Nein, keinen Freund«, wehrte Schwarz unwirsch ab, als wäre ich schwer von Begriff, »im Gegenteil, ein Typ, der ihr unangenehm ist.«

»Unangenehm?«

»Das waren ihre Worte.«

»Ich verstehe nicht.«

Merles Vater verdrehte die Augen. »Ein Kerl, der ihr auf die Pelle gerückt ist. Sie mochte das nicht, aber dieser Typ wollte das nicht begreifen.«

Mein Brustkorb wurde eng. »Hat er sie verfolgt?«

»Sie meinen stalkermäßig?«

»Ja.«

»Ich weiß nicht. Merle wollte jedenfalls, dass er damit aufhört.«

Meine Hand umkrampfte das Wasserglas. Bevor es zwischen meinen Fingern zersplitterte, stellte ich es auf den Tisch. »Warum hat Merle mir das nicht erzählt?«

»Sie wollte, dass ich mich darum kümmere, also, ich mit meinen Kontakten. Sie verstehen schon, oder?«

Ich verstand in der Tat, worauf er hinauswollte, aber das war keine Antwort auf meine Frage. Ich ertappte mich dabei, wie ich vor Nervosität wieder an einem meiner Pickel kratzte. An meinen Fingernägeln klebte Blut. Ich presste das Zewa-Tuch auf die Wunde. »Nur deswegen hat sie sich bei Ihnen gemeldet?«

»Nein!« Er sah mich empört an. »Ich bin ihr Vater.«

»Natürlich.« *Wie konnte ich das vergessen!*

Als wüsste er um meinen abfälligen Gedanken, beugte er sich ruckartig vor.

Ich erschrak, und das Papiertuch flatterte zu Boden.

»Passen Sie mal auf«, zischte er, »ich war kein guter Vater, ja, das weiß ich, aber das ist kein Grund, mich zu behandeln wie … wie … ach, verdammt!« Seine Hand zerschnitt verärgert die Luft.

Schweigend hob ich das Küchentuch vom Boden auf.

»Schon schlimm genug«, presste Schwarz hervor, »dass meine eigene Tochter mir zu verstehen gibt, was ich für sie bin.«

Abgesehen von seiner schiefen Nase, die er sich bei einem schweren Autounfall gebrochen hatte, wirkte er nicht mehr so derangiert wie damals, als wir ihm das erste Mal begegnet waren, betrunken, krakeelend, außer sich vor Wut. Die Kleider, die er trug, waren kein teurer Zwirn, aber sie waren gewaschen und gebügelt. Sein Gesicht mit der hohen Stirn unter graumeliertem Haar hatte die letzten Tage etwas Sonne abbekommen.

»Ich will Ihnen was verraten«, sagte er. »Merle hat *mich* kontaktiert, weil sie nicht wollte, dass *Sie* in Schwierigkeiten geraten.«

»Schwierigkeiten?«

»Ich sagte doch, sie wollte, dass *ich* mich darum kümmere.«

Widerstreitende Gefühle übermannten mich. Plötzliche Freude, weil ich erkannte, wie viel wir Merle bedeuteten. Dann wieder Angst, als ich begriff, dass meine Zweifel an Merles Verschwinden und ihrer ominösen MMS nicht unbegründet waren. »Wer war dieser Typ?«

»Keine Ahnung, hat sie nicht gesagt. Sie wollte ihn mir in einer Kneipe zeigen.«

»Im *Rosenholz*?«

»Direkt gesagt hat sie es nicht, aber da sie sich dort mit mir treffen wollte, gehe ich davon aus.«

Ich sprang auf. »Worauf warten wir noch?«

*

Wir fuhren mit meinem Subaru, weil Merles Vater seit seinem Unfall kein Auto, nicht einmal mehr einen Führerschein besaß.

Eine absurde Situation, ich weiß. Vor nicht einmal einer Stunde war ich voller Zorn zu Schwarz gefahren und hatte wie eine Verrückte auf ihn eingeprügelt. Jetzt saß er schweigend auf dem Beifahrersitz neben mir, während ich den Wagen durch das abendliche Berlin steuerte, und war meine einzige Hoffnung, Merle wiederzufinden.

Ich fragte: »Was ist das *Rosenholz*?«

»Eine Kneipe. In Tempelhof.«

»Sie wollten sich mit ihr in einer …?«

»Wie schon gesagt«, er hob abwehrend die Hände. »Merle hat den Treffpunkt vorgeschlagen.«

»Das macht die Sache nicht besser.«

»Ich kenne die Kneipe nicht.«

»Sie waren noch nie dort?«

»Ich sagte doch, Merle hat mir davon erzählt.«

Erstaunt schaute ich zu ihm hinüber. »Sie haben sich schon einmal mit ihr getroffen?«

»Nein, wir haben nur telefoniert. Vorsicht«, er zeigte nach vorne, »der Bus!«

Ich trat auf die Bremse, weil ein Bus vor mir ausscherte und behäbig über die Karl-Marx-Straße zockelte.

Nervös trommelte ich auf das Lenkrad, während ich mich fragte, welche Geheimnisse Merle noch vor mir gehabt hatte. Was hatte sie in Tempelhof zu suchen gehabt, fast am anderen Ende der Stadt? Und wieso wollte sie ihren Vater ausgerechnet im *Rosenholz* treffen?

Ich sagte: »Sie hat in einer Kneipe nichts zu suchen.«

»Sie ist alt genug.«

»Sie ist erst fünfzehn.«

»Ich in ihrem Alter ...«

»Ja«, schnitt ich ihm das Wort ab, »aber Merle hat schon einiges hinter sich, haben Sie das vergessen? Sie ist gerade erst zur Ruhe gekommen.«

Das Schweigen, in das er sich für eine Weile hüllte, ließ nicht erkennen, ob er sich schuldig fühlte, aber ich hoffte es.

Sobald sich eine Möglichkeit ergab, überholte ich den Bus. Ich trat wieder aufs Gaspedal.

»Geht es ihr gut?«, fragte Schwarz.

»Ja, es geht ihr gut.« Unwillkürlich legte ich noch einmal an Tempo zu. Trotzdem hatte ich das Gefühl, wir bewegten uns kaum von der Stelle. Das Einzige, was raste, war mein Puls.

Was, wenn wir zu spät kommen?

Und ob Sie es glauben oder nicht, wir kamen tatsächlich zu spät.

Das Licht im *Rosenholz* war gelöscht, die Tür verrammelt. Hinter den Fenstern herrschte gähnende Leere. Die Kneipe war geschlossen. Und das schon seit vielen Jahren.

*

Merles Vater versuchte sich an einer Erklärung. »Sie wollte sich wohl *vor* dem *Rosenholz* mit mir treffen.«

»Hat sie das so gesagt?«

»Nein, aber ist doch offensichtlich. Wahrscheinlich wollte sie von hier woanders hingehen.«

»Und wohin?«

Er blieb die Antwort schuldig, natürlich, er wusste ja nicht mehr als ich.

Merles Verschwinden gab immer neue Rätsel auf. Wer war dieser *unangenehme* Typ, den sie ihrem Vater hatte zeigen wollen? Existierte er überhaupt? Falls ja, hatte dieser Typ sie … Und hatte *er* die MMS an mich geschrieben?

Oder ist alles ganz anders?

Ich zerbrach mir den Kopf, während ich Schwarz zu Hause absetzte. Ich verlor nicht viele Worte, fuhr sofort weiter nach Pankow.

Die Kinder lagen bereits im Bett.

»Wir haben schon gegessen«, sagte Yvonne. »Du auch?«

Ich brachte nur ein kraftloses Kopfschütteln zustande.

»Ich habe dir was in die Mikrowelle gestellt.«

Ich sank auf die Couch. Obwohl ich den ganzen Tag kaum etwas zu mir genommen hatte, verspürte ich keinen Hunger. Yvonne sah mich schweigend an.

Stockend berichtete ich ihr von dem, was ich bei Merles Vater in Erfahrung gebracht hatte, von unserer Fahrt zum *Rosenholz* und meinem Schock vor der alten Kneipe. Mehrmals spürte ich, wie Tränen in meine Augen traten.

Yvonne hörte mir geduldig zu.

»Was ich nicht verstehe«, meinte sie dann, »als dir Merles Vater von diesem Typen erzählt hat, wieso hast du den Polizisten nicht verständigt?«

»Warum hätte ich das tun sollen? Für ihn ist Merle nur eine Ausreißerin.«

»Wenn du ihm von diesem Typen erzählt hättest …«

»Was hätte ich ihm denn sagen sollen? Dass Merle ihn unangenehm fand?« Ich schnaubte vor Wut. *Es gibt keinen Hinweis auf ein Verbrechen.* »Er hätte mir nicht geglaubt, wieso auch? Ich weiß rein gar nichts über diesen Typen, nicht wie er aussieht, nicht wie er heißt, noch nicht einmal, was eigentlich zwischen ihm und Merle vorgefallen ist.«

»Warum bist du dann überhaupt zu der Kneipe gefahren?«

Für einen Moment war ich baff.

Yvonne ergriff meine Hand. Wortlos erklommen wir die Treppe. Obwohl sie es nicht aussprach, wusste ich, dass sie sich in ihrer Vermutung bestätigt fühlte.

Es war uns immer klar, dass sie es wieder tun könnte, oder?

Wir gingen ins Schlafzimmer. Es dauerte ewig, bis ich endlich einschlafen konnte.

Warum bist du dann überhaupt zu der Kneipe gefahren?

Die Antwort lag auf der Hand: Weil diese Kneipe die einzige Spur war, die ich besessen hatte.

24

»Mama«, flüsterte Kalkbrenner und schöpfte Haferbrei aus einem Schälchen.

Käthe Maria öffnete die Augen, erstaunt, als erblickte sie ihren Sohn an diesem Morgen zum ersten Mal.

Dabei saß er schon seit einer halben Stunde an ihrem Bett, fütterte sie Löffel für Löffel, wartete geduldig, während sie kaute und schluckte, als verzehrte sie keinen Brei, sondern ein schmackhaftes Steak.

Er hatte sich früh aus dem Bett gequält, eigens für einen Abstecher ins Pflegeheim, auch um sein schlechtes Gewissen zu beruhigen. Andererseits hatte er die letzte Nacht sowieso kaum ein Auge zugetan.

Wir sind keinen Schritt weiter.

Seine Mutter hustete, bäumte sich auf, soweit es ihr ausgemergelter Körper zuließ.

Mit dem Lätzchen wischte Kalkbrenner ihr Speichel, Milch und Haferflocken vom Kinn, ein spitzer Knochen in einem knochigen Gesicht, nur ein blasser Schatten jener schönen Frau, die sie einst gewesen war.

»Du musst essen«, sagte er.

Sie schüttelte den Kopf, hustete erneut, weil die Bewegung sie anstrengte. »Aber …«, sie holte Luft, auch das Reden fiel ihr schwer, »… Papa ist … nicht da.«

»Keine Sorge, er hat angerufen, er kommt später von der Arbeit.«

»Er hat … angerufen?«

»Während du geschlafen hast.«

»Komisch, das Telefon … es hat nicht …« Sie legte den Kopf auf die Seite, spähte verwundert durch die Gitterstäbe, die verhinderten, dass sie nachts aus dem Bett rollte. »Wo bin ich?«

»Du bist zu Hause, schau, dort deine Nachtkommode, dein Nierentischchen.« Er zeigte auf die Überbleibsel aus den Sechzigern. »Und dort, dein Schmuck.« Er hob die Schmuckschatulle vom Regal, klappte sie auf, wühlte mit den Fingern durch Ringe, Ketten und Ohrclips.

Seine Mutter nickte erleichtert.

Er stellte die Schatulle aufs Nachtschränkchen, säuberte ihr Gesicht und fütterte sie.

Nach ein paar Löffeln begann sie zu würgen. Die Schüssel war nicht einmal halb leer.

Er band seiner Mutter das Lätzchen ab, legte es neben die Schmuckschatulle. Sein Blick blieb an einer Kette hängen. Ihr kleiner silberner Anhänger zeigte einen Engel.

Überrascht nahm er den Anhänger in die Hand. Er war ein Geschenk seines Vaters gewesen, als Kalkbrenner ein kleiner Junge gewesen war, ein Glücksbringer. Er hatte nicht gewusst, dass seine Mutter ihn aufbewahrt hatte.

Ihre Augen beobachteten ihn, entrückt und teilnahmslos, und Kalkbrenner fragte sich, ob sie begriff, was um sie herum geschah. Oder wie es um sie stand.

Er steckte die Kette in seine Hosentasche. »Habe ich dir schon erzählt? Jessy ist schwanger.«

Es dauerte einige Sekunden, bis seine Mutter reagierte. »Jessy?«

»Deine Enkelin, erinnerst du dich?«

»Jessy.«

»Sie kriegt ein Baby.«

»Jessy«, über das dürre Gesicht seiner Mutter glitt ein Lächeln, »macht sie schon … aufs Töpfchen?«

»Nein, Mama, Jessy ist schon groß. Sie ist schwanger.«

»Jessy?«

»Deine Enkelin.«

»Ist … Ellen schwanger?«

Kalkbrenner seufzte.

»Aber«, seine Mutter hob den Kopf, »dann heiratet ihr.«

»Natürlich, Mama.«

»Dein Vater, er würde …«, erschöpft sank sie zurück aufs Kissen, hob die Hand, streichelte seinen Arm, »mein … Engelchen.«

Mit diesem Kosenamen hatte sie ihn als kleinen Jungen angesprochen, und nun war er wieder ihr Engelchen geworden. Jedes Mal aufs Neue warteten sie auf seinen Vater, der niemals von der Arbeit heimkehren würde, weil er schon vor Jahren gestorben war. Immer wieder bereiteten sie sich auf Kalkbrenners Hochzeit vor, auf Jessys Geburt und warteten auf ihr erstes Mal auf dem Töpfchen.

Mit der Demenz hatte alles begonnen. Verwirrt war seine Mutter immer wieder aus dem Altersheim geflohen, zurück in die Kreuzberger Wohnung, in der sie einst mit ihrem Mann und ihrem Sohn gelebt hatte. Im Winter dann hatte sie sich auf einem dieser Ausflüge eine Lungenentzündung zugezogen. Kurz darauf hatte sie einen Herzinfarkt erlitten, dann eine Lungenstauung, Niereninsuffizienz.

Im Krankenhaus war sie gestürzt. Eine Schenkelhalsfraktur ließ sich bei jungen Menschen unkompliziert behandeln, bei älteren Menschen führte sie zur Hüftkopfnekrose.

Die Ärzte hatten ihnen wenig Hoffnung gemacht. Wenige Monate hatten sie ihr gegeben. Seitdem war fast ein Jahr vergangen. Trotzdem war der schleichende Verfall unverkennbar, und bis vor kurzem noch hatte ihm der Anblick seiner immer schwächer werdenden Mutter bei jedem Besuch das Herz verkrampft.

Und jetzt?

Sein Handy summte.

»Seid ihr schon unterwegs?«, fragte Rita.

Käthe Maria war eingeschlafen, der Unterkiefer herabgesackt, was ihr dünnes Gesicht noch eingefallener erscheinen ließ. Kalkbrenner zupfte ihr die Decke zurecht, strich ihr zärtlich durchs Haar.

Und jetzt war Jessy schwanger.

Du wirst Opa.

So war nun mal der Gang der Dinge, ein gerechter Kreislauf, ein Trost. Ein altes Leben ging, ein neues kam zur Welt.

Und wo, meldete sich eine Stimme in seinem Kopf, *wo bleibt die Gerechtigkeit für die elf toten Kinder?*

Mit neuerwachtem Zorn wandte sich Kalkbrenner zum Ausgang. »Rita, was gibt's?«

»Ist Sera bei dir?«

»Ist sie noch nicht auf dem Präsidium?«

»Nein, und an ihr Telefon geht sie auch nicht.«

Kalkbrenner schwieg.

Dass seine Kollegin telefonisch nicht erreichbar war, mochte nachvollziehbare Gründe haben. Dass sie sich allerdings schon zum zweiten Mal in einer Woche verspätete, sah ihr, gewissenhaft, wie sie war, alles andere als ähnlich.

»Ist denn etwas Wichtiges?«, fragte er.

»Sie wollte, dass ich ihr Bescheid gebe, sobald erste Ergebnisse in Sachen *Café Weitblick* vorliegen.«

»Und?«

»Es gab einige Anzeigen gegen das *Café Weitblick*, meist wegen Ruhestörung. Und einmal hat eine Frau Klage gegen den Wirt eingereicht, wahrscheinlich die Mutter eines betroffenen Jungen, aber diesem Deti war nichts nachzuweisen.«

»Gibt es etwas zu Mzorski?«

»Kollegen durchleuchten seit heute Morgen sein Umfeld, aber noch haben sie nichts von Bedeutung ausgegraben.«

Kalkbrenner erreichte den Parkplatz. Wolken trieben am Himmel, dazwischen zeigten sich schüchtern erste Fleckchen blauen Himmels.

»Was ist mit den Opferfotos?«, fragte Kalkbrenner.

»Die Zeitungen haben heute damit aufgemacht, in den sozialen Medien und in Foren werden die Bilder geteilt, es gibt sogar YouTube-Videos. Die Hotline steht nicht mehr still.«

»Und das große *Aber*?«

»Aber abgesehen davon, dass sich die Zahl der Reporter vor dem Präsidium verdoppelt hat, ist ein Großteil der Anrufer Spinner. Einer behauptet, er hätte die Mädchen und Jungen in seinem Keller eingesperrt – ist das zu fassen? Ein anderer hat Stein und Bein geschworen, die Kinder würden sich in seinem Ferienappartement in Alicante aufhalten.«

»Was? Ihre Geister?«

»Dann sollte ich dir vielleicht von jenem Anrufer erzählen, dem die Kinder im Schlaf erschienen sind. Ein anderer hat während einer Séance Kontakt mit ihnen aufgenommen.«

Kalkbrenner entriegelte den Passat. Bernie sprang ins Freie und verschwand in einem Gebüsch.

»Ein weiteres Dutzend Anrufer hat die Morde gestanden, allerdings konnten sie rasch als Täter ausgeschlossen werden.«

Ein Signalton ließ Kalkbrenner wissen, dass ein zweites Telefonat eintraf. »Nur ganz kurz, Rita, weil ich ein anderes Gespräch in der Leitung habe: Ist überhaupt ein brauchbarer Anrufer dabei gewesen?«

»Na ja, es gibt einige, die überzeugt sind, die Kinder gesehen oder gekannt zu haben. Sebastian hat Beamte mit ihrer Vernehmung beauftragt.«

»Gut, ich bin in einer halben Stunde auf dem Präsidium.« Kalkbrenner kappte das Gespräch und blickte aufs Display. Zu seiner Überraschung erfolgte der zweite Anruf ebenfalls aus dem Präsidium. Die angezeigte Nummer war ihm allerdings nicht vertraut. »Hallo?«

»Paul? Paul Kalkbrenner?«

»Und wer sind Sie?«

»Risse, Kriminalhauptkommissar Toni Risse. Ich ermittle im Fall des toten Taxifahrers. Dr. Bodde hat dir davon erzählt, zumindest meinte sie es.«

Kalkbrenner glaubte sich zu entsinnen. »Ein Raubüberfall?«

»Nein, verfickte Scheiße, ganz und gar nicht!«

*

»Onkel Markus, Onkel Markus!«

Ein Wirbelwind in quietschgelbem Schlafanzug warf sich in seine Arme.

»Wow, das nenne ich mal eine Begrüßung.«

»Ja, ja!« Jonas klatschte in die Hände. »Gehen wir auf den Spielplatz?«

»Bei diesem Wetter?«

»Papa hat gesagt, wenn es nicht regnet, dürfen wir.«

»Und was, junger Mann, hab ich dir noch gesagt?« Sascha tauchte in der Diele auf, das Kinn gereckt, während er sich eine Krawatte knotete. Er blinzelte streng durch seine schmale Brille. »Schon vor einer Stunde, wenn ich mich nicht täusche.«

»Aber Papa, ich muss …«

»Du musst dich anziehen.«

»Kann ich nicht …?«

»Erst anziehen – dann auf den Spielplatz.«

Jonas schaute bettelnd zu seinem Onkel auf.

Markus hob bedauernd die Schultern. »Du hast deinen Vater gehört.«

»Papa, darf ich …?«

»*Was* habe ich dir gerade gesagt?«

Mit flappenden *Angry-Bird*-Puschen trottete Jonas die Treppe hoch in sein Zimmer.

Sascha rückte seine Brille zurecht und reichte Markus lächelnd die Hand. »Dir ist hoffentlich klar, worauf du dich eingelassen hast?«

»Was ist noch mal mit eurer Babysitterin passiert?«

»Kennst du die psychiatrische Klinik am Teufelsberg?« Sascha lachte. »Nein, keine Bange, sie hat nur die Grippe. Komm rein.« Während er sich wieder seinem Krawattenknoten widmete, schritt er voraus ins Haus. »Danke jedenfalls, dass du so kurzfristig einspringen konntest.«

»Gerne. Wie geht es Henry?«

»Besser, wenn du mich fragst. Aber du kennst ja deine Schwester, manchmal ist sie schnell in Sorge und …«

»Ich kann euch hören!«, rief Alex aus der Küche. »Hi, Bruderherz.«

»Hallo, Alex.«

Markus' Schwester trug ihr lockiges rotes Haar offen, womit sie offenbar auch ihre Blässe und Erschöpfung zu kaschieren versuchte. Ihre Anspannung konnte das volle Haar allerdings nicht verbergen.

Hastig nippte sie am Kaffee, pflückte Schlüssel und ihr Handy aus dem Chaos auf dem Küchentisch, während sie den schlafenden Henry im Arm wiegte. Der Kleine stieß immer wieder ein leises, unruhiges Wimmern aus.

»Aber natürlich hat sie recht.« Sascha trat hinter seine Frau und massierte ihr sanft den Nacken. »Lieber macht man sich einmal zu viel Sorgen als einmal zu wenig.«

»Und du solltest dich längst auf den Weg gemacht haben.« Alex drehte sich zu ihm um.

Er drückte ihr einen Kuss auf die Lippen. »Ich wollte deinem Bruder wenigstens noch hallo sagen, wenn er schon als Babysitter einspringt. Markus, du hast dir deswegen aber nicht extra freinehmen müssen, oder?«

Markus spürte den argwöhnischen Blick seiner Schwester. *Äh, was machst du noch mal?*

»Nein, schon okay«, sagte er.

Für einen Augenblick sah es so aus, als wollte Alex etwas erwidern, aber dann ging sie in die Diele und rief: »Jonas, wo steckst du?«

»Gleich, Mama, gleich«, kam es aufgeregt aus der ersten Etage, »mein Polizist ist weg.«

»Du kannst ihn später suchen, wir …«

»Aber Mama, der muss mit.«

Alex verdrehte die Augen. Ihr Mann streifte sich kichernd ein Sakko über. *Hotel Carnossa* war auf die Brusttasche gestickt, darunter drei Sterne.

»Willst du so etwa los?«, fragte Alex.

Er runzelte die Stirn.

Sie seufzte. »Markus, nimmst du ihn kurz?« Noch bevor er antworten konnte, legte sie ihm Henry in den Arm. Dann löste sie ihrem Mann die schiefe Krawatte und band deren Knoten neu.

Sascha küsste sie. »Du rufst mich an, sobald du vom Arzt zurück bist, okay? Hab dich lieb.« Er knuddelte Henry. »Und du, Markus, denk an …«

»… den Teufelsberg, ich weiß.«

Lachend verließ sein Schwager das Haus. Alex eilte die Treppe nach oben.

Markus blieb alleine mit dem Baby. Es hatte aufgehört zu wimmern und beäugte neugierig den Zeigefinger, den ihm sein Onkel reichte.

Henry streckte seine Händchen danach aus. Als er den Finger zu fassen bekam, zerknautschte ein breites, zahnloses Lächeln sein Gesicht.

Ein Prickeln erfasste Markus' Körper, ungewohnt und schön.

Sein iPhone klingelte.

»Onkel Markus, Onkel Markus!« Jonas stolperte in die Küche.

Markus warf einen Blick auf sein Handy. Es war Horst.

»Alles in Ordnung?« Alex rollte einen Buggy in die Küche.

»Klar.« Aber das angenehme Gefühl war verflogen. Er drückte den Anruf weg.

Seine Schwester betrachtete das iPhone in seiner Hand.

»Nur ein Kollege«, sagte Markus. »Nicht so wichtig.«

Alex hob argwöhnisch den Blick.

Ich weiß nichts über dich. Was du so machst. Und mit wem du zu tun hast.

»Müsst ihr nicht los?«, wich Markus aus und bettete Henry in den Kinderwagen. »Jonas, hast du deinen Polizisten gefunden?«

»Nein, hab ich nicht.« Betrübt schüttelte der Junge den Kopf. Im selben Moment hellte sich seine Miene auf. »Bauen wir eine Burg? Eine ganz große Burg?«

»Klar. Das machen wir!«

Markus nahm seinen Neffen an die Hand und folgte seiner Schwester nach draußen.

»Ich beeile mich«, sagte sie, während sie die Haustür verriegelte.

»Mach dir keinen Stress.«

»Ich denke, in spätestens zwei Stunden, maximal drei …«

»Alex! Ich pass gut auf ihn auf, versprochen!«

Zögerlich nickte sie. Dann ging sie mit dem Buggy davon.

Markus' Handy läutete erneut.

*

Kalkbrenner betrachtete die Zeitungen, die vor ihm auf dem kleinen Tisch im vollbesetzten Konferenzsaal des Kriminalkommissariats ausgebreitet lagen.

Reißerische Schlagzeilen in riesigen Lettern. Ihre beklemmende Wirkung wurde verstärkt durch die Opferfotos, elf Kinder, die dem Leser entgegenstarrten.

»Schöne Scheiße«, sagte Kriminalhauptkommissar Toni Risse, »die ihr da am Hals habt.«

»Ich befürchte, du auch, oder warum bist du hier?« Kalkbrenner schaute auf.

Risse grinste schief. Irgendwie wirkte alles an ihm schief, die ausgeblichene Jacke, das unmodisch geschnittene Sacko, die schütteren Haare, selbst die Nase, die er sich ständig rieb.

Während er einen Stapel Tatortfotos auf den Tisch packte, trottete Bernie in den Raum und leckte sich Kuchenkrümel von den Lefzen, bevor er zu Kalkbrenners Füßen niedersank.

In der gleichen Sekunde sprang er wieder auf, weil Muth in den Raum stürzte.

»Entschuldigung«, außer Atem wehrte sie den stürmischen Bernhardiner ab, »ich wurde aufgehalten.«

Kalkbrenner sah sie fragend an.

Seine Kollegin ließ sich auf den letzten, freien Stuhl fallen.

»Das hier«, Risse tippte auf das oberste Bild seines Stapels, »haben wir gestern Mittag in einem Wäldchen bei Schulzendorf gefunden, etwa vier Kilometer von eurer Fabrikhalle.«

Auf dem Foto war ein Taxi abgelichtet, ein beiger Mercedes.

»Der Wagen war in einem schmalen Waldstreifen abgestellt«, fuhr Risse fort, »am Ende eines Forstwegs, fünfzig Meter von der Landstraße entfernt. Dort hat er vermutlich eine ganze Weile gestanden, aber wegen des Regens gestern waren kaum Leute unterwegs. Das Taxi wurde erst am Vormittag von einem Bauern entdeckt.«

Das nächste Foto zeigte die regenverschmierte Frontscheibe des Taxis. Auf dem Beifahrersitz war eine Gestalt zu erkennen.

»Yldim Izmir«, Risse hielt einen Plastikbeutel hoch, in dem sich eine Geldbörse, ein Personalausweis, der Führerschein und die Personenbeförderungslizenz befanden, »der Taxifahrer.«

»Auf dem Beifahrersitz?«, fragte Muth.

»Gut beobachtet, Kollegin.« Risse zwinkerte ihr zu. »Wer immer den Fahrer erschossen hat, hat den Wagen vermutlich auch in den Wald gefahren.«

»Todeszeitpunkt?«

»Laut Dr. Wittpfuhl zwischen drei und vier Uhr gestern Morgen, genauer wollte er sich nicht festlegen, blablabla, ihr kennt seine Masche ja bestimmt …« Risse verdrehte die Augen. »Dr. Wittpfuhl war es übrigens auch, der meinte, ich solle euch kontaktieren.« Er nahm ein weiteres Foto zur Hand.

Das Bild zeigte das Gesicht des Fahrers oder das, was davon übrig geblieben war. Sein halber Schädel war weggesprengt. Blut und Überreste seines Hirns klebten an der Kopfstütze und auf der Rückbank.

»Ein Hohlspitzgeschoss«, stellte Kalkbrenner fest.

»Verfickte Scheiße, ja!« Risse knallte seine Hand auf den Tisch. Bernie kläffte. »Zwei Morde auf exakt dieselbe Art innerhalb von vierundzwanzig Stunden, nur wenige Kilometer voneinander entfernt – ein seltsamer Zufall, oder?«

Kalkbrenner war geneigt, ihn von einem seiner kleinen Helferlein zu erzählen. *Reiner Zufall wär reiner Zufall.*

»Aber das ist noch nicht alles«, meldete sich Dr. Bodde zu Wort. »Wie in einem Taxi nicht anders zu erwarten, haben wir eine Vielzahl Spuren sicherstellen können. Unsere vordringliche Aufgabe ist es, jene Spuren auszuschließen, die nicht mit der Tat in Verbindung stehen. Ein langwieriges Unterfangen, zumal wir, das möchte ich betonen, mit der Auswertung aller Spuren aus der Schulzendorfer Fabrikhalle immer noch mehr als genug zu tun haben. Aber eines kann ich Ihnen schon jetzt sagen, daran lassen Faser- und Blutspuren keinen Zweifel: Es befand sich gestern Morgen mindestens noch eine weitere Person auf der Taxirückbank.«

Berger zwirbelte seinen Bart. »Wollen Sie damit sagen …«

Dr. Bodde ließ ihn nicht ausreden. »Können Sie sich an die Blutspur in der Fabrikhalle erinnern? Dort, wo der Kampf stattgefunden hat?«

»Ja, natürlich.«

»Die Blutanalyse hat zweifelsfrei ergeben, dass das Blut nicht zu Opfer Nummer zwölf gehört, der jungen Frau, die erschossen wurde. Allerdings ist es identisch mit dem, das wir auch auf der Rückbank des Taxis sichergestellt haben.« Die Kriminaltechnikerin begegnete Kalkbrenners Blick. »Mit großer Wahrscheinlichkeit haben Sie also recht mit Ihrer Vermutung: Es gab einen zweiten Zeugen in der Fabrikhalle.«

»Das hieße also«, spann Berger den Faden weiter, »dass dieser Zeuge aus der Fabrikhalle entkommen konnte und in dem Taxi saß. Dort hat man ihn dann allerdings doch noch erwischt.«

»Und warum hat man ihn dann nicht an Ort und Stelle erschossen?«, zweifelte Risse. »So wie den Taxifahrer?«

Die gleiche Frage hatte Kalkbrenner sich auch gerade gestellt. Er drehte sich zu Dr. Bodde um.

»Bevor sie mich jetzt fragen«, kam ihm die Kriminaltechnikerin zuvor, »ja, die Blutanalyse hat uns einen Namen geliefert: Kevin Visser.«

*

Markus drückte den Anruf weg, während Jonas ihn zum Spielplatz zwei Straßenecken weiter schleifte. Mittlerweile schimmerte die Sonne zwischen den Wolken hervor, trotzdem war nur wenig los im Park. Im Sandkasten buddelten zwei Jungs. Ein kleines Mädchen sauste mit wirbelnden Zöpfen die Rutsche herunter in die Arme seiner Mutter.

»Onkel Markus, darf ich schaukeln?« Jonas flitzte los, hangelte sich an den Ketten hoch auf den Plastiksitz. »Du musst mich anschubsen.«

Markus verpasste seinem Neffen einen behutsamen Stoß.

»Schneller, Onkel Markus, schneller!«

»Halt dich fest.«

»Ja, ja!« Jauchzend schwang sein Neffe auf und ab.

Markus beneidete den Jungen um seine Ausgelassenheit.

Ohne Jonas aus den Augen zu lassen, tippte er auf seinem iPhone die Wahlwiederholung.

»Na endlich«, brummte Horst.

»Was ist denn so wichtig?«

»Ich muss mit dir reden.«

Markus seufzte. »Hat das nicht noch ein paar Stunden Zeit?«

»Jetzt bin ich schon auf dem Weg zu dir.«

»Ich bin nicht zu Hause.«

»Ich weiß, du bist bei deiner Schwester.«

Im ersten Moment fühlte sich Markus wie vor den Kopf geschlagen. »Ich dachte, wir sind uns einig, dass –«

»Onkel Markus, Onkel Markus«, auf der Schaukel kam sein Neffe zum Stillstand, »du musst mich anschubsen.«

Markus setzte ihn wieder in Schwung.

»Wo genau bist du?«, fragte Horst.

»Ich will dich hier nicht sehen.«

»Herrgott, wenn du nicht ans Telefon gehst.«

»Aus gutem Grund.« Grimmig schaltete Markus das Telefon aus. Er unterdrückte einen Fluch.

Neben ihm stand das Mädchen mit den Zöpfen, auf einem selbstgenähten, rot-weiß kariertem Kinderhemdchen *Prenzlberg* gestickt. »Schubst du mich auch auf der Schaukel an?«

»Also, ich …«

»Ist schon in Ordnung, tun Sie sich keinen Zwang an.« Die Mutter eilte herbei, Ende zwanzig, schwarzer Pagenschnitt, ihr Rock und die Bluse im grünen Öko-Chic. Ihre Tochter kletterte auf die Schaukel. »Das ist doch Jonas, oder?«

»Mein Neffe.«

»Meine Tochter Mia.«

»Mia, hallo, Mia.« Jonas hüpfte von der Schaukel. »Guck mal, Mia, das ist mein Onkel, Onkel Markus.«

»Was inzwischen jeder auf dem Spielplatz mitbekommen haben dürfte.« Die Frau zwinkerte Markus amüsiert zu. »Ich bin Evi, also eigentlich Evelin, aber alle nennen mich nur Evi.«

»Onkel Markus«, meldete sich Mia zu Wort, »schubst du mich jetzt auch an?«

Jonas zupfte seinen Onkel am Arm. »Bauen wir jetzt eine Burg?«

»Deswegen sind wir doch hier.«

»Und ich bin der Baumeister, ja?«

Rasch brachte Markus Evis Tochter auf der Schaukel in Schwung, dann folgte er seinem Neffen in den Sandkasten, wo sie gemeinsam einen Hügel zu formen begannen. Schon nach wenigen Sekunden waren ihre Klamotten voller Sand.

Mia gesellte sich zu ihnen. »Darf ich mitmachen?«

»Aber nur, wenn ich der Baumeister bin«, sagte Jonas. »Wir bauen nämlich eine Burg. Eine ganz große Burg.«

Während sie zu dritt einen Berg aufschütteten, ließ sich Evi am Sandkastenrand nieder. Sie streckte die Beine aus, zupfte an ihrem Rock. »Alex ist deine Schwester, richtig? Man sieht die Ähnlichkeit.«

»Mhm.«

»Wusste gar nicht, dass sie einen Bruder hat.«

»Schon seit meiner Geburt.«

Evi stutzte, dann lachte sie. »Muss toll gewesen sein, ein großer Bruder.«

»In diesem Fall nur der kleine Bruder.«

»Oh …«

»Jetzt nicht mehr so toll?«

»Doch, natürlich, aber ich hab mir als kleines Mädchen immer einen großen Bruder gewünscht. Der mir zum Beispiel bei den Hausaufgaben hilft oder mich vor den Sprüchen der bösen Jungs beschützt.«

»Und wenn er selbst zu ihnen gehört hätte?«

»Hast *du* zu den bösen Jungs gehört?«

»Ich bin kein großer Bruder.«

»Angenommen, du wärst einer gewesen?« Evi neigte den Kopf. Eine Strähne fiel ihr vors Gesicht.

Du stinkst nach Alkohol und Zigaretten. Auch das ist wie … damals.

»Natürlich hätte ich meine kleine Schwester beschützt.« Er schaufelte Sand in seine Hand, formte einen Turm für die Burg.

»Siehste«, Evi nickte zufrieden, »hab ich doch gewusst, große Brüder sind so.« Sie spielte mit ihrer Strähne. »Und kleine übrigens auch. Zum Beispiel springen sie für die Schwester als Babysitter ein …«

»Ich bin doch kein Baby mehr«, empörte sich Jonas, »oder, Onkel Markus?«

»Du bist mein kleiner Held.«

Sein Neffe strahlte übers ganze Gesicht. »Und du bist mein großer Onkel!«

»Den man nicht zufällig adoptieren kann, oder?«, fragte Evi schmunzelnd.

Jonas sah seinen Onkel an. »Was heißt adopieren?«

»Das ist, wenn Kinder eine neue Familie bekommen.«

»Warum willst du eine neue Familie adopieren, Onkel Markus?«

»Evi möchte *mich* adoptieren.«

»Aber du bist doch *mein* Onkel.«

»Und das werde ich auch bleiben.«

»Wirklich?« Für einen kurzen Moment spiegelte sich in Jonas' Augen die Angst seiner Mutter.

Was ist, wenn du irgendwann nicht mehr wiederkommst?

»Klar«, beeilte Markus sich zu versichern.

Erleichtert setzte sein Neffe die Bauarbeiten fort.

»Okay, das mit dem Adoptieren muss ich mir wohl aus dem Kopf schlagen«, sagte Evi. »Bliebe nur noch Heiraten, oder?« Sie lächelte ihn an, wickelte dabei eine Haarsträhne um ihren Finger. Sie trug keine Ringe.

Markus erwiderte ihr Lächeln. Wann hatte er sich das letzte Mal zwanglos mit einer Frau unterhalten, deren Interesse weiter reichte als bis zur »Suite« mit der Kondombüchse und den Einwegtüchern auf dem Beistelltisch?

Gemeinsam lachen und reden, verstehst du? So wie früher.

Eine Stimme rief seinen Namen. Er drehte sich zu ihr um.

Auf einer Holzbank saß Horst.

*

Anezka kniff die Augen zusammen.

Helles Licht flutete die Kammer, als die Tür aufschwang. Schritte durchquerten den Raum.

Anezkas wunder Körper spannte sich an. Doch wer immer da hereingekommen war, zeigte kein Interesse an ihr. Etwas quietschte. Ein schmerzvolles Stöhnen erfüllte die Kammer.

Anezkas Atem stockte.

Kevin?

»Was ist mit ihm?«, kam Pjtors ungehaltene Stimme von der Tür.

»Er lebt«, sagte der andere Mann. »Fragt sich nur, wie lange noch.«

Anezkas Herz tat einen aufgeregten Satz.

»Und was ist mit ihr?«, fragte Pjtor.

Der Mann kam auf Anezka zu. Sie wagte sich nicht zu bewegen.

Eine Stiefelspitze stieß gegen ihr Bein. »Nichts.«

»Du hast ihr zu viel verabreicht, Leonid.«

»Habe ich nicht.«

»Dann wäre sie wach.«

»Kann nicht mehr lange dauern.«

»Sergej wird nicht erfreut sein darüber.«

»Er braucht es ja nicht zu erfahren.«

Pjtor lachte, aber es klang eher wie ein bedrohliches Knurren. »Und wie willst du ihm die letzte Nacht erklären?«

Leonid schwieg.

»Wenn du auf sie aufgepasst hättest, wie ich es dir gesagt hatte, dann wäre diese ganze Scheiße …« Die Stimmen wurden leiser. Die Tür schlug hinter ihnen zu. Ein Schloss wurde verriegelt.

Anezka wartete einige Sekunden, bis sie sicher war, dass die Männer nicht mehr zurückkehrten. Dann richtete sie sich auf, obwohl jede ihrer Bewegungen für höllische Schmerzen sorgte. Langsam drehte sie sich um.

Auf einer Pritsche in der Ecke lag eine Gestalt.

»Kevin?«, flüsterte Anezka.

Er stöhnte wie zur Bestätigung. Sein Körper erbebte unter Schüttelfrost. Blut sickerte durch sein Hemd und Anezkas Verband auf die dreckige Matratze, tropfte von dort auf den Steinboden.

Anezka robbte zu ihm. Als sie seinen Arm berührte, drehte er seinen Kopf in ihre Richtung. Sein Gesicht war totenbleich.

Er lebt. Fragt sich nur, wie lange noch.

Anezka schauderte. »Kevin.«

»Ich …« Er stieß ein Röcheln aus.

»Nicht«, flüsterte sie und ergriff seine Hand, »nicht sprechen.« Mit der anderen Hand strich sie ihm über die Wange. Sie war heiß und schweißnass. »Du darfst –«

Mit einem Knall flog die Tür zur Kammer auf. Grelles Licht traf Anezka wie ein Scheinwerfer.

»Hab ich's mir doch gedacht«, knurrte Leonid, »dass du mich verarschst.«

25

Noch vor dem Frühstück hatte ich eine Entscheidung gefällt.

Obwohl ich kaum geschlafen hatte, quälte ich mich aus dem Bett, deckte in der Küche den Tisch, verteilte Brot auf die Teller und weckte die Kinder.

»Och nee«, quengelte Toby.

»Oh Mann, Juli«, murrte Elsa.

»Raus aus den Federn«, ich scheuchte sie aus dem Bett, »Frühstück und ab zur Schule.«

»Du fährst sie?«, rief Yvonne aus dem Bad.

»Natürlich.«

»Schön«, sagte sie, und es klang, als wäre die Welt wieder in Ordnung.

Für einen Augenblick hatte es tatsächlich den Anschein, während die übliche Hektik das Haus erfüllte, der Kampf um die Reihenfolge im Badezimmer entbrannte, Morgentoilette, Waschen, Ankleiden.

Doch als wir schließlich am Küchentisch beisammensaßen, waren die Kinder schweigsamer als sonst.

»Toby«, sagte Yvonne, »ich habe mir überlegt, wir könnten dich bald im Fußballverein anmelden, was hältst du davon?«

»Darf Aaron auch mitmachen?«

»Da müssen wir seine Eltern fragen«, sie wuschelte ihm durchs Haar, »aber von mir aus gern.«

»Darf ich ihn anrufen?« Toby rutschte vom Stuhl.

Yvonne lachte. »Du siehst ihn doch gleich in der Schule.«

»Aber …«

Unser Telefon klingelte. Noch ehe die anderen reagieren konnten, war ich auf dem Weg ins Wohnzimmer.

Die angezeigte Nummer war mir unbekannt. »Hallo?«

»Ich bin's.«

»Herr Schwarz?« Unwillkürlich sprach ich leiser.

»Ich habe nachgedacht«, sagte er, »Merle hatte die alte Kneipe als Treffpunkt vorgeschlagen, weil sie von dort aus irgendwo mit mir hinwollte.«

»So weit waren wir doch schon gestern Abend.«

»Ja, aber mir ist eingefallen, dass ihr Ziel in Fußnähe liegen müsste. Ich meine, warum hätte sie sich sonst gerade dort mit mir treffen wollen? Um dann mit der Bahn quer durch die Stadt zu fahren?«

Verdammt!

Er hatte recht. Warum waren wir gestern Abend nicht schon darauf gekommen?

»Treffen wir uns am *Rosenholz*«, schlug ich vor.

»In einer Stunde.«

Ich kehrte zurück in die Küche. Yvonne war in ein Gespräch mit Elsa vertieft.

Das Mädchen schüttelte den Kopf. »Können wir nicht …?«

»Wenn du das lieber möchtest?«

»Ja, bitte.«

»Kein Problem.« Lächelnd schaute Yvonne zu mir auf. »Wer hat angerufen?«

»Deine Mutter«, log ich, »ihr Computer mal wieder.« Den Kindern sagte ich: »Leute, es wird Zeit.«

Während sie ihre Jacken und Schultornister holten, räumte ich das Geschirr in die Spülmaschine.

Yvonne schleppte eine Tasche in die Diele.

Ich hielt in der Bewegung inne, Messer und Gabeln in der Hand. »Was hast du vor?«

»Ich geh zum Training.«

»Du willst zum Sport?«

»Wie jede Woche.«

Ich starrte sie an. »Ich dachte …«

»*Was?*«, unterbrach sie mich.

Toby und Elsa erstarrten auf der Treppe.

Das Telefon klingelte erneut. Keiner reagierte. Der Apparat läutete und läutete.

»Du musst die Kinder zur Schule bringen!«, brach Yvonne schließlich das Schweigen und ging ans Telefon.

»Hallo, Mama«, hörte ich sie sagen.

Ich nahm meine Autoschlüssel.

»Nein, immer noch nicht«, erklärte Yvonne. »Ich dachte, du hast gerade angerufen.« Sie suchte meinen Blick.

Ich verließ das Haus.

*

Die Fahrt zur Schule legten wir schweigend zurück. Mit betrübten Gesichtern stiegen Toby und Elsa aus dem Wagen.

»Hey«, rief ich.

Die beiden blieben stehen.

»Es ist …« Mir fehlten die Worte. Das Einzige, was mir einfiel, war: »Alles wird wieder gut.«

Tobys Blick flackerte.

»Versprochen!«, fügte ich hinzu.

Ich war mir nicht sicher, wen ich damit zu überzeugen versuchte. Die Kinder? Oder mich selbst?

Ich wusste nur eins: Ich konnte unmöglich zur Normalität zurückkehren, bevor ich Merle gefunden hatte.

Ich bemerkte Sanita, die aus dem Auto ihres Vaters sprang. Als ich ihr winkte, kam sie auf mich zugerannt. Unter ihrer blonden Mähne wirkte auch sie schwermütig. »Ist Merle …?«

Ich schüttelte beklommen den Kopf. »Sanita, hat sie dir gegenüber jemals einen Typen erwähnt, der ihr nicht behagte?«

»Nein.«

»Da war kein Mann, der …?«

»Was für ein Mann?«, unterbrach mich ihr Vater alarmiert, der sich zu uns gesellte.

»Ich weiß es nicht, Edgar«, sagte ich. »Ein Typ, der Merle belästigt hat und …« Mein Handy klingelte.

Es war Oliver, mein Chef. Ich drückte den Anruf weg.

»Sanita«, unternahm ich einen neuerlichen Versuch, »bitte, es ist wichtig, Merle hat dir nichts erzählt?«

»Nein, wirklich nicht.«

Die Schulglocke verkündete den Unterrichtsbeginn. Die Kinder strömten ins Gebäude. Sanita sah mich an, als wartete sie auf etwas. Tröstende Worte? Eine positive Nachricht?

Alles wird wieder gut.

Diesmal schwieg ich.

Mit hängenden Schultern machte sich Sanita auf den Weg in ihre Klasse.

Edgar schaute seiner Tochter nach. »Das alles nimmt sie ziemlich mit.«

Nicht nur sie. Ich nickte nur.

Er drehte sich zu mir um. Sorgenfalten zerfurchten seine Stirn. »Dieser Typ, von dem du da gesprochen hast … Sollte ich mir auch Sorgen um Sanita machen?«

»Nein, du hast es ja gerade gehört: Offenbar hatte nur Merle ein Problem mit diesem Typen.«

»Glaubst du, dieser Typ hat sie …?« Er brachte seine Frage nicht zu Ende. Sein betroffener Blick genügte mir.

»Ich weiß im Augenblick nur, dass Merle sich mit ihrem leiblichen Vater treffen wollte. In Tempelhof vor dem *Rosenholz* … Kennst du das?«

»*Rosenholz?* Ist das ein Park?«

»Nein, eine Kneipe.«

»Eine Kneipe? Waren die Kinder etwa …?«

»Keine Sorge, Edgar«, beruhigte ich ihn, »die Kneipe ist schon seit Jahren geschlossen.«

Wenig überzeugt verzog er das Gesicht.

»Merle wollte sich dort nur mit ihrem Vater treffen«, sagte ich weiter, »um irgendwo anders hinzugehen und ihm diesen Typen zu zeigen. Aber dazu kam es nicht mehr. Vorher ist sie verschwunden.«

»Oh«, machte Edgar, »das ist … verdammt! Und jetzt?«

»Muss ich herausfinden, wohin sie mit ihrem Vater gehen wollte.«

*

Die Fahrt quer durch die Stadt nach Tempelhof zerrte an meinen Nerven. Autofahrer, die nicht blinkten, ungeduldig hupten, mich schnitten. Aber vielleicht stresste mich der Verkehr auch nur, weil ich selbst nervös war.

Mein Handy klingelte. »Wo bist du?«, wollte Yvonne wissen.

»Unterwegs.«

»Ich dachte, du musst arbeiten.«

»Vorher muss ich einkaufen.«

Ihr Schweigen ließ keinen Zweifel daran, dass sie mich durchschaut hatte.

Mittlerweile ging es nur noch im Schritttempo voran. Wenn das nicht besser wurde, würde ich es nicht rechtzeitig bis zum *Rosenholz* schaffen.

»Ich dachte, wir reden miteinander«, sagte Yvonne.

»Worüber?«

»Über alles. Zum Beispiel darüber, mit wem du vorhin tatsächlich telefoniert hast.«

»Oliver.« Meine Antwort kam wie aus der Pistole geschossen.

»Oliver«, wiederholte sie und verzichtete auf ihre üblichen Scherze.

Ich sagte: »Es ging um das Manuskript. *Das geheime Zimmer*, ich habe dir davon erzählt.«

Erneut blieb Yvonne eine ganze Weile still.

Ich wurde noch nervöser.

»Warum belügst du mich?«, fragte sie schließlich. »Ich habe in der Anrufliste nachgeschaut und die Nummer gewählt. Du willst dich mit Merles Vater treffen.«

»Er glaubt …«

»Was er glaubt, ist mir egal. Nicht egal ist mir, dass du mir Lügen auftischst.«

Diesmal war ich es, die nicht reagierte.

»Meinst du nicht, wir sollten akzeptieren, dass sie …?«

»Nein!«, platzte es aus mir heraus.

»Juli!«

»Und falls doch, dann hast du sie mit deinen ständigen Zweifeln und Vorbehalten vertrieben, ich hoffe, das ist dir klar?«

Eisige Stille.

»Yvonne?«

Sie hatte aufgelegt.

»Verdammt!« Ich schlug mit der Faust aufs Lenkrad. Das hätte ich nicht zu ihr sagen dürfen, auch wenn –

Das Handy läutete erneut. »Yvonne …«

»Nein, ich bin's«, hüstelte ihre Mutter, »bei euch zu Hause war gerade besetzt. Juli, hast du …?«

»Alma, entschuldige«, schnitt ich ihr das Wort ab, noch ehe sie mit ihren Computerproblemen loslegen konnte, »für so was habe ich jetzt …«

»Computerprobleme? Wie kommst du denn darauf? Nein, es ist, also … wegen Merle. Hast du das noch nicht gehört?«

26 Markus stemmte sich empor. »Evi, könntest du bitte kurz auf Jonas achtgeben?«

»Natürlich.« Die Strähne löste sich von ihrem Finger. Verunsichert klemmte sie sie hinters Ohr. »Bin ich dir jetzt gerade …?«

»Nein, keine Sorge. Da wartet nur ein Kollege auf mich, mit dem ich ein paar Worte wechseln muss.«

»Onkel Markus«, der Kopf seines Neffen ruckte herum, »aber du kommst gleich wieder, oder?«

»Na klar! Dauert nicht lange.«

Geschwind überquerte Markus den Spielplatz. Mit jedem Schritt wurde er wütender. Als er seinen Kumpel erreichte, konnte er nur mit Mühe an sich halten.

»Setz dich«, zischte Horst.

»Verdammt …«

»Setz dich und beruhig dich. Oder willst du, dass die Leute auf uns aufmerksam werden.«

Markus ließ sich auf die Holzbank fallen. »Woher weißt du, dass ich bei meiner Schwester bin?«

»Du hast Sand im Gesicht.«

»Horst!«

»Du hast gestern im Wagen mit ihr telefoniert.«

»Ich dachte, wir waren uns einig: Wir halten uns von unseren Familien fern.«

»Es ist wichtig.«

Meine Familie ist mir auch wichtig!

»Hast du Streit mit Mick?«, fragte Horst.

»So könnte man es sehen. Warum?«

»Offenbar hat er einigen Leuten erzählt, du würdest krumme Touren abziehen. Man könne dir nicht über den Weg trauen.«

»Junkiegeschwätz.«

»Geschwätz, das aber einige Leute trotzdem ernst nehmen könnten, Sergej zum Beispiel.«

»Blödsinn!«

»Bist du dir sicher?«

Nachdenklich fegte sich Markus Sand von der Hose.

Diese Typen sind zu allem fähig.

Horst brummte. »Nicht dass ich eine Ahnung habe, was genau du vorhast …«

»Ich sagte doch, ich will schneller vorankommen.«

»Ja, und du fliegst noch schneller auf die Fresse, wenn Mick …«

»Sei still!«, unterbrach Markus, der seinen Neffen auf sich zustapfen sah.

Mit Haaren voller Sand blieb der Junge vor ihnen stehen.

»Na, wer bist du denn?«, fragte Horst.

»Ich bin Jonas, und das ist mein Onkel Markus.«

»Ich weiß.« Horst lächelte.

Jonas beäugte ihn neugierig. »Bist du auch ein Polizist?«

Horsts Gesichtszüge entgleisten. »Wie kommst du denn darauf?« Irritiert sah er Markus an.

Der bückte sich zu seinem Neffen. »Nein, Jonas, das ist nur …« Er hielt inne, dachte nach. Das Einzige, was ihm einfiel, war: »… Onkel Horst.«

Jonas strahlte. »Willst du auch eine Burg bauen, Onkel Horst?«

»Ein andermal gerne, aber heute habe ich leider keine Zeit.« Er schaute Markus eindringlich an. »Ich muss was Wichtiges mit deinem Onkel besprechen.«

Markus wischte seinem Neffen den Sand aus dem Gesicht. »Weißt du was? Geh du schon zur Burg und …«

»Aber du kommst auch wieder, oder?«, fragte Jonas.

»Natürlich komme ich wieder.«

Der Junge wandte sich ab. Dann schien er es sich anders zu überlegen, drehte sich noch einmal um. »Onkel Markus?«

»Mhm.«

Jonas bohrte ihm den Finger in die Brust. »Dich«, sagte er

und fiel ihm um den Hals, »dich hab ich lieb.« Der Junge drückte sich fest an ihn, bevor er sich von ihm löste und zurück zum Sandkasten rannte.

Für Sekunden war Markus perplex, kaum fähig zu einem klaren Gedanken.

»Süß«, sagte Horst.

»Mhm.«

»Aber jetzt solltest du dir was wegen Mick überlegen.«

»Warum kümmerst du dich nicht um ihn?«

»Weil ich keine Ahnung habe, wo er steckt. Aber du, du kennst ihn, du weißt, mit wem er abhängt. Finde Mick, sprich mit ihm, beschwichtige ihn oder ...« Horst wedelte unwirsch mit der Hand, »... mach, was du für richtig hältst, aber mach es schnell, bevor er noch mehr Schaden anrichten kann.«

»Ich kann hier jetzt nicht weg.«

»Ist mir klar, aber ...«

»Was?«, fuhr Markus ihn an, mit einer plötzlichen Wut, die ihn selbst überraschte.

Horst schrak zurück.

Markus' Zorn verflog so abrupt, wie er gekommen war. Zurück blieb etwas anderes, Wichtiges, Fundamentales.

Dich hab ich lieb.

Und wieder verspürte er Neid. Neid auf das Leben seiner Schwester, ihren Mann, ihre Kinder. Liebe. Geborgenheit. Er fühlte sich mies deswegen, doch der Gedanke war übermächtig.

»Markus?«, fragte Horst.

»Ich kümmere mich um Mick.« Dann ging er zurück zu seinem Neffen.

*

Kalkbrenner las während der Fahrt, was seine Sekretärin ihm ausgedruckt hatte.

»Paul?« Sera Muth trat das Gaspedal durch und der Motor heulte auf.

»Ja?«

»Du gehst davon aus, dass Kevin Visser erneut entkommen konnte?«

»Zumindest wäre das *eine* mögliche Antwort.«

»Eine andere Antwort wäre: Man *wollte* ihn nicht töten.«

»Noch nicht«, fügte Kalkbrenner hinzu.

Muth nickte. »Was eine neue Frage aufwirft: *Warum* noch nicht?«

»Vielleicht, weil man vorher noch eine Information von ihm haben wollte, mit wem er gesprochen hat zum Beispiel.«

Muth parkte den Passat vor einem Neubaublock in Wedding, grauer Beton, grüne Fensterrahmen, Westberliner Neubaucharme der Sechziger. Der kleine Grünstreifen vor dem Haus entlockte Bernie ein freudiges Kläffen.

»So oder so«, sagte Kalkbrenner, »es besteht die Chance, dass er noch am Leben ist.«

»*Noch!*« Seine Kollegin drehte sich zum Bernhardiner um und tätschelte ihm die Brust.

Kalkbrenner warf einen letzten Blick auf den Ausdruck.

Kevin Visser, 19 Jahre alt, ein Austauschschüler aus den Niederlanden, war vor einigen Wochen in eine Verkehrskontrolle geraten. Er hatte nicht nur unter Drogeneinfluss gestanden, sondern auch eine nicht unbeträchtliche Menge Cannabis mit sich geführt.

Seine Herbergseltern waren Claudia und Michael Wilms, sie Sekretärin, er Gleisbauer bei der Deutschen Bahn, verheiratet seit dreiundzwanzig Jahren, eine Tochter, keinerlei Auffälligkeiten. Eine glückliche, grundsolide Familie.

Ihre Wohnung befand sich in der fünften Etage.

Claudia Wilms, die ihnen die Tür öffnete, raffte erschrocken ihre Strickjacke am Kragen zusammen. »Polizei? Ist was mit unserer Tochter?«

»Wo ist Ihre Tochter?«, fragte Kalkbrenner.

»In … in Amsterdam.«

»Wie lange schon?«

»Vier, nein, fünf … fünf Wochen.«

»Wann haben Sie zuletzt mit ihr gesprochen?«

»Gestern Abend.«

»Keine Sorge«, sagte Kalkbrenner, »Ihrer Tochter geht es gut.«

Die angespannte Miene der Frau löste sich.

»Wir suchen Kevin Visser«, fügte Muth hinzu, »er wohnt doch bei Ihnen, oder?«

»Ja, aber er ist nicht da.« Wieder schob sich ein sorgenvoller Schatten über das Gesicht der Frau. »Worum geht es?«

»Dürfen wir hereinkommen?«

Auf dem Weg ins Wohnzimmer klopfte Claudia Wilms an die Badezimmertür. »Michael, kannst du bitte kurz kommen?«

Ein stämmiger Mann in Jogginghose und Feinripp trat aus dem Bad, seine Wangen voller Rasierschaum.

»Das ist die Polizei«, sagte seine Frau, »es ist wegen Kevin.«

Der Blick des Mannes verfinsterte sich. »Warten Sie einen Augenblick.« Er eilte zurück ins Bad. Wasser plätscherte.

Unrasiert kam er ins Wohnzimmer, für dessen Einrichtung ein ganzer Eichenwald das Zeitliche gesegnet haben musste: eine Eichenschrankwand, ein Eichentisch, Sofas mit Eichengestell. »Entschuldigen Sie meinen Aufzug, ich hatte Nachtschicht.« Er setzte sich neben seine Frau auf die Couch. »Was hat Kevin wieder angestellt?«

»Hat er ein Handy?«, fragte Muth. »Rufen Sie ihn bitte an.«

»Aber …«

»Bitte.«

Claudia Wilms wählte, lauschte einer lachenden Stimme, dem Piepton der Mailbox. Verunsichert legte sie wieder auf.

»Seit wann ist er nicht mehr zu Hause gewesen?«, fragte Kalkbrenner.

»Seit vorgestern Abend. Er wollte tanzen gehen.«

»Hat er gesagt, wohin?«

»Da war so eine Veranstaltung, irgendwo außerhalb.«

»In Schulzendorf?«

»Das weiß ich nicht.«

»Seitdem haben Sie ihn weder gesehen noch gesprochen?«

Claudia Wilms schüttelte den Kopf, bevor sie ihren Mann ansah. »Oder du, Michael?«

»Nein.«

»Ist das ungewöhnlich?«, fragte Kalkbrenner.

»Er ist alt genug«, sagte Michael Wilms, »aber wollen Sie uns nicht endlich verraten, warum Sie hier sind?«

»Wir hätten gerne mit Kevin gesprochen.«

»Und wir hätten gerne gewusst, weshalb!«

Kalkbrenner wollte die beiden nicht beunruhigen, aber er selbst war in Sorge um das Leben des Jungen. »Wir gehen davon aus, dass er Zeuge eines Mordes geworden ist.«

Das Ehepaar schnappte synchron nach Luft. Als der Mann endlich sprach, betonte er jedes einzelne Wort: *»Wo … ist … Kevin?«*

»Wir hatten gehofft, das von Ihnen zu erfahren.«

»Ist ihm etwas passiert?«

»Vorerst sollten Sie sich keine Sorgen machen.«

»Keine Sorgen machen?« Claudia Wilms fuhr in die Höhe.

Kalkbrenner ging nicht darauf ein. »Wo könnte er sein?«

»Sie glauben, er versteckt sich?«

»Möglicherweise.«

»Das würde er nicht tun! Er mag ja manchmal ein Dummkopf sein, aber falls er Zeuge eines Mordes geworden ist, dann … dann hätte er das doch der Polizei gemeldet.«

»Davon sollte man ausgehen.«

»Also warum sollte er sich verstecken?«

Kalkbrenner schwieg.

Michael Wilms kniff sorgenvoll die Augen zusammen. Offenbar hatte er begriffen, wie eine der möglichen Antworten auf die Frage seiner Frau lautete. »Vielleicht ist er bei seiner Freundin Lucy. Lucy Schröder.«

»Wollte er mit ihr auf diese Party?«

»Ich glaube schon.«

Kalkbrenner zog das Foto von Opfer Nummer zwölf hervor. »Ist *das* seine Freundin Lucy?«

»Nein, das ist sie nicht. Wer ist das?«

»Wo finden wir Lucy?«

*

Markus klopfte seinem Neffen den Sand vom Hosenboden.

»Und?«, fragte Alex, den schlummernden Henry im Arm. »Hattet ihr Spaß?«

»Ja, Mama, ja, wir haben eine Burg gebaut, eine große Burg, sooo groß.« Unter Jonas' Schuhen knirschte und knackte es, während er sich auf die Zehenspitzen stellte. »Evi und Mia haben auch mitgeholfen.«

Alex sah ihren Bruder an. »Du hast Evi kennengelernt?«

»Mhm.«

»Gefällt sie dir?«

»Was soll die Frage?«

»Lass mich raten, *du* hast ihr gefallen? Habt ihr euch zu einem Date verabredet?«

»Blödsinn!«

»Oder gleich zur Hochzeit?«

»Weder noch, aber du hast recht, sie hat schon vom Heiraten gesprochen.«

»Hab ich's mir doch gedacht.« Alex lächelte. »Seit ihr Freund sie mit ihrer Tochter hat sitzenlassen, ist sie händeringend auf der Suche nach einem neuen, na ja, einem neuen Vater für Mia. Sie übertreibt es dabei manchmal ein bisschen, aber im Grunde ist Evi wirklich nett, oder was meinst du?«

»Versuchst du gerade mich zu verkuppeln?«

»Wer? Ich? Im Leben nicht.« Lachend hauchte Alex dem Baby einen Kuss auf die Stirn. »Kommst du noch kurz rein?«

Markus blieb im Türrahmen stehen.

Finde Mick, sprich mit ihm, beschwichtige ihn oder …

»Ich hab uns was zu essen mitgebracht«, sagte seine Schwester.

»Hamburger, Mama?« Jonas klatschte begeistert in die Hände.

Alex scheuchte ihn in die Diele. »Ausnahmsweise.«

»Komm, Onkel Markus!« Sein Neffe packte ihn am Arm und schleifte ihn in die Küche.

»Also gut«, sagte Markus, »auf einen Burger noch.«

Seine Schwester brachte Henry die Treppe hoch ins Kinderzimmer. »Jonas, wäschst du dir bitte die Hände?«

»Ich habe keine …«

»Hände waschen, sonst keine Burger.«

Markus schnappte seinen Neffen und ging mit ihm ins Gäste-WC. Anschließend deckten sie gemeinsam den Küchentisch.

Als Alex mit dem Babyfon zurückkehrte, fragte Markus: »Was sagt der Arzt?«

»Ein paar Tage Antibiotika, dann sollte Henry über den Berg sein.« Alex trat an den Tisch. »Ich werde morgen noch mal hinmüssen.« Sie verteilte Burger und Pommes auf die Teller.

Ihr Sohn zerrte die Folie von seinem Burger, klappte die Brötchenhälften auseinander, pulte winzige Zwiebelringe heraus.

»Und was gibt das jetzt?«, fragte Alex.

»Aber ich mag die nicht, Mama.«

»Weswegen man die Tischdecke damit garniert, oder wie?« Sie wartete, bis er die Zwiebelscheibchen auf seinem Tellerrand abgelegt hatte. »Also, wie gesagt, ich muss morgen noch mal zum Arzt. Ich habe zwar mit der Babysitterin gesprochen, aber, na ja, die Grippe. Deswegen wollte ich dich fragen, ob du noch mal …?« Erwartungsvoll sah sie ihn an.

Die roten Locken fielen ihr ungezähmt auf die Schultern. Nicht zum ersten Mal wunderte er sich, wieso sein Haar glatt und braun war, so ganz anders. Und wie so oft sagte er sich, dass sie und er nun mal verschieden waren. Vielleicht suchte er deshalb ihre Nähe. Weil sie etwas besaß, was seinem eigenen Leben fehlte, schon immer gefehlt hatte.

Dich hab ich lieb.

»Sehr gerne«, sagte er und packte seinen Burger aus.

»Es wäre diesmal allerdings um zehn.«

»Kein Problem.«

»Kommt Onkel Horst auch wieder?«, schmatzte Jonas, während er die Zähne in seinen Hamburger vergrub. Ketchup quoll heraus.

»Man spricht nicht mit vollem Mund«, tadelte seine Mutter.

»Ja, Mama, aber ich will …«

»Junger Mann!«

Schweigend kaute Jonas seinen Burger. Ketchup triefte von seinen Wangen.

»Onkel Horst?«, fragte Alex.

»Nur ein Kollege, wir mussten kurz was besprechen.«

»Also doch wichtig?«

»Äh, was?«

»Der Anruf vorhin. Von deinem Kollegen. Der war wichtig, oder?«

»Mhm.«

Erneut hielt seine Schwester den Blick auf ihn gerichtet. Jonas schmatzte. Das Babyfon knisterte.

Markus nahm einen Bissen von seinem Hamburger.

Enttäuscht wischte sich Alex ihre Finger an einer Serviette ab, ging zum Kühlschrank und holte eine Flasche Apfelsaft hervor. »Du auch?«

»Mhm.«

»Ich auch, Mama, ich auch.«

»Wie heißt das?«

»Bitte.«

»Gerne doch, junger Mann.« Alex füllte drei Gläser mit Saft. »Markus, falls du dich fragst, ob ich mit Sascha über neulich Abend gesprochen habe – ja, hab ich. Und ich bin froh, dass ich mit ihm über alles reden kann. So was ist mir wichtig, verstehst du?«

Markus kaute, schluckte. »Wie hat er reagiert?«

»Manchmal muss man über seinen Schatten springen.«

»Das hat er gesagt?«

»Mhm.«

»Hast du mich deshalb gefragt, ob ich heute auf Jonas …?«

»Ja, ich dachte, es könnte tatsächlich an der Zeit sein, mal über meinen Schatten zu springen.«

Markus verstand. Er nickte. Aber sosehr er sich über ihre Worte auch freute, er durfte ihr dennoch nichts von seinem anderen Leben erzählen, seinem Leben unter Junkies, Kleinkriminellen und Mördern. Er wusste, was seine Schwester davon halten würde.

So wie damals …

Er hatte keine Ahnung, ob er damit würde umgehen können, wenn sie von ihm verlangte, wieder aus ihrem Leben zu verschwinden.

»Ich habe mit Papa gesprochen«, sagte sie.

Darüber möchte ich nicht reden, wollte er erwidern, aber dann verschluckte er die Antwort zusammen mit den letzten Bissen seines Burgers und spülte mit einem Schluck Saft nach.

Manchmal muss man über seinen Schatten springen.

»Ja, du hast es erwähnt«, sagte er.

»Ich habe mich sogar mit ihm getroffen.«

Markus säuberte sich die Hände an einer Serviette.

»Er hat mich darum gebeten«, fügte Alex hinzu.

»Was hat er gesagt?«

»Er wollte wissen, ob du noch die Briefe von Mama hast, die sie uns geschrieben hat, bevor sie ...«

»Nein, die Briefe sind weg. Schon lange. Das war alles, worüber du mit ihm gesprochen hast?«

»Ja, aber ... Ich glaube, es ging ihm nicht um die Briefe, sondern um ... um damals.« Alex nippte an ihrem Glas. »Er ist alt geworden.«

»Mhm.«

»Und ich habe das Gefühl, er bereut, was passiert ist.«

»Das kommt reichlich spät.«

»Ich weiß, aber deshalb ...« Alex atmete durch. »Papa möchte mit dir reden.«

Markus leckte sich die Lippen. Er schmeckte Salz. »Das ist dir wichtig, oder?«

»Mhm.«

Er leerte sein Glas in einem Zug. »Ich denk darüber nach, okay?«

Seine Schwester strich sich eine Strähne aus dem Gesicht. »Wenigstens *darüber* haben wir mal geredet.« Sie lächelte ihn an.

*

Anezkas Körper verkrampfte sich, als Leonid näher kam.

Ihre Finger gruben sich tief in Kevins Hand, die sie noch immer fest umschlossen hielt. Er stieß einen keuchenden Laut aus.

»Halt den Mund!« Leonid verpasste der Pritsche einen Tritt.

Kevin wurde hin- und hergeschüttelt. Er stöhnte.

Der Mann holte zum Schlag aus. »Hast du nicht gehört?«

»Nein«, Anezka warf sich dazwischen, »nicht.«

Eine Hand traf ihre Wange, schleuderte sie auf den Beton.

Mühsam stemmte sie sich hoch.

Ein weiterer Schlag erwischte sie mit voller Wucht. Ihr Kopf knallte auf den harten Untergrund. Blut tropfte vor ihr auf den Boden. Die Wunde an ihrer Stirn war wieder aufgeplatzt.

»Du«, drang Leonids wütende Stimme zu ihr durch, »du hast mir genug Ärger eingebrockt.«

Er neigte sich zu ihr hinab. Sein schlechter Atem drang ihr beißend in die Nase.

Sie schloss die Augen, als könnte sie diesen Alptraum vertreiben, indem sie nur fest genug die Lider aufeinanderpresste.

»Ich hole Pjtor«, hörte sie ihn sagen. »Er wird entscheiden, was wir mit dir machen.« Er schritt zur Tür und öffnete sie. Dann drehte er sich noch einmal um. »Obwohl …«

Anezka öffnete die Augen.

Er drückte die Tür zurück ins Schloss und kam wieder auf sie zu. Mit einem ratschenden Ton öffnete sich sein Reißverschluss. »Vorher kannst du noch was gutmachen bei mir.«

*

Kalkbrenner roch Räuberstäbchen, Zimt, Zedernholz – und noch etwas anderes, Süßeres.

»'tschuldigung, wir …« Lucy, ein blasses achtzehnjähriges Mädchen mit schwarzem Kurzhaarschnitt zögerte. »Also, wir haben vorhin gebacken.«

»Muffins!« Ihre Mitbewohnerin Katrin, neunzehn Jahre, nicht minder blass, aber mit langen schwarzen Haaren, nickte übertrieben. »Ja, Muffins!«

»Muffins?« Muth beugte sich zum Backofen vor. Die Glasscheibe war fleckig und fettverschmiert, aber kalt. »Vorhin?«

»Na ja, also, eigentlich heute Morgen.« Katrin riss das Küchenfenster auf.

Lucy ging zum Kühlschrank. »Wollen Sie was trinken?«

»Warum setzen Sie sich nicht einfach?«, sagte Muth.

Das Gesicht der jungen Frau färbte sich rot.

»Also«, ihre Freundin schnappte den Aschenbecher vom Küchentisch, »ich räum dann mal eben auf.« Sie verschwand ins Bad.

Lucy kam mit einer Bionade zurück zum Küchentisch und setzte sich auf einen wackligen Stuhl, der seine besten Zeiten schon weit hinter sich hatte. Ein antiquierter Sekretär, voll beladen mit Gewürzstreuern, Tütensuppen und Dressings, ersetzte den Küchenschrank. Die Holzlatten eines sperrigen Regals drohten unter Töpfen, Tellern und Tassen zusammenzubrechen.

Dennoch strahlte die Küche eine Gemütlichkeit aus, die Kalkbrenner an seine eigene WG-Zeit als Student erinnerte.

»Keine Sorge«, er setzte sich Lucy gegenüber, »Ihre Muffins interessieren uns nicht.«

Nebenan rauschte die Klospülung.

»Wir sind auf der Suche nach Ihrem Freund«, sagte Muth.

»Kevin?« Lucy umkrampfte die Bionade-Flasche.

»Ja, Kevin Visser. Er ist doch Ihr Freund, oder?«

»Steckt er wieder in der Klemme?«

»Wissen Sie, wo er ist?«

»Nein«, plötzlich klang Lucys Stimme gepresst, »ich bin nicht mehr mit ihm zusammen.«

»Oh«, sagte Kalkbrenner, »wie lange schon?«

»Warum wollen Sie das wissen?«

Katrin kam aus dem Bad zurück und stellte den leeren, auf Hochglanz polierten Aschenbecher auf den Tisch. Sie setzte sich zu ihrer Freundin.

»Lucy, wann haben Sie Kevin das letzte Mal gesehen?«, fragte Muth.

»Vorgestern Abend«, sagte Lucy. »Wir wollten auf eine Party, aber …«

»Aber dann hat sie ihn erwischt, diese treulose Tomate«, schimpfte Katrin. »Beim Chatten mit einer anderen.«

Lucy hielt ihren Blick auf die Bionade gerichtet, als wollte sie die Flasche mit der Kraft ihrer wütenden Gedanken zermalmen.

Kalkbrenner entnahm seiner Jackentasche das Foto von Opfer Nummer zwölf. »Mit dieser Frau?«

»Ja«, sagte Lucy.

»Sind Sie sicher?«

»*Ja!*« Sie holte tief Luft. »'tschuldigung.« Sie schraubte die Bionade auf und nahm einen Schluck. Als sie weitersprach, vermied sie es, die Beamten anzusehen. »Er wollte das Facebook-Fenster schnell schließen, aber ich konnte noch lesen, was er getippt hat. Und mit wem.«

»Kennen Sie ihren Namen?«

»Sandrine oder so.«

»Haben Sie seine Zugangsdaten bei Facebook?«, fragte Muth.

»Nein, und ich bin auch nicht mehr mit ihm befreundet.«

»Aber ich«, sagte Katrin und zuckte zusammen, als sie Lucys anklagender Blick traf. Kleinlaut fügte sie hinzu: »Und Kevin ist mit dieser Sandrine befreundet.«

»Zeigen Sie sie uns bitte.«

Katrin holte ihren Laptop und klappte den Bildschirm auf. Der Rechner erwachte aus dem Ruhezustand. Im Browser loggte sie sich bei Facebook ein und klickte auf Kevin Vissers Profil.

Sie tippte auf ein Foto in der Freundesliste. »Die da ist es.«

»Sandrine Rische«, las Kalkbrenner und betrachtete das Profilbild. Kein Zweifel, es war die junge Frau aus der Fabrikhalle.

Endlich konnten ihre Angehörigen verständigt werden, durften sie ihre Tochter, ihre Schwester, ihre Enkelin bestatten und um sie trauern.

Und wer trauert um die anderen elf Opfer?

Keiner, der sie kannte. Niemand, der sie vermisste.

Noch immer hatte Kalkbrenner keine konkrete Spur, nur einen möglichen Zeugen, der wie vom Erdboden verschluckt war. »Könnte Kevin bei dieser Sandrine sein?«

»Hier ist er jedenfalls nicht.«

»Wo könnte er sich außerdem aufhalten?«

»Er hat ein paar Kumpels in Berlin.«

Muth notierte die Namen, die Lucy ihr nannte, und verließ mit ihrem Handy den Raum.

Nachdenklich schaute Lucy ihr nach. »Ist es diesmal so schlimm, was Kevin ausgefressen hat?«

»Diesmal hat er nichts angestellt«, sagte Kalkbrenner, »er wird als Zeuge eines Verbrechens gesucht.«

»Ein Verbrechen?«

»Ein Mord.«

Sosehr sie ihren Exfreund vor wenigen Minuten noch gehasst haben musste, plötzlich war Lucys Gesicht erfüllt von Sorge. »Ist er in Gefahr?«

»Möglicherweise.«

»Was haben Sie vor?«

»Wir werden Beamte zu seinen Freunden schicken, vielleicht hat er sich bei ihnen gemeldet. Oder versteckt sich sogar bei einem von ihnen. Sollten sie nichts von Kevin gehört haben, geben wir ein Foto an alle Berliner Streifenbeamten weiter.«

»Paul!« Muth trat wieder in die Küche. Sie reichte ihm ihr Handy.

Verwundert hielt er es sich ans Ohr. »Ja?«

»Sebastian hier«, Berger klang aufgeregt, »wir haben ein weiteres totes Mädchen. In einer Lagerhalle in Weißensee.«

27

»Ein totes Mädchen. In einer Lagerhalle in Weißensee«, sagte Yvonnes Mutter. »Sie haben es vorhin im Radio gesagt.«

Ich trat auf die Bremse. Der Wagen schlingerte und blieb am Straßenrand stehen.

Autofahrer hupten zornig, als sie an mir vorbeifuhren, schwenkten die Hand vor ihrem Gesicht. *Bist du bescheuert?*

Ich nahm keinerlei Notiz davon. »Weißt du, wer dieses Mädchen ist?«

»Nein«, sagte Alma, »sie haben keinen Namen genannt.«

Noch war also gar nicht sicher, ob es sich bei dem toten Mädchen um Merle handelte. Doch genau davon ging ich aus, jedem an meiner Stelle wäre es genauso ergangen.

Mit zitternden Fingern wählte ich die Nummer von Kriminalhauptkommissar Veckenstedt. Endlose Sekunden lang musste ich dem Freizeichen lauschen, bevor ein Anrufbeantworter ansprang.

Ich bin im Augenblick nicht an meinem Platz und …

War er auf dem Weg nach Pankow? Befand er sich schon bei uns?

Ich rief Yvonne auf ihrem Handy an. Ich ließ sie nicht zu Wort kommen. »Ist die Polizei bei uns?«

Sie antwortete nicht.

Das Herz schlug mir bis zum Hals.

»Sollte sie?«, fragte Yvonne.

Ich wollte Erleichterung verspüren, aber noch immer hatte ich keine endgültige Gewissheit.

»Was ist los?«

»Man hat ein totes Mädchen gefunden.«

»Wo?«

»In Weißensee. In einer Lagerhalle.« Ich gab Gas. »Ich fahre dahin.«

*

Wie von Sinnen raste ich durch Berlin.

Ein totes Mädchen, trieb mich Almas Stimme an.

Ich ignorierte Geschwindigkeitsbegrenzungen, überfuhr rote Ampeln, fluchte, schimpfte, verdammte Gott und die Welt, wann immer der Verkehr ins Stocken geriet. Die Fahrt schien kein Ende zu nehmen.

Nein!, versuchte ich mich zu beruhigen, *es ist nicht Merle!* Und legte noch einmal an Tempo zu.

Endlich erreichte ich Weißensee.

Kreuz und quer kurvte ich durch den Bezirk, fragte Passanten, Taxifahrer, sogar zwei Kontrolleure vom Ordnungsamt, aber die Nachricht von dem schrecklichen Fund in der Lagerhalle hatte sich offenbar noch nicht herumgesprochen.

Meine Verzweiflung wuchs mit jeder Minute.

Da sah ich den Übertragungswagen eines TV-Senders in eine Nebenstraße abbiegen, die zu einem Industriekomplex führte. Schon nach wenigen Metern machten andere Fernsehtransporter und Polizeiautos die Weiterfahrt unmöglich.

Ich sprang aus dem Wagen und rannte auf eine Absperrung zu, vor der sich Schaulustige und Reporter drängelten. Frauen und Männer eilten in weißen Overalls vor dem Eingang einer alten, abbruchreifen Halle umher.

Unter den Beamten, die nicht mit Plastikanzügen verhüllt waren, entdeckte ich Kommissar Veckenstedt. Mit betroffener Miene besprach er sich mit einem anderen Beamten.

Mein Puls beschleunigte sich.

»Herr Veckenstedt«, rief ich und zwängte mich an den Leuten vorbei bis zu einem Flatterband.

Ein Streifenbeamter versperrte mir die Sicht. »Tut mir leid, Sie dürfen hier nicht durch.«

»Ich muss mit Herrn Veckenstedt reden!«

»Der hat jetzt keine Zeit, er …«

»Herr Veckenstedt«, schrie ich.

Der Kriminalhauptkommissar reagierte nicht.

»Hören Sie«, der Streifenbeamte brummte missfällig.

»Herr Veckenstedt!«

Endlich drehte er sich zu mir um. Sein Gesicht nahm einen erstaunten Ausdruck an.

»Herr Veckenstedt!«

Sein Kollege warf die Stirn in tiefe Sorgenfalten. Veckenstedt eilte auf mich zu. »Frau Kluge …«

»Ist es Merle?«

»Nein.«

»Sind Sie sicher?«

»Ja.«

»Wie können Sie …?«

»Bitte«, unterbrach er mich, während sein Blick besorgt über die Menschenmenge glitt, die ersten Journalisten schauten neugierig zu uns herüber. »Können Sie …?«

»Was?«, fuhr ich ihn an. »Leise sein?« Meine Stimme schwoll an. »Einen Teufel werde ich tun.«

»Bitte, Frau Kluge …«

»Merle ist verschwunden und womöglich liegt sie tot dort drinnen.« Bei dem Gedanken drehte sich mir der Magen um.

»Nein«, sagte Veckenstedt mit Nachdruck, »das tut sie nicht.«

»Ich möchte mich selbst davon überzeugen!«

»Juli!« Plötzlich stand Yvonne neben mir. Sie legte ihre Hand auf meinen Arm. »Du hast gehört, was er gesagt hat.«

»Ich muss *sie sehen!«*

»Sie ist es nicht.«

»Bitte«, flehte ich, *»bitte …«* Ein Schluchzen erstickte meine Worte. Fotoapparate klickten. Reporter rückten dichter an mich heran.

»Kommen Sie«, mit einem grimmigen Ächzen hob Veckenstedt das Flatterband hoch, »schnell.«

*

Veckenstedt führte uns zu einem Transporter der Rechtsmedizin, hinter dem wir Schutz fanden vor den Augen und Objektiven der Journalisten.

Sein Kollege erwartete uns bereits. »Kriminalhauptkommissar Stäuber«, stellte er sich vor. »Ich leite die Ermittlungen. Herr Veckenstedt hat mir von Ihrer Tochter erzählt.«

»Pflegetochter«, korrigierte Yvonne.

Was spielt das jetzt für eine Rolle?

Stäuber sagte: »Ich versichere Ihnen, bei dem Mädchen handelt es sich nicht um Ihre Pflegetochter.«

»Ich muss …«

»Sosehr ich Ihre Zweifel verstehe«, der Polizist sah mich mitfühlend an, »aber ich darf Sie nicht in die Halle vorlassen.«

»Aber ich …«

»Nicht solange die Spurensicherung dort arbeiten muss.«

»Dann warte ich.«

»Juli«, sagte Yvonne.

Veckenstedt seufzte. »Vielleicht …« Er tauschte einen Blick mit seinem Kollegen. Dieser nickte.

Veckenstedt winkte einen der Männer in den weißen Overalls heran. Um dessen Hals baumelte ein Fotoapparat. Veckenstedt wechselte einige Worte mit ihm, dann klickte sich der Fotograf auf seinem Kameradisplay durch eine Reihe von Bildern.

Eines der Fotos zeigte er mir. Die Porträtaufnahme eines jungen Mädchens. Ihr Gesicht im grellen Licht aschfahl. Die Augen blicklos.

Ich heulte vor Erleichterung auf. »Das ist nicht Merle.«

»Wurde das Mädchen umgebracht?«, fragte Yvonne.

Das Schweigen der beiden Polizisten war Antwort genug.

Mir wurde schlecht. »Wissen Sie, wer das getan hat?«

Veckenstedt schüttelte den Kopf. »Wir wissen noch nicht einmal, was dem Mädchen widerfahren ist.«

»Sie wurde umgebracht!«

»Wir stehen erst am Anfang unserer Ermittlungen.«

»Und wenn es der gleiche Typ war wie bei Merle?«

*

Die beiden Kommissare sahen mich verwundert an.

»Juli«, ermahnte mich Yvonne.

Ich sagte: »Merle hat von einem Typ erzählt, der sie verfolgt hat.«

»Das haben Sie mir gestern verschwiegen«, bemerkte Veckenstedt vorwurfsvoll.

Ich schüttelte den Kopf. »Da wusste ich auch noch nichts davon. Aber Merle hatte Kontakt zu ihrem leiblichen Vater. Dem hat sie davon erzählt.«

»Und wer war dieser ... *Typ*?«

»Das hat sie nicht gesagt, sie wollte ihn ihrem Vater zeigen. Aber bevor sie dazu kam, ist sie verschwunden. Und dann habe ich diese merkwürdige MMS gekriegt.«

»Und jetzt denken Sie ...?«

»Was würden Sie denn denken?« Meine Stimme schwoll wieder an. Weil die beiden Beamten nicht reagierten, fügte ich hinzu: »Merle wollte sich mit ihrem Vater vor einer Kneipe treffen. Dem *Rosenholz*.«

»Wo ist diese Kneipe?«

»Das ist es ja, diese Kneipe ist geschlossen, seit Monaten schon, vielleicht seit Jahren. Aber irgendwo dort muss dieser Typ zu finden sein, der Merle ...«

»Juli!«, fiel Yvonne mir ins Wort. »Ich glaube, es reicht.«

Ich schaute hilfesuchend zu den beiden Polizisten. Ihre Blicke sprachen Bände. »Sie glauben mir nicht«, stellte ich fest.

»Nein, nein«, beeilte sich Veckenstedt zu sagen, »Ihre Angaben helfen uns aber nicht weiter.«

»Sie glauben mir nicht!«, beharrte ich.

»Frau Kluge«, Stäuber klang, als spreche er mit einem begriffsstutzigen Kind, »haben Sie das tote Mädchen auf dem Bild erkannt?«

»Nein, wer …?«

»Sehen Sie, im Augenblick deutet nichts auf eine Verbindung zwischen dem Mädchen hier und Merle hin.«

»Das hat nichts zu bedeuten!«

Stäuber sagte: »Natürlich werden wir prüfen, ob es eine Verbindung gibt zwischen dem Mädchen und dem Verschwinden Ihrer Pflegetochter.«

»Und natürlich«, fügte Veckenstedt hinzu, »werden auch die Streifenbeamten weiterhin Ausschau nach ihr halten.«

»Das ist alles?« Noch ehe mir einer der Beamten antworten konnte, stürmte ich davon.

»Juli!« Yvonnes Stimme folgte mir.

Als ich die Absperrung erreichte, setzte das Blitzlichtgewitter ein.

»Ist das Ihre Tochter?«, schallte es mir aus dem Reporterpulk entgegen. »Wie ist ihr Name?«

»Was ist mit ihr passiert?«

»Wie fühlen Sie sich?«

Immer mehr Fragen prasselten auf mich ein. Ich blieb stehen und sammelte meine Gedanken.

Dann hörte ich mich sagen: »Meine Tochter ist seit zwei Tagen verschwunden.« Ich zückte mein Handy und hielt das Foto der MMS hoch. »Ihr Name ist Merle Schwarz. Wer hat sie gesehen? Wer weiß, wo sie ist? Bitte, melden Sie sich.« Ohne lange darüber nachzudenken, nannte ich unsere Telefonnummer.

»Was glauben Sie, was passiert ist?« Die Journalisten kamen auf mich zu. »War es der gleiche Täter?«

»Hat die Polizei die Suche aufgenommen?«

»Wissen Sie …?«

»Gehen wir!« Yvonne packte mich an der Schulter und

schob mich durch die Menge zu ihrem Auto. »Meine Tochter?«, zischte sie. »Bist du von allen guten Geistern verlassen?«

Ich riss mich von ihr los.

»Verdammt, Juli, lass uns nach Hause fahren und …«

»Nein!« Ich stürzte auf meinen Subaru zu. »Ich kann jetzt nicht nach Hause.«

»Lass den Blödsinn!«

»Ich darf nicht zulassen, dass Merle genauso endet.«

28

Kalkbrenner, noch immer Muths Telefon am Ohr, nahm drei Stufen auf einmal. »Wo müssen wir hin?«

»Wie bitte?«, fragte Berger.

»Wo finden wir diese Lagerhalle in Weißensee?«

»Was willst du dort? Die steht schon lange nicht mehr.«

Kalkbrenner blieb abrupt stehen. Seine Kollegin bemerkte es zu spät und rannte in sein Kreuz. Sie stolperten die Treppe hinunter, bis eine Wohnungstür laut krachend ihren Fall bremste.

Muth beruhigte die erzürnte Mieterin.

Kalkbrenner fragte: »Sebastian, was redest du da?«

»Äh, nun …«

»Was?«

»Dieser Leichenfund in Weißensee, der liegt zwei Jahre zurück. Um genau zu sein, ein Jahr und acht Monate, aber das sind ja fast …«

»Sebastian!«

»Entschuldige, was ich meinte: Ich bin durchs ViCLAS auf den Fall gestoßen.«

ViCLAS war die Abkürzung für Violent Crime Linkage Analysis System, eine internationale Datenbank, in der Tatort- und Opfermerkmale eingetragen wurden, damit ein Zusammenhang zwischen Serienstraftaten hergestellt werden konnte.

»Und wie ich schon sagte«, Berger hielt schnaufend inne, Papier raschelte, »vor zwei Jahren und … Also, vor zwei Jahren wurde bei den Abrissarbeiten der Lagerhalle die Leiche eines jungen Mädchens gefunden. Auch sie ist grausam gefoltert worden, auch ihre Leiche hat man mit Industriereiniger gesäubert, bevor sie entsorgt wurde.«

*

Markus blieb im Wagen sitzen, rauchte, während er die Gegend am Kottbusser Tor im Auge behielt.

Aus den Autolautsprechern rieselte Silly.

Die Sehnsucht rast von überall, auf mich zu auf meiner Spur.

Immer wieder wurde die Musik übertönt vom Straßenlärm, der durch das geöffnete Fenster schallte, testosteronschwangere Jugendliche vor der Falafelbude, ein Gemüsehändler pries seine Ware an, die Hochbahn kreischte.

Was soll ich tun? Wie weich ich aus?

Aus einer Zigarette wurden zwei, drei. Mit dem Tabak verbrannten auch die Minuten. Der Mazda heizte sich in der Mittagssonne auf.

Markus war sich nicht sicher, ob er mit seinem Vater sprechen wollte – er hatte sich mühsam abgewöhnt, auch nur an ihn zu denken. Allerdings wurde er das Gefühl nicht los, dass er seiner Schwester diesen Wunsch nicht abschlagen konnte.

Das ist dir wichtig, oder?

Drüben schlurften zwei Gestalten aus der U-Bahn-Station.

Markus stieg aus, warf die Kippe auf die Straße. »Na, Jungs, alles klar?«

Sie gefroren in der Bewegung wie zwei Pennäler, die man beim Kiffen ertappt hatte.

»Heute braucht ihr nichts?«

»Nee«, sagte der mit dem gelben Beanie auf dem Kopf.

»Sicher nicht?«

»Yo, Mann.«

»Na dann.« Markus tat, als wollte er weiterlaufen.

Auch die Jungs trabten los.

»Bevor ich es vergesse.« Markus versperrte ihnen den Weg. »Wisst ihr, wo Mick ist?«

»Zu Hause.«

»Nein, dort war ich schon, da ist er nicht. Ihr habt ihn nicht gesehen?«

»Weiß nicht«, sagte der mit der *H-A-T-E*-Tätowierung auf den Fingern.

»Du weißt nicht, ob du ihn gesehen hast?«

Beanie bedachte seinen Kumpel mit einem bösen Blick. »Yo, hab ihn heut Morgen gesprochen.«

»Hat er gesagt, wo er heute hinwill?«

»Nee.«

Markus wartete, bis ein Fahrradfahrer an ihm vorbeigeradelt war. Dann kehrte er zurück zu seinem Wagen in der Skalitzer Straße.

Anstatt jedoch einzusteigen, lief er weiter in die nächstbeste Straße rechts. Nach vierzig Metern führte eine Einfahrt auf einen Hinterhof, von wo ihn ein schmaler Durchgang wieder zur Skalitzer Straße brachte.

Er hielt sich im Schatten der Häuser versteckt.

Auf der Insel im Kreisverkehr standen nach wie vor die beiden Junkies, glotzten in die Richtung, in die Markus verschwunden war.

Eine halbe Minute verging, bis sie zum Neuen Kreuzberger Zentrum schlurften, einem monströsen Sozialbau, der die Adalbertstraße wie eine Brücke überspannte.

Vorm Eingang drückten sie eine Klingel. Die Tür öffnete sich. Sie betraten das Gebäude. Kurz darauf glitt hinter einem

Fenster der vierten Wohnung von links in der ersten Etage eine Gardine beiseite.

Mick linste zur Straße runter.

*

Kalkbrenner eilte zur Straße hinaus. Muth schloss zu ihm auf, entriegelte den Wagen und sprang hinters Steuer.

Kalkbrenner ignorierte Bernies kläffende Begrüßung, während er auf den Beifahrersitz sank. Er aktivierte die Freisprecheinrichtung, damit seine Kollegin mithören konnte. »Sebastian, wer war dieses Mädchen?«

»Genau das ist es ja«, Berger schnaufte aufgeregt, »ihre Identität wurde nie geklärt. Die Ermittler gingen damals diversen Spuren nach. War das Mädchen entführt worden? Zur Prostitution gezwungen? Aber der Fall wurde nie gelöst, irgendwann ist er bei den Akten gelandet. Was auch noch für einen weiteren Fall gilt, der mir ebenfalls aufgefallen ist. Ein vermisstes Mädchen … oder Junge.«

»Was denn jetzt?«

»Das erkläre ich dir später, entscheidender ist: Die Mutter, vielmehr die Pflegemutter, platzte damals in die Lagerhalle herein und sorgte für beträchtlichen Wirbel, du kannst dir vorstellen, was das …«

»*Sebastian!*«

»Ja, wie auch immer, die Pflegemutter glaubte, die Leiche sei ihr verschwundener … Also, ihre verschwundene Tochter.«

»War sie aber nicht?«

»Nein.«

»Gab es einen Hinweis auf einen Zusammenhang zwischen den beiden Mädchen, dem verschwundenen und dem toten?«

»Ich hatte bisher nur Zeit für einen kurzen Blick in die Akte des Vermisstenfalls, aber soweit ich erkennen kann – nein.«

»Dann hilft uns das unbekannte, tote Mädchen in der Lagerhalle auch nicht weiter«, sagte Kalkbrenner.

»Oh doch«, widersprach Berger. »Denn weißt du, wem die Lagerhalle in Weißensee gehört hat? Der Firma Albidus. Einige Jahre, bevor sie raus nach Schulzendorf gezogen ist.«

»Wurde die Firma damals nach dem Leichenfund überprüft?«

»Selbstverständlich, aber die damaligen Ermittler fanden keine Hinweise darauf, dass irgendjemand bei Albidus in Verbindung mit dem toten Mädchen stand.«

»Es wird Zeit, dass wir die Firma genauer unter die Lupe nehmen«, stellte Kalkbrenner fest. »War ihr Chef nicht ohnehin für heute Mittag zur Vernehmung geladen?«

»Er ist nicht aufgetaucht. Jens-Harald Albidus ist verschwunden. Spurlos.«

*

Markus wartete, bis sich Mick wieder hinter die Gardine zurückgezogen hatte. Dann ging er inmitten einer Menschentraube hinüber zum NKZ und half einer alten, buckligen Dame mit Kopftuch und Einkaufswägelchen die Stufen zum Bürgersteig hinunter.

Bevor die Haustür ins Schloss fiel, huschte er ins Gebäude.

Im Treppenhaus stank es nach Katzenpisse. Die Stufen waren übersät mit Kippen und Kaugummis, die Wände zerkratzt und bekritzelt.

In der ersten Etage sah es nicht besser aus. Hier überwog allerdings ein anderer Geruch, süßlich, chemisch. Meth. Der Gestank hatte seinen Ursprung hinter der vierten Tür. Hiphop dröhnte durchs Sperrholz.

Das ist alles nicht so leicht, aber einer muss es machen.

Auf dem Klingelschild stand kein Name, die Klingel funktionierte nicht. Markus klopfte.

Die Stimmen erstarben. Nur noch die Musik dröhnte raus in den Flur.

»Mick?« Er schlug erneut gegen die Tür.

Aufgeregtes Rascheln in der Wohnung.

»Mick, wir müssen reden.«

Ein Scheppern. Glas, das zerbrach.

Markus winkelte sein Bein an und –

Aus der Wohnung zwei Türen weiter wankte ein korpulenter Mann, über dessen riesige Nase sich ein feuerrotes Netz geplatzter Adern spannte. Von seiner Hand baumelte eine Plastiktüte. Leergut klirrte. Aus trüben Augen musterte er Markus.

»Ein Notfall«, sagte der.

Der Mann rülpste, nickte und taumelte zum Fahrstuhl.

Markus trat zu. Die Tür zerbarst. In der Wohnung brach Chaos aus. Lautes Geschrei.

Einer muss es machen, da gibt's leider nichts zu lachen.

Markus zwängte sich durch das zersplitterte Holz in die Diele, stolperte über einen Haufen zerknüllter Tapeten.

Eine Klospülung rauschte. Aus dem Badezimmer trat *H-A-T-E.* Markus verpasste ihm einen Stoß. Rücklings krachte der Typ auf die Kloschüssel.

Beanie stürmte in die Diele. Markus duckte sich unter seinen Fäusten weg, konnte aber nicht verhindern, dass sie zusammenprallten. In einem wild ringenden Knäuel landeten sie auf dem Boden.

Beanie holte aus. Markus lenkte die Faust gegen die Wand. Der Schmerzensschrei des Typen erstarb, als Markus ihm sein Bein in den Schritt rammte. Er sackte zu Boden, hielt sich schluchzend sein Gemächt.

Markus sprang über ihn hinweg ins Wohnzimmer.

Auf der Couch fläzte ein Mädchen, strohiges Haar, bleiche Haut, eingefallene Wangen, entrückter Blick. Vor ihr auf dem Boden kauerte ein ausgemergelter Typ, der fleckige Schädel auf die Brust gesunken, die Hände um eine Meth-Pipe verkrampft.

Das Fenster zum Hof stand sperrangelweit offen. Unten verschwand Mick im Durchgang zur Straße.

»Verdammt!«, fluchte Markus.

In der Diele knirschte die zersplitterte Tür. *H-A-T-E* türmte ins Treppenhaus. Sein Kumpel war nicht so schnell. Mit schmerzverzerrtem Gesicht mühte er sich auf die Beine.

Mit drei großen Schritten war Markus bei ihm, packte ihn am Kragen, schleuderte ihn quer durch die Diele.

Beanie stolperte über den Tapetenhaufen, ruderte mit den Armen, stürzte, krachte mit dem Schädel gegen die Wand. Regungslos blieb er liegen.

*

Anezka zitterte.

»Frierst du?« Leonid streckte die Hand nach ihr aus.

Verängstigt kroch sie weg von ihm. Sie kam nicht weit, die Mauer hielt sie auf.

»Gleich wird dir warm.« Er grinste höhnisch

Sie hob schützend ihre Arme vors Gesicht und versuchte sich wegzudrehen.

Seine Hand schob ihr Sweatshirt nach oben. Etwas pikste sie in den Rücken, sie nahm es kaum wahr.

Seine Finger betatschten ihren Po. Sie ließ es geschehen, gelähmt vor Angst.

»Worauf wartest du?« Seine Hose raschelte auf die Knöchel herab. Er packte sie und bog ihren Kopf zu sich herum. »Sperr dein Maul auf.«

Sie streckte ihre Arme zur Abwehr aus. Er schlug sie zur Seite. Etwas Weiches klatschte gegen ihre Wange. Sie presste die Lippen aufeinander.

Finger hielten ihr die Nase zu, bis sie den Mund öffnen musste, um Luft zu holen. Das Glied drängte in ihren Rachen und ihr wurde schlecht. Sie versuchte, ihr Bewusstsein abzuschalten.

Denk an was Schönes!

Sie dachte an ihr kleines Dorf, an ihren Opa, seinen herben, wunderbaren Pfeifenduft, das laute Lachen ihres Bruders.

Wie lange ist das her? Tage? Wochen? Eine Ewigkeit?

Der Mann über ihr schrie auf. Erneut prallte sein Glied gegen ihr Gesicht, diesmal allerdings nicht, weil seine Lust ihn dazu anstachelte, sondern weil er über sie hinwegstolperte. Dankbar begriff sie, etwas riss ihn von den Beinen.

Knackend zerbrach Holz über seinem Kopf. Er stürzte mit der Schläfe gegen die Wand. Bewusstlos sank er zu Boden.

Hinter ihm ragte Kevin auf, aschfahl, verschwitzt, sein Hemd voller Blut, in seiner Hand die Überreste eines Stuhls. Keuchend drehte er sich zur Tür, als befürchte er, dass jeden Augenblick Pjtor und die anderen Männer in den Raum stürzten.

Nichts dergleichen geschah.

Das Holz entglitt Kevins Fingern. Entkräftet sackte er auf die Knie.

*

Markus überzeugte sich davon, dass Beanie nur bewusstlos war.

Danach untersuchte er die beiden Teenager im Wohnzimmer. Beide waren nicht ansprechbar, mit Meth zugedröhnt bis zum Anschlag.

Das macht doch keinen Spaß, aber einer muss es machen.

Markus schaltete den billigen Ghettoblaster aus. Statt Hiphop dröhnte jetzt der Straßenlärm durch die versiffte Bude. Die Tapete schälte sich von den Wänden. Brandflecken auf dem Holztisch, dem Teppich, sogar am Einbauschrank. Im Aschenbecher türmten sich Kippenreste, Joint-Stummel und Meth-Tütchen.

Unter der Decke waberte noch immer Rauch, obwohl das Fenster zum Hof weit offen stand.

In der Küche türmten sich Bier- und Wodkaflaschen in einer durchweichten Pappbox. Geschirr in der verkalkten Spüle. Schimmel zwischen Essensresten.

Der Kloschüssel im Bad entwich ein strenger Geruch. Der Badewannenabfluss war verrostet.

Markus' winzige Zweiraumwohnung in Neukölln war im Vergleich zu dieser Junkiebude ein Palast. Einen Hinweis auf Micks möglichen Verbleib würde er hier nicht finden.

In der Diele gab Beanie ein Stöhnen von sich. Sein trüber Blick irrte ziellos umher, bis ihm endlich dämmerte, wo er sich befand und was ihm widerfahren war. Wut glomm in seinen Augen.

Markus hockte sich zu ihm. »Wie war das? Du hast keine Ahnung, wo Mick steckt?«

»Ey, Mann, fick dich!«

Natürlich hätte Markus diesen Schwachkopf einfach entkommen lassen können. Er hätte sich nur an seine Fersen heften müssen, früher oder später wäre der Junkie auf Mick getroffen. Aber im schlimmsten Falle hätte das Stunden gedauert, und so lange wollte er nicht warten.

»Wo ist Mick?«, wiederholte er.

»Mann, hast du nicht …?« Beanies Augen quollen hervor, als Markus ihn bei den Eiern packte und zudrückte.

Der Junge jaulte.

»Also?«

»Du Scheiß –« Beanie brüllte, als Markus ihm erneut die Weichteile quetschte.

Diesmal brauchte der Junkie länger, bis sich sein Atem normalisierte. Seine Stimme war ein heiseres Flüstern. »Er … er wollte zu … zu Dennis.«

»Dennis?«

»Jagusch oder so.«

»Oder so?« Markus ließ seine Hand demonstrativ über dem Schritt des Junkies schweben.

»Ja, doch, so heißt er, Dennis Jagusch … reißt Sozialstunden ab … in dieser Integrationsstätte in Neukölln.«

»Die des Portugiesen?«

»Yo, Mann, die von Dossantos.«

Markus fluchte.

29

Mehr als drei Stunden waren vergangen, seit ich mit Merles Vater telefoniert hatte. Als ich in Tempelhof endlich vor dem *Rosenholz* vorfuhr, war weit und breit nichts von ihm zu sehen.

Hatte er sich allein auf die Suche nach Merle begeben?

Ich versuchte, ihn auf seinem Festnetzanschluss zu erreichen. Er nahm nicht ab. Seine Handynummer war mir unbekannt.

Ob ich zu ihm nach Hause fahren sollte?

Ich verwarf den Gedanken. Wenn er zurück nach Neukölln gefahren war, dann wusste ich, was ich von seiner Sorge um Merle zu halten hatte. Anderenfalls, so hoffte ich, würde er mir früher oder später über den Weg laufen.

Außerdem wollte ich keine Zeit mehr vergeuden.

Ich darf nicht zulassen, dass Merle genauso endet.

Keine fünfzig Meter weiter marschierte ich in eine Eckkneipe mit dem geistlosen Namen *Das Eck,* die Sorte Spelunke, in die man als Frau selbst dann keinen Schritt setzt, wenn die Blase zu platzen droht. Stickige Luft, wenig vertrauenerweckende Gestalten, schmierige Blicke.

Hier hatte Merle sich ganz sicher nicht aufgehalten. Aber vielleicht der Mann, den sie ihrem Vater hatte zeigen wollen? Ich trat an den Tresen, hob mit zitternden Fingern mein

Handy und zeigte die MMS mit dem Bild. »War dieses Mädchen hier?«

»Was glauben Sie?« Der Wirt war eine kranke Erscheinung, ausgemergelt und blass, trotzdem brachte er ein sarkastisches Lächeln zustande. »Hätte sie sich *hier* aufhalten wollen?«

»Haben Sie eine Ahnung, wo das Foto entstanden sein könnte?«

»Vor einer heruntergekommenen Wand!« Er grinste breit. »Ich würde mal schätzen, davon gibt's ein paar Hunderttausend in Berlin.«

Erleichtert suchte ich den benachbarten Spätshop auf, wo ich einem schnauzbärtigen Araber Merles Bild zeigte. Kopfschüttelnd brummelte er in seinen Bart.

Auf dem Weg zu einem Imbiss klingelte mein Handy. Wieder war es mein Chef. Diesmal nahm ich den Anruf entgegen.

»Juli«, sagte Oliver, »hast du jetzt ein paar Minuten?«

»Eigentlich nicht.«

»Ich hatte es vorhin bei dir zu Hause versucht. Yvonne sagte mir, dass Merle noch immer nicht wieder aufgetaucht ist.«

»Ja.«

»Yvonne meinte, sie ist ausgerissen?«

»Wenn sie das sagt.« Ich betrat den Imbiss. An einem der Stehtische vertilgten Bauarbeiter fettiges Gyros mit Fritten und tranken Bier.

»Juli«, sagte Oliver, »ich weiß, du machst dir Sorgen, aber du musst mich auch verstehen, ich habe eine Firma, Mitarbeiter, Kosten …«

»Dann gib mir Urlaub.«

Sein Schweigen verriet, dass er nicht begeistert war von meinem Vorschlag.

»Eine Woche, ja?«, fügte ich hinzu.

»Also gut«, brummte er.

Ich wollte auflegen.

»Juli«, rief er.

»Ja?«

Geräuschvoll atmete er ein. Schnaufend stieß er die Luft wieder aus. »Ach, vergiss es. Eine Woche.«

Eine Hand legte sich auf meine Schulter.

*

Es war Merles Vater, der mich vorwurfsvoll anschaute. »Wo haben Sie gesteckt?«

»Haben Sie das denn nicht gehört?«

»Was?«

»Ein …« Meine Stimme versagte. Die Tische begannen sich mitsamt der Bauarbeiter vor meinen Augen zu drehen.

Bevor ich zu Boden stürzte, war Schwarz zur Stelle. Er brachte mich zu einem Stuhl und bestellte ein Mineralwasser.

Die Bauarbeiter beobachteten uns.

Leise und stockend berichtete ich von dem toten Mädchen in der Lagerhalle in Weißensee.

»Aber es war nicht Merle?«, hakte ihr Vater nach.

Schwach schüttelte ich den Kopf.

»Aber das Mädchen wurde ermordet?«

»Darüber wollte die Polizei nichts sagen, aber …« Ich traute mich nicht es auszusprechen.

Ich bekam das Wasser serviert. Als ich das Glas begierig in einem Schluck leerte, merkte ich, wie sehr die zurückliegenden Tage mich geschlaucht hatten.

»Wo sind *Sie* gewesen?«, wich ich aus.

»Sie sind nicht aufgetaucht. Also habe ich alleine angefangen zu suchen.«

»Haben Sie etwas herausgefunden?«

»Nein, nichts, aber …« Ein Schatten glitt über Schwarz' Gesicht. »Dieses tote Mädchen in der Halle …«

Ich hielt die Luft an.

»Wenn das nun der gleiche Typ war wie bei Merle?« Schwarz straffte entschlossen seinen Rücken. »Wir dürfen keine Zeit vergeuden.«

Zum ersten Mal fühlte ich mich in meiner Angst verstanden.

*

Sechs oder sieben Tage lang streiften wir durch das Viertel rund ums *Rosenholz,* von einer Kneipe zur nächsten, vom Spätshop bis zur Falafelbude, vom Spielplatz bis zur Grünanlage, in der sich Teenager nachmittags nach der Schule ihre Zeit vertrieben.

Wir fragten: »Kennt ihr dieses Mädchen?«

»Habt ihr es hier schon mal gesehen?«

»War es in Begleitung eines Mannes?«

»Könnt ihr den Mann beschreiben?«

»Habt ihr eine Ahnung, wo das Bild aufgenommen worden ist?«

Natürlich gab es immer wieder Leute, die erklärten, die alte Steinwand zu kennen, Merle begegnet zu sein, sie gesehen zu haben mit einem Mann, aber auch mit einer Frau, mit Kindern, allein mit einem Hund. Eine ältere Dame war fest davon überzeugt, sie im Park mit einem Pony gesehen zu haben.

Merle? Mit einem Pony? Na klar …

Wenn ich abends nach Hause kam, lag Yvonne schon im Bett. Auf dem Küchentisch hatte sie Zettel mit den Nummern aller Anrufer hinterlassen, die sich auf meinen verzweifelten Aufruf hin gemeldet hatten.

Die Presse hatte über Merles Verschwinden berichtet, wenn auch nicht in dem Umfang wie über das tote, unbekannte Mädchen.

Die meisten der Anrufer entpuppten sich als Witzbolde oder Wichtigtuer. Etliche alte Leute suchten nur jemanden zum Plaudern. Einige wenige Anrufe klangen überzeugend. Zum Beispiel der junge Mann, der sich zu erinnern glaubte, Merle in einer Disko begegnet zu sein. Zwei Studentinnen waren sich sicher, Merle in Begleitung eines Mannes auf dem Alexanderplatz gesehen zu haben.

Doch auch diese wenigen Spuren brachten uns nicht weiter, wir fanden keinen Beweis dafür, dass es sich bei dem Mädchen, das die Leute gesehen hatten, tatsächlich um Merle handelte. Den Ort, wo das Bild aus der MMS entstanden war, fanden wir ebenso wenig.

Eine heruntergekommene Wand! Ich würde mal schätzen, davon gibt's ein paar Hunderttausend in Berlin.

Nach einer reichlichen Woche verloren die Medien das Interesse, neue Schlagzeilen bestimmten die Titelseiten. Eine Leiche, die nicht identifiziert werden konnte, und ein verschwundenes Mädchen, von dem alle Welt glaubte, dass es sowieso nur wieder ausgerissen war, na ja, beides war wohl nicht auflagenfördernd.

Ich nahm mir noch eine Woche Urlaub. An deren Ende kam die nächste Enttäuschung. »Ich kann nicht mehr mit Ihnen weitersuchen«, sagte Merles Vater.

»Wie bitte?«

»Also, zumindest nicht mehr jeden Tag. Ich muss zur Schicht.«

»Schicht?«, wiederholte ich ungläubig.

»Ja, in Rummelsburg. Ich arbeite dort in der Zementfabrik.«

»Nehmen Sie sich Urlaub so wie ich!«

»Ich habe meinen Jahresurlaub in den letzten Tagen aufgebraucht. Mehr geht nicht.«

»Dann reden Sie mit Ihrem Chef!«

»Der hat mich sowieso schon auf dem Kieker. Ich darf den Job auf keinen Fall verlieren, ich habe Schulden, eine Bewährungsstrafe.«

Ich sah ihn erschrocken an.

»Ich habe Ihnen doch erzählt, ich habe meinen Führerschein verloren, ein blöder Unfall damals und … Ach, verdammt!« Er ließ seine Schultern hängen. »Wenn ich einfahre, kann ich Ihnen gar nicht mehr helfen, verstehen Sie?«

Natürlich, ich verstand, dennoch fuhr ich an jenem Abend niedergeschlagen nach Hause.

Zu meiner Überraschung brannte im Wohnzimmer noch Licht.

30

Kalkbrenners Handy erreichte eine MMS.

Das Foto, das ihm sein Kollege geschickt hatte, zeigte Jens-Harald Albidus. Ein distinguiert wirkender Mann im Anzug, Ende vierzig, Anfang fünfzig, stattlich, glatt rasiert, leicht ergraut.

Den einschlägigen Datenbanken zufolge war Albidus ein unbescholtener Bürger, der sich bis heute nichts hatte zuschulden kommen lassen, keine Tempoüberschreitungen, keine Unfälle, keine Punkte in Flensburg. Auch Google spuckte nicht viel über ihn aus, keine Website, kein Facebook-Account, nicht einmal Zeitungsberichte mit Fotos gesellschaftlicher Empfänge.

Einzig ein paar belanglose Archivtexte über die Insolvenz von Albidus. Farben & Industrielacke in Schulzendorf, der einzige Fleck auf seiner weißen Weste. Damals war er gestrauchelt, aber weich gefallen, in den Firmenschoß seiner Frau, mit der er seit knapp einem Vierteljahrhundert verheiratet war.

Nun war er spurlos verschwunden.

Muth ging voran in ein aufwendig renoviertes Loft, das im Charlottenburger Industriegebiet den *Großhandel Steensen* beherbergte.

Den Eingangsbereich markierte ein großes Foyer mit imposanten Backsteinsäulen und Deckenbalken. Hinter einem Glasschreibtisch pflegte eine blondierte Sekretärin ihre Fingernägel.

Kalkbrenner stellte sich und seine Kollegin vor. »Wir möchten zu Frau Albidus.«

»Einen Augenblick«, piepste die Blondine und stöckelte durch die Tür zu ihrer Rechten.

Links ging ein Durchgang ab in einen noch größeren Raum, in dem mehrere Dutzend junger Studenten konzentriert auf Computerbildschirme starrten, während sie in ihre Headsets plapperten.

»Einen Moment bitte«, teilte die Blondine mit, »sie hat ein wichtiges Gespräch.«

»Ja, mit uns!«, sagte Kalkbrenner.

»Ich …«

»*Sofort!*«

Erschrocken trippelte die Blondine erneut ins Chefbüro.

Albidus' Gattin rauschte heran. Sie war ebenso blond wie die Sekretärin, ihre Haut von tiefer Bräune, ihr Körper in Designerware gehüllt, ein enger Rock, ein makellos gebügelter Blazer, hohe Hackenschuhe, auf denen sie streng Haltung bewahrte.

»Schon wieder Polizei?«, fragte sie genervt. Sie umgab Parfümgeruch, schwer, satt und teuer. »Ich habe Ihren Kollegen doch schon gestern gesagt, dass ich …«

»Frau Albidus«, unterbrach Kalkbrenner, »wo …?«

»Albidus-Steensen, bitte!«

»Frau Albidus-Steensen, wo ist Ihr Mann?«

»Meine Güte«, ein spöttisches Lachen entwich ihren spitzen Lippen, »weiß bei Ihnen die rechte Hand nicht, was die linke tut? Mein Mann ist bei Ihren Kollegen auf dem Präsidium.«

»Nein, dort ist er nicht.«

»Dann steht er wahrscheinlich im Stau, kein Wunder bei den ganzen Baustellen in Berlin.«

»Er ist auch nicht in Berlin.«

»Woher wollen Sie das wissen?«

»Weil er seinen Rückflug aus London nicht angetreten hat.«

»Dann muss er das Flugzeug verpasst haben.«

»Er hat auch keinen neuen Flug gebucht.«

»Aber ...« Als Albidus-Steensen den neugierigen Blick ihrer Sekretärin bemerkte, machte sie auf dem Pfennigabsatz kehrt. »Kommen Sie bitte mit!«

Sie stakste in ihr Büro, das mit seinen verchromten Metallschränken und einem Glastisch auf glänzenden Metallbeinen modern wirken sollte, inmitten der wuchtigen Backsteinpfeiler aber nur die spröde Strenge seiner Besitzerin widerspiegelte. Sie drückte die Tür hinter sich ins Schloss. »Er *muss* in Berlin sein. Er hat Termine.«

»Dann sollten Sie die vielleicht absagen. Wir wissen mit Sicherheit, dass er nicht in der Stadt ist«, sagte Muth.

»Aber ich bin davon überzeugt ...«

»Frau Albidus-Steensen, laut unserer Kollegen in London hat Ihr Mann heute Morgen nicht einmal in seinem Hotel ausgecheckt. Und beim Frühstück wurde er auch nicht gesehen.«

Albidus-Steensen setzte sich an ihren Schreibtisch. Stifte, Hefter und ihr Handy lagen ordentlich in einer Reihe.

»Wann haben Sie das letzte Mal mit Ihrem Mann gesprochen?«, fragte Kalkbrenner.

»Gestern Mittag, nachdem mich Ihre Kollegen kontaktiert haben, wegen dieser unseligen Sache in Schulzendorf. Ich habe davon in den Zeitungen gelesen, schrecklich!«

»Seitdem haben Sie nichts mehr von ihm gehört, kein Anruf, keine E-Mail, keine SMS?«

»Nein.«

»Wir werden seine Anrufliste überprüfen, sollten Sie also ...?«

»Ich sagte doch: *Nein!* Er hat viel zu tun, die Messe, Verhandlungen, Gespräche, Abendessen, da passiert es häufiger, dass wir …« Einer plötzlichen Eingebung folgend, griff Albidus-Steensen zu ihrem Handy. »Warten Sie.«

»Falls Sie Ihren Mann anrufen möchten«, sagte Muth, »sparen Sie sich die Mühe, das haben wir schon mehrfach versucht. Sein Handy ist ausgeschaltet.«

»Aber er sagte doch …«

»Was *genau* hat er gesagt?«

»Dass er heute zurückkommt. Er hat wichtige Termine. Eine Mitarbeiterschulung. Er hätte mich doch angerufen, wenn er …« Albidus-Steensen zupfte an ihrem Blazer, während sie die beiden Beamten abwechselnd musterte. Die Überheblichkeit in ihrem Gesicht wich ersten Anzeichen von Besorgnis. »Weswegen wollen Sie eigentlich mit ihm sprechen?«

»Wo könnte sich Ihr Mann aufhalten?«

»Sie glauben doch nicht … Nein! Nein! Sie irren sich!« Ihr Blick fiel auf das Handy mitten auf dem Schreibtisch. Hastig schob sie es zurück in die akkurate Reihe. »Es wird eine Erklärung für das alles geben, da bin ich mir sicher.«

»Hat Ihr Mann auch ein Büro?«, fragte Kalkbrenner.

»Nein! Also … ja, natürlich. Aber nicht hier.«

»Warum nicht?«

»Ich kümmere mich um den Verkauf, er um die Einkäufe, Akquise, Messen, deshalb ist er die meiste Zeit unterwegs. Für alles andere hat er einen Arbeitsplatz zu Hause.«

»Wir möchten uns dort gern einmal umsehen.«

»Ich bin mir nicht sicher …«

»*Ich* bin mir sicher, der Staatsanwalt wird einen Durchsuchungsbeschluss innerhalb weniger Minuten ausstellen.«

*

Markus ignorierte den Tumult auf der Karl-Marx-Straße.

LKWs, die in zweiter Reihe parkten. Autofahrer, die hupten, weil der Verkehr sich staute oder rücksichtslose Fahrradfahrer ihnen an der Ampel den Weg abschnitten.

Er dachte an Miguel Dossantos. Der Pate von Berlin. Zumindest hatten die Medien ihn so tituliert. Er selbst verstand sich als Geschäftsmann. Wer etwas anderes behauptete, bekam es mit seinen Anwälten zu tun.

Gab es doch mal jemanden, der über seine wahren Machenschaften Zeugnis ablegen wollte, erlitt er bald darauf einen Gedächtnisschwund, wurde tragischerweise von einem Bus überfahren oder verschwand auf Nimmerwiedersehen.

Dossantos hatte Beziehungen, die weit reichten, vor allem aber in die Prostitution und ins Drogengeschäft – und damit gehörte er zu den erbittertsten Widersachern der Russen, die auf den Berliner Markt drängten.

Die Osteuropäer hatten, wenn man glaubte, was auf den Straßen kolportiert wurde, sogar den Tod von Dossantos' Sohn auf dem Gewissen.

Aber das spielte hier und jetzt keine Rolle. Wichtig war nur eins: Hatte sich Mick mit dem Portugiesen eingelassen?

Markus parkte vor dem Rathaus, eine Trutzburg mit Turm, hinter deren Mauern man aber den Kampf aufgegeben hatte gegen die Geschwüre, die das Viertel zersetzten.

Hundert Meter weiter war die Integrationsstätte für Migrantenkinder, ein quaderförmiger Betonklotz, dessen Neubau sich Dossantos vor ein paar Jahren eine halbe Million Euro hatte kosten lassen. Was inzwischen kaum noch zu glauben war, die Fassade war ergraut, mit Farbe bekleckst, das Klingelschild unleserlich, die Eisentür mit Stickern beklebt.

Auf Markus' Läuten hin öffnete ein älterer, grauhaariger Mann mit Brille. »Ja bitte?«

»Ich möchte zu Dennis. Dennis Jagusch.«

»Wieso?«

»Man sagte, er könne mir helfen.«

»Sind Sie nicht ein bisschen zu alt?«

»Es geht um einen Freund von mir. Sein Name ist Mick.«

»Der ist hier bei uns?«

»Das hat man mir gesagt.«

»Tja«, der Mann lächelte entschuldigend, »da kann ich Ihnen nicht helfen.«

»Auch wenn es wichtig ist?«

»Nein, tut mir leid, Vertrauen ist bei uns das A und O, verstehen Sie? Andernfalls würden die Kinder nicht mehr zu uns kommen.«

»Mick ist kein Kind mehr.«

Der Mann schob seine Brille zurecht, amüsiert, als wollte er sagen: *Netter Versuch!*

»Ich mache mir wirklich Sorgen«, sagte Markus.

»Das brauchen Sie nicht. Wenn sich Ihr Freund bei uns aufhält, dann ist er in guten Händen.«

»Und was ist mit Dennis, kann ich ihn bitte sprechen?«

»Der ist heute nicht da.« Der Mann schlug die Tür zu.

Markus bahnte sich einen Weg zurück zu seinem Mazda, klemmte sich hinters Steuer und steckte sich frustriert eine Zigarette an.

Über den Häuserdächern hing die Nachmittagssonne in gleißend rotem Licht. Die Schatten auf den Straßen wurden länger. Der Tag neigte sich dem Ende, viel zu schnell.

Und du fliegst noch schneller auf die Fresse …

Ein junger Mann trat aus dem Betonquader. Aufgeregt sprach er in sein Handy, während er am Straßenrand wartete. Kurz darauf stieg er in einen betagten, mit Rostbeulen übersäten Polo.

Am Steuer saß Mick.

*

Kalkbrenner wühlte sich frustriert durch unzählige Prospekte für Toner, Kartuschen und Tintenpatronen. Als er damit fertig war, schlug er die Aktenordner auf, die prall gefüllt waren mit Kostenvoranschlägen, Verträgen, Rechnungen, Mahnungen.

Nichts davon gab auch nur den kleinsten Hinweis auf den Verbleib von Jens-Harald Albidus, geschweige denn auf seine Schuld.

Muth hatte sich seinen Computer vorgenommen, ein iMac auf einem großen Glastisch. »Und Sie kennen wirklich nicht das Passwort?«

»Das sagte ich doch schon!« Albidus-Steensen stand im Türrahmen, ihre Lippen schmale Linien, während die Beamten den Raum durchsuchten.

»Dann werden wir den PC unseren Experten geben müssen.« Muth stöpselte die Kabel ab. Sie bückte sich zu dem Rollschrank unter dem Schreibtisch. »Wissen Sie, wo Ihr Mann die Schlüssel für die Schubladen aufbewahrt?«

»Wahrscheinlich an seinem Schlüsselbund.«

»Den er natürlich bei sich hat.« Muth fischte aus ihrer Hosentasche ihren eigenen Schlüsselbund, an dem – wie Kalkbrenner wusste – mehr hing als nur Schlüssel. Sie sah ihn fragend an.

Er nickte.

Albidus-Steensen zupfte an ihrem Blazer. »Was Sie hier veranstalten, ist lächerlich!«

»Wir tun nur unsere Pflicht.«

»Aber mein Mann hat mit diesen Morden nichts zu tun.«

»Sie müssen doch zugeben, dass sein Verschwinden verdächtig wirkt.«

»Hören Sie mir nicht zu? Ihm ist etwas passiert!«

»Unsere Kollegen haben Rücksprache mit der britischen Polizei gehalten. Es gibt keinen Hinweis auf einen Unfall, in den Ihr Mann verwickelt war – oder eine Person, auf die die Beschreibung Ihres Mannes zutrifft.«

Albidus-Steensen nestelte unentwegt an ihrem Blazer. Inzwischen erzeugte sie mehr Falten, als sie entfernte.

Kalkbrenner wandte sich wieder den Regalen zu. Sie bedeckten die Wände des Arbeitszimmers, ausgenommen die rückwärtige, an der raumhohe Fenster einen Blick auf gepflegte Rosenbeete freigaben.

Am anderen Ende des Gartens waren zwischen Sträuchern die Dächer prunkvoller Herrenhäuser zu erkennen, die Villenkolonie Westend, in der einst Prominente wie Hildegard Knef, Theo Lingen und Heinz Rühmann gelebt hatten.

Auch der vornehme Albidus-Altbau verfügte über eine lange Geschichte, obschon diese hinter modernem, aber kaltem Mobiliar nur noch zu erahnen war. Ordnung und Sauberkeit – doch kein Anzeichen von Leben. Über der Designertristesse hing schwer der strenge Parfümgeruch.

»Frau Albidus-Steensen«, sagte Muth, »wie gut kennen Sie Ihren Mann?«

»Was ist denn das für eine Frage?«

Das fragte sich Kalkbrenner auch. Neugierig drehte er sich zu seiner Kollegin um.

Die wollte wissen: »Ist Ihre Ehe … *glücklich*?«

»Ich wüsste nicht …«

»Sie haben keine Kinder, oder? Warum?«

»Ich denke nicht, dass Sie das etwas angeht.«

Muth nickte, als hätte sie keine andere Antwort erwartet. »Ihr Mann ist Raucher?«

Verwirrt über den abrupten Themenwechsel warf Albidus-Steensen ihre gebräunte Stirn in Falten. »Ja.«

»Geht er in Gaststätten oder Bars?«

»Natürlich, machen Sie so was nicht?«

»Sind Ihnen die Gaststätten bekannt, in denen er verkehrt?«

»Einige ja, andere nicht. Manchmal trifft er sich auch nur mit Freunden.«

»Kennen Sie seine Freunde?«

»Selbstverständlich. Was sollen diese Fragen?«

»Heißt einer seiner Freunde Thomas Mzorski?«

»Nein.«

»Hat Ihr Mann mal das *Café Weitblick* erwähnt?«

»Wo soll das sein?«

Muth griff in eine der Schubladen. Neben ordentlich aufgereihten Zigarettenpackungen lagen mehrere Streichholzschachteln.

Auf zweien prangte der Aufdruck: *Café Weitblick.*

*

»Kevin!«, rief Anezka.

Alle Kraft wich aus seinem Körper. Wie ein Sack kippte er zur Seite und prallte auf den Steinboden, wo er regungslos liegen blieb.

Anezka kroch auf ihn zu und tätschelte ihm das schweißnasse Gesicht. »Kevin!«

Er schlug die Augen auf.

Gott sei Dank, er lebt!

Widerwillig schaute sie zu Leonid. Er lag bewusstlos in der Ecke. Vermutlich würde er schon bald wieder aufwachen. Noch immer war von Pjtor und den anderen Männern nichts zu hören.

Anezka stemmte sich auf, ignorierte die Schmerzen und ging mit wackligen Beinen zur Tür. Sie öffnete sie einen winzigen Spalt. Fast rechnete sie damit, in Pjtors mitleidlose Augen zu starren.

Da war nur helles Licht, das blendete.

Anezka kniff die Augen zu schmalen Schlitzen zusammen. Sie erkannte einen leeren Gang, von dem alle paar Meter Türen abgingen, einige waren geöffnet. Am Ende des Flurs führten Stufen nach oben.

Sie ging zurück zu Kevin. »Da ist eine Treppe.«

»Du …«, röchelte er, »… musst gehen.«

»Nein«, sie schüttelte entsetzt den Kopf, »wir beide.«

»Ich …«, er hustete, »… ich kann nicht.«

»Du musst!«

Er schnappte nach Luft, bevor sein Körper erschlaffte. Nur das schwache Heben und Senken seines Brustkorbs verriet, dass er noch lebte.

Für einen Moment überlegte Anezka, ihn in der Kammer zurückzulassen. Aber sie konnte Kevin nicht einfach diesen Scheusalen überlassen, nicht nachdem er sie zum zweiten Mal gerettet hatte.

»Komm«, sagte sie und richtete ihn auf.

»Ich …«, seine Stimme erstickte unter den Schmerzen.

Als er endlich auf den Beinen stand, schwankte er wie ein Betrunkener. Obwohl sie selbst unter Schmerzen litt, hielt sie ihn fest umklammert und führte ihn durch den Raum.

Vorsichtig schob sie die Tür ein Stück auf, linste in den Flur. Noch immer lag er leer und verlassen im hellen Licht. Wo steckten die anderen Männer?

Das ist doch egal!

»Schnell«, flüsterte sie und trat in den Gang.

31

Yvonne lag in einem ihrer langen T-Shirts auf der Couch. Auf ihrem Schoß hatte sich Chuck eingerollt. Er blinzelte, als ich mich auf das Sofa gegenüber setzte, dann schlief er weiter.

Für eine Weile lauschte ich der Stille im Haus, dem Schnurren des Katers, meinem angespannten Atem.

»Wie lange soll das noch so gehen?« Die Schärfe in Yvonnes Stimme ließ mich zusammenzucken. »Du gehst nicht zur Arbeit …«

»Ich habe Urlaub!«

»… bringst die Kinder nicht zur Schule, bist den ganzen Tag unterwegs, kommst erst mitten in der Nacht nach Hause.«

»Ich suche Merle.«

»Ja, das ist mir klar«, zischte sie und richtete sich auf.

Chuck sprang erschrocken von ihrem Schoß. Beleidigt tapste er aus dem Zimmer. Mich strafte er mit Missachtung.

Ich spürte Yvonnes vorwurfsvollen Blick. »Warum überlässt du die Suche nicht der Polizei?«

»Die tut doch nichts!«

»Das ist doch nicht wahr, Juli. Sie haben inzwischen alle Nachbarn befragt, unsere Freunde, unsere Verwandten, Merles Schulkameraden …«

»Und das nennst du Suche?«

Yvonne stieß einen Seufzer aus. »Juli, verstehst du das nicht?«

»*Du* verstehst das nicht«, sagte ich, »es gab für Merle keinen Grund …«

»Das habe ich nicht gemeint. Ich rede davon, dass du dich emotional viel zu sehr an Merle gebunden hast.«

Ich schluckte.

»Du weißt, wie das Jugendamt so etwas beurteilt.«

»Ich weiß …«

»Juli …

» … dass Merle in Gefahr ist.«

»… bitte, die Kinder …«

»Denen geht es gut, aber Merle …«

»… nicht so laut.«

»Merle ist in Gefahr!«

Aus der Diele kam ein Schluchzen.

Yvonne strafte mich mit einem wütenden Blick. *Na toll!* Sie eilte aus dem Wohnzimmer.

Oben auf der Treppe hockte Toby, sein Schlafanzug mit Tränen besprenkelt. Neben ihm saß Elsa, die Arme um ihren Oberkörper geschlungen.

Yvonne brachte die beiden ins Bett.

Als ich ihr ins Schlafzimmer folgen wollte, versperrte sie mir den Weg. »Vielleicht solltest du heute besser im Wohnzimmer schlafen.«

*

Noch bevor ich morgens auf der Couch erwachte, war Yvonne aus dem Haus verschwunden. Sie brachte die Kinder zur Schule und fuhr zur Arbeit.

Als sie am Abend heimkehrten, war ich noch unterwegs.

So ging es auch am nächsten Tag weiter, dem übernächsten, in der Woche darauf.

Wieder und wieder durchstreifte ich die Gegend am *Rosenholz,* die Geschäfte, die Kneipen, die Diskotheken. Ich fragte nach Merle, zeigte die Aufnahme vor der Steinmauer herum, erntete Kopfschütteln, genervte Blicke und blöde Anmachsprüche.

Einen brauchbaren Hinweis erhielt ich nicht.

Alle paar Tage rief ich Kommissar Veckenstedt an. Wenn ich ihn nicht erreichte, besuchte ich ihn auf dem Revier. Auch dort – nichts.

»Die Leute vom Jugendamt fragen auch ständig nach«, erklärte er stattdessen.

»Und was sagen Sie ihnen?«

»Ich sage ihnen: Wir machen das, was wir in solchen Fällen immer machen. Wir suchen.«

Nun, was von dieser *Suche* zu halten war, wusste ich inzwischen.

Es war frustrierend, kräftezehrend, aber zu keinem Zeitpunkt kam mir in den Sinn, mit meiner eigenen Suche aufzuhören.

Merle ist in Gefahr!

Fragen Sie mich nicht, woher ich meine Gewissheit nahm. Merles plötzliches Verschwinden, die seltsame MMS, der ominöse Typ, das tote Mädchen: Das alles konnte doch kein Zufall sein.

Ich musste nach Merle suchen. Wer sollte es sonst tun?

Mit jeder weiteren Woche, die verging, erweiterte ich den Radius meiner Suche, nicht mehr nur das Viertel rund ums *Rosenholz*, sondern auch die umliegenden Straßen, Läden und Bars in Tempelhof, Neukölln, Kreuzberg.

Um nicht den Überblick zu verlieren, begann ich am Computer Listen anzulegen. Merles alter, langsamer Computer. Ich verzeichnete die Orte, an denen ich gewesen war, die meiste Zeit alleine, alle paar Tage gemeinsam mit Merles Vater. Ich notierte die Namen der Leute, die etwas zu sehen geglaubt hatten.

Nachts, nachdem ich heimgekehrt war, setzte ich mich in der Stille unseres Hauses an den PC, aktualisierte die Datenbank um die neuen Hinweise, die ich erhalten hatte. Stundenlang verglich ich sie mit alten Aussagen, die bisher zu nichts geführt hatten. Vielleicht existierte eine Verbindung, die ich bisher nicht hatte erkennen können, ein winziges Detail nur, das sich als echte Spur entpuppen würde.

Manchmal nickte ich über dem Schreibtisch ein. Meist legte ich mich auf Merles Bett, roch ihren Duft, spürte ihre Nähe, schlief etwas besser.

Anfangs kam mir hin und wieder Toby nach dem Aufwachen entgegengetapst. »Juli?«

»Was?«, murmelte ich.

»Bringst du uns heute wieder zur Schule?«

»Bald«, gähnte ich. »Bald.«

Nach einer Weile fragte er nicht mehr.

Eines Morgens war es Elsa, die in der Früh den Raum betrat. Wortlos drückte sie mir das Telefon in die Hand.

»Elsa!«, rief ich, aber sie war schon wieder auf dem Weg nach unten.

»Juli?«, tönte die Stimme meines Chefs aus dem Hörer.

Ich rieb mir den Sand aus den Augen. Auf Merles Schreibtisch surrte der Rechner. Ich war eingeschlafen, ohne ihn auszuschalten. »Was ist, Oliver?«

»Ich wollte mal hören, wie es ausschaut.«

»Können wir das bitte ein andermal …«

»Nun«, unterbrach er mich, »deswegen rufe ich an. Du hast keinen Urlaub mehr, Juli.«

»Dann nehme ich unbezahlten Urlaub«, schlug ich vor.

»Entschuldige, den hast du schon seit Wochen.«

»Nur noch …«

»Juli, beim besten Willen, ich habe lange genug die Augen zugedrückt, aber jetzt …«

»Verstehe.«

»Du musst verstehen, der Branche geht es schlecht, hier häuft sich die Arbeit und du …«

»Du wiederholst dich.«

Er zog geräuschvoll Luft in seine Lungen. »Tut mir leid«, jetzt klang er förmlich, fast wie ein Fremder. »Du lässt mir keine andere Wahl. Ich muss unser Arbeitsverhältnis auflösen.«

32

Markus folgte dem Polo mit dem Abstand einiger PKWs.

Immer wieder geriet der Verkehr auf der Karl-Marx-Straße ins Stocken. Vor der Stadtautobahn staute er sich endgültig. Im Schritttempo ging's voran bis zur Auffahrt.

Als Markus endlich auf die Kreuzung zurollte, sprang die Ampel auf Rot. Trotzdem trat er aufs Gaspedal, raste über die Kreuzung.

Durch die Rauchschwaden, die ein LKW vor ihm aus dem Auspuff spuckte, sah er, wie Micks Polo auf der Buschkrugallee an Tempo zulegte, dann hinter einer Kurve abbremste und in die Späthstraße bog.

Der Lastwagen vor Markus stoppte vor einer weiteren roten Ampel.

Während er ungeduldig wartete, wechselte Markus die SIM-Karte seines iPhones.

Die Ampel zeigte Grün. Im Schneckentempo bog der LKW in die Späthstraße. Markus schlich hinterher. Von dem Polo war weit und breit nichts mehr zu sehen.

»Verdammt!«, schimpfte Markus.

Dann erspähte er den rostigen Wagen, wie er die nächste Auffahrt zur Autobahn stadtauswärts nahm.

Markus wunderte sich über die umständliche Strecke, die Mick wählte, war zugleich aber froh, dass er die Verfolgung wieder aufnehmen konnte.

Er raste zur Autobahn hoch, fädelte sich ein in den dichten Feierabendverkehr. Der Polo hatte bereits mehrere Hundert Meter Vorsprung. In dem Bemühen, zu ihm aufzuschließen, musste Markus immer wieder abbremsen, weil andere PKWs langsamer fuhren oder Sattelschlepper zum Überholen ansetzten.

Als er sich schließlich bis auf ein halbes Dutzend Autos dem Polo angenähert hatte, lag die Stadt hinter ihm.

Im Zwielicht des anbrechenden Abends glitten zu beiden Seiten der Autobahn Laubenpieperkolonien vorbei, kleine Holzhütten mit Spitzdach und einem Bäumchen vor der Tür, eine kleine heile Welt.

Markus wählte Richards Nummer.

Es dauerte einige Sekunden, bis der sich meldete. »Sag bitte nicht, du …«

»Doch, ich kann leider nicht kommen.«

»Was ist denn jetzt schon wieder?«

»Ich habe zu tun.«

Micks Polo scherte am Ende einer langgezogenen Kurve

aus, beschleunigte, tauchte in den Tunnel an der Rudower Höhe.

»Mensch, Markus«, sagte Richard, »da brauche ich ein Mal deine Hilfe.«

»Ich habe dir bisher immer geholfen.«

»Ich weiß nicht, ob du es kapiert hast: Es geht nicht um irgendeinen Kurierjob oder so etwas.«

»Ich weiß«, Markus setzte ebenfalls zum Überholen an, doch in derselben Sekunde zog auf der linken Spur ein schrottreifer Kia mit ihm gleich, »und es tut mir wirklich leid, aber es ist …« Er verstummte überrascht, als er die beiden Gestalten in dem Kia erkannte, kahle Köpfe, schmale Schultern, garantiert auch wieder Baggypants auf den Hüften.

Er hatte die beiden schon mal gesehen – vor wenigen Tagen erst, als sie ihn spätabends durch Kremb gejagt hatten.

»Markus? Bist du noch dran?«

»Ja, aber ich muss … Verdammt!«, fluchte Markus, als der Kia plötzlich, wenige Meter vor dem Tunnel, einen Ruck nach rechts machte.

Reflexartig ließ Markus das Telefon fallen, packte das Lenkrad mit beiden Händen und trat das Bremspedal ins Bodenblech. Trotzdem konnte er nicht verhindern, dass der Kia ihm in die Seite krachte. Die Leitplanke raste auf ihn zu. Blech verformte sich mit schrillem Kreischen. Dann stand der Mazda still.

Autos hupten. LKWs bretterten vorbei. Der Kia und der Polo waren im Tunnel verschwunden.

»Markus? Hallo? Markus, was ist passiert?«, tönte es aus dem Fußraum.

Mit klopfendem Herzen bückte sich Markus nach dem Handy. »Alles in Ordnung.«

»Das klang aber nicht danach.«

»Irgendein Vollidiot ist direkt vor mir ausgeschert.«

»Hast du wieder Ärger am Hals?«

»Blödsinn! Ich melde mich, sobald ich Zeit habe.« Er trennte die Verbindung, noch bevor sein Freund etwas erwidern konnte. Rasch tauschte er die SIM-Karte aus.

Auf dem Seitenstreifen hatte ein Van angehalten. Ein älterer Herr hastete heran. »Ist Ihnen etwas passiert?«

»Mir geht es gut.«

»Ich hab alles genau gesehen, der andere, der war schuld.«

Markus besah sich den Schaden an seinem Wagen. »Halb so wild, es ist nichts passiert.«

Dort, wo der Kia ihn erwischt hatte, gab es eine beträchtliche Beule. Außerdem war die Front, mit der der Wagen in die Leitplanke gedonnert war, stark mitgenommen. Aber der Mazda würde sich weiterhin steuern lassen, und das war die Hauptsache.

Er klemmte sich hinters Steuer, startete den Motor.

Der Mann sah ihn entgeistert an. »Aber …«

Markus fuhr los.

*

Kalkbrenner biss in ein Putenbrustsandwich. Es knirschte zwischen seinen Zähnen.

Muth schaute zu ihm herüber, inspizierte dann ihr Sandwich und zog mit spitzen Fingern ein Salatblatt heraus. Als sie es schüttelte, rieselte Sand zu Boden. »Da hat wohl jemand vergessen, das Grünzeug zu waschen.«

Sie warfen die Brote in einen Mülleimer, vor dem Kippen, Blechdosen und anderer Abfall achtlos verstreut lagen.

Bernie hob die Hinterpfote vor dem Eingang zum *Weitblick*.

Bei dem Gedanken an die Typen, die dort verkehrten, war Kalkbrenner beinahe froh über seinen leeren Magen. Er wollte nicht noch einmal in die Kneipe, aber sie war die einzige konkrete Spur, die sie hatten.

Er wischte sich die Hände an einem Taschentuch ab. Als er es zurück in die Hosentasche stopfte, bekam er den Anhänger zu fassen, den er am Morgen bei seiner Mutter gefunden hatte. Er hielt ihn mit den Fingern fest umschlossen, als könne ihm die bloße Berührung neue Kraft verleihen.

Mein Engelchen.

Sie gingen in die Kneipe.

»Sie schon wieder.« Deti zapfte ein Bier und stellte es vor dem Betrunkenen ab, der aussah, als hätte er sich seit gestern nicht von seinem Barhocker fortbewegt.

Ansonsten war die Kneipe leer. Bernie schnüffelte an den Stühlen und unter den Tischen.

»Keine Gäste mehr da?«, fragte Muth.

Der Barkeeper nuschelte irgendwas. Vielleicht sang er aber auch nur den Refrain der jamaikanischen Musik mit, die wieder aus den Lautsprechern dudelte.

»Ich hoffe, nicht unseretwegen.«

Deti verzog sein rosiges Gesicht. »Sind Sie gekommen, weil Sie sich Sorgen um mich machen?«

»Sollten wir uns Sorgen machen?«

»Wenn Ihre Besuche zur Gewohnheit werden …«

»Nur dieses eine Mal noch«, sagte Kalkbrenner und schickte ein stummes Gebet zum Himmel.

Jede Minute, die er sich mehr im *Weitblick* würde aufhalten müssen, verkrampfte ihm nicht nur den Magen, sondern schürte auch sein schlechtes Gewissen. Weil er nichts ausrichten konnte gegen die Dinge, die sich hier abspielten.

Als spürte er sein Unbehagen, trottete Bernie zu ihm heran.

Kalkbrenner zückte sein Handy und zeigte das Foto von Jens-Harald Albidus. »Kennen Sie *diesen* Mann?«

»Weiß nicht.«

»Kein Wunder. Sie haben ja nicht einmal hingeschaut.«

Deti kratzte sich die dicke rosige Nase. »Doch, habe ich. Und ja, okay, ich kenn ihn.«

»Er war schon mal hier?«

»Würde ich ihn sonst kennen?«

»Was wollte er?«

»Na was wohl? Was trinken.«

»Das war der einzige Grund für seinen Besuch?«

Deti musterte ihn, als wollte er sagen: *Sind Sie so blöd oder tun Sie nur so?*

Kalkbrenner hielt dem Blick stand. *Reden Sie oder ich werde richtig blöd!*

Seufzend füllte sich der Barkeeper ein Glas Bier. »Sie auch?«

»Nein, nicht im Dienst.«

Deti trank einen Schluck und wischte sich Schaum vom Mund. »Er war ein paar Mal hier.«

»Kennen Sie seinen Namen?«

»Er hat sich mir nicht vorgestellt, aber die anderen am Tisch haben ihn Harry genannt.«

»Hat er auch Kontakt zu den Kindern gesucht?«

»Weiß nicht. Ist nicht mein Bier.«

Kalkbrenner tat einen plötzlichen Schritt nach vorne.

Der Wirt erschrak und Bier schwappte über sein Glas. »Scheiße, ja, natürlich hat er Kontakt gesucht. Aber irgendwie war er … anders als die anderen. Hat mir nicht gefallen.«

»Geht das etwas konkreter?«

»War nur so ein Gefühl. Aber er hat auch nicht viel mit mir geredet. Und nachdem ich ihn vor die Tür setzen musste …«

»Sie haben ihn rausgeschmissen?«

»Er war sauer wegen irgendwas und hat zu tief ins Glas geguckt, rumgeschrien, den Leuten Angst gemacht.«

»Wohl eher den Kindern«, korrigierte Kalkbrenner ihn frostig. »Warum war er sauer?«

»Was weiß ich. Fragen Sie die Leute, mit denen er abgehangen hat, Thomas zum Beispiel.«

»Schon wieder Thomas Mzorski?«

»Ja.«

»Warum sollten wir Ihnen heute glauben?«

Deti leerte sein Glas. Er leckte sich die Lippen.

»Warum haben Sie uns nicht gestern schon davon erzählt?«, fragte Muth.

»Sie haben mich nicht danach gefragt.«

*

Anezka zählte ihre Schritte, als könnte das den Weg zur Treppe verkürzen.

Fünfundzwanzig. Sechsundzwanzig. Siebenundzwanzig.

Es waren nur wenige Meter, trotzdem kam es ihr vor, als bräuchten sie dafür eine Ewigkeit. Sie hatten kaum die Hälfte der Strecke zurückgelegt, als Stimmen erklangen. Schritte kamen die Stufen herunter.

»Hier«, zischte Anezka und schob Kevin an einer der offenen Türen vorbei in eine weitere dunkle Kammer.

Gerade rechtzeitig. Zwei Männer eilten den Flur entlang, entriegelten ein Schloss, entfernten sich.

»Weiter«, sagte Anezka und schleppte Kevin zurück in den Gang, *»schnell.«*

Beim Gedanken daran, wie viel Zeit und Kraft ihnen die Stufen abverlangen würden, wollte Anezka fast aufgeben.

Aber sobald sie ihren Fuß auf die erste Stufe setzte, merkte sie, wie Kevin sich veränderte. Sie musste ihn nach wie vor stützen. Sein Atem ging stoßweise und aus der Wunde an seiner Hüfte sickerte wieder Blut. Trotzdem schien ein neuer Überlebenswille in ihm erwacht zu sein, der Stufe für Stufe stärker wurde.

Oben mündete die Treppe in einen kurzen Gang, der vor eine Tür nach draußen endete. Durch eine Glasscheibe war Laternenlicht zu erkennen, eine schmale Straße, dunkle Silhouetten, ein Geländewagen, Sträucher und Bäume.

»Nur noch wenige Meter«, wisperte Anezka.

Aus dem Keller hinter ihnen waren wieder Schritte zu hören.

»Los«, zischte Anezka.

Und wenn die Tür verschlossen ist?

Ihr stockte der Atem, als sie die Klinke in die Hand nahm und die Tür aufzog. Sie öffnete sich nicht.

»Drücken«, hustete Kevin.

Anezka drückte. Die Tür schwang nach außen auf. Wind schlug ihnen entgegen.

Sie taumelten ins Freie.

33

»Du hast mir gar nicht erzählt, dass Oliver dir gekündigt hat«, sagte Yvonne einige Tage später, an einem der wenigen Abende, an denen wir uns in der Küche über den Weg liefen.

»Ich hab's vergessen.«

Ihr kühles Kopfnicken gab mir zu verstehen, dass sie mir kein Wort glaubte.

Ich pickte erkaltete Nudeln vom Teller, das Abendessen, das ich in der Mikrowelle vorgefunden hatte.

»Du weißt, dass wir auf das Geld angewiesen sind«, sagte Yvonne.

Ich ließ die Gabel sinken. »Geht es dir nur ums Geld?«

»Nein.«

»Sondern?«

Sekunden verstrichen, in denen sie mich nicht aus den Augen ließ. Was ging ihr durch den Kopf? Mit einem Mal spürte ich eine Distanz zwischen uns, so plötzlich, dass es mir einen Stich mitten ins Herz versetzte.

»Meinst du nicht, du steigerst dich da in etwas rein?«, fragte Yvonne.

Ich entsorgte die Nudeln in den Mülleimer. Mir war der Appetit vergangen. Ich räumte den Teller und das Besteck in die Spülmaschine und erklomm die Treppe nach oben. Ich wollte nicht schon wieder streiten.

Yvonne folgte mir ins Bad. »Bist du immer noch mit diesem Schwarz unterwegs?«

Ich presste einen Zahnpastastreifen auf die Borsten der Zahnbürste und putzte meine Zähne. Was sollte ich antworten? *An manchen Tagen ja, an manchen nicht?* Bedeutete das einen Unterschied?

Im Spiegel spürte ich Yvonnes Blick. »Auch das wird dem Jugendamt nicht gefallen.«

Trotzig spuckte ich Zahnpastaschaum ins Waschbecken. »Das Jugendamt muss ja nichts davon erfahren.«

»Sie wissen es bereits.«

»Hast *du* es ihnen verraten?«

»Nein, natürlich nicht. Schwarz hat es ihnen selbst erzählt. Du weißt, dass die Behörden ihn regelmäßig besuchen. Er hat damit geprahlt, dass wir uns neuerdings so gut verstehen.«

»Und wieso weißt *du* davon?«

»Weil wir auch Besuch vom Amt hatten.«

Ich stutzte. »Wann waren sie da?«

»Vor drei Tagen«, sagte Yvonne. »Ich hatte dir einen Zettel geschrieben und auf den Küchentisch gelegt.«

»Den habe ich nicht gesehen.«

»Ich weiß.« Mit einem Seufzen trat sie auf mich zu, streckte die Hand nach mir aus.

Eine Gänsehaut überzog meinen Körper in freudiger Erwartung der Berührung, ein Augenblick vertrauter Nähe. Ein Zeichen dafür, dass sie es nicht so gemeint hatte.

Du steigerst dich da in etwas rein.

Und dass sie mich trotz allem irgendwie verstand, dass sie an meiner Seite war, mir Kraft geben wollte, so wie früher.

So wie früher.

Wie das klang.

Stattdessen wischte sie mir Zahnpasta vom Kinn, die auf

mein Nachthemd zu tropfen drohte. Sie streifte den Schaum am Handtuch ab. »Du solltest dich fernhalten von ihm.«

Ernüchtert ließ ich die Schultern sinken. »Er ist der Einzige, der meine Sorge teilt.«

»Ich bin auch besorgt.«

»Davon merke ich nichts.«

»Besorgt um *uns*.« Sie sah mich traurig an. »Und um Toby und Elsa, die das Amt womöglich in einer anderen Familie unterbringt. Oder im schlimmsten Fall wieder im Heim.«

Plötzlich glaubte ich zu verstehen. Nein, ihr ging es nicht um Geld, aber auch nicht um das Wohl der Kinder. »Du bist eifersüchtig!«

»Wie bitte? Ist das dein Ernst?«

»Weil ich mehr Zeit mit *ihm* verbringe als mit dir, ist es das?«

»Er ist ein Mann.«

»Na und?«

»Juli, jetzt wird's wirklich lächerlich.«

Und dann begann sie tatsächlich zu lachen.

*

Ich weiß nicht, mit wie vielen Menschen ich sprach und wie oft ich Merles Foto herumzeigte. Irgendwann genügte mir ein Blick in die Gesichter der Leute, um zu erkennen, wie ihre Antworten ausfallen würden.

Es gab drei verschiedene Arten von Gesichtern: die der *Nein, kenn ich nicht*-Leute, die einen kurzen Blick auf das Bild warfen und sich dann, meist genervt, ihrem eigenen Kram widmeten. Die *Nein, tut mir leid, aber was ist denn los mit ihr?* – Leute, die sich – ob aus aufrichtiger Sorge oder reinem Mitleid – einige Zeit für meine Fragen nahmen. Mit einigen kam ich länger ins Gespräch, aber weiterhelfen konnten sie mir trotzdem nicht.

Und dann waren da noch die *Die sieht aber komisch aus*-Typen, deren Antworten einfach nur verletzend waren: »Ist das wirklich ein Mädchen?«

»Das ist doch ein Junge.«

»Ist die schwul?«

Das ist doch nicht normal!

Unschöne Erinnerungen, die ich längst vergessen glaubte, wurden wieder wach. *Was haben wir bloß falsch gemacht?* Sie verfolgten mich bis in den Schlaf, den wenigen, den ich fand.

Aber ich konnte nicht aufgeben, vielleicht gerade deshalb. Ich *durfte* nicht aufgeben.

Ich musste nur versuchen, einen Bogen um diese Leute zu machen.

»Wie war noch gleich der Name?«, war eine weitere beliebte Reaktion, manchmal begleitet von einem spöttischen Kichern.

»Ich habe keinen Namen genannt«, erklärte ich dann und sah zu, dass ich weiterkam, bevor sich der Spott zu Gehässigkeit steigerte.

In der Regel ließen die Leute es dabei bewenden.

»Aber ja«, rief dagegen die junge Frau aus der Menschenmenge, die ich an jenem Abend, ich glaube, es war ein Freitag, vor einer Diskothek mit dem Namen *Madonna* angesprochen hatte, »das ist doch die … die … Hach, ich komm nicht drauf.«

Ihr überzeugter Tonfall ließ mich innehalten.

»Sie hieß, hach …« Sie verpasste ihrem Freund einen Stoß, und obwohl dieser fast eins achtzig groß war, geriet er ins Stolpern. »Na, Niko, sag schon.«

»Claire, woher soll ich das denn wissen? Ich hab das Bild doch gar nicht gesehen.«

»Dann schau es dir halt an.«

Musik tönte über die Straße, als der Eingang zur *Madonna* geöffnet wurde. Junge Leute, fein rausgeputzt für die Nacht, strömten am Türsteher vorbei in die Disko.

Niko spähte auf mein Handy. Merles Bild strahlte hell in der Dunkelheit.

Ich schaute das Pärchen an, hin- und hergerissen zwischen Argwohn und neuer Hoffnung.

»Deine Tochter?«, fragte Niko.

»Sie ist verschwunden.«

»Sie heißt Merle, richtig?«

Claire schlug sich mit der flachen Hand gegen die Stirn. »Ja, Merle, das war ihr Name.«

Mein Herz tat einen aufgeregten Satz.

»Sie ist was Besonderes«, hörte ich Niko mit sanfter, verständnisvoller Stimme sagen, »das habe ich gleich am ersten Abend erkannt.«

Perplex schaute ich zu ihm auf.

»Aber ja«, Niko lächelte und im Lichtschein meines Handydisplays konnte ich sein Gesicht erkennen, das spitze Kinn, die weichen Wangen. Etwas Mädchenhaftes haftete ihm an. Er zwinkerte mir zu. »Merle hat einiges mit mir gemein.«

»Bist du sicher, dass du Merle gesehen hast?«

»Aber ja, in der *Madonna*, einige Abende sogar.«

»Einige Abende sogar?«, wiederholte ich schockiert. »Sie ist erst fünfzehn.«

»Sie sah älter aus.«

Als wenn das die Sache besser macht, dachte ich. Aber viel wichtiger war für den Augenblick: »Wurde sie von einem Mann belästigt?«

»Ich hoffe, du meinst nicht Niko damit«, Claire gluckste und stupste ihre Begleitung an, »denn du fandest Merle süß, oder?«

Mein misstrauischer Blick ließ sie schlagartig ernst werden.

»Nein, nein«, beeilte Niko sich zu sagen, »wir haben uns nur unterhalten.« Er tätschelte mir beruhigend den Arm. »Ziemlich gut sogar, ich bin mir sicher, dass sie sich nicht von mir belästigt gefühlt hat.«

»Ist euch jemand anderes aufgefallen?«

»Nein, wir hatten ja nicht ständig ein Auge auf sie. Aber sie hat sich mit einigen Leuten unterhalten.« Niko hakte sich bei mir unter. »Komm, wir werden sie mal fragen, vielleicht ist denen ja was aufgefallen.«

*

Der Türsteher der *Madonna* beäugte mich skeptisch.

Claire becircte ihn mit charmanten Worten. Niko hielt weiterhin fest meinen Arm umklammert, als wären wir schon seit Jahren beste Freunde, und irgendwie war mir in der Nähe des offenen, herzlichen jungen Mannes tatsächlich so zumute.

Das war etwas, was ich schon immer bewundert hatte an Frauen und Männern wie ihm, die mit sich im Reinen waren: ihre aufgeschlossene Art, mit der sie sofort jeden für sich einnahmen, na ja, fast jeden.

Die Kehrseite allerdings war: Durch ihre aufgeschlossene Art lernten sie sehr schnell sehr viele Leute kennen, was – in Verbindung mit ständigen Partys und Drogen – dazu führte, dass diese Kontakte nur oberflächlich blieben. Das war einer der Gründe, weshalb ich mich nie so richtig wohl gefühlt hatte im Berliner Nachtleben.

Aber das alles war mir jetzt egal.

Merle ist hier gewesen!

Ich sprach mit den Leuten, die mir Niko und Claire zeigten, was durch den Lärm, ihre Aufgedrehtheit und, na ja, die Aufputschmittel nicht eben leicht war.

Viele von ihnen bestätigten mir die Angaben von Claire und Niko, konnten mir aber darüber hinaus nicht helfen. Stattdessen berichtete mir Angelo, eine Bekanntschaft von Niko, ein quirliger, rastlos plappernder Spanier, der sein Schwulsein nach eigenem Bekunden schon als Baby entdeckt haben wollte, von seinem Bruder, der als Teenager verschwunden war, bevor er nach drei Monaten wieder aufgetaucht war.

»Siehst du«, sagte er, »du darfst nie die Hoffnung aufgeben.«

»Nein, aber …«

»*Niemals!*«, ermahnte er mich.

Er hatte ja recht. Ich durfte nicht aufgeben. Ich *würde* nicht aufgeben. *Niemals!*

Als wüsste er um meine Gedanken, drückte er mich an sich. »Und jetzt musst du was trinken, es ist allerhöchste Zeit dafür. Du siehst scheiße aus.«

»Danke, so fühle ich mich auch.«

Er lachte, und ich glaube, ich brachte ebenfalls ein Lächeln zustande, zögerlich zwar, aber ein Zeichen neuen Mutes.

Am Tresen drängelten sich die Nachtschwärmer dicht aneinander. Der Barkeeper war ein ausgemergelter Typ mit nichts weiter an als einem Latexlatzanzug. Ich hielt ihm mein Handy vors Gesicht. »Hast du dieses Mädchen mal gesehen?«

Unwirsch fegte er meine Hand beiseite. »Glaubst du, ich kann mir hier jeden merken?«

»Hey«, mischte sich Angelo ein, »war sie hier oder nicht?«

»Ihr seht doch, was hier los ist!« Er nahm die Bestellung von einigen Leuten entgegen und beugte sich zum Kühlschrank hinunter.

Seine Kollegin, deren Augen-, Nasen- und Lippenpiercings im bunten Diskolicht funkelten, warf einen Blick auf Merles Foto. »Ja, die war hier.«

»Na also«, strahlte Angelo mich an. *Du darfst nie aufgeben!*

Ich war mir allerdings nicht sicher, ob die Gepiercte die Wahrheit sagte, oder ob sie mich einfach loswerden wollte. »Wirklich?«

»Klar, sie war stinksauer, weil ich ihr keinen Alkohol geben wollte.« Ein Grinsen ließ ihre Piercings zucken. »Aber den Drink hat ihr dann ein Typ spendiert.«

»Ein Typ?«

»Keine Ahnung, ein ziemlich schräger Vogel. Kannte ihn aber nicht. Warum fragst du nicht einfach ihre Freundin?«

»Ihre Freundin?«

»Ja, sie hatte eine Freundin dabei.«

»So eine Kleine, etwas Schüchterne«, rief der Typ im Latzanzug.

Ich wirbelte zu ihm herum. »Ich dachte, Sie können sich nicht erinnern!«

»*Das* hab ich nicht gesagt«, fuhr er mich an.

Ich schluckte meine Antwort hinunter. Ich wollte keine Diskussion vom Zaun brechen, ich wollte Merle finden.

»Hatte die Freundin blonde Locken?«, fragte ich.

Der Barkeeper nickte. »Ja, eine dichte blonde Mähne.« Er knallte zwei Bierflaschen auf den Tresen. »Wollt ihr jetzt was trinken oder nicht?«

34

Markus fuhr über die Brücke nach Polmeva.

Keine Nachlässigkeiten mehr. Keine Fehler.

Wie ein blutiger Anfänger hatte er sich von einem Haufen Junkies übertölpeln lassen. Er lenkte den Mazda auf den Parkplatz vor dem *La Luna,* steckte sich im neonroten Licht eine Zigarette an und wählte Horsts Nummer.

»Hast du Mick gefunden?«, fragte der.

»Er ist mir entwischt.«

»Also weißt du immer noch nicht, was er ausheckt?«

Vor dem Puff hielt ein Van, spuckte eine Horde Pensionäre in grünen Sakkos aus, ein Sport- oder Schützenverein, die sich mit Gejohle ins Vergnügen stürzten.

»Du musst was über einen Dennis Jagusch herausfinden«, sagte Markus.

»Wer soll das sein?«

»Das möchte ich von dir erfahren. Außerdem – alles über den Halter eines Kias«, er rief sich den schrottreifen Wagen in Erinnerung, »mit dem Nummernschild *B-TB-303*.«

»Und was machst du?«

»Vorankommen, so schnell wie möglich.« Markus deaktivierte sein Handy, nahm einen letzten Zug von der Gauloises, dann marschierte er dem Techno-Krach entgegen.

»Ist Zorkan da?«, fragte er den Kirmesboxer, der auch heute wieder am Eingang stand.

»Der hat Besuch.«

»Ich warte trotzdem.« Markus setzte sich an die Bar, war versucht, sich einen Wodka zu bestellen, beließ es aber bei einer Cola light. Er brauchte einen klaren Kopf, heute mehr denn je, auch wenn das schwerfiel im *La Luna*.

Die Musik war wie jeden Abend ohrenbetäubend, der Gestank unerträglich wie der Rest. Ballonbrüste im Lichtgewitter auf der Bühne, zugedröhnte Huren an den Tischen, an ihren zitternden Lippen die Rentner.

Aus dem Treppenhaus trat die schmächtige Gestalt des Kirgisen, an seiner Seite der Gorilla.

Als er Markus bemerkte, warf Zorkan seine Stirn in Falten, ohne dass sein streng gescheiteltes Haar in Mitleidenschaft gezogen wurde. Er steuerte auf ihn zu. »Bist du gekommen, um deine Schulden zu begleichen?«

»Nein, ich …«

»Dann habe ich keine Zeit.«

»Ich muss mit dir reden.«

Zorkan richtete sich den Kragen seines blütenweißen Hemdes und wirkte dabei so, als wollte er seinem Riesenaffen befehlen, Markus unangespitzt in den Boden zu rammen.

Dann schien er sich zu erinnern, dass nun auch Sergej, der Boss, ein Wörtchen mitzureden hatte. Er winkte ihn in sein Büro. »Du hast fünf Minuten.«

*

Kalkbrenner schwitzte und das nicht nur, weil ihm heiß war.

Der Anblick des Mannes ihm gegenüber in der Kombüse hatte seine gerade erst abgekühlte Wut neu befeuert.

»Herr Mzorski«, sagte Muth, »der DNA-Abgleich hat zweifelsfrei ergeben, dass das Sperma an Ihrer Hose von dem Jungen stammt. Damit werden Sie bis zur Gerichtsverhandlung …«

»Aber ich habe ihm doch nichts getan«, heulte Mzorski auf. Er hatte Ringe unter den Augen, auf seinen Wangen und am Kinn sprossen wilde Stoppeln. Die Zeit in der Zelle war ihm nicht gut bekommen. »Ich bin unschuldig.«

»Darüber wird ein Richter zu entscheiden haben.«

»Allerdings«, Kalkbrenner rutschte auf seinem Stuhl nach vorne, und wieder klebte ihm das Hemd klamm am Rücken, »es gibt allerdings eine Möglichkeit, den Richter, ich sage mal, gütlich zu stimmen.«

Mzorski sah ihn hoffnungsvoll an.

Kalkbrenner legte ein Foto auf den Tisch.

Mzorski erbleichte.

»Wissen Sie, wer dieser Mann ist?«

Mzorski nickte. »Harry«, das Reden fiel ihm schwer, »also Jens-Harald eigentlich.«

»Woher kennen Sie ihn?«

»Aus dem … *Weitblick*.«

»Wann haben Sie ihn dort das erste Mal getroffen?«

»Das weiß ich nicht mehr.«

»Dann denken Sie nach.«

Mzorski schloss für einen Moment die Augen, als müsse er

sich konzentrieren. »Vor einem Jahr. Kann auch schon anderthalb her sein.«

»Worüber haben Sie sich unterhalten?«

»Dies und das.«

»Kinder?«, fragte Kalkbrenner.

Mzorski senkte den Blick.

»Folter?«

»Nein!« Sein Kopf flog empor. Seine Handschellen klirrten. »Nein, damit habe ich nichts zu tun, das müssen Sie mir glauben.«

»Aber Ihr Freund Harry?«

Mzorski zögerte.

»Ist das ein Ja?«

»Nein«, er schluckte, »so was hat er nicht gesagt.«

»Aber Sie haben es sich gedacht?«

Mzorski schwieg. Schließlich sagte er: »Er hat da was erwähnt, also nicht damals, sondern vor zwei Wochen. Er war wütend, hatte ein paar Glas zu viel getrunken. Deti musste ihn vor die Tür setzen.«

»Warum war er wütend?«

»Ein guter Kumpel ...«

»Was für ein guter Kumpel?«

»Hat er nicht gesagt. Nur, dass der ihm Scheiße eingebrockt hätte. Richtige Scheiße. Und dass er sich, wenn das rauskäme, gleich einen Strick nehmen könne. Ich wollte gar nicht wissen, worum es da ging, also habe ich nicht nachgefragt.«

»Warum haben Sie uns nicht gestern davon erzählt?«

»Ich ... ich«, Mzorskis Stimme war kaum zu verstehen, »wollte nicht, also, dass Sie denken, ich habe was mit solchen Sachen zu tun. So einer bin ich nicht.«

Um ein Haar wäre Kalkbrenner aufgesprungen, hätte ihn gepackt und seine abscheuliche Visage auf den Tisch geknallt. Stattdessen ging er zur Tür. Schweiß floss seinen Rücken hinab.

»Da waren ein paar Typen«, flüsterte Mzorski.

Kalkbrenner blieb stehen.

»Ich hab's auch nur zufällig mitbekommen. Wir hatten uns verabschiedet, Harry und ich, und ich wollte zur S-Bahn. Hab's mir dann anders überlegt und bin zur U-Bahn-Station. Da habe ich mitbekommen, wie sie ihn abgepasst haben.«

»Was für Typen?«

»Weiß nicht, keine Ahnung. Sie waren jedenfalls wütend, und ich glaube, Harry hatte ziemliche Angst. Er musste in ihren Wagen einsteigen …«

»Was für ein Wagen?«

»Ein Jeep.«

»Ein Offroader?«

»Oder so.«

»Haben Sie das Kennzeichen gesehen?«, fragte Kalkbrenner.

»Nein, ich …«

»Die Automarke?«

»Auch nicht.«

»Können Sie wenigstens die Männer beschreiben?«

»Die waren groß, muskulös.«

»Das ist alles?«

»Es war dunkel, und ich hab ja auch nicht direkt danebengestanden. Ach so … sie haben mit Akzent gesprochen.«

»Halb Berlin hat einen Akzent.«

»Russisch. Oder Tschechisch. Das ist alles, was ich weiß. Ehrlich.«

*

Markus blieb stehen.

Der Kirgise dagegen ließ sich in seinen Sessel fallen, kramte aus seinem Jackett ein Tütchen weißes Pulver hervor und warf es auf den Schreibtisch.

Der Gorilla füllte den Türrahmen aus, die Arme über Kreuz, das Gesicht ausdruckslos wie ein leeres Blatt Papier.

Markus wartete.

Zorkan streute eine Line vor sich auf die Tischplatte. »Du hast noch viereinhalb Minuten.«

»Ich habe einen Kumpel«, begann Markus. »Er fährt Krankentransporte, auch über die Grenze.«

Zorkan ließ nicht erkennen, ob er zuhörte. Er rollte einen Geldschein zusammen und zog das Koks ins linke Nasenloch.

»Er fährt von Tschechien nach Deutschland, nach Österreich, in die Schweiz, mehrere Fahrten in der Woche.«

Schniefend rieb sich Zorkan die Nase.

»Krankentransporte werden nicht kontrolliert, wenn sie dringend sind. Und die Fahrten meines Kumpels sind immer dringend.«

Zorkan fegte die Koksreste vom Tisch.

»Die Fahrten bieten also beträchtliche Vorteile. Was den Umfang betrifft: mehrere Fahrten in der Woche. Vor allem aber, was die Sicherheit betrifft: keine Kontrollen. Niemals.«

Der Kirgise lehnte sich zurück. Zum ersten Mal schaute er auf.

Markus erwiderte seinen Blick. »Man könnte also den hochprofitablen Markt im Süden beliefern – ohne Risiko und mit einem Vielfachen an Gewinn.«

»Und was erwartest du von mir?«, fragte Zorkan.

»Gar nichts, ich wollte dir nur von meiner Idee erzählen.«

»Im Klartext: Du möchtest, dass ich mit Sergej rede.«

»Mhm.«

»Und was macht dich so sicher, dass er mir zuhört?«

»Dir jedenfalls eher als mir.«

Ein Lächeln umspielte Zorkans Lippen. »Hast du nicht gesagt, er hält *dich* für talentiert?«

»Aber *du* hast mich mit ihm bekannt gemacht, deshalb erzähle ich dir davon. Das ist eine Sache des Respekts, so wie du gesagt hast gestern Abend, verstehst du? *Du* kannst jetzt mit

Sergej darüber reden. Falls er sich für die Idee begeistert, bist du am Gewinn beteiligt.«

»Und dann soll ich *dir* dankbar sein?«

»Es geht mir nicht um Dankbarkeit. Es geht darum, dass wir alle viel Geld verdienen können. Richtig viel Geld!«

Das Lächeln des Kirgisen erlosch. Schweigend starrte er Markus direkt in die Augen. Die Sekunden verstrichen, nur der dumpfe Bass aus dem Club war zu hören.

Und Zorkans Schniefen. »Die fünf Minuten sind um.«

Der Riesenaffe öffnete die Tür.

»Das ist alles?«, fragte Markus.

»Was habe ich dir gestern Abend noch gesagt? Du sollst tun, was man dir sagt. Und jetzt sage ich dir: Verschwinde!«

Das ließ Markus sich nicht zwei Mal sagen. Als er in den Gang hinaustrat, rief Zorkan ihm nach: »Und vergiss die tausend Euro nicht, die du mir schuldest.«

Auf halbem Weg zum Ausgang überlegte Markus es sich anders. Er steuerte die Theke an, bestellte einen Wodka.

Die Musik hämmerte auf ihn ein. Auf der Bühne zuckte Strobolicht. Der Auftritt der Stripperin näherte sich dem Höhepunkt.

Markus kippte den Drink hinunter. Die kalte Flüssigkeit setzte seine Kehle in Brand.

Was hast du erwartet?

Dass der Kirgise begeistert über den Vorschlag in seine manikürten Klosterschülerhände klatschte und ihm um den Hals fiel?

Wahrscheinlich war es schon ein Erfolg, dass er Markus nicht wieder den Gorilla auf den Hals gehetzt hatte.

Du musst Geduld haben.

Dummerweise war da die ungeklärte Sache mit Mick, die kaum noch Zeit erlaubte.

Im Spiegel hinter der Theke verfolgte Markus, wie der Kirgise mitsamt seinem Bodyguard den Puff verließ.

Auf der Bühne wirbelte das Mädchen ihr Bikinioberteil durch die Luft. Der Stofffetzen landete neben einem der Tische, auf dem Stiefel einer Frau, elegant im Kleid, entschlossen in ihrer Haltung – und falsch an diesem Ort.

Sie machte sich Notizen auf einem Block, bevor sie sich nach dem Bikini bückte. Als sie sich aufrichtete, begegnete sie Markus' Blick.

*

Kalkbrenner legte das Foto auf den Konferenztisch.

»Das ist er also«, sagte Staatsanwalt Heindl und streifte sich sein Jackett von den Schultern.

»Der erste Tatverdächtige«, konkretisierte Schmitters.

»Was …«, Dr. Salm legte den Kopf in den Nacken und nieste schallend, »… haben wir gegen ihn in der Hand?« Er schnäuzte sich die Nase, während er über sein Taschentuch hinweg einen missbilligenden Blick auf Kalkbrenner warf. »Ich hoffe doch mehr als nur Leichenfunde auf seinen beiden Firmengrundstücken.«

»Die machen ihn zwar verdächtig, aber sie beweisen keinesfalls seine Beteiligung an den Morden.« Heindl hängte sein Jackett über die Stuhllehne, setzte sich und lockerte seine Krawatte. Er wirkte erschöpft.

Was Kalkbrenner ihm kaum verübeln konnte, er war selbst seit mehr als vierzehn Stunden auf den Beinen.

Immerhin, inzwischen hatten sie die Identität der erschossenen Frau in Erfahrung bringen können, Sandrine Rische, und ihre Angehörigen verständigen lassen. Was allerdings die elf anderen Opfer betraf, war bis zur Stunde kein sachdienlicher Hinweis aus der Bevölkerung eingegangen.

Die Freunde und Verwandten von Kevin Visser, dem zweiten Zeugen, hatten den Vernehmungsbeamten erklärt, nichts von ihm gehört zu haben. Er war nach wie vor verschwunden, wahrscheinlich in Lebensgefahr. Oder schon tot.

Und Jens-Harald Albidus hatte sich abgesetzt, auch das bewies allerdings seine Tatbeteiligung nicht. »Aber sein Abtauchen«, sagte Berger und zwirbelte seine Bartspitzen, »untermauert den Verdacht gegen ihn. Wir sollten ihn zur Fahndung ausschreiben.«

»Außerdem haben wir die Aussagen zweier Männer«, fügte Muth hinzu, »denen zufolge sich Jens-Harald Albidus im Berliner Päderasten-Milieu bewegte, den sogenannten Pädo-Kreisen, wie Sozialarbeiter diese Szene nennen und …« Ihr Handy klingelte. Sie warf einen Blick aufs Display und drückte den Anruf weg.

Kalkbrenner schloss an ihre Ausführungen an: »Die Aussagen der beiden Männer lassen uns noch etwas anderes vermuten. Dass sich Jens-Harald Albidus nämlich auf etwas eingelassen hat, das er am Ende nicht mehr kontrollieren konnte.«

»Etwas?«, schniefte Dr. Salm hinter seinem Taschentuch hervor. »Geht das auch konkreter?«

»Im Augenblick ist es nur ein weiterer Verdacht …«

»Na toll!«

»Aber ich glaube, es geht um Menschenhandel. Jungen und Mädchen aus Osteuropa, die er …«

»… verkauft hat?« Der Dezernatsleiter schnappte nach Luft.

»Vielleicht.« Kalkbrenner wiegte den Kopf. »Vielleicht hat er sie aber auch nur für sich und andere Männer gekauft, Männer, die sich ganz besondere Wünsche erfüllen wollen.«

»Folter? Mord?«

»Männer, die dafür bezahlen, solvente Männer, an denen diese Pädo-Szene weiß Gott nicht arm ist.«

»Aber woher …?« Staatsanwalt Heindl hielt inne, weil erneut Muths Telefon klingelte.

»Also bitte!«, schimpfte Dr. Salm.

»Entschuldigen Sie mich.« Muth verließ den Raum, nicht ohne dass Kalkbrenner noch einen Blick auf ihre genervte Miene erhaschte.

Noch ehe der Dezernatsleiter zu einer weiteren Unmutsbekundung ansetzen konnte, sagte er: »Jens-Harald Albidus unterhielt offenbar Kontakt zu Leuten aus Osteuropa. Was wiederum zu Dr. Boddes gestriger Aussage passt, erinnern Sie sich? Zwei Drittel der Opfer sind mittel- und südosteuropäischer Herkunft.«

»Das klingt schlüssig«, stellte Staatsanwalt Heindl fest, »ist aber, wie Sie schon sagten, nur ein Verdacht!«

»Ich wage zu behaupten: nur eine Vermutung«, sagte Schmitters.

»Ganz genau«, der Dezernatsleiter wischte sich die Nase, »soll ich das etwa dem Innensenator ausrichten, der mich eben erst wieder angerufen hat, weil er einen besorgten Anruf vom Bürgermeister bekommen hat? Dass wir noch immer nichts weiter als eine Vermutung haben?« Er schüttelte den Kopf. »Und wenn erst die Presse davon Wind bekommt …«

»Das muss sie ja nicht«, warf Kalkbrenner ein.

»Aber das wird sie, wenn wir nicht bald Ermittlungsergebnisse vorweisen können. Denn es geht auch um die Sicherheit unserer Bürger und ihrer Kinder.«

Als wenn es darum ginge. Kalkbrenner biss sie auf die Lippen.

»Da wäre noch etwas anderes«, Berger räusperte sich und klappte einen Ordner auf. »Es hat nur indirekt mit unserem aktuellen Fall zu tun, aber jetzt, wo wir einen Tatverdächtigen haben, sollten wir schauen, ob es nicht eine Verbindung zu ihm gibt.«

»Du meinst den Vermisstenfall?«, fragte Kalkbrenner.

Berger nickte. »Merle Schwarz.«

Der Dezernatsleiter hielt beim Naseputzen inne. »Ein verschwundenes Mädchen?«

»Mädchen oder auch«, Berger blätterte mit gerunzelter Stirn durch den Akteninhalt, »ein Junge.«

»Ja was denn jetzt?«

»Das ist nicht so einfach.«

»Was ist denn daran nicht einfach?« Dr. Salm zerknüllte sein Taschentuch. »Merle ist doch wohl ein Mädchenname, oder nicht?«

»Ja, natürlich«, Berger wackelte mit dem Kopf, »aber eigentlich verstand sie sich als Junge. Menschen mit einer derartigen Veranlagung verstehen sich als Transgender.«

»Ob Mädchen oder Junge«, der Dezernatsleiter stopfte das Taschentuch in seine Hosentasche, »viel wichtiger erscheint mir die Frage: Warum erzählen Sie uns erst jetzt von diesem Vermisstenfall?«

»Der Fall liegt bereits einige Zeit zurück«, Berger studierte erneut die alten Aufzeichnungen, »zwei Jahre oder, um genau zu sein, ein Jahr und …«

»Herr Berger, bitte!«

Muth kehrte in das Zimmer zurück und setzte sich auf ihren Platz. Kalkbrenner sah seine Kollegin an, doch falls sie noch etwas beschäftigte, ließ sie es sich nicht anmerken.

»Also, damals«, sagte Berger, »als das tote Mädchen in einer Lagerhalle in Weißensee gefunden wurde, prüften die Ermittler auch einen möglichen Zusammenhang zum Verschwinden von Merle Schwarz. Aber eine Verbindung ließ sich nicht herstellen, zumal die problematische Vorgeschichte der Verschwundenen den Verdacht nahelegte, dass sie nur von zu Hause ausgerissen war. Sie schickte ihrer Pflegemutter sogar eine MMS, deren Text, äh … warten Sie!« Stirnrunzelnd vergrub sich Berger in den Ordner, bis er die gesuchte Passage fand. »Sie hatte geschrieben: *Mir geht es gut. Hör auf zu suchen. Ich will meine Ruhe.*«

»Die Nachricht kann auch jemand anderes geschrieben haben«, sagte Kalkbrenner.

Staatsanwalt Heindl kratzte sich das Kinn. »Gehe ich recht in der Annahme, dass Merle Schwarz nicht wieder aufgetaucht ist?«

»Nein.«

»Und das tote Mädchen?«

»Ihre Identität wurde nie geklärt, ihr Fall ebenso wenig«, sagte Berger, »aber angesichts unserer heute gewonnenen Erkenntnisse und der Tatsache, dass Merle ein Ausreißerkind war, sich zudem als Junge verstand, nun«, mit einem Blick in die Runde vergewisserte er sich, dass alle seinem Gedankengang folgten, »ist eine Verbindung zu Jens-Harald Albidus, auf dessen Grundstücken die Leichen gefunden wurden, und zu den Ausreißern und Jungen der Pädo-Kreise, in denen sich Albidus offenbar bewegte, durchaus denkbar.«

»Herr Berger, Sie haben recht«, sagte Heindl, »und es wäre sträflich, wenn wir da jetzt nicht auf einen möglichen Zusammenhang prüfen würden.«

»Das sollten wir«, pflichtete Schmitters ihm bei.

»Wer hat den Fall damals bearbeitet?«, fragte Dr. Salm.

»Kriminalhauptkommissar Stäuber«, erklärte Berger.

Kalkbrenner verspürte einen Stich.

»Aber der ist tot«, fügte sein Kollege hinzu, »vor einiger Zeit bei einem Mordfall umgekommen.«

»Ja, ich erinnere mich.« Der Dezernatsleiter wurde von einer Niesattacke erschüttert. »Aber wahrscheinlich ist es sowieso besser, Sie befragen die Eltern …«

»Pflegeeltern!«, korrigierte Berger.

Dr. Salm winkte unwirsch mit seinem Taschentuch ab. »Reden Sie mit ihnen. Und zwar sofort!« Er putzte sich grimmig die Nase. »Herr Kalkbrenner, sagte ich nicht, Ihr Hund …«

»Der ist nicht hier.«

Sein Chef stierte ihn mit tränenden Augen an.

»Ganz sicher«, sagte Kalkbrenner und für einen Augenblick glaubte er Ritas wispernde Stimme zu vernehmen, die in seinem Büro beruhigend auf Bernie einsprach. »Ehrenwort!«

*

Markus roch den frischen Duft von Chloé. »Hallo, Ilanka.«

Für einen Moment hatte es den Anschein, als hätte sie ihn in dem Technolärm nicht gehört. Sie legte den Notizblock vor sich auf den Tisch, hielt ihren Blick unverwandt auf die Bühne gerichtet. Das Bikinioberteil baumelte von ihren Fingern. Ihre Silberringe funkelten im Strobolicht.

Markus trat einen Schritt näher, wollte erneut ihren Namen rufen. Da drehte sie sich um und sah ihn an.

»Ich wollte fragen, ob es Ihnen gut geht«, sagte er.

»Wieso sollte es mir nicht gut gehen?« Sie zog die Augenbrauen hoch.

»Gestern hatte ich das Gefühl.«

»Laufen Sie allen Frauen hinterher, die Sie mal an einem schlechten Tag erwischt haben?«

»Nein, mir war nur …«

»Was?«

»… als wäre ich Ihnen gestern zu nahe getreten.«

»Sind Sie nicht.« Ihr schroffer Tonfall verriet, dass er einen Nerv getroffen hatte.

»Tut mir leid, ich wollte Sie nicht belästigen.« Markus wandte sich ab.

Die Musik wurde leiser. Das nackte Mädchen trippelte auf ihren Heels hinter die Bühne. Vereinzelt spendeten Freier Beifall.

»Sorry«, sagte Ilanka und holte zu ihm auf.

Markus blieb stehen.

»Das war jetzt nicht fair von mir.« Sie kam auf ihn zu, noch immer den Bikini in der Hand. »Sie haben's ja nur gut gemeint.«

»Mhm.«

»Ich habe einfach im Moment ziemlichen Stress.«

»Wie wär's mit einem Drink? Zur Ablenkung.«

Ihr Blick zuckte durch den Puff, hinweg über die Frauen und Männer bis zu dem Jahrmarktboxer am Ausgang.

»Gern auch woanders, wenn Ihnen das lieber ist«, fügte Markus hinzu. »Schlagen Sie einfach was vor.«

»Ich glaube nicht, dass mich ein Drink von meinem Stress ablenken könnte.«

»Einen Versuch wär's wert.«

»Außerdem habe ich zu tun.«

»Falls Sie es sich anders überlegen …« Markus fischte den Kugelschreiber aus ihrem Notizblock, schrieb seinen Namen und seine Handynummer auf eine Serviette, riss die Ecke ab und schob sie über den Tisch.

Ilanka würdigte den Zettel keines Blickes. Auf der Bühne erschien eine neue Blondine und ließ ihre Hüfte anzüglich im Takt der Musik kreisen.

Ilanka schnappte ihren Notizblock und eilte auf eine Tür zu, die hinter die Bühne führte, ließ nichts weiter zurück als den Hauch ihres Parfüms.

Dann blies die Nebelmaschine dichten, öligen Dampf auf die Bühne, und auch Ilankas Duft verflog.

Ernüchtert fragte sich Markus, was zum Henker er hier tat.

Vergiss sie!, hatte Zorkan ihn gewarnt.

Er griff nach dem Zettel mit seiner Telefonnummer, wollte ihn zerreißen, doch das Papier war nicht mehr da.

Irritiert schaute er unter den Tisch, suchte den Boden ab. Auf der Bühne zog die Stripperin ihren Slip hinunter, spreizte ihre Beine.

Der Zettel war weg.

Markus zahlte an der Theke sein Getränk und verließ den Club. Im Auto schaltete er sein Handy an. Eine SMS traf ein.

Vermisse dich! Wann kommst du heim? H.

Er rief Horst an. »Hast du was herausgefunden?«

»Ja, der Wagen ist gemeldet auf einen Studenten, zweiundzwanzig, keine Vorstrafen. Er hat den Kia vor zwei Tagen gestohlen gemeldet.«

»Das habe ich befürchtet.«

»Ein Volltreffer dagegen ist dieser Dennis Jagusch: mehrfach aktenkundig, Vorstrafen, die alle aufzuzählen die halbe Nacht dauern würde, hauptsächlich Drogendelikte. Leistet zurzeit Sozialstunden ab.«

»Ja, ich weiß, in der Integrationsstätte für Migrantenkinder.« Markus' iPhone signalisierte das Eintreffen einer weiteren SMS.

»Weißt du auch, wer hinter diesem Projekt steht?«

»Mhm.«

»Herrgott, wenn du zwischen die Fronten der Russen und des Portugiesen gerätst …«

»Ich bin doch nicht lebensmüde.«

Horst brummte missfällig.

»Aber du musst mehr über diesen Jagusch herausfinden, alles, was du kriegen kannst, Familie, Freunde, er ist die einzige Spur, die zu Mick führt.«

»Das wird dauern, es ist …«

»… wichtig!« Markus trennte die Verbindung, las die neue SMS.

Das Schlosscafé in Kremb. In 45 Minuten. Ilanka.

*

Anezka hatte keinen blassen Schimmer, wohin sie liefen.

Sie irrten durch einen Wald, überquerten eine Straße, stolperten durch Sträucher, immer weiter, weiter vorwärts.

Doch Kevin kam nur noch schleppend voran. Benommen hing er in ihrem Arm, sein Gesicht eine bleiche Maske. Immer wieder knickten seine Beine weg.

»Kevin«, flüsterte sie, half ihm auf und warf sich seinen schlappen Arm über die Schulter. »Du musst durchhalten.«

Sie war sich nicht sicher, wen sie damit mehr motivieren wollte. Kevin? Oder sich selbst?

Auch ihre Kräfte ließen mit jedem Meter nach. Sie leckte sich die trockenen Lippen. Ihr Mund war ausgedörrt. Sie wollte sich hinsetzen, ausruhen, nur für ein paar Minuten.

Nein, nein, das darfst du nicht!

Wenn sie jetzt eine Pause einlegte, würde sie sich nicht mehr vom Fleck fortbewegen können. Und dann würden sie Pjtor und die anderen Männer finden, sie zurückbringen in den Keller, in die Kammer und –

Nein!, schwor Anezka sich, sie würde sich nicht noch einmal erwischen lassen. *Nie wieder!*

Kevin hustete und strauchelte in ihrem Arm. Sie biss die Zähne aufeinander, hielt ihn aufrecht, schleppte ihn weiter. Als sie ihren Blick nach vorn richtete, sah sie Lichter. Straßenlaternen. Häuser.

35

Am nächsten Morgen quälte ich mich in aller Frühe von der Couch. In der Küche hockte Chuck vor seinem Napf und wartete auf Futter. Unter seinem vorwurfsvollen Blick leerte ich ein Glas Leitungswasser.

Yvonne und die Kinder lagen noch in den Betten.

Es war Samstag, und bevor alle Welt ins Wochenende aufbrach, wollte ich mit Merles Freundin gesprochen haben.

»Juli«, begrüßte mich Sanitas Vater, als er mir im Morgenmantel die Haustür öffnete. »So früh?«

»Es tut mir leid, dass ich euch störe.«

»Nein, nein, du störst nicht.« Mit einem Gähnen entnahm er dem Briefkasten die Tageszeitung und klemmte sie sich unter den Arm. Er bat mich nicht ins Haus. »Wie geht es dir?«

»Es ist …« Ich sprach nicht weiter. Was sollte die Frage? Konnte er sich das nicht denken?

Er nickte. »Blöde Frage, Entschuldigung. Das ist alles nicht einfach, oder?«

»Ich würde gern mit Sanita reden«, sagte ich.

»Juli«, mitleidig dehnte er meinen Namen, »es ist nicht einfach …«

»Das sagtest du schon.«

»Und Sanita, du weißt ja, sie waren beste Freundinnen. Die Sache nimmt sie ziemlich mit.«

»Nicht nur sie.«

»Natürlich, aber … Du musst verstehen, sie muss Abstand gewinnen, das Leben geht weiter, Schule, Klausuren, das versteht du doch, oder?«

»Nur ein paar Fragen«, presste ich hervor.

Edgar knirschte unwillig mit den Zähnen.

»Bitte!«

Er schnürte den Gürtel seines Morgenmantels enger, trat ins Haus und rief nach seiner Tochter.

Sie musste bereits im Flur gewartet haben, denn sie stand sofort neben ihrem Vater. Mit ihren Fingern zupfte sie an ihren blonden Locken. Nur mühsam hielt sie ihre Tränen zurück.

»Sanita«, sagte ich, »du warst mit Merle in der *Madonna*?«

»Was ist das?«, fragte ihr Vater.

»Eine Disko«, klärte ich ihn auf.

Sanita senkte verschämt den Blick.

»Meine Güte«, entfuhr es Edgar, »erst eine Kneipe, jetzt eine Disko, das wird ja immer schöner. Wie war noch der Name?«

»*Madonna*.«

»Nie gehört. Und du, Sanita, was ist mit dir?«

Ihre Stimme war nur ein Flüstern. »Ja, da waren wir.«

Edgar wollte loswettern.

»Hat Merle dort jemanden kennengelernt?«, kam ich ihm zuvor. »Einen schrägen Typen?«

»Carlos«, wisperte sie und knibbelte an ihren Haaren.

»Carlos? Wer ist das?«

»Der macht Partys und solche Sachen …«

Mein Herz schlug schneller.

Partys, Alkohol. Drogen. Ich hasste … *solche Sachen.*

Fast hätte ich Sanitas Drucksen überhört. »Aber ich hab ihn nicht gemocht.«

»Und Merle?«

»Ich glaube, sie mochte ihn auch nicht.«

Mein Herz klopfte wild. »Als ich dich damals gefragt habe, ob Merle jemanden erwähnt hat …«

»Aber den hat sie ja nie erwähnt.«

Konsterniert schaute ich ihren Vater an. Edgar zuckte mit den Schultern, als wollte er sagen: *So sind Kinder gelegentlich halt.*

Ich konnte den Aufruhr in meinem Inneren nicht verbergen. »Sanita, weißt du, wo ich diesen Carlos finde?«

»Der war ein paar Mal in der *Madonna.*«

»Ein paar Mal?«, ächzte Edgar. »Du warst mehrmals dort?«

Seine Tochter nickte.

Es tat mir leid, dass ich sie in Schwierigkeiten gebracht hatte, aber was waren ein paar Tage Hausarrest gegen das, was Merle vielleicht gerade durchmachte?

»Sanita«, sagte ich, »was kannst du mir über Carlos sonst noch erzählen? Kennst du seinen Nachnamen?«

»Den hat er nicht genannt.«

»Habt ihr ein Foto von ihm?«

»Nein, das wollte er nicht.« Sie hob ihren Blick und sah mich an. »Ich sagte ja, der war ein bisschen komisch.«

»Wie sah er aus?«

»Er hatte kurze Haare. Und Tattoos. Sein Arm war voll davon.«

Na toll! Halb Berlin bestand aus Partylöwen mit kurzgeschorenen Haaren und zutätowierten Armen.

»Und in seinem Gesicht war eines«, fügte Sanita hinzu.

»In seinem Gesicht?«

»Ein Stacheldraht.«

Auf dem Weg nach Hause wählte ich die Nummer von Merles Vater. Er ging nicht ran. Wahrscheinlich hatte er noch Schicht.

»Ich habe eine Spur«, sprach ich ihm aufgeregt auf den Anrufbeantworter, »eine erste richtige, vielversprechende Spur. Rufen Sie mich zurück!«

In der Küche saß Yvonne, die Knie an die Brust gezogen, ihr T-Shirt über die Beine gespannt, vor sich ihr iPad, in ihrer Hand dampfte eine Tasse Kaffee. Chuck hatte die Nase in seinen Napf vergraben und schmatzte sein Futter.

Ich goss mir frischen Kaffee ein. »Ich habe endlich was.«

Yvonne schaute auf.

Ich nippte an meiner Tasse, verbrannte mir die Zunge, zögerte einige Sekunden, in denen ich meine Gedanken ordnete. »Merle war in einer Diskothek, der *Madonna,* und …«

»Ja«, unterbrach mich Yvonne, »da war sie häufiger.«

*

Ich hatte etwas missverstanden, da war ich mir sicher. Es konnte gar nicht anders sein.

Aber was gibt es da falsch zu verstehen?

»Es stimmt«, bekräftigte Yvonne, »Merle war öfter in der *Madonna.*«

»Du hast mich belogen!«

»Nein, ich habe dir nur nichts davon erzählt.«

Glaubte sie ernsthaft, das machte einen Unterschied?

Sie hob die Schultern, als sei damit alles geklärt und widmete sich wieder ihren Websites für Gartenbedarf und Handwerk, auf denen sie sich regelmäßig über Neuigkeiten informierte, meist am Wochenende, sobald sie etwas Zeit dafür fand.

»Warum?«, fragte ich.

Yvonne trank von ihrem Kaffee. »Sie war in der *Madonna,* na und?«

»Sie ist erst fünfzehn!«

»Du kannst sie nicht einsperren.«

»Ich will wissen, warum du es mir verschwiegen hast?«

Sie stellte die Tasse auf den Tisch, legte das iPad beiseite. »Weil ich dich nicht beunruhigen wollte.«

»Ich bin …«

»Du bist doch sowieso schon …«

»*Was? Verrückt?* Wolltest du *das* sagen?«

Sie stand auf, zupfte ihr T-Shirt zurecht. Auf nackten Zehen schlich sie in die Diele, wo Chuck sich niedergelassen hatte und sich die Pfoten leckte. Mit einem Schnurren strich er ihr um die Beine.

Sie spähte die Treppe hoch nach oben. Aus den Kinderzimmern war kein Laut zu vernehmen.

Yvonne kam zurück in die Küche und schloss die Tür. »Meine Güte, Juli, schau dich doch mal an!«

Unwillkürlich blickte ich an mir herab. Ich trug die Klamotten von letzter Nacht. Auf der Jeans prangte der Brandfleck einer Zigarette. Das T-Shirt stank nach Rauch, Schweiß und Disko.

Yvonne sagte: »Das versuche ich dir die ganze Zeit schon zu erklären: Wie du Merle begluckt hast. Eingeengt.«

Was redete sie da?

»Und Toby und Elsa hast du vernachlässigt. Kümmere dich wenigstens *jetzt* um sie!«

»Und wer kümmert sich um Merle?«, erwiderte ich.

»Hast du überhaupt gehört, was ich gesagt habe?«

»Hat Merle *dir* von einem Typen namens Carlos erzählt?«

»Juli …«

»Hat er sie bedroht?«

»Juli, es …«

»Verdammt, sag mir die Wahrheit!«

»Es reicht, Juliane!«

Juliane!

Nur selten gebrauchte Yvonne meinen richtigen Namen. Eigentlich nur, wenn es ihr bitterernst war.

Aber was glaubte sie? Dass ich mit meiner Suche aufhören und Merles Verschwinden einfach akzeptieren würde?

Wie schließt man mit seinem Kind ab? Das war Merle doch: *meine Tochter.*

Du darfst nie die Hoffnung aufgeben. Niemals!

*

Tage vergingen, vielleicht auch Wochen, während ich ein weiteres Mal mit all unseren Verwandten, Bekannten und Freunden sprach. Ich musste herausfinden, ob mir noch jemand etwas verschwiegen hatte. »Hat Merle euch von der *Madonna* erzählt?«

»Nein.«

»Hat sie einen Carlos erwähnt?«

»Auch nicht.«

»Seid ihr euch ganz sicher?«

»Ja.«

Manche standen mir geduldig Rede und Antwort. Andere, na ja … Je mehr Zeit verging, umso mehr spürte ich, wie genervt sie reagierten.

Ich fuhr zu Merles Schule, wo ich ihre Freunde in den Pausen abpasste. »Achim, hat Merle die *Madonna* erwähnt?«

»Ich glaube schon.«

»Und einen Carlos?«

»Nein.«

Der Schulgong beendete die Pause. »Pascal, was ist mit dir, hast *du* Merle von einem Carlos reden hören?«

»Nicht dass ich wüsste.«

»Hast du mal einen tätowierten Typen bei ihr gesehen?«

»Nein, aber ich muss jetzt auch wieder rein.«

»Warte«, ich hielt ihn am Arm zurück, »denk bitte noch mal nach.«

»Hab ich doch schon.«

»Es ist wirklich wichtig!«, fuhr ich ihn an.

Er zuckte vor mir zurück.

»Frau Kluge, bitte«, eine Lehrerin kam auf mich zu, »es reicht.«

Ich kontaktierte Kriminalhauptkommissar Veckenstedt, erzählte ihm, was ich herausgefunden hatte, von der *Madonna,* Carlos, kurz geschorenes Haar, tätowiert, ein Stacheldraht im Gesicht. »Haben Sie so jemanden in Ihrer Verbrecherdatei?«

»Danke«, antwortete er, »wir gehen dem nach.« Genauso gut hätte er sagen können: *Halten Sie sich da raus!*

Tagsüber klapperte ich mit Merles Vater noch einmal die Kneipen und Geschäfte rund ums *Rosenholz* ab.

»Aber da haben wir doch schon überall gefragt«, zweifelte Schwarz.

»Nicht nach diesem Carlos«, erklärte ich.

Und ein Typ wie dieser Carlos musste doch irgendjemandem aufgefallen sein, oder nicht?

Die meisten Leute erinnerten sich an mich.

Manche hatten Mitleid, einige belächelten mich, wieder andere verdrehten die Augen.

Nachts vergrub ich mich weiter in die Datenbank, die ich angelegt hatte, las immer wieder die Namen, die ich notiert hatte, studierte immer wieder die Hinweise, die ich erhalten hatte, prüfte sie weiter auf Parallelen zur *Madonna,* Carlos, Tattoos, Stacheldraht.

Die Wochenenden verbrachte ich in der *Madonna,* an manchen Abenden war Merles Vater bei mir, an anderen traf ich auf Claire, Niko und ihre Freunde, folgte ihnen sogar in andere Diskos, das *SchwuZ,* die *BarbieBar*, Travestieshows, Schwulenhappenings, Lesbenpartys. Meine Ohren fiepten, meine Augen brannten.

Ich fand kaum Schlaf, aß nur noch, wenn es sich überhaupt nicht vermeiden ließ, und verlor rapide an Gewicht.

Jeden Tag erwachte ich verzweifelter auf Merles Bett, ausgelaugt, am Ende meiner Kräfte, trotzdem quälte ich mich empor, bereit, meine Suche fortzusetzen, so lange, bis ich Merle gefunden hatte.

Bis Yvonne mir eines Morgens, es war kurz vor Weihnachten, den Weg versperrte. »Es gab eine Beschwerde. Von der Schuldirektion.«

»Ich hatte nur ein paar Fragen.«

»Nein. Du hast die Schüler belästigt.«

Ich wollte ihr antworten.

»Du hast es endlich geschafft«, kam sie mir zuvor.

Ich hatte keine Ahnung, wovon sie sprach.

»Das Amt war gestern Nachmittag da.«

Ich schwieg.

»Sie haben Toby und Elsa abgeholt.«

Erst jetzt wurde mir die ungewöhnliche Stille im Haus bewusst.

Ich sank zurück auf Merles Bett. Doch ich konnte nur an eines denken: »Ich finde diesen verdammten Carlos einfach nicht.«

Yvonne sah mich entgeistert hat. »Hörst du mir zu, Juli? Hast du mich verstanden? Sie haben uns die Kinder weggenommen!«

»Es ist, als existierte er nicht.«

»Ist das alles, was du dazu zu sagen hast? Es kann dir doch nicht egal sein, dass Toby und Elsa …?«

»Ich glaube, er hat …«

»Verdammt, Juliane!«

Sie hatte mich noch nie angeschrien. Es hätte mir ein Zeichen sein sollen. Doch was hätte es geändert?

Kurz nach Neujahr sagte Yvonne: »Ich will, dass du ausziehst.«

36

Auf dem Weg nach Pankow las Kalkbrenner die Ermittlungsakte.

Obenauf klemmten mehrere Fotos von Merle Schwarz.

Das hübsche Mädchen, das sie zweifellos gewesen war, war unter einem betont burschikosen Kurzhaarschnitt und ihrem maskulinen Outfit nur zu erahnen, und Kalkbrenner begann die Verwirrung Bergers zu verstehen.

Die Berichte der damals zuständigen Beamten waren umfangreich, und in der wenigen Zeit, die ihm blieb, würde er ihren Inhalt nur überfliegen können.

Soweit er erkennen konnte, enthielten sie keine neuen Informationen. Die Vernehmungen der Pflegeeltern, der Kinder Elsa und Toby, der Nachbarn, Freunde sowie Verwandten und die wochenlange Suche, die erfolgt war, hatten keinen Hinweis auf Merles Verbleib oder eine mögliche Entführung erbracht. Es hatte sich darüber hinaus kein Zusammenhang zwischen ihrem Verschwinden und dem Leichenfund in der Lagerhalle in Weißensee herstellen lassen.

Eine Verbindung zu den Morden heute oder dem flüchtigen Jens-Harald Albidus konnte Kalkbrenner den Unterlagen ebenso wenig entnehmen.

»Irgendetwas haben wir übersehen«, sagte Muth.

Überrascht schaute Kalkbrenner auf.

Seine Kollegin bremste vor einer roten Ampel. »Wir haben nichts über diesen Jens-Harald Albidus in unseren Datenbanken gefunden. Buchstäblich nichts. Es ist, als existierte er nicht. Für einen Unternehmer reichlich ungewöhnlich.«

»Für einen Päderasten nicht. Keiner, der ihn erkennt.«

»Ja, klug – einerseits. Andererseits ist er so dämlich …« Die Ampel sprang auf Grün. Muth gab Gas und die hell erleuchteten Shoppingcenter beiderseits der Prenzlauer Promenade glitten an ihnen vorüber. »Ihm muss doch klar gewesen sein, dass die Leichen früher oder später in den Kloakebecken entdeckt werden. Dass dann eine Verbindung zu dem Leichenfund vor zwei Jahren hergestellt wird. Und dass er der Erste ist, auf den der Verdacht fällt.«

»Ein Verdacht«, Kalkbrenner zuckte mit den Schultern, »ist kein Beweis für seine Schuld.«

»Und warum sucht er dann das Weite?«

Plötzlich verstand Kalkbrenner, worauf seine Kollegin hinauswollte. »Es *existieren* Beweise gegen ihn.«

»Ja«, Muth setzte den Blinker und steuerte die Plattenbauten Pankows an, »wir haben sie nur noch nicht gefunden.«

Würde ein Besuch bei Merles Pflegeeltern sie diesen Beweisen näher bringen? Mittlerweile waren fast zwei Jahre seit dem Verschwinden des Mädchens verstrichen. Zwei Jahre, in denen viel geschehen sein konnte. Erinnerungen verblassten, Namen wurden vergessen, Beziehungen gingen kaputt.

Kaum eine Familie, die Kalkbrenner in den zurückliegenden Jahren erlebt hatte, die sich nach einem tragischen Verlust nicht aufgerieben hatte. Mit dem Tod endete nicht nur das Leben eines Angehörigen.

Auch Merles Pflegeeltern hatten sich getrennt.

Laut Aktenvermerk war Yvonne Kluge in ihrem Haus am Rudolf-Ditzen-Weg wohnen geblieben. Ihre Partnerin Juliane war in die Paracelsusstraße 5 gezogen, nur wenige Straßen weiter, dennoch eine ganz andere Welt. Statt Vorgärten und hübscher Häuschen nur schäbige Wohnbaracken, die den noch schäbigeren Rand Pankows markierten.

Keines der Klingelschilder trug ihren Namen.

Kalkbrenner wählte die Handynummer, die in der Akte verzeichnet stand.

Juliane Kluge nahm nicht ab. Ihre Mailbox ging nicht an.

Kurzerhand drückte er wahllos eine der Türklingeln.

»*Was denn?*«, blaffte es aus dem Lautsprecher.

»Entschuldigen Sie die späte Störung, wir suchen Juliane Kluge.«

»Da haste die falsche Klingel gedrückt.«

»Ich weiß. Aber wissen Sie, wo Frau Kluge wohnt?«

»Na, wenn du's nich weißt.«

»Wohnt sie hier oder nicht?«

»Woher soll ich'n das wissen?« Es knackte und die Leitung war tot.

Muth kontaktierte das Präsidium und erbat eine Auskunft aus dem Melderegister. Die Antwort war eindeutig: Juliane Kluge *war* in der Paracelsusstraße 5 gemeldet.

Kalkbrenner betätigte abermals die Klingel.

»*Was denn jetzt?*«, schimpfte die Stimme.

»Ich noch mal ...«

»Verdammt, versuch's doch beim Hausmeister, Parterre rechts.« Der Summer ertönte.

Der Hausmeister war ein dürrer Mann in Birkenstock-Sandalen und Jogginghose. Seine Unterarme waren übersät mit krakeligen Tätowierungen. Er stank nach Zigaretten, Bier und Schweiß und war sichtlich wenig erfreut über die späten Besucher, eine Abneigung, die sich noch einmal steigerte, als sie sich als Polizisten auswiesen.

»Die Kluge«, schrie er grantig gegen den Krach des Fernsehers aus seiner Stube an, »wohnt hier schon lange nich mehr.«

»Wann ist sie ausgezogen?«, fragte Kalkbrenner.

»Die is nich ausgezogen, der hamse den Krempel auf die Straße gesetzt und die Schlösser ausgetauscht, vor 'nem Monat oder so, mindestens. Weil die ihre Miete nicht mehr gezahlt hat.«

»Wissen Sie zufällig, wo sie sein könnte?«

»Zufällig nich.«

*

Markus wartete fast eine Stunde.

Fahrstuhlmusik dudelte aus unsichtbaren Lautsprechern durchs *Schlosscafé*, das so verschlafen wirkte wie der ganze Ort um diese Zeit. Abgesehen von einem älteren Pärchen, das bei Rotwein und Kerzenschein turtelte, war Markus der einzige Gast.

Nach seinem dritten Glas Cola kam er zu dem Schluss, dass er vergeblich wartete. Ilanka hatte es sich anders überlegt, falls sie überhaupt je vorgehabt hatte, sich mit ihm zu treffen.

Aber warum sonst hat sie dir eine SMS geschickt?

Ihr war wohl etwas dazwischengekommen und wahrscheinlich war das sogar besser so. Wollte er wegen ihr tatsächlich noch mehr Ärger mit dem Kirgisen riskieren?

Nein, und jetzt vergiss sie!

Er winkte dem Kellner. Als der ihm die Rechnung brachte, trat Ilanka zur Tür herein.

Markus entging ihr Zögern nicht, sie blieb auf der Schwelle stehen und spielte gedankenverloren mit der Silberkette um ihren Hals. Dann gab sie sich einen Ruck, schlängelte sich vorbei an den leeren Tischen.

»Tut mir leid«, sagte sie, »ich hatte …«

»… Stress, ich weiß«, er stand auf, rückte ihren Stuhl zurecht. Wieder roch er den frischen Duft ihres Parfüms. »Bitte setzen Sie sich.«

Erneut schien sie mit sich selbst zu hadern, bevor sie ihren Mantel ablegte. Mit einer raschen Handbewegung straffte sie ihren Rock und ließ sich auf dem Stuhl nieder. Sie verkrampfte die Finger ineinander. Die Silberringe klackerten.

Die Bedienung trat an ihren Tisch.

»Einen Latte macchiato, bitte«, sagte Ilanka.

»Oh, das tut mir leid«, bedauerte der Kellner mit einem Blick auf seine Armbanduhr, »wir haben nur noch Kaffee.«

»Milchkaffee?«

»Nur Kaffee.«

»Na gut, dann einen Kaffee. Aber Milch haben Sie?«

»Natürlich, es ist nur …«

»Bringen Sie mir einfach den Kaffee, okay?«

Der Kellner rauschte zur Theke ab.

Ilanka seufzte. »Manchmal vergesse ich, wo ich mich befinde.«

»Am Ende der Welt?«

»So vornehm hätte ich es vermutlich nicht ausgedrückt.«

»Es gibt schlimmere Orte.«

»Ach ja?«

»Polmeva.«

»Ja, wie ich schon sagte«, sie deutete ein Lächeln an, aber ihre Haltung blieb angespannt, »manchmal vergesse ich gerne, wo ich mich befinde.«

Der Kellner brachte den Kaffee und ein Kännchen Milch.

Ilanka nickte dankend, kippte die Milch in die Tasse, streute Zucker hinzu und rührte mit dem Löffel um.

Sie war keine Schönheit im herkömmlichen Sinne. Ihr Gesicht war schlank, die Wangenknochen hoch, die Nase schmal und hervortretend. Leicht schräg stehende blaue Augen sahen ihn unter stark geschwungenen Brauen hervor an. Das glatte brünette Haar fiel über die schmalen Schultern auf ihre Bluse, die nicht den Hauch eines Einblicks erlaubte.

Dennoch verliehen ihr ihre Makel und das züchtige Outfit eine Faszination, die den entblößten Huren im *La Luna* abging.

»Schön, dass Sie es sich anders überlegt haben«, sagte Markus.

»Ehrlich gesagt, ich habe keine Ahnung, was ich hier zu suchen habe.«

»Ablenkung vom Stress, das sollte in Ordnung gehen, oder?«

Sie warf ihm einen Blick zu, aus dem Verzweiflung und Abscheu sprachen. *Sie haben doch gar keine Ahnung.*

Markus zuckte mit den Schultern. »Wir haben …«

»Wir kennen uns nicht einmal!«

»Wir sind uns einige Male begegnet.«

»Einmal, gestern! Und Sie meinen, das genügt, um …«

»Nein, ich wollte nur …«

»Was?«, fuhr sie ihn an, plötzlich gereizt und wütend. »Was wollen Sie von mir?«

Er schwieg einen Augenblick, verwirrt über ihren jähen Stimmungswechsel. »Ich wollte nur sagen«, er lächelte, entwaffnend, wie er hoffte, »vor zwei Tagen haben wir uns auch schon mal gesehen. Ich war der, der Sie im *La Luna* angerempelt hat.«

»Ach ja? Waren Sie der Typ um 12.25 Uhr, der um 12.28 Uhr, um 12.33 Uhr, um 12.34 Uhr oder …?« Ihre Stimme erstarb, als sie mitbekam, wie das ältere Ehepaar sie anstarrte. Sie rieb sich die Schläfe. »Tut mir leid, ich …«

»Schon in Ordnung.«

»Nein, ist nicht Ihre Schuld. Ich hätte nicht kommen dürfen.« Sie nahm ihre Jacke.

»Ilanka!«

Sie zuckte zurück, blieb aber sitzen.

»Lassen Sie uns was essen gehen«, schlug Markus vor, »in Ruhe, entspannt und …«

»Ich habe keinen Hunger.«

»Nicht jetzt. Morgen Abend.«

»Nein, ich kann nicht.«

»Sie können nicht? Oder Sie wollen nicht?«

»Es ist …«

»… nur ein zwangloses Abendessen. Ich kenne da ein nettes Restaurant, das *La Sinuessa* in Betzseen, ein Dörfchen nicht weit von hier. Das Essen ist ausgezeichnet. Sie werden begeistert sein, ehrlich.«

Ilanka beobachtete das Paar am Fenstertisch, das sich wieder amüsierte, küsste, liebte.

Als sie ihr Gesicht Markus zuwandte, war die Wut in ihren Augen erloschen. Stattdessen lag ein Ausdruck in ihnen, den er nicht einordnen konnte. Aber plötzlich war es ihm wichtig, dass sie ja sagte. » neunzehn Uhr?«, fragte er.

Sie stand auf, streifte ihren Mantel über. »Nein, ich …«

Ihre Blicke begegneten sich.

Sie schüttelte den Kopf. Hielt inne, als käme ihr ein Gedanke. Sie berührte ihre Kette. Ihre Stimme war ein Flüstern. »neunzehn Uhr ist zu spät.«

»siebzehn Uhr?«

Sie öffnete den Mund zu einer Antwort, beließ es aber bei einem Kopfnicken. Was immer sie hatte sagen wollen, sie nahm es mit sich in die Nacht.

*

Kalkbrenner roch den süßen Duft, den die üppig blühenden Petunien im Vorgarten des kleinen, zweistöckigen Häuschens am Rudolf-Ditzen-Weg verströmten.

Hinter den Fenstern im oberen Stock brannte Licht.

Die Außenlampe ging an, als Kalkbrenner die Haustür erreichte. Auf dem Klingelschild daneben stand *Kluge*.

Auf sein Läuten hin geschah einige Sekunden nichts. Dann näherten sich Schritte.

»Wer ist da?«, rief ein junges Mädchen.

Muth antwortete: »Die Polizei.«

»Kann jeder behaupten.«

»Elsa?«, fragte Kalkbrenner.

Das Mädchen schwieg.

»Hier, mein Dienstausweis«, er hielt ihn dicht vor den Türspion.

»Ist zu dunkel.«

»Ist deine Mutter da?«

»Ja.«

»Wir möchten mit ihr reden. Rufst du sie bitte?«

»Die liegt schon im Bett.«

»Okay, ich verstehe«, sagte Kalkbrenner, »sie ist nicht zu Hause und du darfst fremden Leuten nicht öffnen. Am besten, wir rufen sie an.«

Sie kehrten zurück zum Wagen.

Aus einem der Nachbargärten trieb der Geruch von gegrilltem Fleisch über die Straße. Bierflaschen schlugen aneinander. Erwachsene lachten.

Kaum zu glauben, dass die gepflegte Siedlung nur um wenige Hundert Meter von den schäbigen Wohnbaracken Pankows getrennt lag.

Kalkbrenner nahm sein Handy und wählte die zweite Telefonnummer, die in der Akte verzeichnet war.

Nach drei, vier Freizeichen meldete sich eine gehetzte Stimme: »Hallo?«

»Yvonne Kluge?«

»Ja, und wer sind Sie?«

»Kriminalhauptkommissar Kalkbrenner.«

»Ach nee«, Yvonne Kluge stöhnte, »hat Juliane Sie wieder geschickt?«

»Nein, wieso …?«

»Schon gut, vergessen Sie's, ich …« Es knackte, als sie ihre Hand über das Telefon schob. »Ja, dauert nicht mehr lange«, ihre Stimme klang dumpf wie aus weiter Entfernung, »bin gleich wieder da.«

Muths Handy klingelte. Sie blickte aufs Display, nahm das Gespräch entgegen und trat einige Schritte zur Seite.

»Worum geht's?«, fragte Yvonne Kluge.

»Um Merle.«

»Haben Sie sie …«

»Es tut mir leid, nein, wir haben nur ein paar Fragen.«

»Was …?«, wieder legte sie ihre Hand über den Hörer, *»ja, doch, sofort!«*

Kalkbrenner schaute hinüber zu seiner Kollegin.

Muth schimpfte aufgebracht in ihr Handy, aber er verstand kein Wort, da sie türkisch sprach.

»Hören Sie«, sagte Yvonne Kluge, »ich bin hier am Ostkreuz, die Großbaustelle, die kennen Sie ja sicherlich, und habe noch einiges um die Ohren. Hat das bis morgen Zeit? Sagen wir, um zehn?«

»Meinetwegen.«

»Danke.«

»Frau Kluge«, rief Kalkbrenner, noch ehe sie das Gespräch beenden konnte. »Wir waren gerade bei Ihrer … also, Ihrer Exfrau.«

»Wir waren nicht verheiratet. In Deutschland gibt es nur eingetragene Partnerschaften …«

»Ach so, aber … Haben Sie eine Ahnung, wo sie sich befindet?«

»Sagten Sie nicht, Sie waren gerade bei ihr?«

»Wir haben es bei der Adresse versucht, unter der sie gemeldet ist, aber dort wohnt sie nicht mehr.«

»Nicht?«

»Nein, wir hatten gehofft, dass Sie uns vielleicht sagen können, wo sie sich aufhält.«

Yvonne Kluge verfiel in ein betroffenes Schweigen. »Ich habe …«, ihre Stimme entfernte sich erneut, *»ja, doch, ich komme!«* Ein Knistern. »Nein, ich weiß es nicht. Aber jetzt muss ich wirklich auflegen.«

Kalkbrenner drückte mit seinen Fingern auf die Augenhöhlen. Er war müde, sehnte sich nach Schlaf, ahnte jedoch, dass er ihn kaum finden würde.

Seine Kollegin kehrte zum Wagen zurück. Über das Wagendach hinweg begegnete sie seinem fragenden Blick.

Sie zuckte mit den Achseln. »Nur ein paar … familiäre Komplikationen.«

»Oh, darin bin ich Experte.«

»Da hast du meine Familie noch nicht erlebt.« Sie lächelte.

Er erwiderte ihr Lächeln und nickte, als würde er verstehen. In gewisser Weise tat er das tatsächlich, auch wenn sie bis heute kaum ein Wort über ihr Privatleben verloren hatte.

Aber er wusste, dass seine Kollegin es vom ersten Arbeitstag an nicht leicht gehabt hatte in der Mordkommission. Immer wieder hatten sie im Leben unterschiedlichster Berliner Nationalitäten, Kulturen und Subkulturen ermitteln müssen, die, viel zu oft traditionell und patriarchalisch geführt, einer Polizeibeamtin mit Skepsis begegneten, einer *türkischen* Polizeibeamtin sogar mit Verachtung.

Was mochte also ihre Berufswahl für ihre Familie bedeuten?

»Fahren wir?«, fragte sie, stieg in den Wagen und herzte Bernie. »Für heute hast du lange genug im Auto gesessen, oder?«

Der Bernhardiner kläffte zustimmend.

Was Kalkbrenner an seine eigenen *Komplikationen* erinnerte.

*

Fast hätte Anezka vor Erleichterung aufgeschrien. Lichter. Häuser. Menschen.

Rettung!

Sie hielt Ausschau nach Hilfe, konnte aber niemanden entdecken.

Ein würgender Laut entwich Kevins Kehle.

»Halte durch«, sagte Anezka und wankte mit ihm auf das erste Haus zu. Die Zimmer hinter den Fensterscheiben waren hell erleuchtet.

Der Wind trieb Stimmen heran.

Anezka öffnete den Mund. Von ihren Lippen löste sich kein Laut.

Was, wenn es Pjtor und seine Männer sind?

Reflexartig suchte sie Schutz hinter einem Gartenzaun. Kevin brach stöhnend zusammen.

Anezka schielte um die Ecke.

Eine Familie spazierte die Straße entlang, eine Frau, ein Mann, zwei kleine Kinder. Das kleine Mädchen hüpfte zu einer Melodie, die es ausgelassen trällerte.

Just dance, gonna be okay, da da doo-doo-mmm …

Anezka richtete sich auf.

Kevins Körper zuckte wie unter einem Krampf.

»Kevin«, sie beugte sich über ihn, »da sind Menschen.«

Seine Augenlider flatterten. Sein Kopf kippte zur Seite.

»Ich bin gleich wieder da!« Sie wankte auf die Straße, wagte sich vor in das Laternenlicht.

Die Familie blieb stehen.

»Hilfe!«, rief Anezka. Sie stolperte über ihre eigenen Füße.

Die Kinder starrten sie an wie ein Gespenst.

»Hilfe!«, wiederholte sie und sank zu Boden.

»Ruf einen Krankenwagen«, sagte die Frau zu ihrem Mann.

37

»Onkel Markus, Onkel Markus!« Sein Neffe stürzte in seine Arme, fix und fertig angezogen, wenn man davon absah, dass er noch die *Angry-Bird*-Pantoffeln trug. »Gehen wir wieder auf den Spielplatz?«

»Was sagt denn deine Mutter dazu?«

»Was ich dazu sage?« Alex trat in die Diele, im Arm den wimmernden Henry. »Wolltest du nicht auf deinem Zimmer mit Onkel Markus spielen?«

»Jetzt will ich aber auf den Spielplatz«, protestierte Jonas und hielt seine Legofigur in die Höhe. »Guck, Onkel Markus, ich hab den Polizisten wiedergefunden. Gehen wir auf den Spielplatz?«

»An mir soll's nicht liegen.«

»Ja, ja«, der Junge klatschte erfreut in die Hände.

»Dann los, zieh deine Jacke an«, Alex bettete das Baby in den Kinderwagen, »und vergiss deine Schuhe nicht.«

»Kann ich nicht …?«

»Junger Mann!«

Der Junge flitzte die Treppe hoch. Auf halber Strecke stolperte er über seine Puschen.

»Jonas!«, entfuhr es Markus und seiner Schwester wie aus einem Mund.

Im letzten Moment hielt sich der Kleine am Geländer fest. »Nichts passiert!« Quietschvergnügt hüpfte er nach oben.

Markus lachte erleichtert.

Seine Schwester seufzte. »Punkt sechs war er heute wach und hat unentwegt von seinen Spielfiguren geplappert, die er dir alle zeigen wollte, seinem Polizisten, den Feuerwehrmännern, den Jedi-Rittern und was weiß ich noch alles. Und jetzt …«

Auf der Straße vor dem Haus erklang ein Hupen.

Alex schaute zum Fenster raus. »Hattest du einen Unfall?«

»Keine Sorge, nichts passiert.«

»*Was* ist denn passiert?«

»Ich musste einem Auto ausweichen«, sagte Markus, weil es der Wahrheit am nächsten kam. »Du kennst ja die Berliner Autofahrer, für die ist Rücksicht ein Fremdwort.«

»Also ist der andere schuld?«

»Mhm.«

»Bezahlt er den Schaden?«

»Er ist einfach abgehauen.«

»Aber du hast sein Kennzeichen?«

»Alles ging so schnell, ich konnte …« Er stockte, der Lügen überdrüssig. »Ist auch egal, eine Reparatur lohnt sich bei der Karre sowieso nicht mehr.«

»Bist du sicher?«

»Schau dir die alte Kiste doch mal an.«

Zu seiner Erleichterung ließ es Alex dabei bewenden, weil Jonas nach ihr rief.

»Mama!«

»Was ist?«

»Meine Schuhe sind weg.«

»Sie liegen in deinem Schrank, dort wo ich sie gestern hingeräumt habe.«

»Da sind sie aber nicht!«

Alex warf einen Blick auf die Uhr. »Oh Gott, ich muss los. Könntest du das übernehmen, Markus?«

»Wo finde ich seine Schuhe?«

»Im Schrank, wo sonst? Vermutlich direkt vor seiner Nase. Er will nur, dass jemand hochkommt und ihm hilft. Ich sagte doch, seit Henrys Geburt … Ach, ich weiß auch nicht.«

»Fühlt er sich vernachlässigt?«

»So weit würde ich nicht gehen, aber …« Alex nahm ihre Jacke von der Garderobe und zog sie an. »Er buhlt um Aufmerksamkeit. Und ich befürchte, dass uns Henry die letzten Tage so auf Trab gehalten hat, hat die Sache nicht besser gemacht.«

»Nur gut, dass sein Onkel ihm jetzt die volle Aufmerksamkeit schenkt.«

»Ja, und das weiß er ganz genau. Seit gestern geht's nur noch: *Onkel Markus hier, Onkel Markus da*. Höllisch aufgedreht, ich sag's dir. Kriegst du das hin?«

»Klar.«

Alex musterte ihn.

»Hast du immer noch Zweifel?«, fragte er.

»Onkel Markus, Onkel Markus, kannst du bitte helfen?«, brüllte Jonas.

Seine Mutter hob überrascht die Augenbrauen. »Du scheinst jedenfalls einen guten Einfluss auf ihn zu haben.«

»Wieso?«

Mit einem Lächeln schob sie den Kinderwagen zu Tür. »Er hat *bitte* gesagt.«

*

Kalkbrenner steckte den Kopf zur Tür herein.

»Paps!« Jessy stellte ihre Haferflockenschale beiseite. »So früh schon?«

Er nickte der alten Dame zu, die an ihrem Frühstück mümmelte. »Ich wollte nur kurz hallo sagen.«

»Na dann: Hallo!«

»Ich merke schon, es geht dir wieder gut.«

»Dank nahrhafter Krankenhauskost.« Sie zwinkerte.

Tatsächlich schaute sie wesentlich besser aus als noch vor zwei Tagen. Nichts deutete mehr auf den Kummer hin, der sie gequält hatte.

»Haben sie gesagt, wann du nach Hause darfst?«, fragte Kalkbrenner.

Mit einem Seufzer sank Jessy ins Kissen. »Eigentlich fängt's gerade an, mir zu gefallen.«

»Ernsthaft?«

»Nein«, mit einem verstohlenen Blick zur schmatzenden Oma verdrehte sie die Augen, »wenn alles gutgeht: morgen.«

»Soll ich dich abholen?«

»Ich dachte, du hast zu tun?«

»Aber falls du …?«

»Das ist lieb von dir, Paps, aber ich habe Mama schon gefragt.«

»Na dann«, sagte er enttäuscht.

Jessy lächelte. »Keine Bange, es kommen genug Gelegenheiten, bei denen du dich als Opa beweisen darfst.«

Er erwiderte ihr Lächeln, und für einen Moment vergaß er die Müdigkeit, die in seinen Knochen steckte, und die Träume, die ihm den Schlaf geraubt hatten.

Er griff in seine Hosentasche und legte den Anhänger auf das Bett.

Jessy betrachtete den kleinen silbernen Schmuck.

»Ein Glücksbringer«, sagte Kalkbrenner. »Hat mir mein Vater geschenkt, als ich ein kleiner Junge war.«

»Und? Hat er dir Glück gebracht?«

»Ich habe dich.«

Jessy lachte.

»Ich dachte immer, ich hätte ihn als Teenager verloren, du weißt schon, wenn man zu cool ist für solche Sachen.«

»Du und cool?«

»Na danke!«

»Der Anhänger gefällt mir. Ist das ein Engel?«

»Ein *Engelchen*. So hat mich meine Mutter immer genannt.« Er drückte die Kette seiner Tochter in die Hand. »Jetzt möchte ich, dass er dir gehört. Beziehungsweise *deinem* Kind.«

»Oh Paps«, Jessys Augen leuchteten, als ihre Finger sich um die Kette schlossen, »das ist, also … Ich weiß gar nicht, was ich sagen soll.«

Die Freude seiner Tochter machte Kalkbrenner ganz verlegen. »Und bevor ich es vergesse«, sagte er deshalb, »einen Gruß von Sera soll ich dir auch ausrichten. Sie wartet draußen.«

»Warum kommt sie nicht herein?«

»Sie dreht eine Runde mit Bernie.«

»Paps!«

»Ja?«

Sie hielt die Kette hoch. Ihr Gesicht strahlte. »Danke!«

Mit einem Lächeln drückte er sie an sich. »So gerne ich bleiben würde, aber leider muss ich jetzt los.«

»Hab dich trotzdem lieb, Paps.«

»Ich dich auch.«

Im Treppenhaus wählte er die Nummer des Präsidiums.

»Guten Morgen, Paul«, meldete sich seine Sekretärin, »ich hoffe, ihr seid bald da.«

»Warum?«

»Ich habe Kuchen gebacken, frischen Apfelkuchen, den magst du doch so gerne.

»Der wird heute warten müssen.« Kalkbrenner blieb stehen, weil ein Taxi am Straßenrand bremste.

Ein rüstiger Rentner sprang von der Rückbank, riss die Beifahrertür auf und half einer jungen, heulenden, hochschwangeren Frau, offenbar seiner Tochter, ins Krankenhaus.

Keine Bange, es kommen genug Gelegenheiten, bei denen du dich als Opa beweisen darfst.

Erneut musste Kalkbrenner lächeln.

»Paul?«, fragte Rita. »Bist du noch dran?«

»Ja.« Er setzte sich wieder in Bewegung. Seine Kollegin wartete bereits im Passat, Bernie hockte hechelnd auf der Rückbank. »Was macht die Fahndung nach Jens-Harald Albidus?«

»Ist an Europol und Interpol herausgegangen.«

»Ich möchte, dass du die einschlägigen Datenbanken nach Juliane Kluge befragst. War sie in Unfälle verstrickt? Oder ist sie anderweitig in Erscheinung getreten, positiv wie negativ? Gibt es einen Hinweis auf ihren derzeitigen Aufenthaltsort? Und …« Verwundert sah er dem jungen Mann nach, der an ihm vorbeihuschte. »Leif?«

»Ah«, Leif gefror in der Bewegung, »Herr Kalkbrenner, ich habe Sie gar nicht gesehen.«

»Tatsächlich?« Kalkbrenner bedeutete ihm zu warten. »Rita, bist du noch dran?«

»Paul, mach keine Dummheiten!«

»Wie kommst du denn darauf?«

»Ach komm, ich weiß doch, dass der Freund deiner Tochter ...«

»Ja, ja, der Buschfunk«, sagte Kalkbrenner. »Können wir uns bitte wieder auf die Arbeit konzentrieren?«

»Du hoffentlich auch.«

»Richte Sebastian doch bitte aus, er soll sich noch einmal die Berichte der Vernehmungsbeamten aus den letzten Tagen vornehmen. Die Gespräche mit den Leuten von KeTec, dem Liegenschaftsfonds, der Firma Albidus. Ich halte es zwar für unwahrscheinlich, aber möglicherweise gibt es ja doch eine Verbindung zum Vermisstenfall Merle Schwarz.« Er kappte das Gespräch und wandte sich dem Freund seiner Tochter zu. »Du hier?«

»Äh, ja«, antwortete Leif. »Geht es Jessy gut?«

»Warum fragst du sie nicht selbst?«

»Ja, ich ...« Leifs Stimme erlahmte.

Kalkbrenner musterte ihn streng.

Mach keine Dummheiten!

»Ich weiß«, murmelte Leif, »das war dumm von mir, es war nur ... so viel auf einmal.«

»Glaubst du, für Jessy nicht?«

»Ich werd das wiedergutmachen, ehrlich.«

»Das hoffe ich für dich. Jessy liegt auf Zimmer ...« Kalkbrenner hielt inne. »Sag mal, bist du mit dem Auto hier?«

»Ja.«

»Dann kannst du gleich damit anfangen, es wiedergutzumachen.« Kalkbrenner zog die Wagentür auf. Bernie sprang auf die Straße. Freudig kläffend begrüßte er Leif. »Morgens und mittags eine große Runde, danach jeweils Futter aus der Dose. Steht alles im Kühlschrank.«

»Also eigentlich …«

»Nur so lange, bis meine Hundesitterin aus dem Urlaub zurück ist.«

»Äh …«

»Ist das ein *Ja*?«

Zögernd nickte Leif.

Kalkbrenner drückte ihm die Hundeleine in die Hand »Meinen Wohnungsschlüssel kriegst du bei Jessy.« Er stieg ins Auto.

Muth grinste.

»Nicht reden, handeln«, sagte er. »Waren das nicht deine Worte?«

*

Markus hatte seine liebe Not mit seinem aufgedrehten Neffen an der Hand.

»Bauen wir wieder eine Burg?«, rief Jonas, als der Park vor ihnen auftauchte.

Die Sonne strahlte vom blauen Himmel, trotzdem fegte ein frischer Wind über den noch fast menschenleeren Spielplatz.

»Klar«, sagte Markus.

Der Junge stürmte los, als wollte er seinen eigenen Schatten überholen.

»Vorsicht«, warnte Markus.

Jonas lachte – und stürzte kopfüber in den Sandkasten. Ein, zwei Sekunden, in denen nur das Rascheln der Bäume zu hören war. Dann setzte ein bitterliches Heulen ein.

Markus rannte zu seinem Neffen. »Jonas?«

»Ich … ich …«

»Ist dir was passiert?«

»Ich …«

»Tut dir was weh?«

Sein Neffe spuckte Sand. Aus einer kleinen Schramme auf

der Wange sickerte Blut, vermischte sich mit Tränen und Sand.

»Hier, das hilft.« Eine Wasserflasche schob sich in sein Blickfeld.

Markus schaute auf. »Danke, äh …«

»Evi.« Sie lächelte. Ihre Tochter Mia schaute besorgt auf Jonas herab.

Markus schraubte die Flasche auf, setzte sie seinem Neffen an die Lippen. »Nicht trinken, sondern ausspucken, hörst du?«

Jonas trank, schluckte, würgte. Erneut begann er zu heulen. Schnodder und Sand trieften ihm aus der Nase.

»Nicht trinken, ausspucken!«, wiederholte Markus, während er seinem Neffen die Wange reinigte und die Nase putzte.

Evi kramte in ihrer Handtasche nach einem kleinen Pflaster. »Ist zwar *Hello Kitty*, aber in Notfällen wie diesen …«

Markus klebte es dem Jungen auf die Wunde. »Ich wette, so ein tolles Pflaster hast du noch nie gehabt, oder?«

Jonas nickte. In sein Schniefen mischte sich ein verspieltes Glöckchenbimmeln.

»Na, schau mal an«, lächelte Markus, während die Blicke der Kinder zum Straßenrand huschten, wo ein VW-Bus angehalten hatte. *Venecian Ice.* »Eis schmeckt besonders gut zu Sand.«

»Stimmt doch gar nicht.«

»Also möchtest du kein Eis?«

»Doch«, empört schnappte der Junge nach Luft, »Schokilade.«

»Eine Kugel Schokilade?«

»Und Stazitella!«

»Also zwei Kugeln für meinen kleinen Helden.«

Die Miene seines Neffen hellte sich auf.

Lächelnd wandte sich Markus an Evi. »Was ist mit euch?«

»Danke, aber ich habe kein Geld dabei.«

»Kein Problem, ich lade euch ein. Zum Dank für die Wasserspende.«

»Na dann«, Evi winkte ihrer Tochter, »wir mögen's gerne fruchtig, oder?«

Die Kleine nickte.

»Bin gleich wieder da.« Markus eilte hinüber zum Eiswagen.

Als er mit den vier Waffeln zurückkehrte, saßen die drei einträchtig nebeneinander in der Sonne auf einer Parkbank.

Innerhalb weniger Sekunden waren Sturz, Sand und Schramme vergessen. Genüsslich schleckte Jonas sein Eis, während es ihm auf Jacke und Hose tropfte. »Onkel Markus?«

»Ja?«

»Ich mag Schokilade!« Jonas grinste mit verschmiertem Mund, gähnte und drückte sich an ihn.

»Ich auch«, seufzte Markus mit einem Blick auf seine eigene Jacke, die jetzt ebenfalls bekleckert war.

Evi kicherte. »Und wie steht's mit Wein?«

»Äh, Wein?«

»Ja, ein Gläschen Wein.«

Das Klingeln seines iPhones entband ihn einer Antwort, vorläufig zumindest, wie ihm schwante. »Entschuldige.« Er nahm das Gespräch entgegen. »Kann ich dich zurückrufen?«

»Ich dachte, es ist wichtig«, sagte Horst.

»Jetzt ist es ungünstig.«

»Bist du wieder bei deiner Familie?«

»Ich melde mich bei dir.« Markus legte auf.

Evis Blick war unverwandt auf ihn gerichtet. »Also, wie wär's?«

»Ein Gläschen Wein?«

»Zum Beispiel heute Abend?«

»Tut mir leid, da habe ich schon was vor.«

»Kein Problem, dann morgen?«

»Nein, morgen auch nicht«, schmatzte Jonas, sehr zur Erleichterung seines Onkels.

Der fragte: »Wieso? Was ist morgen?«

»Papa will grillen. Und du sollst kommen.«

»Davon höre ich zum ersten Mal.«

Jonas knusperte die letzten Reste seiner Waffel. »Das ist eine Überraschung.«

»Ach so.«

»Aber das darfst du nicht verraten. Dann ist es keine Überraschung mehr.«

»Na, da wird sich dein Papa aber freuen.«

»Aber doch nicht Papa.« Jonas gähnte erneut. »*Du* sollst dich freuen. Freust du dich denn nicht?«

»Selbstverständlich freue ich mich. Bist du müde?«

»Nein. Bauen wir jetzt eine Burg?« Jonas schwang sich von der Bank, aber sein Elan war ihm abhandengekommen.

Markus spürte Evis Blick. Sie lächelte.

»Sei mir bitte nicht böse«, sagte er, »aber …«

»Nein, ist schon okay.« Ihr Lächeln zerbröckelte. »War nur so eine Idee.«

Bisher hatte Markus vermieden, an sein Date heute Abend zu denken. Es gab genügend andere Dinge, um die er sich bis dahin sorgen musste. Außerdem wollte er sich keine falschen Hoffnungen machen.

Jetzt musste er an Ilanka denken, und daran, wie viele Welten zwischen ihrem Leben und dem von Evis lagen.

Es widersprach aller Logik, und hätte ihn jemand danach gefragt, er hätte es nicht erklären können. Aber nun, während er seinem Neffen in den Sandkasten folgte, da freute er sich auf das Treffen mit Ilanka.

*

Kalkbrenner streichelte die Katze, die sich an sein Bein drückte.

»Ich hoffe, das stört Sie nicht.« Mit einem Tablett zwischen den Händen betrat Yvonne Kluge das Wohnzimmer.

»Keine Sorge«, sagte Kalkbrenner, »ich habe auch ein Haustier.«

»Nein, Chuck meinte ich nicht, ich meinte *das* hier.« Amüsiert stellte sie einen Teller mit belegten Schnitten, Tomaten und Paprikastreifen auf den Tisch. »Ich hatte noch keine Zeit fürs Frühstück.«

»Ach so«, Kalkbrenner lächelte verlegen, »das ist in Ordnung.«

»Mögen Sie auch?«

»Danke, aber der Kaffee genügt.« Er hob die Tasse zum Mund und trank. »Ihre Kinder sind in der Schule?«

»Toby ja«, Kluge setzte sich auf das Sofa gegenüber. »Elsa hat erst später Unterricht. Sie ist auf ihrem Zimmer.«

»Wie geht es ihnen?«

»Sie haben sich wieder gefangen, falls Sie das meinen.« Sie biss in eine Stulle mit Erdbeermarmelade.

Sie war eine kleine, zierliche Frau mit schmalem Gesicht, ihr T-Shirt war mindestens zwei Nummern zu groß und schlotterte über die verwaschene Jeans. Ihre längeren Haare fielen, noch feucht von einer Dusche, auf ein Handtuch, das sie über die Schultern trug.

Kalkbrenner stellte die Kaffeetasse auf den Tisch.

Mit einem Mauzen brachte die Katze sich in Erinnerung. Sie presste ihr Köpfchen an seinen Unterschenkel. Als er sie trotz dieser überdeutlichen Aufforderung nicht streichelte, kehrte sie ihm verächtlich den Rücken zu und stolzierte mit erhobenem Schwanz aus dem Raum.

Das Wohnzimmer war in warmen Farben tapeziert, die Sofas schräg zueinander arrangiert. Über der Sofalehne hing eine Jeans, eine Zeitung lag aufgeschlagen am Boden, zwei kleine Bälle, eine Plastikmaus, eine Staubflocke daneben.

Der Raum strahlte Gemütlichkeit aus. Und Leben.

Kluge legte ihre nackten Füße auf die Couch und hockte sich in den Schneidersitz. »Sie sagten, Sie hätten einige Fragen. Geht es um Merle?«

»Offen gestanden: Das wissen wir nicht.«

»Es hat mit dieser schrecklichen Sache in Schulzendorf zu tun, oder?«

Kalkbrenner sah sie erstaunt an.

Sie zuckte mit den Achseln. »Die Zeitungen schreiben ja über nichts anderes mehr. Als ich davon gelesen habe, musste ich sofort an damals denken, fragen Sie mich nicht, warum, an das tote Mädchen in der Lagerhalle. Glauben Sie, Merle …?« Sie stoppte, schüttelte den Kopf, als tadelte sie sich selbst. »Nein, Sie haben ja gestern gesagt, dass Sie nichts über sie herausgefunden haben.«

»Leider nicht.«

Kluge biss in ihr Butterbrot, wischte sich Konfitüre von der Oberlippe, leckte sie vom Finger, kaute, schluckte, als müsste sie nachdenken. »Aber Sie glauben, Merles Verschwinden hat mit diesen Morden zu tun. Wie kommen Sie darauf?«

»Aus ermittlungstaktischen Gründen darf ich Ihnen das leider nicht sagen.«

»Aber Sie *haben* einen Grund!«

»Yvonne?« Ein junges Mädchen steckte den Kopf zur Tür herein. Es musterte die beiden Beamten.

»Du musst Elsa sein«, lächelte Muth. »Wir haben uns gestern Abend unterhalten.«

Elsa zuckte mit den Schultern. Zwischen ihren Beinen tapste die Katze zurück in den Raum. »Yvonne, darf ich kurz deinen Laptop?«

»Für die Hausaufgaben?«

Sie verdrehte die Augen. »Ja, doch.«

»Klar.«

Das Mädchen verschwand.

Vor Kalkbrenner saß die Katze und musterte ihn mit großen Augen, als sähe sie ihn zum ersten Mal. Als er sich vorbeugte, wandte sie sich demonstrativ seiner Kollegin zu.

»Ich möchte ehrlich zu Ihnen sein«, sagte Kalkbrenner. »Wir wissen es nicht. Wir wollen nur jeder denkbaren Verbindung nachgehen.« Er legte ein Foto auf den Tisch. »Kennen Sie diesen Mann, Jens-Harald Albidus?«

»Warten Sie, der Name …« Yvonne Kluge verzehrte das letzte Stück ihres Butterbrots. »Ihm gehörte damals diese Lagerhalle, oder?«

»Ja.«

»Und jetzt …« Sie wischte mit den Handflächen über ihre Jeans. »Ja, es stand in der Zeitung: Das war seine Fabrik draußen in Schulzendorf!«

»Haben Sie darüber hinaus mal von ihm hört?«

»Nicht dass ich wüsste.«

»Was ist mit Ihrer … damaligen Lebenspartnerin? Hat sie ihn mal erwähnt?«

»Auch nicht.«

»Frau Kluge, das alles ist fast zwei Jahre her, überlegen Sie bitte, vielleicht …«

»Nein, ich bin mir sicher, Namen kann ich mir gut merken«, unvermittelt nahm ihre Stimme einen verbitterten Tonfall an, »und die Namen der letzten zwei Jahre ganz besonders, so oft, wie wir sie durchgekaut haben.«

Kalkbrenner steckte das Foto wieder ein.

»Kann es sein, dass Merle Kontakt zu älteren Männern gesucht hat?«, fragte Muth.

»Was meinen Sie damit?«

»Hat sie etwas dieser Art je erwähnt. Möglicherweise auch sexuelle Übergriffe oder dergleichen?«

»Ich bin mir nicht sicher, was …?«

»Was ist mit dem *Café Weitblick*? Ist sie dort mal gewesen?«

»Falls sie dort gewesen ist, dann hat sie es nicht erwähnt, aber«, Kluge beugte sich zu ihrer Kaffeetasse vor, »sie war in solchen Dingen, wie soll ich sagen? Eigensinnig.«

»Halten Sie es für denkbar, dass sie damals ausgerissen ist?«, fragte Kalkbrenner.

»Ich bin davon ausgegangen.«

»Sie *sind* davon ausgegangen? Und heute?«

»Ich glaube es nach wie vor.« Kluge nippte an ihrem Kaffee, während sie über ihre eigenen Worte nachzudenken schien. »Aber vielleicht möchte ich der Wahrheit einfach nicht ins Gesicht sehen. Möglicherweise verdränge ich sie. Merle ist verschwunden, bis heute. Und sie war, ich sagte es, sehr eigenwillig. Es ist gut möglich, dass sie tatsächlich abgehauen ist. Besser als die Vorstellung, sie wäre …« Sie sprach ihren Satz nicht zu Ende. Ein Schatten schob sich über ihr Gesicht.

»Jetzt ist Juliane verschwunden«, sagte Kalkbrenner, »haben Sie eine Ahnung, wo Sie sich aufhalten könnte?«

»Bis zu Ihrem Anruf gestern Abend bin ich davon ausgegangen, dass sie nach wie vor in der Paracelsusstraße wohnt.«

»Sie hatten keinen Kontakt mehr?«

»Das letzte Mal vor … vor drei Monaten. Sie hatte angerufen. Allerdings habe nicht ich mit ihr gesprochen, sondern Steffi, meine neue Lebensgefährtin.«

»Um was ging es bei dem Telefonat?«

»Um das Gleiche wie immer, sie …« Kluge machte eine Pause, trank von ihrem Kaffee. »Sie hatte etwas herausgefunden, etwas unglaublich Wichtiges, mal wieder.«

»Hat sie gesagt, was sie entdeckt hat?«

»Nein, und ich möchte ehrlich zu Ihnen sein: Ich wollte es nicht wissen. Seitdem Merle verschwunden ist, hat Juliane immer wieder neue angebliche Spuren entdeckt. Und jede einzelne davon hat sich als Hirngespinst entpuppt.«

»Hat sie Angehörige, mit denen sie darüber gesprochen haben könnte? Oder Freunde, wo sie sich aufhalten könnte?«

»Schon lange nicht mehr.« Kluge stellte ihre Tasse auf den Tisch. »Juliane hatte nur noch Merle. Sie konnte einfach nicht loslassen.«

»Trotzdem würden wir gerne …« Das Klingeln seines Handys ließ Kalkbrenner verstummen.

Es war Berger, der sagte: »Wir haben ihn!«

»Albidus?«

»Nein, Kevin Visser, den zweiten Zeugen. Er wurde letzte Nacht gefunden. Allerdings«, Berger klang gepresst, »war sein Zustand da schon ernst. Die Hilfe im Krankenhaus kam zu spät.«

»Verdammt!«

»Aber es war ein Mädchen bei ihm. Sie lebt!«

*

Noch bevor Markus klingeln konnte, stand seine Schwester in der Tür, ihre Wangen gerötet, ihr Blick nervös.

»Ist mit Henry alles in Ordnung?«

»Ja, ja, es ist nur …« Sie entdeckte ihren Sohn. Lustlos schleppte sich Jonas durch den Vorgarten.

»Nichts passiert«, beruhigte Markus, »nur ein Zusammenstoß mit dem Sandkasten und zu viel Eis.«

Wie zur Bestätigung gähnte der Kleine. »Ich habe Schokilade gegessen. Und Stazitella.«

»Nicht zu übersehen.« Alex verfrachtete ihn in die Diele, wo sie ihm die verklebten, sandigen Klamotten vom Leib streifte. »Besser, du ziehst dir deinen Schlafanzug an.«

»Kann Onkel Markus …?«

»Nein, der hat was anderes zu tun. Markus, kommst du rein?«

»Nein, heute …«

»Nur ein paar Minuten. Bitte.« Sie sagte es mit einer Dringlichkeit, die ihn irritierte.

»Was ist los?«

»Komm einfach rein. Nein, Jonas!« Alex hielt ihren Sohn fest, der sich in Unterhose und auf Socken davonstahl. »Warte!«

Der Junge marschierte ins Wohnzimmer. Stimmen drangen in den Flur.

»Wir haben Besuch«, sagte Alex.

»Wir?«

Markus schielte ins Wohnzimmer. Auf dem Sofa saß ein Mann, grauhaarig, faltig, alt.

Obwohl Markus den Mann eine Ewigkeit nicht mehr gesehen hatte – *Wie lange? Zwanzig Jahre?* –, erkannte er ihn auf Anhieb.

Er wirbelte zu seiner Schwester herum. Sie war weg.

Er folgte ihr in die Küche, wo sie einem Topf mit warmem Wasser ein Babyfläschchen entnahm.

»Was macht er hier?«, zischte Markus.

»Ich bin genauso überrascht wie du. Er stand vorhin einfach vor der Tür.«

»Einfach so?«

Alex drückte das Baby an sich. »Ich hatte ihm gesagt, dass ich mit dir gesprochen habe und …«

»Dass ich heute Morgen bei euch bin?«

»Du hast gesagt, du wolltest mit ihm reden.«

»Ich habe gesagt: *Ich denke darüber nach.*«

Alex hob die Schultern, als verstehe sie den Unterschied nicht.

Manchmal muss man über seinen Schatten springen.

Markus ging ins Wohnzimmer.

38

Natürlich hätte ich es kommen sehen müssen. Tief in meinem Innern habe ich es wahrscheinlich sogar, ich hatte es nur nicht wahrhaben wollen.

Ich war mir sicher gewesen, unsere Beziehung würde alle Zweifel, Differenzen und Auseinandersetzungen überstehen, und sie würde … Na ja, was soll ich sagen?

Möglicherweise habe ich mir das alles nur eingeredet.

Am Ende läuft es auf die einfache Wahrheit hinaus: Yvonne hat mich nicht verstanden. Oder sie wollte mich nicht verstehen.

Das machte mir unsere Trennung freilich nicht leichter. Um ehrlich zu sein: Sie war ein gewaltiger Schock, der vielleicht größte von allen, die ich bis dahin hatte hinnehmen müssen.

Es ging mir schlecht, richtig schlecht.

In meiner neuen Wohnung, nicht mehr im Vorhof, sondern mitten in der Hölle, wirkte alles erbarmungslos, grau und armselig, und dass ich den Großteil der Umzugskisten erst gar nicht auspackte, machte es auch nicht besser.

Eigentlich habe ich nur Merles Sachen aus den Kartons geräumt und sie so im Raum verteilt, wie ihr Zimmer bei uns ausgesehen hatte, das Bett, ihr Schreibtisch, der Computer, ihre CDs, DVDs, Schuhe, Hosen, T-Shirts. Wenn sie wiederkehrte, würde es für sie sein, als wäre sie nie weg gewesen.

Und sie wird zurückkommen!

Das schwor ich mir, jede Nacht aufs Neue, wenn ich auf ihrem Bett lag, ihrer Musik lauschte, Nine Inch Nails, mein Gesicht tief in ihr Kissen vergrub, ihren Duft in meine Nase sog. Unterdessen drang das Gestreite der Nachbarn durch die papierdünnen Wände.

Irgendwann würde der Tag kommen, an dem ich Merle wieder in die Arme schließen konnte. Dann würden wir hier wegziehen, in eine neue Wohnung. Wir würden wieder eine Familie sein.

Vielleicht würde sogar Yvonne ihren Fehler erkennen, vielleicht aber auch nicht. Es war mir egal. Wichtig war, dass *ich* die Hoffnung nicht aufgab. Niemals!

Ich werde Merle finden!

Ich würde alles daransetzen. Und dazu musste ich diesen Carlos aufspüren.

39

Markus setzte sich aufs Sofa.

Seine Schwester setzte sich auf die Couch ihm gegenüber und fütterte Henry mit dem Fläschchen, während ihr Blick nervös zwischen den beiden Männern hin und her wechselte.

»Alex meinte, du willst mit mir reden«, sagte Markus.

»Ja.« Der Mann, der sein Vater war, keuchte.

»Und?«, fragte Markus.

Sein Vater holte Luft. »Wisst ihr, es ist nun mal so, ich bin nicht mehr der Jüngste.«

Markus nickte.

Sein Neffe trippelte in die Stube, den quietschgelben Schlafanzug am Leib, die *Angry-Bird*-Puschen an den Füßen. Er rieb sich die Augen und gähnte, während er zu Markus auf die Couch kraxelte.

»Warum gehst du nicht auf dein Zimmer spielen?«, fragte Alex.

Ihr Sohn schüttelte den Kopf, rückte noch dichter an Markus heran. »Ich will bei Onkel Markus bleiben.«

Alex wollte etwas erwidern, aber Henry spuckte plötzlich Milch und begann zu heulen.

»Entschuldigt mich«, sagte seine Mutter und eilte mit ihm in die Küche.

Markus betrachtete den alten Mann auf dem Sofa.

Ich bin nicht mehr der Jüngste.

Aus der Nähe sah er noch älter aus, schlohweißes Haar, unzählige Falten um die glasigen Augen, die Zähne gelb von zu vielen Zigaretten. Er hockte mit verkrampften Schultern auf der Couch, als plagten ihn Schmerzen in der Brust. Die blau verfärbten Lippen ließen auf Herzprobleme schließen.

»Also?«, fragte Markus.

»Wie gesagt, ich bin nicht mehr der Jüngste.«

»Mhm.«

»Und jetzt … jetzt seid ihr verheiratet, habt Kinder, das ist einfach nicht richtig.«

»Was ist daran nicht richtig?«

»Na, das.«

»*Das* musst du mir erklären!«, sagte Markus.

Sein Vater hob die Schultern, verzog das faltige Gesicht, als bereitete ihm die Bewegung heftige Schmerzen. Sein Blick war auf Jonas gerichtet, der seinen kleinen, müden Kopf auf Markus' Arm gebettet hatte und tapfer, aber vergeblich gegen die Erschöpfung ankämpfte. »Wir sind doch eine Familie.«

»Reichlich spät, um die Familie zu beschwören.«

»Du warst ja lange verschwunden.«

»Ich hatte meine Gründe.«

»Ach Junge, das alles ist doch so lange her, wir sollten nicht wieder davon anfangen.«

»Für den Anfang«, Markus schnaubte, während er Wut in sich aufsteigen spürte, »wäre eine Entschuldigung ganz gut.«

Die Mundwinkel seines Vaters sanken herab. »Ihr habt es mir auch nicht gerade leichtgemacht.«

»Papa!«, entfuhr es Alex, die im Türrahmen stand. Sie hielt Henry an ihre Schulter gedrückt, tätschelte ihm den Rücken und setzte sich wieder auf die Couch.

Es hatte sich nichts geändert, die Gedanken seines Vaters drehten sich nach wie vor nur um sich selbst und sein eigenes Elend. Er war immer noch der Mann, der sich keinen Deut um die Gefühle seiner Kinder scherte, der keine Scheu davor hatte, einem zehnjährigen Jungen die Hand ins Gesicht zu knallen, der diesen Jungen hasste und ins Heim abschob.

»*Du* machst es dir wieder sehr einfach«, sagte Markus.

»Ach komm, Junge …«

»Und nenn mich nicht Junge!«

Sein Vater öffnete den Mund.

»Ich will nicht mit dir streiten«, kam Markus ihm zuvor.

Sein Vater keuchte unwirsch, wich seinem Blick aus und betrachtete Jonas, der den Kampf gegen die Müdigkeit inzwischen endgültig verloren hatte. Ein leises Schnarchen erfüllte den Raum.

Das Wohnzimmer war geräumig arrangiert, mit viel Platz zwischen den Sofas, einem Schrank mit Flachbildfernseher, einem Laufstall. Auf dem Teppich lagen Modellautos, Legofiguren, zwei Malbücher, eine Decke, Babyrasseln. Bilder hingen an der Wand, von Alex, Sascha, ihren Kindern.

Es herrschte das gleiche Durcheinander wie in der Küche, trotzdem wirkte alles gemütlich, behaglich. Friedlich.

Keines dieser Gefühle konnte Markus mit seiner Kindheit verbinden. Mit seinem Vater.

»Was ist mit Mama passiert?«, fragte Markus.

Sein Vater hustete. »Das weißt du doch.«

»Ich weiß gar nichts.«

»Dann weißt du genauso viel wie ich.«

Markus funkelte ihn an. Hatte es überhaupt einen Sinn, sich mit ihm zu unterhalten? »Was ist mit dir?«

»Was soll mit mir sein?«

»Warum hast du uns so behandelt?«

»Ich habe dich genauso behandelt, wie du es verdient hattest!«

»Papa!« Alex schnappte nach Luft.

»Genau wie ich dachte«, sagte Markus. »Du hast dich …«

»Was weißt du schon!«

»Dann erklär es mir.«

»Es gibt nichts, was ich *dir* erklären muss.«

»*Ich* hab dich nicht um ein Gespräch gebeten.«

»Das hätte mich auch gewundert.«

Stille füllte das Wohnzimmer. Markus fiel es schwer, sich zu beherrschen.

»Vielleicht solltest du besser gehen«, sagte seine Schwester. Eine Träne rann ihre Wange hinab, aber ihre Stimme war fest und klar.

Ihr Vater nickte grimmig. »Ja, Markus, ich glaube, du ...«

»Ich meinte *dich*«, sagte Alex.

Das Gesicht ihres Vaters färbte sich zornesrot. »Ihr beide seid schon immer ...«

»Hast du nicht gehört, was sie gesagt hat?« Markus ballte seine Hände zu Fäusten.

Für einen kurzen Moment stahl sich Verzweiflung in die Augen des alten Mannes, unverfälscht und ehrlich. Dann trat an ihre Stelle wieder der Hass, der ihn sein ganzes Leben schon begleitete, hinter dem er sich versteckte, weil er das Einzige war, was ihm Schutz bot.

Wortlos verließ er das Haus.

*

»Paul? *Paul?* Hast du mich verstanden?«

»Nein!«, schrie Kalkbrenner. Er hatte kein Wort verstanden.

Auf dem Autodach heulte das Martinshorn, während Muth den Wagen durch den zähflüssigen Verkehr in Mitte zu manövrieren versuchte.

»Du musst lauter sprechen!«

»*Ich sagte*«, brüllte Berger, »Kevin Visser wurde letzte Nacht gefunden. Er ist auf dem Weg ins Krankenhaus gestorben.«

»Und das Mädchen?«

»Ihr Name ist …«

»Was hast du gesagt?«

»Gar nichts, ich … Ah, hier hab ich's. Anezka. Zumindest ist das der Name, den sie den Beamten genannt hat.«

Kalkbrenner wurde in den Gurt gepresst, als Muth abrupt bremste. Vor der Kreuzung zur Torstraße hatten sich eine Straßenbahn und ein PKW ineinander verkeilt.

Das Martinshorn schrillte in Kalkbrenners Ohren. »Was wissen wir über sie?«

»So gut wie nichts bisher«, sagte Berger, »sie war in einer schlechten Verfassung, weswegen sich erst einmal die Ärzte ihrer angenommen haben. Und *wir* haben erst vor wenigen Minuten von ihr erfahren, seit klar ist, dass es sich bei dem Jungen, der sich bei ihr befand, um den gesuchten Kevin Visser handelt. Das Einzige, was wohl sicher sein dürfte: Dass sie ein weiteres Opfer ist, aber ihren Peinigern glücklicherweise entkommen konnte.«

Muth kurvte im Zickzack an den sich stauenden PKWs vorbei, bis sie endlich den Unfall hinter sich ließen.

Doch sie beschleunigte nicht, blickte stattdessen konzentriert in den Rückspiegel.

Sie brummelte etwas, schüttelte den Kopf und gab dann doch Gas.

»Juliane Kluge ist verschwunden«, sagte Kalkbrenner und nannte seinem Kollegen einige Namen mitsamt Anschrift. »Das sind ehemalige Freunde und Angehörige von ihr. Beamte sollen zu ihnen fahren und sich erkundigen, ob sie etwas von ihr gehört haben. Und in diesem Zusammenhang können sie die Leute gleich noch einmal auf mögliche Verbindungen zu Jens-Harald Albidus abklopfen.«

»Was soll das bringen?« Ein Schnaufen drang aus dem Telefon. »Die Kollegen haben das vor zwei Jahren schon gemacht, nach dem Leichenfund in der Lagerhalle in Weißensee. Und abgesehen von elf weiteren nicht identifizierten Kinderleichen haben wir heute auch nicht mehr in der Hand als damals.«

»Hast du eine bessere Idee?«, fragte Kalkbrenner.

Sein Kollege schwieg.

Muth schaltete das Martinshorn aus. Vor ihnen erhob sich das Bettenhochhaus der Charité.

»Sollte keiner wissen, wo Juliane Kluge steckt, geben wir eine Vermisstenmeldung raus!« Kalkbrenner eilte ins Krankenhaus.

Vor der Durchgangsschleuse zur Intensivstation sprang ein Schutzpolizist vom Stuhl und versperrte ihm den Weg.

Kalkbrenner zeigte seinen Dienstausweis.

»Ah«, machte der Beamte, »Herr Berger sagte bereits, dass Sie kommen.«

»Sind Sie alleine hier?«

»Nein, vor dem Krankenzimmer des Mädchens ist ein weiterer Kollege postiert.«

»Wie geht es ihr?«

»Das sollten Sie besser den Arzt fragen.« Der Polizist wies auf einen hochgewachsenen Mann mit Vollbart und wehendem weißen Kittel, der sich ihnen näherte.

»Dr. Barton«, stellte er sich vor, »das Mädchen ist stabil.«

»Stabil?«

»Sie ist schwer verletzt, hatte einen Volumenmangel durch Dehydration und Blutverlust. Sie muss Schreckliches durchgemacht haben.«

»Kann sie reden?«

»Es fällt ihr schwer, was kaum verwunderlich ist.« Dr. Barton wiegte mitfühlend den Kopf. »Sie ist ansprechbar, reagiert auf Worte, aber sie weist alle Anzeichen eines posttraumatischen Schocks auf.«

»Aber sie kann uns Fragen beantworten?«

»Nein«, der Arzt hob die Hände, »ihr fehlt die Kraft für eine solche Anstrengung. Wir haben ihr vor wenigen Minuten Schmerz- und Beruhigungsmittel verabreicht. Sie braucht unbedingt Ruhe.«

»Es ist wichtig!«

»Erst einmal ist ihr Überleben wichtig.«

Kalkbrenner atmete durch, zügelte seine Wut. Das Problem mit Ärzten wie Dr. Barton war, dass sie den Polizisten das Gefühl gaben, sie wären diejenigen, vor denen man die Opfer schützen musste.

»Ich will ihr nur ein paar Fragen stellen«, sagte Kalkbrenner. »Ich mache es so kurz wie irgend möglich.«

»Außerdem spricht sie kaum ein Wort Deutsch.«

»Sondern?«

Dr. Barton kniff die Augen zusammen. »Ich glaube, russisch.«

»Sera«, Kalkbrenner drehte sich zu seiner Kollegin um, »kannst du einen Übersetzer ranschaffen?«

»Wenn's nur das ist.«

Kalkbrenner schaute den Arzt an.

»Na gut«, willigte dieser zähneknirschend ein, »aber wirklich nur kurz.«

*

Markus saß unbewegt auf der Couch.

»Es tut mir leid«, seine Schwester schlang die Arme um ihr Baby, als suchte sie Trost bei ihm, »ich wollte nicht, dass es so läuft.«

»Ich weiß.« Nur langsam schwand sein Zorn, entkrampften sich seine Fäuste, beruhigte sich sein Puls.

Neben ihm rekelte sich Jonas, murmelte etwas, wachte aber nicht auf.

Alex wischte sich die Tränen von ihren Wangen. »Warum hasst er dich so?«

»Er hasst sich selbst.«

»Ich habe gedacht, er hätte sich im Alter geändert.«

»Ich hätte es dir gewünscht.«

»Immerhin weiß ich jetzt, was du meintest … und warum du das alles am liebsten verdrängen möchtest.«

»Ich möchte es nicht verdrängen«, Markus konnte die Bitterkeit in seiner Stimme nicht verbergen, »ich möchte es vergessen.«

Markus entdeckte Sandkörner an seiner Hose. Er fegte sie zu Boden. Mit der anderen Hand hielt er seinen Neffen fest.

Alex straffte ihren Rücken. »Ihn werden wir nicht mehr ändern können. Aber *wir* können wieder füreinander da sein, so wie wir als Kinder schon füreinander da waren, oder?«

»Das wäre schön.«

»Wir haben uns so lange nicht gesehen, so viel Zeit verloren.« Abwesend streichelte sie Henry durchs dichte rote Haar. »Es gibt so vieles, das wir nachholen müssen, verstehst du, was ich meine?«

»Mhm.«

»Aber vor allem möchte ich, dass wir miteinander reden können. Und dass wir glücklich sind.« Sie lachte auf, nicht wirklich amüsiert, nur bemüht, dem Schatten ihres Vaters zu entkommen. »Vielleicht lernst du ja irgendwann auch eine nette Frau kennen, kriegst Kinder mit ihr und wir … Was grinst du schon wieder?«

»Ich grinse nicht.«

»Doch, so wie vorhin, als du gekommen bist.« Sie neigte den Kopf. »Du hast schon jemanden kennengelernt?«

Markus zupfte am Schlafanzug seines Neffen. War er tatsächlich so leicht zu durchschauen?

»Wer ist es?«, fragte seine Schwester. »Evi?«

»Oh Gott, nein.«

»So schlimm ist sie nun auch nicht.«

»Entschuldige, so war das nicht gemeint.«

»Aber es stimmt? Du hast jemanden kennengelernt.«

»Mhm.«

»Das freut mich, ehrlich.« Jetzt war ihr Lächeln aufrichtig. »Wann lernen wir sie kennen?«

»Ich kenne sie ja selbst noch nicht einmal richtig.«

»Aber gesprochen hast du schon mit ihr?«

»Wir sind zum Abendessen verabredet.«

»Aber nicht zufällig morgen Abend, oder?«

»Nein, keine Sorge, das Grillen ist …« Markus verstummte.

Über die Babyschulter hinweg musterte Alex ihren schlafenden Sohn. »Okay, hab schon verstanden. So viel zum Thema: Wir überraschen deinen Onkel.«

»Hey, er hat mich tatsächlich überrascht.«

»*So* war das aber nicht geplant. Na ja, da du's eh weißt: Sascha wollte dich zum Grillen einladen, zum Dank fürs Babysitten. Vorausgesetzt natürlich, du bist morgen nicht anderweitig verplant.«

»Mein Date ist heute.«

»Heißt das ja?«

»Ja.«

»Schön«, sagte sie begeistert. Und voller Hoffnung.

Gemeinsam lachen, reden, verstehst du? So wie früher.

Und Markus verstand tatsächlich, denn er empfand nicht anders. Und vielleicht, *nur vielleicht*, dachte er, würde er irgendwann tatsächlich mit einer Frau an seiner Seite –

Sein iPhone summte. Er drückte den Anruf weg.

»Onkel Horst?«, fragte Alex.

»Mhm.«

»Was meinst du? Lerne ich ihn irgendwann auch mal kennen?«

»Ja, klar, irgendwann lernst du ihn bestimmt mal kennen.« Er stand auf, als wollte er seiner eigenen Notlüge entfliehen. »Aber jetzt muss ich los.«

Seine Schwester legte ihm das Baby in den Arm. »Kannst

du ihn bitte vorher noch kurz nehmen? Dann bring ich Jonas noch schnell ins Bett.« Sie ging zur Couch.

Ihr Sohn schreckte auf, strampelte. »Onkel Markus soll mich bringen.«

Alex drehte sich seufzend zu ihrem Bruder um.

Der reichte ihr Henry, hob seinen Neffen an und trug ihn die Treppe hoch auf sein Zimmer. Als er die Decke über ihn ausbreitete, schlang Jonas die Arme um ihn. »Onkel Markus«, er drückte ihm einen Schmatz auf die Wange, »du bist mein Lieblingsonkel.«

Bevor sein Kopf auf das Kissen sank, war er bereits wieder eingeschlafen.

Markus nahm eine Bewegung wahr. Seine Schwester stand in der Tür und beobachtete ihn. Als er zu ihr in den Flur trat, hielt sie ihn am Arm fest.

»Enttäusche ihn bitte nicht«, sagte sie.

»Das werde ich nicht.«

Alex musterte ihn.

»Versprochen!«, fügte er hinzu und lief weiter.

»Markus!«

»Mhm?«

Seine Schwester hauchte ihm einen Kuss auf die andere Wange. »Schön, dass du da bist, Bruderherz.«

40

Drei Wochen und vier Tage nachdem Yvonne mich vor die Tür gesetzt hatte, fand ich ihn.

Genaugenommen war es Niko, der ihn fand, und mich an jenem Sonntagnachmittag aufgedreht anrief: »Ich glaube, ich habe diesen Carlos gesehen.«

Ich erinnere mich deshalb so genau daran, weil es ein bitterkalter Januartag war, der kälteste Tag des Winters. Und weil während meiner langsamen Fahrt über die spiegelglatten Straßen zum *Berghain*, wo Niko ihn entdeckt haben wollte, ein weiteres Mal mein Handy klingelte.

Ich bekam nur noch selten Anrufe und nahm deshalb an, es wäre noch einmal Niko. Ohne einen Blick aufs Display zu werfen, nahm ich das Gespräch entgegen. »Ja, was ist?«

Niemand meldete sich.

»Niko?«

»Juliane?«, kam es zögerlich aus dem Hörer.

Mein ganz Körper verkrampfte sich. Der Wagen schlidderte über die Straße. Ich reduzierte das Tempo.

»Juliane, bist du das?«

Ich brauchte einige Sekunden, bis ich mich gefangen hatte. »Ja, Mama, du hast mich doch angerufen.«

»Geht es dir gut?«

»Es geht so.«

»Wir haben dich im Fernsehen gesehen.«

»Das ist lange her«, sagte ich und dachte: *Na toll, und erst jetzt interessiert es euch, wie es mir geht?*

»Ja, wir haben lange nichts von dir gehört.«

Wofür es viele gute Gründe gibt. Auch das sagte ich ihr nicht. Wozu auch? Sie hatte nie einen ernsthaften Versuch unternommen, mich zu verstehen.

Das ist doch nicht normal!

»Wir haben bei dir zu Hause angerufen«, sagte sie, »also, bei deiner …« Sie verstummte, als wäre allein die Formulierung *deine Frau* ein Virus, mit dem sie sich infizieren könnte, wenn sie ihn nur aussprach.

Was haben wir bloß falsch gemacht?

Meine Finger hielten das Lenkrad umkrampft. »Da wohne ich nicht mehr.«

»Das sagte sie. Ihr habt euch getrennt?«

»Ja.«

»Warum hast du nicht angerufen?«

Warum habt ihr *nicht angerufen?* »Ich hatte zu tun.«

»Es ist wegen dem Mädchen, oder? Dem aus dem Fernsehen?«

Ich parkte vor dem *Berghain.* Vor der Tür drängelte sich eine dichte Traube Menschen, die, obwohl es frostig kalt und schon Sonntagnachmittag war, noch um Einlass begehrten.

»Lebst du jetzt alleine?«, fragte meine Mutter.

Ich bejahte.

Vielleicht war es nur mein Puls, der hinter meinen Schläfen rauschte. Möglicherweise war es aber auch ein erleichtertes Seufzen, das aus dem Telefonhörer drang.

»Komm doch mal wieder vorbei«, schlug meine Mutter vor.

»Warum?«

Offenbar hatte sie mit dieser Frage nicht gerechnet, denn sie blieb einen Moment still. »Dein Vater sagte …«

»Papa?«, unterbrach ich sie scharf. *»Oder du?«*

»Also …«

»Mama«, platzte es aus mir heraus, »nur weil ich nicht mehr mit Yvonne zusammen bin, heißt das nicht, dass ich …«

»Nicht?«

»Nein«, ich spürte, wie Tränen meine Augen füllten, »ich bin immer noch nicht normal.«

»Aber …«

»Und jetzt entschuldige mich, ich muss Merle finden. Ihr Name ist *Merle,* hast du gehört? Ach so, und Merle ist nicht *aus dem Fernsehen.* Sie hat bei uns gelebt. Wie eine Tochter. Eine *ganz normale* Tochter.«

Ich legte auf.

*

»Mein Gott«, entfuhr es Niko, der an der Garderobe des *Berghain* auf mich wartete, »wie siehst du denn aus?«

Ich wischte mir das verheulte, gefrorene Gesicht und versuchte mich an einem optimistischen Lächeln.

»Möchtest du …?«

»Nein!«, sagte ich und fiel ihm im nächsten Moment weinend in die Arme.

Minutenlang heulte ich wie ein Schlosshund. Nicht wegen meiner Mutter, falls Sie das jetzt denken. Nein, ihr Anruf war letztlich nur der Auslöser gewesen, der dafür sorgte, dass sich meine ganze Anspannung der letzten Monate in einem Weinkrampf entlud, bis sogar die beiden Mädels, die an der Garderobe ihren Dienst taten, ganz besorgt herbeieilten und anboten, einen Krankenwagen zu rufen.

Ich möchte gar nicht wissen, was sie dachten, welche Drogen ich eingeschmissen hatte.

Irgendwann beruhigte ich mich und erzählte Niko vom Anruf meiner Mutter. Er hörte mir geduldig zu, während er mich weiterhin im Arm hielt.

Als ich mit meinen Ausführungen fertig war, verlor er kein Wort. Was hätte er auch sagen sollen? Vermutlich kannte er Dutzende solcher Geschichten, traurig, aber nicht zu ändern. Wahrscheinlich hatte er selbst eine ähnliche Vergangenheit. Er verlor nur selten ein Wort darüber.

Jetzt streichelte er meinen Rücken.

Ich schauderte. Wie mir das fehlte. Die Nähe. Wärme. Kraft.

Du darfst nie die Hoffnung aufgeben. Niemals!

Ich löste mich von ihm. »Wo ist er?«

»Bist du sicher …?«

»*Ja!*« Mehr denn je.

Wenigstens dafür war der Anruf meiner Mutter gut gewesen.

41

Markus kam nur langsam voran.

Auf der B1 reihte sich eine Baustelle an die nächste. Zu allem Überfluss hatten sich auch noch zwei PKWs ineinander verkeilt.

Ich schnipps die Kippe in den Stau, verkündete Silly, *und mach die Fenster wieder zu.*

Er rauchte seine Zigarette zu Ende, bevor er sein Handy zückte und Horst zurückrief.

Der klang sauer. »Meinst du nicht, es wäre besser, dich erst einmal um das Problem Mick zu kümmern?«

Die Blechkarawane vor Markus setzte sich in Bewegung. Am Abzweig nach Friedrichsfelde bog er in die Treskower Allee.

»Herrgott, ich bin mir nicht sicher, ob …«

»Wenn du dir nicht sicher bist, dann halt einfach den Mund.« Heftiger als beabsichtigt trat Markus auf die Bremse.

An einem Zebrastreifen überquerten Kinder mit ihren Eltern die Straße zum Tierpark.

Der Lärm der Stadt ersäuft im Glas. Übrig bleiben: Ich und Du.

Markus gab Gas. »Was hast du herausgefunden?«

»Ich habe Dennis Jagusch überprüft. Er hat einiges auf dem Kerbholz, vor allem Drogendelikte. Zurzeit leistet er Sozialstunden ab und …

»So weit waren wir gestern Abend schon. Ich dachte, du wolltest sein Umfeld überprüfen?«

»Hab ich gemacht. Er hängt mit einigen Leuten ab, von denen keiner eine saubere Weste hat, Körperverletzung, Überfälle, Diebstähle, Einbrüche, Hehlerei und natürlich Dealerei, im Wesentlichen Meth.«

»Mick gehört dazu?«

»Sein Name ist einige Male gefallen.«

»Und wessen Namen außerdem?«

»Zum engeren Kreis zählen zwei Kerle der Sorte Billigrapper, halbstark und …«

»Ich weiß, wen du meinst.« Markus rief sich die beiden Freaks in Erinnerung, die in Kremb auf ihn losgegangen waren und denen er gestern auf der Autobahn überraschend wiederbegegnet war. »Wo finde ich sie?«

Horst nannte ihre Namen und Adressen. »Außerdem gibt es da noch zwei andere …«

»Lass mich raten? Beanie und *Hate.*«

»Wer?«

Das Rollbergviertel tauchte vor Markus auf. Grau und hässlich ragten die Plattenbauten in den Spätsommerhimmel. »Einer der beiden trägt immer eine dieser neumodischen Zipfelmützen, sogenannte Beanies, der andere hat eine Tätowierung auf der Hand.«

»Ja, *H-A-T-E.*«

»Unsere Wege haben sich einige Male gekreuzt.« Markus näherte sich der Morusstraße. Vor seinem Haus entdeckte er eine Parklücke.

»Und dann gibt es da noch einen Typen, mir scheint, das ist der Schlimmste von allen, Gewaltdelikte, Messerstechereien und so was. Ich habe ein Foto von ihm gesehen. Du erkennst ihn …«

»… an den Narben im Gesicht, richtig?« Markus trat das Gaspedal durch und fuhr an der Parklücke vorbei. Im Rückspiegel behielt er den Eingang zu seinem Plattenbau im Blick. »Der Typ drückt sich gerade vor meinem Haus herum.«

*

Kalkbrenner leistete dem Arzt im Stillen Abbitte. Er verstand jetzt, warum der sich so heftig gegen eine Befragung des Mädchens gesperrt hatte.

Das Gesicht des Mädchens war wächsern, fast totenbleich,

ihre Wangen eingefallen, ihr Haar nur strohige Büschel. Ihre Arme waren übersät mit Kratzern, die Haut fleckig von grünen, blauen und blutigen Wunden.

Etliche Geräte waren um sie herum aufgebaut, die surrten, piepten und Flüssigkeit durch Schläuche pumpten.

»Anezka?«, flüsterte Kalkbrenner, als könnte ihr kleiner, schwacher Leib bei einem allzu lauten Geräusch zerbrechen.

Sie schlug die Augen auf, zuckte in Panik zurück.

»Keine Angst, ich bin Polizist«, er lächelte, obwohl er zu seinem Schutzkittel auch einen Mundschutz trug. »Du bist jetzt in Sicherheit. Dir kann nichts mehr passieren. Meine Kollegen bewachen dich.«

Der Dolmetscher übersetzte seine Worte. Falls sie Anezka beruhigten, ließ sie es nicht erkennen. Kalkbrenner war sich nicht einmal sicher, ob sie verstanden hatte.

Ihre Finger umkrampften die Decke.

»Wir werden alles daransetzen, die Männer zur Verantwortung zu ziehen, die dir das angetan haben.«

Erneut zeigte Anezka keinerlei Reaktion.

»Weißt du, wie diese Männer heißen? Oder kannst du sie uns beschreiben?«

Sie schwieg. Nur die Geräte, die piepsten.

Kalkbrenner brachte ein Foto von Jens-Harald Albidus zum Vorschein. »Ist *das* einer von ihnen?«

Der Blick des Mädchens fand das Bild, aber auf eine weitere Reaktion wartete Kalkbrenner vergeblich.

»Wo bist du Kevin begegnet?«

Noch ehe der Dolmetscher die Frage übersetzen konnte, ging ein Ruck durch Anezka. »Kevin?« Sie hob den Kopf. »Kevin … lebt?«

Zum ersten Mal glomm etwas anderes als nur Angst in ihren Augen. Hoffnung?

Kalkbrenner fühlte sich hundserbärmlich, als er den Kopf schüttelte.

Anezka fiel zurück aufs Kissen. Aus ihren Augenwinkeln lösten sich Tränen.

»Ich denke, das genügt«, sagte Dr. Barton.

Kalkbrenner beugte sich zu dem Mädchen vor. »Du musst uns von den Männern erzählen.«

Sie schluchzte.

»Sie sollten jetzt besser gehen«, verlangte der Arzt.

»Anezka«, sagte Kalkbrenner, »bitte!«

»Sofort!« Dr. Barton gab einer Krankenschwester ein Zeichen.

Sie packte Kalkbrenner am Arm. »Kommen Sie bitte!«

»Pjtor«, stieß Anezka hervor.

Kalkbrenner blieb stehen. »Pjtor?«

»Pjtor!« Anezka hustete. Das Surren der Geräte nahm zu.

»Ist das ein Name?«

»Pjtor wollte ...« Sie keuchte. Das Piepen wurde lauter.

»Genug jetzt!«, rief Dr. Barton.

Kalkbrenner beachtete ihn nicht. »Kannst du Pjtor beschreiben?«

Das Mädchen nickte, dann sackte sie erschöpft zusammen.

»Du bist in Sicherheit«, versprach Kalkbrenner. »Meine Kollegen passen auf dich auf. Pjtor kann dir nichts mehr anhaben. Nie wieder!« Er lächelte, hoffte, dass sie es diesmal wenigstens an seinen Augen erkannte. »Ich schicke jemanden, dem du von Pjtor erzählen kannst.«

Er verließ den Raum.

Pjtor wollte ... Was wollte er?

Spielt das eine Rolle?

Endlich hatten sie eine Zeugin, eine Spur, einen Namen.

Sie würden diese Mistkerle aufspüren. Er, Kalkbrenner, würde ihnen das Handwerk legen.

Muth erwartete ihn auf der anderen Seite der Sicherheitsschleuse. Sie wollte etwas sagen, aber Kalkbrenner bedeutete ihr zu warten.

»Lassen Sie niemanden zu dem Mädchen durch«, wies er den Wachposten an.

»Selbstverständlich.«

»Niemanden!«, wiederholte Kalkbrenner. »Nur mit meiner ausdrücklichen Genehmigung, verstanden?«

»Verstanden.«

Kalkbrenner nahm sein Handy und rief auf dem Präsidium an. »Sebastian, ich brauche einen Polizeizeichner bei dem Mädchen in der Charité. So schnell wie möglich.«

»Ist auf dem Weg«, sagte Berger.

Kalkbrenner drehte sich zu Muth um.

»Dr. Wittpfuhl hat angerufen«, sagte sie. »Er erwartet uns in der Rechtsmedizin.«

*

Markus stellte seinen Wagen zwei Blöcke weiter ab und lief zurück zur Morusstraße, an deren Ecke er stehen blieb.

Das Narbengesicht stand immer noch vor dem Haus.

»Wartet er auf dich?«, fragte Horst.

»Sieht so aus.«

»Hast du eine Ahnung, warum?«

Drüben trat der Typ von einem Fuß auf den anderen, wie jemand, dem zu viel Speed im Blut tobte. Oder der nervös war. Vermutlich traf in diesem Falle beides zu. Seine Augen wanderten unruhig hin und her.

»Er steht Schmiere«, sagte Markus.

»Du glaubst …?«

»Nein, ich bin mir sicher.« Er schaltete sein iPhone aus.

Einige Minuten lang beobachtete er das Narbengesicht.

Dann machte er kehrt, hastete einmal um den Block, bis er die Parallelstraße und eine Durchfahrt zum Innenhof erreichte, der zugleich als Sperrmülllager diente: ausrangierte, implodierte Fernseher, rostige Fahrräder. Aus durchweichten Kartons quollen Tapeten und Glaswolle.

Was Mick und seine Kumpels offenbar nicht wussten, oder in ihren drogenvernebelten Schädeln vergessen hatten – die meisten der Häuser im Viertel besaßen einen Hintereingang.

Markus entriegelte die Tür, stieg hinunter in einen niedrigen, muffigen Keller. Spinnweben flatterten, als Markus durch den Flur huschte.

Rasch erklomm er die Stufen ins Erdgeschoss. Vor der zersplitterten Eingangstür tänzelte das Narbengesicht, den Blick unverwandt auf die Straße gerichtet.

Markus eilte ins Treppenhaus. In jeder Etage verharrte er kurz, lauschte, hörte jedoch nichts Auffälliges – laute Rockmusik, das Schreien eines Babys, Gezanke, der übliche Krach zur üblichen Zeit.

Der Gang im vierten Stock lag verlassen, dreckig und dunkel vor ihm. Die Tür zu seiner Wohnung war angelehnt, das Schloss aufgebrochen, der Rahmen zerschmettert. Stimmen drangen raus in den Flur, ungeduldig, nervös.

Allzu große Geisteskraft hatte er den Junkies sowieso nicht zugetraut, dass sie aber derart dämlich waren, überraschte ihn dann doch. Es vereinfachte die Angelegenheit allerdings ungemein.

Er schob die Tür auf.

*

»Anezka?«

Eine leise Stimme schälte sich in ihren Traum. Sie öffnete die Augen, damit die schlimmen Bilder schnell verschwanden.

Ein Polizist in Uniform beugte sich über ihr Krankenbett. Er schenkte ihr ein freundliches Lächeln.

Du bist in Sicherheit!, beruhigte sie sich.

Aber das machte die Schmerzen, die sie angesichts Kevins Tod empfand, nicht leichter. Zwei Mal hatte er ihr aus höchster Not geholfen. Und sie? Sie hatte ihn nicht retten können.

Obwohl es ein irrationales Gefühl war, dessen war sie sich bewusst, empfand sie Schuld. Und Wut auf die Männer.

Kannst du Pjtor beschreiben?

Natürlich konnte sie das. Ihr ganzes Leben lang würde sie Pjtors grausames Gesicht nicht mehr vergessen.

»Anezka«, sagte der Polizist, »der Kommissar schickt mich. Der, mit dem du gesprochen hast, erinnerst du dich?«

Sie nickte schwach.

»Er hat noch ein paar Fragen.« Der Polizist klappte ihre Bettdecke zurück und zog die Kanülen aus ihrem Arm. Die Schläuche baumelten wie leblose Schlangen von den piepsenden Geräten. Flüssigkeit tropfte zu Boden. »Kannst du aufstehen?«

Er wartete ihre Antwort nicht ab, sondern schlang einen Arm unter ihre Schulter und richtete ihren Oberkörper auf.

Erst jetzt bemerkte sie den Pyjama, den sie trug. Er war ihr ein oder zwei Nummern zu groß. Sie konnte sich nicht daran erinnern, ihn angezogen zu haben. Wahrscheinlich hatten die Ärzte ihn ihr übergestreift. Er schmiegte sich warm und weich an ihre wunde Haut. Außerdem roch er sauber und nach Blumen. Sie würde fragen, ob sie ihn behalten durfte.

»Wir müssen uns beeilen«, sagte der Polizist und half ihr aus dem Bett. Ihre Beine fühlten sich an wie Pudding. Sie schwankte und fiel in einen Rollstuhl, den der Polizist gerade noch rechtzeitig heranzog.

Er fuhr sie zur Tür, vor der ein weiterer Polizist wartete. Er sah seinen Kollegen stirnrunzelnd an. »Bist du sicher …?«

»Ja«, unterbrach der Polizist und schob Anezka zum Fahrstuhl, »Kalkbrenner hat das angewiesen.«

»Er sagte …«

»Er sagte, sie muss noch einige Fragen beantworten. Wichtige Fragen.«

»Aber …«

»Willst du dir Ärger mit ihm einhandeln, nur weil du seine Anweisungen in Frage stellst?«

»Nein …«

»Na also.« Die Aufzugkabine öffnete sich und Anezka wurde hineingeschoben. Während der Fahrstuhl sie hinab ins Erdgeschoss beförderte, gingen ihr die Worte des Kommissars durch den Kopf.

Ich schicke jemanden, dem du von Pjtor erzählen kannst.

Ein mulmiges Gefühl machte sich in ihr breit. Wieso wurde sie in einem Rollstuhl weggefahren?

Sie fragte: »Wohin …?«

»Keine Sorge, der Kommissar erwartet dich.«

Trotzdem konnte sie nichts gegen die Angst tun, die plötzlich in ihr aufstieg.

Die Fahrstuhlkabine öffnete sich. Menschen wuselten durch das große, weitläufige Krankenhausfoyer. Anezka hielt Ausschau nach dem Kommissar. Sie konnte ihn nicht entdecken. Der Polizist rollte sie zum Ausgang.

»Wo …?«, hustete sie.

»Da!«, sagte der Polizist und steuerte den Parkplatz an. Die Tür eines schwarzen Geländewagens öffnete sich.

Leonid trat auf den Bürgersteig, in der einen Hand einen Gürtel, in der anderen eine Spritze.

42

Niko nahm mich an die Hand und führte mich über eine breite steinerne Treppe hinauf zur Tanzfläche.

Ich war schon einmal in dem imposanten Club gewesen, vor Jahren mit Yvonne. *Nur wir zwei, essen, trinken, hinterher Musik und Tanz.* Bevor die Erinnerung mir einen Stich ins Herz versetzen konnte, fiel mir wieder ein, dass es mir hier schon damals nicht gefallen hatte, und dass mir jegliches Verständnis für den Krach und den Qualm abgegangen war.

»Angelo hat sich umgehört«, sagte Niko und wies auf eine Gruppe stämmiger Typen in Lederkluft, die auf ramponierten Sofas in einer abgelegenen Ecke herumlümmelten, »unauffällig natürlich, aber der Typ heißt wirklich Carlos.«

Ich entdeckte ihn sofort.

Sein Schädel war geschoren, die beiden Arme tätowiert, keine filigranen Muster, sondern Kreuze, flammende Herzen, ein Anker. Sogar ein Hakenkreuz glaubte ich in dem Sammelsurium auszumachen. Am markantesten war jedoch der Stacheldraht neben seinem rechten Augenlid.

Ich setzte mich in Bewegung.

Niko hielt mich zurück. »Was hast du vor?«

»Na, ich …« Ich verstummte.

In den zurückliegenden Wochen war ich so versessen darauf gewesen, Carlos aufzuspüren, dass ich keinen einzigen Gedanken daran verschwendet hatte, was ich tun würde, falls ich ihn fände.

Ihn freiheraus nach Merle fragen?

Na klar, und wenn er was mit ihrem Verschwinden zu tun hat, dann wird er es dir freimütig auf die Nase binden.

Unschlüssig beobachtete ich für den Rest der Nacht, wie er mit seinen Kumpels herumalberte und zwischendurch mit einem Jungen, der aussah wie siebzehn oder achtzehn, aufs Klo verschwand.

Erst am frühen Morgen verließ er den Club.

Ich sah mich nach Niko um, aber der war im wilden Getümmel auf der Tanzfläche nicht auszumachen.

Willst du Carlos einfach gehen lassen?

Kurzerhand folgte ich ihm nach draußen. Ich bekam gerade noch mit, wie er in ein Taxi stieg.

*

Wertvolle Sekunden vergingen, in denen ich verbissen die vereisten Scheiben meines Subarus freikratzte.

Zum Glück musste das Taxi vor der Baustellenampel am Ostbahnhof warten.

Ich folgte Carlos im Abstand einiger Autolängen über die Warschauer Brücke nach Kreuzberg, am Reichpietschufer entlang bis zur Urania, wo er nach links in die Fuggerstraße abbog. An der Ecke zur Eisenacher stieg Carlos aus und traf auf einige Jugendliche, die sich trotz der Eiseskälte auf dem Bürgersteig herumdrückten.

Die Gegend war mir nicht gänzlich unbekannt, ein Treffpunkt der Ausreißer, Streuner und Stricher.

Ich sah, wie Carlos mit einem der Jungen in Streit geriet. Der Atem dampfte in dichten Wolken vor ihren Lippen. Ich ließ das Fahrerfenster einen Spalt hinunter, aber sie waren zu weit weg, als dass ich hätte verstehen können, worum es bei der Auseinandersetzung ging.

Ich sah, wie Geld den Besitzer wechselte.

Dann verpasste Carlos dem Jungen eine wütende Backpfeife. Diesmal war der Knall bis zu meinem Auto zu hören. Die Kinder suchten das Weite.

Carlos beschimpfte sie, dann ging er über die Motzstraße davon.

Ich stieg aus dem Auto.

Die ersten Berufspendler waren unterwegs, es gelang mir problemlos, unentdeckt zu bleiben. Trotzdem ließ ich mich ein Stück zurückfallen, vergrub die Hände in die Jackentasche, tat, als wäre ich Teil der frustrierten Arbeitnehmer, die sich auf dem Weg zur nächsten U-Bahn-Station befanden. Und auch weil die Kälte kaum auszuhalten war. Der Frost schnitt wie ein Messer in mein Gesicht.

An der Ecke Gossowstraße blieb Carlos stehen, schaute sich um, als hielte er nach jemandem Ausschau. Schlotternd verbarg ich mich in einem Hauseingang.

Als ich wieder zur Straße vorlugte, war er verschwunden.

Verdammt!

Ich hastete hinüber, schielte zwischen die Tannen der kleinen Grünanlage, wirbelte verzweifelt um die eigene Achse. Carlos war weg.

Die Schritte hinter mir hörte ich zu spät.

43

Markus schlich in die Diele und riskierte einen Blick in sein Wohnzimmer.

Es glich einer Müllhalde. Das Sofa war der Federn beraubt; sie lagen wie herausgerissene Rippen daneben. In der anderen Hälfte des winzigen Zimmers lag der Tisch in seine Einzelteile zerbrochen. Das kleine Sideboard war seines Inhalts beraubt, die Bücher zerfleddert, die Lampe zerschmettert, die Schublade aus der Verschalung gerissen.

Die Einbrecher hatten ganze Arbeit geleistet. Fündig geworden waren sie trotzdem nicht. Geräuschvoll nahmen sie die beiden verbliebenen Zimmer auseinander.

»Hast du was?«, schrie *H-A-T-E* in der Küche, während er Teller zerschmetterte und Töpfe demolierte.

»Nee, nix«, brüllte Beanie zurück, der im Schlafzimmer mit einem Küchenmesser die Matratze zerfetzte. Den Kleiderschrank hatte er bereits entleert, Hosen, Hemden, Socken achtlos auf einen Haufen geworfen.

Markus war gleichermaßen wütend wie verblüfft.

Die Gefahr, die von diesen Spinnern ausging, hatte er sträflich unterschätzt. Sie hatten nicht nur seine Pläne durchkreuzt und sein Leben gefährdet, jetzt verhackstückten sie auch noch seine wenigen Habseligkeiten zu Kleinholz.

Er stieß sich von der Wand ab.

»Schei…«, bekam *H-A-T-E* noch über die Lippen, bevor

ihm ein Magenschwinger die Luft aus den Lungen presste. Ein weiterer Schlag auf den Hinterkopf, und er plumpste auf die Küchenfliesen, wo er regungslos liegen blieb.

»Ey, haste was gesagt?«, tönte es von nebenan.

»Dein Kumpel sagt gar nichts mehr.« Markus trat ins Schlafzimmer.

Reflexartig riss Beanie die Klinge hoch. Er japste, als sein Handgelenk unter einem gezielten Tritt knackte. Das Messer wirbelte in hohem Bogen durch den Raum, landete mit einem Knall im leeren Kleiderschrank. Beanie starrte auf seine Finger, die wie verwelkte Zweige von seiner nutzlosen Hand baumelten.

Markus jagte ihm die Faust in die Weichteile. Während Beanie auf den Knien keuchend um Atem rang, packte Markus sein Haar, riss den Kopf empor. »Wer außer euch beiden ist noch hier?«

»Ey, du ... du Arschloch, du hast ... du hast mir meine Hand gebrochen.«

Markus packte ihm zwischen die Beine.

»Nein, nein ... bitte ... unten ... vorm Haus.«

»Nur Scarface?«

»Hä?«

»Der Typ unten an der Türe. Sonst niemand?«

Beanie schüttelte hektisch den Kopf.

»Dann ruf ihn an.« Markus klopfte Beanies Taschen nach einem Handy ab. »Sag ihm, er soll hochkommen.«

»Wie ... was ...?«

»Sag ihm, ihr hättet was gefunden, das müsste er sich auf jeden Fall ansehen. Und heul nicht so rum, sonst ...«

»Ja, ja«, heulte Beanie, während er umständlich mit der linken Hand auf seinem Handy herumtippte. Rotz tropfte auf das Display.

Keine sechzig Sekunden später stapfte das Narbengesicht in die Diele, ahnungslos und aufgeputscht.

Ein Glucksen, zwei Schläge, und auch er war außer Gefecht gesetzt.

Mit einem Seil, das er aus dem Durcheinander in seiner Küche barg, band Markus die beiden bewusstlosen Junkies aneinander. Während er dem wimmernden Beanie die Arme auf dem Rücken fesselte, fragte er: »Was wolltet ihr hier?«

»Scheiße, Mann, ich …«

Markus zog den Strick fester.

Beanie jaulte. »Dein … dein Meth.«

»Mein Meth?«

»Mick hat gesagt, du hast ein halbes Kilo.«

Markus konnte nicht anders, er lachte. »Und ihr Komiker habt ernsthaft geglaubt, ich lasse das Zeug bei mir rumliegen?«

In Beanies bedeutungsvolles Schweigen mischte sich ein Ächzen. Das Narbengesicht rührte sich.

»Wo solltet ihr das Meth hinbringen?«, fragte Markus.

»Ich …«

»Ey, fuck«, fluchte das Narbengesicht, während er sich von seinen Fesseln zu befreien versuchte, »halt die Fresse und …«

Markus stopfte ihm ein Handtuch in den Mund, pappte es ihm mit Paketband an die Wangen. Inzwischen erwachte auch *H-A-T-E*. Noch bevor er das Bewusstsein vollständig wiedererlangt hatte, war er ebenfalls geknebelt.

»Wohin?«, wandte er sich wieder an Beanie.

»Ich … ich weiß nicht.«

Markus packte ihm erneut zwischen die Beine. Die Methode schien ausgesprochen gut zu funktionieren bei ihm.

»Scheiße, Mann … nach Prenzlberg … in die Gleimstraße.«

»Und dort finde ich Mick und Dennis?«

»Ja, ja!«

Markus zerrte ihn auf die Beine. »Fahren wir!«

*

Kalkbrenner schimpfte. »Was um alles in der Welt ist so wichtig, dass er es uns nicht am Telefon sagen kann?«

»Das werden Sie ihn schon selbst fragen müssen«, erklärte mit spröder Stimme Dr. Wittpfuhls Assistentin.

»Dann verbinden Sie mich mit ihm.«

»Er ist beschäftigt …«

»Nicht nur er!«

»… und möchte nicht gestört werden.«

Kalkbrenner trennte die Verbindung. »Und er hat nicht gesagt, um was es geht?«

»Nein.« Muth verlangsamte den Wagen. Aufmerksam behielt sie den Rückspiegel im Blick.

»Ist was?«, fragte Kalkbrenner.

»Ich dachte«, sie gab wieder Gas, »uns folgt jemand.«

Er schaute zum Rückfenster hinaus. Hinter ihnen rollten PKWs, LKWs, zwei Reisebusse. »Welchen Wagen meinst du?«

»Da war ein Golf. Weiß.«

»Ich seh keinen.«

»Ich auch nicht mehr, wahrscheinlich habe ich mich geirrt.« Sie zuckte mit den Schultern.

Den Rest der Strecke legten sie schweigend zurück.

Im Institut für Rechtsmedizin der Charité führte sie Dr. Wittpfuhls Assistentin einen langen Flur entlang, der wie ein ganz gewöhnlicher Krankenhauskorridor wirkte, weiße Fliesen am Boden, septisch reine Kacheln an den Wänden, gedämpftes Neonlicht an der Decke.

Einzig der Geruch war ein anderer, nicht Kamillentee, Durchfall und Alter. Nur Desinfektionsmittel. Und Tod.

Im Obduktionssaal beugte sich der Gerichtsmediziner über eine Metallbahre. Ein dichter Haarkranz umgab sein solariumgebräuntes Gesicht, der grüne Kittel schlackerte um seinen athletischen Körper. Passend zum Kittel trug er grüne Clogs.

Mit einem Skalpell in der Hand winkte er die beiden Beamten zu einer Bahre am anderen Ende des Raums.

Die Leiche darauf erkannte Kalkbrenner sofort.

»Lassen Sie uns das hier rasch erledigen«, sagte Dr. Wittpfuhl.

Was Kalkbrenner nur recht war. Trotz aller Bemühungen hatten sie Kevin Visser nicht retten können und in seinem jetzigen Zustand würde *er* ihnen auch nicht mehr helfen können.

»Ich habe eine Blutprobe ins Labor gegeben«, sagte der Gerichtsmediziner. »Die Analyse wird etwas dauern, aber ich denke, wir sind uns einig, das Ergebnis dürfte eine Übereinstimmung mit den Blutspuren im Taxi und in der Fabrikhalle ergeben.«

»Was können Sie sonst noch sagen?«

»Das Opfer hat eine Schussverletzung erlitten«, er deutete auf eine Wunde an der Hüfte, »allerdings nur ein Streifschuss, weswegen es schwierig wird zu beurteilen, ob es sich ebenfalls um ein Hohlspitzgeschoss gehandelt hat.«

»Woran ist er gestorben?«

»Der Schuss hat ihn nicht lebensgefährlich verletzt, aber trotzdem zu enormem Blutverlust geführt. Die Verletzungen, die man ihm obendrein zugefügt hat«, Dr. Wittpfuhl zeigte auf tiefe, fleischige Wunden, »haben ein Übriges getan. Der Schock hat zur Bewusstlosigkeit geführt. Der Blutverlust zum Tod.« Er breitete die Decke über den Jungen aus. »Aber deswegen habe ich Sie nicht kommen lassen.«

Er führte sie vorbei an einem Dutzend Liegen, die in zwei Reihen standen. Über jeder Bahre lag ein Tuch ausgebreitet. Die kleinen Körper waren verdeckt, nur nackte Füße ragten heraus. Um die Zehen hingen kleine Bindfäden mit je einem Etikett.

Kalkbrenner fröstelte beim Anblick der Kinderleichen. Frust und Wut stiegen in ihm auf.

Dr. Wittpfuhl verharrte vor einer Liege. Unter einem Laken zeichnete sich der Körper eines Erwachsenen ab.

»Schauen Sie hier!« Mit einstudierter Eleganz zog er das Tuch herab.

Kalkbrenner betrachtete den Toten, der zum Vorschein kam, bleich und fleckig, weil er halb verwest war. Der Anblick kam ihm bekannt vor, aber ihm wollte nicht einfallen woher. »Helfen Sie mir auf die Sprünge.«

»Der Suizid in Kreuzberg.«

»Patrik Cerny«, fiel es Kalkbrenner wieder ein.

Dr. Wittpfuhl nickte.

Erneut schauderte Kalkbrenner. »Und jetzt werden Sie mir sagen, dass es sich doch nicht um einen Selbstmord handelt.«

»Das wäre möglich, aber wenn Sie nicht jemanden finden, der dabei gewesen ist, werden Sie das wohl nie endgültig klären können.«

Kalkbrenner fragte sich, worauf um alles in der Welt der Rechtsmediziner dann hinauswollte.

»Aber bevor er gestorben ist«, Dr. Wittpfuhl lächelte, »hat er sich in der alten Fabrikhalle in Schulzendorf aufgehalten.«

*

Markus kramte die Gauloises hervor. »Auch eine?«

»Sehr witzig!« Beanie spuckte aus und zerrte an dem Seil, das ihm seine Arme auf den Rücken schnürte. Seine gebrochene Hand war zu doppelter Größe angeschwollen. »Ich brauch 'nen Arzt.«

»Ach.«

»Scheiße, Mann, ich …« Er jaulte, als er sich seine Hand zwischen Rücken und der Lehne des Beifahrersitzes einklemmte.

Markus steckte sich die Zigarette an.

In der einen Hälfte der Gleimstraße boten die für den Prenzlauer Berg typischen sanierten Altbauten den Mietern, Familien, Geschäftsleuten und Ärzten einen grünen Blick auf den

Mauerpark. In den Erdgeschossen reihten sich Versicherungen, Getränkehändler und ein Friseur aneinander. An den Balkonen darüber hingen gepflegte Blumenkästen. Sonnenschirme und Gartenmöbel waren zu sehen.

Nicht unbedingt die Gegend, in der Typen wie Dennis Jagusch zu vermuten waren. Ihr Terrain lag üblicherweise einige Hundert Meter weiter, westlich des Gleimtunnels, wo es keine Geschäfte oder Restaurants gab, nur aschgraue Wohnsilos, die den Gesundbrunnen prägten, so wie die Jugendlichen, die sich in Coolness zu übertrumpfen versuchten.

»Ey, Mann«, Beanie hampelte herum, »dann mach wenigstens die Fesseln locker.«

»Lass uns gehen.«

»Scheiße.«

Markus umrundete den Wagen, zog Beanie auf die Straße und schubste ihn hinüber ins Gebäude.

Die Haustür stand offen. Der Fliesenboden glänzte frisch gebohnert. Briefkästen hingen in einer Reihe an der Wand, ohne Sticker, ohne Schmierereien, ohne Dreck.

»Welche Etage?«, fragte Markus.

»Die dritte.«

»Sicher?«

»Ja, Mann.«

»Gut.«

In der dritten Etage mochte ein rettender Sprung aus dem Fenster zwar denkbar sein, aber gewiss nicht ratsam.

Als sie den Korridor oben erreichten, wurde Beanie langsamer. Markus schob ihn weiter bis zur vorletzten Wohnung.

Die Tür war angelehnt, kein Geräusch zu hören.

Als Markus klopfte, schwang die Tür einige Zentimeter auf. Er knuffte Beanie in die Seite.

»Dennis?«, rief der.

Niemand reagierte.

»Mick, ey, ich bin's.«

Stille. Fast zu still.

Mit Beanie als Schutzschild schritt Markus in die Wohnung. Dielenbretter knarzten unter ihren Schuhsohlen. An der Wand hing ein Poster mit den *Good Fellas*. Es roch nach Gras und noch etwas anderem.

In der Küche lagen Pizzaschachteln auf dem Tisch. Das Geschirr war in die Spülmaschine geräumt, die Anrichte gewischt und ohne Kalkflecken.

Im Schlafzimmer gegenüber waren die Decken aufgeworfen. Socken lugten unterm Bett hervor, ein Vibrator, eine Bong.

Ansonsten machte alles einen geordneten, sauberen Eindruck.

»Ich glaub, die sind nicht da«, sagte Beanie.

»Und warum flüsterst du dann?«, fragte Markus, obwohl ihn inzwischen ebenfalls Zweifel beschlichen.

Etwas war hier faul, und das war nicht nur der Gestank, der an Heftigkeit zunahm, je näher sie dem Wohnzimmer kamen. Durch die Fenster strahlte die Nachmittagssonne blutigrot auf den Teppich, den Tisch und die Gestalt, die auf dem Sofa hockte.

»Yo, Dennis«, stieß Beanie erleichtert aus, »da bist du ja, warum … Oh, Scheiße!«

Er stolperte zurück, prallte gegen Markus und kotzte ihm direkt vor die Füße.

*

»Er hat sich … was?«, fragte Kalkbrenner.

Dr. Wittpfuhl nickte. »Sie haben richtig verstanden.«

Kalkbrenner starrte auf die verweste Leiche herab.

»Doch der Reihe nach«, sagte der Gerichtsmediziner. »Lassen Sie mich bei den elf Opfern aus der Fabrikhalle in Schulzendorf beginnen. Inzwischen haben wir die Obduktionen abgeschlossen. Unsere Berichte dürften bis zum Wochenende auf Ihrem Schreibtisch liegen, weswegen ich mich hier und jetzt auf das Wesentliche beschränken möchte.«

Kalkbrenner hob den Blick.

»Wir haben Rückstände von Dicetylmorphin im Blut der Opfer festgestellt, also einer psychoaktiven Substanz. Konkret: Heroin.«

»Man hat sie damit betäubt?«, fragte Muth.

Dr. Wittpfuhl hob die Schultern. »Oder gefügig gemacht.«

»Und was hat das mit Patrik Cerny zu tun?«

»Auch bei ihm haben wir Heroin-Rückstände im Blut gefunden.«

»Gut möglich also, dass er nicht ganz freiwillig auf den Stuhl gestiegen ist«, sagte Kalkbrenner.

Dr. Wittpfuhl breitete das Tuch über die Leiche aus. »Ich habe Ihnen von der Flüssigkeit erzählt, in der die elf Opfer entsorgt worden sind, eine Mischung aus Gülle, Exkrementen, Industriereiniger, Polyurethane, Epoxidharze und Calciumcarbonat.«

»Was ist damit?«

»Ein derartiges Gemisch erzeugt Dämpfe, wie Sie an jenem Abend auf dem Gelände ja sicherlich gerochen haben. Da Sie sich ihnen ebenfalls mehrere Stunden ausgesetzt haben, könnte ich, wenn ich Sie untersuchen würde, Spuren davon in Ihren Atemwegen und vermutlich auch auf Ihrer Haut nachweisen.«

»Ich habe inzwischen mehrmals geduscht«, sagte Kalkbrenner.

»Na gut«, Dr. Wittpfuhl seufzte, »angenommen, Sie hätten nicht geduscht.«

»So wie Patrik Cerny«, warf Muth ein.

Der Rechtsmediziner nickte. »Ich habe Rückstände der Kloake an seinen Händen gefunden.«

Kalkbrenner ließ die Worte auf sich wirken und überlegte, was die Entdeckung des Gerichtsmediziners für ihren Fall bedeutete. »Wer ist dieser Mann?«, murmelte er.

Dr. Wittpfuhl runzelte die Stirn. »Patrik Cerny?«

»Natürlich, aber was ich eigentlich meinte …« Kalkbrenners Handy schrillte laut in der Stille des Obduktionssaals.

Es war Berger. »Anezka ist weg!«

*

Markus warf einen Blick in das Wohnzimmer. Nicht die Sonne strahlte dunkelrot, sondern tatsächlich Blut.

Dennis Jagusch hockte auf der Couch, das Kinn auf der Brust, als wäre er eingenickt. In seiner Schläfe ein blutiger Krater, aus einem Loch in seiner Magengegend quoll Blut. Sein durchnässter Hosenboden stank nach Exkrementen.

»Was habt ihr angestellt?«, fragte Markus.

Beanie lehnte kalkweiß neben dem *Good-Fellas*-Poster, ein Speichelfaden tropfte von seinen Lippen. »Ey, nichts.«

»Sieht *das* nach nichts aus?«

»Ich …«

»Warum hat der Portugiese das gemacht?«

»Scheiße, nicht Dossantos, das waren …«

»… die Russen? Ganz sicher nicht.«

»Aber …«

»Das ist nicht sein Stil. Der Russe lässt die Leute lieber verschwinden«, sagte Markus.

Und zuvor schneidet er ihnen die Kehle durch.

Er wandte sich der zweiten Leiche zu.

Mick hatte noch versucht zu entkommen, es allerdings nur ein paar Schritte weit bis ins benachbarte Zimmer geschafft, ein kleines Büro mit Schreibtisch und Computer.

Zwei Kugeln hatten ihn niedergestreckt, eine in den Rücken, eine in die Schulter.

»Dennis hat in der Integrationsstätte gearbeitet, richtig?«, fragte Markus.

»Yo, Mann …«

»Was genau hat er dort gemacht, außer Sozialstunden abzuleisten?«

»Nichts …«

»Nichts?«

»Na ja, Micks Stoff vertickt.«

»Ihr verkauft russisches Meth auf dem Terrain des Portugiesen?« Und Markus wollte nicht daran denken, was diese Junkies außerdem angestellt hatten, das eine solche Hinrichtung rechtfertigte. »Ihr seid noch bescheuerter, als ich gedacht habe.«

»Ey, Mann«, protestierte Beanie, »ich …« Er erstarrte, als Micks linkes Bein zuckte. »Scheiße … der lebt.«

Markus hockte sich neben Mick auf den Boden, fühlte seinen Puls. Beanie hatte recht. Er aktivierte sein Handy, wählte den Notruf, teilte die Adresse mit und legte wieder auf.

Danach löste er Beanies Fesseln. »An deiner Stelle würde ich mich fürs Erste nicht mehr auf der Straße blicken lassen.«

Beanie glotzte runter auf den stöhnenden Mick.

Auf dem Weg ins Treppenhaus wischte Markus hastig über alle Stellen, die er berührt hatte, die Küchentür, die Wohnungstür … *Sonst noch was?*

Im Mazda zündete er sich eine Gauloises an und wartete rauchend, bis sich sein Pulsschlag beruhigt hatte. Dann rief er Horst an, erzählte ihm, was geschehen war und was er in der Wohnung vorgefunden hatte.

In das betroffene Schweigen von Horst mischte sich das Jaulen eines Krankenwagens.

Drüben stolperte Beanie aus dem Haus, sein Gesicht eine bleiche Maske, die Jacke fleckig von Erbrochenem. Sein Blick hetzte die Straße hoch und runter, bevor er in den Mauerpark floh.

»Und jetzt?«, fragte Horst.

»Ich fahre nach Hause. In meiner Bude hocken noch die beiden anderen Typen.«

»Du weichst mir aus.«

Auf der anderen Straßenseite bremste der Rettungswagen. Sanitäter hasteten ins Haus.

Markus startete den Motor.

Sein Kumpel schnaufte angestrengt. »Was ich dir vorhin sagen wollte: Du solltest im Augenblick nicht so viel Zeit mit deiner Familie verbringen.«

Schweigend lenkte Markus den Wagen nach Neukölln.

»Mal abgesehen davon, dass du sie unnötig in Gefahr bringst …«

»Ich bin vorsichtig.«

»… du solltest unser Ziel nicht aus den Augen verlieren. Wir haben zu viel Zeit und Kraft investiert.«

»Ich weiß nicht, was du hast? Das Problem Mick ist aus der Welt.«

»Und was ist mit deinem Plan, mit dem du angeblich … *vorankommst*?«

»Morgen früh übernehme ich eine neue Fuhre für Sergej.«

»Das habe ich nicht gemeint, und das weißt du auch.«

Markus saugte an der Zigarette.

Es geht darum, dass wir alle viel Geld verdienen können.

Bislang hatte Zorkan sich nicht gemeldet. Und jetzt war Markus sich nicht einmal mehr sicher, ob er noch wollte, dass der Kirgise auf seinen Vorschlag reagierte.

Er blies Rauch gegen die Windschutzscheibe. »Wir müssen Geduld haben.«

»Herrgott, Markus …«

»Das waren deine Worte.« Er legte auf.

44

Alles ging ganz schnell.

Ein Tritt, ein Schlag, ich stürzte zu Boden. Tannenzweige klatschten in mein eiskaltes Gesicht. Dann war Carlos über mir und ließ sich mit dem Hinterteil auf meinen Brustkorb fallen, während er meine Arme mit seinen Knien fixierte.

Eine Messerklinge blitzte in der Morgendämmerung auf.

»Was soll das?« Er setzte die Klinge an meine Kehle. »Warum folgst du mir?«

»Ich … ich …«, es gelang mir kaum, einen klaren Gedanken zu fassen. Meine Lippen fühlten sich taub an. »Ich suche Merle.«

»Wer zur Hölle soll das sein, Merle?«

»Merle Schwarz. Sie ist … verschwunden.«

»Was hab ich damit zu tun?«

»Man … hat Sie mit ihr gesehen.«

»Ist das die von der Eisenacher?«

Ich schüttelte entsetzt den Kopf und das Messer schnitt tiefer in meine Haut. »In der … *Madonna*.«

»Da hat man mich ganz sicher mit vielen gesehen.«

»Ich hab ein Foto von ihr.«

»Zeig!«

»Auf meinem Handy.«

Mit seiner freien Hand tastete er meine Jacke ab, brachte das Telefon zum Vorschein und öffnete den Ordner mit den Bildern.

Seine Augenbrauen zuckten, als er Merle erkannte. Der Stacheldraht wuchs bis zur Mitte seiner Stirn. Auf der anderen Seite erkannte ich drei kleine schwarze Punkte neben dem Auge.

Knasttattoos.

»Wer bist du?«, fragte er. »Ihre Mutter?«

Ich nickte. Wieder bohrte sich die Klinge in meinen Hals. Vor lauter Kälte spürte ich es kaum.

Carlos musterte mich eine Weile, in der ich wie gelähmt lag. Oder wie erfroren. Dann kam er offenbar zu dem Ergebnis, dass ich die Wahrheit sagte.

Er nahm das Messer weg, blieb aber nach wie vor auf mir sitzen.

Behutsam schöpfte ich nach Luft. »Ich …«

»Sei still!«

Schritte näherten sich.

Carlos hielt das Messer vor meine Nase.

Ich presste die Lippen aufeinander, hielt meinen Blick wie gebannt auf die lange, scharfe, glänzende Klinge gerichtet.

Die Schritte entfernten sich.

Carlos steckte das Messer ein. Er beugte sich vor und stützte sich mit den Händen neben meinen Ohren ab. »Bevor du mich hier beschuldigst, solltest du mal besser deinen Mann fragen.«

»Meinen … Mann?«

»Der hat sich ganz schön mit ihr gezofft vor der *Madonna*. Hat ihr sogar eine gescheuert.« Offenbar entgleisten mir meine Gesichtszüge, denn er fügte hinzu: »Ich bin jedenfalls davon ausgegangen, dass der Typ ihr Vater war.«

»*Wie* sah er aus?«

»Langes graues Haar, hohe Stirn, ach ja, und eine krumme Nase.«

Irgendetwas an meiner Reaktion ließ Carlos zufrieden grunzen. Im nächsten Moment war er von mir runter und verschwunden.

45

In Kalkbrenner brannte die Wut lichterloh. »Das ist nicht wahr!«

Berger reagierte nicht.

»Verdammt, ich dachte, auf die Zeugin wird aufgepasst!«

»Da kam ein Kollege ...«

»Was für ein Kollege?«, schrie Kalkbrenner.

Muth zuckte hinter dem Lenkrad zusammen.

Berger schnaufte gequält. »Ein Polizist. Einer von uns.«

»Ist das sicher?«

»Er hat dem Wachposten gesagt, *du* hättest ihn geschickt.«

»*Ich* habe keinen Beamten geschickt. Ich habe dem Wachposten gesagt, *du* würdest kommen. Mit einem Zeichner. Außerdem habe ich ihm gesagt, er soll niemanden zu ihr durchlassen. *Niemanden!*«

»Aber wenn du jemanden schickst ...«

»Ich habe niemanden geschickt, verdammt noch mal!« Kalkbrenner atmete durch, einmal, zweimal, bis sich sein Puls beruhigt hatte. Trotzdem fiel ihm das Denken schwer. »Lass uns das Krankenhaus auf den Kopf stellen. Schick eine Meldung an alle Streifen raus! Weit können diese Mistkerle mit dem Mädchen noch nicht gekommen sein. Lass dir außerdem eine Beschreibung des Beamten geben. Und dann richte diesem Wachposten aus, dass ich mich ernsthaft mit ihm unterhalten werde.« Er legte auf.

Anezka ist weg.

Er war sich nicht sicher, ob er die Bedeutung dieser Nachricht richtig erfasste.

Da kam ein Kollege ...

Der PKW-Motor dröhnte. Oder war es sein rasendes Herz?

Er wählte die Nummer des Präsidiums, ließ seine Sekretärin nicht zu Wort kommen. »Ich brauche die Akte zu einem gewissen Patrik Cerny und ...«

»Warte, Paul!«

»Verdammt, ich habe keine Zeit zum Warten!«

»Da kommt eine Nachricht rein«, sagte Rita, »eine Schießerei im Prenzlauer Berg.«

»Was haben wir damit zu tun?«

»Es ist … Ach nein, die Streife vor Ort spricht von einem Drogendeal, der in die Hose gegangen ist. Ein Toter, ein Schwerverletzter.«

»Nicht unser Fall. Kümmere du dich um Patrik Cerny. Ich will alles über ihn wissen. *Alles!*« Nur mit Mühe hielt er sich davon ab, das Telefon quer durch den Wagen zu schleudern.

Seit Tagen stocherten sie im Nebel, folgten jedem Hinweis, jeder Spur, jedem Verdacht …

Ich wage zu behaupten: nur eine Vermutung.

… ohne dass sie ernsthaft weiterkamen. Stattdessen verschwanden Angehörige. Verdächtige tauchten ab. Potentielle Zeugen starben. Oder wurden direkt vor ihrer Nase beseitigt.

Ein Polizist. Einer von uns.

Allmählich begann dieser Fall eine Dimension anzunehmen, die –

»Der Wagen ist wieder hinter uns«, sagte Muth. »Der Golf.«

Er spähte zum Rückfenster hinaus. »Der weiße?«

»Siehst du ihn?«

»Halt an!« Noch ehe der Passat stillstand, sprang Kalkbrenner auf die Straße. Er stürmte auf den alten, rostigen Golf zu, der ebenfalls angehalten hatte.

Kalkbrenner riss die Fahrertür auf.

»Ah«, machte Hardy Sackowitz. »Sie auch hier.«

»Lassen Sie den Scheiß!«

»Wie bitte?«

»Und hören Sie auf, uns zu verfolgen!«

»Ich? Sie verfolgen?« Mit gespielter Verwunderung schürzte der Reporter die Lippen. »Ich bin auf dem Weg in die Redaktion und plötzlich stehen Sie vor meinem Wagen. Wenn das keine Überraschung ist.«

Kalkbrenner ballte die Hand zur Faust.

»Aber wo ich Sie zufällig treffe«, Sackowitz lächelte, »verraten Sie mir doch, was dran ist an dem Gerücht, dass Sie einen ersten Tatverdächtigen zur Fahndung ausgeschrieben haben, einen gewissen Jens-Harald Albidus.«

»Ich verrate Ihnen was anderes …«

»Und stimmt es, dass es ein weiteres Opfer gegeben hat?«

»… wenn ich Sie noch einmal sehe, gibt es tatsächlich ein weiteres Opfer!«

»Also das«, Sackowitz lachte, »habe ich jetzt überhört.«

Kalkbrenners Faust zuckte.

»Paul!«, warnte Muth.

Wütend hämmerte er die Autotür ins Schloss.

Der Reporter wendete seinen Golf. Mit einem selbstgefälligen Grinsen fuhr er davon.

*

Markus kam zu spät ins *La Sinuessa.* »Tut mir leid, ich …«

»Nicht weiter schlimm, manchmal genieße ich etwas Zeit für mich.«

»Geht es Ihnen wieder besser?«

Ilanka ging nicht darauf ein, zupfte an der Tischdecke, eine flüchtige, nervöse Handbewegung. »Wie war *Ihr* Tag?«

»Gute Frage.«

»Sie wissen nicht, wie Ihr Tag war?«

»Um ehrlich zu sein«, Markus bemühte sich um ein Lächeln, »ich bin mir noch nicht sicher.«

Nachdem er in seine Wohnung zurückgekehrt war und die beiden Freaks nach kurzem Überlegen hatte laufen lassen, hatte er eine heiße Dusche genommen, sich den Schweiß vom Körper geschrubbt und gleichzeitig versucht, die Bilder von Dennis und Mick, tot, schwer verletzt, blutüberströmt, aus seinem Kopf zu vertreiben.

Trotzdem verspürte er kaum Hunger, stattdessen nagten Zweifel an ihm. War jetzt der geeignete Zeitpunkt für ein romantisches Dinner?

Du solltest unser Ziel nicht aus den Augen verlieren.

»Wie wär's mit einem Drink?«, schlug Ilanka vor. »Zur Ablenkung.«

»Kommt mir bekannt vor, die Idee.«

»Was empfehlen Sie?«

»Zum Essen oder …?«

»Essen später, ich meine jetzt!«

»Einen Cocktail. Ein Geheimtipp. Mit Havana Rum, Peach Tree Likör, Cointreau, Maracujasaft …«

»Klingt vielversprechend.«

Während Markus der Kellnerin winkte, schwanden seine Zweifel. Er hatte Dennis nicht gekannt, dessen Schicksal berührte ihn kaum. Und Mick würde überleben, das hatte Horst ihm vor wenigen Minuten noch am Telefon berichtet.

Die Bedienung, ein junges Mädchen mit Augenbrauenpiercing und Tribaltattoos auf den Oberarmen, war sichtlich genervt von seiner Bestellung.

»Sie hatten recht«, Ilanka schaute der Kellnerin hinterher, »es ist nett hier.«

Er war sich nicht sicher, ob sie es ironisch meinte.

Betzseen war nur ein Fleck auf der Landkarte, klein, unbedeutend, nicht einmal Google Street View hatte es bis hierher geschafft. Es gab eine Kirche, ein Einkaufsgässchen mit Bäcker, Schuster und dem Modehaus *Fashionelle – Fashion für die Frau ab 50,* einem Lotto-Toto-Tabakladen, einer kleinen Pension, *Zum Anker,* obwohl weit und breit kein Wasser in der Nähe war, und eben dem *La Sinuessa.*

Das Restaurant war winzig, die Mischung aus Fabrikrohren, die kreuz und quer unter der Decke verliefen, und altmodischen Kronleuchtern gewöhnungsbedürftig.

»Ich mag's«, sagte Markus.

»Sind Sie oft hier?«

»Meist auf dem Weg an die Grenze.«

»Und das Essen ist einen Abstecher wert?«

»Besser als in einer Raststätte. Außerdem ist's ruhig hier.« Er sah Ilanka an. »Wenn man mal etwas Zeit für sich braucht.«

»Ja, keine Touristen, kein Trubel …«

»Zugegeben, etwas ab vom Schuss.«

»Aber noch nicht am Ende der Welt.« Sie wich seinem Blick aus, strich die Falten in der Tischdecke glatt.

Markus entging nicht, dass sie erneut seine Worte vom Vorabend benutzt hatte.

Anders als an den Tagen zuvor war ihre Kleidung weniger förmlich, eine Seidenbluse, eine dunkelblaue Jeans, halbhohe Stiefel, die Silberkette, die er schon mehrfach an ihr bemerkt hatte. Ihr Haar trug sie offen. Dennoch wirkte sie angespannt, in ihrer Haltung, ihren Gesten, als schwebte über ihr ein unsichtbarer Schatten.

So viele Rätsel, die sie umgaben, undurchsichtig, sogar beunruhigend, aber eben auch …

Ihn überkam ein Gefühl, so plötzlich, dass er es nicht einzuordnen wusste, aber keineswegs unangenehm.

»Schon komisch«, sagte Ilanka.

»Was?«

»Unser Date.«

»Unser Date?«

»Das ist es doch, ein Date, oder?«

»Ich denke schon.«

Zum ersten Mal huschte ein Lächeln über ihre Lippen. »Sie sind sich schon wieder nicht sicher?«

»Es ist lange her, dass ich ein Date hatte.«

»Sie wollen behaupten …«

»Ja, tatsächlich«, sagte er, »ich laufe nicht jeder Frau hinterher, die einen schlechten Tag hat.«

Etwas in Ilankas Gesicht veränderte sich, und Markus bereute seine Bemerkung. Er wollte sie fragen, was genau sie an ihrem Date komisch fand, aber er ließ es bleiben.

Wehmütig schaute sie zum Fenster hinaus, blinzelte in die

Abendsonne, die den Himmel purpurn färbte. »Erinnern Sie sich noch an Ihr erstes Date?«

»Ja«, ihre Frage überraschte ihn. »Sie nicht?«

Auch diesmal ignorierte sie seine Frage. »Auch noch daran, wie sie hieß?«

»Angel.«

»Sie hieß Angel? Hat sie …?«

»Nein, sie hat nicht angeschafft. Sie war ein Punk und nannte sich Angel.«

»Worüber haben Sie mit ihr gesprochen?«

»Über alles Mögliche, Politik …«

»Sie haben sich mit Ihrem ersten Date über Politik unterhalten?«

»Ja, ziemlich lange sogar. Und über Sport.«

»Ernsthaft?«

»Ja, aber natürlich auch über Bücher, Filme, Musik, Hobbys, Berufe, keine Ahnung, einfach alles, es war …« Er hielt inne, jedoch nicht weil er sich nicht erinnern wollte. Angel stellte einen Teil seiner Vergangenheit dar, den er niemals vergessen und auch nicht verdrängen würde. »Es war toll.«

Ilanka nickte. Gleichzeitig legte sich wieder ein trauriger Schleier über ihr Gesicht.

Markus setzte zu einer Frage an. Die Kellnerin trat an ihren Tisch, servierte die Cocktails, erkundigte sich nach ihren Wünschen.

Ilanka schien erleichtert über die Unterbrechung. »Was wollen wir essen?«

»Ich überlasse Ihnen die Wahl.«

Sie warf einen kurzen Blick in die Speisekarte, bestellte Kabeljaufilet auf Kenia-Bohnen, Curcuma-Langkornreis, dazu Weißwein.

Markus riss sich am Riemen, aber offenbar nicht gut genug.

»Was ist los?«, fragte sie.

»Der Fisch.«

»Sie mögen keinen Fisch?«

»Schlechte Erinnerungen.« Gedankenverloren berührte er die Narbe an seinem Unterarm.

»Was hat das Tattoo zu bedeuten?«, wollte Ilanka wissen.

»Soll ein Drache sein, auch wenn es zugegebenermaßen nicht so aussieht.«

»Mit etwas Mühe …«

»Die hätte sich wohl besser der Tätowierer geben sollen.«

»Warum …?«

»Eine Jugendsünde«, kam er ihrer Frage zuvor, »beim erstbesten Tätowierer, tja, und gleichzeitig auch der schlechteste.« Er hob die Schultern, als wollte er sagen: *Das spielt jetzt eh keine Rolle mehr.*

Aber in Wahrheit war es ihm schon damals egal gewesen, was da die Narbe überdeckte, Hauptsache, sie verschwand aus seinem Blickfeld, so wie das, was an ihren Ursprung erinnerte.

Er griff zum Cocktail. Sie stießen miteinander an.

»Und wir?« Ilanka leckte sich die Lippen. »Worüber reden wir bei unserem ersten Date? Über unsere Berufe wohl eher nicht.«

»Nicht?«

»Ach, kommen Sie, ich weiß, welche miesen Geschäfte Zorkan im *La Luna* betreibt.«

»Sie klingen nicht begeistert.«

»Sollte ich begeistert sein?«

»Trotzdem treffen Sie sich mit mir.«

»Sie sind«, Ilanka nippte an ihrem Drink, »anders.«

*

»Guten Abend«, Kalkbrenner lächelte, obwohl ihm nicht danach zumute war, »es geht um Ihren Mann. Wir haben da noch ein paar Fragen.«

»War ja klar«, Martina Cerny verzog ihr Gesicht, »dass dieser Mistkerl mich auch nach seinem Tod nicht in Frieden lässt.« Sie drehte sich auf dem Absatz ihrer Flipflops um. »Kommen Sie rein.«

Ein flappendes Geräusch begleitete sie auf dem Weg in ihr kleines Wohnzimmer, das sie ganz offensichtlich mit begrenzten Mitteln hatte einrichten müssen. Mit einem Billy-Regal, dem kreisrunden Glastisch, dem TV-Board und zwei zimmergroßen Yucca-Palmen wirkte der Raum wie eine Studentenbude. Vor dem Fenster ratterte die Hochbahn der U1 vorbei.

Auf der Futon-Klappcouch verkündete ein kleiner Junge mit feierlichem Ernst. »Ich gucke *Pettersson und Findus*.«

»Na, das ist doch was Feines«, sagte Muth.

Der Junge grinste und entblößte eine breite Zahnlücke.

»Noch feiner wäre allerdings, wenn du dir jetzt die Zähne putzen gehst«, sagte seine Mutter.

Das Lachen des Kleinen erstarb. »Darf ich nicht noch …?«

»Danach!«

Der Junge rutschte vom Sofa und rannte ins Bad. Seine Mutter schaltete den Fernseher aus und sah die Beamten an, in ihrem Gesicht der stumme Wunsch, das Gespräch rasch hinter sich zu bringen.

Kalkbrenner wartete, bis das Dröhnen der U-Bahn verklungen war, bevor er fragte: »Sagt Ihnen der Name Jens-Harald Albidus etwas?«

»Nein, nie gehört.«

Er legte ein Foto auf den Tisch.

»Doch, den kenn ich. War so was wie ein Kumpel von Patrik. Hat außerdem für ihn gearbeitet. Harry, so hat er ihn genannt, glaube ich zumindest.«

»Moment«, unterbrach Kalkbrenner. »Ihr Mann hat für ihn gearbeitet? Sind Sie sicher? Wir haben die Personalliste der Firma Albidus und …«

»Was für eine Firma? Er hatte keine Firma. Nicht dass ich wüsste.«

Kalkbrenner steckte das Bild wieder ein.

»Hat Ihr Mann schwarz für ihn gearbeitet?«, fragte Muth.

»Klar, hab doch gesagt, dass er nur noch solche Jobs gemacht hat, Scheißjobs, und mit diesem Harry fing alles an.«

»Was genau hat er für ihn gemacht?«

»Seinen Fahrer gespielt, denke ich. Seinen Kurier. So genau wollte ich das gar nicht wissen, das habe ich Patrik auch gesagt, ich wollte mit seinen krummen Dingern nichts zu tun haben. Aber glauben Sie, das hat Patrik interessiert?« Sie atmete ein und stieß die Luft mit einem grimmigen Prusten wieder aus. »Er war so ein Arschloch. Das war ja auch der Grund, weshalb ich ausgezogen bin.«

»Aber für Albidus, also, diesen Harry, hat er weiterhin gearbeitet?«

»Was weiß ich, ich hab's ja nicht mehr mitbekommen. Nur die paar Mal, die ich hinmusste, weil er das Geld für die Kinder nicht bezahlt hat. Diesen Harry habe ich da zwar nicht mehr gesehen, aber andere merkwürdige Typen. Der eine war ganz besonders schräg.«

»Schräg?«

»Er war so komisch rausgeputzt. Vornehm. Aber das passte nicht zu ihm. Als wäre es nur Fassade.« Sie kniff die Augen nachdenklich zu schmalen Schlitzen zusammen. Vor dem Fenster sauste die nächste U-Bahn vorbei, müde Gestalten in hellerleuchteten Waggons. »Und er kam nicht aus Deutschland. Er hatte einen Akzent. Tscheche, glaube ich.«

»Glauben hilft uns leider nicht weiter«, sagte Kalkbrenner.

Martina Cerny seufzte. »Kann auch ein Russe gewesen sein. Oder ein Pole. Die klingen doch alle gleich, wenn sie deutsch reden. Außerdem hat er kaum gesprochen. Ich glaube, er war sauer auf Patrik, weil ich plötzlich aufgetaucht bin. Ich habe mich dann auch schnell wieder verabschiedet, weil … da war noch ein anderer Kerl, so einer, um den man lieber einen Bogen macht.« Sie zuckte mit den Schultern. »Ich hab's Ihnen ja gesagt, wahrscheinlich stand ihm die Scheiße bis zum Hals.«

»Die Namen dieser Leute sind nicht zufällig gefallen?«

»Vielleicht, was weiß ich. Ich wollte nur das Geld für die Kinder und bin so schnell wie möglich wieder abgehauen.«

»Mama«, im Türrahmen erschien ihr Sohn, sein Mund und seine Nase mit Zahnpasta verschmiert, »ich bin fertig jetzt.«

»Sofort, mein Schatz«, sie nahm den Jungen in den Arm und schaute die beiden Beamten an. »Und wenn ich ehrlich bin, mehr interessiert mich auch jetzt nicht.«

Kalkbrenner wechselte einen Blick mit seiner Kollegin, aber ihnen fielen keine Fragen mehr ein.

Sie verabschiedeten sich.

Im Wagen fragte Muth: »Zu seiner Wohnung?«

Kalkbrenner nickte.

Während seine Kollegin den Passat die fünf Straßen weiter durch das betriebsame Kreuzberg steuerte, griff er zum Handy. Nach einem kurzen Schlagabtausch mit der Assistentin bekam er Dr. Wittpfuhl an den Apparat.

»Also eigentlich«, murrte der Rechtsmediziner, »bin ich schon auf dem Weg in den Feierabend.«

Feierabend? Was ist das?

»Wann genau hat sich Patrik Cerny erhängt?«, fragte er.

»Vor zwei Wochen.«

»Schönen Feierabend.« Kalkbrenner legte auf.

Auf dem Leuschnerdamm parkte Muth in zweiter Reihe.

Während sie den Altbau betraten, fasste Kalkbrenner zusammen: »Vor zwei Wochen erzählt Jens-Harald Albidus von einem Streit mit einem Kumpel, der Scheiße gebaut hat. So schlimm, dass er sich, wenn es herauskäme, einen Strick nehmen könnte.«

Der Fahrstuhl hievte sie nach oben.

»Vor zwei Wochen hat sich Patrik Cerny, offenbar ein guter Kumpel von Albidus, tatsächlich einen Strick genommen.«

In der zweiten Etage schritten sie den Flur entlang.

»Erinnerst du dich an den Anruf auf Cernys AB? *Hey, du Sackgesicht, schöner Scheiß, den du verzapft hast.* Oder so ähnlich. Wir sollten Cernys Anruflisten überprüfen lassen. Würde mich nicht wundern, wenn dieser Anrufer Albidus ...«

Die Tür zu Cernys Wohnung war aufgebrochen.

*

Markus war verwirrt.

Sie sind ... anders.

»Was meinen Sie damit?«, fragte er.

»Erklären *Sie* es mir!«

»Ich habe keine Ahnung. Ich hoffe nur, es ist nichts Unangenehmes.«

»Dann säßen wir nicht hier.« Ilanka lächelte.

Erleichtert nahm er einen Schluck von seinem Drink. »Und Sie? Was machen Sie im *La Luna*?«

»Was glauben Sie?«

»Nicht das, was Frauen üblicherweise dort machen.«

»Hätten Sie mir sonst nicht Ihre Telefonnummer gegeben?«

»Sie hätten sie gar nicht angenommen«, sagte Markus.

Sie rührte mit dem Strohhalm in ihrem Cocktail. »Ich kümmere mich um die Mädchen, die neu sind, für sie ist das alles ... Wie soll ich sagen?«

»Neu.«

»Na, darauf wäre ich jetzt nicht gekommen.« Sie lachte.

Markus schluckte die Fragen, die ihm auf der Zunge lagen, herunter. Ob sie selbst als Hure gearbeitet hatte? Wie ihr der Absprung gelungen war? Warum sie sich um die Mädchen kümmerte? Welche Rolle Zorkan dabei spielte?

Er wollte ihr die gute Laune nicht verderben. Außerdem

servierte der Kellner das Essen. Beim Anblick der hübsch arrangierten, würzig duftenden Speisen bekam Markus wieder Hunger.

Diesmal stießen sie mit dem Wein an und widmeten sich eine Weile schweigend dem Essen.

»Nun«, sagte Ilanka schließlich, »unsere Berufe dürften wir damit abgehakt haben.«

»Dann ist es wohl Zeit für die Hobbys.«

Ihre Augen blitzten belustigt. »Keine Politik?«

»Wieso? Haben Sie keine Hobbys?«

»Musik«, sagte sie. »Musik hören. Und dazu tanzen.«

»Sie tanzen?«

»Nicht mehr an der Stange, falls Sie das meinen. Nur für mich. Zu Hause. Und beim Sport.«

»Wozu tanzen Sie?«

»Ich kann sagen, wozu ich *nicht* tanze: Techno.«

»Verständlich.«

»Ich hasse Techno. Fast genauso sehr wie Hiphop. Jahrelang habe ich dazu tanzen müssen. Und noch heute läuft's in jedem Club, die ganze Nacht.« Schaudernd schnitt sie ein Stück Kabeljau ab. »Der schmeckt, probieren Sie mal.«

Er spießte ein winziges Stückchen Fisch mit der Gabel auf, schob es sich in den Mund, kaute kurz, schluckte schnell. »Stimmt.«

Ilanka lachte erneut, ein wohltuender Klang. »Was ist mit Ihnen? Was hören Sie?«

»Silly.«

»Was ist das? Eine neue Richtung?«

»Sie kennen Silly nicht?«

»Techno?«

Markus schmunzelte.

»Lachen Sie mich jetzt aus?«

»Nein …«

»Doch, Sie lachen mich aus.«

Er verzehrte einige Gabeln Reis, bis er sich wieder im Griff hatte. Amüsiert sah Ilanka ihn an. Einen Tick zu lang.

Oder wollte er nur, dass es so war?

Sie senkte den Blick, zu hastig, fand er, pickte Bohnen vom Teller. Während sie kaute, wandte sie ihr Gesicht dem Fenster zu. Draußen war das Farbenspiel am Himmel inzwischen der Dunkelheit gewichen.

Markus nippte an seinem Weinglas. »Silly ist eine ostdeutsche Gruppe, ziemlich speziell, Rockballaden mit eindringlichen Texten.«

»Sie hören Balladen?«

»Mhm.«

Sie schaute ihn ungläubig an.

Markus zuckte mit den Schultern. »Offenbar hatten Sie recht.«

»Womit?«

»Ich bin … anders.«

Abermals lachte Ilanka, ungezwungen, entzückend. Sogar ihr unsichtbarer Schatten schien verschwunden.

»Es war Angel«, sagte Markus.

»Ihr erstes Date.«

»Sie hat mich mit Silly vertraut gemacht, gesagt: *Wenn du Verzweiflung spürst, gibt es andere Wege als …*« Er verstummte, als ihm die Absurdität seiner Worte bewusst wurde.

»Drogen«, vollendete Ilanka seinen Satz, plötzlich wieder ernst.

Markus schwieg.

»Sind Sie glücklich mit dem, was Sie tun?«, fragte Ilanka.

Ihm wurde bewusst, dass er drauf und dran war, ihr die Wahrheit zu sagen. Eine Stimme in seinem Kopf warnte: *Wir haben zu viel Zeit und Kraft investiert!*

»Kann man mit so etwas jemals glücklich sein?«, wich er aus.

Ilanka schaute nach draußen, in den dunklen Schimmer einer neuen Nacht. Leise sagte sie: »Ich bin glücklich, wenn die Sonne scheint.«

»Wer nicht? Sie bedeutet Licht, Wärme …«

»… und Hoffnung.«

Markus beugte sich etwas über den Tisch, weil er sie kaum verstand. »Es gab eine Zeit, da war mir der Mond lieber.«

»Warum?«

»Mein Leben war düster.«

»Jetzt ist es das nicht mehr?«

Er zögerte.

Wie war Ihr Tag?

Heute war viel geschehen. Natürlich, auf die Begegnung mit seinem Vater hätte er verzichten können. Aber vielleicht war das desaströse Aufeinandertreffen eine Notwendigkeit gewesen, die alles andere erst ermöglicht hatte.

Schön, dass du da bist, Bruderherz.

Nun saß er mit Ilanka zusammen, sie aßen gemeinsam zu Abend, plauderten über Musik, lachten – und einen Moment lang glaubte er, sich nur noch ein kleines bisschen weiter vorlehnen zu müssen, damit sich ihre Lippen trafen.

»Mein Leben ist besser geworden«, sagte er.

»Was bedeutet das: besser?«

»Dass es mir gut geht.«

»Was ist gut, was ist schlecht?«

»An dieser Frage sind schon ganz andere gescheitert.«

»Versuchen Sie's trotzdem.«

Markus überlegte. »Verhalten, das andere Menschen nicht verletzt, ist gut. Verhalten, das andere Menschen verletzt, ist schlecht.«

Ilanka lächelte, als stimmte sie ihm zu. Das sanfte Licht der Kronleuchter umgab sie weich und anmutig.

Wie ein Engel.

Wärme stieg in Markus auf. Er hatte dieses Gefühl schon eine ganze Weile nicht mehr verspürt.

Ihre Blicke trafen sich.

Wie von selbst hob sich seine Hand.

Ilanka hielt den Atem an, ein Leuchten in ihren Augen.

Markus berührte ihre Wange, warme, weiche Haut.

»Nein!« Sie zuckte zurück, als hätte sie sich an seiner Hand verbrannt. »Nein, ich …« Sie erhob sich. »Ich glaube, ich möchte mich frisch machen.«

»Ilanka!« Markus sprang auf.

Sie blieb vor ihm stehen.

»Warte!«, flüsterte er.

Sie sah ihn an. Ihre Lippen bebten. »Ich …«

Den Rest ihrer Worte verschluckten seine Lippen, die er auf ihren Mund legte.

Atemlos löste sie sich von ihm. »Du …«

»Ich?«

»Das ist nicht …«

Er küsste sie erneut. Diesmal erwiderte sie seinen Kuss.

Ein Handy klingelte.

Ilanka erschrak, sie ließ sich auf ihren Stuhl fallen und kramte hastig das Telefon aus ihrer Handtasche.

»Ja?« Ihr Gesicht verhärtete sich. »Ich bin mit Katrin unterwegs, einkaufen, wie ich gesagt habe. Jetzt essen wir zu Abend.«

Sie presste die Lippen aufeinander.

»Natürlich, ich komme.« Sie packte ihr Handy weg, starrte in die Reste ihres Abendessens. Als sie den Blick hob, hatte sich in ihrer Miene der unsichtbare Schatten wieder materialisiert. »Das war mein Mann.«

46

Noch auf dem Weg zurück zum Auto wählte ich die Nummer von Merles Vater. Meine Finger waren steif gefroren und ich vertippte mich mehrmals.

Er ging nicht an den Apparat.

Ich hinterließ keine Nachricht, schaute stattdessen auf die Uhr. Wo, hatte er gesagt, arbeitete er?

In Rummelsburg. Ein Job in der Zementfabrik.

Ich rief die Auskunft an und ließ mich verbinden.

»Schwarz?«, fragte eine verschnupfte Stimme, als ich mich nach Merles Vater erkundigte. »Den kenn ich nicht.«

»Wer könnte ihn kennen?«

»Das Personalbüro. Keine Ahnung, ob da schon jemand ist.«

»Dann versuchen Sie's bitte!«

Ein Husten kam aus der Leitung. Es klickte.

Dann: »Schwarz? Klar, den kenne ich. Aber der arbeitet hier seit mindestens einem Jahr nicht mehr.«

Konsterniert ließ ich mein Handy sinken.

Tausend Fragen, die auf mich einstürmten. Ein Chaos in meinem Kopf. Ich brauchte Klarheit, sofort.

Ich rief Yvonne an.

»Du«, presste ich hervor, kaum dass sie sich gemeldet hatte, »du hast von der *Madonna* gewusst.«

»Ach bitte, Juliane ...«

»Wusstest du auch von ihrem Vater?«

»... weißt du, wie spät es ist?«

»Dass er auch in der *Madonna* war?«

Yvonne stöhnte.

»Und dass sie sich gestritten haben? Dass er sie geschlagen hat?«

»Nein ...«

»Verdammt«, schrie ich, *»lüg mich nicht schon wieder an!«*

Passanten drehten sich nach mir um. Ich eilte auf meinen Wagen zu.

Yvonne ließ einige Sekunden verstreichen, bevor sie mit einem genervten Seufzen erwiderte: »Selbst wenn es so gewesen ist, es bleibt immer noch eine Sache zwischen Merle und ihrem Vater. Das habe ich dir doch gesagt.«

»Du hast mir auch gesagt, dass wir …«

»Es gibt kein *wir* mehr«, unterbrach sie mich.

Ich legte auf, sprang in den Wagen und versuchte, meine Hände zu wärmen, indem ich sie aneinanderrieb. Dabei fiel mein Blick in den Rückspiegel. Ich erschrak vor mir selbst.

Okay, dass ich bleich war und nur noch ein Strich in der Landschaft, daran hatte ich mich gewöhnt. Aber dort, wo mich Carlos unterm Auge erwischt hatte, glühte ein beträchtliches Veilchen, und aus einer Schnittwunde an meinem Hals war Blut gesickert und dann geronnen.

Warum hatte Merles Vater mich belogen, und das nicht nur, was seine Arbeit betraf? Er hatte bestritten, sich schon einmal mit Merle getroffen zu haben. *Nein,* hatte er gesagt, *nur telefoniert.*

Und überhaupt: Was war mit diesem Typen, von dem Merle ihm erzählt hatte, von dem ansonsten aber niemand je etwas gehört hatte? War das auch nur eine weitere Lüge? Warum?

Und plötzlich ergab alles einen Sinn.

*

Hektisch tippte ich die Nummer von Kriminalhauptkommissar Veckenstedt. Ich rechnete nicht damit, ihn um diese Uhrzeit schon anzutreffen und legte mir die Worte für den Anrufbeantworter zurecht, doch zu meiner Überraschung nahm er tatsächlich ab.

»Hier ist Juliane Kluge«, rief ich aufgeregt, »die Mutter von Merle, Merle Schwarz …«

»Ja, ich weiß.«

»Merles Vater ist, er hat … Er hat mich belogen, er ist verschwunden, ich glaube, er hat …«

»Frau Kluge«, unterbrach mich der Polizist freundlich, aber bestimmt, »Sie reden von Stephan Schwarz?«

»Ja, doch.«

»Herr Schwarz ist nicht verschwunden. Er sitzt in der Ausnüchterungszelle.«

»Wie bitte?«

»Eine Streife hat ihn gestern Abend aufgegriffen, er ist betrunken Auto gefahren.«

»Er hat keinen Führerschein.«

»Richtig, das kommt erschwerend hinzu.«

»Und auch kein Auto.«

»Tja …«

Noch immer fassungslos versuchte ich, die Informationen zu verdauen. »Er hat mich belogen«, brachte ich schließlich hervor.

»Nun …«

»Und ich glaube, er hat Merle …«

»Nein«, Veckenstedt ließ mich nicht ausreden, »es gibt keinerlei Hinweise, dass er etwas mit dem Verschwinden seiner Tochter zu tun hat, darauf wollen Sie doch hinaus, richtig?«

»Aber …«

»Für den Tag ihres Verschwindens, sowohl am Nachmittag als auch am Abend, hat er ein Alibi. Mehr als ein Dutzend Leute können das bestätigen. Das haben wir gleich nach dem Verschwinden seiner Tochter geprüft.«

»Wo ist er gewesen?«

»Na, in einer Kneipe.«

*

Erst Tage später ließ mich Kriminalhauptkommissar Veckenstedt zu Merles Vater vor.

Schwarz sah übel aus, sein Haar wirr und fettig, seine Klamotten zerknittert, als hätte er seit Wochen darin geschlafen. Möglicherweise stimmte das sogar.

Er stank und er widerte mich an.

»Es tut mir leid«, krächzte er mit heiserer Stimme, »aber der Stress der letzten Wochen …«

»Glauben Sie, Sie sind der Einzige?«

»Passen Sie mal auf«, er keuchte, »Sie mögen das alles so wegstecken, aber ich hab es nicht mehr ausgehalten, meine Tochter, diese Ungewissheit …«

»Ungewissheit?« Ich schnaubte wütend. »Man hat Sie mit Merle gesehen. Vor der *Madonna*.«

Er stritt es nicht ab.

»Sie haben mit ihr gestritten.«

»Streiten Sie sich nie?«

»Sie haben sie geschlagen.«

»Mir ist die Hand ausgerutscht, na und? Das kommt in den besten Familien vor.«

Was für eine Familie?, wollte ich schreien. »Warum?«

»Weil sie nicht zu mir zurück wollte. Weil sie mich beschimpft hat, deshalb!« Er stieß einen undeutlichen Fluch aus. »Ich meine, da will ich ihr schon helfen, und dann so was!« Er schaute mich an, als heischte er um Zustimmung.

»Sie haben mich belogen!«, sagte ich stattdessen.

»Aber doch nur, damit Sie sich nicht noch mehr aufregen. Sie waren ja schon auf 180, als sie nur hörten, dass Merle mich kontaktiert hat.«

»Deshalb auch das Lügenmärchen von Ihrer Arbeit?«

»Hören Sie, ich sagte doch, ich kann das nicht wie Sie, jeden Tag …«

»Aber saufen, das können Sie jeden Tag?«

»Sie haben doch gar keine Ahnung, wie das ist.«

Wut erstickte die Antwort in meiner Kehle. Wahrscheinlich war das sogar besser, andernfalls hätte mich die Polizei gleich in Schwarz' Nachbarzelle gesperrt.

Alles in mir drängte danach, aufzustehen und ihn in seinem Selbstmitleid versauern zu lassen. Aber es gab noch so viele Fragen, die ich ihm stellen musste – und deren Antworten ich fürchtete. »Was ist mit dem Typen, von dem Merle Ihnen angeblich erzählt hat?«

»Was soll mit dem sein?«

»Existiert er?«

»Glauben Sie, ich lüge Sie an?«

Fast hätte ich gelacht.

»Natürlich existiert der. Ich wollte mich darum kümmern, und deshalb haben wir gestritten.«

»Am Abend ihres Verschwindens, wollte sie da mit Ihnen in die *Madonna*?«

»Nicht dass ich wüsste.«

»Hat sie vom Namen dieses Typen gesprochen?«

»Ich habe Ihnen doch gesagt, dass ich mich daran nicht erinnern kann.«

»War sein Name … Carlos?«

Er kniff die Augen zusammen. »Nein, keine Ahnung.«

»Aber das *Rosenholz*, das hat sie erwähnt?«

»Ja doch.«

»Und das alles soll ich Ihnen wirklich glauben?«

»Wollen Sie sie finden oder nicht?« Er zuckte mit den Achseln.

Ich stand auf.

»Frau Kluge«, hustete er.

Wiederstrebend blieb ich stehen.

»Was meinen Sie?« Er strich sich durchs fettige Haar. »Könnten Sie bei der Polizei nicht ein gutes Wort für mich einlegen?«

Wütend verließ ich das Gebäude, wütend auf mich selbst, weil ich am ersten Abend, als ich vor seiner Tür in Neukölln gestanden hatte, nicht fester auf ihn eingeprügelt hatte.

Wie hatte ich mich nur so in ihm täuschen können?

Er hatte sich keineswegs gefangen. Dieser jämmerliche Kerl hatte nur gelernt, seine Sauferei besser zu verstecken.

Und ich?

Ich stand wieder am Anfang.

47

Niemand war zu sehen, niemand zu hören. Und offenbar hatte bisher auch keiner bemerkt, dass in Cernys Wohnung eingebrochen worden war.

Aber was wollte man von Nachbarn erwarten, die nicht einmal mitbekommen hatten, dass mitten unter ihnen ein Mann zwei Wochen lang an einem Strick verrottet war?

»Hallo?« Muth stieß die Wohnungstür auf. »Ist da jemand?«

Keine Antwort.

»Hier ist die Polizei.«

Stille.

»Unwahrscheinlich, dass da noch jemand ist«, flüsterte Kalkbrenner.

Trotzdem zog Muth ihre Waffe, hielt sie ausgestreckt nach vorne und pirschte in die Wohnung.

Kalkbrenner folgte ihr und schaltete in allen Räumen die Lampen ein, zuletzt im Schlafzimmer.

Cernys Leiche mochte seit Tagen in der Rechtsmedizin liegen, der Verwesungsgestank hing dagegen immer noch im Zimmer, als hätten die Wände ihn wie Schwämme in sich aufgesogen.

Ansonsten war nichts mehr wie bei ihrem ersten Besuch. Die Einbrecher hatten das Schlafzimmer nach allen Regeln der Kunst auseinandergenommen. Nichts war heil geblieben, sogar die Spiegeltüren des Kleiderschranks hingen zerschlagen in den Angeln.

Im Wohnzimmer hing der Flat-TV schief von der Wand, der Bildschirm zersplittert. Aus den Sofakissen quollen die Federn. Die Schrankwand war ihrer Schubladen beraubt und diese ihres Inhalts. Der Anrufbeantworter war in tausend Einzelteile zertreten.

Halbherzig durchwühlte Kalkbrenner die auf dem Boden verstreut liegenden Überreste der Einrichtung, in der Hoffnung, etwas zu finden, was die Diebe übersehen hatten, ihm aber vielleicht einen Hinweis geben konnte.

Sein Handy klingelte.

»Der Herr Staatsanwalt für Sie«, sagte Schmitters, »ich verbinde.« Es klickte in der Leitung. »Moment, es funktioniert nicht. Ich schalte auf Freisprechen.«

Ein Knacken.

»Herr Kalkbrenner!« Staatsanwalt Heindl klang wenig erfreut. »Dr. Salm hat mich vor wenigen Minuten informiert. Da haben wir eine wichtige Zeugin und Sie … Sagen Sie mir, wie um alles in der Welt konnte das passieren?«

»Offenbar hat ein Kollege …«

»Ein Polizist?«

»Wir gehen der Sache nach.«

»Wer hat gewusst, dass die Zeugin in diesem Krankenhaus liegt?«

»Ich befürchte, eine Menge Leute.«

»Gibt es eine Chance, dass wir sie wiederfinden?«

»Ich lasse mit Hochdruck nach ihr suchen.«

»Und was, wenn wir die Zeugin nicht wiederfinden? Was bedeutet das für sie?«

Das wollte Kalkbrenner sich nicht ausmalen. »Wir haben eine neue Spur«, wich er aus.

»Dann sehen Sie bitte zu, dass die Ihnen nicht auch abhandenkommt. Wenn es stimmt, was Sie sagen und ein Kollege … Nein, das kann ich einfach nicht glauben.«

»Es spricht leider alles dafür. Wir sollten konkrete Hinweise ab sofort mit äußerster Vertraulichkeit behandeln«, sagte Kalkbrenner. »Eingeweiht werden nur noch Personen, die in dem Fall direkt ermitteln, also meine unmittelbaren Kollegen.«

»Vertrauen Sie Ihnen?«

»Selbstverständlich«, erwiderte Kalkbrenner wie aus der Pistole geschossen und musste in der gleichen Sekunde an Berger denken.

Habt ihr diese Sache immer noch nicht geklärt?

Kalkbrenner zweifelte nicht an seinem Kollegen. Aber – vertraute Berger ihm?

Ich sollte mal mit ihm reden.

»Gut«, sagte Heindl, »ab sofort gehen alle Informationen direkt an mich, haben Sie mich verstanden? Halten Sie mich auf dem Laufenden.«

Verdrossen betrachtete Kalkbrenner das Durcheinander in Cernys Wohnung.

Eine neue Spur?

»Seltsam«, sagte Muth, die eine Packung CD-Rohlinge in den Händen hielt. »Ich kann keinen Computer entdecken.«

»Den dürften die Einbrecher mitgenommen haben.« Kalkbrenner überkam Frustration.

Er tippte die Nummer des Präsidiums. Seine Sekretärin nahm sofort ab.

»Wie weit bist du mit Patrik Cerny?«, fragte er, schärfer als beabsichtigt.

»Mein lieber Paul«, sagte Rita, »ich kann nun wirklich nicht hexen.«

Kalkbrenner schwieg.

»Allerdings hätte ich dich auch gleich angerufen. Ich habe sein Vorstrafenregister hier vor mir. Es enthält etliche Verstöße gegen das Betäubungsmittelgesetz. Alkohol, Medikamente, Drogen.«

»Drogenschmuggel?«

»Die Kollegen sind davon ausgegangen, konnten es ihm allerdings nicht nachweisen. Es blieb bei zwei Anzeigen wegen Drogenbesitz, weswegen er bis zuletzt auch glimpflich davongekommen ist. Und dann hat er selbst noch eine Anzeige aufgegeben, wegen Körperverletzung, das war vor etwa drei Wochen. Gegen den Türsteher eines Bordells.«

»Ein Bordell? Vor drei Wochen?« Kalkbrenner horchte auf.

»Das ist eine seltsame Geschichte, denn das Bordell befindet sich in Tschechien, direkt hinter der Grenze, in einem kleinen Ort namens Polmeva. Da können die hiesigen Behörden natürlich nichts ausrichten.«

»Wie heißt das Bordell?«

»Äh, warte … *La Luna.*«

»Danke! Ach, Rita, und übrigens …«

»Ja?«

»Du bist die beste Hexe, die ich kenne.« Er trennte die Verbindung, dachte einige Sekunden nach, dann wählte er eine weitere Nummer.

Harenstett stöhnte entnervt. »Du schon wieder.«

*

Das war mein Mann.

Markus hatte bereits geahnt, dass Ilanka verheiratet war. Doch jetzt, endlich ausgesprochen, wusste er nicht, wie er darauf reagieren sollte.

Vergiss sie!

Sie leerte ihr Weinglas. »Ich brauche eine Zigarette.«

»Musst du nicht los?«

»Gleich.«

Markus winkte dem Kellner, beglich die Rechnung. Auf dem Weg nach draußen half er Ilanka in ihre Jacke.

Rauchend liefen sie an den Geschäften Betzseens vorbei, sahen durch die Schaufenster, ohne wirklich etwas von den Auslagen wahrzunehmen.

»Entschuldige, dass der Abend so enden muss«, sagte Ilanka.

»Kein Problem.«

»*Doch!* Das ist es.«

Markus blieb wie angewurzelt stehen.

»Tut mir leid«, sie senkte den Blick, »das war nicht so gemeint, es ist nur …« Sie hielt die Zigarette vor ihre Lippen. Ihre Finger zitterten. »Wegen Juri.«

»Juri?«

»Mein Sohn. Mein Mann hat noch zu tun, und ich soll Juri jetzt nach Hause bringen.«

Markus musterte sie verwundert.

»Ich weiß, ich hätte dir das alles sagen müssen, dass ich … also …«

»Nein, du musst gar nichts. Und ich habe auch kein Problem damit, dass du einen Sohn hast.«

»Um Gottes willen, so habe ich das nicht gemeint, ich wollte … Vergiss es!« Sie schleuderte die Kippe in den Rinnstein, klammerte sich an den Riemen ihrer Handtasche, wirkte so hilflos und verzweifelt, dass in Markus der Wunsch erwachte, sie in den Arm zu nehmen.

Ein junges Mädchen schleifte einen übergewichtigen Dackel die Gasse entlang, wo er an einem Regenrohr schnupperte und sein Revier markierte.

»Weißt du«, flüsterte Ilanka. »Mein Mann … Er liebt mich schon lange nicht mehr.«

»Liebst du ihn noch?«

»Die Sache ist nicht so einfach.« Sie umschloss ihren Oberkörper mit den Armen.

Markus gab seinem inneren Drang nach und nahm sie in den Arm.

Sie schrak nicht zurück, im Gegenteil, dankbar hielt sie sich an ihm fest.

Markus flüsterte: »Jemand, der mir sehr nahesteht, hat

mal gesagt: Manchmal muss man über seinen Schatten springen.«

»Klingt nach einem Glückskeksspruch.«

»Trotzdem ist was Wahres dran.«

Ilanka ließ von ihm ab. »Ich kann ihn nicht verlassen.«

»Aber wenn ihr euch nicht mehr …«

Markus erschrak, als sie ihm einen Blick entgegenschleuderte, in dem sich wie gestern Abend Abscheu und Panik mischten. *Du hast doch gar keine Ahnung.*

»Ich kann ihn nicht verlassen«, sie schnaufte im Kampf gegen die Wut, »ich würde Juri niemals wiedersehen, damit hat er mir gedroht, und das glaube ich ihm aufs Wort. Aber Juri ist mein Sohn, er ist mein Ein und Alles, ich kann ihn nicht einfach zurücklassen, auf keinen Fall, verstehst du?«

»Mhm.«

»Außerdem würde er mich niemals gehen lassen, das verbietet ihm sein Stolz. Und deshalb, das ist wichtig, darf er auf keinen Fall von uns erfahren.«

»Mach dir keine Sorgen, dass wird er nicht.«

»Mein Mann, er würde mir … und dich … ich sollte jetzt besser gehen.«

Markus zog sie an sich, wollte sie küssen. Im Laternenlicht verdunkelte sich ihr Gesicht. Er folgte ihrem erschrockenen Blick.

Am Straßenrand stoppte ein Audi. Die Hintertür flog auf.

»Steig ein!«, sagte Zorkan.

Als sich Markus nach Ilanka umsah, war sie verschwunden.

*

Kalkbrenner kam nicht zu Wort.

»Falls du wieder wegen deiner Kinder anrufst«, sagte Harenstett, »dann muss ich dich enttäuschen, da habe ich nichts für dich.«

»Aber vielleicht zu einem Laden namens *La Luna*?«

»*La Luna?*« Der LKA-Beamte pfiff überrascht zwischen den Zähnen. »Wieso? Willst du dir in dem Laden eine Auszeit gönnen?«

»Wieso? Kannst du den Laden als Stammgast empfehlen?«

»Ganz sicher nicht«, Harenstett lachte, »eine billige Spelunke mit ebenso billigen Nutten, aber gerade deshalb beliebt bei Touristen. Also, männlichen Touristen.«

»Wer betreibt den Laden?«

»Was interessiert dich das?«

»Ich möchte es gerne wissen.«

Das Schnippen eines Feuerzeugs drang aus dem Hörer. Harenstett atmete tief ein und wieder aus. »Wieso habe ich gerade ein komisches Gefühl?«

»Das habe ich seit Tagen.«

Harenstett zog an seiner Zigarette. »Zorkan Zorkanowicz. Und nein, der Name ist kein Witz. Ein Kirgise.«

»Wer ist der Typ?«

»So langsam wüsste ich jetzt gerne ...«

»Schick mir ein Foto von ihm«, sagte Kalkbrenner. »Dann bist du mich los.«

»Für immer?«

Kalkbrenner ging nicht darauf ein.

Während er Zigarettenqualm in den Hörer pustete, hieb Harenstett auf eine Tastatur ein. Gleich darauf meldete Kalkbrenners Handy den Eingang einer MMS. Das Bild zeigte einen *schrägen* Typen.

Komisch rausgeputzt. Vornehm. Aber das passte nicht zu ihm.

»Lass dich von seinem Äußeren nicht täuschen«, sagte Harenstett, als könnte er Gedanken lesen. »So wie sein Puff ist auch sein Outfit nur Fassade.«

»Und dahinter?«

»Crystal Meth. Im großen Stil. Vom *La Luna* aus führt er ein straffes Dealernetz, das im Prinzip den kompletten Osten

Deutschlands versorgt. Wer nicht nach seiner Pfeife tanzt, tja, du kannst dir denken, wie's in dem Geschäft läuft: Knochenbruch, Kieferbruch und alles, was sonst noch auf Bruch endet.«

»Was betreibt er außer Drogenhandel?«

»Na, seinen Puff.«

»Hat er seine Hände noch in anderen Sachen?«

Harenstett inhalierte den Rauch seiner Zigarette. »Was weißt du, was ich nicht weiß?«

»Noch nicht viel, nur ...«

»Stopp!«, schnitt ihm Harenstett das Wort ab. »Es geht doch um die Kinder.«

»Sagt dir der Name Patrick Cerny etwas?«

»Hat er mit den Morden zu tun?«

»*Hatte.* Inzwischen ist er tot. Ich vermute, dass er für Zorkanowicz gearbeitet hat. Möglicherweise hat er dabei einen Fehler gemacht. Er ist zur Polizei gegangen.«

»Und jetzt ist er tot.« Harenstett prustete amüsiert. »Na dann, viel Spaß.«

»Warum?«

»Weil sein Puff in Tschechien liegt. Weil er Tscheche ist. Weil du nichts gegen ihn unternehmen kannst. Weil unsere dortigen Kollegen es nicht so genau nehmen mit Leuten wie ihm.«

»Sie halten die Hand auf?«

»Und drücken die Augen zu. Was glaubst du, warum dieser ganze Dreck, Drogen, Prostitution, an der Grenze so floriert?« Harenstett ließ einige Sekunden verstreichen. »Was hast du vor?«

Genau darüber hatte sich Kalkbrenner die letzten Minuten den Kopf zerbrochen. Ihm war nur eine Antwort eingefallen. »Wir statten diesem Zorkanowicz einen Besuch ab.«

»Hast du mir nicht zugehört? Der sitzt in Tschechien.«

»Na und?«

»Wir haben keine Befugnisse.«

»Und wir«, sagte Kalkbrenner, »haben nur diese eine Spur.«

48

Meine unermüdliche, ja, schonungslose Suche, die wiederholten, herben Rückschläge, der Schock über die Trennung, Erschöpfung, dazu der kalte Winter – was soll ich sagen? Mein Körper präsentierte mir die Rechnung.

Fast drei Wochen lang lag ich mit einer Grippe im Bett, hohes Fieber, schwere Hustenanfälle, Schüttelfrost, Durchfall. Sosehr ich mich bemühte, ich kam nicht auf die Beine.

So viel Zeit, die tatenlos verstrich. Verzweiflung, die mich packte.

Enttäuschung, als ich feststellte, wie wenig sich unsere Freunde noch um mich sorgten. Hatte ich sie so sehr mit meiner eigenen Besorgnis verschreckt?

Verstand denn keiner, warum ich nicht anders konnte?

Damit nicht genug, musste ich erkennen, dass die staatliche Unterstützung für mich als langjährige Teilzeitkraft einem schlechten Witz glich. Ich konnte mir nicht einmal mehr alle Medikamente leisten, die ich benötigte.

Es war, als würde mir endgültig der Boden unter den Füßen weggezogen werden.

Das geht so nicht weiter, begriff ich, fast schon zu spät.

Sobald ich wieder gesund war, suchte ich mir einen Teilzeitjob als Sekretärin in einem Call-Center, nichts Besonderes, nur eine leichte Arbeit, die meinem Leben jedoch eine Struktur verlieh. Oder anders formuliert: *einen Halt*.

Auf diese Weise konnte ich weiterhin meine Miete bestreiten, mein Auto finanzieren, flexibel bleiben, was mir wichtig war, und, na ja, essen und trinken.

Nicht dass ich großen Appetit verspürte, und ich kochte

auch nicht mehr wie früher, als ich Merle und unsere kleine Familie versorgt hatte.

Aber wollte ich weiterhin bei Kräften bleiben, so viel hatte ich begriffen, dann war regelmäßige Nahrungsaufnahme nicht ganz unwichtig, vor allem frische Salate, viel Obst, Vitamine. Mit einem Raubbau an meinem Körper war niemandem geholfen, am allerwenigsten Merle.

Anfangs fragten mich die Kollegen, ob ich sie in die Mittagspause begleite. Sie luden mich zu gelegentlichen Kneipenabenden ein. Oder zum Bowling, einmal die Woche.

Ein paar Mal sagte ich zu. Für eine Weile schätzte ich mich sogar glücklich über das Miteinander. Menschen, die mir zuhörten und mit mir fühlten.

Doch schon bald blieben ihre Einladungen aus. Wahrscheinlich waren sie zu dem Entschluss gekommen, dass sie ihrer neuen Kollegin genug Interesse und Mitleid entgegengebracht hatten.

Du musst verstehen, das Leben geht weiter.

Irgendwann machten sie sogar im Büro einen Bogen um mich.

Verschrobene Lesbe, glaubte ich sie tuscheln zu hören.

Aber das war mir egal. Ich hatte andere Sorgen.

*

Ich rief – nach langer Zeit – meine Bekannten und Verwandten an. Die meisten waren überrascht über ein Lebenszeichen von mir, einige sogar erfreut. Als sie allerdings den Grund meines Anrufs erfuhren, wurden ihre Stimmen abweisend. Einige gaben widerstrebend Auskunft, einer legte einfach auf.

Noch bevor ich Yvonne kontaktieren konnte, meldete sie sich bei mir. »Du musst echt damit aufhören.«

»Ich habe doch nur Fragen gestellt.«

»Du stellst seit Monaten nur Fragen, immer wieder die gleichen.«

»Das stimmt doch gar nicht«, widersprach ich.

Sie antwortete nicht.

Natürlich hatte es mich zurückgeworfen, dass ich mit Merles Vater meinen einzigen Verbündeten verloren hatte.

Ich stand wieder am Anfang.

Aber Ihnen ist bereits klar, dass das nicht ganz richtig war, oder? Erinnern Sie sich daran, was dieser Carlos mir gesagt hatte, als er mir an jenem Morgen hinter dem Busch an der Gossower Straße die Messerklinge an die Kehle setzte?

Ist das die von der Eisenacher?, hatte er gefragt.

Nicht zu vergessen das Erkennen, das über sein tätowiertes Gesicht huschte, als sein Blick Merles Foto traf.

»Yvonne«, sagte ich, »hast du mitbekommen, dass sich Merle in dieser Szene herumgetrieben hat?«

»In was für einer Szene?«

»Du weißt schon, die Herumtreiber, Ausreißer.«

»Wundern würde mich das nicht. In dieser Szene ist sie doch quasi groß geworden.«

»Kannst du nicht einfach mal auf meine Fragen antworten?«

»Womit wir wieder am Ausgangspunkt wären.«

»Und was heißt das?«, hakte ich nach.

»Nein, davon habe ich nichts mitbekommen.«

»Ist das die Wahrheit?«

»Weißt du was?«, bellte Yvonne.

Ich wartete.

»Ich an ihrer Stelle wäre auch abgehauen.«

»Falls du es vergessen hast«, meine Stimme zitterte, »du *bist* abgehauen.«

»Tja«, sie seufzte, »überleg mal, warum.«

49

Kalkbrenner hatte schon einiges über die Verhältnisse an der tschechischen Grenze vernommen, und nichts davon war positiv gewesen. Er glaubte also zu wissen, was ihn erwartete.

Doch als Muth den Passat den Hügel hinab nach Polmeva steuerte, war er trotzdem überrascht.

Wie Las Vegas in der Billigversion.

Das *La Luna* entpuppte sich, anders als sein märchenhafter Name vermuten ließ, als eine Fabrikhalle, an deren Schäbigkeit auch das neonrote Licht nichts ändern konnte.

Neue Mädchen! Neuer Sex!

Auf dem Parkplatz vor dem Puff herrschte gähnende Leere.

Vor dem Eingang lungerte ein dicker Typ mit langen, fettigen Haaren herum. Er hielt ihnen die Tür auf, musterte sie, während er sich mit anzüglichem Grinsen auszumalen versuchte, was ein bejahrter Deutscher mit junger Türkin in einem tschechischen Sexclub zu suchen hatte.

»Ist Herr Zorkanowicz da?«, fragte Muth.

Das anzügliche Grinsen erstarb.

Kalkbrenner zeigte ihm seinen Dienstausweis.

»Nein«, sagte der Türsteher.

»Wissen Sie, wann er wiederkommt?«

»Nein.«

»Heute noch?«

»Nein.«

»Lassen Sie mich raten: *Nein* ist Ihr Lieblingswort.«

Der Türsteher fletschte die Zähne.

Kalkbrenner und Muth kehrten zurück zum Wagen. Als sie die Türen zuschlugen, drückte der Türsteher ein Handy an sein Ohr.

»Er ruft ihn an«, sagte Muth.

Kalkbrenner nickte. »Das war zu erwarten.«

Seine Kollegin steckte den Schlüssel in die Zündung, startete den Motor jedoch nicht. Sie starrte in das flackernde Neonlicht.

»Du hast leider recht«, sagte sie schließlich, »wir haben nur diese eine Spur.«

Kalkbrenner schwieg.

Muth zog den Schlüssel ab. »Dann warten wir.«

*

Markus fluchte in sich hinein.

Keine Nachlässigkeiten mehr. Keine Fehler.

»Woher wusstest du, wo ich bin?«, fragte er.

»Ich habe meine Leute«, sagte Zorkan, nur ein schmächtiger schwarzer Schemen neben ihm auf der Rückbank. »Sie haben mir übrigens auch das von Mick erzählt. Schlimme Sache.«

»Mhm.«

»Hat sich wohl mit dem Falschen angelegt.«

Markus stierte in die Finsternis, die nicht nur den Audi verschluckte, seit sie Betzseen hinter sich gelassen hatten.

Was war dem Kirgisen von *seinen* Leuten außerdem zugetragen worden?

Wie zur Bestätigung seiner schlimmsten Befürchtung erklärte Zorkan: »Tut mir leid, falls ich dein Date gestört haben sollte.«

Markus schluckte.

Dein Date?

Hatte da ein wissender, verächtlicher Unterton in Zorkans Stimme gelegen?

»Schon in Ordnung.« Markus bemühte sich um einen gleichgültigen Tonfall. »Sie hatte eh zu tun.«

»Ist sie deshalb so rasch verschwunden?«

»Sie war in Eile.«

»Wie schade.«

Angespannt hielt Markus die Luft an, doch Zorkans Interesse an seinem Date schien erloschen. Er wandte sich seinem Gorilla zu, der den Wagen durch die Nacht steuerte.

Markus entspannte sich. »Wenn du wegen der Schulden gekommen bist …«

»Vergiss das Geld! Für den Moment zumindest. Erzähl mir von deinem Kumpel. Der mit dem Krankenwagen.«

»Was willst du hören?«

»Wie oft macht er die Tour in den Süden?«

»Mehrmals die Woche, das habe ich dir doch erklärt.«

»Und er wird niemals kontrolliert?«

»Nein.«

Vor ihnen tauchte Kremb auf, beleuchtete Einfamilienhäuser mit gepflegten Gärten, Geschäfte, der Bahnhof. Dann war das Dorf schon wieder in der Dunkelheit verschwunden. Die Straße wand sich durch den Wald die Anhöhe hinauf.

»Ich habe mit dem Boss gesprochen«, sagte Zorkan.

»Mit Sergej?«

»Wer redet hier von Sergej? Der tut auch nur das, was man ihm sagt.«

»Und wer ist der Boss?«

»Sagt dir der Name Jalzin etwas? Vladimir Jalzin?«

»Schon mal gehört.«

»In wenigen Minuten wirst du ihn treffen.« Zorkans Handy klingelte. Er presste es sich ans Ohr.

Der Audi überwand die Hügelkuppe, sauste der Grenze entgegen, die Brücke, dann waren sie in Polmeva, Casinos, Bordelle.

Nachdenklich blinzelte Markus in das Lichterflimmern.

Was ist mit deinem Plan, mit dem du angeblich vorankommst?

Nun also stand der Augenblick kurz bevor, auf den er hingearbeitet hatte.

Du hast es bald geschafft.

Trotzdem empfand er keine Befriedigung.

Neben ihm packte Zorkan mit düsterer Miene das Telefon weg. Vor dem *La Luna* glitt sein Blick wachsam über den Parkplatz.

»Probleme?«, fragte Markus.

»Warte hier!« Zorkan stemmte sich aus dem Wagen, knallte die Autotür zu und verschwand im Puff.

Markus zückte die Zigarettenschachtel.

»Nicht hier«, grunzte der Riesenaffe.

Markus trat ins Freie, lehnte sich rauchend an den Audi.

Es war früher Abend, dementsprechend wenig los, ein Van, zwei, drei Familienkutschen, deren Lack im roten Neonlicht glänzte. Einem Passat entstiegen zwei Männer, noch zwei erbärmliche Freier auf der Suche nach billigem Sex.

Nicht zum ersten Mal fragte sich Markus, ob er es überhaupt noch wollte – vorankommen.

Wir haben zu viel Zeit und Kraft investiert, als dass …

Er zückte sein iPhone, schrieb eine SMS: *Es wird später. Ich nehme mir ein Taxi. Kiss, dein M.*

Schritte näherten sich. Er drückte auf Senden.

Vor ihm ragten die zwei Freier auf. Eine Frau?

»Markus?«, fragte sie. »Markus Kühn?«

*

»Markus?«, hörte Kalkbrenner seine Kollegin fragen. »Markus Kühn?«

Der Mann starrte sie an, sein Handy in der einen, die Zigarette in der anderen Hand. Diskomusik wummerte über den Parkplatz.

»Nun, also«, sagte Muth, »das ist Paul Kalkbrenner, mein Kollege. Und das ist Markus, Markus Kühn.«

»Angenehm«, sagte Kalkbrenner.

»Nein!«, sagte Kühn und stieß sich vom Audi ab.

»Wie, nein?«

»Wer sind Sie?«

»Mordkommission«, sagte Kalkbrenner. »Dezernat Berlin-Mitte.«

»Seid ihr wegen Mick hier? Oder diesem Dennis?« Kühn schleuderte seine Kippe zu Boden. Er wirkte nervös. »Zorkan hat damit nichts zu tun, falls euch das weiterhilft.«

»Welcher Mick? Welcher Dennis?«, fragte Kalkbrenner.

»Und was hast du mit Zorkan zu tun?«, wollte Muth wissen. »Das war er doch gerade, der aus dem Wagen gestiegen ist, oder? Was machst du hier?«

»Das kann ich ...« Kühns Stimme erstarb.

Die Fahrertür des Audi klappte auf.

»Markus«, sagte Muth, »du ...«

»Sei still!«, fuhr Kühn sie an.

»Aber ...«

»Nichts!«, zischte er aufgebracht. »Halt einfach den Mund, okay?«

Ein riesiger Typ zwängte sich aus dem Wagen, zwei Köpfe größer als Kalkbrenner. Zweifellos besaß er auch die doppelte Menge an Muskelmasse.

So einer, um den man lieber einen Bogen macht.

»Ey, alles in Ordnung?«, fragte der Riese.

»Ja!« Kühns Blick irrte zum Eingang des *La Luna.*

Neben dem Türsteher tauchte Zorkan auf. Argwöhnisch spähten die beiden zu ihnen herüber.

Kühn drehte sich zu Kalkbrenner um. »Ich sagte doch«, er schrie fast, »ich habe keine Ahnung, was Sie von mir wollen. Kann ich jetzt gehen?«

Wutentbrannt stapfte er auf die Tür zu und betrat an Zorkan vorbei den Puff.

*

Markus floh regelrecht ins *La Luna,* mühsam kämpfte er die aufsteigende Panik nieder.

Was machst du hier?

Die gleiche Frage hätte er gerne Muth gestellt. Was hatte sie hier zu suchen? Ausgerechnet heute?

Er sah, dass der Kirgise zu ihm herüberkam. Seine Gedanken überschlugen sich.

Improvisiere!

»Was soll der Scheiß?« Er wirbelte zu Zorkan herum. »Ich dachte, wir treffen den Boss.«

»Jetzt nicht mehr.«

»Stattdessen quatschen mich hier die Bullen an, stellen mir blöde Fragen über dich.«

Zorkan packte ihn am Arm, schleifte ihn an halbnackten Huren vorbei durch das Treppenhaus in den Flur zu den Hinterzimmern. »Was wollten sie wissen?«

»Was ich mit dir zu tun habe. Was ich von dir will.«

»Und was hast du geantwortet?«

»Was glaubst du? Dass ich bescheuert bin? Oder lebensmüde?« Markus schnaubte. »Aber das mit dem Boss können wir wohl vergessen.«

»Reg dich ab, es wird ein neues Treffen geben.«

»Ach ja?«

»Frag ihn selbst.«

An der Schwelle zu Zorkans Büro stand ein bulliger Typ, ein Waffenholster unter der Jacke.

Ein weiterer Mann in grauem Maßanzug trat an ihm vorbei in den Flur, groß gewachsen, dunkelhaarig, ein kantiger Schädel, ein spitzes Kinn, gebräunte Haut, goldene Ringe. Vladimir Jalzin war eine imposante Erscheinung. Er musterte Markus.

Der bekam kein Wort über die Lippen.

Hinter Jalzin erschien eine Frau, auf ihrem Arm ein kleiner Junge, ganz sicher ihr Sohn mit den stark geschwungenen

Brauen, und den schräg stehenden blauen Augen seiner Mutter.

Markus' Gedanken überschlugen sich. Sein Gehirn brauchte eine Weile, um all das zu ordnen.

Vor ihm stand Ilanka, kreidebleich und mit flehendem Blick.

Er darf auf keinen Fall von uns erfahren.

Ihr Mann nickte Markus zu, bevor er mit seinem Bodyguard zur Hintertür lief. Ilanka folgte ihnen hinaus auf den Parkplatz. Juri schaute über ihre Schulter, er lächelte. Dann krachte die Tür ins Schloss.

Nur langsam löste sich Markus aus seiner Erstarrung.

Am Eingang zum *La Luna* tauchten die beiden Polizisten auf.

Zorkan tat einen Schritt auf Markus zu. »Und falls du dich das fragen solltest«, jetzt war seine Häme unverkennbar, »ja, ich weiß, dass es Ilanka war, mit der du dein Date hattest.«

Markus hielt die Luft an.

»Du wirst von mir hören«, zischte Zorkan. »Und jetzt verschwinde.«

Mit brennendem Magen stapfte Markus aus dem Club. Vorbei an den beiden Beamten.

*

Kalkbrenner und seine Kollegin traten beiseite.

Ohne sie noch eines Blickes zu würdigen, rannte Kühn an ihnen vorbei. Was immer er im *La Luna* zu suchen hatte, sie würden sich später darum kümmern müssen.

Kalkbrenner wandte sich dem Kirgisen zu.

Ein dralles schwarzhaariges Mädchen in Minirock und einem Netzbustier, das mehr enthüllte als verbarg, versperrte ihm die Sicht. »Du wollen …«, sie schwankte auf ihren High-heels, und ihre Brüste streiften seinen Arm, »... Spaß mit deine Frau?« Sie zwinkerte Muth mit einem lüsternen Lächeln zu, oder dem, was sie darunter verstand.

Zorkanowicz tauchte neben ihr auf, scheuchte sie davon. Er lächelte die beiden Beamten an.

Kalkbrenner stellte sich vor. Er musste schreien, weil es in dem Puff so laut war.

Das Lächeln blieb wie eingemeißelt in Zorkanowicz' Gesicht. »Was kann ich für Sie tun?«

»Fürs Erste einen Platz suchen, wo wir uns in Ruhe unterhalten können.«

»Kommen Sie mit.« Der Kirgise durchquerte den Puff.

Auf der Bühne mühte sich eine Stripperin zu stumpfem Bassgehämmer ab. Über dem halben Dutzend Freier, das auf den Sofas herumlümmelte, waberte eine überzuckerte Nebelwolke.

Harenstett hatte nicht übertrieben. Das *La Luna* war nichts weiter als eine schäbige Spelunke.

Gab es tatsächlich Leute, die sich davon angezogen fühlten?

Kalkbrenner empfand nur Ekel, und das lag sicherlich auch an den Gründen, die ihn hierhergeführt hatten.

War der Kirgise einer der Männer, die Kinder entführten und verkauften?

Der kleine, schmächtige Mann sah nicht danach aus. Eher wie ein Hochschulabsolvent, der allenfalls eine Matheformel berechnen konnte, aber keine Arme oder Beine brechen.

Lass dich von seinem Äußeren nicht täuschen.

Die Musik wurde leiser, während er sie durch einen Flur in sein Büro führte. Der Raum war ordentlich und sauber, fast unbenutzt.

Nur Fassade, hallten erneut Harenstetts Worte in Kalkbrenners Kopf.

Zorkanowicz ließ sich hinter seinem Schreibtisch nieder.

Mit manikürter Hand prüfte er den Sitz seines Scheitels und sah die beiden Beamten an.

»Patrik Cerny«, sagte Muth, »schon mal gehört?«

»Nein.«

»Er hatte eine unschöne Begegnung mit einem Ihrer Mitarbeiter.«

»Tatsächlich?« Der Kirgise spitzte die Lippen. »Mit wem?«

»Ihrem Türsteher.«

»Hat mir Miroslav gar nicht erzählt.«

»Hat er für Sie gearbeitet?«

»Wer? Miroslav?«

»Patrik Cerny!«

»Wissen Sie«, Zorkanowicz rieb sich die Nase, »Namen kommen und gehen …«

»Also nein?«

Zorkanowicz griff zum Telefon, wählte und sagte: »Ein gewisser Patrik Cerny, kannst du mir sagen, ob er mal bei uns gearbeitet hat? Ach? Ja? Gut.« Er legte auf und sah Kalkbrenner an. »Nein.« Er schniefte. »Aber erlauben Sie mir jetzt auch eine Frage: Was hat Herr Cerny verbrochen, dass Sie den weiten Weg nach Polmeva angetreten sind? Nur die Begegnung mit Miroslav?«

»Er hat sich umgebracht.«

»Das ist aber kein Verbrechen.«

»Wieso könnte er sich umgebracht haben?«

Zorkanowicz lächelte. »Woher soll ich das wissen? Ich habe ihn ja gar nicht gekannt.«

»Natürlich.« Kalkbrenner erhob sich. Auf dem Weg zur Tür kam ihm ein weiterer Gedanke. »Herr Zorkanowicz, kennen Sie einen gewissen … Mick? Oder einen Dennis?«

»Mick. Dennis.« Der Kirgise kratzte sich die Nase. »Ist das alles?«

»Sie kennen die beiden also nicht?«

»Wenn Sie mir sagen, wer das sein soll …«

»Das frage ich Sie.«

»Wenn Sie sie schon nicht kennen.« Zorkanowicz zuckte mit den Schultern.

*

Markus hockte auf der Rückbank des Taxis.

»Mein Auto steht in Betzseen«, sagte er.

Im Rückspiegel spürte er Horsts verwunderten Blick. »Willst du mir nicht endlich verraten, was los ist?«

Markus pflückte die Plastikhülle von der Zigarettenschachtel, erworben an einer Tanke in Polmeva, wo er sich eine gefühlte Ewigkeit im Schatten der Vietnamesenstände herumgedrückt und auf die Ankunft seines Kollegen gewartet hatte.

Ich weiß, dass es Ilanka war, mit der du dein Date hattest.

Es hatte mehr als nur Häme in Zorkans Stimme gelegen. Auch eine Warnung, kaum verhohlen.

Allerdings war die Drohung Markus' geringstes Problem. Er entzündete eine Gauloises. Horst setzte zum Protest an.

»Um ein Haar wäre ich enttarnt worden«, kam Markus ihm zuvor.

»Wie bitte?«

»Zorkan hatte Besuch von zwei deutschen Polizisten.« Markus öffnete das Fenster einen Spalt. In den flatternden Luftzug mischte sich das Summen seines iPhones. »Ein gewisser Kalkbrenner, Mordkommission aus Berlin, wenn ich richtig verstanden habe.«

»Der Name sagt mir was.«

Markus las die eingetroffene SMS.

Können wir uns nachher sehen? Ilanka

Sein Finger schwebte über der Tastatur. »Seine Kollegin kannte mich. Wir sind uns mal bei einem Einsatz in die Quere gekommen.«

»In die Quere gekommen? Ist das eine höfliche Umschreibung für: *Wir haben miteinander gevögelt?*«

»Spielt das eine Rolle?«

»Wenn sie dich dadurch in Gefahr bringt.«

»Gut, dann kann ich dich trösten: Nein, ich hatte nichts mit ihr.« Markus zog an der Zigarette.

Ich laufe nicht jeder Frau hinterher, die einen schlechten Tag hat.

Er blickte auf das Telefon in seiner anderen Hand. Noch einmal las er Ilankas Nachricht.

Können wir uns nachher sehen?

Eine einfache Frage, aus der er dennoch ihre ganze Verzweiflung herauszulesen glaubte. Und mit einem Mal begriff er das ganze Ausmaß ihres Dilemmas, verstand ihren Kummer, ihre Angst, ihre Panik.

Und ihre Hoffnung.

Du bist ... anders.

Er schickte ihr eine Antwort: *Gleich. In Betzseen.*

»Hörst du mir überhaupt zu?«, maulte Horst.

»Was?«

»Ich fragte, ob dieser Kalkbrenner wegen der Sache mit Mick beim Kirgisen war?«

»Woher soll ich das wissen?«

Im Scheinwerferlicht flammte ein Ortsschild auf. Horst verlangsamte den Wagen. »Und wieso warst du bei Zorkan?«

»Er wollte, dass ich den Boss treffe.«

»Sergej?«

»Vladimir Jalzin.«

»Jalzin? Gottverdammt, wie ...?«

»Mein Plan hat funktioniert.«

»Falls du es vergessen haben solltest«, grollte Horst, »du hast deinen Plan noch immer nicht enthüllt.«

»Ich habe Zorkan von unserer Idee erzählt. Dem Krankentransport. Und dem vielen Geld, das sich damit verdienen lässt.«

»Ich dachte, wir wollten mit Sergej ...?«

»Falls *du* es vergessen haben solltest, wir hatten keine Zeit mehr, darauf zu warten, bis ich endlich Sergejs Wohlwollen genieße.«

Horst dachte einige Sekunden nach. »Versuchst du mir gerade zu erklären, dass du Zorkan dazu angestiftet hast, Sergej auszubooten?«

»Ich habe niemanden angestiftet, ich habe …«

»Herrgott«, Horst schlug aufs Lenkrad ein, »das läuft aufs Gleiche hinaus. Und es hätte dich bereits um ein Haar den Kopf gekostet.«

»Das eine hatte mit dem anderen nichts zu tun.«

»Ändert aber nichts daran, dass du … Ach, verdammt!« Das Taxi näherte sich der Dorfmitte. Horst bremste. »Wie ist das Treffen mit Jalzin gelaufen?«

»Es gab kein Treffen, weil dieser Kalkbrenner aufgetaucht ist.«

»Dann sollten wir schleunigst die Gründe dafür herausfinden, bevor er oder seine Kollegin dich womöglich erneut gefährden. Es wird doch ein neues Treffen geben, oder?«

»Mhm.«

»Überzeugt klingst du nicht.«

Markus zögerte.

Du wirst von mir hören.

»Doch, das wird es.« Er stieg aus dem Wagen. »Und bis dahin – sprich mit diesem Kalkbrenner.«

Als das Taxi verschwunden war, lauschte Markus in die Abendstille. Die Straßen Betzseens lagen wie verlassen. Die Kronleuchter im *La Sinuessa* waren erloschen, das Restaurant wie die anderen Geschäfte geschlossen. Einzig im *Anker* brannte Licht, die Pension.

Stiefelabsätze klackerten über den Asphalt.

50

Nicht, dass ich mir viel erhofft hätte von meinen Anrufen bei unseren Verwandten und Bekannten. Aber hätte ich darauf verzichten sollen?

Es war eine neue Spur, der ich folgte, und vielleicht gab es ja doch jemanden, der etwas mitbekommen hatte, nur eine Kleinigkeit, ein winziges Detail.

Ich weiß, ich wiederhole mich.

Du darfst die Hoffnung nie aufgeben. Niemals!

Weshalb ich mir nachmittags nach der Arbeit die Eisenacher Straße vornahm, und die Jugendlichen, die sich dort herumtrieben.

»Kennt ihr dieses Mädchen?« Ich zückte mein Handy, doch noch ehe ich ihnen Merles Foto zeigen konnte, zerstreuten sich die Jungen wie aufgeschreckte Hühner in alle Himmelsrichtungen.

Am nächsten Tag war ich wieder da. Erneut nahmen sie Reißaus.

Das Spiel wiederholte sich einige Tage.

Entnervt blieb ich schließlich im Auto sitzen und behielt die Kinder von dort aus im Auge. Sie alberten herum, stritten sich, stiegen in die PKWs der Männer, wurden nach einiger Zeit wieder abgeladen, die enge Hosentasche voller Geld.

Abends folgte ich ihnen durch die Stadt. Diesmal war ich vorsichtiger, denn einer Gefahr wie damals bei Carlos wollte ich mich nicht noch einmal aussetzen.

Der erste Junge führte mich an drei aufeinanderfolgenden Tagen zur Wohnung eines älteren Herrn, wo er zu übernachten schien. Der zweite Teenager stapfte jeden Abend zu einer Sozialeinrichtung, die sich *Metrokids* nannte, wo er ein Dach über dem Kopf gefunden hatte.

Ein weiterer Junge, keine elf Jahre alt, kehrte immer wieder zu seinen Eltern in Lichtenberg zurück, die offenbar nicht wussten, was er am Tage trieb. Oder es war ihnen egal.

Und wieder ein anderer Junge setzte sich eines Abends in einen Zug nach Prag. Ich sah ihn nie mehr wieder.

So vergingen die Tage und Nächte, ohne dass ich auch nur irgendeinen Hinweis auf Merle gefunden hatte.

Es war ein windiger Abend, es hatte den ganzen Nachmittag wie aus Eimern geschüttet. Ich wollte mich gerade an die Fersen des neunten Jungen heften, als Carlos auftauchte. Er gab drei Teenagern ein Zeichen, die daraufhin in seinen Rover kletterten.

Während ich die Szene verfolgte, begann mein Magen zu rumoren.

Carlos hatte Merle gekannt, das hatte er nicht bestritten, und er hatte mir von ihrem Vater erzählt. Er hatte allerdings kein Wort darüber verloren, wie *seine* Beziehung zu Merle gewesen war.

Ich glaube, sie mochte ihn auch nicht.

Was glaubte ich? Ich weiß es nicht, aber ich heftete mich an Carlos' Fersen.

Auf dem Weg stadtauswärts gab er sich sehr viel Mühe, potentielle Verfolger abzuschütteln. Offenbar hatte auch er seit unserem ersten Aufeinandertreffen dazugelernt.

In Lichterfelde hätte ich ihn tatsächlich um ein Haar aus den Augen verloren. Im letzten Moment sah ich ihn am Ende einer Sackgasse in die Zufahrt zu einer alten Villa biegen.

Ich fuhr zweihundert Meter weiter, stellte meinen Subaru in einer Parallelstraße ab und legte den Weg zu dem Haus zu Fuß zurück. Das Gebäude stand auf einem Grundstück von beträchtlichem Ausmaß und wahrte dadurch großen Abstand zu den benachbarten Villen. Es war von einer hohen Hecke umgeben, die es vor neugierigen Blicken schützte.

Carlos' Rover rollte aus der Auffahrt.

Rasch verbarg ich mich hinter klatschnassen Sträuchern. Die Kinder befanden sich nicht mehr in seinem Wagen.

Als ich nach zehn Minuten davon überzeugt war, dass er nicht mehr zurückkehren würde, setzte ich mich in Bewegung.

*

Ich hielt mich in den Schatten zwischen den Laternenlichtern, während ich auf die Villa zuging.

Etwas an diesem Haus irritierte mich.

Ich brauchte einen Augenblick, ehe ich begriff. Obwohl vor wenigen Minuten erst drei Kinder das Gebäude betreten hatten, brannte in keinem der Zimmer Licht.

Die Fenster des Hauses waren mit schweren Gardinen verhüllt.

Ich blieb stehen. Der Wind zerrte an mir. Ich fröstelte.

Ich möchte nicht behaupten, dass ich in diesem Augenblick nicht gewusst hätte, was dort in dem Haus vonstattenging. Ich hatte Gerüchte über solche *Partys* gehört. Ich hatte nur nie glauben wollen, dass sie tatsächlich existierten.

Was willst du jetzt unternehmen?

Ohne dass ich so recht begriff, was ich tat, schritt ich über die Zufahrt dem Eingang entgegen. Mein Herz klopfte. Meine Hände zitterten. Je näher ich der Haustür kam, desto langsamer wurde ich.

Vielleicht sollte ich die Polizei rufen.

Aber was, wenn sich alles nur als ein Irrtum entpuppte? Wie stände ich dann da?

Noch mehr als verschrobene Lesbe, die alle nur nervte.

Was erhoffte ich also zu finden? Etwa Merle?

Ganz sicher nicht!

Aber die Suche nach Merle hatte mich hierhergeführt.

Als ich meinen Finger auf die Türklingel legen wollte, schwang die schwere gusseiserne Tür unvermittelt nach innen auf.

Aus einem langgezogenen Flur drang gediegene Musik.

Drinnen spiegelte sich dezentes Licht in schwarzen Marmorfliesen. Eine Garderobe glänzte in Gold. An den weiß getünchten Wänden hingen Bilder.

Mein Blick streifte die Motive, Teenager, Jungen, die meisten noch Knaben, einige nackt.

Dann versperrte mir der Mann die Sicht, der zur Tür heraustreten wollte. »Juli?«

Mein Magen drehte sich um. »Angelo?«

51

Wenige Schritte vor Markus blieb Ilanka verunsichert stehen.

Er wollte sie in den Arm nehmen, ihre Nähe spüren, ihre Wärme, ihren Herzschlag.

»Zorkan weiß Bescheid«, sagte er stattdessen.

»Über den mache ich mir keine allzu großen Sorgen.«

Ilankas Antwort überraschte ihn.

»Was immer er mit dir ausheckt«, sie lächelte gequält, »es würde ohne dich nicht funktionieren, richtig?«

»Mhm.«

»Warum sollte er dich also ans Messer liefern?«

»Was macht dich so sicher?«

»Ich soll dir von ihm ausrichten …«

»Er weiß, dass wir uns treffen?«

»Er hat sich so was wohl gedacht. Du sollst dich morgen um zwölf im *La Sinuessa* einfinden.«

»Im *La Sinuessa*? Soll das ein Witz sein?«

»Wohl eher eine subtile Demonstration seiner Macht, die er jetzt über dich zu haben glaubt.«

Markus nickte. »Er ist …«

»… es nicht wert, sich noch weiter Gedanken über ihn zu machen. Gehen wir ein paar Meter?« Ohne auf seine Antwort zu warten, lief Ilanka los. Ihre Schritte hallten durch die Stille zwischen den Häusern.

Markus schloss zu ihr auf. »Was ist mit deinem Sohn?«

»Juri ist bei seiner Nanny. Er schläft.«

»Und dein …?«

»Mein Mann? Keine Sorge, der hat zu tun.« Mit Groll in ihrer Stimme presste sie hervor: »Wie immer.«

»Du hättest mir sagen können …«

»Was?« Sie wirbelte herum. In ihren Augen loderte es. »Dass *er* mein Mann ist? Der Boss? Was wäre dann gewesen? Hättest du dann …?« Sie ballte die Hände zu Fäusten.

»Ich hätte es wissen müssen«, sie drehte sich weg, »du bist genauso wie die anderen.«

»Blödsinn!« Markus griff nach ihr.

Sie schubste ihn von sich. »Was weißt du schon? Alle suchen sie das Weite, sobald nur sein Name fällt, weil sie wissen, er würde … würde niemals zulassen …« Ihre Wut erlosch. Ernüchtert sackten ihre Schultern herab. »Aber für ihn bin ich nur die Frau, die ihm seinen Sohn geboren hat. Er rührt mich nicht an.« Tränen schimmerten in ihren Augen. »Schon lange nicht mehr.«

Markus wollte sie festhalten, sie trösten, beschützen.

Er wollte sie spüren.

»*Ich* will dich wiedersehen«, sagte er.

»*Ich* will dich spüren.« Ihre Lippen berührten seinen Mund. »Jetzt.«

Er nahm ihre Hand, führte sie zum *Anker*.

Keine fünf Minuten später, in der Pension, ein kleines Zimmer im ersten Stock, verschlang sie ihn mit ihren Lippen.

Er hatte keine Ahnung, wie lange sie sich küssten, aber er spürte die Hitze, die ihre Körper entfachten.

Seine Jacke fiel zu Boden. Seine Hand glitt unter ihre Bluse, berührte ihren Bauch, glatte, warme Haut. Wie lange war das her?

Ihr Atem ging schneller. Ihre Finger gruben sich in seine Hose, umschlossen sein steifes Glied.

Er stöhnte, streifte ihre Brüste.

»Markus«, keuchte sie und ihre Zunge schob sich gierig in seinen Mund.

Er umfasste ihre Brüste. Eine harte Brustwarze bohrte sich in seine Handfläche.

Sie verpasste ihm einen Stoß, so dass er rücklings auf dem Bett landete. Unter ihm knarzte Holz und quietschten Federn.

Als er aufschaute, hatte sich Ilanka ihrer Kleider entledigt. Im Laternenlicht, das schwach durchs Fenster fiel, sah er einen frischen Bluterguss und die Narben auf ihrer Haut, und er verstand endgültig.

Mein Mann, er würde …

Aber dann war sie über ihm, riss ihm Hemd, Hose und Slip vom Körper, rollte ein Kondom über sein steifes Glied.

Markus zuckte unter der Berührung.

In der nächsten Sekunde saß sie auf ihm. Sofort begann sie ihre Hüfte zu bewegen, ungeduldig, immer schneller.

Er konnte spüren, dass sie ebenso ausgehungert war wie er, nach Nähe, Leidenschaft und Lust.

Ihre Becken klatschten aneinander. Dann fegte der Höhepunkt über sie hinweg.

Beim zweiten Mal ließen sie sich etwas mehr Zeit.

*

Kalkbrenner stierte in die Dunkelheit. Es war, als verschlinge ihn ein großes schwarzes Loch. Was seiner Gefühlslage ziemlich nahekam.

Viel hatten sie in Polmeva nicht in Erfahrung bringen können, um nicht zu sagen – gar nichts.

Aber was hast du erwartet?

Dass sich der Kirgise vor Überraschung über das Auftauchen der Beamten verplapperte? Oder vor Angst gar zusammenbrach?

Wenn es stimmte, was Harenstett gesagt hatte, waren schon ganz andere an Zorkanowicz verzweifelt.

Dennoch, Cerny war Kalkbrenners einzige Spur und die hatte ihn ins *La Luna* geführt. Und eines seiner kleinen Helferlein besagte: *Hast du was in der Hand, egal, wie klein es ist, dann klopfe damit auf den Busch.* Man wusste nie, wer darunter hervorsprang.

Kalkbrenner wandte sich seiner Kollegin zu, die im schwachen Licht der Armaturenbeleuchtung nur schemenhaft zu erkennen war. »Du kennst diesen Markus Kühn?«

»Ist schon einige Jahre her«, sagte Muth. »Keine schöne Sache.«

»Das da gerade hat auch keinen tollen Eindruck hinterlassen.«

»Damals hat er verdeckt ermittelt.«

»Und heute?«

Muth antwortete nicht.

Kalkbrenner rief auf dem Präsidium an. Statt seiner Sekretärin nahm Berger das Gespräch entgegen.

»Gut, dass du anrufst«, er klang gehetzt, »denn die Sache im Krankenhaus … Offenbar hat jetzt auch die Presse davon Wind bekommen. Dr. Salm springt im Dreieck.«

»Was ich ihm nicht einmal verübeln kann.« Kalkbrenner wollte sich die Schlagzeilen der morgigen Titelseiten gar nicht erst vorstellen.

Sein Kollege sagte: »Wir haben das ganze Krankenhaus auf der Suche nach der Zeugin auf den Kopf gestellt, aber sie ist weg.«

»Und niemandem ist sie aufgefallen?«

»Drei, vier Leute wollen das Mädchen in Begleitung eines Polizisten gesehen haben. Ob es tatsächlich ein Kollege von uns war, prüfen wir noch, die ganze Sache ist …«

»Scheiße, ich weiß!«, fluchte Kalkbrenner.

»Einer der Zeugen hat erklärt, er habe das Mädchen vor dem Krankenhaus in einen SUV steigen sehen. *Einen Offroader.*«

»Hat er sich das Kennzeichen gemerkt?«

Berger gab nur ein Schnaufen von sich.

Muth bremste, setzte den Blinker und wechselte am Autobahnkreuz die Autobahn.

Kalkbrenner fragte: »Kannst du bitte überprüfen, ob die Namen Mick und Dennis in Zusammenhang mit einem Mordfall auftauchen?«

»Da brauche ich gar nicht nachzuschlagen«, sagte Berger. »Da war doch heute Mittag diese Schießerei im Prenzlauer Berg.«

»Rita erwähnte es.«

»Dealer, Junkies, das Übliche. Sie sind wohl jemandem in die Quere gekommen. Der Tote heißt Dennis Jagusch. Der andere, Mick Klaszynski, wiederholte Drogendelikte, liegt schwer verwundet im Krankenhaus.«

»Gibt es eine Verbindung zu einem gewissen Zorkanowicz?«

»Die Kollegen stehen gerade erst am Anfang.«

»Richtet ihnen bitte aus, dass wir auf dem Weg zum Präsidium sind. Ich möchte mehr über den Fall erfahren.« Kalkbrenner legte auf und sagte zu seiner Kollegin: »Und mit deinem Markus sollten wir uns auch unterhalten.«

»Er ist nicht *mein* Markus.«

»Trotzdem sollten wir mit ihm reden.«

»Ich sehe zu, was ich machen kann.«

Den Rest der Strecke legten sie schweigend zurück. Nach einer Weile hellte sich der Himmel auf, fahles Licht, das wie eine Glocke über Berlin hing.

In den Randbezirken herrschte um diese Uhrzeit kaum Verkehr. Erst als sie sich dem Alexanderplatz näherten, nahm die Betriebsamkeit zu.

Aus dem Eingang des *Cinestar* quoll eine Menschentraube. Vor dem Eingang zum Hochhaus gegenüber alberten Teenager herum. Hinter den Fenstern im sechzehnten Stock blitzte buntes Licht. Das *Weekend*, eine Disko hoch über den Dächern der Stadt.

Muth stellte den Wagen auf dem Parkplatz vor dem Präsidium ab.

Als sie den Eingang erreichten, bremste ein Taxi hinter ihnen. Das Beifahrerfenster surrte hinab.

»Steigen Sie ein«, rief der Fahrer.

»Wir haben kein Taxi bestellt.«

»Es geht um Markus.«

*

Markus lag auf dem Bett, außer Atem, verschwitzt, erschöpft, aber glücklich. Neben ihm Ilanka, ihre Hand auf seiner Brust, ihr Kopf an seiner Schulter, ihr Haar an seiner Wange, nur ein leichter, kitzelnder Hauch, der ihn erschauern ließ.

»Schon komisch«, flüsterte sie.

»Was? Unser Date?«

»Ein bisschen mehr als ein Date war das schon, oder?«

»Mhm.«

»Dafür dass wir uns kaum kennen …«

»Ist das so?«

»Ich weiß nur, dass du … anders bist.«

»Was bin ich doch für ein Glückspilz.«

Im Laternenlicht erkannte er ihr Lächeln. Sie küsste ihn, und er schmeckte ihren Schweiß und ihre Lust. Sein Schwanz schwoll wieder an.

»Warte!« Sie huschte ins Bad, schloss die Tür hinter sich.

Ein leises Plätschern in der Kloschüssel, dann das Brausen einer alten Druckspülung, passend zu dem rustikalen Zimmer, das Markus erst jetzt richtig wahrnahm. Das ornamentale Bauernbett mit den zerwühlten, schweißnassen Decken, ein ebenso verzierter Holzschrank, an der Brokattapete ein goldener Vintage-Rahmen, der einen Hirsch auf sonnenüberfluteter Lichtung umfasste.

Er versuchte sich an die Worte zu erinnern, mit denen er das Zimmer gebucht hatte – vergeblich. Hatte der Mann an der Rezeption ihn befremdlich angeguckt? Oder war es eine Frau gewesen?

Markus wusste nicht einmal mehr, wo der Zimmerschlüssel abgeblieben war. Er klaubte seine Jacke vom Boden und klopfte die Taschen ab. Als er sein Handy zu fassen bekam, fiel ihm etwas anderes siedend heiß ein.

Er tippte eine Nachricht an Horst: *Jalzin. Morgen, 12 Uhr.*

Er schaltete das iPhone aus, packte es weg. Gerade rechtzeitig.

Ilanka stand auf der Schwelle, nackt, lächelnd.

Sie ging in die Hocke, nahm seinen Schwanz in den Mund. Als Markus es nicht mehr aushielt, hob er sie aufs Bett, warf sie auf den Rücken und drang in sie ein. Keuchend presste sie ihm ihr Becken entgegen, krallte sich in seinen Po, als sie erneut kam.

Danach schmiegte sie sich an ihn. Seine Finger glitten über ihre Haut, erforschten zärtlich ihren Rücken, streiften ihre Narben. Manchmal zuckte sie zusammen, aber sie verlor kein Wort, und Markus fragte nicht danach.

»Ich möchte mehr über dich erfahren«, sagte sie irgendwann. »Alles.«

»Du weißt doch schon alles über mich«, scherzte er, »mein erstes Date, Silly, meine Lieblingsband, Fisch, den ich nicht mag …«

»Warum eigentlich nicht?« Ihre Hand strich seinen Arm entlang, verharrte über der Tätowierung, fühlte die Narbe.

Schlechte Erinnerungen.

Über die er nicht mehr hatte sprechen wollen. Nie mehr.

Er ahnte, dass seine Antwort ihr wichtig war. Sex war das eine, Vertrauen das andere.

»Mein Vater«, begann er, »er aß am liebsten Fisch.«

Ilanka zupfte mit ihren Zehen an der Decke, die sie über ihre Beine ausgebreitet hatte.

»Er war häufig krank, musste die Arbeit wechseln, saß in der Kneipe, machte Schulden, das Übliche eben. Er ist damit überhaupt nicht klargekommen, hat mich geschlagen und …«

Und auch meine Schwester, hatte er sagen wollen. Doch er durfte ihr nicht von Alex erzählen.

Das war sein Dilemma.

»Damals hielt ich es für normal«, fuhr er fort, »das, was in jeder *normalen* Familie passiert, ein Klaps auf den Po, eine Backpfeife, so was eben. Und ich hatte mir einreden lassen, ich hätte die Prügel verdient, weil ich zu laut war, beim Abendessen herumalberte, nach dem Zubettgehen nicht einschlafen wollte.«

»Aber …«

»Damals war ich vier oder fünf. Heute weiß ich natürlich, dass er einen Sündenbock suchte für all das, was in seinem Leben schiefgelaufen war.«

Ilanka zog die Decke hoch und breitete sie über sie beide aus. Sie rückte dichter an ihn heran.

»Eines Tages kam ich aus der Schule nach Hause – und meine Mutter war weg. Hungrig habe ich gewartet, bis am Abend mein Vater heimkehrte. Er schickte mich ins Bett. Weil ich Hunger hatte, quengelte ich. Es gab eine Ohrfeige. Als ich im Bett war, setzte er sich an den Tisch und wärmte sich seinen Fisch auf. Der Geruch zog durchs Haus, ich habe ihn bis heute manchmal ganz unvermittelt in der Nase.«

»Hat er nicht …?«

»Er war betrunken. Erst am nächsten Morgen meldete er sie als vermisst. Es gab eine Suchmeldung, die Polizei ermittelte.

Auch mein Vater geriet unter Verdacht, er konnte die Vorwürfe aber entkräften.«

»Was denkst du?«

»Ich weiß nicht, was passiert ist. Vielleicht ist sie auf dem Heimweg von der Arbeit in einen Unfall verwickelt worden. Oder Opfer eines Verbrechens. Oder … ihr wurde alles zu viel. Wenn es so war, konnte ich sie verstehen, vor allem in den Jahren danach, als es mit meinem Vater immer schlimmer wurde. Er kannte kein Halten mehr, keine Grenzen. Er begann zu saufen, prügelte auf mich ein. Jedes Mal wünschte ich mir, er würde mich noch fester schlagen, so fest, dass ich nicht mehr aufwache. Einmal schlug er mich so fest, dass ich …«

Ilanka berührte die Narbe an seinem Unterarm.

»Ich kam nur noch selten nach Hause, die meiste Zeit hing ich auf der Straße ab, habe die Schule geschwänzt, bin mit Drogen in Kontakt gekommen, habe das erste Mal geklaut. Mein Vater war komplett überfordert, und die Behörden realisierten das auch. Also kam ich ins Heim. Noch mehr Drogen, Schlägereien, Körperverletzung, irgendwann habe ich das Weite gesucht und bin in Berlin gelandet, bei den Punks …«

»Angel?«

»Ja.«

Es war Angel gewesen, die ihn damals von der Straße geholt hatte. Sie war wie ein Engel gewesen. Ein Schutzengel, mit Musik und mit Worten.

Sie war es gewesen, die ihm immer wieder gesagt hatte: *Man sollte nie an dem festhalten, was nicht festzuhalten ist.*

»Ihr verdanke ich, was ich heute bin«, sagte er.

»Ein Drogendealer?«

Obwohl kein Vorwurf in ihren Worten gelegen hatte, schwieg Markus betroffen.

Sag es ihr!, verlangte eine Stimme in ihm, während er sie berührte, streichelte, ihre Narben spürte, ihre Schmerzen.

Dass nichts so war, wie es schien, dass er wirklich *anders* war. Und dass er auch ihr Leben verändern konnte, ihr Leben und das ihres Sohnes, schon bald, demnächst, irgendwann.

Stattdessen beugte er sich zu ihren Lippen vor. Wie er seine Lügen hasste. Er küsste sie so lange, bis sie wieder voller Verlangen ihre Beine um ihn schlang.

*

Kalkbrenner und Muth saßen auf der Rückbank des Taxis.

Rasch ließ es den Alexanderplatz hinter sich, glitt vorbei am *Kino International* und erreichte den Straußberger Platz.

»Was …?«, begann Kalkbrenner.

Der Fahrer hob die Hand, umkurvte den Kreisverkehr um 360 Grad und fuhr in die entgegengesetzte Richtung zurück. Am *Café Moskau* bog er abrupt nach links, nach fünfzig Metern nach rechts, bis er das Taxi im Schatten einiger Bäume abstellte.

Gegenüber erhob sich das *Alexa,* eine pseudoklassizistische Trutzburg in Dunkelrot.

»Entschuldigung«, sagte der Fahrer, »eine reine Vorsichtsmaßnahme.« Er drehte sich um und reichte den beiden die Hand. »Horst Reinhold, Landeskriminalamt, Abteilung 21.«

»Rauschgiftdelikte«, sagte Muth.

Reinhold nickte.

»Da war Markus schon damals.«

»Damals?«

»Wir hatten einen gemeinsamen Einsatz.«

»Er sprach davon.« Reinhold schien auf eine weitere Erklärung zu warten, aber Kalkbrenners Kollegin tat ihm den Gefallen nicht.

Also ergriff Kalkbrenner selbst das Wort: »Das Auftreten Ihres Kollegen hat uns irritiert.«

»Das kann ich mir vorstellen.«

»Es gibt da einiges an Klärungsbedarf.«

»Das sieht er ähnlich.«

»Na dann«, schlug Kalkbrenner vor, »vereinbaren wir ein Treffen.«

Reinhold wiegte den Kopf. »Das ist nicht so einfach.«

»Inwiefern?«

»Nun, wir können es versuchen.« Reinhold griff zu seinem Handy und wählte. Das Freizeichen füllte die Stille im Wagen.

»Er geht nicht ran!«, sagte Reinhold bedauernd. »Aber vielleicht können *wir* ja einiges klären.« Er legte das Telefon aufs Armaturenbrett. »Sie ermitteln in einem Mordfall? Ist Polmeva nicht weit von Ihrem Zuständigkeitsbereich entfernt? In Tschechien noch dazu?«

»Sie wissen, wie das ist. Man folgt jeder Spur.« Diesmal wartete Kalkbrenner, doch auch Reinhold reagierte nicht. Also fügte er hinzu: »Und jetzt ist Herr Kühn ein Teil dieser Spur.«

Reinhold schwieg eisern.

»Ich frage mich, was Herr Kühn im *La Luna* zu suchen hat, weit weg von Ihrem Zuständigkeitsbereich. In Tschechien noch dazu.«

Reinhold gab ein Seufzen von sich.

»Sie und ich«, sagte Kalkbrenner, »können uns jetzt natürlich gegenseitig anschweigen, und wir werden uns morgen mit Herrn Kühn näher befassen, da er jetzt Teil einer Mordermittlung geworden ist, aber …«

»Nein!«, sagt Reinhold gepresst. »Das ist er nicht.«

»Das behaupten Sie.«

Reinhold erging sich erneut in Schweigen.

Kalkbrenner nahm den Türgriff in die Hand.

»Warten Sie!«, sagte Reinhold und richtete seinen Blick auf Muth. »Sie kennen Markus?«

»Kennen ist übertrieben.«

»Was wissen Sie über ihn?«

»Manchmal ist er etwas …«, Muth überlegte, »… unkonventionell.«

»Unkonventionell«, sinnierte Reinhold und lachte leise auf. »Ja, das trifft es, glaube ich, ganz gut.« Er wurde wieder ernst und kratzte sich die Stirn. »Er hat eine bewegte Vergangenheit, Drogen, Raub, Körperverletzung, Rotlicht. Er stand mit einem Bein im Knast. Ein Anwalt hat ihn dort rausgeholt, der neben seiner reichen Klientel ab und zu seine ›soziale Ader‹ auslebt. Der sorgte dafür, dass das Verfahren gegen Markus glimpflich ausging. Er brachte ihn, wenn Sie so wollen, auf den rechten Weg.«

»Und der wäre?«, fragte Kalkbrenner.

»Dank seiner Erfahrung, seines Wissens und, ganz wichtig, seiner Kontakte in die Szene operiert er für uns als verdeckter Ermittler.«

»Aber er steht noch auf unserer Seite?«

»Er ist ein bisschen … unkonventionell, richtig, aber er ist einer von den Guten. Ohne jeden Zweifel!« Reinhold hielt inne, schien mit sich zu ringen. »Er ist als kleiner Dealer eingestiegen und hat sich zum Schmuggler hochgearbeitet, ist noch gar nicht so lange her. Und jetzt steht er vor dem nächsten Schritt – zum Zwischenhändler.«

»Dealer? Schmuggler? Zwischenhändler?«

»Genaugenommen hat er natürlich nur so getan, als sei er ein Dealer. Er hat die Drogen eingekauft, und wir haben sie eingelagert.«

»Das ist doch …«

»Anschubfinanzierung«, unterbrach Reinhold. »Von ganz oben abgesegnet. Es war der einzige Weg, um an die Hintermänner ranzukommen.«

»Womit wir bei Zorkanowicz angelangt wären.«

»Der«, Reinhold winkte ab, »ist auch nur eine kleine Nummer. Unsere Ziele sitzen weiter oben. Die Bosse. Sagen Ihnen die Jalzin-Brüder was?«

»Habe von ihnen gehört.«

»Ihnen wird sicherlich nicht entgangen sein, dass seit dem Fall des Eisernen Vorhangs das organisierte Verbrechen aus den ehemaligen Ostblockstaaten – Litauen, Tschechien, Polen und Rumänien – nach Westeuropa drängt. Für die Russenmafia ist Berlin die Hauptstadt Europas. Achtzig Prozent der Berliner Spielhallen wurden inzwischen von Russen aufgekauft, insbesondere die Gebrüder Jalzin tun sich dabei hervor. Lange Zeit haben sie auch ins Berliner Rotlichtmilieu gedrängt, aber da hat Miguel Dossantos, der Pate von Berlin, seinen Kuchen verteidigt. Inzwischen haben die Jalzins ein neues Betätigungsfeld für sich entdeckt: Meth. Im ganz großen Stil. Hergestellt in tschechischen Laboren. Aber die Jalzins sind öffentlichkeitsscheu, es gibt kaum Bilder, man sieht sie selten, und nach Deutschland wagen sie sich so gut wie nie. Müssen sie auch nicht, dafür haben sie ihre Leute. Den Schmuggel übernimmt ein Russe namens Sergej. Das Dealernetz kontrolliert Zorkan Zorkanowicz.«

»Und Herr Kühn?«

»Herr Wildt, das ist sein Name im Milieu, hat heute einen der Jalzins getroffen. Nun, er hätte ihn zumindest treffen sollen – wenn Sie nicht aufgetaucht wären.«

»Tut mir leid …«

»Sie konnten es nicht wissen, aber hoffen wir, dass es unsere Pläne nicht vereitelt hat. Wir haben Monate gebraucht, um an Jalzin ranzukommen. Wir können nicht riskieren, dass …« Sein Handy leuchtete auf. »Eine Nachricht von Markus. Glück gehabt. Es kommt zu einem neuen Treffen.« Er hielt das Display hoch.

Jalzin. Morgen, 12 Uhr.

»Ich möchte mit Herrn Kühn sprechen«, sagte Kalkbrenner. »So schnell wie möglich.«

»Klar, aber nicht auf dem Präsidium.«

»Ist mir egal, Hauptsache, wir sehen uns vorher.«

Reinhold runzelte die Stirn.

»Was denken Sie?«, fragte Kalkbrenner. »Natürlich kommen wir mit zu diesem Treffen.«

52

Ich starrte Angelo an. Der quirlige Spanier aus der *Madonna*. Sein erster Impuls war – Flucht. Sein Körper zuckte, er wollte zurück in den Flur stürzen, die Tür zuschlagen, sich vor meinem schockierten Blick in Sicherheit bringen. Er blieb stehen und zog die Tür zu sich heran, hielt sie mit der einen Hand fest, während er mit der anderen fahrig sein Sakko zuknöpfte. »Juli, was machst du hier?«

»Das frage ich *dich*!«

Er warf einen besorgten Blick über die Schulter, obwohl durch den Spalt zwischen Tür und Angel nur noch ein schmaler Lichtstreifen zu erkennen war. Dann wollte er mich von der Tür wegschieben. »Du solltest besser gehen.«

»Warum?« Ich rührte mich nicht von der Stelle. »Weil ich andernfalls auch spurlos verschwinde? So wie Merle?«

»Juli«, er sah mich empört an, »das hier …«

»Was? Ist alles nur ein großer …«, ich spuckte ihm das Wort ins Gesicht, »… *Spaß*?«

Er schrak zusammen.

»War Merle auch ein Teil dieses …«, *nein*, dachte ich, *ein Spaß ist das mit Sicherheit nicht*, »dieser Schweinerei?«

»Juli, bitte …«

»War sie oder nicht?«

»Meinst du nicht, ich hätte dir davon erzählt?«

Ein fast hysterisches Kichern drang aus meinem Mund, gleichzeitig gelang es mir kaum, die Tränen zu unterdrücken. Wahrscheinlich wirkte ich auf Angelo, als hätte ich komplett den Verstand verloren.

Was spielt das für eine Rolle?

Es hielten mich doch eh alle für verrückt. Dabei waren es die Männer hier in der Villa, die nicht richtig tickten.

»Juli«, sagte Angelo, als wüsste er um meine Gedanken, »es ist nicht so, wie du …«

»Oh nein, bitte«, fuhr ich ihn an, »erspar mir das!«

Er setzte ein verschämtes Gesicht auf.

Was glaubte er? Dass ich ihm Verständnis entgegenbrachte?

Der Wind zerrte an meinen Haaren, als wollte er mich fortschleifen von diesem Ort. Ich wünschte mir nichts mehr als das.

Trotzdem stand ich wie angewurzelt, unzählige Fragen in meinem Kopf: Hatte Merle mit alldem zu tun gehabt? Oder konnte ich Angelo glauben?

»Juli«, sagte er und hob die Hände, »ich …« Ein Windstoß fegte die Tür hinter ihm auf.

Mein Blick fiel in den Flur. Diesmal blieb mir etwas mehr Zeit für die Bilder an der Wand.

Noch ehe Angelo die Tür wieder zu sich heranzog, erkannte ich die alte Steinwand, vor der die Kinder posierten. Putz war zu Boden gebröckelt. Die Fugen waren rot.

Ich schmeckte Galle auf meiner Zunge. »Wo sind diese Fotos aufgenommen worden?«

53

»Sie kommen was?« Entsetzt drehte sich Markus um. Kaffee schwappte über den Becher in seiner Hand, klatschte an die Fahrstuhlwand.

Mit einem Papiertaschentuch wischte Horst die Spritzer ab. »Hör dir an, worum es geht.«

Der Aufzug stoppte ruckartig, noch mehr Kaffee, der zu

Boden spritzte. Die Kabinentür glitt auseinander. Im Korridor blendete die Morgensonne. Der Läufer verschluckte ihre Schritte. Das grantige Ehepaar, das Koffer zum Fahrstuhl schleppte, stritt umso lauter.

Markus biss in den Donut von Burger King, spülte mit Kaffee hinterher.

Weit nach Mitternacht hatte sich Ilanka von ihm verabschiedet. Sein Handy hatte eine SMS angezeigt.

Vermisse dich! Frühstück um 9? H.

Markus war nach Berlin gefahren, in sein Bett gefallen und nach fünf Stunden erwacht, noch immer todmüde, noch immer glücklich.

Jetzt feuerte er die Donut-Verpackung in einen Abfalleimer und folgte seinem Kumpel bis vor das Zimmer 509 im *Ibis* an der Prenzlauer Allee.

Muth öffnete die Tür. »Hi, Markus, schön dich zu sehen.«

»Hallo, Sera.«

»Tut mir leid wegen gestern.«

»Was wolltet ihr von Zorkan?«

»Hat Ihr Kollege Sie nicht informiert?«, fragte Kalkbrenner, der an einem kleinen Tisch in der Ecke wartete, ein Glas Wasser vor sich, eine Akte und sein Handy.

»Wir haben uns auch gerade erst getroffen«, sagte Horst.

Markus setzte sich zu dem Kommissar, Mitte vierzig, graue Haare, blass, übermüdet, Sorgenfalten, voller Wut, die er unterdrückte.

»Patrik Cerny«, Kalkbrenner fischte ein Foto aus der Akte, »kennen Sie ihn?«

»Nein.«

»Er stand in Verbindung mit den Morden.«

»An Jagusch und Mick?«

»Elf Mädchen und Jungen. Haben Sie die letzten Tage keine Zeitung gelesen?«

Markus glaubte sich an eine Radiomeldung zu erinnern,

aber er war zu sehr damit beschäftigt gewesen, an Jalzin ranzukommen.

Und an dessen Ehefrau.

Kalkbrenner berichtete von den elf Leichen, mit denen alles begonnen hatte, von einem ersten Verdacht, den das Auffinden eines jungen Mädchens, Anezka, zur Gewissheit hatte werden lassen. »Menschenhändler, die Mädchen und Jungen verschleppen, an Leute verkaufen, die sie zum Vergnügen foltern und ermorden.«

»Und dieser Patrik Cerny …?«

»Sein Tod hat uns zu Zorkanowicz geführt. Und der steht, wie uns Ihr Kollege erklärt hat, im Dienste von Jalzin, der Kopf dieser skrupellosen Bande.«

»Verstehe.« Markus trank einen Schluck von seinem Kaffee. Die Brühe war kalt. Er verzog das Gesicht. »Sie haben also schreckliche Morde, einen Verdacht, aber darüber hinaus nichts in der Hand.«

»*Nichts* ist übertrieben.«

»Stimmt, das kleine Mädchen, Ihre Zeugin, deren Aussagen vor Gericht aber vermutlich …«

»Dazu wird es nicht kommen«, grollte Kalkbrenner, »sie ist verschwunden.«

»Tot?«

»Davon ist auszugehen.«

»Haben Sie Ihr keinen Schutz gewährt?«

»Doch, aber diese Sache hat Ausmaße angenommen …« Kalkbrenner schnaufte wütend.

Markus schwieg, er war nicht überrascht.

Ich habe Freunde, hatte Sergej am ersten Abend ihres Aufeinandertreffens gesagt. Was in Markus nun eine andere Sorge weckte. »Wer weiß alles von mir?«

»Sera, ich und ein weiterer Kollege«, sagte Kalkbrenner.

»Trauen Sie ihm?«

»Er hat selber Kinder.«

»Das war nicht meine Frage.«

»Auf ihn ist Verlass.«

»Also hängt alles an mir?«, konstatierte Markus.

Kalkbrenner nickte. »Sie sind so dicht dran an diesen Leuten wie kein anderer. Mit Ihrer Hilfe können wir sie stoppen, die Schlepper, Schleuser, Händler, deren Kunden, diese … Bestien.«

»Wie stellen Sie sich das vor?«

»Wir ermitteln fortan gemeinsam.«

»Na klar«, Markus lachte abfällig, »treffen wir uns doch gleich gemeinsam mit Jalzin. *Darf ich vorstellen? Kommissar Kalkbrenner, seine Kollegin Muth, sie hätten da ein paar Fragen.*«

»Machen Sie sich nicht lächerlich. Natürlich halten wir uns im Hintergrund.«

Markus wurde wieder ernst. »Vermutlich wollen Sie mich noch verkabeln.«

»Ja.«

»Na klar, nur dass diese Typen mich ganz sicher abtasten werden.«

»Dann setzen wir stattdessen ein Richtmikrophon ein.«

»Diese Typen sind skrupellos, aber sie sind nicht blöd.«

»Wir können …« Kalkbrenners Handy schrillte. Ein Blick aufs Display. Seine Sorgenfalten verdichteten sich. »Moment.«

*

Kalkbrenner nahm das Telefonat entgegen. »Hallo?«

»Einen Moment bitte«, meldete sich Schmitters, »Herr Staatsanwalt Heindl für Sie.«

Ein Knistern.

»Das … funktioniert … schon … wieder … nicht«, Heindls Stimme klang wie aus großer Distanz, von einem fortwährenden Rauschen umrahmt. »Schalten Sie …« Ein Klicken. »Und jetzt, Herr Schmitz?«

»Sollte es funktionieren.«

»Herr Kalkbrenner?« Heindl war noch immer weit entfernt. »Hören Sie mich?«

»Undeutlich, aber …«

»Ich warte auf Sie.«

»Haben wir einen Termin?«

»Sie wollten mich …«, ein Hupen tönte aus dem Telefon, »… Laufenden halten.«

»So weit bin ich noch nicht.«

»Was soll das denn heißen?«, unterbrach Heindl ungehalten. »Was ist mit dieser neuen Spur, die Sie gestern Abend erwähnt haben?«

Ein Signalton meldete Kalkbrenner einen weiteren eingehenden Anruf. Sein Blick traf Kühn, der ungeduldig auf seinem Stuhl herumrutschte. »Wir haben Kontakt zu einem Kollegen, der verdeckt in der Szene ermittelt.«

»Verdeckt in der Szene? Was soll das heißen?«

»Das bedeutet, dass wir den Leuten, die die Kinder entführen, verschleppen und verkaufen, dicht auf den Fersen sind.«

»Wie dicht?«

»Sehr dicht.«

Für einige Sekunden drang nur ein Rauschen aus dem Telefon und das Piepen des zweiten Anrufers. Dann fragte Heindl besorgt: »Und wer weiß davon?«

»Niemand.«

»Gut, sehr gut. Und bitte, sehen Sie zu, dass es nicht schon wieder in die Hose geht. Wir können uns keine weiteren Fehler erlauben. Ich verlasse mich auf Sie.« Heindl legte auf.

Kalkbrenner nahm das andere Gespräch entgegen.

»Der Staatsanwalt hat nach dir verlangt«, sagte Berger.

»Ich habe eben mit ihm gesprochen.«

»Ach so.« Berger hüllte sich in Schweigen, als wartete er auf eine Erklärung.

Kühn erhob sich von seinem Stuhl, wechselte genervt einige Worte mit Reinhold und wollte das Hotelzimmer verlassen.

»Warten Sie!«, rief Kalkbrenner.

Kühn winkte ab. »Ich denke …«

»Ich sagte, warten Sie!« Zu seinem Kollegen sagte Kalkbrenner: »Sebastian, ist sonst noch was?«

»Ja, der Mordfall gestern. In der Prenzlauer Wohnung.«

»Kann das nicht warten?«

»Ich glaube, das ist wichtig.«

»Leg los!«

*

Markus hatte genug gehört, stand auf, warf den Kaffeebecher in den Papierkorb und blickte auf sein Handy.

»Ich muss los«, sagte er zu Horst.

Kalkbrenner schob die Hand übers Telefon. »Warten Sie.«

»Ich denke …«

»Ich sagte, warten Sie!«

Markus blieb in der schmalen Diele des Hotelzimmers stehen, starrte auf den Kleiderschrank, das eingeschweißte Schildchen an der Nussbaumtür, das über die Fluchtwege informierte.

»Sebastian, ist sonst noch was?«, sprach Kalkbrenner in sein Handy. »Kann das nicht warten? … Leg los! Ja, okay … Ach? … Gut zu wissen … Danke.« Er legte auf.

»Hören Sie«, sagte Markus, »ich verstehe Ihre Verzweiflung, Ihre Wut, diese Morde sind abscheulich, aber nur weil ich Ihre einzige Chance bin, diese Scheißkerle dranzukriegen, bringe ich nicht die ganze Operation in Gefahr … und mein Leben.«

»Setzen Sie sich«, sagte Kalkbrenner.

Markus blieb stehen.

»Wie Sie meinen … Das war der Kollege, den ich vorhin erwähnt habe.«

»Mhm.«

»Er ermittelt seit gestern Mittag in einem Mordfall und einem versuchten Mord. Ich denke, die Opfer dürften Ihnen bekannt sein, Sie sprachen vorhin von ihnen – und auch gestern Abend. Ein gewisser Dennis Jagusch und ein Mick Klaszynski.«

Markus reagierte nicht.

»Mein Kollege ließ mich wissen, dass die Spurensicherung am Tatort fündig geworden ist, Hautpartikel, Haare, Fingerabdrücke, aber wem erkläre ich das, Sie kennen sich da ebenso gut aus. Einige der Spuren wurden Ihnen zugeordnet.«

»Und was bedeutet das?«

»Diese Frage stelle ich Ihnen.«

»Wollen Sie mir drohen?«

»Was ich will?« Die Wut, die Kalkbrenner bisher unterdrückt hatte, brach sich plötzlich Bahn. Er knallte Fotos auf den Tisch, Mädchen und Jungen auf Metallbahren, missbraucht, verstümmelt, ermordet. »Ich will dafür sorgen, dass wir so was nicht noch einmal sehen müssen. Ich will die Leute, die das getan haben, zur Rechenschaft ziehen.«

»Und deshalb …

»… ziehen wir die Sache gemeinsam durch.«

»Oder?«

»Wir ermitteln getrennt. In diesem Fall richten wir unser Augenmerk auf diesen Zorkanowicz, den Sie zweifellos kennen, und auf den Mord und den versuchten Mord gestern Mittag, auch dazu müssten wir Sie vernehmen. Auf dem Präsidium. Jetzt gleich. Mein Kollege wartet schon.«

»Das können Sie nicht machen«, protestierte Horst.

»Ich habe Ihnen gesagt, was wir machen können.«

»Wenn er nicht zu dem Treffen mit Jalzin erscheint …«

»Dann muss er einen neuen Termin mit ihm machen.«

»Dazu wird es nicht mehr kommen, das wissen Sie genau, einer Ihrer korrupten Kollegen auf dem Revier wird Wind von ihm bekommen – und das war's mit unserer Operation. Dann haben wir gar nichts mehr.«

Kalkbrenner zuckte mit den Schultern.

Frostige Stille erfasste den Raum.

»Markus«, sagte Muth, »eigentlich wollen wir doch alle das Gleiche.«

Dummerweise war er sich da nicht mehr so sicher.

Du bist … anders.

Er lief zur Tür. »Gehen wir.«

»Warten Sie, wir müssen noch …«

»… das technische Equipment beschaffen?« Markus schüttelte den Kopf. »Dazu reicht die Zeit nicht. Wir müssen in zwei Stunden in Betzseen sein.«

Kalkbrenner schwieg.

54

»Die Bilder!«, drängelte ich, weil Angelo nicht reagierte. »Wo sind sie aufgenommen worden?«

»Das weiß ich doch nicht.«

»Dann finde es heraus.«

»Wie soll ich …?«

»Angelo«, schnitt ich ihm ungeduldig das Wort ab. »Wissen Claire, Niko und die anderen von dieser Schweinerei hier?«

Er riss die Augen auf. »Du darfst ihnen nichts davon sagen, bitte, das würden sie nicht verstehen.«

Ich schaute ihn ebenso entgeistert an. Was glaubte er? Dass ich ihn besser verstand? »Ich möchte wissen, wer die Bilder gemacht hat.«

»Wie soll ich …?«

Achselzuckend machte ich kehrt.

»Was hast du vor?«

Ich schritt die Auffahrt zu meinem Wagen hinunter. »Was denkst du?«

»Das kannst du nicht machen«, er stürzte auf mich zu, so schnell, dass ich vor Schreck ins Straucheln geriet.

Angelo blieb ruckartig stehen. Beruhigend hob er die Hände. »Du kannst jetzt nicht die Polizei rufen. Wenn die jetzt die Party stürmt«, er deutete auf die Villa, »wie soll ich herausfinden, wer die Fotos gemacht hat?«

Ich neigte zweifelnd den Kopf.

»Ich muss herumfragen«, fügte er hinzu.

»Also gut«, sagte ich. »Aber morgen früh rufe ich die Polizei.«

»Vielleicht brauche ich länger.«

»Das hier, das wird länger dauern als bis morgen früh?«

»Nein, ich …«

»*Kümmere dich darum!*« Ich lief weiter.

Angelo folgte mir.

Ich wirbelte zu ihm herum. »Hast du *da drinnen* nicht was zu erledigen?«

»Ich …«, er schlackerte verlegen mit den Armen, »… ich habe mein Geschenk im Auto vergessen.«

»Geschenk?«

»Das ist so üblich … Wir bringen unserem Date immer ein Geschenk mit.«

»Eurem Date?« Angewidert verzog ich das Gesicht. »Du meinst – die Kinder?«

»Juli, ich weiß, was du denkst, aber du musst mir glauben: Wir zwingen niemanden.«

*

Am nächsten Tag machte ich meine Drohung wahr. Ich setzte Kriminalhauptkommissar Veckenstedt über das, was ich über die Villa in Erfahrung gebracht hatte, in Kenntnis. Aufmerksam hörte er sich meinen Bericht an.

»Gut, dass Sie mich angerufen haben«, stellte er fest. »Aber wieso haben Sie uns nicht schon letzte Nacht verständigt?«

»Ich …« Ich hustete, während ich mich dafür verfluchte, mir keine passende Ausrede zurechtgelegt zu haben. »Ich war … verwirrt.«

»Verwirrt?«

»Ja, das alles war so … entsetzlich.« Und das war nicht einmal gelogen.

Diese Parallelwelt, mit der ich in Berührung gekommen war, ließ mich nicht mehr schlafen. Wenn ich nur daran dachte, wurde mir übel.

Und was hatte Merle damit zu tun?

Ich musste mit jemandem darüber reden, wollte ich nicht daran kaputtgehen. Nur mit wem?

Claire und Niko durfte ich nicht anrufen.

Du darfst ihnen nichts davon sagen.

Zögernd wählte ich Yvonnes Nummer. Sie ging nicht ran. Es dauerte zwei volle Tage, bis sie mich schließlich zurückrief.

»Ich weiß jetzt, wo dieses Bild entstanden ist«, sagte ich.

»Welches Bild?«

»Das Merle mir mit ihrer MMS geschickt hat.«

»Das ist … wie lange her?«

»Das ist doch egal, es sind noch viel mehr Fotos an diesem Ort entstanden, Fotos mit anderen Teenagern und …«

»Ich habe jemanden kennengelernt«, unterbrach mich Yvonne.

Für einen Moment schwieg ich verdutzt. »Warum sagst du mir das?«

»Ich wollte nur, dass du es weißt.«

»Gut. Jetzt weiß ich es«, presste ich hervor. Hätte mich ihre überraschende Nachricht berühren sollen? Das tat sie nicht.

»Und vielleicht kommen Toby und Elsa bald wieder zurück«, fügte Yvonne hinzu.

»Das ist schön.«

»Ich dachte, du möchtest vielleicht wissen, wie es ihnen so geht.«

»Geht es ihnen gut?«

»Interessiert dich das wirklich?«, fragte sie.

»Interessiert dich, was ich zu sagen habe?«, erwiderte ich.

Sie atmete angestrengt durch. »*Was?*«

»Die Bilder, von denen ich gerade sprach … die mit den nackten Kindern … die habe ich in einem Haus gesehen, verstehst du? In einem Haus, in dem Männer sich mit kleinen Jungen vergnügt haben.«

»Juliane, wenn das stimmt …«

Da war wieder ihr zweifelnder Tonfall. »Glaubst du mir etwa nicht?«

»Sprich mit der Polizei!«

»Das habe ich schon.«

»Und?«

»Sie gehen dem nach.«

»Ah ja«, machte sie und es klang wie: *Na toll, haste die Welt wieder umsonst verrückt gemacht!*

»Ich verstehe nicht, wie dich das alles so kaltlassen kann«, sagte ich.

»Das Leben geht weiter. Damit müssen wir uns abfinden.«

»Ja, genau …«

»Und ich habe eine Familie.«

»*Die* hatte ich auch. Bis du …«

»Nein!«, fuhr sie mich an. »Mach das nicht mir zum Vorwurf. *Du* hast unsere Familie zerstört!«

Ich heulte auf.

»Juli«, sagte sie, zärtlich, nein, mitleidig, und mein Herz verkrampfte sich. »Lass mich bitte in Frieden, ja?«

55 Ein Glöckchen bimmelte über Kalkbrenners Kopf.

Ein Mann um die sechzig, Geheimratsecken und graue Schläfen, stellte eine Tupperdose beiseite. »Da haben Sie aber Glück, ich wollte gerade Mittag machen.«

»Wir werden Sie nicht davon abhalten.« Muth zeigte ihren Dienstausweis. »Kriminalpolizei.«

»Na endlich!« Das Gesicht des Händlers hellte sich auf. »Schön, dass Sie sich mal blicken lassen.«

»Weswegen?«

»Na, wegen der Einbrüche, deswegen kommen Sie doch, oder?«

»Ja«, sagte Kalkbrenner, noch ehe seine Kollegin antworten konnte. »Deswegen sind wir hier.«

»Wurde auch Zeit, ich dachte schon, Sie wollen warten, bis diese Schweinehunde ein drittes Mal bei mir einsteigen.«

»Richtig, die Einbrüche.«

»Zwei Mal haben sie mir nachts die Kasse geklaut, ist das zu glauben?« Der Mann schüttelte entrüstet sein ergrautes Haupt. »Dabei fahre ich die Einnahmen jeden Abend noch zur Bank.« Er ließ die Schultern hängen. »Viel ist es sowieso nicht mehr. Die Geschäfte hier auf dem Dorf, die laufen schon lange nicht mehr.«

»Das tut mir leid, aber …«

»Aber wissen Sie, was diese Schweinehunde jedes Mal mitnehmen? Den *Playboy*! Manchmal glaube ich, es sind Jugendliche aus dem Dorf.«

»Möglicherweise«, sagte Kalkbrenner. »Und genau das wollen wir überprüfen.«

Der Händler sah ihn besorgt an. »Glauben Sie, die wollen während meiner Mittagspause …?«

»Nein, das nicht, aber es ist wichtig, dass wir uns heute hier versteckt halten.«

»Zu einer … Observation?«

»Richtig. Eine Observierung.« Kalkbrenner trat hinter die Zeitungsständer, die vor dem Schaufenster aufragten. Zwischen Kinderspielzeug und Taschenbüchern standen Lotto- und Toto-Aufsteller. Von der Decke baumelten Werbeplakate für Rubbellose.

Dazwischen waren die Gasse und das Haus gegenüber zu erkennen. Das Restaurant *La Sinuessa.*

Hinter der Kassentheke befand sich eine Tür zwischen zwei raumhohen Regalen voller Zigaretten- und Zigarrenschachteln.

»Wohin geht's dort?«, fragte Kalkbrenner.

»In mein Büro.«

»Dann schlage ich vor, Sie halten sich dort bedeckt.«

Der alte Mann nickte. Aufgeregt eilte er nach hinten. Seine Tupperdose ließ er stehen. Die Mittagspause war vergessen.

Kalkbrenner rief Reinhold an. »Wo sind Sie?«

»Ich stehe am Taxistand, wie vereinbart.«

Kalkbrenner schaute auf die Uhr. Es war kurz vor zwölf. Er wandte sich seiner Kollegin zu, die sich hinter den Zeitungsständern verbarg. »Und was macht Herr Kühn?«

*

Markus saß an einem der Tische, den Blick verärgert zur Tür gerichtet. In der Einkaufsgasse verriegelten die Kaufleute ihre Geschäfte bereits wieder für die Mittagsruhe. Es war kurz nach zwölf.

Dass es Zufall gibt, war mir nie so klar, umgarnte Schlagermusik die wenigen Gäste im *La Sinuessa.*

Zwei junge Frauen, die sich zu einem späten Frühstück verabredet hatten, ein Rentner vor dampfendem Tee über eine Zeitung gebeugt, an der Theke die Kellnerin vom Vorabend, das tätowierte, gepiercte Mädchen, immer noch mit schlechter Laune. Sie knallte Markus eine Cola light auf den Tisch.

Es gibt nie mehr einen Morgen danach, will in den Flammen der Nacht nie wieder frieren.

Vor dem Restaurant hielt ein Transporter, *Eygin Großhandel.* Er versperrte die Sicht auf die Straße.

Lustlos schlurfte die Bedienung nach draußen, schleppte Holzkisten voller Kopfsalate, Tomaten und Gurken in die Küche. Als der LKW davonrumpelte, war es halb eins.

Markus begann sich zu fragen, ob das Treffen geplatzt war. Sosehr er sich vor wenigen Stunden noch gewünscht hatte, alles hinter sich zu lassen, Drogen, Gewalt, Mord, den ganzen Scheiß – jetzt konnte, nein, *durfte* er nicht aufhören.

Eigentlich wollen wir doch alle das Gleiche.

Das mochte stimmen, aber für ihn war die Operation längst eine persönliche geworden.

Er nippte an der Cola, schaute nach draußen, dann auf die iPhone-Uhr. Viertel vor eins.

Warum ließ sich keiner blicken?

Er rief sich zur Geduld, doch je mehr Zeit verstrich, umso schwerer fiel es ihm.

Er leerte sein Glas. Es war eins.

Inzwischen war er überzeugt, dass die Russen nicht mehr auftauchen würden. Sie hatten die Polizisten entdeckt oder waren gewarnt worden, irgendetwas …

Diese Leute sind skrupellos, aber nicht blöd.

Als er seine Geldbörse zückte, sah er Zorkan die Gasse entlangeilen. Er kam ins Lokal und trat vor seinen Tisch. »Gehen wir.«

»Warum hat das so lange gedauert?«

»Willst du oder nicht?«

»Wohin gehen wir?«

»Was glaubst du?«

»Wo ist Jalzin?«

»Noch so eine blöde Frage und das war's.«

Markus hielt nach der Kellnerin Ausschau. Da sie weit und

breit nicht zu sehen war, legte er einen Fünf-Euro-Schein auf den Tisch und folgte dem Kirgisen ins Freie.

Vor der Gasse stand ein SUV, schwarz, abgedunkelt, ein Stiernacken am Steuer, ein zweiter vor dem Wagen.

Er tastete Markus ab, nahm dessen iPhone an sich, schaltete es aus und öffnete die Hintertür.

Der Fond war leer.

»Ich dachte …« Ein rüder Stoß beförderte Markus auf die Rückbank. Als Zorkan zu ihm einsteigen wollte, versperrte das Kraftpaket ihm den Weg.

»Was soll das?«, maulte der Kirgise.

»Du fährst dort.« Der Hüne nickte in Richtung einer zweiten Limousine, die um die Ecke bog. Dann hievte er sich zu Markus auf die Rückbank und schlug die Tür zu. Der Fahrer gab Gas.

*

Als die beiden Limousinen außer Sichtweite waren, rannte Kalkbrenner aus dem Laden. Er drückte sein Handy ans Ohr. »Sie sind weggefahren.«

»Weggefahren?«, echote Reinhold. »Warum?«

»Woher soll ich das wissen?«

»Hat man Sie bemerkt?«

»Nein, hat man nicht.«

»Sind Sie sicher?«

»Ja, verdammt!« Kalkbrenner gab seiner Kollegin ein Zeichen. Sie rannten die Gasse entlang zum Passat. »Die beiden Wagen müssen jeden Augenblick an Ihnen vorbeikommen, zwei SUV, schwarz, abgedunkelt … Sehen Sie sie?«

Reinhold sagte einige Sekunden lang nichts. »Da sind sie, sie verlassen den Ort.«

»Wir folgen ihnen!«

»Auf keinen Fall!«, widersprach Reinhold. »Wollen Sie riskieren, dass wir entdeckt werden?«

»Sollen wir sie einfach davonfahren lassen?« Kalkbrenner sprang auf den Beifahrersitz des Passat.

Muth startete den Motor, gab Gas und steuerte dem Ortsausgang entgegen.

»Wir bringen Markus in Gefahr«, warnte Reinhold.

»Er ist vor allem dann in Gefahr, wenn wir ihn allein mit diesen Typen lassen.«

»Er war ein halbes Jahr lang auf sich allein gestellt und …« Das Taxi kam in Sicht. Reinhold stand am Straßenrand. Mit der einen Hand presste er sein Handy ans Ohr, mit der anderen gestikulierte er wild. »Bleiben Sie stehen!«

»Wir fahren weiter«, sagte Kalkbrenner.

Seine Kollegin raste an Reinhold vorbei.

»Herrgott«, schimpfte der, »wenn diese Typen merken, dass wir sie verfolgen …«

»Dann *dürfen* wir sie es nicht merken lassen.«

Aus dem Hörer drang Reinholds vor Zorn bebendes Schnaufen. »Ich komme«, sagte er dann.

»Gut.« Kalkbrenner hielt seinen Blick auf zwei dunkle Punkte gerichtet, ein oder anderthalb Kilometer voraus. Die beiden SUV, die sich rasch der Autobahnauffahrt näherten. »Wir wechseln uns bei der Verfolgung ab, dadurch fallen wir weniger auf.«

*

Markus entspannte sich.

Was immer sich Zorkan dabei gedacht hatte, als er das *La Sinuessa* als Treffpunkt vorgeschlagen hatte, ein schlechter Scherz oder –

Wohl eher eine subtile Demonstration seiner Macht …

Jetzt heizte der SUV über die Landstraße, weg von Kalkbrenner und den anderen, die ihn, wie Markus hoffte, nicht verfolgen würden.

Der Wagen nahm die Auffahrt zur Autobahn. Der Hüne

neben ihm kurbelte das Fenster herunter – bevor Markus reagieren konnte, flog sein iPhone in hohem Bogen nach draußen.

Während er entgeistert sah, wie sein Telefon in einen dreckigen Tümpel in der Mitte der engen Kurve platschte, stellte er fest, dass ihnen die zweite Limousine mit dem Kirgisen an Bord nicht mehr folgte.

»Was ist mit Zorkan?«, fragte Markus.

Der Stiernacken neben ihm reagierte nicht.

»Wohin fahren wir?«

Schweigen.

Markus wurde in den Sitz gepresst, als der SUV beschleunigte. Felder rasten an ihnen vorbei, Bauernhöfe, Windräder. Die tschechische Grenze kam in Sicht.

Nach wenigen Hundert Metern fuhren sie von der Autobahn ab, scherten an einer Kreuzung nach rechts aus, gleich darauf ging es nach links, dann folgten sie einer kurvenreichen Landstraße durch einen Wald, bis sie ein Dorf erreichten. *Lípová*.

Plötzlich war sich Markus sicher: Irgendetwas lief mächtig schief.

Nicht, dass er ihn vermisste, aber nun wünschte er sich, man hätte ihm einen Sack über den Kopf gestülpt, damit er nicht sah, wohin sie mit ihm fuhren.

Anscheinend war es ihnen egal.

Und das bedeutet –

Der Wagen nahm eine weitere Kurve, dann bremste er abrupt und bog auf einen schmalen, im Dickicht fast unsichtbaren Forstweg ab.

*

Kalkbrenner fluchte.

»Was ist los?«, tönte Reinholds besorgte Stimme aus dem Handy. Seit sie von der Autobahn heruntergefahren waren, hielt er sich mit einigem Abstand hinter ihnen.

Muth verlangsamte den Passat.

Vor ihnen schlängelte sich die Landstraße durch endlose Kartoffelfelder bis zum Horizont.

»Der Wagen ist weg«, sagte Kalkbrenner.

»Was soll das heißen? Er ist weg?«

Kalkbrenner drehte sich zum Rückfenster um, die kurvenreiche Strecke hatte dafür gesorgt, dass sie die Distanz zu dem SUV hatten verringern können, ohne dabei bemerkt zu werden. Allerdings hatten die vielen Kurven auch einen Nachteil.

»Ich habe ihn aus den Augen verloren«, sagte Kalkbrenner.

»Herrgott«, schimpfte Reinhold, »ist er irgendwo abgebogen?«

»Da waren keine Abzweigungen.«

»Ich erreiche gerade ein Dorf.«

Kalkbrenner rief sich den winzigen Ort in Erinnerung, den sie vor wenigen Minuten durchquert hatten. Wie war der Name gewesen? *Lípová*. Eine Kirche, alte Häuser, nichts, wo man einen auffälligen Wagen wie den SUV innerhalb weniger Sekunden hätte verstecken können.

»Aber irgendwo müssen sie sein.« Reinholds Stimme schraubte sich nach oben. »Das gefällt mir nicht.«

Kalkbrenner teilte sein Unbehagen.

Muth bremste und wendete den Wagen. »Ich bin mir nicht sicher, aber ich glaube, wir haben einen Waldweg passiert.«

»Das Dorf liegt hinter mir«, sagte Reinhold, »fahre wieder durch Wald.«

»Halten Sie Ausschau nach einem Forstweg«, sagte Kalbrenner.

»Ich kann keinen sehen.«

»Sera«, fragte Kalkbrenner, »bist du dir sicher?«

»Nein.«

»Herrgott«, sagte Reinhold, »die können doch nicht einfach … Stopp, hier … Hier ist was.«

Muth lenkte den Passat durch die erste Kurve, die sie weg

von den Kartoffelfeldern und hinein in den Wald brachte. Bäume neigten ihre mächtigen Wipfel über die Straße.

Hinter der dritten Kurve stand das Taxi. Reinhold wies auf eine Stelle am Straßenrand. Zwischen dichtem Gestrüpp ging ein Weg ab.

*

Markus saß stocksteif.

Steine hämmerten gegen das Unterblech, Zweige klatschten auf das Dach, kratzten über den Lack, wie Finger, die seine Kehle abschnürten.

Der Weg schien endlos durch den Wald zu führen, doch in Wahrheit waren es natürlich nur wenige Minuten. Viel zu wenige.

Plötzlich traten die Bäume zurück, öffneten sich für eine Lichtung. Der Pfad endete vor einem Gasthaus, das seine besten Zeiten hinter sich hatte, alt, verlassen, die Fensterscheiben zerschlagen, das Dach zum Teil eingefallen.

In einer ebenso baufälligen Garage kam der SUV neben einem schwarzen BMW X6 zum Stehen.

Sergejs Wagen.

Beklommen folgte Markus einem kurzen Flur von der Garage in die ehemalige Gasthausküche, versiffte Armaturen, rostige Kochplatten, ein uralter gusseiserner Ofen. Daneben eine Treppe, die sich in die Dunkelheit des Vorratskellers schraubte.

Am Durchgang zum Schankraum wartete Jalzins Bodyguard. Er stieß die Doppeltür auf.

Sonnenlicht, das durch die Krater im Gebälk fiel, vertrieb nur spärlich die Schatten in dem Gebäude.

Am Tresen lehnte Sergej.

Jalzin saß an einem der staubigen Tische, auf seinem Schoß ein kleiner Junge, sein Sohn Juri. Daneben Ilanka.

56 Tage vergingen, in denen ich nichts von Angelo hörte. Wenn ich ihn anrief, ging er nicht ans Telefon. Oder er vertröstete mich.

»Ich bin da an etwas dran«, sagte er, »ich geb dir Bescheid.«

Ich war mir nicht sicher, ob ich ihm glauben durfte. Doch hatte ich eine andere Wahl?

Stattdessen bekam ich einen Anruf von Kommissar Veckenstedt. Er bat mich aufs Präsidium.

»Lassen Sie uns noch einmal über das reden, was Sie gesehen haben wollen«, begrüßte er mich.

Gesehen haben wollen? Was sollte das denn heißen? Sein Tonfall gefiel mir nicht. Ich sagte: »Drei Jungen, die zu der Villa gebracht worden sind.«

»Von wem?«

»Einem Mann namens Carlos. Ich hab Ihnen schon einmal von ihm erzählt.«

»Sind Sie sicher?«

Fast hätte ich ihn angeschrien. Ich atmete einmal tief durch. Trotzdem bebte meine Stimme. »Er hat drei Jungen zu dem Haus gefahren.«

»Dagegen ist erst einmal nichts einzuwenden.«

»Was, glauben Sie, haben die drei Kinder in dem Haus gemacht?«

»Haben Sie es mit eigenen Augen gesehen?«

»Nein, aber …« Ich klemmte meine Hände unter die Oberschenkel, damit ich nicht auf seinen Schreibtisch eindrosch. »Im Flur hingen Bilder nackter Kinder.«

»Als meine Kollegen im Haus waren, hingen dort nur Landschaftsaufnahmen.«

»Ich habe die Bilder mit eigenen Augen gesehen.«

»Nun«, sagte Veckenstedt und seine Miene verdüsterte sich. »Der Besitzer des Hauses ist ein achtbarer Bürger.«

»Glauben Sie, ich scherze?«

»Nein, aber Sie müssen verstehen«, begann er. An den Rest kann ich mich kaum noch erinnern. *Sie müssen aufpassen, was Sie tun. Sie können nicht einfach Leute beschuldigen. Sie steigern sich da in etwas rein. Was glauben Sie … Sie haben … Sie sollten … Sie sind …*

*

Ich fuhr nach Hause, enttäuscht und wütend. Als ich in die Paracelsusstraße bog, wartete Angelo vor meiner Tür.

»Ich hab was herausgefunden«, sagte er.

Ich schwieg.

Offenbar erwartete er, dass ich ihn in meine Wohnung bat. Er knirschte mit den Zähnen, als ich mich demonstrativ mit verschränkten Armen vor die Tür stellte. »Also«, sagte er, »der Typ, von dem die Fotos stammten, der macht öfter Shootings, auch Filme, wenn du weißt, was ich meine.«

»Nein, weiß ich nicht.« Ich war mir allerdings nicht sicher, ob ich es überhaupt wissen wollte.

»Na ja, Filme, Schwulenpornos, solche Sachen …«

Solche Sachen.

Sagte ich schon, dass ich sie hasse, diese *Sachen*?

»Kann ich mit ihm reden?«, fragte ich.

»Nein, das will er nicht und«, Angelo senkte seine Stimme, als wollte er mir ein ganz besonderes Geheimnis mitteilen, »es hat mich einiges gekostet, damit er mir Auskunft gab.« Er sah mich erwartungsvoll an.

Was wollte er? Dass ich ihm vor lauter Dankbarkeit um den Hals fiel?

»Wann hat er *diese* Aufnahmen gemacht?«, wollte ich wissen.

»Schon vor Monaten, sagt er.«

»War Merle auch dabei?«

»Ich hab ihm ihr Bild gezeigt, du weißt schon, das aus deiner MMS. Er hat bestätigt, dass er das Foto gemacht hat.«

Mir schnürte es die Luft ab. »Hat er auch Filme mit ihr gemacht?«

»Das hab ich ihn nicht gefragt.«

»Er weiß, dass die Kinder minderjährig sind, oder?«

»Vermutlich, er hat gesagt, er erledige die Jobs, die man ihm aufträgt, die Models ...«

»Models?«, würgte ich hervor.

»Na ja, die Darsteller, wie auch immer, die schafft ihm ein Typ ran.«

»Carlos?«

»Weiß nicht, hat er nicht gesagt.«

»Und wo sind die Aufnahmen entstanden?«

»Im Keller einer Kneipe, eine richtig coole Location«, plapperte er drauflos und für einen Augenblick kam wieder der quirlige junge Mann zum Vorschein, den ich so sympathisch gefunden hatte, »weißt du, alt, runtergerockt, genau richtig für so ...« Er hielt erschrocken inne, als ihm bewusst wurde, wie sehr er ins Schwärmen zu geraten drohte. Verlegen wich er meinem Blick aus. »Aber seit der Betreiber vor Jahren gestorben ist, hat die Kneipe geschlossen.«

Mein Herz schlug schneller. »Das *Rosenholz*?«

57

Markus starrte Ilanka an, ihre Augen von Tränen rot unterlaufen, die Wange geschwollen, auf ihrer Stirn prangte ein Bluterguss.

»Meine Frau brauche ich dir nicht mehr vorzustellen, oder?« Jalzin stand auf, setzte seinen Sohn auf den leeren Stuhl.

»Ja, ich glaube, wir sind uns ...« Japsend klappte Markus zusammen, als sich Sergejs Faust in seinen Magen bohrte.

Jalzins Stimme war dicht an seinem Ohr. »Ich weiß, dass du sie gevögelt hast, sie hat es mir verraten.«

»Hattest du Spaß, sie …?« Ein Kinnhaken schmetterte Markus auf die staubigen Dielenbretter.

Ilanka schrie auf. Ihr Sohn heulte.

»Schaff sie hier raus«, blaffte Jalzin seinen Bodyguard an.

Markus mühte sich auf die Beine. In seinem Magen brannte es, sein Schädel dröhnte. Er schmeckte Blut, spuckte es vor Jalzins Schuhe.

Als Ilanka mit ihrem Sohn an ihm vorbeilief, begegneten sich ihre Blicke. Stärker noch als die Wunden verzerrte Angst ihr Gesicht.

Mein Mann, er würde …

»Ich weiß nicht, was schlimmer ist«, sagte Jalzin und wiegte den Kopf. »Dass du meine Frau gevögelt hast oder dass du ein Bulle bist.«

»Behauptet wer?«

»Sagte ich dir nicht, wir haben Freunde?« Sergej bückte sich zu ihm.

Markus schwieg. Wer hatte ihn verraten?

Spielt das noch eine Rolle?

Sergej strich seinen Anzug glatt. Seine Goldringe glitzerten im Licht der Sonnenstrahlen, die durch das morsche Dach fielen. »Wer bist du?«

»Markus Wildt, das weißt du doch.«

»Dein richtiger Name!«

»Haben ihn dir deine Freunde nicht verraten?«

»Du hältst dich für besonders schlau, oder?«

»Talentiert – deine Worte!«, sagte Markus.

Sergej lächelte. »Hast du wirklich geglaubt, du könntest Zorkan gegen mich ausspielen?«

»Wo ist er?«

»Nicht mehr hier.«

Markus schluckte.

Er lässt Menschen verschwinden.

Als wüsste er um seinen Gedanken, nickte Jalzin. In Sergejs Hand lag ein Messer.

*

Kalkbrenner betrachtete den schmalen, verwachsenen Forstweg. Von Sträuchern und kleinen Bäumen hingen vereinzelt zerbrochene Zweige.

Vogelgezwitscher war aus dem Wald zu vernehmen. Das beharrliche Klopfen eines Spechts. Ansonsten Stille in den undurchdringlichen Schatten zwischen den Bäumen.

Sein Unbehagen nahm zu. »Wir sollten auf Verstärkung warten.«

»Verstärkung?« Reinhold schnaubte verächtlich. »Falls Sie es vergessen haben: Wir befinden uns in Tschechien. Weit außerhalb unserer Zuständigkeit.«

»Rufen wir die tschechische Polizei.«

»Die wird uns keine große Hilfe sein.«

»Trotzdem sollten wir nicht allein in den Wald. Wir haben keine Ahnung, was uns erwartet.«

»Und das heißt?« Reinhold sah ihn entgeistert an. »Dass wir Markus seinem Schicksal überlassen?«

»Sie selbst haben gesagt …«

»Ich weiß, was ich gesagt habe. Aber jetzt mache ich mir große Sorgen.«

»Ich auch«, gestand Kalkbrenner. »Aber wenn es eine Falle ist?«

»Dann ist Markus erst recht in Gefahr!« Reinhold setzte sich in Bewegung. »Wir sollten keine Zeit verlieren.«

Kalkbrenners Kehle schnürte sich zu, während er seine Waffe überprüfte. Muth folgte seinem Beispiel.

»Nein«, sagte er, »du bleibst hier, Sera.«

»Aber …«

»Reinhold hat recht. Wir sind weit außerhalb unserer Zuständigkeit. Ich möchte nicht, dass du deinen Job riskierst.«

Oder noch viel mehr.

Aber das sprach er nicht aus. »Außerdem«, sagte er stattdessen, »muss jemand die Straße im Auge behalten und uns warnen, falls ungebetener Besuch kommt.« Er wählte Muths Nummer.

Sie nahm den Anruf entgegen.

Kalkbrenner folgte Reinhold in den Wald.

Sie liefen parallel zum Forstweg, schlichen durch das Unterholz. Die Bäume tauchten die Gegend in tiefe Schatten, die ständig zuckten. Immer wieder verhakten sich Äste in ihren Jacken, als wollten sie sie am Weiterkommen hindern.

Trockene Zweige knackten unter ihren Schuhen.

Vögel flogen auf. Irgendwo hämmerte noch immer der Specht, sonst war nichts zu hören, keine Autos, keine Stimmen.

»Dort!«, zischte Reinhold und blieb abrupt stehen.

Zwischen Sträuchern bewegte sich etwas.

Behutsam pirschten sie sich weiter vorwärts bis an den Rand einer Lichtung.

»Ein Haus«, flüsterte Reinhold.

»Sehen Sie Markus?«, wisperte Kalkbrenner.

»Nein. Wir müssen näher ran.«

Das Gebäude entpuppte sich als eine Gastwirtschaft, die seit Jahren nicht mehr in Betrieb war. In einer verfallenen Garage daneben standen zwei SUV. Ein paar Männer unterhielten sich. Zu weit weg, als dass ihre Worte zu verstehen gewesen wären. Nur die Geräusche im Wald.

Und Muths Stimme, leise, kaum hörbar, aber aufgeregt. »Ein Auto. Da kommt ein Auto.«

Im selben Moment vernahm Kalkbrenner das Motorknattern, das sich der Lichtung näherte.

Verdammt!

Ein weißer Golf rumpelte auf die Lichtung.

*

Markus starrte auf das Messer in Sergejs Hand.

»Nein, Vladimir«, Ilanka blieb im Durchgang zur Küche stehen, »bitte …«

»Ich sagte, du sollst sie rausbringen!«, zischte Jalzin.

Noch bevor sich sein Bodyguard in Bewegung setzen konnte, ertönte ein aufgeregter Schrei aus der Garage.

Ein Auto bremste vor dem Haus.

Unschlüssig blieb der Stiernacken stehen, schaute seinen Boss an, wartete auf einen weiteren Befehl. Nur ein winziger Augenblick der Unachtsamkeit.

Die einzige Chance, die Markus hatte. Er warf sich gegen das Kraftpaket. In einer fließenden Bewegung griff er unter dessen Jacke zum Holster. Mit der anderen Hand stieß er ihn von sich.

Bevor der Hüne registrierte, was geschehen war, hatte Markus die Waffe entsichert, legte an, drückte ab.

Ein Knall peitschte durch das Gasthaus.

Mit ungläubigem Gesicht und einem Loch in der Stirn krachte der Bodyguard zu Boden.

In derselben Sekunde krachten Schüsse in der Garage.

*

Kalkbrenner sprang in Deckung.

Verdammt!

Er stolperte über eine Wurzel, stürzte kopfüber ins Unterholz.

Das Handy entglitt seinen Fingern.

Schüsse krachten über die Lichtung. Kugeln zersiebten den rostigen Golf.

»Oh Gott«, schrie Hardy Sackowitz, der sich in den Fußraum duckte. Scheiben zerplatzten. Scherben hagelten auf ihn herab. »Oh Scheiße, oh Gott.«

Kalkbrenner presste sich flach auf den Boden.

Wie zum Teufel war der Reporter ihnen gefolgt? Warum hatten sie ihn nicht bemerkt?

Und was hat er angerichtet?

Der Kugelhagel verebbte.

»Oh Gott!«, wimmerte Sackowitz. »Oh Gott!«

»Paul!«, tönte Muths aufgeregte Stimme unter vertrocknetem Laub hervor.

Vorsichtig drehte Kalkbrenner sein Gesicht zur Seite.

Reinhold hatte Schutz gesucht hinter einem umgestürzten Baum. Mit den Händen hielt er seine Waffe fest umkrampft.

Er nickte zum Gebäude. *Wir müssen Markus helfen!*

Langsam wälzte sich Kalkbrenner herum. Er zog seine Waffe aus dem Holster, entsicherte sie, holte Luft. Fast in Zeitlupe robbte er hinter einen Baum, richtete sich auf und –

Ein Schuss peitschte über die Lichtung. Noch einer. Neben seinem Kopf bohrte sich eine Kugel in den Baum. Rinde splitterte und flog ihm ins Gesicht.

»Oh Gott!«, wimmerte Sackowitz. »Oh Gott!«

Abermals schlugen Kugeln in seinen Wagen ein, zischten durch den Wald, zerfetzten Blätter und Zweige.

Kalkbrenner wagte nicht mehr, sich zu bewegen. Sein Puls raste. Sein Herz klopfte. In seinem Kopf herrschte Chaos.

Wo sind die kleinen Helferlein?

Für eine solche Situation waren sie nicht gewappnet. Aber wenn nicht bald Hilfe kam, dann –

Nein, hör auf!

Bilder blitzten vor seinen Augen auf, seine Mutter, Jessy, ihr Baby.

Keine Bange, es kommen genug Gelegenheiten, bei denen du dich als Opa beweisen darfst.

Seine Kehle schnürte sich zu.

»Paul!« Muth sprang hinter einem Busch hervor, ihre Waffe im Anschlag. Sie drückte ab.

Kalkbrenner zuckte zusammen. Hinter ihm krachte ein

Mann zu Boden. Wieder hallten Schüsse durch den Wald. Kalkbrenner riss seine Waffe hoch.

Sie entglitt seiner Hand.

Fassungslos starrte er auf seine blutigen Finger. Dann übermannte ihn der Schmerz.

*

Markus packte Ilanka und ihren Sohn, schubste sie in die Küche. Hinter dem gusseisernen Ofen fanden sie Deckung. Ilanka hielt Juri im Arm. Der Kleine weinte.

»Ich hol euch hier raus«, versprach Markus, obwohl er keinen blassen Schimmer hatte, wie er das bewerkstelligen wollte.

Lass dir was einfallen!

Hastig checkte er die Waffe, eine Jarygin PJa, eine russische Militärpistole, leicht, schnell, zuverlässig, ihr Magazin gefüllt mit sieben Stahlkerngeschossen.

Die Doppeltür bewegte sich.

Markus feuerte in das morsche Holz. Noch sechs Kugeln.

Stille erfüllte das Gebäude, nur das Wimmern des kleinen Jungen, Ilankas rasselnder Atem.

»Markus«, flüsterte sie. »Bist du …?«

Ihre Worte verschluckte ein neuerlicher Schusswechsel.

»Warte!« Markus richtete die Jarygin auf den Durchgang zum Schrankraum, pirschte in den Flur zur Garage.

Zwei von Jalzins Schergen hielten sich hinter den Autos verborgen, feuerten in den Wald.

»Markus!«, rief Ilanka.

Er wirbelte herum. Sergej stand in der Tür. Noch bevor Markus den Schuss hörte, knickte sein Bein unter ihm weg.

»Nein!«, schrie Ilanka.

Markus warf sich zur Seite, krachte gegen das Treppengeländer. Neben ihm schlug eine Kugel in den Boden. Blindlings feuerte er auf die Tür, einmal, zweimal, dreimal. Nur noch drei Patronen.

Sergej war verschwunden.

Markus zog sich am Treppengeländer hoch, schleifte sein schmerzendes Bein hinter sich her, eine Spur aus Blut auf dem Boden hinterlassend.

Als er wieder aufschaute, sah er Jalzin, den Lauf einer Waffe auf Ilanka gerichtet, die sich schützend über ihren Sohn beugte.

Markus riss die Jarygin empor, drückte ab.

In derselben Sekunde zuckte sein Arm zur Seite, weil ihn eine Kugel in der Brust erwischte, ihn drei, vier Stufen hinunterschleuderte, bis er gegen die Wand krachte. Die Waffe entglitt seiner Hand.

Wie ein Betrunkener hockte er auf der Stufe, der Schmerz in seiner Brust lähmte ihn, raubte ihm den Atem, trübte die Sicht.

In seinen Ohren gellte ein Schrei.

Schwerfällig hob er den Kopf. Durch den Nebel vor seinen Augen sah er Sergej, der auf ihn zukam, eine Waffe im Anschlag. Jalzin, der sich zu seiner Frau hinabbeugte. Ilanka, die schluchzend ihren Sohn wiegte. Dessen T-Shirt, das sich rot färbte. Blutrot.

Was hast du gemacht?

Kraftlos kippte Markus zur Seite, stürzte die Treppe hinunter. Ein siedend heißer Schmerz in seinem Nacken.

Finsternis.

*

Kalkbrenners Verstand begriff mit Verzögerung.

»Paul, alles okay?« Muth robbte zu ihm, ihre Waffe nach wie vor auf den leblosen Typen gerichtet. »Paul?«

»Ich glaube …« Er atmete durch und betrachtete seine Hand, von der Blut auf seine Hose tropfte. »Es ist nur ein Streifschuss.«

Irritiert neigte er den Kopf. Plötzlich war es still im Wald. Keine Schüsse mehr. Kein Schreien. Keine Vögel.

Totenstille.

Bis sich ein leises Wimmern aus dem Golf schälte. »Oh Gott …«

In der Garage heulten Motoren auf.

Kurz darauf schossen die beiden SUV über die Lichtung. Aus den Fenstern wurden Waffen gestreckt, feuerten blindlings in den Wald.

Muth sprang zur Seite, riss Kalkbrenner mit sich, drückte ihn zu Boden.

Die Schüsse hörten auf. Die Russen rasten über den Waldweg davon. Das Dröhnen der Motoren verklang.

Stille kehrte ein. Dann raschelte Laub. Und der Specht nahm seine Arbeit wieder auf. Als wäre nichts geschehen.

Kalkbrenner bewegte seine verletzte Hand. Der Schmerz war heftig, aber auszuhalten.

Reinhold rannte auf die Lichtung, stürmte vorbei an dem Golf und in das Gebäude.

Mit rostigem Quietschen flog die Fahrertür des Golfs auf.

Sackowitz quälte sich aus dem Auto, taumelte, rieb sich sein verquollenes Gesicht, tastete seinen Körper ab. Aus seinen Klamotten regneten Scherben aufs Gras.

Er betrachtete seinen Wagen. »Scheiße!«

Kalkbrenner richtete sich auf, ignorierte den Schmerz in seiner Hand. Er zwängte sich durch die Sträucher auf die Lichtung.

Der Reporter drehte sich zu ihm. »Oh Gott«, sagte er erleichtert. »Herr Kalkbrenner …«

Kalkbrenner stapfte auf ihn zu.

»… das ist ja gerade noch mal gutgegangen!« Sackowitz lachte.

Kalkbrenner hämmerte ihm die Faust ins Gesicht.

58 Ich kannte die Antwort, noch ehe Angelo sie mir gab.

»Aber ja«, erstaunt schaute er mich an. »Du kennst die Kneipe?«

Ob ich sie kannte?

Mit dem *Rosenholz* hatte alles begonnen. Jetzt führte mich meine Suche also dorthin zurück.

Ich fragte: »Wieso dort?«

»Ich sagte doch, eine coole Location. Und niemand, den es kümmert.«

»Das Haus muss doch jemandem gehören.«

»Ja, sicher, aber der Fotograf sagt, der Besitzer ist eingeweiht. Er will jedes Mal eine Kopie der Fotos und Filme haben, die dort unten entstehen. Er lässt sie immer von jemandem abholen. Er selbst, so scheint es, ist ziemlich scheu.«

»Klar, er will mit diesem Schweinkram lieber nicht in Verbindung gebracht werden«, stellte ich fest. »Also kennt ihn der Fotograf auch nicht?«

»Nein«, Angelo räusperte sich, »aber ich dachte mir, dass du mich danach fragen wirst. Ich hab gegoogelt.« Er klaubte ein Stück Papier aus seiner Hosentasche, entfaltete es zu einem DIN-A4-Ausdruck und reichte ihn mir. »Wie ich schon sagte, der Betreiber des *Rosenholz,* dem übrigens auch die Immobilie gehörte, ist vor Jahren gestorben. Die Kneipe muss damals ziemlich beliebt gewesen sein, weshalb es so etwas wie einen Nachruf in der Zeitung gab. Dafür wurde auch sein Sohn befragt, der die Immobilie geerbt hat. Nur eine kurze Stellungnahme, mit der er wissen ließ, er habe kein Interesse, die Gaststätte fortzuführen.«

»Schon klar, er hat andere Interessen. Wie heißt er?«

»Ich habe dir den Namen angestrichen.« Angelo tippte auf den Zeitungsartikel.

Ich traute meinen Augen nicht.

*

Minuten vergingen, in denen ich nur auf den Zettel starrte.

»Juli?«, drang irgendwann Angelos Stimme zu mir durch. »Alles klar?«

»Ja«, sagte ich, aber das war natürlich nicht die Wahrheit.

Die Wahrheit zitterte schwarz auf weiß vor meinem Gesicht, umkringelt von einem Kugelschreiber.

»Hilft dir das weiter?«, fragte Angelo.

»Ja.«

»Sind wir jetzt … quitt?«

Langsam löste ich meinen Blick von dem Namen. Hatte er das gerade tatsächlich gesagt? »*Quitt?*«

»Also«, er räusperte sich, »du wirst nichts verraten?«

Ich empfand Ekel vor ihm, aber das Gefühl erlosch so schnell, wie es mich überkommen hatte.

Stattdessen schaute ich wieder auf das Blatt Papier.

»Versprochen?«, fragte Angelo.

»Ja«, sagte ich und nahm kaum Notiz davon, wie er die Straße davontrottete.

Ich las den Namen, wieder und wieder, und wie von selbst fügten sich die Puzzleteile zueinander. Plötzlich war mir alles klar.

Nur eine Frage blieb offen: *Wieso?*

Ich nahm mein Handy. Wen wollte ich anrufen? Mit wem konnte ich darüber sprechen?

Mit zitternden Fingern wählte ich Yvonnes Nummer.

Lass mich bitte in Frieden, ja?

Ich zögerte. Aber jetzt, da ich die Wahrheit endlich herausgefunden hatte, würde sie sie erfahren wollen, da war ich mir sicher.

»Hallo?«, meldete sich eine fremde Frauenstimme.

»Hier ist Juliane.«

»Ah ja.« Es klang wie: *Ich habe schon einiges von dir gehört.*

»Ich muss mit Yvonne sprechen«, sagte ich. »Sofort!«

»Die ist nicht da.«

»Will sie nicht mit mir sprechen?«

»Nein, sie ist nicht da.«

»Bitte, kann ich sie ...«

»Ehrlich, sie ist nicht zu Hause.«

»Verdammt, es geht um Merle ...«

»Ja«, unterbrach sie mich, »das dachte ich mir. Das ist aber kein Grund, mich anzuschreien.«

»Ich habe herausgefunden ...«

»Ich sagte: Schrei mich nicht an!«

»Verdammt, es ist ... Hallo?« Sie hatte aufgelegt.

Und was jetzt? Sollte ich die Polizei anrufen?

Veckenstedts Stimme hallte in meinem Kopf: *Sie steigern sich da in etwas rein. Sie müssen aufpassen, was Sie tun. Sie können nicht einfach ...*

Welche Wahl blieb mir? Ich fuhr allein los.

59

Markus verlor den Halt. Schreiend stürzte er in die Tiefe. Kein Laut löste sich aus seiner Kehle.

»Schon gut«, flüsterte eine Stimme, »nur ein Traum.«

Er entspannte sich.

Nur ein Traum.

Er blinzelte in das Gesicht einer Krankenschwester, weißer Kittel, weißes Häubchen, ihre kühle Hand an seiner Stirn, die andere an einem fiepsenden Gerät. Aus einem Beutel an einem Galgen tropfte klare Flüssigkeit in einen Schlauch, der unter seine Decke führte.

»Ist er erwacht?«, fragte eine Stimme.

Markus drehte den Kopf zur Seite, blickte in Horsts fahles, faltiges Gesicht – und die Erinnerung brach über ihn herein. Die Schüsse. Die Schreie. Blut.

Das Piepsen wurde hektischer.

Das war kein Traum!

Er bäumte sich auf.

»Nein, nein«, die Krankenschwester drückte ihn zurück ins Kissen, »bleiben Sie liegen, ruhen Sie sich aus.«

Wo bin ich? Aus seinem Mund drang nur ein Krächzen.

»Sie sind in der Charité«, sagte die Krankenschwester, als könnte sie Gedanken lesen. Sie hielt ihm einen Becher an die Lippen. »Bald wird es Ihnen bessergehen.«

Er stieß sie von sich, wollte sich aufrichten.

Nichts wird besser werden!

»Was machen Sie denn da?« Sie hielt ihn zurück, wischte sich kopfschüttelnd Wasser von der Schürze. »Bleiben Sie doch liegen, Sie sind noch viel zu schwach. Und jetzt trinken Sie.«

Er trank einen Schluck.

»Kann ich mit ihm reden?«, fragte Horst.

»Wenn Sie dafür sorgen, dass er nicht aufsteht.«

»Natürlich.«

»Und nicht zu lange, haben Sie gehört?«

»Herrgott …«

»War das ein *Ja?*«

»Ja, doch.«

Mit quietschenden Sandalen marschierte die Schwester aus dem Zimmer. Vor der Tür standen zwei uniformierte Beamte.

Horst setzte sich auf einen Stuhl neben das Bett. »Du hast verdammt viel Glück gehabt.«

»Glück?«

»Nur ein paar Zentimeter tiefer und es hätte dein Herz erwischt. So war's ein glatter Durchschuss an der Schulter. Gibt 'ne hässliche Narbe. Wie der Streifschuss an deinem Bein.«

»Kann ich noch Wasser haben?«

Horst hielt ihm den Becher an den Mund.

Markus trank, leckte sich die Lippen. »Was ist mit …?«

»… Jalzin? Der ist entkommen, gemeinsam mit Sergej und

dem ganzen Rest der Drecksbagage. Sind mit ihrem SUV auf und davon und …«

»Was ist mit seinem Sohn?«

»Wessen Sohn?«

»Jalzins.«

»Da war kein Kind.«

»Und seine Frau?«

»Herrgott, da war auch keine Frau.«

»Doch, ich habe sie gesehen.«

»Dann müssen sie auch in einem der Wagen gesessen haben.«

»Du musst herausfinden …«

»Ich«, Horst grunzte vergrätzt, »ich kann gar nichts mehr tun, ich bin nämlich freigestellt …«

»Aber …«

»Kapierst du nicht? Deutsche Polizisten in Tschechien, eine wilde Schießerei, zwei tote Russen, einen, den du erledigt hast, einen, den diese Muth erwischt hat, die ganze Operation ist so was von aus dem Ruder gelaufen.«

Markus wandte den Blick zum Fenster. Die Worte seines Kumpels vermengten sich zu einem unverständlichen Brei, durch den Schüsse krachten und ein Schrei gellte.

Juri ist mein Sohn …

Wütend riss Markus den Kopf herum. »Verdammt, ihr hättet mir niemals folgen dürfen.«

»Da war noch …«

»Das war Scheiße!«

»… ein Reporter …«

»Den *ihr* dort hingeführt habt. Es wäre niemals so weit gekommen, wenn …« Markus fiel erschöpft aufs Kissen zurück. Seine Wut erlosch.

Sie konnte den Verlust, den er verspürte, nicht lindern. Und auch seine Schuldgefühle nicht vertreiben.

»Was ist in dem Haus passiert?«, fragte Horst.

Markus kämpfte gegen die Tränen an.

»Markus?«

Seine Stimme klang schlapp, gleichgültig. »Die wussten, dass ich ein Polizist bin.«

»Herrgott, auch *wer* du bist?«

»Ich glaube … nein.«

»Sicher?«

»Mhm.«

»Gut.« Horst dachte einige Sekunden nach. »Trotzdem lasse ich die Kollegen vor deiner Tür stehen, nur zur Sicherheit.«

Markus schloss die Augen.

Nur zur Sicherheit.

Was spielte das noch für eine Rolle?

»Hier ist übrigens noch jemand für dich«, sagte Horst und öffnete die Tür.

Ein kleiner Junge stürmte herein.

… er ist mein Ein und Alles.

»Onkel Markus, Onkel Markus.«

*

»Paps?«

Kalkbrenner erwachte.

Seine Hand schmerzte. Sein Kopf brannte. Schweiß klebte ihm das Hemd an die Haut, klamm wie die Bilder seines Traums.

Bernie stand vor dem Sofa, hechelte ihm seinen Hundefutteratem ins Gesicht. Sein wedelnder Schwanz fegte ein Glas vom Wohnzimmertisch. Bevor es auf den Boden krachte, fing Jessy es auf.

Kalkbrenner stemmte sich empor. Seine schmerzende Hand versagte ihm den Dienst. Mit einem Stöhnen fiel er zurück auf die Couch.

»Alles in Ordnung?«, fragte seine Tochter.

»Geht schon.«

»Tatsächlich?« Jessy stellte das Glas auf den Tisch. Skeptisch beäugte sie die Rotweinflasche daneben.

Kalkbrenner rappelte sich auf. »Nur eine kleine Einschlafhilfe.«

Mit der er wenigstens für ein paar Stunden den Vorwürfen hatte entfliehen wollen, mit denen er sich seit seiner Rückkehr aus Tschechien quälte.

Obwohl die Schießerei natürlich nicht alleine sein Verschulden gewesen war. War es nicht der Reporter gewesen, der mit seinem plötzlichen Auftauchen überhaupt erst die Schießerei heraufbeschworen hatte?

Vielleicht. Vielleicht aber auch nicht.

Sackowitz war nur ein Reporter. Er war Polizist! Er hätte bemerken müssen, dass sie verfolgt wurden. Nicht zum ersten Mal seit ihrer Rückkehr aus Tschechien stellte er sich die Frage, ob er seinem Job noch gewachsen war.

»Musst du nicht arbeiten?«, fragte Jessy.

»Krankgeschrieben.« Er zeigte ihr seine Hand, die noch auf der Lichtung vom Notarzt versorgt und bandagiert worden war. Ein Schmerzmittel hatte er sich nicht verabreichen lassen wollen.

Jetzt wünschte er sich, er wäre weniger stur gewesen. Schmerz wütete in seinem ganzen Körper.

Und der Wein.

Er schleppte sich in die Küche, füllte ein Glas mit Leitungswasser und trank.

»Ich hab versucht, dich anzurufen«, rief Jessy von nebenan.

»Habe mein Telefon leise gestellt.«

»Was ist passiert?«

»Nicht viel.«

»Mama erzählt was anderes.«

Kalkbrenner füllte noch einmal sein Glas, leerte es zur Hälfte und kehrte zurück ins Wohnzimmer. »Was hat sie gesagt?«

»War ja klar, dass das mal passieren musste.«

»*Das* hat sie gesagt?«

Achselzuckend streichelte Jessy den Bernhardiner, der sich an ihr Bein drückte. »In den Nachrichten sagen sie, es war die Russenmafia.«

Schweigend sank Kalkbrenner auf die Couch.

»Mensch, Paps, was hast du dir dabei gedacht?«

Die gleiche Frage hatten ihm auch die tschechischen Beamten gestellt, während sie ihn vernommen hatten, allerdings ohne ihn *Paps* zu nennen. Die Gespräche waren wenig erfreulich verlaufen. Das Telefonat mit Dr. Salm im Anschluss war noch schlimmer gewesen.

»Hast du nicht an uns gedacht?«, fragte seine Tochter. »An Mama? An mich? Und an …?« Sie hielt sich ihren Bauch.

Er öffnete den Mund, wollte ihr sagen, dass er gerade in jenen schockschweren Minuten im Wald an sie und das Baby gedacht hatte. Doch wie würde das für sie klingen?

Was glaubst du wohl?

Als hätte er den Tod vor Augen gehabt. Und genauso war es auch – was also sollte er ihr sagen? Er wollte sie nicht beunruhigen, nicht noch mehr, als sie es ohnehin schon war.

»Paps«, sagte seine Tochter.

»Ja?«

»Dein Handy.«

Auf dem Tisch leuchtete das Display auf. Es widerstrebte ihm, ranzugehen, überhaupt irgendeinen Anruf entgegenzunehmen. Dann las er den Namen des Anrufers.

Reinholds zornige Stimme schrillte in seinen Ohren. »Jemand hat Markus verraten!«

»Wie bitte?«

»Herrgott, die wussten, dass er ein Polizist ist.«

»Von wem?«

»Das frage ich Sie. Mit wem haben Sie gesprochen?«

»Wieso wir? Es kann jeder gewesen sein.«

»*Jeder?* Was glauben Sie denn, wie wir arbeiten!«, schrie Reinhold. »Monatelang läuft die Operation wie geschmiert – und kaum sind Sie dabei, fliegt uns alles um die Ohren.« Er legte auf.

Kalkbrenner rieb sich seinen schmerzenden Kopf.

Jemand hat Markus verraten.

Er zupfte an einem Faden, der von seinem Verband baumelte.

Er sah seine Tochter an. »Bist du mit dem Auto da?«

»Ja.«

»Kannst du mich zum Präsidium fahren?«

*

Markus zwang sich zu einem Lächeln.

Seine Schwester zog sich den Stuhl ans Krankenbett, in ihrem Gesicht ein angespannter, besorgter Ausdruck, den der strenge Zopf ihrer dichten roten Haare nur verstärkte. Sie hob Jonas auf ihren Schoß.

Der Kleine grinste, seine Sommersprossen leuchteten. »Onkel Markus?«

»Mhm.«

»Du bist ja doch ein Polizist.«

»Sagt … wer?«

»Onkel Horst.«

Markus sah erstaunt zu seiner Schwester.

»Er war bei uns«, sagte Alex, »nachdem du …«, ihre Stimme versagte, in ihren Augen schimmerte es feucht. »Entschuldige, ich … ich …« Hastig kramte sie ein Taschentuch aus ihrer Handtasche, tupfte die Tränen ab, schnäuzte sich. »Sascha hatte gerade den Grill angeworfen und …«

»Es tut mir leid, dass ich …«

»Hey, vergiss es, nicht schlimm, wir …«

»Wir wollten dich doch überraschen«, sagte Jonas.

Seine Mutter strich ihm durchs Haar. »Das machen wir ein andermal.«

»Ja, Onkel Markus, kommst du ein andermal?«

»Mhm«, machte Markus, aber es klang freudlos und falsch in seinen Ohren.

Falls seine Schwester es merkte, ließ sie es sich nicht anmerken. Sein Neffe strahlte glücklich übers ganze Gesicht.

Sekunden vergingen, in denen nur das Fiepen der Geräte zu hören war.

Und die Schüsse und ... der Schrei.

»Wo ist Sascha?«, fragte Markus, um sich von den Schrecken in seinem Kopf abzulenken.

»Mit Henry draußen, der Kleine hat geweint und wir ... wir wollten dich nicht wecken. Sollen wir sie holen?«

»Nein, bitte, bleib!«, fuhr er auf und erschrak über die Heftigkeit seiner eigenen Worte. Aber bei dem Gedanken, alleine in dem Zimmer zurückzubleiben, wurde ihm übel. »Ich bin froh, dass ihr da seid.«

»Ich bin froh, dass es ...«, wieder stockte Alex, wischte sich die Augen, »... dass es dir gut geht.«

Vom Flur waren Geräusche zu hören, Schritte, Stimmen, das Rattern einer Krankenliege.

Die Flüssigkeit aus dem Beutel tropfte in den Schlauch, der unter der Decke verschwand und an einer Kanüle in seinem Arm endete.

Markus bemerkte das fremde T-Shirt, das er trug, Jack & Jones und ...

»Ich hab dir Klamotten von Sascha mitgebracht«, sagte Alex. »Horst meinte, er könnte nicht in deine Wohnung, das wäre jetzt, also ...« Sie zeigte zum Schrank. »Wie auch immer, da sind ein Paar Schuhe, Socken, Unterwäsche, eine Jeans und ...«

»Danke, Alex.«

»Ich hoffe, sie passen dir. Du hast ja in etwa ...«

»Alex!«

»… die gleiche Größe und …«

»Alex!«

Sie verstummte, schaute mit gequältem Blick auf ihn herab.

»Das alles ist …«

»Nein, ist schon gut«, unterbrach ihn seine Schwester, »Horst hat alles erklärt, ich weiß jetzt … Oh Mann, das ist so heftig.«

»Mhm.«

»Aber ich verstehe endlich, weißt du, dein Schweigen, deine Ausflüchte, das alles, es ist okay …«

»Es ist …«

»… vorbei, ja, das hat Horst auch gesagt, wir brauchen uns keine Sorgen mehr zu machen.«

Markus schluckte.

Es ist okay.

War es das? Okay? Und vorbei?

Wieder hörte er die Schüsse und den Schrei, sie hatten sich in sein Hirn gebrannt. Er würde ihnen nicht mehr entkommen können – genauso wenig, wie man sich selbst entfliehen konnte. Sie würden für immer ein Teil von ihm sein, diese Schüsse, dieser Schrei, verzweifelt, voller Schmerz und Trauer.

Ilankas Schrei.

Was hast du gemacht?

Die Schuld senkte sich tonnenschwer auf seine Brust, drückte ihn ins Kissen, raubte ihm den Atem. Wie sollte er damit leben? Würde er es können – und *wollen?*

Eine Hand berührte seinen Arm, weich, warm, angenehm. Alex hielt ihn fest.

Schön, dass du da bist, Schwesterherz.

Dankbar schloss er die Augen.

*

Kalkbrenner schluckte zwei Kopfschmerztabletten und trank etwas Wasser hinterher.

»Bist du sicher?«, fragte seine Tochter und betrachtete besorgt die Reportermeute, die sich vor dem Präsidium zusammengerottet hatte.

»Nein.« Er klemmte die Wasserflasche ins Seitenfach ihres kleinen Seats.

»Soll ich auf dich warten?«

»Ich fürchte, es wird länger dauern.« Er zeigte zum Straßenrand. »Besser, du lässt mich hier raus.«

»Du bringst dich aber nicht wieder in Gefahr, oder?«

»Diesmal nicht. Versprochen.«

Zweifelnd schaute Jessy ihn an.

»Schon vergessen?« Er zwang sich zu einem Lächeln. »Ich muss mich doch noch als Opa beweisen.« Er wuschelte Bernie den Schädel und trat ins Freie.

Er wartete, bis seine Tochter weggefahren war.

Die ersten Journalisten bemerkten ihn. Sie richteten ihre Kameras auf ihn.

Während er sich wortlos an ihnen vorbeizwängte, ertappte er sich dabei, wie er Ausschau nach Sackowitz hielt. Er konnte den Reporter in der Menge nicht ausmachen. Ob er ihm mit seinem Hieb die Nase gebrochen, ihn gar längerfristig außer Gefecht gesetzt hatte?

Geschieht ihm nur recht!

Kalkbrenner verspürte Genugtuung. Dann verflog das Gefühl. Als der Fahrstuhl ihn nach oben hievte, quälte ihn bereits wieder ein Gefühl der Irritation.

Wer hat Markus verraten?

Niemand hatte von ihm gewusst, niemand außer Berger, Muth, Kalkbrenner selbst. Und dem Staatsanwalt.

War es denkbar, dass –

Nein, unmöglich, dachte Kalkbrenner, *aber …*

Was hatte Muth kürzlich gesagt?

Die Aufzugtür glitt auseinander. Im Korridor stand Berger. »Dr. Salm erwartet dich in seinem Büro.«

»Woher weiß er, dass ich hier bin?«

»Er hat dich gerade im Fernsehen gesehen.«

Kalkbrenner presste die Lippen aufeinander.

Sein Kollege zwirbelte seinen wuchtigen Bart, Kalkbrenner ließ ihn stehen. Er ging durchs Treppenhaus hinauf in die vierte Etage. Seine Kopfschmerzen hatten nachgelassen, dafür rumorte jetzt sein Magen.

Die Vorzimmerdame winkte ihn durch ins Chefbüro, in dem es keine Holzvertäfelung gab, keine verdreckten Teppiche, keine zerschrammten Schreibtische und Schränke. Die Einrichtung war modern und sauber. Eine der Regeln, die unter Kalkbrenners Kollegen kursierte, lautete: *Je höher man sitzt, desto angenehmer sitzt man.*

Und Dr. Salm wollte bekanntlich so hoch hinaus wie möglich.

Er hockte mit hochrotem Kopf hinter seinem Schreibtisch und bot Kalkbrenner keinen Stuhl an. »Habe ich nicht gesagt, Sie bleiben vorerst zu Hause? Keine Auftritte vor der Presse?«

»Ja, aber ...«

»Finden Sie nicht, dass Sie vorerst genug Schaden angerichtet haben?« Der Dezernatsleiter warf einen Blick auf die Uhr. »Ich erwarte jeden Augenblick den Herrn Staatsanwalt, und noch immer habe ich keine Ahnung, was ich ihm sagen soll.«

»Wir haben einen Maulwurf.«

»Das dürfte ihm bekannt sein, spätestens seit man Ihnen das Mädchen vor der Nase wegentführt hat. Und? Haben Sie ihn gefunden?«

Kalkbrenner schwieg. Wenn es stimmte, was er dachte ... *dann ja!*

Sein Chef schüttelte fassungslos den Kopf. »Sie können froh sein, dass Sie krankgeschrieben sind. Ansonsten würde ich Sie auf der Stelle suspendieren.« Er fuchtelte mit den Armen. »Und jetzt gehen Sie nach Hause!«

Kalkbrenner kehrte zurück in die dritte Etage.

Seine Sekretärin reichte ihm einen Teller mit einem großen Stück Kuchen und einem noch größeren Klecks Sahne.

Er ignorierte sie. Er wollte weder Kuchen noch Hilfe.

»Wo ist die Akte Merle Schwarz«, rief er in die Büros seiner Kollegen.

»Du hattest sie neulich abends«, sagte Rita.

»Und dann im Auto vergessen.« Muth wühlte sich durch das Chaos auf ihrem Schreibtisch. »Ich habe sie mitgenommen.«

Kalkbrenner schlug die Akte auf.

Berger rieb sich den Bart. »Suchst du etwas Bestimmtes?«

»Schmitters!«

»Wie bitte?«

»Wie ist noch mal sein Name?«

»Na, Schmitters«, sagte Berger.

»Nein, das ist ein Spitzname. Ich meine seinen richtigen Namen. Schmitz, oder? Und sein Vorname?«

»Keine Ahnung, alle nennen ihn nur Schmitters.«

Kalkbrenner blätterte durch die Akte, überflog die Vermisstenmeldung, die Berichte der Kollegen über die Suche und die Befragungen, die er während der Fahrt zu Merles Pflegeeltern nur überflogen hatte.

Und seine Kollegin hatte gesagt: *Wir haben etwas übersehen!*

»Verdammt!«, fluchte er. »Er war ihr Nachbar, ein Freund der Familie.« Er riss eine Seite heraus, tippte auf einen Namen. Dann sprang er auf und rannte aus dem Zimmer. »Edgar Schmitz.«

60

»Edgar«, sagte ich, als er mir die Haustür öffnete.

»Juli«, Sanitas Vater lächelte, »du?«

Mein Herz klopfte. Meine Hände waren schweißnass. Auf der Fahrt hierher hatte ich mir meine Worte sorgsam zurechtgelegt, alle Fragen, die ich ihm stellen wollte.

Jetzt stand ich vor ihm und mein Kopf war wie leer gefegt.

»Geht es dir gut?«, fragte er.

Ich nickte und schüttelte zugleich den Kopf.

»Du siehst krank aus. Möchtest du reinkommen?«

Ich nickte erneut und folgte ihm in die Küche. »Patricia ist mit den Kindern ein paar Tage weggefahren, zu den Eltern«, er lächelte noch immer, »du weißt ja, ein bisschen Abstand.«

Die Stille im Haus senkte sich bleiern auf mich herab.

Was hast du dir dabei gedacht?, höhnte eine Stimme in meinem Kopf.

Offenbar entging ihm meine Unruhe nicht. »Ist wirklich alles in Ordnung?«

»Kannst du dich erinnern?«, hörte ich mich fragen. Meine eigene Stimme klang mir fremd in den Ohren.

»Woran?«

»An den Tag, als Merle verschwand.«

»Das ist lange her, Juli, es tut mir leid, dass …

»Ja, ich weiß«, unterbrach ich ihn. »Es tut dir leid. Das sagtest du damals schon, ich erinnere mich noch genau. Obwohl ich nicht gut darin bin, mir Sachen zu merken. Yvonne war da immer ganz anders.«

»Juli, ich glaube …«

»Auch das *Rosenholz* habe ich nicht vergessen. Weißt du noch, ich habe die Kneipe damals erwähnt?«

»Das ist fast zwei Jahre her.«

»Du hast geantwortet, der Name sage dir ebenfalls nichts.«

»Ja, richtig.«

»Das war eine Lüge. Das *Rosenholz* gehörte deinem Vater. Jetzt gehört es dir.«

Er schwieg.

Lange Zeit sagten wir nichts. Mein Blick irrte durch die riesige Küche, blieb an dem großen, alten Standkühlschrank hängen, an dem unzählige Urlaubsfotos mit Magneten befestigt waren. Edgar, seine Frau. Die drei Kinder. Sanita, Merles beste Freundin.

Ich flüsterte, als fürchtete ich die Antwort: »Merle ist an jenem Abend bei euch angekommen, oder?«

»Ich habe keine Ahnung …«

»Ich weiß nicht, wie du es gemacht hast …«

»… was du meinst …«

»… aber du hast sie …« Meine Stimme versagte. »Hast du sie …?« Tränen schossen mir in die Augen. Ich wollte nicht weinen. Der Gedanke, dass dieses Scheusal mich in Tränen aufgelöst sah, war unerträglich.

Ich zwang mich, mich zusammenzureißen, und wischte mir die Augen.

Als sich mein Blick wieder klärte, krachte eine Faust in mein Gesicht. Ich taumelte rückwärts und knallte mit dem Hinterkopf gegen die Wand.

Dann war da nur noch Dunkelheit.

61

Kalkbrenner nahm drei Stufen auf einmal.

»Was hast du vor?«, hallte Muths Stimme durch das Treppenhaus.

Er schöpfte nach Luft, während er im Durchgang zur vierten Etage stehen blieb. »Der Staatsanwalt, er ist bei Dr. Salm.«

»Du solltest vorsichtig sein.« Seine Kollegin schloss zu ihm auf. »Du bist nicht im Dienst, außerdem hast du so gut wie nichts gegen Schmitz in der Hand.«

»Trotzdem sollten wir ihm auf den Zahn fühlen, meinst du nicht auch?«

»Ja, aber falls wir falschliegen? Nach Tschechien und der Sache heute Morgen würde das deine Lage nicht gerade verbessern.«

»Aber schlimmer«, Kalkbrenner lächelte matt, »kann's auch nicht mehr werden.« Er setzte sich wieder in Bewegung. »Warte hier.«

Er hastete durch den Korridor bis zur zweiten Tür links. Mit großen Schritten durchmaß er den Raum.

Die Sekretärin sprang empört hinter ihrem Schreibtisch auf. »Sie können da jetzt nicht rein!«

»Nur ganz kurz!« Ohne anzuklopfen platzte er in das Büro seines Chefs.

Dr. Salm starrte ihn entgeistert an. »Sind Sie von allen guten Geistern verlassen?«

Staatsanwalt Heindl musterte ihn frostig. Von seinem Assistenten fehlte jede Spur.

Kalkbrenners Puls raste.

Du solltest vorsichtig sein.

Der Dezernatsleiter hämmerte auf den Tisch. »Habe ich Ihnen nicht gesagt, Sie …«

»Entschuldigung«, unterbrach Kalkbrenner, »mir war, als hätte ich meinen Regenschirm vergessen.«

»Ihren Regenschirm?«

»Ich habe mich geirrt.« Kalkbrenner wandte sich zum Gehen.

»Es regnet doch gar nicht!«, rief Dr. Salm ihm hinterher.

Er blieb im Türrahmen stehen. »Ach so, Herr Staatsanwalt, Sie sind allein hier?«

Heindl runzelte die Stirn.

»Herr Schmitz ist nicht im Haus?«

»Nein, er hat sich den Nachmittag freigenommen. Warum fragen Sie?«

»Ach, nichts Wichtiges«, Kalkbrenner bemühte sich um einen beiläufigen Klang seiner Stimme. »Ich glaube, er hat neulich was im Konferenzsaal vergessen.« Noch ehe Heindl darauf eingehen konnte, zog Kalkbrenner die Tür in den Rahmen.

»Er ist weg«, sagte er, als er an Muth vorbei ins Treppenhaus eilte.

In der dritten Etage deutete Berger auf den flackernden Fernseher im Konferenzraum. »Habt ihr schon die Nachrichten gesehen?«

»Später.« Kalkbrenner hetzte die Stufen hinunter zum Ausgang.

*

Markus schreckte auf. Sein Blick irrte durch das Krankenzimmer. Seine Schwester und ihr Sohn waren nicht mehr da. Vor den Fenstern hing die Sonne, grell, heiß. Er hörte wieder Schüsse, den Schrei.

Es ist okay, wisperte eine Stimme. *Es ist vorbei!*

Er atmete ein und aus, ein und aus, lauschte dem einförmigen Fiepen der Geräte. Es beruhigte ihn.

Seine Hand tastete zur Stelle auf seinem Arm, an der Alex ihn berührt hatte. Für einen Moment glaubte er wieder ihre Finger zu spüren, sanft und warm.

Schön, dass du da bist, Schwesterherz.

Er legte sich zurück aufs Kissen. Er hatte keine Ahnung, ob und wie er die Schuld, die ihn quälte, in Zukunft würde ertragen können. Aber er würde sich bemühen, nicht für sich. Für seine Schwester. Ihre Kinder. Seine Neffen. Jonas.

Enttäusch ihn bitte nicht.

Die Stille in dem Krankenhaus gefiel ihm nicht.

Er schaute zum Fenster. Die Sonne blendete ihn.

Alarmiert richtete er sich wieder auf.

Er hörte keinerlei Geräusche, keine Schritte, Stimmen. Nichts.

Ihm wurde schwindlig. Er wartete, bis der Anfall vorüber war, dann schob er die Beine über die Bettkante.

Etwas zerrte an seinem Arm, der Schlauch, der sich zu dem Beutel am Galgen wand.

Er riss sich das Pflaster von der Haut, zog die Nadel heraus. Die wässrige Lauge tropfte zu Boden, mischte sich mit dem Blut, das aus der Wunde an seinem Arm rann. Er kümmerte sich nicht darum, setzte einen Fuß auf das Linoleum.

Schmerz, der in der Schusswunde an seinem Unterschenkel aufflammte. Um ein Haar wäre er zu Boden gestürzt. Er hielt sich an der Bettkante aufrecht. In seiner Schulter loderte ein Feuer.

Er biss die Zähne aufeinander, ließ den anderen Fuß folgen, verlagerte sein Gewicht auf das unverletzte Bein und humpelte zur Tür.

Die beiden Polizisten waren weg.

Sein Unbehagen verstärkte sich.

Hau ab, verschwinde, sofort!

Er schleppte sich den Korridor entlang, von dem zu beiden Seiten Krankenzimmer abzweigten.

Wo waren die Pfleger? Die Ärzte?

Er quälte sich weiter, passierte ein Schwesternzimmer, in dem gähnende Leere herrschte.

Die Fahrstuhltür öffnete sich.

Einem Impuls folgend, hechtete Markus in das nächstbeste Zimmer. Keuchend fiel er mit dem Rücken gegen die Tür.

Seine Schulter pochte, sein Bein brannte, für Sekunden wurde ihm schwarz vor Augen.

Das erste Krankenbett in dem Raum war leer, in dem zweiten schlief ein Rentner, sein Gebiss in einem Wasserglas auf dem Nachttisch, daneben ein Multivitaminsaft, ein Handy, auf einem Tablett ein Teller mit den Überresten seines Abendessens.

An der Wand flackerte tonlos ein Fernseher.

Markus öffnete die Tür einen winzigen Spalt, linste in den Korridor. Zwei Stiernacken verließen den Raum, in dem er bis vor wenigen Sekunden noch gelegen hatte.

Sie hasteten in die anderen Krankenzimmer, kontrollierten eines nach dem anderen.

Scheiße, verdammt, und jetzt?

Markus schloss die Tür, nahm das Messer vom Teller – und erstarrte.

Auf dem TV-Schirm flimmerte ein Bild von ihm.

*

Kalkbrenners Sorge wuchs mit jeder Minute, die sie sich länger durch den Feierabendverkehr stadtauswärts quälten.

Er hat sich den Nachmittag freigenommen. Ausgerechnet heute.

Muth ließ die Plattenbauten Pankows hinter sich, fuhr vorbei am kleinen, hübschen Häuschen der Kluges. Die Petunien strahlten im Licht der untergehenden Sonne.

Ein paar Straßen weiter hielten sie vor einem großen Grundstück, dessen Mittelpunkt ein reetgedecktes Haus markierte. Aus dem Innern erklang ausgelassenes Kindergeschrei.

Die Frau, die auf ihr Klingeln öffnete, war von kleiner, zarter Statur, trug ein blaues Kleid, dessen rote Punkte zu ihrem Fingernagellack passten. Ihr schwarzes Haar zierte ein rotes Band.

»Frau Schmitz?«, fragte Muth. »Patricia Schmitz?«

»Ja.«

Sie zeigte ihren Ausweis. »Ihr Mann ist nicht zu Hause?«

»Äh, nein«, sagte sie irritiert. »Er ist arbeiten.«

Nein, ist er nicht, dachte Kalkbrenner. Er sagte: »Wir waren mit ihm verabredet.«

»Hier?«

»Es geht um einen aktuellen Fall, an dem wir arbeiten. Er wollte uns einige Informationen aushändigen.«

»Davon hat er nichts erzählt.«

»Bestimmt war es stressig heute und er hat vergessen, es zu erwähnen.«

»Ja, so wird es wohl sein.« Verlegen richtete Schmitz ihr Haarband. Aus der Küche drang lautes Gepolter, gefolgt von einem bitterlichen Heulen.

»Sicher wird er jeden Augenblick kommen«, sagte Kalkbrenner.

Das Weinen wurde lauter.

»Warum warten Sie nicht drinnen auf ihn?« Frau Schmitz gab den Weg frei in die Diele. »Ich bereite gerade das Abendessen zu und … na ja, Sie hören es ja.«

In der großen, geräumigen Küche mit frei stehendem, rustikalen Herd und einer Arbeitsplatte, die fast die komplette Wand an der Längsseite des Raums einnahm, hockten zwei Mädchen am Tisch. Das ältere nagte schuldbewusst an einem Holzlöffel. Dem jüngeren liefen Tränen durchs teigbekleckerte Gesicht.

Schmitz tröstete ihre Tochter, befreite sie vom Teig, mit denen auch die Wand und Teile des Kühlschranks bekleckert waren, ein großer Standkühlschrank im Stil der sechziger Jahre.

Unter bunten Magneten hafteten Fotos. Sie zeigten Schmitz mit seiner Familie, in den Bergen, vor einer alten Hütte im Wald, am Strand. Andere, vergrößerte Urlaubsbilder hingen gerahmt an der Wand über der Arbeitsplatte.

Als sie ihre Tochter von den Teigspritzern befreit hatte, widmete sich Schmitz den brodelnden Töpfen auf dem Herd. »Darf ich Ihnen etwas zu trinken anbieten?«

»Danke, nein«, sagte Kalkbrenner. »Wir möchten nicht lange stören. Wir brauchen nur die Informationen.«

»Normalerweise macht er das ja nicht«, Schmitz rührte eine Soße an, »die …«

»Mama!« Ein junges Mädchen, vielleicht sechzehn oder siebzehn Jahre alt, schaute zur Küche herein, ein Handy am Ohr. »Ist das Essen bald fertig?«

»Ja, Sanita, gleich. Ich rufe dich.«

»Okay.« Das Mädchen verschwand.

Schmitz widmete sich wieder der Soße.

»Was macht er normalerweise nicht?«, fragte Kalkbrenner.

»Ach so, die Arbeit mit nach Hause nehmen.«

»Dann ist es heute wohl eine Ausnahme.«

»Ja, er erzählt auch nicht viel von seiner Arbeit. Aber wenn ich ehrlich bin«, ihr Blick fand die Kinder, die wieder vergnügt in einer Schüssel rührten, »ich möchte von all diesen schlimmen Dingen auch gar nichts wissen.«

Die Frage ist, dachte Kalkbrenner, *was wissen Sie überhaupt über Ihren Mann?*

»Sie fahren oft in Urlaub?«, fragte er mit einem Blick auf die Fotos am Kühlschrank.

»Oft ist übertrieben«, sie lächelte. »Früher häufiger. Seit die Kinder da sind, na ja, Sie wissen, wie das ist.«

»Schaut gemütlich aus«, er tippte auf das Bild mit der Hütte im Wald.

Schmitz wischte sich die Hände an einem Handtuch ab.

»Gewöhnungsbedürftig«, sie winkte ab, »die alte Datsche meiner Schwiegereltern. Aber da waren wir schon seit Jahren nicht mehr. Ich bin nicht mal sicher, ob die noch steht.«

»Hier in der Nähe?«

»Am Lübbesee.«

*

Markus brauchte keinen Ton, um zu verstehen, was die Nachrichtenmoderatorin ihren Zuschauern erklärte. Ein Polizeieinsatz an der tschechischen Grenze war aus dem Ruder gelaufen, hatte zu mehreren Toten und diplomatischen Verstimmungen geführt.

Mehrere Tote?

Ein Bild von Zorkan wurde eingeblendet, dann wieder das Foto von Markus.

Markus K., wie die Bauchbinde am unteren Bildschirmrand verriet.

»Das sind ja Sie«, brummelte der Rentner, der erwacht war.

Markus beachtete ihn nicht. In seinem Kopf tobte ein Chaos. Woher wusste die Presse seinen Namen?

Er wischte sich den Schweiß von der Stirn, trocknete die Hand am T-Shirt seines Schwagers.

Klamotten von Sascha.

Panik verkrampfte seinen Magen. Wenn sein Name in der Öffentlichkeit kursierte, dann würde bald auch der seiner Familie bekannt sein.

Wie von selbst setzte er sich in Bewegung, schleppte sich zum Schrank, klaubte die Klamotten hervor, Schuhe, Socken, eine Hose, eine Jacke, umwölkt von Kölnisch Wasser.

»Sie können doch nicht …« Die Stimme des alten Mannes erlahmte, als er das Messer in Markus' Hand erblickte.

Furchtsam sah er zu, wie Markus sich in seine Kleider zwängte. Nur mit großer Kraftanstrengung schaffte er es, sich die Schuhe zu binden. Immer wieder musste er innehalten, hustete.

Er griff nach dem Handy auf dem Nachttisch, öffnete die Tür, spähte in den Flur.

Die Russen verschwanden in einem der Zimmer, nur fünf Türen weit entfernt.

Worauf wartest du? Beeil dich!

Markus rannte los, so schnell wie es sein gebeutelter Körper noch zuließ. Während er im Treppenhaus hinunterstolperte, rief er Horst an.

Nur die Mailbox.

Er wählte die Nummer seiner Schwester, vertippte sich, begann von Neuem. Endlich erklang das Freizeichen.

Geht ran! Bitte, geht ran!

Wieder nur der Anrufbeantworter.

Mach dich nicht verrückt

»Alex«, sprach er auf den AB, »verschwindet von zu Hause, sofort! Bitte, verschwindet!«

Im Erdgeschoss hastete er am Pförtner vorbei auf die Straße, drohte auf den Asphalt zu stürzen. An einem Stromkasten hielt er sich aufrecht.

Die Schmerzen waren unerträglich. Aus dem Verband an seiner Schulter quoll Blut, tränkte das T-Shirt.

Passanten beäugten ihn ängstlich.

Er steckte das Messer weg, torkelte in ein Taxi, das am Straßenrand parkte. Er wählte die Nummer seiner Schwester. Abermals nur der Anrufbeantworter.

»Sie sollten besser zurück ins Krankenhaus«, sagte der Fahrer.

»Fahren Sie! Nach Mahlsdorf! Schnell!«

*

Kalkbrenners Kollegin jagte den Wagen über die Autobahn.

Pankows Hochhäuser waren nur noch verschwommene Flecken im Rückspiegel. Vor ihnen breiteten sich Felder und Wiesen aus, so weit das Auge reichte. Auf einem Acker wirbelte ein Bauer mit seinem Traktor meterhoch Staub auf.

In Wandlitz wechselten sie auf die Landstraße, passierten kleine Orte. Hinter der Abzweigung, die zu einem Wildpark führte, begannen Wälder, durch die sie das Navigationssystem kilometerlang lotste.

Kalkbrenner hatte keine Ahnung, was sie erwartete, aber

sein Unbehagen wuchs. Als seine Kollegin in Milmersdorf nach links abbog, hielt er es kaum noch aus.

Fast fuhren sie an dem Feldweg vorbei. Ein holpriger Pfad, der in den Wald führte und bei dessen Anblick in Kalkbrenner ungute Erinnerungen aufstiegen.

Als ahnte sie seine Gedanken, sah Muth ihn fragend an.

»Fahren wir«, sagte er.

Sie rumpelten über Schlaglöcher, Steine und Stöcke, vorbei an dichtstehenden, hohen Buchen, Pappeln und Tannen, die den Blick auf die Sonne und den Himmel versperrten.

Der Weg endete abrupt auf einer Lichtung.

Sträucher und Büsche wucherten ungezähmt. Das Häuschen zwischen den Bäumen wirkte wie aus einem Märchen. Anders als beschrieben, war es keineswegs verfallen.

Ein Tiguan parkte vor der Datsche. Deren Holztür ging auf.

*

Wieder und wieder tippte Markus die Nummer seiner Schwester ins Telefon. Wieder und wieder antwortete ihm nur der Anrufbeantworter.

Alles in Ordnung, beruhigte er sich, *sie sind nur einkaufen. Oder auf dem Spielplatz.*

Wie in Zeitlupe glitten Häuser, Geschäfte und Kneipen an ihm vorbei. »Geht das nicht schneller?«

»Mach ich ja schon«, murrte der Taxifahrer.

»Noch schneller.«

»Bin schon viel zu schnell.«

»Als wenn das Berliner Taxifahrer interessiert!«

»Ey, hören Sie mal ...«

»Verdammt, schauen Sie nach vorne!«

Der Fahrer trat auf die Bremse. Der Wagen kam gerade noch rechtzeitig vor einer Ampel zum Stehen. Ein Bus kreuzte ihren Weg.

Markus wollte schreien. Stattdessen versuchte er erneut Alex anzurufen. Wieder vergeblich.

Die Ampel zeigte Grün, der Wagen fuhr los, bog auf die Karl-Marx-Allee. Immer wieder mussten sie bremsen, weil der Verkehr sich vor jeder Ampel staute.

Markus' Herz klopfte in wilder Panik.

Erst als sie das Nadelöhr der Elsenbrücke hinter sich gelassen hatten, ging es dreispurig fließend vorwärts.

Irgendwann erreichten sie den Glienicker Weg, nach einem halben Kilometer die Spindlersfelder Straße.

Die Brücke brachte sie über die Spree.

Vor ihnen tauchte die Mahlsdorfer Straße auf, die Straßenbahnhaltestelle, die ersten Häuser, der Bäcker.

Das Taxi hielt vor der Hausnummer 11.

Markus stürzte auf die Straße, strauchelte, humpelte auf das Häuschen zu. Saschas Wagen stand vor der Garage. Hinter den Fernstern brannte kein Licht.

Markus mühte sich die Stufen zur Tür, klingelte. Nichts. Er hämmerte. Kein Getrampel, kein Kindergeschrei.

Er wandte sich zum Küchenfenster.

Ein ohrenbetäubender Knall schleuderte ihn durch die Luft.

62

Als ich erwachte, umgab mich Dunkelheit.

Ich blinzelte, entdeckte aber kein Licht. Ich vernahm keinerlei Geräusche. Oder meine Ohren waren taub.

Mein Schädel dröhnte von dem Schlag, mit dem mich Edgar niedergestreckt hatte.

Wie viel Zeit war seitdem vergangen?

Ich lag noch immer auf dem Boden. Vorsichtig tastete ich um mich herum, spürte kalte Fliesen.

Wo bin ich?

Ich stemmte mich empor. Der Schmerz in meinem Kopf entfachte Übelkeit. Ich legte mich wieder hin.

Als sich mein Magen endlich beruhigte, richtete ich mich behutsam auf. Ein Widerstand zerrte an meinem Fuß. Etwas klirrte.

Ich winkelte mein Bein an, tastete es ab. Eine Eisenfessel umschloss meinen Unterschenkel knapp oberhalb des Knöchels. Daran war eine Kette befestigt.

Ich rutschte zur Seite, nach vorne, nach hinten, schwer zu sagen, weil mir in der undurchdringlichen Finsternis jegliche Orientierung fehlte.

Der Spielraum, den mir die Kette ließ, war sehr begrenzt. Nach einem reichlichen Meter spannte sie sich an. Ich kam nicht weiter.

Gab es irgendwo eine Tür? Ein Fenster?

Und wenn schon!

Ich würde nicht bis dorthin kommen. Ich war gefangen. Und kein Mensch wusste, wo ich mich befand. Keiner, der sich dafür interessierte.

Ein Geräusch ließ mich erschrocken zusammenzucken.

»Hallo?«, flüsterte ich.

Keine Antwort. Hatte mir mein Brummschädel einen Streich gespielt?

Im selben Moment ein Rascheln. Dann eine Berührung.

Mit einem Schrei sprang ich weg, die Kette an meinem Bein rasselte. Ich stieß mit der Schulter gegen einen Gegenstand. Schützend riss ich die Arme vors Gesicht.

Es war nur ein Stuhl.

»Edgar?« Ich krümmte mich zusammen wie ein verängstigtes Tier. »Bist du das?«

Wieder nur Stille.

Was für ein grausames Spiel trieb er mit mir?

»Juli?«, wisperte eine Stimme.

Ich traute meinen Ohren nicht.

»Juli?«, fragte es erneut.

Jetzt bist du wirklich durchgedreht!

»Merle«, hörte ich mich sagen.

Wieder ein Rascheln. Eine Hand, die sich auf meinen Arm legte.

Eine Gänsehaut überzog meinen gesamten Körper. Tränen füllten meine Augen.

»Mama«, sagte Merle.

63

Markus war bewusstlos. Zumindest fühlte es sich so an.

Doch wer bewusstlos war, war nicht fähig zu Gedanken und Schmerzen konnte er auch nicht empfinden.

Seine Schmerzen aber waren infernalisch, und er wünschte, er wäre es tatsächlich: bewusstlos. Oder noch besser: tot.

Es wäre das Beste für alle, am meisten für dich!

Ein Schrei drang an sein Ohr.

Sein Verstand brauchte eine Weile, bis er begriff, dass er es selbst war, der so schrie.

Er wälzte sich auf die Seite, roch das Kölnisch Wasser des alten Mannes. Und noch etwas anderes, heißes …

Feuer!

Seine Hose brannte lichterloh.

Er riss sich die Jacke vom Leib, erstickte die Flammen. Dann sah er das Haus.

Flammen schlugen aus den zerborstenen Küchenfenstern im Erdgeschoss. Der Wind trieb Rauch über den Garten, in den die Wucht der Explosion Markus geschleudert hatte, zwischen die Überreste der Haustür, Bretter, Glassplitter, Schuhe.

Nein, nein, Übelkeit verkrampfte seinen Magen, *nein!*

Im Haus knackte ein Balken und zerbrach.

Im Zimmer oben heulte ein Kind.

*

Kalkbrenner war sich nicht sicher, was er erwartet hatte.

Einen verängstigten Schmitters? Reuig? Geständig?

»Frau Muth, Herr Kalkbrenner«, mit einem Lächeln trat Schmitters auf die Veranda, »was für eine Überraschung.«

Sie blieben vor den Stufen stehen.

»Mit Ihnen habe ich ja gar nicht gerechnet.« Schmitters strich sich seinen blondierten Scheitel aus der Stirn.

Für einen Moment stiegen Zweifel in Kalkbrenner auf. Schmitters' freundliches Lächeln, seine Arglosigkeit …

Nein!

Kalkbrenner rief sich in Erinnerung, was ihn hierhergeführt hatte. *Elf Kinder, drei Mädchen, acht Jungen.* Und dass ein Zufall reiner Zufall war.

Er fragte: »Mit wem haben Sie denn gerechnet? Einem SEK?«

»Wie bitte?«

»Lassen wir die Spielchen. Sagen Sie mir: Warum haben Sie uns an die Russen verraten?«

»Ich habe keine Ahnung, wovon Sie reden.« Schmitters vergrub die Hände in die Taschen seiner feinen, eng geschnittenen Hose, lächelte nach wie vor, voller Erstaunen und Rechtschaffenheit.

Entweder war er tatsächlich unschuldig oder ein verdammt guter Schauspieler.

Und das muss er sein!

Andernfalls hätte er sie nicht tagelang, wochenlang, über Monate an der Nase herumgeführt.

Kalkbrenner fragte: »Haben die Russen Sie erpresst?«

»Ich glaube, Sie sollten jetzt besser zurück nach Berlin fahren.«

»Weil sie von Ihren schmutzigen Geheimnissen wussten?«

»Sind Sie nicht krankgeschrieben? Sie haben hier rein gar nichts zu suchen.«

»Wussten Sie von Merle? Und den anderen Kindern?«

Schmitters' Lächeln erstarb. »Das muss ich mir nicht anhören, nicht von Ihnen. Ich werde den Herrn Staatsanwalt verständigen, und ich bin mir sicher, er wird nicht erfreut sein über Ihr Auftreten, nicht nach Ihrem Debakel heute Morgen.« Kopfschüttelnd wandte er sich ab, ging in die Datsche und wollte die Tür schließen.

Mit einigen schnellen Schritten holte Kalkbrenner ihn ein und bekam gerade noch rechtzeitig seinen Fuß zwischen Tür und Angel.

Die Tür sprang wieder auf. Das Holz krachte gegen Schmitters' Schädel. Mit einem Ächzen taumelte er ins Haus.

Kalkbrenner folgte ihm.

»Dazu haben Sie kein Recht!«, protestierte Schmitters.

»Und ob«, Kalkbrenner tastete ihn ab, schubste ihn auf die Couch. »Das sollten Sie am besten wissen.«

»Das«, Schmitters stemmte sich empor, »wird Konsequenzen für Sie haben.«

Kalkbrenner verpasste ihm einen Stoß. »Bleiben Sie sitzen!«

Die Datsche war geschmackvoll eingerichtet, ein flauschiger Teppich vor dem Kamin, gegenüber das Sofa, daneben ein kleines, mit Ornamenten verziertes Holztischchen, eine ebenso kunstvolle Kommode im Durchgang zur Küche, Landschaftsaufnahmen in Bilderrahmen an den Wänden.

»Nett haben Sie es hier«, sagte Kalkbrenner. »Wirklich gemütlich. Fast ein wenig zu gemütlich, wenn man bedenkt, dass Sie seit Jahren nicht mehr hier waren. Sagte zumindest Ihre Frau.«

Schmitters rieb sich die Prellung an seiner Stirn.

»Haben Sie Merle vor zwei Jahren *hierher* gebracht?«

Er funkelte Kalkbrenner an.

»Und dann ermordet? Im Wald verscharrt?«

Schmitters schwieg.

»Ich bin mir sicher, dass …«

»Was ist das hier?«, unterbrach Muth, die im Durchgang zur Küche stand, an der Kommode rüttelte, sie dann beiseiteschob. Sie bückte sich zu einem schmalen Teppich und hob ihn an.

Eine Falltür kam zum Vorschein.

Kalkbrenner wandte sich wieder dem Sofa zu. »Was …?« Er erstarrte. »Verdammt!«

»Paul!«, rief Muth.

Schmitters hielt eine Waffe in der Hand.

Kalkbrenners Herzschlag setzte aus.

Du bringst dich aber nicht wieder in Gefahr, oder?

Schmitters schob sich den Pistolenlauf in den Mund.

*

Markus stemmte sich empor, taumelte aufs Haus zu.

Hände rissen ihn zurück. »Ey, Mann, da können Sie nicht rein!«

Markus stieß den Taxifahrer von sich, stolperte in das Haus hinein.

Oh Gott, nein, nein …

Er erbrach bittere Galle, als er im Durchgang zum Wohnzimmer die beiden Körper sah, absurd verdreht, zerfetzt, verbrannte Haut, verschrumpeltes Fleisch.

Trotzdem glaubte er das Gesicht seiner Schwester zu erkennen, die Überreste ihres wilden roten Haars.

Schön, dass du da bist, Bruderherz.

Er sackte auf die Knie, berührte seine Schwester, schüttelte sie, schrie sie an.

Das kann nicht sein, das darf nicht sein, das …

Das Heulen des Kindes wurde leiser.

Flammen loderten in der Küche, griffen über auf die Diele und das Wohnzimmer. Rauch trieb die Treppe hoch.

Wie in Trance stand Markus auf, trampelte über Möbelreste, Glassplitter und Jacken, quälte sich dann die Stufen nach oben. Hustend platzte er ins Kinderzimmer.

Jonas lag bewusstlos im Bett.

Markus brüllte, atmete Qualm ein, würgte. Ihm wurde schwindelig.

Er hob seinen Neffen auf die Arme, stürzte aus dem Zimmer, taumelte in den Raum nebenan. Wo war Henry?

Henry?

Das Babybettchen war leer.

Panisch versuchte er in die anderen Zimmer zu gelangen, schrie nach Henry.

Es war aussichtslos.

Der Rauch war zu dicht, die Hitze nicht mehr auszuhalten.

Du musst raus hier, raus, raus, sofort!

Er wankte die Treppe runter. Fauchend schnappte das Feuer nach ihm. Die Luft wurde knapp.

Schneller, schneller, seine Kräfte ließen nach, *das bist du Alex schuldig.*

Er torkelte durch den Flur, stieg über die Leichen, erreichte den Garten, fiel zu Boden, rang um Luft.

Jonas hing leblos in seinen Armen.

Nein, nein, bitte nicht!

Markus tastete nach dem Puls seines Neffen. Da war nichts. Er presste seinen Mund auf Jonas' Lippen, stieß Luft in die kleinen Lungen.

Der Junge rührte sich nicht.

Mach was, verdammt, rette ihn!

Hektisch riss er seinem Neffen das Shirt vom Leib, begann eine Herzdruckmassage. Ein Schatten fiel auf sie beide.

»Rufen Sie einen Arzt, schnell!«, schrie Markus.

In seinen Ohren peitschte ein Schuss.

Jonas zuckte. Sein Kopf sackte zur Seite, ein blutiges Loch in seiner kleinen Brust.

Entsetzt starrte Markus seinen toten Neffen an. Dann hob er den Kopf.

Was hast du gemacht?

»Jalzin möchte dich sehen!«, knurrte der Stiernacken.

Hinter ihm lag der Taxifahrer, mit leerem Blick, tot.

Wie aus dem Nichts lag plötzlich das Messer in Markus' Hand, mit einem Schrei, der kaum noch menschlich in seinen Ohren dröhnte, rammte er es dem Russen in den Oberschenkel. Blut spritzte. Die Pistole entglitt seiner Hand.

Ein zweiter Hüne stürmte auf Markus zu.

Der packte die Waffe, schoss einmal, zweimal.

Der Russe krachte kopfüber ins Blumenbeet.

Schreiend entleerte Markus das Magazin in den massigen Körper, dann schleuderte er die Pistole wütend weit von sich.

Aus der Ferne erscholl das Heulen der Feuerwehr.

Markus stand auf, humpelte auf das Taxi zu und klemmte sich hinter das Steuer. Der Schlüssel steckte. Er startete den Motor.

Während er Gas gab, wählte er eine Nummer auf dem Handy.

»Ich dachte, du wolltest dich melden«, sagte Richard, laut und vorwurfsvoll.

Markus brüllte, schluchzte, weinte. »Ich brauche deine Hilfe.«

*

Ein ohrenbetäubender Knall in Kalkbrenners Ohren.

Im selben Moment klatschten Blut und Hirn an die Wand. Schmitters zuckte, mit einem schmatzenden Geräusch entleerten sich sein Darm und die Blase. Langsam sackte er zur Seite. Sein zerfetzter Kopf krachte auf das Tischchen, dessen Schublade offen stand. Darin eine Schachtel Patronen.

Kalkbrenner erwachte aus seiner Erstarrung.

Beiläufig bekam er mit, wie Muth Schmitters' Puls überprüfte. Sie schüttelte den Kopf und verständigte die Spurensicherung.

Kalkbrenner trat vor die Falltür. Deren Schloss war verriegelt. Widerwillig kehrte er zurück zu der Leiche, durchwühlte deren Hosentaschen und fand einen Schlüsselbund.

Der dritte Schlüssel, den er ausprobierte, passte. Er klappte die Tür in die Höhe.

Das Licht aus der Küche fiel auf eine Leiter, die hinabführte in einen kleinen, engen, mannshohen, von Schatten erfüllten Raum.

Ein Keller, vier nackte, unverputzte Wände mit grauen und gelben Flecken übersät. Ohne Fenster. Nur eine schwere Eisentür, mit doppeltem Sicherheitsschloss versehen.

Kalkbrenner glaubte, verstohlene Laute zu hören, schwaches Stöhnen, aber sicher war er nicht.

Er kraxelte die Stiegen hinab.

Der vage Geruch eines süßen Aftershaves hing in der kleinen Kammer, und darunter, noch flüchtiger, das Aroma von Schimmel und Schweiß und –

Angst!

Er blieb vor der Eisentür stehen, hielt die Luft an, lauschte.

Ein Flüstern.

Wieder probierte er den Schlüsselbund durch. Sein Herz schlug schneller, während er die Tür entriegelte.

Im schwachen Licht, das von oben hier herunter drang, erkannte er ein Bett, einen Schrank, sogar eine Toilette.

Erst dann nahm er eine Bewegung wahr, hinten in der Ecke. Eine Frau. Juliane Kluge. An ihren Knöcheln eine Kette. In ihren Armen ein Junge.

Kalkbrenner erkannte Merle sofort.

64

Das Licht blendete mich, als Sie die Falltür öffneten.

Nach Stunden, die wir ständig in der Dunkelheit verbringen mussten, blendete es immer.

Es gab zwar eine Lampe an der Decke unseres Verlieses, die manchmal an und nach einer Weile wieder ausging. Er hatte sie wohl mit einer Zeitschaltuhr programmiert. Aber er selbst kam nicht jeden Tag zu uns.

Manchmal vergingen mehrere Tage, zwei oder drei. Oder eine ganze Woche. Schwer zu sagen, denn ohne Fenster, ohne Tageslicht, ohne Uhr, war die Zeit keine Konstante mehr.

Wir aßen, was er uns hinstellte. Wir säuberten uns abwechselnd an dem kleinen Waschbecken an der Wand. Wir hockten uns auf das Klo in der Ecke. Es war erniedrigend.

Merle verlor nicht viele Worte über die Wochen und Monate, die sie alleine hier unten eingesperrt worden war.

Sie war so tapfer. Ich hatte recht behalten.

Sie ist etwas Besonderes.

Leider hatte nicht nur ich das erkannt.

Immer wieder holte Edgar sie zu sich nach oben. Ich schrie ihn an, wütete wie eine Furie, bettelte, winselte, aber ich war machtlos. Ich war gefangen, gefesselt, und wenn ich mich schützend über Merle beugte, schlug er gnadenlos auf mich ein.

Also setzte ich mich nicht mehr zur Wehr.

Heulend lauschte ich den Geräuschen von oben, den Stimmen. Zwei Männer. Vielleicht waren es auch drei. Einmal fiel ein Name. *Harry,* glaube ich. Ich weiß es nicht.

Ich wusste nur: Halb bewusstlos in der Ecke würde ich keine große Hilfe für Merle sein, wenn sie nach Stunden wieder zu mir runtergebracht wurde, erschöpft, zitternd, ein Häufchen Elend.

Es zerriss mir das Herz.

Aber vielleicht war dies der Grund, weshalb er mich am

Leben ließ. Welche andere Verwendung hätte er sonst für mich haben sollen?

Ich hielt meine Tochter im Arm, ich tröstete sie, ich gab ihr Kraft. Das war das Einzige, was ich für sie tun konnte.

Du darfst die Hoffnung nie aufgeben. Niemals!

DAMALS

Du darfst die Hoffnung nie aufgeben. Niemals!

In Kalkbrenners Ohren klingen die Worte nach, obwohl inzwischen mehr als ein Tag vergangen ist, seit ihm Juliane Kluge ihre erschütternde Geschichte erzählt hat.

Jetzt sitzt er vor dem Schreibtisch seines Chefs, der erst vor wenigen Sekunden die Abschrift des Berichts zu Ende gelesen hat.

Dr. Salm blickt aus dem Fenster, mit einer Miene, die nicht ergründen lässt, was er während der Lektüre empfunden hat.

Mitgefühl? Bestürzung?

Draußen ist Dunkelheit aufgezogen, die Stadt ein Lichtermeer, die Aussichtskugel des Fernsehturms ein Silberpunkt am Abendhimmel.

»Fast zwei Jahre«, sagt der Dezernatsleiter unvermittelt. »Unglaublich! Aber Ihr Glück, Herr Kalkbrenner.«

»Glück?«

»Selbstverständlich, denn dass Sie Merle Schwarz nach so langer Zeit gefunden *und* gerettet haben, das macht Ihr zwischenzeitliches Versagen bei der Aufklärung dieser Kindermorde fast schon wieder wett.«

Kalkbrenner starrt seinen Chef an. Mit *Mitgefühl* und *Bestürzung* hat er die Latte an Emotionen offenbar deutlich zu hoch gehängt.

»Und Ihr Glück«, sagt Dr. Salm, »dass wir damit dann auch

diese unselige Sache mit den Kindern zum Abschluss haben bringen können.«

»Haben wir das?«, zweifelt Kalkbrenner.

»Wir haben die Mörder.«

»*Die* Mörder?«

»Hat man Ihnen das noch nicht gesagt? Heute Mittag hat die Polizei Jens-Harald Albidus oder vielmehr seine Leiche in einem Londoner Hotel aufgefunden. Eine Überdosis Schlaftabletten.«

»Was ist mit den anderen? Es waren mehr als nur zwei Männer!«

»Nun, sowohl bei Schmitz als auch Albidus …«

»Und Patrik Cerny!«

»Ja, aber auch er hat sich der Justiz entzogen. Und bei keinem der drei haben wir Hinweise auf andere Beteiligte gefunden.«

»Der Polizeibeamte, der die Zeugin entführt hat«, erinnert Kalkbrenner.

Der Dezernatsleiter nickt. »Vielleicht. Vielleicht aber auch nur ein Mann, der sich als Polizeibeamter ausgegeben hat. Bislang haben wir diesen Mann nicht in unseren Reihen ausfindig machen können. Möglicherweise gehört er zu den Russen.«

»Ja, Jalzin, dieser Sergej, Zorkanowicz, die diesen Männern überhaupt erst die Kinder besorgt haben.«

»Tja«, Dr. Salm zuckt mit den Schultern. »Und das ist das Problem. Denn von Jalzin und den anderen fehlt inzwischen jede Spur. Wahrscheinlich befinden sie sich mittlerweile wieder in ihrer Heimat, wohlbehütet im Schoß ihres Oligarchen – und das«, der Dezernatsleiter beugte sich vor, »ist nicht zuletzt auch *Ihr* Verschulden, das scheinen Sie zu vergessen.«

»Nun«, sagt Kalkbrenner, »*Sie* scheinen zu vergessen, dass es Edgar Schmitz war, der mir diesen Schlamassel überhaupt erst eingebrockt hat, indem er uns an die Russen verraten hat, ein Päderast, Entführer und Mörder, ach so, und natürlich die rechte Hand vom Herrn Staatsanwalt.«

Dr. Salm zieht ein Gesicht, als habe er in eine Zitrone gebissen. »Gerade deshalb ist es umso wichtiger, dass wir einen Schlussstrich unter diesen Fall ziehen.«

»Sie wollen den Fall also nicht lösen?«

»Dieser Fall *ist* gelöst!«

»Weil es andernfalls Ihrer Karriere schadet?«, platzt es aus Kalkbrenner heraus.

»Vorsicht«, presst der Dezernatsleiter hervor. »Jetzt bewegen Sie sich auf verdammt dünnem Eis.«

Kalkbrenner schweigt.

»Passen Sie auf«, sagt Dr. Salm, »Ihre letzte Bemerkung führe ich auf den Stress der letzten Tage zurück, okay?« Er wartet Kalkbrenners Antwort nicht ab. »Und was alles andere betrifft: Wenn Sie mir neue Hinweise vorlegen, Spuren, Indizien, noch besser: Beweise! Dann werde ich der Letzte sein, der sich gegen eine Wiederaufnahme sträubt.«

Kalkbrenner schaut auf.

»Solange Sie aber nichts in den Händen haben, im Gegenzug allerdings drei Männer, die nachweislich mit den Kindermorden in Verbindung stehen, sich unglücklicherweise aber ihrer Verhaftung durch Suizid entzogen haben, gilt dieser Fall als abgeschlossen.« Dr. Salm klappt die Akte zu.

*

Markus beugt sich vor.

Der Schmerz in seiner Schulter verschlägt ihm den Atem. Als er wieder Luft bekommt, ist das Taxi am Haus vorbei.

Für einen Moment sagt er nichts, weil er sich nicht mehr sicher ist, ob er noch einen Blick auf das Haus werfen möchte, oder auf das, was noch von ihm übrig geblieben ist.

Was erwartest du zu sehen?

Er weiß es nicht, fühlt sich erschöpft, ausgebrannt, leer.

Und schuldig.

Es ist okay, hört er eine Stimme. *Es ist vorbei!*

Sein Herz schlägt schneller. »Halten Sie!«

Der Fahrer stoppt am Straßenrand.

Das Pochen in seinem Körper ignorierend, dreht sich Markus um, schaut durchs Heckfenster zurück.

Ihm wird übel.

Polizisten haben den Tatort gesichert. Ein Wagen der Spurensicherung hinter Flatterband. Im grellen Scheinwerferlicht stapfen Kriminaltechniker durch die Trümmer.

Das Dach des Hauses ist eingestürzt. Verkohlte Balken ragen in den Nachthimmel. Der Rest wirkt in der Dunkelheit, zumindest von außen, unversehrt. Nur dort wo Flammen aus Fenstern geschlagen waren, ist die Fassade rußgeschwärzt.

Und dort wo Jonas lag, ist der Boden markiert.

Wieder löst sich eine Träne aus Markus' Augen, nicht die erste, nicht die letzte.

Durch den Schleier sieht er einen der Polizeibeamten auf das Taxi zukommen.

»Zum Hauptbahnhof«, sagt Markus.

*

Kalkbrenner ignoriert die fragenden Blicke seiner Kollegen, geht in sein Büro, schließt die Tür hinter sich und setzt sich an seinen Schreibtisch.

Berger schaut ins Zimmer. »Paul?«

»Nicht jetzt!«

Sein Kollege zögert.

Kalkbrenner schweigt.

Berger knallt die Tür in den Rahmen. Im Luftzug flattern Zettel auf Kalkbrenners Schreibtisch, das Foto an seinem PC-Monitor.

Er betrachtet das Bild, das ihn und seine Tochter zeigt, im Urlaub vor acht Jahren. Jessy, die jetzt schwanger ist.

Hast du nicht an uns gedacht?

Doch, gerade deshalb hat dieser Fall so sehr an ihm genagt.

Das sind Kinder, hat sein Kollege Berger gesagt, *und wenn ich nur daran denke, es wären meine …*

Aus diesem Grund hat er diesen Fall lösen wollen, auf Teufel komm raus. Und das will er nach wie vor. So viele Fragen, die noch nach Antwort verlangen.

Elf Kinder, drei Mädchen, acht Jungen.

Kalkbrenner greift zum Telefon und wählte Reinholds Nummer.

Es dauert eine Ewigkeit, bis der den Anruf entgegennimmt. »Herr Kalkbrenner.« Er klingt tonlos, erschöpft, resigniert, uralt.

»Ich weiß«, sagt Kalkbrenner, »das alles ist unser Verschulden, es tut mir wahnsinnig leid. Aber ich würde gerne noch einmal mit Markus reden.«

»Mit Markus?«

»Ja, ich habe …«

»Sie haben es noch nicht gehört, oder?«, unterbricht Reinhold.

»Was nicht gehört?«

»Er hatte heute Mittag einen …«, Reinholds Stimme bebt, »… einen Unfall, auf der Autobahn nach Tschechien. Ein Frontalzusammenstoß mit einem LKW.«

»Ein Unfall?«

»Das steht im Polizeibericht, aber … Ich glaube, er hat es so gewollt. Er hat sich die Schuld gegeben.«

»Schuld woran?«

»Die Russen haben seine Schwester und ihre Familie umgebracht. Gestern Abend.«

Kalkbrenner lässt den Telefonhörer sinken.

Solange Sie aber nichts in den Händen haben …

Er legt auf, geht in das Büro seines Kollegen. Er setzt sich auf den Stuhl vor dessen Schreibtisch.

Berger sieht ihn an.

»Lass uns reden«, sagt Kalkbrenner.

*

Markus betritt den Hauptbahnhof.

Die Schmerzen in seiner Schulter werden schlimmer, während er sich einen Weg zum Raucherbereich bahnt.

Er braucht einen Arzt.

Später, sagt er sich, obwohl er nicht weiß, wann *später* sein wird. Der morgige Tag? Die nächste Woche?

Zukunft?

Im Raucherbereich sitzt einsam ein Geschäftsmann, pafft an einem Zigarillo.

Markus setzt sich weit weg von ihm, zündet sich eine Zigarette an. Sie schmeckt fade, aber sie vertreibt die Übelkeit aus seinem Mund.

Er schnippt Asche in den Aschenbecher.

Als der Geschäftsmann den Raum verlässt, nimmt Markus sein Zippo-Feuerzeug. Sein Herz verkrampft sich, als sein Blick auf den leeren Schlitz fällt.

Er weiß nicht einmal, ob er den heutigen Abend erleben möchte, seine Gedanken, die Vorwürfe, Verzweiflung, immer und immer wieder.

Er entzündet das Feuerzeug, hält seinen Ausweis an die Flamme. Nach und nach schmilzt das Stück Plastik. Als Letztes zerfließt der Name. *Markus Kühn.*

Er wirft die klebrigen Überreste in den Aschenbecher, erhebt sich und humpelt zum Serviceschalter, wo er ein Ticket nach Basel kauft. Von dort wird er einen Flug nach Rom nehmen, zumindest hat Richard es ihm empfohlen. Und dort …

Später!, denkt er.

Obwohl er weiß, dass der Schmerz niemals vergehen wird, ebenso wenig wie die Schuld, die er empfindet. *Niemals!*

»Wie möchten Sie bezahlen?«, fragt die Dame am Schalter.

Markus holt seine Kreditkarte und den Ausweis hervor. Beide tragen sie seinen neuen Namen.

David Gross.

Danksagung

Ich weiß, ich habe das schon einige Male geschrieben, aber noch nie stimmte es so sehr wie in diesem Jahr: Antje, Thea, Heinz, Nicole, Steffi, Heiko – ohne euch wäre dieser Roman nie, nie, nie zustande gekommen. Danke!

Außerdem danke ich:

Franka Zastrow, meiner Agentin, die mir nicht nur jederzeit ein offenes Ohr schenkt, sondern – noch besser – immer an mich glaubt.

Hannes Windisch, meinem Lektor, der mir auch diesmal mit Rat und Tat zur Seite stand.

Peter Veckenstedt, Kriminalhauptkommissar a. D., Leo Schuster, Erster Direktor des BKA a. D., sowie Mark Benecke, weltbester Kriminalbiologe, für ihre fachkundige Hilfe. Dem Herr der Maden außerdem ein ganz besonderer Dank für die wunderbare Schützenhilfe – einfach saucool!

Sandra Kühn von *Animal-Training.de*, Stephanie Klee von *Highlights-Berlin.de* sowie Grit Burkhardt & Antje Gardelegen von der Buchhandlung *Totsicher.com* für die erste Lektüre meines Manuskripts.

Timo Kümmel (*timokuemmel.wordpress.com*), der auch diesmal eine gelungene Illustration zu »Engelsgleich« beisteuerte.

Martina Meyen (*eseloehrchen.de*) für ihre Begeisterung.

Mark Kriegbaum. #erdnusssauce #übelstweltraum

Dem Ullstein-Team: Marion Vazquez, Maria Dürig, Rosa Lehmann, Marion Seelig, Katharina Ilgen, Birgit Ziller, Antoinette von Schwarzkopf, Stephanie Martin und den vielen anderen Verlagsmitarbeitern, die sich unermüdlich für meine Bücher einsetzen.

Aber: Vor allem gilt mein Dank meinen Leserinnen und Lesern, die das, was ich über zehn kräfte- und nervenraubende Monate hinweg geschrieben habe, nicht nur kaufen (was heutzutage leider keine Selbstverständlichkeit mehr ist), sondern auch noch lesen – und deshalb meinen Traum erst richtig möglich machen: Bücher schreiben.

Martin Krist, August 2014

Noch mehr Hochspannung auf den nächsten Seiten:

Martin Krist

Drecksspiel

Thriller

Schlüssel rasseln an der Tür. »Ich hab mich hübsch gemacht«, wispert Hannah, während ihr Mann Philip hinter ihr den Raum durchquert. Seine Hand streift ihren Nacken. Sie neigt den Kopf und … sieht Handschuhe voller Blut. Finger schließen sich um ihre Kehle. Als sie wieder zu sich kommt, ist sie an einen Stuhl gefesselt. Vor ihr ein fremder Mann. Nur ein Gedanke peinigt sie in diesem Moment: Er darf Millie nicht finden! – Hannahs Tochter schläft im Zimmer nebenan.

Seit der Expolizist David Gross vor Jahren untertauchen musste, arbeitet er als diskreter Problemlöser. Diesmal ist es ein grauenvoller Entführungsfall ...

Jetzt hier die Leseprobe lesen:

Eins

Hannah verlor allmählich die Geduld.

Erst vor anderthalb Stunden, kurz bevor sie losgefahren waren, hatte sie Millie gestillt. Dennoch strampelte die Kleine unruhig in ihrer Babyschale auf der Rückbank des Van. Immer wieder spuckte sie den Schnuller aus und schrie, was ihre fünf Monate alten Lungen hergaben.

Bootsmann, der sich im Fußraum an Hannahs Beine drückte, stimmte prompt in das Geschrei ein. Der kleine West Highland Terrier heulte wie ein ausgewachsener Wolf.

Philip saß schweigend hinter dem Steuer, als ginge ihn der ganze Radau nichts an. Aber Hannahs Mann hielt es ja nicht einmal für nötig, ihr zu erklären, weshalb sie sich an diesem späten Donnerstagabend, an dem nicht nur Millie längst im Bett hätte liegen müssen, überhaupt diese Strapazen antaten. Als hätten sie nicht schon genug um die Ohren.

Hannah streckte die Hand nach hinten aus und gab Millie ihren kleinen Finger zum Nuckeln, ungefähr die einzige Möglichkeit, die Kleine zu besänftigen. Auch Bootsmanns Heulen wurde leiser. Doch jetzt stupste er seine haarige Schnauze gegen Hannahs Arm, wieder und wieder, bettelte winselnd um Streicheleinheiten.

Ihr Mann stoppte vor einer Ampel, deren heller roter Schein in Hannahs müden Augen brannte.

»Philip«, sagte sie genervt, »kannst du mir bitte endlich erklären, was das soll?«

»Das habe ich doch schon.«

— LESEPROBE —

»Nein. Du hast lediglich gesagt: *Pack die Taschen! Wir fahren weg.*«

»Ja, ein paar Tage, so wie früher. Einfach mal abtauchen. Was spricht dagegen?«

»Tausend Gründe.«

»Ach, Hannah, mach dir keine Sorgen.«

Fast hätte Hannah gelacht. Seit Monaten sprachen sie über nichts anderes mehr als ihre Sorgen. Über die *Pixelschubser*, das kleine Graphikstudio, das ihr Mann an den Hackeschen Höfen betrieb. Über die stornierten Aufträge. Oder die offenen Rechnungen. Die insolventen Kunden. Die entlassenen Mitarbeiter. Die zwei Kredite für die Firma. Und natürlich die Hypothek für ihr Jühnsdorfer Haus. *Mach dir keine Sorgen?* Philip wusste nur zu gut, wie widersinnig so ein Ausflug in ihrer Situation war, kostspielig und absolut überflüssig.

Die Ampel sprang auf Grün. Philip legte den Gang ein und fuhr Richtung Köpenick.

»Wir haben einen neuen Auftrag«, sagte er.

Erstaunt sah sie ihn an. »Wie bitte?«

»Einen richtig guten sogar.«

»Aber …«

»Kein Aber!« Philip legte eine Hand auf ihr Bein. Sofort reckte Bootsmann seinen Kopf und leckte ihm die Finger.

»Aber warum erzählst du mir erst jetzt davon?«, fragte Hannah.

»Na ja«, murmelte ihr Mann, während er den Wagen durch die verwinkelten Straßen der Köpenicker Altstadt manövrierte, »eigentlich hatte ich dich damit bei unserer Ankunft überraschen wollen.«

Für einen kurzen Moment fragte sie sich, ob sie ein schlechtes Gewissen haben sollte, weil sie ihm die Überraschung verdorben hatte. Doch sie verspürte nur Erleichterung. Sie konnte nicht anders, sie lachte. »Philip, du bist unmöglich.«

»Ja, ich liebe dich auch.« Er stimmte in ihr Lachen ein.

— LESEPROBE —

Sie griff nach seiner Hand auf ihrem Oberschenkel und drückte sie. Jetzt schleckte Bootsmanns Zunge über ihre Finger. Es kitzelte und sie kicherte. »Wie lange weißt du schon …?« Das Läuten ihres Handys unterbrach sie. Sie kramte das Telefon aus ihrer Handtasche. Es war ihre beste Freundin. »Hi, Liebes.«

»Hi, Darling, hast du schon geschlafen?«

»Nein, wir sind unterwegs.« Im vorbeigleitenden Laternenlicht begegnete Hannah dem Blick ihres Mannes. »Wir fahren weg.«

»Ihr fahrt weg?«

»Ja, ein Wochenende, einfach mal raus.« Philip zwinkerte, und ihr wurde warm ums Herz. »So wie früher.«

»Also bist du morgen Abend nicht zu Hause? Wir wollten doch …«

»Ach, entschuldige, nein, das ist …«

»Darling, mach dir keine Sorgen. Genieße die Zeit. Wenn es jemand verdient hat, dann du. Tschau.«

Hannah lehnte sich entspannt im Sitz zurück, den Zeigefinger der einen Hand nach wie vor zwischen Millies Lippen, die andere Hand wieder um Philips Finger geschlungen. *Wir fahren weg. Einfach mal abtauchen.*

Inzwischen hatten sie Köpenick hinter sich gelassen und fuhren durch einen Wald. Dichte Baumwipfel bildeten ein Dach über der Straße, durch das kaum Mondlicht drang. Als wie aus dem Nichts die beleuchteten Häuser eines Feriendorfs vor ihnen auftauchten, ahnte Hannah, wohin ihre Reise führte. *So wie früher.*

*

Einige Dinge, hatte sich Toni schon vor langer Zeit geschworen, wollte er nie wieder in seinem Leben hören. *Lass uns doch zusammenziehen*, zum Beispiel. Oder: *Möchtest du mich heiraten?* Ein absolutes No-Go aber war …

— LESEPROBE —

»Ich bin schwanger.« Leyla nagte verlegen am pink lackierten Plastiknagel ihres Zeigefingers, als wäre sie eine Drittklässlerin, die sich versehentlich eine schlechte Schulnote eingehandelt hatte. »Von dir!«

»Woher willst du das wissen?«, fragte Toni.

»Na, du bist der Einzige, mit dem ich's ohne mache. Das weißt du doch.«

»Ich dachte, du nimmst die Pille?«

»Schon lange nicht mehr.« Sie zögerte. »Freust du dich denn gar nicht?«

»Ob ich mich freue?«

Leyla versuchte zu lächeln, aber es misslang. »Du wolltest doch ein neues Leben beginnen.«

»Mit einem Kind?«

»Ich bin doch kein Kind mehr.«

»Nicht du!« Toni seufzte. »Das Baby!«

»Ach so.« Sie knabberte wieder an ihrem Fingernagel, während sie über seine Worte nachdachte. »Heißt das ...?«

»Ja!«

»Aber ich dachte, du ...«

»Was?«, blaffte er.

Leyla zuckte zusammen. Tränen schossen ihr in die Augen. »... du liebst mich?«

Toni starrte sie an.

Natürlich, Leyla war hübsch, sehr hübsch sogar – von dem Rouge mal abgesehen, das nun mit den Tränen über ihre Wangen zerlief. Sie trug die Riemchen-Heels, die Toni ihr vor ein paar Wochen in einem Secondhandshop gekauft hatte, dazu eine hautenge schwarze Lederleggins und ein knappes pinkfarbenes Bikini-Top, aus dem ihre Brüste quollen. Volle Brüste, die gerade eben noch vor seiner Nase schaukelnd seine Leidenschaft angefacht hatten.

Aber hatte sie ernsthaft diesen ganzen Schmonzes geglaubt, den er dabei von sich gegeben hatte? Dieses *Du bist so schön! Du bist die Beste! Ich möchte immer bei dir bleiben!* Die immer gleichen, bedeutungslosen Schwüre, die doch auch die anderen Typen stöhnten, während sie Leyla vögelten, hier in ihrem kleinen Zimmerchen, auf der roten Matratze, unter der Satinbettwäsche, neben der Pappschachtel mit den Einwegtüchern und der Kondombüchse.

Sie musste doch wissen, wie dieses Geschäft funktionierte.

Plötzlich war Toni sich nicht mehr sicher. »Was denkst du dir eigentlich? Dass wir zwei …?« Er schüttelte den Kopf.

Als wenn er jemals vorgehabt hätte, mit ihr ein neues Leben zu beginnen, eine neue Familie zu gründen, ein trautes Heim einzurichten. Von solchen Spinnereien hatte er die Schnauze gestrichen voll – nach zwei Scheidungen und drei Kindern, deren Unterhalt ihm jeden Monat ein paar graue Haare mehr bescherte. Auch wenn die Kinder eine seiner kleineren Sorgen waren.

Leyla stöckelte auf ihn zu. »Toni …«

»Ach, lass mich.« Er wich zur Tür aus.

Sie hielt ihn fest. »Aber Toni, hör mir zu, mein Bruder hat …«

»Ich sagte, lass mich in Ruhe!« Er schubste sie weg.

Leyla schwankte, hielt sich aber trotz der Heels aufrecht. Sie verpasste Toni eine schallende Ohrfeige. »Du bist so ein … Arschloch!«

Toni holte aus. Leyla schrie auf. Gerade noch rechtzeitig lenkte er seinen Schlag auf den Tisch. Krachend zerbarst die Glasplatte. Weißes Pulver stob in einer Wolke empor. Der gute Stoff, der Toni ein halbes Vermögen gekostet hatte. *Verfickte Scheiße!*

Wutentbrannt stürmte er aus dem Zimmer, die zwei Etagen runter, vorbei am Empfang, der nicht mehr besetzt war.

Erst unten auf der Straße blieb er schweißüberströmt stehen. Über der Tür blinkte ein neonroter Schriftzug … *Club Amour … Club Amour … Club Amour …*

Tonis Zorn erlosch.

— LESEPROBE —

Ich dachte, du liebst mich.

Jetzt fühlte er sich nur noch angewidert, nicht von Leyla, sondern von sich selbst. Was zum Teufel hatte er sich bloß dabei gedacht? Leyla war erst neunzehn. Eine Hure. Und schwanger. *Von dir!*

Er zupfte sich fluchend Glassplitter aus seiner Hand. Mit einem Papiertaschentuch wischte er das Blut ab. Er warf den Fetzen in den Rinnstein, zog eine Packung Pall Mall aus der Gesäßtasche und steckte sich eine Zigarette an. Nach zwei Zügen zertrat er die Kippe auf dem Bürgersteig und drehte sich zum Bordell um … *Club Amour … Club Amour …* Er musste noch mal mit Leyla reden, das war das Mindeste.

Die beiden Muskelprotze, die dem schwarzen SUV am Straßenstrand entstiegen, bemerkte Toni zu spät. Bevor er reagieren konnte, grub sich eine Faust in seinen Magen.

*

Hannah schwieg, während ein paar Häuser, ein Café, ein Restaurant und einige Pensionen an ihnen vorüberglitten. Dann verschwand das Feriendorf ebenso schnell in der Dunkelheit, wie es vor ihnen aufgetaucht war.

Minutenlang fuhren sie wieder durch Wald, bevor Philip das Tempo verringerte und auf einen Forstweg einbog. Nach einigen Hundert Metern passierten sie ein spärlich von Laternenlicht beleuchtetes Ferienhaus. Drei PKWs standen in der Zufahrt, im Garten loderte ein Lagerfeuer. Fünf Minuten später parkte Philip in der Auffahrt zu einem kleinen Häuschen, das im Schatten hoher Tannen stand.

»Und?«, fragte er. »Weißt du noch?«

»Blöde Frage!« Lachend drückte sie ihm einen Kuss auf die Wange. »Unser erster Urlaub.«

»Ja, hier hat alles begonnen. Und jetzt«, er hielt ihre Hand so fest, als wollte er sie nie mehr loslassen, »fangen wir noch einmal von vorne an. Glaub mir, Hannah, alles wird wieder gut.«

In der Luft hing noch die Hitze des Tages, aber der Schweiß, der ihre Haut benetzte, störte Hannah nicht. Auch ihre Müdigkeit war verflogen. Beschwingt nahm sie die Babyschale vom Rücksitz. Sogar Millie schien von ihrer guten Laune angesteckt und lächelte munter vor sich hin. Bootsmann sprang schwanzwedelnd um Philip herum, der mit den beiden Reisetaschen unterm Arm zur Haustür stolperte, sie entriegelte und drinnen das Licht anknipste. Der Terrier flitzte in die Küche, aus der ihnen der Geruch von gegrilltem Fleisch entgegenschlug, eine Hinterlassenschaft der Vormieter.

Hannah ging ins Schlafzimmer gegenüber und stellte die Babyschale aufs Bett. Millies Kopf neigte sich schläfrig zur Seite.

Philip stellte die Taschen auf den Boden und umarmte seine Frau. »Und, was meinst du? Jetzt einen *Château Beau-Site*?«

»Hast du …?« Rasch schüttelte sie den Kopf. »Du weißt doch, ich darf keinen Alkohol trinken.«

»Ach, Hannah, nur ein winziges Schlückchen, zur Feier des Tages.«

»Du bist unmöglich!«

»Darf ich das als Zustimmung verstehen?« Er küsste sie. »Warte, ich hole den Wein aus dem Auto.« Er pfiff Bootsmann zu sich. »Komm, drehen wir noch eine kleine Runde.«

»Denkst du bitte an die Tasche mit Millies Sachen«, rief Hannah, »sie ist noch im Wagen.«

»Klar.« Die Tür fiel ins Schloss.

Hannah sank aufs Bett und streichelte zärtlich Millies winzige Finger. Die Kleine gähnte, was noch mehr Falten auf ihr zuckersüß zerknautschtes Gesicht zauberte.

»Mein Würmchen«, flüsterte Hannah.

Millie blinzelte mit ihren kleinen blauen Augen, *Philips Augen*, und schenkte ihrer Mutter ein zahnloses, glückliches Lächeln. Ein wohliges Prickeln erfasste Hannahs Körper. Sie kam sich vor wie in einem Traum.

Alles wird wieder gut.

Sie zog den Reißverschluss ihrer Reisetasche auf. Zwischen den Blusen und Shorts lugte ein Nachthemd hervor. Unschlüssig hielt sie das transparente Seidenhängerchen in den Händen.

Millie gluckste im Halbschlaf.

»Hey, mein Würmchen«, wisperte Hannah, »was sagst du?«

Die Kleine streckte lächelnd ihr Händchen aus und umschloss Hannahs Finger.

»Du meinst also …«

Millie gab ein Bäuerchen von sich.

»Darf ich das als Zustimmung verstehen?«

Ihrer Tochter fielen wieder die Augen zu. So wenig ihr Autofahren behagte, sobald sie ruhig in ihrem Bettchen oder in der Babyschale lag, war Millie eine Schlafmütze. Manchmal schlummerte sie bis zum Morgengrauen durch.

Hannah streichelte ihr die warmen Wangen. Ein leises Schnarchen entrang sich Millies Stupsnäschen. Ihr Babyduft stieg in Hannahs Nase, süß und angenehm.

Lächelnd streifte Hannah ihre Flipflops von den Füßen und zog Shorts und Bluse aus.

*

Ein Mann trat vor die Haustür, einen kleinen, kläffenden Hund unbestimmbarer Rasse im Schlepptau. Instinktiv duckte David Gross sich hinters Lenkrad. Nicht dass diese Vorsichtsmaßnahme nötig gewesen wäre. Er parkte mit seinem grauen Renault Clio wenige Schritte weiter auf der gegenüberliegenden Straßenseite, in einer Reihe mit anderen unscheinbaren Familienlimousinen. Außerdem stand er im Schatten einiger Platanen, gegen deren dichtes

Blätterwerk das Laternenlicht kaum etwas auszurichten vermochte.

Aber eine von Davids Richtlinien war: *Sicher ist sicher.*

Er sank tiefer in den Fahrersitz, so dass er gerade noch mitbekam, wie der Hund übermütig an der Leine zerrte und sein Herrchen schimpfend ins Stolpern geriet.

David ließ einige Zeit verstreichen. Schon seit drei Tagen observierte er das Haus, da machten vier oder fünf weitere Minuten auch nichts mehr aus.

Übe dich in Geduld. Noch eine seiner Richtlinien.

Die jedoch nicht verhindern konnte, dass in den Stunden des Wartens und Schweigens seine Gedanken in die Vergangenheit schweiften, wo Wut und Schuld lauerten. Wenn er sich damals vor fünf Jahren in Geduld geübt hätte, dann wäre alles anders verlaufen. Dann säße er nicht hier, müsste nicht solche Jobs erledigen und …

Mit einem unwilligen Kopfschütteln verjagte er den Gedanken. Was geschehen war, war geschehen. Immerhin hatte er aus seinen Fehlern gelernt, mittlerweile war Geduld eine seiner größten Stärken.

Also wartete er, bis der Mann und sein kläffender Vierbeiner in der Finsternis des nahen Parks verschwunden waren. Dort würden sie, wie auch an den Tagen zuvor, ziemlich genau eine Viertelstunde bleiben. Gegen Gewohnheiten kamen die meisten Menschen nur schwerlich an, von ihren Haustieren ganz zu schweigen.

David entnahm seiner Sporttasche auf dem Beifahrersitz die Maglite und die Lederhandschuhe. Das Hundebellen geisterte wie ein fernes Echo über die Straße, als er die Tür des Clio öffnete. Es war noch immer schwülwarm.

Davids Augen suchten die Umgebung ab. Niemand zu sehen. Er überquerte die Straße. Noch bevor er die Haustür erreichte, hatte ihm der Schweiß bereits das Hemd auf die Haut geklebt.

Errege keine Aufmerksamkeit.

— LESEPROBE —

Nur für den Fall, dass sich ausgerechnet jetzt ein Passant in die Straße verirrte, rasselte David mit seinem Schlüsselbund, so als suchte er nach dem passenden Schlüssel. Er beugte sich zum Schloss vor. Der Dietrich knackte es binnen weniger Sekunden. David stopfte den Schlüsselbund in die Tasche seiner Chino und stieß die Haustür auf.

*

Während Hannah sich entkleidete, blieb ihr Blick zweifelnd an ihrem schlichten nahtlosen Still-BH hängen. Nicht unbedingt hübsch.

Kurz entschlossen streifte sie den Büstenhalter ab, entnahm ihm die hautfarbenen Einlagen und presste sie auf ihre Brustwarzen. Dann zog sie sich das seidene Nachthemd über. Es spannte ein bisschen um die Hüfte, kein Wunder angesichts ihres Schwangerschaftsspecks. *Mein Milliebauch* nannte Philip ihn liebevoll. Aber es passte.

Hannah konnte sich nicht erinnern, warum sie ausgerechnet dieses Hemdchen mit dem spitzenbesetzten Dekolleté eingepackt hatte. Aber jetzt war sie froh darüber. Denn nach einer Überraschung wie der heutigen hatte Philip sich eine kleine Freude mehr als verdient.

Sie holte die Plastiktüte mit dem Hundefutter aus der Reisetasche, ging damit in die Küche und füllte Bootsmanns Napf, damit der Hund eine Beschäftigung hatte, während Frauchen und Herrchen ... *So wie früher.*

Kichernd entnahm Hannah dem Küchenschrank zwei Weingläser und stellte sie auf den Tisch im Wohnzimmer, das sich im hinteren Teil des Ferienhäuschens befand. *Nur ein winziges Schlückchen, zur Feier des Tages.* Auf dem Flokati stand ein Ohrensessel. Die schmiedeeisernen Flügeltüren des Kamins waren weit aufgeklappt.

— LESEPROBE —

Wirklich nichts hatte sich verändert, als wären sie letzten Winter erst in dem Appartement gewesen, dicht aneinander gekuschelt vor dem Kamin, in dem ein Feuer knisterte. Dabei war ihr letzter Besuch schon fast drei Jahre her. Oder waren es vier? Das erste Mal hatten sie vor elf Jahren ein Wochenende hier verbracht. Es war tatsächlich ihr erster gemeinsamer Urlaub gewesen, zu mehr hatte das Bafög nicht gereicht.

Als Hannah ihrer besten Freundin damals von dem abgeschiedenen Häuschen, dem Teppich und dem Kamin berichtet hatte, hatte diese nur gelächelt. *Na, werden wir jetzt langsam spießig?*, hatte sie mit einem Augenzwinkern gefragt. Aber aus ihren Worten hatte auch ein bisschen der Neid gesprochen, auf Hannahs Glück und ihren neuen Freund.

Und wenn schon, hatte Hannah gedacht.

Der Klang eines Windspiels drang an ihr Ohr. Sie öffnete die Hintertür und trat auf die Wiese, die im schimmernden Mondlicht an eine Waldlichtung erinnerte. Zwischen den Sträuchern am hinteren Gartenende ragte das Dach einer alten Holzhütte hervor.

Hannah atmete durch. Die schwüle Sommernacht war durchdrungen vom Zirpen der Grillen und dem Knacken, mit dem Rehe und Füchse durch den Wald pirschten. Ansonsten herrschte Stille. Keine Autos weit und breit. Keine Menschenseele. Ein wunderbares Gefühl. *Einfach mal abtauchen.* Sie blickte ins spiegelnde Glas der Gartentür und strich sich eine Strähne aus dem Gesicht. Ganz so spießig fand sie sich nicht, im Gegenteil. Wie sie so in dem hauchdünnen Nachthemd dastand, kam sie sich trotz der überschüssigen Babypfunde sexy vor. Die Stilleinlagen fielen kaum auf.

Schlüssel rasselten an der Haustür.

Sie huschte zurück ins Zimmer und ließ sich in den Ohrensessel vor dem Kamin gleiten. Weil sie wusste, wie sehr Philip ihre kleinen, zarten Füße mochte – *Püppi-Füße* nannte er sie –, legte sie ein nacktes Bein über die Stuhllehne. Wie lange war es her, dass sie seine Zunge zwischen ihren Zehen gespürt hatte? Sie konnte sich nicht einmal daran erinnern, wann sie das letzte Mal miteinander geschlafen hatten. Allein bei dem Gedanken daran überkam sie jetzt ein erregtes Schaudern.

»Ich hab mich hübsch gemacht«, hauchte sie, während sie ihn hinter sich den Raum durchqueren hörte.

Seine Hand streifte ihren Nacken. Die Berührung ging ihr durch und durch. Erwartungsvoll neigte sie den Kopf.

Und sah Handschuhe, die sich um ihren Hals schlossen. Handschuhe voller Blut, die ihr die Kehle zudrückten.

Panik erfasste Hannah. Ihre Finger wollten sich in die Hände krallen, die ihr den Atem abschnürten, rutschten aber am Leder der Handschuhe ab. Einer ihrer Fingernägel brach. Röchelnd schlug sie um sich. Ihre Kräfte ließen nach. Ihre Hände fielen herab. Ihr Blick trübte sich.

Dann war da nur noch Finsternis.